현대
미국작가들의
선구자

현대
미국작가들의
선구자

▌ 스티븐 크레인 지음
▌ 최은경 옮김

이담
Books

차례

간결성과 아이러니에 대한 관심

최은경

스티븐 크레인(Stephen Crane)은 흔히 간결한 문체를 쓰는 헤밍웨이(Ernest Hemingway), 패럴(James T. Farrell) 등의 파나 1945년 이후 전쟁을 소재로 작품 활동을 하는 작가의 사조로 간주되고 있다. 실상 그는 일개 병사의 관점에서 전쟁을 사실적으로 묘사한 첫 미국 작가였다. 뿐만 아니라 아무 거리낌 없이 빈민굴, 매춘 행위, 알코올 중독 등 사회의 어두운 면을 그대로 글로 옮긴 첫 작가로, 흔히들 그를 자연주의의 비정파(하드보일드 스쿨)와도 연관 지어 이야기한다.

그러나 이 견해는 그의 또 다른 작품 양상을 배제하고 있다. 크레인의 뛰어나고 유려한 문체, 비유적 표현, 상징적이고 신화적인 요소 등은 그의 대표작인 ≪붉은 무공 훈장 *The Red Badge of Courage*≫과 대표 단편인 <난파선 *The Open Boat*>에 잘 나타나고 있다. 그래서 어떤 평론가는 크레인의 위 작품들은 헤밍웨이의 ≪해는 또다시 떠오른다 *The Sun also Rises*≫나 ≪킬리만자로의 눈 *The Snow of Kilimanjaro*≫에서 보게 될 최상의 작품 세계를 예시하고 있다고도 하였다.

크레인은 자신을 송두리째 태워 놀라운 역작을 남긴 작가라고 할 수 있다. 그의 생존 시 미국 신문들은 그를 일개 종군 기자로 생각했을 뿐, 그의 마음속에 간직되어 있는 비상한 상상력이나 창조력은 보지 못했다. 1871년 미국의 뉴저지 주 뉴어크에서 감리교 목사의 아들로 태어난 크레인은 정규 교육을 받지 못하고 뉴욕의 신문 기자로 여러 인생을 접하며 그 단상을 그려 냄으로써 그의 작가 생활을 시작했다. 그가 불과 스무 살 때 써 낸 가련한 거리의 여자에 대한 짤막한 소설 <거리의 여인 매기 *Maggie: A Girl of the Streets*>라는 작품이 그 당시 독자에게 준 충격은 대단했다. 책이 세상에 나오자 크레인은 당시 미국으로서는 생소한 사실주의라는 문학상의 주의를 표방하고 있었던 햄린 가랜드, 윌리엄 딘 하우얼즈와 친교를 갖게 되고 그들 그룹에 가담하게 되지만, 그는 그들보다 먼저 프랑스의 졸라(Emile Zola)로부터 자연주의를 알고 있었다.

　　한편, 1895년에 간행된 ≪붉은 무공 훈장≫의 반응 역시 폭발적이었고, 이 작품의 영향으로 그는 콘래드(Joseph Conrad), 웰스(Herbert G. Wells) 등 다른 유럽 문인들의 주의를 끌게 되었지만, 많은 미국 비평가들은 도덕적인 이유로 이것을 비난했고, 또 다른 사람들은 눈에 익지 않은 그의 스타일을 탐탁하게 여기지 않았다. 그러나 ≪붉은 무공 훈장≫의 간행은 그의 첫 작품인 <거리의 여인 매가>를 재출판하게 하였고, 또 다른 작품을 나오게 했다. 1895년의 시집 ≪검은 기수와 다른 시들≫ 간행을 비롯하여 1896년에는 ≪작은 연대 *The Little Regiment*≫, ≪조지의 어머니 *George's Mother*≫ 등이 발표되었고, 그 다음 해에도 현대 미국 생활을 묘사한 작품이 속출했다. 그러나 대중의 관점은 바뀌지 않아 계속해서 크레인을 전쟁 작가로 간주했고, 그도 그의 생을 종군 기자로 보냈다.

사실 그의 소설은 전쟁을 소재로 한 것이 많았으며, 실제로 여러 전쟁을 취재하기 위해 외국 여행을 하기도 했다. 그는 터키 전쟁을 보도하러 그리스에 갔었으며, 스페인과 미국 전쟁을 취재하러 쿠바에도 갔었다. 당시의 크레인은 역작 ≪붉은 무공 훈장≫을 이미 쓴 이후이긴 하나 그때까지 실전을 경험하지 못했었다. 그는 쿠바에서 생전 처음으로 전쟁을 목격했고, ≪붉은 무공 훈장≫에서 이미 묘사했던 전쟁의 면모와 별로 다를 것이 없는 전쟁 기사를 씀으로써 그의 상상력이 완전무결했음을 증명했다.

크레인은 1900년 스물아홉 살의 젊은 나이로 세상을 떠났다. 생전에 그는 흔히 그의 동시대 사람인 스코틀랜드의 스티븐슨(Robert L. Stevenson)과 비교되었다. 크레인은 이러한 점을 별로 좋아하지 않았지만, 두 사람은 놀랄 만큼 비슷했다. 다만 크레인이 감리교 배경을 가진 데 반해 스티븐슨은 칼뱅주의적 교육을 받았다. 두 사람은 모두 심한 겉치레의 화려함을 풍자하고 믿지 않았으며, 하나님의 말씀도 믿지 않고 속된 말에 매료되었으나, 또한 그들의 작품에서 성서와 설교단에 익숙한 사람에게 어울리는 문구를 발견하게도 된다. 또한 크레인은 자주 톨스토이(Leo Tolstoy)나 프랑스의 로티(Pierre Roti), 폴란드 태생의 영국 해양 작가인 콘래드와도 비교된다. 우리는 웰스의 다음과 같은 말에서 크레인의 진수를 찾게 된다. '크레인의 글은 톨스토이보다는 휘슬러(James M. Whistler)를 암시하고 있다.'(휘슬러는 영국에 살던 미국의 유화 및 동판 화가이다.) 웰스야말로 크레인 작품의 미국적 특성을 감지한 유일한 유럽의 비평가였다.

크레인은 확실히 호손(Nathaniel Hawthorne), 포(Edgar Allan Poe), 멜빌(Herman Melville), 그리고 제임스(Henry James)와 같이 시적 로망스나 설화를 쓰는 데 있어 미국적 성향을 짙게 보였다. 따라서 ≪붉은 무공 훈장≫을 단지 톨스토이식의 회의적이고 반로망적인 정신으로 쓰인 전쟁에 대한 최초의 사실적 소설의 하나로만 보아 넘길 수는 없다. 그것은 전투에서 참된 정체를 발견하려고 노력하는 한 청년의 시도에 대한 시적 설화이다.

앞에서도 언급했듯이 그가 전쟁을 경험하기 이전에 이 작품을 썼다는 것은 매우 놀라운 일이다. 톨스토이와 미국 남북 전쟁의 기록이 이 작품의 안내자였다고 볼 때 그곳에서 정수를 뽑아낸 크레인의 탁월성을 우리는 다시 감지하게 된다. 그는 상상력의 힘을 빌려 단순하고 경황없는 군인의 눈에 비친 전쟁을 그려 낸 것이다. 그는 선한 싸움은 해야 한다는 생각에 거의 낭만적으로 몰입되다가도 그것으로부터 다시 도망친다. 그리곤 공포와 회의, 거짓으로부터 벗어나려고 애쓴다. 간신히 자존심을 회복하여 경험과 동거할 수 있는 방법을 터득한다.

대부분 크레인의 이야기가 공포와 연관되어 있는 것은 사실이다. 그리고 어느 면에서 미국적인 강인한 꿈을 시험해 보는 좋은 시금석이 되기도 한다. 크레인 작품의 주인공들은 모두 어디엔가 소속되어 각기의 정체를 찾으려고 갈망한다. 이 주제는 ≪붉은 무공 훈장≫, <거리의 여인 매기>, <푸른 호텔 *Blue Hotel*> 등의 작품에 그대로 드러나 있다.

그의 심리적 관찰이나 청각적 언어에 대한 예민한 통찰력은 미국 사실주의 창시자들 몇몇 중의 하나로 크레인을 꼽게 할 뿐 아니라 그의 이러한 특성은 시적인, 그리고 거의 신화적 경지로 이끌어져 때로 놀랍게 전개된다. 자만, 전투, 분노, 울화 등의 감정에 대한 크레인의 직감력은 거의 천부적이다. 크레인은, 자신은 축구장에서 전투에 대해 배웠다고 말한 적이 있다. 돌, 몽둥이, 총, 총포대, 짐마차 말, 달려가는 소방용 펌프 등은 그의 상상력의 값진 매개물들이었다.

　또한 크레인은 자기 글의 풍자적 면을 다듬으려 애썼고, 자신의 내부에 은거해 있는 교훈적인 요소에서 탈피하려 하였으며, 놀라운 인상주의자였다. 그래서 그의 필치는 인상파 화가와 유사성이 많다. 인상파 화가들이 빛의 무한히 작은 분자를 기록하려고 하듯 크레인은 ≪붉은 무공 훈장≫에서 지연되는 전투 장면을 묘사하는 가운데 의미심장한, 자연적인, 그리고 심리적인 무수한 섬광을 기록하려 하였다.

　이것은 다시 말하자면 말로 표현하기 이전에 보통 가라앉고 마는 시적인 열정으로, 다음 사건에 직면할 때 다시 굽이쳐 흐르는 감정의 순간적 소용돌이라고 할 수 있다. 그의 진술은 항상 단순하고 명료했으며 기괴한 운명이나 뜻밖의 결과에 대해 민감했다. 그는 전통과 상상이 암시하는 것과 실제로 나타난 것 사이의 기괴한 불일치를 잘 알고 있었다.

　≪붉은 무공 훈장≫에서 짐 콩클린은, 부상을 입고 죽어 가면서도 유령 같은 모습으로 애도객을 대동하고 걸어가고 있다. 마침내 그가 쓰러져 죽을 때 그의 왼쪽 어깨가 먼저 땅을 치고 그는 잠시 미소 짓는다. 콩클린의 죽음은 매우 비극적으로 묘사되어 있다. 그것은 무시무시하기도 하며, 마지막 고통은 차라리 괴기하기까지 하다. 너무 괴기스러워, 또 다른 죽어 가는 병정이 자신은 그처럼 권위 없이 죽어 가지는 않을 것임을 자랑하기까지 한다. 죽음은 모든 것을 드러낸다. 이것이야말로 수치, 거짓 그 외의 모든 잠복되어 있던 것이 자비로운 보호망 속에서 이탈되고 마는, 생에 있어서의 마지막 노출인지도 모르겠다.

그가 신고 있는 구두 밑창이 종잇장처럼 닳아 있었다. 크게 뚫어진 구멍으로 죽은 병사의 발가락이 무참하게 나와 있는 것을 청년은 보았다. 마치 운명이 그 병사를 배반한 것 같은 느낌이었다. 살아 있다면 친한 친구에게도 숨겼을 남루한 꼴을 죽어서 적군 앞에 드러내고 있었다.

아이러니치고는 아주 무자비할 정도다. 붉은 무공 훈장 자체가 바로 청년이 입은 부상이며, 청년은 정말 그 훈장을 얻게 된다. 그러나 이것은 거짓이다. 그 부상은 공포에 질린 전우 한 사람과 싸우다 곤봉에 맞아서 얻게 된 것이다.

≪붉은 무공 훈장≫은 톨스토이의 작품과 달리 작가의 직접적인 참전 경험의 소산이 아니라 간접적인 혹은 상상력의 결실이기 때문에 제한된 규모의 작품이라는 평을 받고 있다. 또한 이 작품은 길이는 있어도 깊이가 없다는 논평을 받기도 한다. 크레인에 대한 다음 여러 사람의 견해를 소개해 보기로 한다.

H. G. 웰스는 앞에서도 언급한 대로 크레인과 그의 작품에 대해 격찬을 보내고 따뜻한 마음을 갖고 있었다. 그는 크레인의 작품을 아주 놀랍다고 평하고, 일부 비평가가 크레인의 글에서 볼 수 있는 아름다움을 이해하지 못하고 있음은 유감이라고 하였다.

베넷(Enoch A. Bennett)은 다음과 같이 말했다. "나는 ≪붉은 무공 훈장≫과 <푸른 호텔>을 다시 읽었다. 내가 처음에 가졌던 크레인에 대한 느낌을 하나도 바꿀 필요가 없었다. 사실상 그에 대한 나의 평가는 더 고조되었다. 그는 미국의 가장 재능 있는 작가들과 서열을 같이해야 하며, 그의 갑작스러운 죽음은 다시없는 문단의 손실이다."

골즈워디(John Galsworthy)는, 크레인 작품을 읽은 지는 오래되었으나 특히 ≪붉은 무공 훈장≫의 탁월성, 포착하기 어려운 섬세한 특성을 잘 기억한다고 하였다. 전쟁을 경험하지도 못한 사람이 그러한 작품을 썼다는 데 우선 놀라지 않을 수 없으며, <난파선> 역시 크게 찬사를 보낼 작품이라고 평하고 크레인이 젊은 나이로 세상을 떠난 것을 안타까워했다.

드라이저(Theodore Dreiser)는 미국이 감상주의에 빠져 있을 때 지성적으로, 그리고 예술적으로 일어선 작가의 하나로 크레인을 손꼽고 있으며, 기성 작가에서 찾을 수 없었던 용맹, 대담, 박력, 솔직성을 지녔다고 논평했다. 미국 시인 마컴(Edwin Markham)은, ≪붉은 무공 훈장≫에서 크레인은 오랫동안 도금이나 광채로 가려 온 전쟁의 공포를 벗겨 피비린내 나는 실상을 엄격하게, 사실적으로 독자에게 그대로 보여 주었다고 하였다.

칼 밴 도런은 크레인에게서 미국 소설의 천재를 보았고, 이디스 와이어트는 크레인을 조이스(James Joyce), 루이스(Dercy Wyndham Lewis), 리처드슨(Dorothy Richardson), 그 외 사상주의자로 알려진 작가의 선구자로 간주했다. 그녀는 크레인에게서 군국주의와 사회 정의, 이 두 운동의 예시적 논법을 본 것이다.

윌 어윈은 크레인을 천재적인 음악성을 타고난 귀재와 비유했다. "그는 성숙한 음악의 경지에 이른 어린아이와도 같았다. 그는 일찍 세상을 떠났고, 단지 그의 악기만을 남기고 갔다. 그 후 아무도 그 악기를 연주할 수가 없었던 것은 유감이다."라고 평했다.

셔먼(Stuart P. Sherman)의 관점에서 보면 크레인은 놀라운 업적과 밝은 앞날을 남겨 놓은 작가이다. 셔먼은 다음과 같이 말한다. "크레인은 탁월한 관찰력은 물론이요, 스타일, 감각, 꿰뚫는 상상력을 겸비한 작가였다. 크레인의 단편을 읽었는데 그 또한 창의력, 색조, 색다른 관찰력을 보여 주지만, 이 단편들은 다른 수많은 단편과 함께 곧 잊혀졌다. 그러나 ≪붉은 무공 훈장≫의 경우는 아주 다르다. 이제 그 작품을 읽은 지가 20년이 지났고, 그사이에 다시 읽은 적도 없는데 잊을 수가 없다. 야릇하게 착상되고 비범하게 묘사된 주인공은 기억 속에 박혀 상상 속에서 살고 있다. 셔먼은 이 주인공의 어렴풋한 모습이 안개 낀 숲 언저리로 스며드는 것을 본다. 이윽고 머리 위로 날아가는 총포 소리를 들으며 서서히 전투에 빠져들어 간다. 마침내 대포소리가 점점 커지더니 연기가 자욱하고 이제 위험, 돌진하는 병정, 군대 기, 말, 상처, 갈증, 죽음의 혼란 속에 그를 몰아넣는다. 독자는 풋내기 병졸이 겪는 전쟁에 휘말려 주인공 자신이 되어 버린다. 독자는 그의 거대하고 무의미한 전투 경험에 휩싸인다. 살인적인 무기력이 기승을 부리더니, 이제 세상이 이와 같은 전쟁을 자꾸 겪을 것임을 예견해 주기도 한다. 바로 이 점에 이 작품의 마술적인 매력이 있고, 크레인의 '상상력의 힘'이 결실을 맺은 것이다."

프로이드 텔은 크레인을 미국 사실주의의 거목이라고 했다. 조나 게일은 크레인과 하우얼즈가 사실주의를 이해하고 실지로 그 수법을 쓴 두 명의 최초의 미국 작가라고 했다.

영국인인 웨스트(Rebecca West)와 에드워드 가넷의 평을 보기로 하자. 전자는 전성기의 크레인이 전성기의 키플링(Rudyard Kipling)보다 낫다고 하였고, 후자는 크레인을 그 시대의 중요한 인상주의자라 하였다. 다른 작가가 재주를 지녔다고 하면 크레인은 천재성을 지녔다고 극찬했다.

헤밍웨이와 1920년대의 다른 자연주의 작가를 얘기할 때 크레인의 대화체에 크게 주목할 필요가 있다. 그는 들은 대로의 이야기를 그대로 소설에 옮긴 첫 작가 중 하나로 손꼽힌다. 많은 소설가가 의식적·무의식적으로 대화의 문법과 문장 형식을 고쳐 왔다. 그는 당시의 예와 아주 달랐다. 크레인이 기술한 대화는 반복의 특성뿐만 아니라 비

논리적 결말, 불일치한 면이 많아, 있는 그대로의 생동감, 꾸밈이 없는 면을 보여 주고 있다. 이 점은 바로 하우얼즈가 경멸한 부분이기도 하다.

크레인의 몇 작품을 다음에서 보기로 하자.

≪붉은 무공 훈장≫은 1895년에 발표된 소설로, 남북 전쟁 중 찬스로스빌 전투에서의 한 젊은 북군 용사의 모험을 다룬 것이라고들 하나 실은 미국 남북 전쟁 중의 한 삽화라고 되어 있다. 실제로 이와 같은 역사적 배경은 이 작품에서 그리 중요하지 않다. 크레인이 그린 전쟁이 반드시 남북 전쟁일 필요는 없다.

주인공 헨리 프레밍은 농가에서 자라며 전쟁에 대해 관심이 많은 만큼 의문도 컸다. 그는 전쟁을 용감성과 죽음이 난무하는 볼만한 광경으로 상상했다. 그는 제대로 교육을 받지도 못했고 대단히 내성적이었다. 그래서 만일 그가 전투에 가담할 경우 도망을 쳐야 하는지 어떤지 곰곰이 생각하고 걱정도 했다.

전투가 자세히 묘사되지만 그것은 항상 대규모 전투를 거의 알지 못하는 헨리가 속해 있는 연대의 보통 병사의 관점에서 그려진다. 헨리는 친구이며 그보다는 경험이 많은 짐 콩클린 병사와 다가올 전투에 대해 토론한다. 전투가 벌어져 사태가 심상치 않을 경우 도망치겠다는 짐의 이야기를 듣고 헨리는 안심한다. 그의 연대가 전쟁에 가담하게 되자 일어나는 작은 전쟁의 단면이 묘사된다. 헨리는 불안하기 그지없어 하나 그는 첫 싸움에서 그런 대로 공을 세운다. 그는 적군을 무찌르는 데 용감했고, 또다시 같은 경험을 한 후 마침내 자신이 용맹한 전투 고참병이 된 것같이 느낀다. 그것도 잠깐이고 짐 콩클린이 예견했듯이 다른 병사들이 전선을 이탈하여 도망치자 헨리도 그 뒤를 따른다. 일단 전투 지역에서 벗어나자 헨리는 평온을 찾지만, 우연히 숲에서 한 북군의 시체를 목격하고는 다시 공포에 사로잡힌다.

얼마 후 부상을 입어 후방 귀속 명령을 받은 짐 콩클린을 만난다. 헨리는 그를 극진히 돌보려 하나 짐은 무시무시한 모습으로 죽고 만다. 헨리는 당황하여 이리저리 배회하다가 공포에 질려 미치광이가 된 후퇴하는 병사에게 머리를 얻어맞고 신음한다.

그러다 헨리는 간신히 흩어진 그의 연대로 돌아가게 된다. 그곳에서 그는 비겁자로 낙인이 찍히기는커녕 영웅 대접을 받는다. 그는 그의 용맹성을 증명할 수 있는 상처의 붉은 훈장, 피의 무공훈장을 달고 있었던 것이다. 헨리는 그때까지도 정신이 나간 채 수치스러운 그의 부상에 대해 이야기하지 않기로 결심한다. 그다음 전투에서 헨리는 공포를 모르는 채 전우를 격려해 가며 야생 동물같이 싸운다. 헨리는 영웅주의의 신화에 대해 환멸을 느끼면서도 다른 한편으로는 그 자신이 영웅이 된 것으로 생각한다. 그가 생각했던 영웅의 길을 밟은 것이 아니라 전투의 분노와 혼란 속에서 무의식적으로 영웅이 된 것이다.

직접적인 솔직한 이야기 뒤에는 상징적인 면이 많다. 이미지의 두드러진 갈등은 난폭하며 혼돈된 전투의 느낌과 인간의 투쟁, 격투에 동요되지 않는 대자연의 비인간적인 정적 사이에서 더 크게 대조를 이루고 있다. 첫 이미지는 붕대 위에 스며 오른 붉은 피, 붉은 태양이 마치 분노한 웨이퍼(얇게 구운 성찬용 과자 – 역주)처럼 하늘에 붙어 있다고 생각한 헨리가 숲 속의 시체 앞에 멈추어 섰을 때의 이야기에서 엿볼 수 있다.

≪붉은 무공 훈장≫은 남북 전쟁을 낭만적으로 다루지 않은 첫 번째 작품이라 많은 분노와 오해를 사기도 했다. 어떤 애국 집단과 군

대에서는 이 책을 모욕적이라고까지 했다. 또 다른 사람들은 그의 묘사가 불투명하며, 너무 거칠고 저속하다고 혹평했다. 그러나 이 소설이 미국 문학에서 전쟁을 현대적인 면에서 다룬 그 첫 번째 것이라는 데에는 누구나 동의한다.

한편 크레인에게는 소설 속의 전쟁이 꼭 남북 전쟁일 필요가 없었다. 그의 관심사는, 처음 전쟁에 발을 들여 놓은 풋내기가 성숙한 군인이 될 때까지 겪는 피의 대가와 심리적 갈등이었기 때문이다. 그래서 이 소설에는 전쟁의 요인이라든가 북군, 남군의 구별이 없고 대부분의 등장인물의 군대 계급, 이름 등이 밝혀지지 않고 있다. 키다리 군인, 누더기 군인, 명랑한 군인, 목소리가 큰 군인 등이 그들의 이름이다. 주인공 헨리 프레밍의 이름도 독자는 우연히 작중 인물들의 대화에서 알게 된다. 다시 말하자면 크레인은 특정한 전쟁이나 특정한 인간형의 묘사보다는 대표적인 전쟁과 일반적인 인간의 심리를 간파해 본 것이다.

이러한 점에서 볼 때 ≪붉은 무공 훈장≫은 확실히 전쟁을 소재로 하는 소설의 방향을 전환시킨 것이다. 남북 전쟁 이래로 전쟁을 소재로 한 작품들이 수없이 쏟아져 나왔지만, 대개 남녀 사이의 애정을 그린 것이 고작이었다. 경험해 보지도 않고 전쟁 이야기를 경험한 사람 이상으로 실감나게 기록한 크레인의 상상력은 놀랍다고 하지 않을 수 없다.

<거리의 여인 매기>는 1893년에 발표된 중편 소설로서 크레인의 <바우어리 이야기> 중에서 가장 잘 알려진 것이며, 그에게 문학적 명성을 안겨준 작품이기도 하다.

여주인공인 매기 존슨은 뉴욕의 빈민가에서 알코올 중독자인 아버지, 난폭하고 거친 어머니와 함께 누더기를 입고 등장한다. 그녀는 차

츰 진창에서도 예쁜 꽃으로 피어난다. 이윽고 그녀는 친오빠 지미의 친구인 불량청년 피트에게 사로잡히게 된다. 피트는 돈을 마구 쓰며 그녀를 현혹시킨다. 그래서 그녀는 자신이 피트와 사랑에 빠진 것으로 상상하게 된다. 이것이 바로 그녀가 경험한 첫사랑이다. 특히 매기에게 호감을 주기 위해 애쓰는 피트의 무식하고 자만에 찬 독백은 주목할 만하다. 얼마 동안 피트는 매기를 음악당으로 또는 식당으로 데리고 다니며 돈을 잘 쓰고 대접을 융숭하게 한다.

한편 매기는 몇 푼 안 되는 돈을 벌기 위해 옷깃 만드는 공장에서 일한다. 미국 문학 사상 첫 번째로, 공장의 노동 착취 장면의 하나가 바로 이 공장의 묘사에서 나타나고 있다. 이것은 드라이저의 《시스터 캐리 *Sister Carrie*》에서 나오는 장면과 비슷한 묘사이다.

피트는 그녀에게 싫증을 느낀 후 매기를 파멸시키게 된다. 심술궂으면서도 청교도적인 매기의 어머니는 딸의 소식을 듣고 곧 그녀를 내쫓는다. 매기는 피트의 보호를 받으려 한다. 그러나 이때 피트는 옛 여자 친구이며 창녀인 넬을 우연히 만나게 된다. 넬에 비해 매기는 매우 무미건조하고 어린애같이 보인다. 그래서 피트는 매기를 버린다. 매기는 어머니에게로 돌아가나 다시 쫓겨나게 된다. 그래서 매기는 방황하며 온갖 고생을 하다 죽게 되고, 매기의 죽음으로 어머니는 딸을 가엾게 여기게 된다. 이 이야기는 딸을 용서하는 어머니의 비통에 찬 울부짖음으로 끝난다.

세상에서 떠들어대듯 <거리의 여인 매기>는 매춘 행위에 대한 연구가 아니다. 매기는 처참한 궁지에 몰려 막다른 골목에서 살기 위해 거리로 나간 것이며, 끝까지 내적인 미덕을 그대로 지니고 있다. 어느 면으로 매기는 비난을 받기보다는 연민을 받아야 할 주인공이다. 이 작품의 사실적인 요소로 그 배경 자체를 들 수 있다. 이 작품은 대도

시의 빈민굴에 관심을 보인 미국 문학의 첫 작품이라고 해도 과언이 아니다. 또한 그러한 계층의 거칠고 다듬어지지 않은 언어, 반복되는 그 지방 특유의 말씨, 사실적 속어의 사용 등이 두드러진다. 1890년대에는 이 작품의 불멸성을 논한다는 것이 상상조차 할 수 없는 일이었을 것이다. 그러나 오늘날에 와서는 거의 낭만적이고 감상적인 작품으로 널리 읽히고 있다.

지금까지 우리는 여기에 실린 크레인의 대표적인 두 작품을 보았다. 따라서 우리가 그의 특성을 요약해 본다면 간결성과 아이러니 사용에 대한 관심이라고 할 수 있겠다. 이것은 그의 작품에 물샐틈없는 주제의 틀을 제공해 주고 있다. 또한 그는 무관심이나 현실에 대한 안이한 순응 등 인간의 속성을 비난하고 용기와 성실성을 찬양하고 있다.

크레인이 세상을 떠난 지 거의 한 세대가 되려 한다. 그런데 80년의 세월이 흐른 이제 와서야 우리는 그를 더욱 이해할 수 있고 가까이할 수 있는 작가로 느껴 가고 있는 것 같다.

1972년에는 크레인 탄생 100주년을 기념하기 위한 논문집이 미국에서 출간되어 학계의 큰 관심을 끌기도 했다. 크레인의 업적을 위주로 수록된 논문들은 여러 면에서 상반된 견해를 보이고 있으나 크레인을 진지한 작가로 본다는 점에서 일치한다고 보겠다.

이 번역은 옥스퍼드 대학 1960년판 텍스트를 사용했다.

붉은 무공 훈장
(The Red Badge of Courage)

제1장

마지못한 듯이 추위가 물러가자 안개가 걷히고, 언덕에 진을 친 채 휴식하던 한 무리의 군대가 드러났다. 갈색의 산천이 초록으로 물들기 시작하면서 군대는 잠에서 깨어나는 듯이 요란한 소문들로 술렁거렸다. 군인들은 한때 진흙 도랑이었지만, 이젠 어엿한 한길인 곳에 눈길을 보냈다. 강둑의 그늘 때문에 호박색으로 물든 강물은 군인들의 발치에서 소용돌이치며 흐르고 있었다.

그리고 밤이 되어 강물이 서글플 정도로 푸르게 변하면 군인들은 먼 산기슭에 진을 치고 있는 적군들이 피우는, 마치 붉은 눈알처럼 번쩍이는 불을 보았다.

어느 날 키가 큰 군인 하나가 무슨 마음에선지 셔츠를 빨려고 시냇가로 내려갔다. 그런데 그는 셔츠를 깃발처럼 흔들며 황급히 다시 달려 올라왔다.

그는 냇가에서 어떤 믿음직한 친구로부터 이야기를 들었다며 의기양양해했다. 그 친구는 거짓말이라곤 잘하지 않는 기병으로부터 그 이야기를 들었는데, 또 그 기병은 사단 본부에서 연락병으로 근무하고 있는 신용할 만한 동생으로부터 들었다는 것이었다. 그는 울긋불긋하게 치장한 전령이나 되는 듯이 위엄을 과시했다.

"우리는 틀림없이 내일 이동한다." 그는 중대 앞길에 운집한 한 떼의 병사들에게 한껏 뽐내며 말했다. "우리는 강을 거슬러 올라가다가 강을 건너서 적의 뒤통수를 갈길 예정이란 말이야."

그는 그의 말을 귀담아 듣고 있는 병사들에게 화려하기까지 한 세부 작전 계획을 그럴듯하게 떠들어댔다. 그가 말을 끝내자, 청색 군복 차림의 병사들은 옹기종기 모여 있는 나지막한 갈색 막사 쪽으로 몇 명씩 짝을 지어 흩어지며 토론을 벌였다. 비스킷 상자 위에서 신나게 춤을 추던 흑인 마부에게 온갖 환호성을 보내던 사십여 명의 병사들도 어디론가 사라져 버렸다.

그 흑인만이 혼자 남아 버림받은 듯했다. 수없이 솟아 있는 이상야릇한 모양의 굴뚝에서 연기가 가물가물 오르고 있었다.

"그건 거짓말이야! 정말 새빨간 거짓말이야!" 다른 병사가 큰 소리로 외쳐댔다. 그의 매끈한 얼굴이 빨개지더니, 어느새 양손이 바지 호주머니에 들어가 있었다. 그는 부대 이동을 자기 개인에 대한 모욕으로 생각했다.

"아니, 이놈의 부대가 자리를 뜰 것 같아? 우린 이곳에 아주 말뚝 박은 거야. 지난 두 주 동안 여덟 번이나 이동 준비를 했지만 아직도 이 꼴 아니야?"

키 큰 병사는 자기가 퍼뜨린 소문이 사실이라는 것을 증명해야 할 필요성을 느꼈다. 그래서 그와 목소리가 큰 병사는 시비를 벌인 끝에 싸움까지 할 뻔했다.

어떤 하사가 누구에게랄 것도 없이 욕지거리를 퍼붓기 시작했다. 내용인즉 자신의 마루에 값비싼 널빤지를 깔았다는 것이었다. 이른 봄 그는 당장에라도 부대 이동이 있을 것 같아 주위 환경을 편안하게 하는 일은 되도록 삼가다가, 요즈음에 와서 아주 영구한 터전 위에 진지가 구축되었다는 인상을 받아 손을 대었더니, 이 꼴이 되었다는 것이었다.

많은 병사들은 열띤 토론을 벌였다. 어떤 병사는 아주 명료하게 사령관의 모든 계획을 열거하기도 했다. 그는 곧 그와는 다른 작전 계획이 있을 수 있다고 주장하는 다른 병사들의 반대에 부딪혔다. 그들은 서로 자신의 말이 옳다고 시끄럽게 고집을 세웠다. 그러는 동안에도 뉴스를 가져온 병사는 계속 뽐내고 우쭐대며 소란을 피우고 있었다. 그는 계속 질문 공세를 받았다.

"무슨 일이야, 짐?"

"부대가 이동한대."

"무슨 소리지? 네가 어떻게 알아?"

"내 말을 믿건 말건 네 마음대로 해. 난 상관없으니까."

그의 응답하는 태도를 보니 그대로 넘길 수 없는 심상치 않은 일면이 있었다. 그가 증거를 제시하려고 기를 쓰지 않는 점이 그들을 십중팔구는 설득시킨 것이나 다름없었다. 그들은 이 문제를 두고 매우 흥분했다.

키 큰 병사가 한 말과 전우들의 갖가지 평에 열심히 귀를 기울이고 있던 한 젊은 병사가 있었다. 공격에 대한 병사들의 분분한 의견을 귀에 못이 박이도록 듣고 난 그는, 자기 막사로 돌아와 출입문으로 사용하는 구멍으로 기어들었다. 그는 요즈음 난데없이 마음속에 떠오르기 시작한 생각 때문에 홀로 있고 싶었다.

그는 방구석에 있는 넓은 침대에 가로로 누웠다. 반대쪽의 벽난로 주위에는 가구로 사용되는 비스킷 상자들이 쌓여 있었다. 통나무 벽에는 주간지에서 오려 낸 듯한 그림이 붙어 있었고, 소총 세 자루가 나란히 못에 걸려 있었다. 뿐만 아니라 여러 가지 장비들이 손쉽게 사용할 수 있도록 정돈되어 있었고, 몇 개 안 되는 양철 접시는 작은 장작더미 위에 놓여 있었다. 접어놓은 텐트는 지붕 구실을 하고 있었다. 그것은 내리쬐는 햇빛에 약간 누르스름하게 보였다. 조그마한 창문은 어질러진 마룻바닥 위에 비스듬하고 환한 빛의 네모꼴을 그리고 있었다. 벽난로의 연기는 이따금 진흙으로 쌓아 올린 굴뚝을 무시하고 방 안으로 마구 뭉게뭉게 몰려 나왔다. 진흙과 판자로 아무렇게나 만든 엉성한 굴뚝을 보면 금방이라도 막사 전체가 불길에 휩싸일 것 같은 느낌이 들었다.

청년은 놀란 나머지 약간 넋이 빠진 상태였다. '아! 그래서 드디어 싸움을 하게 된단 말인가.' 내일 바로 전투가 개시된다면, 그 자신도 전투에 참가해야만 할 것이다. 얼마 동안 그는 이 사실을 좀처럼 믿을 수 없었다. 지상에서 일어나는 큰 사건이라고 할 전투에 자신이 참전한다는 사실을 그는 도저히 받아들이기 어려웠다.

물론, 그는 지금까지 전투하는 장면을 무수히 꿈꾸어 왔었다. 질풍과도 같고 불덩이와도 같은 힘으로 청년들을 긴장시키고, 피비린내 나고 종잡을 수 없는 싸움에 대해서 그는 환상 속에서나마 여러 전투에서 싸우는 자신을 그려 보았었다. 수많은 사람들이 자신의 독수리 같은 용맹에 힘입어 편안하고 안전하게 사는 것을 상상해 보기도 했었다. 그러나 꿈에서 깨어났을 때 전투는 과거의 책장에 얼룩져 있는 피의 반점이라고 생각되었다. 전투는 이미 지나간 과거의 일로, 머릿속에서 상상으로 그려 보는 묵직한 왕관이나 높은 성곽처럼 이미 사라진 지난 세대의 것이라고 생각했다. 세계의 역사를 볼 때 확실히 전시라고 생각되는 부분이 없는 것은 아니지만, 그 시기는 지평선 저 너머 영원한 세월의 나이테 속으로 파묻혀 사라진 지 오래되었다고 생각했던 것이다.

젊어서 고향에 있을 때 그는 나라 안에서 일어나는 전쟁을 탐탁지 않게 보았었다. 전쟁은 틀림없이 일종의 장난 같은 것이라고 생각했다. 그는 고대 그리스 시대의 전쟁 따위는 이제 끝났다고 생각해 왔다. 그 당시의 인간들보다 요즈음의 인간들이 더 선량해졌거나 아니면 더 소심해졌다. 세속적 교육이나 종교적 교육이 남의 멱살을 움켜잡고 싸우는 본능을 아주 말소시켜 버렸거나, 제법 돈이 많아지면 그와 같은 격정을 억제할 수 있게 되는 것이라고 생각했다.

그는 몇 번이고 입대하려고 마음을 굳혔었다. 요란한 군대의 움직임이 온 나라를 뒤흔들고 있었다. 그와 같은 요란한 움직임은 분명히 말해서 호머시대의 것과는 비교가 되지 않겠지만, 많은 영광이 그 속에 깃들어 있는 듯했다. 그는 진군, 포위, 전투 등에 관한 많은 기사를 읽은 뒤라, 모두를 그의 눈으로 직접 보고 경험하고 싶었다. 그의 조급한 마음속에는 이미 숨 막히는 행동을 직접 보듯 생생하고 화려한 총천연색 그림이 펼쳐져 있었다.

그러나 그의 어머니는 입대하는 것을 말렸다. 어머니는 그의 전쟁열과 애국심을 다소 멸시하는 눈치였다. 어머니는 차분히 앉아서 그가 전쟁터에서보다 바로 그의 집 농장에서 훨씬 더 중요한 일을 할 수 있다는 수백 가지 이유를 힘들이지 않고 열거할 수 있었다. 아들은 어머니의 이야기하는 태도로 보아, 그와 같은 말들이 마음속 깊은 신념에서 우러나온 결실임을 짐작할 수 있었다. 더욱이 이와 같이 주장하는 어머니의 윤리적 동기가 확고부동하다고 믿었기 때문에 그는 어떻게 할 수 없었다.

그러나 마침내 그는 야심의 찬란한 빛을 가로막는 비겁함을 단호하게 물리칠 수 있는 반항의 시기를 맞이했다. 신문 기사, 마을 사람들의 온갖 이야기, 무엇보다도 그 자신의 상상력, 이게 걷잡을 수 없을 정도로 그의 마음을 들뜨게 했다. 사실상 군대는 전쟁터에서 훌륭하게 싸우고 있었다. 신문은 거의 매일같이 결정적인 승리를 보도하고 있었다.

어느 날 밤, 그가 자리에 누워 있을 때 요란한 교회의 종소리가 바람을 타고 들려왔다. 어떤 열성파가 치열한 전투의 왜곡된 뉴스를 알리려고 미친 듯이 밧줄을 잡아당긴 것이다. 밤중에 사람들이 기뻐서 날뛰는 것을 보고, 그는 흥분에 사로잡혀 오랫동안 몸을 떨었다. 얼마 후 그는 어머니 방으로 내려가서 이렇게 말했다. "어머니, 군에 입대하겠어요."

"헨리야, 바보같이 굴지 마라." 어머니는 이렇게 대답하고는 이불로 얼굴을 가렸다. 그날 밤은 더 이상 아무 말도 하지 못했다.

그럼에도 불구하고 다음 날 아침, 그는 농장에서 가까운 읍으로 가 편성되고 있던 중대에 입대했다. 그가 집에 돌아와 보니 어머니는 얼룩소의 젖을 짜고 있었다. 다른 네 마리 암소가 차례를 기다리고 있었다.

"어머니, 저 입대했어요." 그는 기어들어 가는 목소리로 겨우 말했다. 잠시 침묵이 흘렀다. "헨리야, 하나님의 뜻에 맡기자." 어머니는 짤막하게 이렇게 말하고 계속해서 얼룩소의 젖을 짰다.

그가 군복을 등에 걸치고 문간에 서 있을 때, 그의 눈은 흥분과 기대로 빛나고 있었으며, 집에 대한 애착이나 미련의 빛은 거의 찾아볼 수 없었다. 그러나 그의 어머니의 움푹 팬 볼에는 두 줄기 눈물이 흐르고 있었다. 그는 이것을 목격했다.

그러나 어머니는 잘 싸워 개선하라든지, 목숨을 바쳐 열심히 싸우라는 등의 누구나 흔히들 하는 말조차 해 주지 않아 그를 실망시켰다. 그는 이럴 때 흔히 벌어지는 아름다운 이별의 장면을 미리 머릿속에 그려 두고 있었다. 심지어는 꽤 감명 깊은 효과를 낼 수 있는 몇 마디 말도 미리 준비해 놓고 있었다. 그러나 어머니의 말은 전혀 엉뚱했다. 어머니는 무표정하게 계속 감자를 깎으면서 이렇게 말하는 것이었다.

"헨리야, 몸조심해라. 전쟁터에서는 각별히 몸을 조심해야 해. 정신을 바짝 차려라. 그리고 너 혼자 힘으로 적군을 모조리 쳐부술 수 있다는 생각은 아예 마라. 그건 말도 안 되는 생각이고 도저히 불가능한 일이야. 너는 수많은 사람들 틈에 겨우 끼어 있는 한 사람에 불과하단다. 너무 나서지 말고 잠자코 있다가 시키는 대로만 하면 될 거야. 헨리야, 에미보다 너를 더 잘 아는 사람이 누가 있겠니? 헨리야, 내가 짠 양말 여덟 켤레와 셔츠 중에서 제일 좋은 것을 골라 네 짐 속에 꾸려 넣었다. 내 아들이 군대에서 어느 누구 못지않게 따뜻하고 편안하게 지내게 하고 싶어 그런 거란다. 양말이 해지면 내가 꿰매 줄 테니 곧 집으로 보내라. 그리고 친구를 골라서 사귀어야 된단다. 군대라는 곳은 좋지 않은 사람들이 모이기 마련이며, 사람을 거칠게 만들거든. 너같이 생전 집을 떠나 본 적도 없고, 언제나 에미 품에만 있던 젊은 애들을 끌어다가 술을 마시게 하고, 욕지거리나 가르치는 것을 좋아하는 사람들이 있을 거야. 헨리야. 그런 녀석들은 멀리해라. 에미가 알면 안 된다거나 창피하다고 생각되는 일은 절대로 하지 마라. 네 거동을 이 에미가 항상 감시하고 있다고 생각해라. 이 모든 것을 잊지 말고 마음속에 새겨 두면 무사할 거야. 얘야, 또 아버지를 잊어서는 안 된다. 늘 기억해야지. 특히 일생 동안 술 한 모금 입에 대지 않으시고 나쁜 말이라곤 입에 담아 보신 적이 없다는 것을 꼭 기억해라. 헨리야, 나 때문에 네가 비겁한 일을 해서는 안 된다는 말 외에 또 무슨 말을 하겠니. 혹시 어쩔 수 없이 네가 남을 죽여야 할 입장이 되거나 또는 나쁜 일을 하지 않을 수 없게 되면 딴생각은 말고, 헨리야, 그저 옳다고 생각되는 대로 밀고 나가거라. 요즈음 세상에서 이 참혹한 꼴을 참고 견디어야 할 부녀자가 나뿐이 아니니, 하나님께서 우리를 모두 돌보아 주실 것으로 믿는다. 얘야, 양말과 셔츠에 대한 부탁을 잊지 마라. 검은 딸기 잼을 한 컵 짐 꾸러미에 넣었다. 네가 무엇보다 좋아하는 잼이 아니냐. 헨리야, 그럼 잘 가거라. 몸조심하고 착하게 살아야지.”

물론 그는 어머니의 긴 훈시를 들으면서 고통스럽고 초조한 빛을 감출 수 없었다. 그가 오래전부터 고대하던 장면과는 엄청나게 다른 것이어서 괴롭고 짜증이 났지만 꾹 참아 넘겼고, 약간은 시원하고 홀가분한 기분으로 떠났다.

그러나 대문간에서 다시 돌아봤을 때, 그는 어머니가 감자 껍질 사이에 무릎을 꿇고 계신 모습을 볼 수 있었다. 그를 쳐다보는 어머니의 갈색얼굴은 눈물로 얼룩져 있었고, 여윈 몸은 떨고 있었다. 그는 고개를 숙이고 급히 발길을 재촉했다. 어쩐지 자신이 하는 행동이 부끄럽고 옳지 않은 일처럼 느껴졌다.

집을 나온 그는 친구들에게 작별 인사를 하려고 학교로 갔다. 학생들은 그의 주위에 빽빽이 모여 서서 놀라움과 감탄을 금치 못했다. 그는 그들과 자신의 처지가 다름을 느꼈고, 내심으로는 그것을 자랑스럽게 여겼다. 그는 청색 군복을 입은 몇몇 친구들과 더불어 반나절 동안이나 특별대우를 받은지라 기분이 좋았다. 그들은 한껏 뽐내며 걸었다.

어떤 금발의 처녀가 그의 군인인 체하는 태도를 보고는 깔깔대고 놀렸으며, 검은 머리칼의 또 한 소녀가 그들을 응시하고 있었다. 그는 이 소녀에게서 눈을 떼지 않았다. 이 소녀는 그의 푸른 군복과 놋쇠 단추를 보고 시무룩해하다가 슬픈 표정까지 짓는 것 같았다. 떡갈나무가 늘어선 오솔길을 따라 걷던 그가 되돌아섰다. 아니나 다를까 그 소녀는 창가에서 그를 뚫어지게 바라보고 있었다. 두 사람의 눈이 마주치자 소녀는 이내 높은 나뭇가지 사이의 하늘로 시선을 돌렸다. 황급히 태도를 바꾸는 그 소녀의 모습에는 성급하고 당황한 기색이 역력히 나타났다. 그 이후에도 그는 그 소녀를 자주 생각했다.

워싱턴으로 가는 도중 그는 사기가 충천해 있었다. 그가 속한 연대가 정차하는 역마다 대단한 환대를 받았고, 청년은 자신이 큰 공을 세운 영웅이라도 된 듯한 기분에 도취되어 있었다. 빵, 커피, 냉동고기, 피클, 치즈 등의 식품이 얼마든지 있었다. 소녀들의 부드러운 미소와 등을 사랑스럽게 토닥거리며 격려하는 노인들을 대한 청년은 용감하게 싸워 무공을 세워야겠다는 욕망으로 몸을 떨었다.

여러 곳을 거치는 더디고 복잡한 경로의 여행 끝에, 청년에게는 여러 달 동안 진지에서의 지루하고 단조로운 생활이 시작되었다. 그는 참된 전쟁이라면 잠자고 밥 먹는 시간 외에는 사투의 연속이라고 생각했었는데, 기대와는 달리 전쟁터에 나온 뒤 자신의 연대가 한 일은 계속 죽치고 앉아 있거나 따뜻하게 지내려고 안간힘을 쓴 것이었고, 그 이외에는 아무 일도 하지 않았다.

그래서 그는 서서히 옛날 생각으로 되돌아갔다. 고대 그리스시대와 같은 전쟁은 찾아볼 길이 없다. 요즈음 사람들은 고대 그리스시대의 사람보다 더 선량해졌거나, 아니면 더 겁이 많아졌다. 세속적 교육과 종교적 교육이 남의 목을 조르는 투쟁 본능을 순화시켰거나, 아니면 풍족한 생활이 그런 걱정을 아주 없애 버린 것이다.

그는 자기 자신을 단지 군대라는 거대한 전시품의 일부분에 불과하다고 생각하게 되었다. 그의 직분은 될 수 있는 대로 일신의 안락을 도모하는 일뿐이었다. 오락이라야 고작 그의 엄지손가락을 비비틀거나, 장군들의 마음을 동요시키게 하는 것이 무엇일까 하고 생각하는 것이 전부였다. 그는 훈련에 훈련을 거듭 받고 사열을 했으며, 다시 훈련에 이은 훈련을 받은 다음 또 사열을 했을 뿐이었다.

그가 목격한 유일한 적군은 강변에 나와 있는 전초병뿐이었다. 그들은 볕에 그은 얼굴을 한 초연한 사람들로, 이따금 다른 전초병을 향하여 반사적으로 총을 쏘았다. 그와 같은 행동을 한 것 때문에 꾸지람을 받으면 그들은 으레 사과하면서 총이 저절로 나간 것이라고 신에게 맹세까지 했다. 어느 날 밤, 보초를 서게 된 청년은 그들 가운데 한 사람과 강을 가운데 두고 말을 주고받았다. 그 적병은 수염이 약간 텁수룩한 사나이였는데, 두 발 사이에다 기술적으로 침을 뱉는 재주가 있었고, 놀랍게도 온화하고 어린애 같은 자신감으로 뭉쳐 있었다. 청년은 그 적병이 적으로 느껴지지 않고 마음에 들기까지 했다.

"양키, 너 참 쓸 만한 녀석이야." 적병이 그렇게 외쳤다. 고요한 밤 공기를 타고 밀려오는 이런 감상들은 입대한 것을 후회하게끔 청년의 심정을 바꾸어 놓았다.

많은 고참병들이 전쟁에 관한 이야기를 청년에게 들려주었다. 이야기는 모두 허풍의 연속이었다. 어떤 사람은 다음과 같은 이야기를 들려주었다. 회색 군복(남군의 복장을 말함 – 역주)을 입은 수염이 텁수룩한 한 떼가 담배를 씹으면서 악랄한 욕설을 퍼부으며 구름 떼같이 몰려왔다가는 잔인무도한 훈족의 무리처럼 거칠 것 없이 온 땅을 휩쓸고 간다는 것이었다. 또 다른 사람들은 다른 이야기를 털어놓았다. 남군은 누더기를 걸치고 항상 굶주림에 빠진 무리들이라 풀이 죽어 기운 없이 총질하는 군대라는 것이었다. "놈들은 식량 자루 하나를 빼앗기 위해서라면 지옥의 불이라도 뚫고 돌진하는 그런 무리들이야. 그렇게 굶주려서야 오래 지탱할 턱이 없지." 그 이야기를 듣고 청년은 찢어진 군복 사이로 튀어나온 시뻘건 뼈다귀를 상상했었다.

그러나 청년은 고참병들의 허풍 섞인 이야기를 액면 그대로는 받아들일 수 없었다. 신명을 자기네 밥으로 알고 제멋대로 가지고 노는 것이 고참병이라는 것을 잘 알고 있기 때문이었다. 그들은 연기, 화염, 피에 대하여 끊임없이 떠들어대지만 그중 얼마만큼이 진실인지 알 수 없었다. 걸핏하면 "풋내기!"라고 외쳐대는 그들을 청년은 도무지 믿을 수 없었다.

그러나 그는 어떤 적군과 싸우든 간에 싸우기만 하면 그만이라고 생각했다. 싸운다는 것은 확실하니까 아무도 왈가왈부할 수 없었다. 그보다도 더 중대한 문제가 발생했다. 청년은 침대에 누워 그것에 대해 곰곰이 생각했다. 그는 자기가 전투에서 도망치지 않으리라는 것을 아주 확실히 자신에게 증명하려는 것이었다.

전에는 이 문제에 대해 그렇게 심각하고 깊게 생각할 필요가 없었다. 인생을 살아가면서, 그는 어떤 일은 망연한 것으로 의심치 않고 받아들였고, 궁극적인 성공에 대해서도 의아하게 생각해 본 적이 없었으며, 게다가 그 수단이나 방법에 관하여 골머리를 앓아 본 일도 없었다. 처음으로 그는 중대한 문제에 직면하게 되었다. 전투를 하게 되면 자신이 도망칠지도 모른다는 생각이 갑자기 머리를 스쳐간 것이었다. 전쟁에 관한 한 자신은 아무것도 아는 것이 없음을 인정하지 않을 수 없었다.

얼마 전까지만 해도 이와 같은 문제는 그의 마음 밖에 있었지만 이제는 이 문제를 신중하게 고려해야만 할 입장에 있었다.

어느새 그의 마음속에는 작은 공포심이 싹트고 있었다. 그는 상상의 날개를 펴 전투를 눈앞에 그려 보았다. 곧이어 소름끼치는 온갖 가능성이 눈앞에 나타났다. 장차 엄습해 올 갖가지 위협이 머릿속에 그려졌다. 그러나 용감하게 서서 끝까지 버티는 자신을 도저히 상상할 수 없었다. 부러진 칼을 들고 싸우는, 그 자신 영광의 환상을 되살려 보려고 안간힘을 써 보았다. 그러나 다가올 소란의 그림자를 상상하니 그와 같은 광경은 도저히 있을 법한 일로 생각되지 않았다.

그는 침대에서 벌떡 일어나 무엇에 쫓기는 양 초조하게 방 안을 서성거렸다. "어쩌지, 내가 왜 이럴까?" 그는 큰 소리로 외쳤다.

그는 위기에 직면하게 되면 생활신조마저 아무 소용이 없을 뿐 아니라 자기 자신에 관해서 속속들이 잘 알고 있는 것도 아무 소용이 없음을 알았다. 이제 자신은 하나의 미지수였다. 그는 어렸을 때처럼 자신을 시험해 볼 수밖에 없다고 생각했다. 우선 자신에 관한 지식을 더 축적해야 할 것이다. 그리고 자신 속에 잠재해 있는 그 미지의 성질이 어느 순간 드러나 영원히 씻을 수 없는 치욕의 오점을 남기지 않도록 특히 경계해야겠다고 결심했다. "허, 참 어쩌나!" 그는 또다시 중얼거렸다.

잠시 후 키 큰 병사가 교묘하게 구멍을 통해 들어왔다. 목소리가 큰 병사도 그 뒤를 따라 들어왔다. 그들은 언쟁을 벌이고 있었다.

"그건 상관없단 말이야." 키 큰 병사가 들어서면서 외쳤다. 그는 손을 마구 내저었다. "내 말을 믿든지 말든지 마음대로 하라고. 너는 그저 얌전하게 앉아 있으면 될 테니까. 그러나 얼마 가지 않아서 내 말이 옳았다는 것을 깨닫게 될 거야."

그의 전우는 말은 듣지 않고 계속 투덜대기만 했다. 얼마 동안 그는 만만치 않은 대답을 찾아내려고 무척 애쓰는 것 같았다. 이윽고 입을 열어 상대방을 꺾어 누르려 했다. "잘 아신다니까. 세상일을 온통 혼자서 다 안다니까, 그렇지?"

"내가 언제 세상일을 다 안다고 했어?" 상대방도 날카롭게 반격했다. 그리고는 여러 가지 물건을 배낭 속에 차곡차곡 넣기 시작했다.

초조해하며 서성거리다가 잠시 멈추어 선 청년은 분주하게 손을 놀리고 있는 병사를 내려다보면서 물었다. "짐, 정말 한탕 벌어질 것 같은가?"

"물론, 그렇고말고." 키 큰 병사가 대답했다. 이어 다시 덧붙였다. "내일까지만 기다려 보라고. 아마 난생처음으로 치열한 전투를 구경하게 될 거야. 그저 기다리기만 하면."

"제기랄." 청년이 소리쳤다.

"이번엔 진짜 전투를 구경할 수 있게 될 거야. 정말 말로만 들어 오던 치열한 전투를 꼭 보게 될 걸세." 키 큰 병사는 마치 그가 친구들을 위하여 전투를 벌이기라도 할 것처럼 의기양양하게 떠들어댔다.

"흥!" 방 한구석에 죽치고 앉았던 목소리 큰 병사가 코웃음 쳤다.

"그래, 이번 이야기도 전의 다른 이야기들처럼 뜬소문일 거야." 청년이 말했다.

"천만의 말씀." 키 큰 병사는 화가 치밀어 오르는지 쏘아붙였다. "아니, 기병대가 오늘 아침 모두 떠난 것도 몰라?" 그가 눈을 부라리는 통에 이번에는 아무도 그의 말을 부정하지 못했다. "기병대가 오늘 아침 떠났다니까. 우리 진지에 기병대라곤 한 명도 없어. 리치먼드인가 어디론가로 떠났어. 그동안 우리는 남군과 싸운다는 그런 작전이야. 그런 묘한 계략이라니까! 연대도 역시 작전 명령을 받았지. 얼마 전 작전 본부로 들어가는 명령을 냄새 맡은 친구가 나에게 알려주었단 말이야. 그래서 떠들썩하게 야단이 났었는데, 그래, 그것도 몰라?"

"흥!" 목소리 큰 병사가 코웃음을 쳤다.

청년은 얼마 동안 잠자코 있다가 마침내 입을 열어 키 큰 병사에게 말을 걸었다.

"짐!"

"뭐야?"

"자네 생각에는 어떤가? 우리 연대가 잘 싸울 것 같아?"

"그럼, 일단 전투가 벌어지면 멋지게 싸우겠지." 다른 병사가 끼어 들어 남의 일인 양 말했다. "물론 그들은 새로 조직된 무리여서 자주 놀림감이 되기도 했지만 아주 잘 싸울 거야."

"병사 중에는 도망치는 사람도 생길까?" 청년이 다시 물었다.

"그럼, 개중에는 더러 도망치려는 사람도 생기겠지. 그렇지만 그거 야 어떤 연대에도 있는 일이지. 특히 처음으로 실전을 경험하게 되면 으레 있는 법이지." 다른 병사가 너그럽게 말했다.

"처음부터 치열한 전투가 벌어지면 연대 전체가 한 덩어리가 되어 도망칠지도 모르고, 또 어쩌면 연대 전체가 버티고 서서 용감하게 싸 울지도 모르지. 그러나 앞으로 어떻게 될 것이라고 미리 단언할 수는 없어. 물론 그들은 아직 전투 경험이 없으니 처음부터 반란군을 모조 리 쳐부수지는 못할 거야. 그래도, 잘 싸우는 부대와는 비교가 안 된 다고 해도 아주 밑바닥은 아니니까, 못 싸우는 부대보다는 잘 싸울 거야. 나는 그렇게 생각해. 사람들은 우리 연대를 '풋내기 연대'니 뭐 니 하지만, 원래 병사들의 출신이 훌륭하니까 일단 싸움을 시작하기 만 하면 아주 잘 싸우리라고 생각해." 그는 그의 마지막 말인 '그들이 일단 싸우기만 하면'이란 구절에 힘주어 말했다.

"또 아는 체하는구먼……." 키 큰 병사가 경멸조로 비웃었다.

다른 병사가 그를 사납게 바라보았다. 그들은 곧 입에 담지 못할 온갖 욕설을 퍼부으며 언쟁을 벌였다.

마침내 청년은 그들을 말렸다. "짐, 혹 자네가 도망칠 거라고 생각해 본 일이 있나?"라고 묻기도 했다. 그는 마치 농담이라도 하는 듯이 웃으며 물었다. 목소리가 큰 병사도 낄낄댔다.

키 큰 병사가 손을 내저었다. "글쎄, 이 짐 콩클린이 견뎌 내지 못할 만큼 지독한 전투도 생각해 본 일은 있지. 만일 많은 병사들이 뛴다면, 나도 별수 있나? 도망치게 되겠지. 그리고 내가 뛰기 시작하면 악마처럼 뛸 거야, 실수하지 않고. 그러나 모두들 버티고 싸운다면, 나도 버티고 싸워야지. 맹세해, 나는 정말 그럴 거니까. 내기해도 좋아."

"흥, 그까짓 거!" 목소리 큰 병사가 콧방귀를 뀌었다.

이 소설의 주인공 청년은 전우의 이와 같은 말을 듣고 고맙게 느꼈다. 그는 전쟁에 미숙하고 경험 없는 사람들이 혹시 지나친 자신감을 가진 것이 아닌가 은근히 두려웠기 때문이었다. 그러나 그의 반응에 어느 정도 안심이 되었다.

제2장

　다음 날 아침, 청년은 키 큰 병사가 헛소문을 퍼뜨린 장본인이었음을 알게 되었다. 바로 어제 키 큰 병사의 말을 굳게 믿었던 사람들은, 등을 돌려 그를 놀려대기 시작했고, 그 뜬소문을 믿지 않았던 사람들도 그를 조소했다. 키 큰 병사가 체필드코너즈라는 고장 출신의 어느 병사와 시비가 붙어 그를 실컷 두들긴 사태도 발생했다.

　그러나 청년은 자신의 고민거리가 조금도 가벼워지지 않았음을 느꼈다. 그와는 반대로 고민거리가 연장된 것에 불과함을 깨닫고 언짢아했다. 그 헛된 소식이 그에게 큰 걱정거리만 안겨 준 셈이었다. 그러니 새로 움튼 문젯거리를 가슴에 안은 채, 푸른 군복의 전시품인 양 그 자리에 다시 눌러앉지 않으면 안 되었다.

　여러 날 동안 끊임없이 생각해 보았지만, 놀랍게도 결과는 모두 탐탁지 않았다. 그는 아무것도 단정 지을 수 없음을 알았다. 해답을 얻을 수 있는 유일한 길은 그가 싸움터에 뛰어들어, 도대체 자신의 다리가 어느 방향으로 뛰는가를 직접 보는 도리밖에 없었다. 그는 여태까지처럼 가만히 앉아서 머릿속의 석판에 분필로 열심히 계산해 보았지만 결코 해답을 얻을 수 없음을 싫지만 시인하지 않을 수 없었다. 마치 화학자가 실험을 하려면 이것저것을 필요로 하듯이, 그 자신도 해답을 얻으려면 전화(戰禍)를 입고, 피를 흘리며, 위험을 감수해야 할 것이었다. 그는 기회를 포착하려고 초조하게 기다렸다.

그러는 동안에도, 그는 계속해서 주위의 전우들을 살펴보았다. 키큰 병사의 태연한 태도를 보면 자기도 약간의 자신이 생겼다. 그 까닭은, 어릴 때부터 함께 자라 서로를 잘 아는 처지인데, 어찌 그가 자신도 못 하는 일을 할 수 있으랴 하는 데서 오는 일종의 안도감이었다. 그러나 그 전우도 자기 자신을 잘못 평가하고 있는지도 모를 일이었다. 또는 그 키 큰 병사가 여태껏 한가하게 뒤에 파묻혀 일개 무명 인사로 살아왔지만, 전투가 벌어지면 용맹을 떨칠 운명을 타고난 사람인지도 몰랐다.

청년은 스스로 용기에 대해 의구심을 품고 있는 다른 병사를 만나게 되면 더욱 마음이 놓일 것 같았다. 머릿속에 스쳐 가는 생각들을 비교해 가며 서로 위로하고 공통분모를 찾는다면 그 외에 더 기쁜 일이 어디 있겠는가.

그는 때때로 전우들의 속마음을 떠보려고 했다. 그러나 마음속 깊숙이 남몰래 움트고 있는 의구심에 대한 고백 같은 것을 끌어내는 데는 실패하고 말았다. 그렇다고 자신의 의구심을 공개적으로 털어놓고 싶지도 않았다. 믿을 수 없는 사람에게 공연히 자신의 마음을 주었다가, 상대방이 그 자신의 마음은 주지 않고 약점을 잡았다는 듯이 그를 일방적으로 조롱할지도 몰랐기 때문이었다.

전우들에 대한 그의 마음은 자신의 기분에 따라 두 가지로 달리 나타났다. 어떤 때는 그들 모두가 영웅처럼 생각되었다. 실상 그는 다른 사람들 속에 잠재해 있는 우수한 자질의 발전을 은근히 시인하고 있었다. 그는 눈에 보이지 않는 진정한 용기를 지니고 있으면서도 겉으로는 보잘것없는 사람인 것처럼 세상을 살아가는 인간을 상상해 보앗다. 병사들 중에는 어렸을 적부터 잘 아는 이들도 여럿 있었는데, 그들에 대한 그의 판단도 그릇된 것인지 모를 일이었다. 그러다가도 다음 순간, 그는 그의 전우 모두가 남몰래 속으로 떨고 의심하며 안절부절못하고 있을 것이라고, 모든 생각을 가소로운 이론으로 돌리고 자신을 안심시키기도 했다.

앞으로 다가올 전투를 마치 자기네가 구경할 연극이라도 되는 듯 호기심에 가득 차 떠들어대는 병사들을 보고 청년은 야릇한 감정이 일어남을 느꼈다. 그는 그들이야말로 거짓말쟁이가 아닌가 종종 생각했다.

물론 이런 생각을 할 때는 자신도 예의로 생각지 않고 호되게 꾸짖었다. 그는 자신에게 꾸지람을 되풀이했다. 자기가 전통의 제신 앞에 부끄러운 죄를 범했다고 단죄하기도 했다.

그는 불안한 나머지 장군들이 지나치게 꾸물거린다고 생각하고는 마음속으로 그들에게 욕설을 퍼부었다. 장군들이 병사들을 강둑에다 방치해 둔 채 꼼짝도 하지 않기 때문에 그동안 자신이 그 큰 문제에 짓눌려 고생하는 것이라고 생각했다. 그는 이 문제를 어떻게든 해결지으려고 했다. 무거운 짐을 더 이상 지탱할 기력이 없었다. 때때로 사령관들에 대한 그의 노여움이 극도에 달할 때면 고참병들처럼 불평을 늘어놓으며 진지를 서성거렸다.

그러나 어느 날 아침, 그는 완전 무장을 갖추고 정렬한 연대에 끼어 있는 자신을 발견하게 되었다. 병사들은 추측한 바를 다투어 수군거렸고, 전에 떠돌았던 풍문을 되뇌고 있었다. 아직 동이 트기 전의 어둠 속이라 병사들의 푸른 제복은 짙은 자줏빛으로 보였다. 강 건너 적군의 진지로부터 빨간 불빛이 아직도 이쪽을 노려보고 있었다. 동쪽 하늘 한쪽에는 누르스름하게 트인 곳이 있었는데 마치 솟아오르는 태양을 맞이하기 위해 깔아놓은 양탄자 같았다. 그리고 그것을 배경으로 하여 연대장인 대령이 거대한 말을 타고 서 있는 모습이 검게 박혀 있었다.

어둠 속 멀리에서 쿵쿵거리는 발자국 소리가 났다. 청년은 이따금 괴물같이 움직이는 검은 그림자를 보았다. 연대는 퍽이나 오랫동안 열중쉬어 자세로 대기했다. 청년의 마음은 조급했다. 부대가 꾸물거리는 것을 도저히 참을 수 없었다. 그는 언제까지 이렇게 기다려야만 하는 것이냐고 투덜거렸다.

청년은 그의 주위를 돌아보며 이 알 수 없는 어둠을 깊이 생각해 보다가, 갑자기 저 먼 곳의 불길한 어둠에 불이 붙고, 격전이 벌어져, 그 충돌의 소음이 귓전에 와 닿는 것이 아닌가 하고 두려워지기 시작했다. 강 건너편에서 번뜩이는 붉은 눈을 다시 쳐다보았다. 그것은 접근해 오면서 점점 커지는 용의 눈방울처럼 보였다. 그는 고개를 들어 연대장을 쳐다보았다. 연대장은 그의 큰 팔을 들어 아무 일도 없는 듯 코밑수염을 쓰다듬고 있었다.

마침내 청년은 산기슭 도로 쪽에서 달려오는 말굽 소리를 들었다. 그것은 명령을 갖고 오는 것임에 틀림없었다. 그는 거의 숨을 죽이고 허리를 굽힌 채 쪼그리고 있었다. 점점 크게 들려오는 말굽소리는 마치 그의 가슴에 방망이질을 해대는 것 같았다. 이윽고 기마병 하나가 고삐를 휘어잡아 마구를 쩔렁이며 연대장 앞에 멈추어 섰다. 두 사람은 날카로운 어조로 몇 마디를 주고받았다. 맨 앞줄에 있던 병사들은 목을 길게 빼어 이야기의 내용을 들으려 했다.

기마병이 말머리를 돌려 되돌아가다가 어깨 너머로 외쳤다. "여송연 상자를 잊지 마십시오!" 연대장이 중얼거리듯 대답했다. 청년은 도대체 여송연 상자와 전쟁이 무슨 관계가 있는가 생각해 보았다.

잠시 후 연대는 어둠 속으로 진군을 시작했다. 그 행렬은 마치 수많은 발을 가진 괴물이 꿈틀거리며 나아가는 것 같았다. 공기는 무겁게 내리눌렀고, 밤사이에 내린 이슬 때문인지 몹시 차가왔다. 마구 밟히는 젖은 풀밭에서는 비단 구겨지는 소리가 났다.

거대한 파충류처럼 진군하는 병사들의 등에서 이따금 번쩍번쩍 쇠붙이가 빛났다. 육중하게 끌리는 대포의 삐걱거리는 소리와 함께 병사들의 투덜대는 소리가 들려왔다.

병사들은 아직도 그들의 추측을 경쟁이라도 하는 것처럼 중얼거리며 비틀비틀 어둠 속으로 나아가고 있었다. 나직한 소리로 토론을 벌이기도 했다. 한번은 어떤 병사가 넘어졌다. 그가 떨어뜨린 총을 주우려는 순간, 뒤따라오던 병사가 그걸 보지 못하고 손을 밟았다. 손가락에 상처를 입은 병사는 큰 소리로 온갖 욕을 퍼부어댔다. 나지막하게 킬킬거리는 웃음소리가 병사들 가운데서 일었다.

얼마 후 큰 길에 들어선 병사들은 별 고통 없이 진군할 수 있었다. 그들 앞에는 어디론가 행군해 가는 다른 연대의 검은 행렬이 보였고, 뒤에도 역시 행군해 가는 연대가 있었는데 병사들의 장비에서 덜그럭대는 요란한 소리가 들려왔다.

그들은 일출의 장관을 등지고 걸어갔다. 마침내 태양이 솟아올라 대지를 포근하게 녹여 주자 청년의 시야에는 길고도 가느다란 이 열종대의 검은 대열이 나타났다. 대열의 앞머리는 먼 산마루를 넘어 어디론가를 향해 나아가고 있었고, 꼬리는 뒤쪽의 먼 숲 속에서 가물거리고 있었다. 그들은 마치 어둠의 동굴에서 기어 나오는 두 마리의 뱀 같았다.

강은 보이지 않았다. 키 큰 병사는 그의 예상이 맞아들었다고 자랑을 늘어놓았다.

키 큰 병사의 동료 몇 사람도 자기네의 의견이 옳았던 것에 감탄을 금치 못했다. 그러나 키 큰 병사의 작전 계획이 제대로 맞아떨어진 것은 아니라고 우기는 병사들도 있었다. 그들은 다른 이론을 전개했다. 결국 굉장한 시비가 벌어졌다.

청년은 이 시비에 끼어들지 않았다. 무질서한 행군 대열에 끼어 걸어가면서 그는 내부에서 일어나는 그 자신의 끊임없는 토론에 참여하고 있었다. 그는 도저히 그 생각에서 자신을 돌이킬 수 없었다. 그는 낙담해서 우울하게 주위를 살펴보았다. 혹시 금방이라도 총성이 들려오지 않을까 생각하면서 전방을 바라보았다.

기다란 뱀이 꿈틀거리며 산을 넘어 또 산으로 기어갔지만 연기조차 나지 않았다. 다만 암갈색의 구름 같은 먼지만이 오른쪽으로 떠내려갔다. 머리 위의 하늘은 쾌청했다.

청년은 자신과 같은 감정을 지닌 전우를 찾기 위해 병사들의 얼굴을 훑어봤다. 그러나 실망뿐이었다. 전투 경험이 많은 부대였기 때문에 여유 있게 웃으며, 거의 노래라도 부를 것 같은 분위기로 꽉 차 있었다. 신병연대도 이 분위기에 물들어 있었다. 병사들은 주제넘게도 그들이 잘 아는 무슨 사건 이야기나 하듯이 승리에 대해 이야기하기 시작했다. 또한 키 큰 병사의 말을 두둔하는 소리도 들렸다. 그들은 확실히 적의 후방으로 가고 있었다. 그들은 강둑을 지키기 위해 남아 있는 부대에 동정을 금치 못했고, 공격 부대의 일원이 된 자신들을 축하해 마지않기도 했다.

다른 병사들과 고립되어 있다고 느낀 청년은 대열 사이에서 오가는, 기쁘고 유쾌하기까지 한 이야기에 오히려 슬퍼졌다. 중대의 익살꾸러기들은 모두 제때라도 만난 듯이 떠들어댔고, 연대는 마치 웃음소리에 발을 맞추어 전진하는 것 같았다.

목소리 큰 병사가 이따금 키 큰 병사를 놀려 온 병사들을 요절 복통하게 만들었다.

얼마 안 있어서 병사들은 병사 본연의 임무를 까맣게 잊은 듯했다. 온 여단과 온 연대가 다 함께 웃고, 폭소를 터뜨렸다.

뚱뚱한 한 병사가 자신의 배낭을 말 등에 싣고 가려고 어떤 집 앞의 말 한 필을 훔치려 했다. 그가 말을 끌고 도망치려는 순간 한 소녀가 집 안에서 뛰쳐나와 말의 갈기를 붙잡았다. 당연히 언쟁이 뒤따랐다. 분홍색 볼에, 유난히 빛나는 눈을 가진 그 소녀는 꿈쩍 않는 동상처럼 버티고 서 있었다.

길가에서 쉬면서 이 광경을 처음부터 끝까지 지켜본 연대는 모두 "우우" 하고 소리치며 처녀의 편을 들었다. 병사들은 이 일에 온 정신을 쏟아, 그들이 당면한 크나큰 전쟁을 송두리째 잊고 있었다. 그들은 도둑질하던 병사를 마구 조롱하고, 그의 생김새를 꼬집어 비웃었다. 한마디로 그들은 처녀를 성원하는 데 온 정신을 빼앗기고 있었다.

"그 녀석을 몽둥이로 치라고." 누군가가 처녀에게 외쳤다. 뚱뚱한 병사가 말을 포기하고 물러섰을 때 병사들은 온갖 기성으로 그를 꾸짖었다. 연대는 그가 궁지에 몰린 것을 보고 환호성을 질렀다. 이번에는 숨이 차 헐떡이며, 반항하듯 군대를 바라보고 서 있는 처녀에게 축하의 환호성이 빗발치듯 했다.

밤이 되자 대열은 연대별로 흩어졌고, 병사들은 야영에 들어갔다. 그들의 천막은 이상한 식물처럼 여기저기 자리 잡았다. 붉은 꽃송이처럼 야영장의 모닥불이 밤을 수놓았다.

청년은 될 수 있는 대로 동료 병사들과 교제를 갖고 적응하려 했다. 저녁에 그는 어둠 속을 거닐었다. 좀 떨어져서 보니 붉은 모닥불 앞에서 움직이는 병사들의 검은 모습과 모닥불의 타오르는 모습이 기괴하고 무시무시했다.

그는 잔디 위에 누웠다. 부드러운 풀잎이 그의 뺨을 간질였다. 언제 떠올랐는지 나무 꼭대기에 달이 걸려 있었다. 그는 고요하고 촉촉한 밤에 완전히 매료되어 자신도 모르게 곤경에 처한 그 자신을 가엾게 여기고 있었다. 미풍이 그를 애무해 주었다. 밤의 분위기가 그의 편이 되어 곤궁에 처한 그에게 동정의 손길을 펴는 것 같았다.

그는 서슴지 않고 자신이 전쟁터가 아니라 다시 집에 가 있기를 바랐다. 집과 헛간 사이, 헛간과 들판, 들판과 헛간, 헛간과 집을 오가며……. 다시 집에 있다면 얼마나 행복할까. 청년은 자주 얼룩소를 저주하고, 다른 젖소에게도 욕설을 퍼붓고, 그것도 모자라 이따금 젖 짤 때 쓰는 의자를 팽개쳤던 일을 떠올렸다. 그러나 현재 처한 입장에서 보니 그 젖소 하나하나의 머리에 행복으로 가득 찬 후광이 비치고 있었다. 만일 성스럽기까지 한 젖소 곁으로 갈 수만 있다면 온 천지의 군복에 달린 금단추를 희생해도 좋다는 생각이 들었다. 그는 자신이 군인에 어울리지 않는다고 생각하게 되었다. 청년은 모닥불 사이를 오락가락하는 요정 같은 저 병사들과 자신이 근본적으로 어떤 점에서 다른가를 신중하게 생각했다.

이와 같은 생각을 하고 있을 때, 그는 풀잎이 바스락거리는 소리를 들었다. 돌아보니 목소리가 큰 병사였다.

"어이, 윌슨!" 청년이 말을 걸었다.

윌슨이 다가와서 청년을 내려다보며 물었다.

"아니, 헨리 아니야? 여기서 뭘 하는 거야?"

"뭐 좀 생각 중이야." 청년이 대답했다.

목소리 큰 병사는 청년 옆에 앉더니 조심스럽게 파이프에 불을 붙였다.

"좀 우울해 보이는구나. 무슨 언짢은 일이라도 있었나? 왜 그래?"

"아무것도 아니야." 청년은 말끝을 흐렸다.

목소리 큰 병사는 앞으로 있을 전투로 화제를 돌렸다.

"이제 적군은 독 안에 든 쥐 신세가 됐어!" 무엇이 그리 좋은지 이야기할 때 그의 애티 나는 얼굴은 기쁨으로 일그러졌고, 목소리는 승리감에 도취되어 있었다.

"우리에게 잡힌 거야. 드디어 놈들은 꼼짝없이 주인을 제대로 만난 거라고. 사실 따지고 보면, 지금까지는 우리 쪽이 번번이 당하기만 했는데, 드디어 놈들을 잡게 됐단 말이야!" 그는 정색을 하고 말했다.

"조금 전까지만 해도 자네는 이번 진군에 반대하는 줄 알았는데." 청년은 쌀쌀하게 대꾸했다.

"그게 아냐. 행군을 해도 전투를 하기 위한 것이라면 누가 반대하겠어. 내가 싫어하는 것은 쓸데없이 이리저리 끌려다니는 거야. 제기랄, 발이 부르트고, 급식량이 줄어드는 것밖에는 아무 소득도 없거든."

"그런데 짐 콩클린 말을 따르자면, 이번엔 지겹도록 전투가 벌어지게 될 거라니 잘된 셈이군."

"이번엔, 그의 말이 맞아. 어떻게 알았는지 모르겠지만. 이번엔 틀림없이 큰 전투가 벌어질 거고, 우리가 크게 활약할 게 틀림없어. 적군을 쳐부술 생각을 하니 기분이 나쁘지 않은걸!"

그는 일어서서 잠시도 가만있지 못하고 서성거렸다. 흥분한 그의 걸음걸이에는 탄력이 있었다. 그는 승리에 대한 신념으로 경쾌하고 활력이 넘치는 듯했다. 그는 맑고 자신에 찬 눈빛으로 미래를 투시하는 듯했고, 고참병 티를 내느라고 욕설을 내뱉는 것도 잊지 않았다.

청년은 잠시 동안 묵묵히 그를 바라보았다. 마침내, 입을 열었을 때는 입맛이 썼다.

"대단한 공을 세울 작정이군!"

생각에 잠겨 있던 목소리가 큰 병사는 담배 연기를 내뿜었다.

"글쎄, 모르겠어." 그는 위엄 있게 말했다.

"나라고 다를 것 있겠나? 다른 사람만큼 공을 세우겠지. 하여간 힘껏 싸우겠어." 이렇게 말하는 그는 자신의 겸손함에 칭찬을 보낼 만하다고 생각하는 듯했다.

"위급한 상황에서 도망치지 않는다고 어떻게 보장할 수 있지?" 청년이 물었다.

"달아난다고? 도망이란 절대로 있을 수 없는 일이야!" 목소리 큰 병사가 말하며 웃었다.

"이것 보게." 청년은 계속했다. "많은 사람들이 전투가 벌어지기 전에는 큰 무공을 세우겠다고 기특한 생각을 했다가도 막상 전투가 벌어지면 줄행랑을 쳤던 경우가 많았다고."

"그건 모두 사실이겠지만, 난 절대로 줄행랑은 치지 않겠어. 내가 도망치는 데 돈을 걸면 잃게 될 거야." 그는 자신만만하게 고개를 끄덕였다.

"제기랄! 자네가 이 세상에서 가장 용감한 사람은 아니잖아?"

"언제 내가 세상에서 가장 용감한 사람이라고 그랬나? 그런 건 아니잖아." 목소리 큰 병사는 버럭 화를 냈다.

"나는 전투에서 내 몫을 제대로 하겠다고 한 거야. 그리고 난 꼭 그렇게 할 거야. 그런데 넌 뭐야? 넌 뭐 나폴레옹 보나파르트 장군이나 된 것으로 생각하고 입을 마구 놀려대는 거야?" 그는 청년을 노려보다가 곧 자리를 떴다.

청년은 자리를 뜬 병사를 향해 큰 소리로 외쳤다.

"뭐 그렇게 화낼 것까지 있나!"

그러나 상대방은 고개도 돌리지 않았다.

감정이 상한 병사가 사라져 버리자, 청년은 우주에 홀로 있는 것 같은 외로움을 느꼈다. 두 사람의 생각 사이에서 조금도 공통점을 발견하지 못한 것이 그를 전보다도 더 비참하게 만들었다. 아무도 자기처럼 개인적인 고민으로 엎치락뒤치락하는 것같이 보이지 않았다. 그는 일종의 정신적 방랑자였다.

그는 맥없이 천막으로 돌아와 코를 골고 있는 키 큰 병사 옆에 담요를 깔고 누웠다. 그는 어둠 속에서 천 개의 혀를 가진 공포를 보았다. 공포의 괴물이 그의 등 뒤에서 끊임없이 속삭였다. 그는 다른 모든 사람들이 열심히 싸우고 있는데 자신만이 도망치고 있는 환상을 봤다. 그는, 괴물이 겨눌 만한 상대가 아니라고 이미 체념한 상태였다. 그는 온몸의 신경세포가 귀를 열어 공포의 소리를 듣고 있는 것처럼 느꼈다. 다른 사람들은 그 소리를 조금도 듣지 못하는 것 같았다.

이 같은 환상으로 식은땀을 흘리고 괴로워하면서, 그는 멀리서 들려오는 침착하고 나지막한 소리를 들을 수 있었다.

"다섯을 걸겠네." "아니 여섯으로 하게." "일곱은 어때?" "일곱이 제일이지."

그는 천막의 흰 벽에서 넘실거리는 붉은 불빛을 뚫어지게 바라보다가, 마침내 단조롭기 짝이 없는 고통과 피로가 겹쳐 잠 속으로 떨어졌다.

제3장

다음 날 밤, 부대는 자줏빛의 종대를 이루며, 두 개의 부교(浮橋)를 건너오고 있었다. 이글이글 타오르는 모닥불의 불빛이 강물을 포도주 색깔로 물들였다. 불빛은 이동하는 병사들의 무리에 비쳐 곳곳에서 갑작스러운 금빛 광채를 발했다. 하늘에는 어둡고 신비하기까지 한 산봉우리들이 구불구불 그 모습을 드러냈으며, 또한 밤벌레의 울음소리가 장엄하고 그윽하게 들려왔다.

이 강을 건너고 난 뒤부터, 나직하게 드리워진 나뭇가지가 동굴처럼 음산한 기분을 품기는 숲 속으로부터 적군이 난데없이 무서운 공격을 해 오지나 않을까 하는 생각이 청년의 머리에서 떠나지 않았다. 그는 주위의 어둠을 주시하며 촉각을 곤두세웠다.

그러나 연대는 아무런 방해도 받지 않고 야영 장소에 다다랐다. 병사들은 지칠 대로 지쳐 늘어지게 잠을 잤다. 이튿날 아침, 잠을 깬 그들은 새로운 힘을 내어 숲 속으로 깊숙이 들어가는 좁은 길을 따라 행군의 발길을 재촉했다.

이와 같은 강행군을 계속하는 동안 연대는 신설 부대의 때를 많이 벗고 있었다.

병사들은 벌써 행군한 거리를 손꼽아 헤아리기 시작했으며, 지칠 대로 지쳐 있었다. "발은 부어오르고, 급식량은 점점 줄어들고, 뭐 이것밖에 더 있어?" 목소리 큰 병사가 투덜댔다. 대열은 온통 땀과 불평으로 뒤범벅이 되어 있었다. 얼마 후부터 그들은 메고 있던 배낭을 벗어 버리기 시작했다. 아무렇게나 벗어 팽개치는 병사가 있는가 하면, 어떤 병사는 훗날 필요할 때 다시 찾아갈 생각으로 잘 감추어 두었다. 병사들은 두꺼운 셔츠도 훌훌 벗어 버렸다. 얼마쯤 지나자 병사들은 꼭 필요한 옷, 담요, 군량 자루, 식기, 총과 탄약만을 휴대했을 뿐 다른 것을 지닌 사람은 볼 수가 없었다. 군사 이론에 따라 많은 장비를 갖추었던 중장비 보병 부대가 갑자기 신속하고도 재빠른 실전의 경쾌한 보병 부대로 바뀌어 버린 셈이었다. 무거운 짐을 벗어 버린 연대는 새로운 힘을 얻었다. 그러나 그 대신 소중한 배낭과 아직 입을 만한 셔츠를 잃어버렸다.

이런 모든 혼란에도 불구하고 그 연대는 아직도 고참 부대의 모습과는 거리감이 있었다. 고참 부대라면 무엇보다도 우선 인원이 적은 법이다. 그 연대가 처음으로 야전 진영에 배치되려고 할 때, 부근을 산책하던 고참병들이 종대의 길이가 긴 것을 보고 이렇게 말을 걸어온 일이 있었다. "여보시오, 이 여단은 무슨 여단이오?" 누군가가 이 부대는 여단이 아니라 연대에 지나지 않는다고 대답하자, 고참병들은 "그럼 그렇지, 아이고 맙소사!" 하며 깔깔댔다.

병사들이 쓰고 있는 모자만 하더라도 아직 새것들이라 그런지 비슷비슷했다. 한 연대의 군모라면 오랜 세월 동안의 전통을 반영해야 하며, 역시 연대기(旗)의 경우도 거기 새겨진 금 글씨가 퇴색할 대로 퇴색하여 연대가 겪은 경험을 역력히 말해 주어야 하는 법이다. 그런데 이 연대의 깃발은 새롭고 아름다울뿐더러, 기수가 정기적으로 깃대에다 기름을 먹이고 있었다.

얼마 후, 연대는 다시 주저앉아 생각에 잠겼다. 병사들의 코를 찌르는 술 냄새는 이루 말할 수 없이 평화스러웠다. 숲에서는 나무 찍는 도끼 소리가 단조롭게 들려왔고, 풀잎 끝에 매달려 우는 벌레 소리는 노파의 콧노래 소리 같았다. 청년은 병사들이 푸른 제복의 전시품 같다고 생각했다.

어느 날 이른 새벽, 청년은 키 큰 병사의 발에 다리를 걸어차여 얼떨결에 일어났다. 그리고 아직 완전히 잠에서 깨지도 않은 채, 헐떡거리며 뛰어가는 다른 병사들 틈에 끼어 숲 속 길을 달리고 있었다. 그의 수통은 규칙적으로 허벅다리를 때렸고, 군량 자루 역시 달랑달랑 흔들렸다. 그가 뛰는 대로 총은 어깨 위에서 찰싹거렸고, 군모는 곧 벗겨질 것 같은 느낌이었다.

청년은 병사들이 헐떡이며 속삭이는 말을 엿들을 수 있었다.

"아니……, 왜 이러는 거지?" "왜 이렇게 우리가……, 도망치는 거지?" "빌리야……, 제발 내 발 좀 밟지 마. 너 꼭……, 자식……, 소처럼 뛰네." 키 큰 병사의 찢어지는 듯한 목소리가 들려왔다. "뭐가 이리도 급하지?"

청년은 군인들이 떼 지어 달려가는 통에 이른 아침의 축축한 안개마저 더불어 걷히고 있다고 느꼈다. 그때 갑자기 콩 볶듯 하는 총소리가 멀리서 들려왔다.

청년은 어리둥절했다. 전우들 틈에 끼어 뛰면서 그는 생각해 보려고 무던히 애썼다. 그럼에도 불구하고 머릿속에 떠오르는 것은 만약 뛰다가 넘어지면 뒤따라오는 병사에게 밟힐 것이라는 생각뿐이었다. 실상 그의 온 정신은 장애물을 뛰어넘고 지나치는 데 쏠려 있었다. 그는 이성을 잃은 폭도들에게 이끌려 어디론가 무턱대고 뛰어가고 있는 기분이었다.

해가 떠올라 주위가 밝아짐에 따라, 땅속에서 방금 솟아나온 것처럼 이 연대 저 연대의 무장한 군인들이 그 모습을 드러내기 시작했다. 청년은 마침내 때가 왔음을 깨달았다. 드디어 청년의 용맹성이 시험받을 때가 온 것이었다. 커다란 시련이었다. 그는 갑자기 갓난아이처럼 무력해지고, 심장을 에워싼 살이 아주 얄팍해진 듯한 허탈감을 느꼈다. 청년은 시간을 내어 주위를 차근차근 돌아보았다.

그러나 그는 곧 연대에서 도망칠 수 없음을 깨달았다. 연대가 그 자신을 포위하고 있는 셈이었다. 그뿐만 아니라 사방에는 군의 전통과 군법이 철통같이 지키고 있어서, 마치 움직이는 상자 속에 갇힌 것이나 다름없었다.

이런 사실을 깨달은 그는, 자신이 예전에 출전하겠다는 마음을 전혀 가져 본 적이 없었던 것 같은 생각이 들었다. 자유의사에 의해 입대한 것이 아니라 무자비한 정부가 강제로 그를 끌어들인 것 같았다. 그리고 그들은 지금 그를 무참하게 죽음의 장소로 이끌고 있는 것이다. 청년은 그런 생각이 들었다.

연대는 강둑을 미끄러져 내려가 작은 시내를 덤벙거리며 건넜다. 음산하게 느껴지는 시냇물은 유유히 흘러가고 있었고, 어둡고 그늘진 시냇물 위의 수많은 흰 거품이 사람의 눈처럼 그들을 쳐다보는 것 같았다.

그들이 강을 건너서 강둑을 기어오르자 대포소리가 울리기 시작했다. 바로 이때 청년은 생각하던 모든 것을 잊어버리고 호기심에 사로잡혔다. 청년은 재빨리 강둑을 기어 올라갔다. 아마 피에 굶주린 사람일지라도 그 순간의 청년만큼 재빠르지는 못했을 것이다.

그는 꼭대기에 오르면 전투 광경을 볼 수 있으리라 기대했던 것이다.

그곳에는 숲으로 둘러싸인 작은 벌판이 있었다. 청년은 척후병들이 풀밭과 나무줄기 사이에 모여 있거나 또는 여기저기 흩어져서 이리 뛰고 저리 뛰며 산야에 대고 총을 쏘는 것을 볼 수 있었다. 햇빛을 받아 오렌지색으로 물든 들판에 전선이 형성되어 있었고, 깃발 하나가 펄럭이고 있었다.

다른 연대가 허우적거리며 강둑을 기어 올라왔다. 잠시 후 여단은 전투태세를 갖추어 척후병의 뒤를 따라 천천히 숲 속을 전진했다. 척후병들은 숲 속으로 사라졌다가 다시 좀 더 먼 곳에서 나타나곤 했다. 병사들은 각자가 맡은 작은 전투에 열중하여 무척이나 분주했다.

청년은 모든 것을 관찰하려 했다. 그는 나무건 나뭇가지건 피하려 하지 않았다. 걸음도 별로 조심하지 않아 연방 돌부리를 차거나, 가시덤불에 걸려 찔리곤 했다. 그는 치열하게 싸우는 대대들이 갈색과 초록색의 보드라운 융단 같은 산야에 눈부시게 붉은 수를 놓는 것 같다고 생각했다. 이 아름다운 자연이 전쟁터로 바뀐 것은 무엇인가가 잘못된 것이라고 느꼈다.

앞서 가는 척후병들은 그의 마음을 매혹시켰다. 그들이 멀리 보이는 나무와 잡목 숲을 향하여 마구 쏘아댈 때의 총소리는 비극을 말하는 것처럼 느껴졌다. 보이지 않고 신비스럽고 대단히 장엄한 비극을.

한번은 진격하는 대열이 죽은 병사의 시체를 넘어가게 되었다. 죽은 병사는 누운 채 허공을 응시하고 있었다. 그는 황갈색의 어색한 군복을 입고 있었다. 그가 신고 있는 군화 밑창이 종잇장처럼 닳아 있었다. 크게 뚫어진 구멍으로 죽은 병사의 발가락이 무참하게 나와 있는 것을 청년은 보았다. 마치 운명이 그 병사를 배반한 것 같은 느낌이었다. 살아 있다면 친한 친구에게도 숨겼을 남루한 꼴을 죽어서 적군 앞에 드러내고 있었다.

부대는 은연중에 시체를 피하려고 대열을 잠시 흩트렸다. 더 이상해를 주지 않을 죽은 병사가 산 사람의 길을 빼앗은 것이다. 청년은 잿빛으로 변한 시체의 얼굴을 자세히 쳐다보았다. 죽은 병사의 황갈색 수염이 바람에 나부꼈다. 마치 손으로 수염을 가지런히 쓰다듬기나 하는 듯 얌전히 나부꼈다. 그는 시체의 주위를 빙빙 돌면서 자세히 구경하고 싶은 막연한 생각이 떠올랐다. 죽은 병사의 눈에서 어떤 '문제의 해답'을 알아내려고 하는 산 사람의 충동인 것이다.

전투를 구경하기 전, 부대가 행군하는 동안에 청년이 느꼈던 열정은 이제 흔적조차 찾아볼 수 없었다. 전투에 대한 그의 호기심은 이내 충족되었다. 만일 그가 강둑에 올라와서 바라본 첫 광경이 치열한 전투였다면 그는 계속 함성을 지르며 돌격했을지도 모른다. 그와는 대조적으로 이렇게 고요한 대자연을 접하며 행군하는 것은 너무 안이했다. 청년은 자기 스스로를 회고하고 자신의 느낌을 정리해 볼 여유가 생긴 것이었다.

온갖 하찮은 생각이 그를 사로잡았다. 주위의 경치도 반갑기는커녕 오히려 그에게 중압감만 안겨 줄 뿐이었다. 갑자기 등골이 오싹하고, 군복의 바지통이 헐겁고, 몸에 맞지 않는 것 같았다.

멀리 들판에 우뚝 서 있는 집 한 채가 청년에게는 몹시 불길한 존재로 확대되어 보였다. 그늘진 숲도 만만치 않았다. 틀림없이 그 부근에 사나운 적병의 눈이 기회를 포착하려 노리고 있으리라 생각되었다. 느닷없이 그는 혹시 장군들은 아무것도 모르고 무모한 짓을 저지르고 있는 것은 아닌가 하는 생각이 들었다. 이것이 모두 적의 작전이며 함정인지도 모른다. 나무가 빽빽이 우거진 저 숲 속에서 갑자기 총들이 울쑥불쑥 튀어나올지도 모른다. 철갑으로 무장한 적군 여단이 우리의 후방에 나타나면 어떻게 할 것인가. 장군들은 바보다! 곧 적군이 우리를 통째로 삼켜 버릴 것이다. 그는 마치 발소리를 죽여 남몰래 접근하는 죽음의 손길을 경계하려는 듯, 조심스럽게 주위를 살폈다.

청년은 대열 밖으로 뛰쳐나가 전우들에게 고함이라도 쳐야겠다고 느꼈다. 병사들에게 돼지처럼 무참하게 학살당해서는 안 된다는 말을 외치고 싶었다. 이런 위험을 사전에 경고해 주지 않으면 틀림없이 그런 꼴을 당하고 말 것 같았다. 병사들을 돼지우리 속으로 몰아넣는 장군들은 정말 바보 천치임에 틀림없다. 이 군단 전체에서 제대로 사물을 파악하는 눈은 내 두 눈뿐이다. 그는 앞에 나서서 연설을 해야만 한다. 날카롭고 격정적인 말들이 입가에서 맴돌았다.

대형(隊形)은 지형 관계로 이따금 끊어질 뿐 들과 숲을 차분하게 전진하고 있었다. 청년은 가장 가까이 있는 병사들의 표정을 살폈다. 그들 대부분은 퍽 재미있는 일을 찾고 있는 것처럼 흥미진진한 표정들을 짓고 있었다. 한두 친구는 이미 전투의 한복판에 뛰어들기나 한 것처럼 용감하게 걷고 있었고, 또 어떤 친구는 살얼음판 위를 걷는 듯이 아주 불안한 걸음걸이였다. 그러나 경험이 없는 대부분의 병사들은 아무 말도 없었고, 무엇인가 골똘히 깊은 생각에 잠겨 있는 듯했다. 그들은 머지않아 전쟁, 피비린내 나는 붉은 짐승인 전쟁을 구경할 것이다. 그래서 그들은 이 행군에 깊숙이 빠져, 온 정신을 쏟고 있었다.

그들을 본 청년은 목까지 올라온 고함을 삼키고 말았다. 병사들 자신도 공포에 질려 어쩔 줄 모르면서도, 자신이 경고할 경우 아랑곳도 하지 않을 것이다. 그들은 그를 비웃을 것이고, 할 수만 있다면 돌팔매질이라도 불사할 것이다. 지나친 억측인지는 몰라도, 만약 그와 같은 미친 듯한 경고를 내뱉으면 그의 사지는 무사하지 못할 것이다.

이제 청년은 자신의 마음속에만 있는 책임을 혼자서 감수해야 하는 운명을 타고난 사람의 태도를 취하고는 대열에서 처지기 시작했다. 뒤로 처진 청년은 한없이 슬픈 눈으로 하늘을 쳐다보았다.

얼마 후 청년은 중대의 한 장교로부터 칼자루로 맞고, 거친 말투로 그가 욕하는 소리를 들었다. "야, 머리에 피도 안 마른 녀석, 빨리 대열에 끼란 말이야! 여기선 꾀부려야 통하지 않아!" 그는 다시 발걸음을 재촉했다. 그리고는 차원이 다른, 심오한 정신생활을 이해하지 못하는 그 장교를 증오했다. 그놈은 짐승과 다를 바 없는 놈이다.

얼마 후 여단은 성당처럼 침침하고 흐릿한 광선만이 새어 들어오는 숲 속에 머무르게 되었다. 척후병들은 여전히 분주하게 총질을 했다. 나무들 사이로 난 길을 통해 그들의 총구에서 피어오르는 연기가 바람결에 흩어지는 모습을 볼 수 있었다.

이렇게 여단이 정지해 있는 동안, 연대 내의 많은 병사들은 각자 작은 흙더미를 쌓기 시작했다. 그들은 돌, 흙, 막대기 등 총알을 막을 수 있는 것이라면 무엇이든 사용했다. 어떤 병사들은 흙더미를 상당히 높이 쌓아올렸고, 또 어떤 병사들은 작은 더미로 만족하는 눈치였다.

이 작업을 하는 동안 병사들 사이에는 한바탕 언쟁이 벌어졌다. 어떤 병사는 똑바로 서서, 발끝에서 머리끝까지를 적의 표적이 되도록 드러내 놓고 결투하는 기사처럼 사내답게 싸우는 것이 정정당당한 태도라고 고집했다. 그들은 신중파가 쌓은 더미를 비웃었다. 그러나 이번에는 상대편에서 오히려 그들을 비웃으며, 좌우측에 있는 부대의 고참병들이 테리어종의 개처럼 구덩이를 파고 있는 것을 똑똑히 보라고 지적했다. 삽시간에 연대 정면에는 상당한 방책이 구축되었다. 그러나 그들은 곧 그 지점에서 후퇴하라는 명령을 받았다.

청년은 적지 않게 놀랐다. 그는 전진할 때 속을 태우던 것도 다 잊고 말았다. "뭣 때문에 우릴 여기까지 끌고 온 거지?" 하고 키 큰 병사에게 투덜거렸다. 키 큰 병사는 온갖 기술과 정성을 다 쏟아 만든, 흙과 돌로 만든 방패물을 버리고 가는 것이 섭섭했지만, 침착한 태도로 전략에 대해 장황한 설명을 늘어놓기 시작했다.

연대가 새 진지로 이동하자 각자의 생명을 보호하려는 욕망이 참호의 대열을 나타나게 했다. 병사들이 점심 식사를 든 것은 제 삼의 세 번째 참호 뒤에서였다. 그러나 그들은 이곳에서도 오래 머무르지 않고 곧 또다시 이동하지 않으면 안 되었다. 그들은 아무런 목적도 없이 이리저리 끌려 다니는 것 같았다.

인간은 전투에 임했을 때에야 비로소 그 참모습이 드러나는 법이라고 청년은 언젠가 들었다. 청년은 자기가 구원받을 수 있는 길은 이와 같은 변화에 있다는 것을 알았다. 그래서 전투에 참여하지 않고 지루하게 기다리기만 하는 것은 고통이었다. 그는 초조했다. 그가 보기에는 장군들에게 뚜렷한 목적의식이 없는 것 같았다. 그래서 그는 불만을 키 큰 병사에게 늘어놓기 시작했다. "이젠 정말 더 이상 참지 못하겠어. 쓸데없이 다리의 기운만 빼놓으면서 이게 무슨 소용이 있담." 청년이 소리쳤다. 이것이 푸른 군복의 전시임을 안 그는, 원래의 진지로 되돌아가고 싶었다. 아니면 차라리 싸움터로 뛰어들어, 여태껏 자신이 도망치리라고 의심했던, 자신을 괴롭혔던 의심은 기우에 불과하며 사실은 그 자신이 전통적인 용기를 가진 용사임이 증명되기를 갈망했다. 현재의 사태와 같은 긴장은 더 이상 견디기 어려웠다.

모든 것을 달관한 듯한 키 큰 병사는 비스킷과 돼지고기로 샌드위치를 만들어 태연하게 삼키며 말했다. "글쎄, 적군이 너무 가까이 접근하는 것을 막거나, 아니면 그들을 분산시키기 위해서 이 일대를 정찰할 필요가 있어서 그러는 거겠지."

"흥!" 목소리 큰 병사가 빈정댔다. 그러나 청년은 아직도 흥분하여 지껄여댔다. "좋아, 누구에게도 이로울 게 없는데 하루 종일 뛰어다니다가 기진맥진하는 것보다는 차라리 뭐라도 좋으니 실속 있는 일을 했으면 좋겠다는 거야."

"나도 그래." 목소리 큰 병사가 말을 했다. "이건 정말 잘못이야. 정신이 똑바로 박힌 놈이 부대를 지휘했다면 이러지는……."

"닥쳐!" 키 큰 병사가 소리쳤다.

"바보 같은 녀석들. 아니 너희들, 어쩌고 어째? 군복 입은 지 반 년도 안 되는 녀석들이 입을 놀려대는 것을 들으니 꼭……."

"난, 싸우고 싶어서 그래." 상대도 맞섰다. "걷는 연습하러 군대에 온 건 아니야. 걷는 것이 소원이라면 집에 돌아가 진종일 헛간 주위나 맴돌지."

키 큰 병사는 화가 치밀어 얼굴을 붉힌 채, 마치 절망한 사람이 독약을 먹듯 샌드위치를 하나 더 베어 물었다.

그러나 그의 얼굴은 샌드위치를 씹으며 서서히 만족의 빛을 되찾았다. 맛 좋은 샌드위치를 먹으며 화를 낼 수는 없었다. 그는 음식을 먹을 때면 언제나 그가 삼킨 음식의 맛을 축복받은 듯이 음미하는 것처럼 보였다. 마치 그의 영혼이 음식물과 더불어 정신적 대화를 나누는 것 같았다.

키 큰 병사는 냉정하고 침착하게 새로운 환경과 분위기에 순응했으며, 기회 있을 때마다 군량 자루에서 음식을 꺼내 먹었다.

행군할 때면 그는 사냥꾼 같은 걸음걸이로 성큼성큼 걸었으며, 빠른 걸음걸이나 먼 거리에도 불평하지 않았다. 그리고 세 번씩이나 자신이 구축해 놓은 돌과 흙으로 만든 방패를 버리고 이동하라는 명령을 받고도 목소리 한 번 높이지 않았다. 그가 쌓아 올린 돌벽 하나하나는 모두가 그에게 찬사를 보낼 만큼 놀라운 기술을 발휘한 것이었다.

그날 오후, 연대는 오전에 나아갔던 곳으로 다시 나아갔다. 청년은 눈에 익어서 그런지 이번에는 무섭지 않았다.

그러나 새로운 지역으로 나아가자 어리석고 무기력한 공포심이 다시 청년을 엄습했지만, 그는 공포심에 자신을 맡겨 버렸다. 청년은 자포자기해서 어리석은 공포는 그렇게 중대한 일이 아닐 거라고 결론을 내림으로써 그 문제를 처리해 버렸다.

한때 그는 차라리 속 시원하게 죽어서 모든 고통과 잡념에서 해방되었으면 하고 바랐다. 죽음을 이렇게 곁눈질해 보니 그것은 안식에 지나지 않는 것같이 생각되기도 했다. 죽는다는 이 간단한 일을 가지고 여태껏 법석을 떨었나 생각하니 어이가 없었다. 그는 기꺼이 죽을 수 있었다. 죽어서 그를 이해해 주는 곳으로 갔으면 하고 갈망했다. 겨우 중대의 장교 같은 친구에게, 그의 심오하고도 섬세한 감정을 이해해 달라고 바랄 수는 없는 노릇이었다. 이해를 받으려면 무덤행이 최선책이었다.

그칠 줄 모르는 산허리의 총성은 더욱 심해지고, 간간이 들려오는 고함소리가 여기에 합세했다.

이윽고 청년은 제 눈으로 척후병들이 뛰는 것을 보았다. 총성이 그 뒤를 쫓았다. 얼마 후, 무섭고 화끈한 소총의 섬광이 번뜩이는 것을 볼 수 있었다. 연기가 구름같이 뭉게뭉게 피어오르더니 서서히 그리고 오만하게, 관찰력이 유달리 예민한 귀신처럼 들판 위를 흘러갔다. 전쟁의 소음은 가까이 다가오는 기차 소리처럼 갑자기 점점 크게 들려왔다.

마침내 포대(砲隊)의 문이 열린 것이다. 그들의 앞과 오른쪽에 있던 여단이 천지를 진동하는 노호와 함께 전투에 돌입한 것이다. 마치 수많은 폭발물들이 일시에 폭발한 것 같은 느낌이었다. 그 연기는 저편 회색 장벽 뒤에 서려 있어, 그것이 연기라는 것을 확인하려면 자세히 보아야만 했다.

청년은 속 시원히 전사해 버려야겠다는 조금 전의 생각을 까맣게 잊은 채 넋을 잃고 물끄러미 바라보았다. 그는 눈을 휘둥그레 뜨고 입을 딱 벌린 채, 눈앞에서 숨 가쁘게 벌어지는 전쟁터의 움직임을 구경하고 있었다.

갑자기 그는 무겁고 기분 나쁜 손이 그의 어깨에 얹히는 것을 느꼈다. 넋을 잃고 구경하다가 놀라서 깨어난 그가 깜짝 놀라 돌아다보니, 그 앞에 서 있는 것은 목소리 큰 병사였다.

"여보게, 이번 싸움이야말로 나에게 처음이자 마지막 싸움이 될 것 같아."

그는 몹시 우울한 표정을 지었다. 그의 입술은 파랗게 질려 있었고, 입술은 소녀처럼 떨리고 있었다.

"뭐라고?" 청년은 소스라쳐 놀라 기어 들어가는 목소리로 대꾸했다.

"이번 싸움이 나의 처음이자 마지막 싸움이라니까." 목소리 큰 병사는 되풀이 말했다. "어쩐지 그런 예감이 든단 말이야."

"뭐라고?"

"나는 첫 전투에서 죽을 거야. 그러니까 여, 여기 이 물건을 우리 가족에게 좀 보내 달라고." 그는 흐느끼느라고 말끝을 맺지 못했다. 그러면서 청년에게 노란 종이에 싼 작은 꾸러미를 내밀었다.

"왜, 그런 말을……." 청년은 중단된 대화를 이으려고 했으나 목소리 큰 병사는 깊은 무덤 속에서 쳐다보는 듯한 깊은 눈초리로 그를 바라보고 있었다. 마치 예언자처럼 축 늘어진 손을 쳐들어 보이고는 돌아서서 가버렸다.

제4장

여단은 잡목 숲 가장자리에서 멈추어 서게 되었다. 병사들은 나무 사이에 쪼그리고 앉아 무엇에 쫓기는 듯 불안한 표정으로 들판을 향하여 총을 겨눈 채 연기 너머 저편을 보려고 애쓰고 있었다.

그들은 희미한 연기 저편에서 뛰어다니는 사람을 볼 수 있었다. 어떤 병사는 뭐라고 정보를 외치기도 하고, 황급히 달리면서 몸짓을 해 보이기도 했다.

신병 연대의 병사들은 전투에 대한 이야기를 지껄이면서도 모든 것을 보고 들으려고 열심이었다. 그들은 어디서 얻어 들었는지는 모르나 날개 돋친 듯 무섭게 퍼져 나가는 소문을 지껄이고 있었다.

"페리의 부대가 큰 타격을 입고 물러섰대."

"그래? 캐로트가 병원에 입원했대. 자기 말로 병이 났다고 그러던데. 그래서 그 머리 좋은 중위가 중대를 지휘하게 되었다지. 중대원들은 캐로트의 지휘를 다시 받게 되면 모두 집단 탈영을 하겠다는 판이야. 그들은 전부터 캐로트라는 장교가⋯⋯."

"해니시스의 포대를 빼앗겼대."

"또 거짓말, 저쪽 왼편에서 해니시스의 포대를 본 것이 채 십오 분도 안 되었는데⋯⋯."

"글쎄……."

"장군이 그러는데, 우리 연대가 전투에 투입되면 그가 삼공사(304) 부대 전체를 지휘한대. 그렇게 되기만 하면 우리 연대는 다른 어떤 연대도 하지 못했던 과감한 전투를 하게 된다는데……."

"우리 왼쪽에 있는 부대가 계속 당하고만 있대. 적이 우리의 일선을 혼란시켜 해니시스의 포대를 빼앗았다는데……."

"천만의 말씀. 해니시스의 포대는 조금 전 이곳을 지나갔는걸."

"그 젊은 친구, 해스보로크는 훌륭한 장교야. 세상에 무서운 것이 없는 멋진 사람이라니까."

"메인 주의 일사팔(148) 부대 친구를 하나 만났는데, 그들 여단이 반란군과 저 신작로 근처에서 네 시간 동안이나 교전하여 오천 명가량을 죽였대. 놈의 말에 의하면 그렇게 한 번만 더 이기면 전쟁이 끝날 거래."

"빌이 겁을 먹었다고? 천만에! 빌은 어지간해서 겁을 먹는 사람이 아니지. 그게 아니라 그냥 화가 났을 뿐이야. 그 새끼가 빌의 손을 밟았을 때, 빌은 갑자기 벌떡 일어나, 나라를 위해서라면 이 손을 언제라도 바칠 용의가 있지만, 아무 놈이나 지나는 길에 밟고 다녀도 가만있을 바보 천치는 아니라고 소리 질렀지. 그래서 전투가 벌어졌는데도 병원으로 직행할 수밖에 없었어. 손가락이 자그마치 셋이나 으스러졌지 뭐야. 군의관이 수술을 하려니까 빌이 온통 법석을 떨었다는 거야. 참 재미있는 친구지."

전방에서 들리는 소음은 점점 높아져 굉장한 합창 소리로 들려왔다. 청년과 그의 동료 병사들은 겁에 질려 조용해졌다. 그들은 자욱한 연기 속에서 성난 듯 하늘을 향해 추켜세워진 군기를 볼 수 있었다. 그리고 그 근처에서 흥분한 병사들의 모습이 흐릿하게 보였다. 군대가 성난 파도처럼 어른거렸다. 한 무리의 병사들이 벌판을 가로질러 요란스럽게 달려오고 있었다. 포대가 미친 듯이 진지를 이동하는 바람에 낙오병들이 좌우로 흩어졌다.

웅크려 대기하고 있는 예비 병력 부대의 머리 위로 죽음을 알리는 불길한 소리를 내며 포탄이 마구 날아갔다. 포탄은 숲 속에 떨어져 황갈색 흙을 파헤치며 폭음과 불길을 내뿜었다. 나뭇잎들이 소나기처럼 우수수 떨어졌다.

총탄이 나뭇가지 사이를 왱왱거리더니 나무 기둥을 쏘았다. 잔가지와 나뭇잎이 흩어졌다. 마치 눈에 보이지 않는 수천 개의 작은 도끼가 난무하는 것 같았다. 병사들은 더욱더 머리를 숙이고 몸을 움츠렸다.

청년이 소속된 중대의 중위는 손에 총탄을 맞았다. 홧김에 그가 내뱉은 욕설이 어찌나 야릇한지 불안한 가운데서도 웃음이 온 연대로 펴져 나갔다. 그 장교의 욕설은 그의 입버릇 같았다. 그래서 오히려 못난 병사들의 긴장감을 풀어 주는 역할을 했다. 그것은 그가 고향에서 못질하다가 잘못하여 장도리로 손가락을 세게 내려친 거나 다름없다는 말투였다.

그는 바지에 피가 묻지 않도록 부상당한 손을 조심스럽게 옆으로 들어올렸다.

중대장은 칼을 겨드랑이에 끼고는 잽싸게 손수건을 꺼내 중위의 상처를 감아 주기 시작했다. 그들은 상처를 붕대로 감는 방법에 관하여 또 옥신각신했다.

멀리서 전투 신호의 깃발이 미친 듯이 흔들렸다. 마치 참기 어려운 고통으로부터 벗어나려고 몸부림치는 것 같았다. 뭉게뭉게 피어오르는 연기 사이로 무수한 포화의 섬광이 번득였다.

그 포화 속에서 병사들이 뛰어나왔다. 그 수효는 점점 늘어나 드디어 부대 전체가 후퇴하는 것임을 알았다. 깃발이 갑작스럽게 총탄을 맞아 죽어 가듯 쓰러졌다. 깃발이 쓰러질 때의 모습은 바로 절망의 몸짓이었다.

연막 뒤로부터 분노의 고함소리가 들려왔다. 회색과 붉은색 그림에서 미친 말처럼 날뛰는 폭도와도 같은 병사들이 뛰어나오는 것 같았다.

삼공사 연대 좌우에 있던 고참병 부대는 즉시 놀려대기 시작했다. 쌩쌩거리며 나는 총탄과 무시무시한 폭음을 내는 포탄 속에서, 안전한 장소를 찾으라고 외치는 우스꽝스럽기까지 한 충고와 조롱이 뒤범벅되어 들려왔다.

그러나 여전히 신병 연대는 공포의 도가니 속에서 숨도 제대로 쉬지 못하고 떨고 있었다. "아이고! 손더즈의 부대가 망했구나!" 하고 청년 곁에 있던 어느 병사가 중얼거렸다. 그들은 마치 밀어닥치는 홍수에 떠내려가기로 체념한 사람들처럼 움츠리고 있었다.

청년은 연대의 푸른 대열을 재빠르게 한 번 훑어보았다. 모두 죽은 사람의 조각품 조상처럼 무표정하게 굳어 있었다. 그리고 나중에 생각난 일인데, 기수 하사관은 마치 누구든지 자기를 쓰러뜨리려면 쓰러뜨려 보라는 듯, 두 다리를 넓게 벌린 채 서 있었다.

그들을 뒤따라 홍수처럼 밀리던 무리가 연대의 측면으로 소용돌이쳐 들어왔다. 그 가운데는 마치 홍수에 힘없는 나뭇조각이 떠내려가듯 장교들이 뒤섞여 흘렀다. 성난 장교들은 칼과 왼쪽 주먹으로 손에 잡히는 것이면 무엇이나 상관치 않고 마구 후려쳤다. 그들은 노상강도처럼 욕설을 퍼부었다.

말을 탄 장교 하나가 제멋대로 자란 어린아이처럼 마구 화를 내고 있었다. 그는 그의 머리, 팔다리, 그리고 온몸을 흔들며 분노를 터뜨렸다.

말을 탄 또 한 사람은 여단장이었다. 그는 말을 타고 달리면서 고함을 쳤다. 그의 군모는 이미 벗겨졌는지 맨머리를 하고 있었고, 옷매무새도 단정치 못했다. 마치 잠을 자다가 불이 나 뛰쳐나온 사람 같은 모습이었다. 여단장이 탄 말발굽이 달아나는 병사들의 머리를 짓밟을 것 같았지만, 병사들은 기막힌 행운을 업고 용케 피했다. 이처럼 패주하는 병사들은 아무것도 보지 못하고 듣지 못하는 것 같았다. 사방에서 퍼부어 대는 온갖 욕설도 들리지 않는 모양이었다.

이런 소동 속에서도 고참병들의 조롱이 이따금 들려왔다. 그러나 패주하는 병사들은 워낙 다급해서 그런지 구경꾼이 있다는 것도 의식하지 못하는 것 같았다.

이렇게 광분하는 병사들의 얼굴에서, 순간적이나마 청년은, 자신도 같은 입장에 처하면, 다리가 움직여 주는 이상에는, 하나님의 강인한 손이 그를 붙잡더라도 뿌리치고 달아날 것이라는 느낌을 받았다.

병사들의 얼굴에는 소름끼치는 표정이 서려 있었다. 화약연기 속에서 그들의 투쟁은, 창백한 뺨과 오직 한 가지 욕망에 불타는 눈빛으로 과장시켜 그릴 수 있을 것 같았다.

이 무참한 패주 장면은 마치 막대기와 돌과 사람을 모두 휩쓸어 가는 홍수의 마력을 보는 듯했다. 그러나 예비 부대인 그들은 계속해서 진지를 지켜야 했다. 그들은 파랗게 질려 굳어졌다가는 다시 상기하여 와들와들 떨곤 했었다.

청년은 이 같은 혼란 속에서도 한 가지 사실을 생각해 냈다. 그것은 다름 아닌 그 부대를 패주시켰던 복합적 속성을 지닌 괴물이 아직 눈앞에 나타나지 않았다는 것이었다. 그는 그 괴물을 직접 자신의 눈으로 보고야 말겠다고 굳게 결심했다가도, 막상 그 일이 벌어지면 누구보다도 먼저 자기 자신이 도망칠 것만 같았다.

제5장

　병사들은 계속 대기했다. 청년은 곡마단이 들어와 시가행진을 하고 있을 봄철의 고향 거리를 머릿속에 그려 보았다. 그는, 모험심이 가득 찬 꼬마였을 때 흰 말을 탄 초라한 여자 단원이나 퇴색한 마차를 타고 지나가는 악대의 뒤를 따라가려고 기회를 벼르며 서서 기다렸던 생각이 났다. 누런 한길, 기대에 부푼 사람들의 행렬, 그리고 음산한 주택의 모습 등이 눈앞에 떠올랐다. 그는 가게 앞에 내놓은 과자 상자에 걸터앉아, 이따위 구경에 한눈파는 것을 멸시하는 체하던 늙은이가 유달리 기억에서 떠나지 않았다. 형형색색의 모든 영상들이 하나하나 머리에 되살아났다. 과자 상자에 걸터앉은 늙은이의 모습이 그 영상의 한가운데를 차지하고 있었다.

　"저기 온다!" 누군가가 크게 외쳤다. 병사들 사이에서 웅성거리는 소리가 났다. 그들은 탄약을 모조리 손에 넣으려고 미친 듯이 날뛰었다. 탄약통을 이리저리 끌고 다니다가 다시 조심스럽게 한자리에 고정시켜 놓기도 했다. 이것은 마치 마음에 드는 모자 하나를 고르려고 수백 개의 모자를 써 보는 것과도 같았다.

　키 큰 병사는 사격 준비를 마치고 빨간 손수건을 하나 꺼냈다. 그가 아주 정성스럽게 손수건을 목에다 두르고 있을 때, 연대의 방어선 여기저기에서 나직한 고함소리가 울려 퍼졌다.

"온다! 와!" 탄환을 장전하는 소리가 들려왔다.

연기가 자욱한 들판 너머에서 고함소리와 함께 적군의 공격선이 누런 떼를 지어 밀려오고 있었다. 그들은 허리를 굽히고, 총을 마구 흔들어대면서 다가왔다. 앞쪽으로 약간 숙여진 군기가 선두에서 빠르게 달려오고 있었다.

청년은 그들을 보는 순간, 자신의 총에 탄환이 장전되어 있지 않으면 어쩌나 하는 생각이 들었다. 청년은 희미하기 짝이 없는 기억을 더듬으며 확실하게 탄환을 장전한 사실을 생각해 내려고 애썼으나 도저히 생각이 나지 않았다.

군모를 쓰지 않은 한 장군이 삼공사 연대의 연대장 바로 앞에 땀에 젖은 말을 세웠다. 그는 대령의 면전에서 주먹을 휘두르며, "놈들을 격퇴시켜야 해! 놈들을 격퇴시키란 말이야!" 하고 외쳐댔다.

흥분한 대령은 말을 더듬었다. "네, 각하. 최, 최선을 다, 다하겠습니다, 장군님." 장군은 열띤 몸짓을 해 보이더니, 곧 말을 타고 떠나 버렸다. 대령은 화풀이라도 하려는 듯 비 맞은 앵무새처럼 사병들을 꾸짖기 시작했다. 청년은 후방이 무사한지 슬쩍 돌아보았다. 그런데 연대장은 무엇보다도 병사들과 관계를 맺은 것을 후회하는 듯 매우 원통하고 화난 표정을 지었다.

청년 곁에 있던 한 병사가 중얼거렸다. "아, 우리는 이제 다 죽었구나! 이젠 다 죽었어!" 중대장은 그들 뒤에서 흥분하여 왔다 갔다 했다. 그는 자상한 국민학교 여선생이 코흘리개 일 학년 학생을 달래듯이 병사들을 구슬렸다. 그의 말은 끝없이 반복되었다. "탄환을 아껴. 내가 쏘라는 말을 할 때까지는 절대로 쏘지 말도록. 탄환을 아껴야 해. 적이 가까이 올 때까지 기다려야 해. 바보짓 따위는 하지 마!"

청년의 얼굴에서는 식은땀이 흘러내렸다. 마치 울보 개구쟁이의 얼굴처럼 온통 땟국물로 얼룩져 있었다. 그는 이따금 초조함을 감추지 못하며, 소맷자락으로 눈을 비볐다. 그의 입은 여전히 닫힐 줄 몰랐다.

바로 앞 적군이 득실거리는 들판을 보고 난 뒤로는, 그는 총에 탄환이 재어져 있는지, 없는지조차도 깨끗이 잊고 말았다. 그가 총을 쏠 마음의 준비가 되기도 전에, 아니 그가 곧 싸우게 된다고 자신에게 다짐하기도 전에, 그는 제법 말을 잘 듣는 총을 똑바로 겨누어서 맹렬한 사격을 퍼부어댔다. 어느 새 그는 그 동작을 자동적으로 되풀이하고 있었다.

그는 갑자기 자기 신변에 대한 걱정을 잊게 되었고, 위협을 받고 있는 그의 운명조차 다시 생각할 여지가 없었다. 그는 어떤 개성과 특성을 지닌 사람이 아니라, 큰 조직체의 일원으로 탈바꿈해 있었다. 그는 자기가 소속되어 있는 조직체, 그것이 연대건, 군대건, 대의명분이건, 국가건 간에 그가 속해 있는 그 무엇이 위기에 처해 있다고 느꼈다. 그는 오로지 한 가지의 욕망에 사로잡혀, 지배를 받고 있는 전체 속에 융합되어 있었다. 얼마 동안 그는 도저히 도망칠 수 없었다. 상황은 마치 새끼손가락이 손을 떠나려고 혁명을 일으킬 수 없는 것과 같았다.

만일, 연대가 일시에 전멸당하리라고 생각했었다면, 아마 그는 모든 것을 뿌리치고 도망쳤을지도 몰랐다. 그러나 연대가 웅성대는 소리를 들으니 안심되었다. 참으로 연대는 폭죽 같았다. 일단 불이 붙기만 하면 약이 다 없어져 사그라질 때까지 다른 어떤 것보다 신나게 타는 폭죽처럼 맹렬하게 온 힘을 다해 적을 강타했다. 세상이 좁아라 하고 타올랐다. 그들 앞의 벌판은 사상자로 가득하리라고 그는 상상했다.

그는 자기 주위에 언제든지 전우들이 있음을 의식했다. 전쟁터에서 싹트는 전우애는, 병사들이 전쟁의 목적으로 내세우는 대의명분보다도 더욱 강한 것임을 깨달았다. 그것은 사선을 넘어 포탄 세례 등의 각종 위험을 무릅쓰고 어깨를 나란히 하고 동거하는 가운데 신비하게 움트는 우애였다.

그는 무슨 일인가를 치르고 있었다. 마치 수없이 많은 상자를 만들고, 또다시 다른 상자를 만드는 일에 몰린 목수처럼 한없이 분주하기만 했다. 또 목수가 손을 놀려 일하면서도 휘파람을 불어 가며, 머릿속으로는 친구와 원수들 또는 집이나 술집을 생각하듯, 그도 총질을 하면서 생각은 딴 곳으로 질주하고 있었다. 그러나 이때 생각했던 것은 모두가 체계 없고 흐리멍덩한 형태의 덩어리로 남아 있을 따름이었다.

이윽고 청년은 전쟁을 몸소 체험하기 시작했다. 뭐라고 할까, 비지땀을 흘리며, 불에 달군 돌이 깨지려는 순간처럼 눈알이 튀어나올 것 같은 느낌이라고나 할까. 화끈한 고함소리가 그의 귓전에 와 닿았다.

다음에는 억제할 수 없는 분노가 청년을 사로잡았다. 개가 계속 귀찮게 굴자 화가 터진 젖소처럼, 신경이 갑자기 곤두서고 화가 치밀었다. 기껏해야 한 번에 한 사람밖에 겨눌 수 없는 총에 대해서도 화가 났다. 청년은 뛰쳐나가 맨손으로 적병의 목을 조르기라도 하면 끓어오르는 화가 좀 풀릴 것 같았다. 그는 단 한 번 손을 흔들어 온 세상을 휩쓸어 버릴 수 있는 신통력을 갈망했다. 그럴수록 그는 더욱 무력해졌고, 무력함을 의식하자 마치 쫓기는 짐승처럼 더욱 화가 치밀었다.

무수한 총에서 쏟아져 나오는 연기에 묻혀 싸우는 동안, 청년의 분노 대상은 그를 향해 물밀듯 밀어닥치는 적병이라기보다는, 차라리 그의 타들어 가는 목구멍을 연기로 틀어막아 질식하게 하는 해괴한 전쟁이란 유령이었다. 그는 담요에 싸여 질식사하는 어린애가 그것을 결사적으로 쥐어뜯듯이, 정신을 차려 숨을 쉬려고 몸부림쳤다.

모든 병사들의 얼굴에는 열띤 분노와 진지한 표정이 감돌고 있었다. 병사들은 나직한 음성으로 뭔가를 투덜대고 있었다. 그들의 환호성과 으르렁대는 소리, 그리고 온갖 욕설과 기도가 한데 뒤범벅되어, 마치 전쟁 행진곡처럼 이상하게 울려 퍼지다가 이내 난폭하고 야만적인 노래가 되었다. 청년의 곁에 있던 병사도 중얼거리고 있었는데, 젖먹이 어린애가 혼잣말하듯 따뜻하고 다정하고 부드러운 그 무엇이 깃들어 있었다. 키가 큰 병사는 커다란 소리로 욕을 내뱉었다. 그의 입에서는 생전 들어 보지 못한 괴상하고 지독한 욕설들이 계속 쏟아져 나왔다. 갑자기 다른 병사가 모자를 잃어버린 사람처럼 성급하게 덤비며 큰 소리로 외쳤다. "그런데, 왜 우리를 지원하지 않는 거야? 왜 지원대를 급파하지 않지? 아니, 우리를 뭐……."

전투에 너무 열중하여 정신이 몽롱한 청년은, 졸고 있는 사람이 듣고 있는 듯 그 말들이 잘 들리지 않았다.

영웅적인 전투 자세는 도무지 찾아볼 수 없었다. 병사들은 분노에 차서 바쁘게 몸을 움직이고 있거나 구부리는 등 그들의 자세는 천태만상이었다. 병사들이 미친 듯 각자의 총에 화약을 재느라고 총구를 쑤실 때 강철 꽂을대의 시끄러운 잡음까지 겹쳐 끊임없이 소음이 계속되었다. 탄약통의 뚜껑이란 뚜껑은 모조리 열려 있어 병사들이 몸을 움직일 때마다 허리춤에서 덜그럭거렸다. 일단 탄환이 재어진 총은 어찌 되었건 어깨 위로 올려 정확하게 겨냥되지도 않은 채 닥치는 대로 연기 속이나 정면의 움직이는 희미한 형상에 대고 발사되었다.

그런데 그 희미한 형상들은 마치 마술사의 손 아래에서 움직이는 꼭두각시처럼 시간이 지날수록 점점 더 커지고 있었다.

연대 뒤에 드문드문 서 있는 장교들도 멋진 자세로 서 있을 마음의 여유가 없었다. 그들은 하나같이 이리 뛰고, 저리 뛰며 병사들에게 큰 소리로 지시를 내리든가, 덧붙여 격려의 함성을 지르고 있었다. 그들의 고함소리는 유별나게도 컸다. 초인적인 의지로 악을 쓰는 것이었다. 포연 건너편에 있는 적군을 살피려고 발을 구르며 안타까워했다.

청년이 속해 있는 중대의 중위는, 전우들의 일제 사격이 시작되자마자 비명을 지르며 도망쳤던 병사와 마주치게 되었다. 그래서 그들 두 사람은 연대의 일선 뒤에서 따로 촌극을 벌이고 있었다. 병사는 말도 되지 않는 소리를 지껄이며 양 같은 눈으로 중위를 쳐다보고 있었으며, 장교는 그의 목덜미를 움켜잡고 주먹으로 때리고 있었다. 늘씬하게 두들기고 난 후 장교는 병사를 대열로 돌려보냈다. 병사는 그렇게 얻어맞고도, 여전히 양 같은 눈을 하고 장교를 쳐다보며 느릿느릿 대열로 되돌아왔다. 아마 병사는 장교의 목소리에서 두려움을 모르는 엄격하고도 굳건한, 보통 사람이 지닐 수 없는 신의 힘을 감지했는지도 모른다. 그는 다시 총알을 재려고 하였으나 손이 떨려 도무지 뜻을 이루지 못했다. 중위는 하는 수 없이 병사를 도울 수밖에 없었다.

사람들이 여기저기서 짚단 쓰러지듯 넘어져 죽어 갔다. 청년이 소속된 중대의 중대장인 대위는 전투가 벌어지고 얼마 안 되어 전사했다. 즐비한 시체들은 마치 피곤한 사람이 쉬고 있는 것처럼 사지를 쪽 펴고 있었다. 그러나 얼굴 하나하나에는 친한 친구에게 배반당한 듯한 놀랍고도 슬픈 표정이 감돌았다. 시끄럽게 재잘거리던 병사의 얼굴을 적탄이 스치는 바람에 피가 온통 그의 얼굴을 뒤덮고 말았다.

병사는 어리둥절하여 두 손으로 머리를 감싸며 "오!" 하고 외치더니 뛰기 시작했다. 또 다른 병사는 누가 명치끝을 곤봉으로 후려치기나 한 듯이 비명을 질렀다. 그는 털썩 주저앉아 원망스러운 눈초리로 앞을 노려보았다. 그의 눈빛에는 형언하기 어렵고, 헤아릴 수 없는 원한이 감도는 듯했다. 전선 저편에서는 나무 기둥 뒤에 숨어 있던 한 병사가 탄환에 맞아 무릎 뼈가 으스러지는 장면이 벌어졌다. 그는 즉시 총을 떨어뜨리더니 양손을 들어 나무를 결사적으로 움켜잡았다. 그러나 그는 더 이상 나무를 붙잡고 있을 수 없었던지 도와달라고 소리를 질렀다.

마침내 기쁨에 찬 환호성이 전선을 뒤흔들어 놓았다. 요란한 총성이 차츰 고개를 숙이더니, 드디어 간간이 들려올 뿐 잠잠해졌다. 연기가 서서히 걷혀 가는 것을 보며, 청년은 적의 돌격이 격퇴되었음을 알았다. 적은 하는 수 없이 삼삼오오 짝을 지어 사방으로 흩어지고 있었다. 적병 하나가 울타리 꼭대기에 기어오르더니, 다리를 벌리고 걸터앉아 마지막 작별 인사를 하듯 총을 쏘는 것이 보였다. 적군의 물결은 여기저기에 검은 시체무더기를 남긴 채 물러갔다.

연대 내의 어떤 병사들은 미친 듯이 함성을 질렀으나 대부분의 병사들은 아무 말이 없었다. 그들은 분명히 자기 성찰의 시간을 갖는 듯했다.

청년은 전투의 뜨거운 열이 식고 난 뒤에야 새삼스럽게 숨이 막혀 옴을 느꼈다. 그는 그가 싸우던 때의 더럽던 분위기를 감지했다. 마치 용광로 앞에서 일하는 노동자처럼 비지땀을 흘리고 있었다. 그는 수통을 움켜쥐고는 미적지근한 물을 마셔댔다.

이 구석, 저 구석에서 병사들은 다음과 같은 말을 지껄여댔다. "어때, 우리가 모두 놈들을 막아 냈지. 우리가 놈들을 막아 냈단 말이야.

막아 내고말고!" 병사들은 더러운 얼굴에도 기쁨을 감추지 못하며 서로의 얼굴을 쳐다보았다.

청년은 자신의 뒤와 좌우를 둘러보았다. 그리고 비로소 여유를 갖고 둘레를 살피는 인간의 기쁨을 맛보았던 것이다.

발치에는 움직이지 않는 시체가 몇 구 있었다. 그 시체들은 한결같이 뒤틀린 채 굳어 있었다. 팔이 망측스럽게 구부러져 있었고, 머리도 제멋대로 비틀려 있었다. 그것은 상당히 높은 곳에서 떨어져 죽은 시체 같은 모습이었다. 마치 하늘에서 쏟아 버린 쓰레기 같은 자세라고나 할까……

뒤쪽의 숲에 자리 잡은 포대가 수풀 너머로 포탄을 쏘아대고 있었다. 포에서 나오는 섬광이 처음에는 청년을 놀라게 했다. 청년은 그 포탄이 자기를 겨냥하고 쏘아지는 것이 아닌가 생각했었다. 이름 모를 나무들 사이로 열심히 포격하고 있는 포수들이 보였다. 그들의 작업 과정은 매우 복잡하게 보였다. 그는 이와 같은 혼란 속에서 어떻게 그 순서를 잊지 않고 되풀이하는지 놀라울 뿐이었다.

대포는 무슨 토인족 추장의 대열같이 줄지어 있었다. 그것들은 느닷없이 벽력같은 소리를 지르며 언쟁하듯 화염을 토했다. 언쟁치고는 대단히 기분 나쁘고 험상궂은 언쟁이었다. 추장의 직속 종들이 분주하게 시중을 드는 것이었다.

부상병들이 음산한 대열을 지어 후방으로 머리를 돌렸다. 그것은 마치 여단의 찢어진 상처에서 흐르는 피와 같은 느낌이었다.

그 오른쪽과 왼쪽에 다른 부대가 집결해 있는 것이 검게 보였다. 저 앞 멀리에는 더 밝은 색의 군복을 입은 적병의 떼가 숲 밖으로 나와 있는 것같이 생각되었다. 바로 이것은 수천의 적군이 그 뒤에 진을 치고 있음을 암시하고 있었다.

이윽고 작은 포대가 지평선을 가로질러 질주해 가는 것이 보였다. 아주 작게 보이는 기수들이 깨알같이 보이는 말을 채찍질하고 있었다.

저편 비탈진 언덕에서 환호성과 야유하는 소리가 들려왔다. 나뭇잎 사이로 연기가 서서히 피어올랐다.

포대들이 우레와 같은 포효 소리를 울렸다. 여기저기에서 깃발이 나부끼는데, 성조기의 붉은 줄이 유난히 눈에 띄었다. 그 붉은빛은 검은색 일색의 병사들의 전선에 한 가닥의 따뜻한 빛을 보내는 것 같았다.

청년은 나라를 상징하는 깃발을 보고 가슴이 뭉클했다. 성조기는 심한 폭풍에도 지치지 않는 생기발랄하고 아름다운 새처럼 보였다.

그는 언덕 쪽에서 들리는 소음과 또 멀리 왼쪽에서 들려오는 우렁찬 폭음, 그리고 대단치는 않으나 여러 곳에서 들려오는 시끄러운 소리를 듣고, 비로소 여러 곳에서 싸움이 벌어지고 있구나 하는 생각을 했다. 이때까지 그는 모든 전쟁이 자기의 눈앞에서만 전개되고 있는 것으로 생각했었다.

청년은 주위를 살펴보며, 티 없이 맑고 푸른 하늘과 나무와 들판을 쨍쨍 내리쬐는 햇빛을 보고 갑자기 소스라쳐 놀랐다. 이렇게 악착스럽고 끔찍한 싸움이 벌어지고 있는 동안에도 대자연의 아름다운 섭리는 아무 일없었다는 듯 태연하게 진행되고 있음에 놀라지 않을 수 없었던 것이다.

제6장

청년은 서서히 정신이 들었다. 그래서 자신을 되돌아볼 수 있는 위치로 돌아오고 있었다. 잠시 동안 그는, 자기 자신을 본 적이 없는 사람처럼, 샅샅이 살펴보았다. 그러다가 땅에 떨어진 자기 모자를 주워 올렸다. 그는 손을 움직여 자신의 옷매무새를 바로 하고, 무릎을 꿇어 군화 끈을 고쳐 맸다. 그는 땀이 흐르는 얼굴을 조심스럽게 닦았다.

'아! 드디어 모든 것이 다 끝났도다!' 가장 무서운 시련은 끝난 것이다. 붉고 무시무시한 전쟁의 가장 어려운 부분이 정복된 것이다.

그는 자기만족의 황홀경에 빠져 버렸다. 그는 일생에서 가장 즐거운 느낌을 맛보았다. 곧 제 삼의 입장에서 자신을 보며 전투의 마지막 장면도 회상해 보았다. 이런 처참한 전쟁을 해낸 사람은 훌륭하다고 자부해 보았다.

그는 자신이 훌륭한 사나이라고 생각되었다. 지금까지는 자기가 도저히 도달할 수 없다고 생각했던 이상에 도달한 것이다. 그는 만족의 미소를 지었다.

전우들에게도 다정하게 호의를 보이는 웃음을 지었다. "어이, 꽤 덥지?" 그는 소매로 얼굴의 땀을 닦고 있는 한 병사에게 다정한 질문을 던졌다.

"정말이야!" 상대방도 다정하게 씩 웃었다. "이런 더위는 난생처음이야." 그는 팔다리를 쭉 펴고 땅바닥에 벌렁 누웠다. "다음다음 월요일까지는 싸움 없이 조용히 지냈으면 좋겠어."

서로 악수를 나누는 병사들도 제법 많았다. 비록 그들은 모두 낯익은 얼굴이었지만 청년은 이제야 비로소 그들과 깊은 유대가 맺어졌음을 느꼈다. 그는 상처가 고통스러워 견디지 못하고 욕설을 퍼붓는 한 전우에게 붕대를 감아 주었다.

그런데 갑자기 이 신병 연대의 대열 속에서 놀란 외침이 일어났다. "적군이 다시 쳐들어온다! 놈들이 다시 쳐들어와!" 땅 위에 누웠던 병사들은 벌떡 일어나며 "어휴! 맙소사!" 하고 소리쳤다.

청년은 재빠르게 들판을 훑어보았다. 멀리 있는 숲 속에서 적병의 무리가 떼를 이루어 쳐들어오고 있음을 보았다. 이번에도 또 고개를 숙인 깃발이 앞장서서 달려오고 있었다.

잠시 동안 연대를 괴롭히지 않던 적의 포격이 다시 시작되어, 포탄이 윙윙 날아와 풀밭이나 나뭇잎 사이에서 폭발했다. 그것은 무서운 전쟁에서 핀 아름다운 꽃처럼 보였다.

병사들은 신음소리를 냈다. 그들의 눈에서는 광채가 사라졌다. 더럽혀진 얼굴에도 실망의 빛이 뚜렷했다. 그들은 피로에 뻣뻣해진 사지를 서서히 움직이며, 밀려오는 적병의 무리를 화난 것처럼 바라보았다. 전쟁의 신을 모신 신전에서 일하던 노예들이 지나치게 고되고 무리한 일에 반항하기 시작한 것이다.

그들은 서로 화가 나서 불평했다. "이건, 너무한데! 왜 원군을 보내주지 않는 거야?"

"두 번째 공격은 도저히 막아내지 못할 거야! 제기랄, 혼자서 반란군 전체를 상대로 싸우러 온 것은 아니니까."

또 어느 병사는 비통한 목소리로 크게 외쳤다. "내가 빌 스미더즈의 손을 밟을 게 아니라, 그놈이 내 손을 밟아 주었더라면 좋았을 것을 그랬어." 적의 공격을 막아낼 태세를 갖추는 연대의 피곤한 사지의 마디마디가 삐걱거리며 아픈 것 같았다.

청년은 정신이 나가 멍하니 쳐다볼 뿐이었다. 이런 터무니없는 일이 일어날 수는 없는 거라는 생각이 들었다. 그는 적군이 갑자기 정지하여, 무슨 착각이었으니 미안하다고 사과하며, 고개를 숙이고 되돌아가기를 기대했다. 그러나 그 생각은 부질없는 것이었다.

그러나 연대 전열의 어디선가 사격이 시작되더니 재빨리 좌우로 번져 나갔다. 널따란 천을 펼쳐 놓은 것처럼 총포의 화염이 일어나더니, 잠시 미풍에 흔들리며 지상에 머물다가, 대문을 통과하듯이 대열속 병사들의 틈을 헤치고 구름처럼 피어올랐다. 구름은 햇빛을 받아 흙빛이 되었으며, 그 그늘 밑에 있는 푸른 제복의 병사들이 가련해 보였다. 때로는 휘몰아치는 포연에 군기가 푹 잠겨 보이지 않을 때도 있었지만 대체로 다시 위로 솟아나 햇빛을 받고 반짝였다.

청년의 눈은 과로한 말에서 볼 수 있는 피로한 빛으로 가득 차 있었다. 그의 목은 맥이 빠져 떨고 있었고, 팔의 근육은 피의 흐름이 멈춰 마비된 것 같았다. 그의 손도 역시 눈에 보이지 않는 장갑을 끼고 있는 것처럼 크고 볼품이 없었다. 그의 무릎마디도 성하지 않고 자신이 없어 보였다.

사격이 시작되기 전 한 전우가 지껄인 말이 자꾸 그의 뇌리를 때렸다. "이건 너무해! 우리를 뭐로 아는 거야. 왜 원병을 보내지 않고 꾸물거리지? 뭐 우리가 혼자서 반란군 전체를 상대로 싸우러 온 줄 아나. 기가 막혀서!

그는 몰려오는 적군의 인내심이나 기술, 그리고 용기를 과대평가하기 시작했다. 지칠 대로 지친 그는 집요하게 덤비는 적군의 진격에 놀라지 않을 수 없었다. 그들은 틀림없이 강철로 만든 기계 같은 놈들일 거야. 해가 질 때까지 강철의 사나이들에 대항하여 싸울 생각을 하니 참으로 우울했다.

그는 천천히 총을 들고 적병이 겹겹으로 밀려오는 들판을 보았다. 그리고 곧 그중에서 한 무리를 향해 쏘았다. 그는 사격을 중지하고 연기 속을 기웃거렸다. 무엇엔가 쫓기는 것처럼 아우성치며 도망가는 도깨비 같은 적병들의 모습이 보였다.

청년에게는 그것이 마치 무서운 용의 무리가 습격해 오는 것 같았다. 그는 울긋불긋한 괴물에게 쫓겨 다리의 맥이 빠져 움직이지 못하는 사람처럼 되었다. 그는 겁에 질려 귀를 기울이고 기다리는 듯한 태도였다. 마치 체념한 채, 눈을 감고 잡아먹히기를 기다리는 사람 같았다.

그의 곁에서 여태껏 미친 듯 총을 쏘고 있던 병사가 갑자기 비명을 지르며 뛰기 시작했다. 지금까지 용감무쌍하고 기꺼이 생명을 바칠 것 같은 표정을 하고 있던 사나이가 순식간에 비겁하기 짝이 없는 천인으로 변한 것이다. 그의 얼굴빛은 마치 한밤중에 멋모르고 낭떠러지 끝에 다가섰다가 갑자기 그 사실을 깨달은 사람의 안색처럼 파리하고 창백했다. 그는 그제야 여태껏 몰랐던 것을 깨닫게 되었다. 그래서 그는 총을 던지고 도망치기 시작했다. 얼굴에는 수치감 같은 것은 조금도 찾아볼 수 없었다. 그는 토끼처럼 잘도 도망쳤다.

다른 병사들도 연기 속을 달음질쳐 도망가기 시작했다. 고개를 돌려 이 장면을 목격한 청년은 마치 전 연대가 자기를 내버린 채 도망가 버리기나 하는 것처럼 소스라쳐 놀랐다. 몇몇 도망치는 병사의 뒷모습도 볼 수 있었다.

그 역시 겁에 질려 짧게 뭐라고 외치곤 돌아섰다. 이 북새통에서 잠시 동안이나마 그는 옛날이야기에 등장하는 병아리처럼 난처한 입장에 처하게 되었다. 안전한 것이라곤 없었다. 어느 곳을 봐도 오직 파멸만이 그를 기다리고 있었다.

이윽고 청년은 뒤쪽으로 줄달음치기 시작했다. 총도 모자도 없었다. 단추가 풀린 윗도리는 바람에 부풀어 불룩했다. 허리에 찬 탄약통의 뚜껑이 덜걱거렸고, 가느다란 줄에 간신히 달려 있는 수통은 어느새 등 뒤로 돌아가 있었다. 그의 얼굴에는 상상하던 바와 같은 온갖 형태의 공포가 어려 있었다.

갑자기 중위가 소리를 지르며 앞을 가로막았다. 그의 얼굴은 노여움으로 붉게 달아올라 있었고, 차고 있는 칼로 사람들을 마구 후려갈겼다. 청년의 머리에 떠오른 생각은 중위가 하필이면 여기에 관심을 갖다니 괴상한 친구이구나 하는 생각뿐이었다.

그는 앞이 잘 보이지 않는데도 마구 달렸다. 그러다가 두세 번 넘어지기도 했다. 한번은 나무에 어깨를 심하게 부딪쳐 고꾸라지기도 했다.

싸움터를 등지고 후방을 향해 달려온 뒤부터 그의 공포심은 몇 배로 늘어났다. 눈앞에 나타나는 죽음의 공포보다는, 배후에서 노리는 죽음의 위협이 더욱 무섭게 느껴졌다. 나중에 생각해 보니, 무서운 것의 소리만 듣는 것보다는 차라리 제 눈으로 그 무서운 것 자체를 보는 것이 덜 무서운 이치와 같았다. 전투의 소음은 거대한 바위와도 같아서 그는 그 바위 밑에 깔려 죽을 것만 같았다.

도망치다가 청년은 다른 병사들과 섞이게 되었다. 그의 좌우 쪽에도 병사들이 있을 것이라고 막연히 생각했고, 등 뒤에서도 발자국 소리가 들려온다고 생각했다. 그는 온 연대가 무서운 죽음에 쫓겨 도망치는 것이라고 생각했다.

도망치면서도 그의 뒤를 따라오는 발자국 소리가 그에게 한 가닥의 위안을 주었다. 막연하나마 죽음의 손길은 가장 가까운 곳에서부터 손댈 것이라고 믿었던 것이다. 그렇다면 죽음의 용(龍)은 그 첫 입으로 삼킬 희생자를 자기보다는 뒤에서 뛰고 있는 병사들에게서 찾을 것이다. 그래서 청년은 다른 병사들보다도 앞서 달리려고 미친 듯이 뛰었다. 마치 단거리 경주가 벌어진 것 같았다.

누구보다도 앞장서서 들판을 달리던 청년은 포탄이 무수히 쏟아지는 지역에 다다랐음을 알았다. 포탄은 그의 머리 위로 쌩쌩 하는 소리를 길게 내며 날아갔다. 그 소리를 들으니, 포탄은 자기를 노려보며, 기다랗고 잔인한 이를 드러내고 으르렁대는 것처럼 생각되었다. 한번은 포탄이 바로 그의 앞에서 터지며, 시퍼런 번개 같은 불을 뿜으며 앞을 가로막았다. 청년은 땅 위에 납작 엎드렸다가 벌떡 일어서서 달리던 방향이 아닌 다른 쪽으로 방향을 바꾸어 숲 속을 달렸다.

그러다가 또 열심히 사격하고 있는 포대를 보고 아연실색했다. 그곳에서 싸우고 있는 병사들은 머지않아 전멸당하리라는 사실을 전혀 모른 채 태평한 기분인 것 같았다. 포병들은 멀리 위치한 적병과 싸우고 있었는데, 그들 자신의 명확한 사격술에 스스로가 감탄하고 있는 듯했다. 그들은 대포를 달래고 타이르는 것처럼 쉴 새 없이 허리를 굽혔다 폈다 했다. 마치 대포의 등을 토닥거리며 격려하고 있는 것 같았다. 단단하고 육중한 대포는 끄떡도 하지 않고 용감하게 계속 포효했다.

정확한 포병들은 태연히 사격에 열중하고 있었다. 그들은 기회 있을 때마다 검은 연기가 자욱하게 끼어 있는 산언덕을 쳐다보았다. 그곳에서는 적군의 포대가 사격해 오고 있었다. 청년은 뛰면서 그들 포병이 불쌍하다고 느꼈다. 시키는 대로만 하는 바보 천치들! 기계 같은 바보들! 적군의 포대가 있는 진지에 포탄을 떨어뜨리고 제법 고상하기까지 한 희열을 느끼는 그들이 갑자기 저 숲 속에서 물밀 듯이 나오는 보병 연대를 만나게 되면 어찌할 것인가.

한 젊은 기수가 날뛰는 말의 고삐를 꽉 쥐고 지나갔다. 그 모습은 마치 평화로운 고향의 마구간에서 말을 다루는 것 같아서 청년에게 깊은 인상을 주었다. 그는 머지않아 이 세상을 떠나게 될 사람의 얼굴을 바라보고 있다고 확신했다.

그도 역시, 나란히 줄지어 있는 여섯 개의 대포를 보고 측은한 마음이 들었다.

청년은 곤경에 빠진 우군을 구하기 위해 진군하는 한 여단을 보았다. 그는 야트막한 언덕에 올라, 지형이 험악한 곳에서도 대열을 흩트리지 않고 질서 정연하게 전진하는 그들의 모습을 바라보았다. 푸른 제복의 병사들이 가지고 있는 총은 강철로 씌운 것 같았고, 오색의 군기들도 유난히 눈에 띄는 것 같았다. 이윽고 장교들이 뭐라고 소리쳤다.

이 광경도 역시 그를 놀라게 했다. 저 여단도 전쟁의 사나운 입안에 삼켜지기 위해서 발길을 재촉하고 있는 것이다. 도대체 저들은 어떤 종류의 인간들일까? 참으로 훌륭한 종자들이다. 그렇지 않다면 아무것도 모르는 바보들이거나.

분노에 서린 명령이 떨어지자 포병들이 술렁대기 시작했다. 미친 듯이 날뛰는 말을 탄 장교가 악마같이 팔을 저으며 외쳤다. 뒤에 대기시켰던 말들이 앞으로 끌려 나왔고, 대포가 빙글 돌더니 포병 부대가 도망치기 시작했다. 포구를 비스듬히 땅으로 숙인 채 끌려가는 대포들은, 마치 후퇴하기를 꺼리는 불평투성이의 용사들이 투덜대듯 덜그렁거렸다.

청년은 소란스러운 싸움터를 벗어났으므로, 뛰던 속도를 줄여 계속 나아갔다.

얼마 후, 그는 말 위에 올라앉은 어느 사단장을 만났다. 그가 탄 말은 전쟁의 소음이 나는 쪽으로 귀를 쫑긋 세우고 있었다. 말에 부착되어 있는 안장과 고삐가 매우 번쩍이는 노란색 가죽이어서 그 위에 걸터앉은 말수 적은 장군은 장군인데도 말이 너무 화려했기 때문에 눈에 띄지 않았다.

참모들이 말을 타고 쩔렁거리며 이리저리 부산하게 뛰고 있었다. 장군의 주위에는 말을 탄 사람들이 이따금 모여들기도 하고, 또 어떤 때는 장군 혼자 서 있기도 했다. 장군은 괴로움을 많이 경험한 사람처럼 보였다. 장군은 물이 변동이 심한 때의 상인 같은 표정을 하고 있었다.

청년은 이 지점을 떠나지 않았다. 그는 겁을 내면서도 말을 엿들으려고 가까이 다가갔다. 어쩌면 이 혼란 상태를 이해 못 한 장군이 다른 정보를 들으려고 그에게 말을 걸어올지도 모른다. 그러면 모든 것을 털어놓을 수 있다. 그는 모든 것을 낱낱이 알고 있다. 이 부대는 확실히 곤경에 빠져 있으니, 아직 기회가 있는 지금 꽁무니를 빼지 않으면 그 말로가 어떻게 되리라는 것은 바보 천치도 알 텐데, 왜 그럴까.

그는 장군을 심하게 때려 주고 싶었다. 아니, 그렇게는 못 할지라도 가까이 다가가서 "이놈!" 하고 욕이라도 하고 싶었다. 한 곳에 가만히 있기만 하고, 파멸을 면할 아무 대책도 수립하지 않는다는 것은 죄악이다. 그는 사단장이 자기에게 말을 걸어 주기를 열망하며 그곳을 떠나지 않았다.

그가 조심스럽게 왔다 갔다 하는데, 사단장의 짜증난 듯한 말소리가 들려왔다. "톰킨스, 가서 테일러에게 지나치게 바삐 서두르지 말고 그의 여단을 숲 가에 배치시키라고 그래. 그리고 연대를 앞쪽 중앙으로 보내라고 해. 우리가 곧 돕지 않으면 중앙이 뚫어지겠으니까. 빨리 알아서 서두르도록 해."

멋진 갈색 말을 탄 호리호리한 젊은이는 상관의 명령을 듣자마자 말을 전속력으로 몰아 맡은 임무를 수행하려고 달렸다. 그의 뒤에서는 먼지가 구름처럼 피어올랐다.

잠시 후 청년은 장군이 안장 위에서 좋아 날뛰는 것을 목격했다.

"야, 잘했다. 드디어 놈들을 막아 냈구나!" 장군은 몸을 앞으로 숙였다. 장군의 얼굴은 흥분하여 빨갛게 달아올랐다. "그래, 정말 놈들을 막았다! 그들이 놈들을 막았다니까!"

그는 신바람이 나서 참모들에게 외쳐댔다. "이번엔 우리가 놈들을 강타할 차례야. 기필코 쳐부숴야지." 그는 갑자기 부관을 돌아보며 외쳤다. "야, 너, 조운즈, 톰킨스 뒤를 쫓아가서 테일러에게 쳐들어가란다고 전해. 힘 있는 데까지 전력을 다해 적을 무찌르라고!"

또 다른 장교가 앞서 간 전령의 뒤를 따라 말을 달려가자, 장군은 온 천지를 비추는 태양처럼 얼굴에 미소를 지어 온 누리에 던졌다. 예찬의 노래라도 부르고 싶은 욕망으로 장군의 눈은 빛나고 있었다. 장군은 "놈들을 막아 냈어!"라는 말을 몇 번이고 되풀이했다.

장군이 흥분하는 바람에 말이 뒷발을 들고 뛰어올랐다. 그러자 장군은 유쾌하게 말에 발길질하며 욕을 퍼부었다. 그는 말 잔등 위에서 기쁨의 카니발을 맛본 것이었다.

제7장

청년은 나쁜 짓을 하다 들킨 사람처럼 움츠러들었다. 결국 그들이 승리를 거두고 만 것이다! 바보천치 같은 전열(戰列)이 끝까지 버티어 승리자가 된 것이다. 환호성이 요란하게 들려왔다.

그는 발돋움하여 싸움터 쪽으로 눈길을 돌렸다. 나뭇가지에 누런 연기가 서려 있었다. 바로 그 밑에서 총소리가 들려왔다. 무조건 전진하라는 목쉰 소리가 들려왔다.

그는 놀랍고 화가 나서 돌아섰다. 억울한 대우를 받는 느낌이 들었던 것이다.

그는 스스로에게, 자신이 도망친 것은 전멸의 위기 때문이었다고 변명했다. 그는 군대의 일부인 자기 자신을 구출하기 위해 최선을 다한 것뿐이다. 그 군대의 구성원 하나하나가 제각기 살길을 찾아야 할 의무가 있을 만큼 당시의 상황은 급박했었다. 뒤에 장교들이 그 산산이 흩어진 조각을 한데 모아 다시 전투태세를 갖추면 그만인 것이다. 만일 죽음이 난무하는 위급한 사태에서 각자가 머리를 써 살아남지 못한다면, 결국 군대는 어디에 존재하겠는가? 그러므로 그가 취한 행동은 올바르고 칭찬할 만한 원칙에 따라 움직인 것에 불과할 뿐이다. 그가 한 행동은 현명한 처사였다. 그 행동들은 고차원적 전략에 의한 것이고, 도망칠 때의 다리 힘은 명선수의 다리와도 같았다.

갑자기 그는 전우들이 생각났다. 적군에게 삼켜져 버릴 것만 같던 푸른 군복의 전선이 적의 강타를 놀랍게도 견디어 내고 이겼다. 그는 바로 그 때문에 화가 났다. 그들 작은 부분품의 맹목적인 무지와 어리석음이 그를 배반한 것이다. 머리를 제대로 쓰는 사람이라면, 그것이 불가능하다는 것쯤은 알았어야 함에도 불구하고 그들이 끝까지 진지를 사수하는 바람에 좌절되고 골탕 먹은 것은 그뿐이다. 청년과 같이 어두운 미래를 투시하는 선견지명이 있는 사람은 통찰력이나 지식에 있어 남보다 월등하기 때문에 미리 도망친 것이다. 그는 전우들에 대하여 화가 치밀었다. 그는 그들이 어리석었음이 증명될 수 있음을 알았다.

그는 나중에 자기가 진지에 나타나면 전우들이 뭐라고 할까 궁금했다. 어느 새 빗발치는 조소가 그의 마음을 가득 채우고 있었다. 그처럼 우둔한 운명을 타고난 자들이 자기의 예리한 관점을 도저히 이해할 리 없었다.

그는 자신을 불쌍하게 여기기 시작했다. 그는 악용당한 것이다. 무쇠 같은 불의의 발굽에 짓밟힌 것이다. 그는 현명하게, 그리고 천지신명에도 부끄럽지 않은 동기로 처신했는데도 원망스러운 환경 때문에 짓밟힌 것이다.

그의 마음속에는 그의 동료, 막연한 추상적 의미의 전쟁, 그리고 운명에 항거하는 짐승 같은 음울한 울화가 치밀어 오르기 시작했다. 그는 심한 고뇌와 절망으로 골치를 썩이며 비틀비틀 걸었다. 무슨 소리만 나면 놀라서 비굴하게 지켜보는 그의 눈에는, 그의 죄와 그 죄에 대한 형벌이 큼을 알면서도 한마디의 변명도 못 하는 죄수의 표정이 서려 있었다.

들판을 걷던 그는, 마치 자신을 묻어 버리려는 듯이 숲 속으로 들어갔다. 청년은 자신을 비난하는 듯한 탕탕거리는 총소리가 들리지 않는 곳으로 가고 싶었다.

땅에는 덩굴과 덤불이 얽혀 있었고, **빽빽**하게 자란 나무는 꽃다발처럼 펼쳐져 있었다. 그 속을 헤치고 가자니 자연히 소리가 크게 나지 않을 수 없었다. 나무에 챙챙 감겼던 덩굴식물들은 다리에 걸리면, 감쳤던 덩굴이 나무껍질로부터 떨어져 요란한 소리를 냈다. 스칠 때마다 바스락바스락 소리를 내는 어린 나무들은 청년의 소재를 세상에 알리려는 것 같았다.

그는 이 숲을 달랠 도리가 없었다. 그가 전진할 때마다 숲은 소리 내어 항거했다. 덩굴과 나무가 얽힌 것을 떼려면 성난 숲은 팔을 내저으며 얼굴만큼이나 큰 잎을 그의 면전에 흔들어댔다. 그는 이 같은 시끄러운 소리와 인기척으로 다른 사람이 그가 있는 곳을 알면 어쩌나 하고 두려워했다. 그래서 그는 더욱 어둡고 은밀한 곳을 찾아 숲 속으로 들어갔다.

잠시 후 소총소리는 희미해지고, 대포소리가 쿵쿵 울려왔다. 태양이 갑자기 나타나 나무 사이로 내리쬐었다. 벌레들의 울음소리가 리드미컬했다. 마치 벌레들이 이를 갈며 합창하는 것 같았다. 딱따구리 한 마리가 나무 기둥에 매달린 채 머리를 빤히 내밀고 있었다. 또 새 한 마리가 사뿐사뿐 경쾌하게 날아갔다.

죽음의 소리는 이제 멀리 사라지고, 대자연 속에는 아무 소음도 들리지 않고 고요하기만 했다. 이와 같은 주위 환경이 그를 안심시켰다. 아름다운 들판은 생명을 감싸고 있었다. 그것은 평화를 추구하는 종교이다. 그 아름다운 산야가 피를 봐야만 한다면 차라리 죽고 말 것이다. 자연이란 비극을 대단히 싫어하는 여성적인 것이라고 그는 생각했다.

그는 세상모르고 즐거워하는 다람쥐를 향해 솔방울 하나를 던졌다. 다람쥐는 나무 꼭대기에 높이 뛰어올라 잠시 쉬더니 겁에 질린 듯 나뭇가지 사이로 머리를 빠끔히 내밀어 그를 내려다보았다.

이것을 본 청년은 의기양양했다. 바로 그것이 자연의 법칙이라고 청년은 말했다. 그 증거를 자연이 여실히 보여 준 것이다. 다람쥐는 재빨리 위험을 감지하고서는 미련하게 자리를 지키지 않고 힘을 다해 도망쳤다. 다람쥐는 솔방울에 맞도록 배를 드러내고 하늘의 동정을 구하며 죽어 가지는 않았다.

오히려 그와는 정반대로 다리의 힘이 자라는 대로 한껏 도망쳤다. 그런데 그 다람쥐는 무슨 철학이 깃든 다람쥐가 아닌 보통 다람쥐일 뿐이었다. 청년은 자연의 섭리도 자기와 같은 생각이라고 느끼면서 걸어갔다. 자연은 살아 있는 증거를 제시함으로써 그의 이론을 뒷받침해 준 것이다.

한번은 걸어가다가 늪 속에 빠질 뻔한 적이 있었다. 청년은 진흙에 난 풀을 밟아 가며, 바닥에 발이 미끄러지지 않도록 조심했다. 그러다가 주위를 살피기 위해 걸음을 멈추었을 때, 그는 저 멀리 검은 물속으로 어떤 작은 짐승이 뛰어들었다가 반짝이는 물고기를 물고 나오는 것을 보았다.

청년은 다시 깊은 숲 속으로 들어갔다. 세차게 스쳐대는 나뭇가지 소리 때문에 대포소리도 들리지 않았다. 그는 침침한 곳에서 더 어둠침침한 곳을 찾아 계속 걸어갔다.

드디어 그는 높은 나뭇가지들이 휘어 무슨 기도실같이 된 장소에 다다랐다. 그는 초록빛 문 같은 모양의 나뭇가지를 헤치며 기도실로 들어섰다. 솔잎이 보드라운 갈색 양탄자처럼 깔려 있었다. 실내는 종교적 분위기가 날 정도로 어스름했다. 입구에서 얼마 들어가지 않아 청년은 어떤 광경을 목격하고는 겁에 질려 어쩔 줄을 몰라 했다.

기둥 같은 나무에 등을 대고 앉은 채로 시체가 쳐다보고 있었다. 시체가 원래 입고 있던 군복은 푸른색이었으나, 이제는 퇴색하여 침울한 초록색을 띠고 있었다. 청년을 노려보는 시체의 눈빛은 썩은 생선의 그것처럼 변해 있었다. 입은 벌려져 있었고, 입술의 붉은색은 무시무시한 누런색으로 변해 있었다. 거무죽죽한 얼굴에서는 개미 떼가 성화를 부리고 있었다. 그중 한 마리가 윗입술을 따라서 무슨 덩어리를 굴리고 있었다.

그것을 보자, 청년은 비명을 질렀다. 그리고 잠시 동안 그 앞에 얼어붙어 있었다. 그는 계속 그 흐리멍덩한 눈을 들여다보았다. 죽은 사람과 산사람은 서로 한참 마주보고 서 있었다. 다음에 청년은 서서히 손을 뒤로 돌려 간신히 나무를 잡았다. 그는 나무에 기댄 채 여전히 시체를 바라보며 한 발 한 발 뒷걸음질 쳤다. 그가 돌아서기만 하면 시체가 성큼 일어나 그의 뒤를 쫓아올 것만 같은 생각이 들었다.

그쪽으로 뻗어 있던 나뭇가지가 그의 몸을 밀어서 시체 쪽으로 보내려 했다. 게다가 주의를 게을리해 발이 가시덤불을 밟았다. 이런 것에 닿을 때마다 그는 시체가 닿는 것 같은 착각에 몸을 떨었다.

드디어 그는 그를 이곳에 묶어 두었던 온갖 속박을 풀고 전속력으로 달음질쳤다. 발밑에 와 닿는 덩굴 따위는 아랑곳없었다. 누런 얼굴을 뒤덮은 까만 개미 떼가 눈언저리를 파먹으려 하던 조금 전의 그 광경이 되살아나 그의 뒤를 쫓는 것 같았다.

잠시 후 그는 멈추어 서서 숨을 헐떡이며 귀를 기울였다. 죽은 사람이 목구멍에서 기이한 소리를 내면서 무섭게 그의 뒤를 쫓아오며 그를 괴롭히는 것 같았다.

기도실 입구 근처에 서 있는 나무가 미풍에 바스락거렸다. 숲의 수호신이 사는 이곳에는 슬픈 침묵이 흘렀다.

제8장

　나뭇잎들은 살랑살랑 황혼의 찬가를 노래하기 시작했다. 해는 기울어 불그스름한 사양(斜陽)이 숲을 비추었다. 벌레들도 마치 머리 숙여 경건한 마음으로 묵상하듯 잠시 소리를 죽였다. 나뭇가지들이 부딪쳐 내는 합창 소리를 제외하고는 고요했다.

　그러다가 이 고요함은 갑자기 일어난 요란한 소음에 모두 깨어지고 말았다. 멀리서 피를 보고 흥분한 듯한 고함소리가 들려왔다.

　청년은 일단 정지했다. 그는 이 무서운 소음의 뒤범벅에 놀라 그 자리에서 한 발자국도 떼어 놓을 수 없었다. 마치 온 천지가 그 자리에서 무너지는 것 같았다. 무엇을 찢는 듯한 소총소리와 마구 때려 부수는 듯한 대포소리가 요란했다.

　그의 마음은 산산조각으로 찢어졌다. 양쪽 군대가 표범처럼 서로 으르렁대며 대치하고 있는 모습을 상상해 보았다. 그는 잠시 귀를 기울이다가 전투의 소음이 나는 방향으로 달음질치기 시작했다. 청년은 그렇게도 애쓰며 회피하려고 했던 그 장소로 자신이 이렇게 달려가고 있다는 사실은, 무슨 운명의 손길 때문이 아닐까 하고 생각했다. 그러나 만일 지구와 달이 충돌한다면, 사람들은 그 광경을 구경하려고 온통 지붕 위에 올라가 소동을 피울 것이라고 혼잣말을 했다.

그는 달리면서, 숲도 비로소 외부의 소동이 귀에 들려온다는 듯이 귀를 기울이고 있음을 느꼈다. 나무도 숨을 죽이며 꼼짝하지 않고 있었다. 모든 것이 온 천지를 진동시키는 전쟁의 소란에 귀를 기울이고 있는 듯했다. 그 소리들은 한데 어울려 고요한 대지를 흔들며 널리 퍼져 가고 있었다.

갑자기 청년은 자신이 얼마 전에 겪었던 전투는 지금의 저 소동에 비하면 사소한 장난에 불과할지도 모른다는 생각이 들었다. 지금의 저 소음을 듣고 보니, 진짜 전투는 아직 구경도 못 해 본 것 같았다. 지금의 저 소음은 허공에서 맞붙어 싸우는 하늘의 군대들의 싸움이 아닌가 싶었다.

돌이켜 생각해 보니, 얼마 전 싸움이 벌어졌을 당시 자기나 자기의 동료가 보였던 태도가 우습기까지 했다. 실상 그들은 그 당시의 전투를 대단히 중대시하여 그들과 상대편 적군이 승패의 판가름을 손에 쥐고 있는 양 상상했었다. 각 병사는 싸움을 하면서 영구히 변하지 않는 동판 위에 자기네의 영웅적인 이름을 새기며, 또 국민들의 가슴 속 깊이 영원히 잊히지 않을 공적을 세우고 있다고 틀림없이 생각했을 것이다. 그러나 사실에 있어서 이 전투는 대단치 않은 표제 밑에 대수롭지 않은 기사로 취급될 것이었다. 하여간 청년은 이 현상은 있는 그대로 좋다고 생각했다. 그렇지 않으면 결사대와 같은 부류를 제외하고는 모두 도망칠 것이 명백했기 때문이다.

그는 발걸음을 재촉했다. 그리고 밖을 내다보기 위해 숲 가로 빨리 가고 싶었다.

그러는 동안에도 이 같은 문제의 생각이 떠나지 않아 여러 장면의 그림이 그의 머리를 스쳐 갔다. 누적된 생각들은 어느 새 가지런한 장면을 이루고 있었다. 들려오는 소음은 그 장면을 웅변적으로 묘사하고 있었다.

때때로 덤불은 온갖 형태의 사슬을 이루어 그의 걸음을 가로막기도 했다. 그의 눈앞에 나타난 나무들은 팔을 쭉 펴듯 가지를 뻗어 그의 전진을 방해했다. 앞서도 그의 진로를 막고 적개심까지 보였던 숲이, 또다시 이와 같은 새로운 방해를 시도하는 것을 보니 청년은 더욱 화가 치밀어 올랐다. 그러나 자연은 아직 그를 죽일 태세가 되어 있지 않은 듯했다.

그러나 청년은 겨우 길을 돌아 전선을 이루고 있는 긴 회색 연기의 벽이 보이는 곳까지 나왔다. 대포소리가 그의 몸을 사정없이 흔들어 놓았다. 소총소리는 길고 불규칙적인 파장을 이루며 그의 귓전을 세게 때렸다. 그는 잠시 바라보고만 있었다. 그의 눈에는 겁에 질린 표정이 서려 있었다. 그는 싸움이 일어나고 있는 곳을 멍하니 바라보았다.

잠시 후 그는 다시 전진 대열에 휘말려 있었다. 전쟁의 소음은 무시무시할 정도로 엄청나게 큰 기계가 돌아가며 갈아대는 것 같았다. 그러나 한편으로는 기계의 복잡한 구조, 무시무시한 힘, 그리고 엄격한 처리 과정이 그의 마음을 사로잡기도 했다. 그는 그 기계 가까이 가서 시체를 생산해 내는 과정을 봐야겠다고 생각했다.

마침내 그는 울타리에 이르러 그 위로 기어 올라갔다. 저 멀리 들판에는 군복 나부랭이와 총이 너절하게 널려 있었다. 그 가운데 차곡차곡 접힌 신문지 한 장이 흙바닥에 던져져 있었다. 죽은 병사의 시체 한 구가 자기 팔에 얼굴을 묻은 채 엎어져 있었다. 좀 떨어진 곳에도 네댓 구의 시체가 한데 뭉쳐 가련한 모습으로 버려져 있었다. 뜨거운 태양이 그곳을 쬐었던 것 같았다. 이 장소에서 청년은 들어오지 않았어야 할 곳을 들어온 침입자 같은 느낌을 받았다. 이미 잊힌 이 싸움터의 주인은 죽은 병사들이다. 부어터진 시체 중의 하나가 벌떡 일어나 어서 꺼지라고 고함을 칠 것 같은 막연한 공포심에 싸여 그는 다시 발걸음을 재촉했다.

드디어 청년은 저 멀리 연기에 둘러싸여 흥분한 병사들의 무리가 웅성대는 것을 볼 수 있는 한길에 다다랐다. 길에는 물밀 듯이 후퇴하는 피로 물들어진 병사들로 득실거렸다. 부상병들은 욕하고, 신음하고, 울부짖으며 걷고 있었다. 하늘은 여전히 천지를 뒤흔드는 요란한 소리로 가득 차 있었다. 우렁찬 대포소리와 악의에 찬 소총소리 가운데 피의 고함소리가 섞여 있었다. 그리고 이 시끄러운 지역으로부터 부상당한 병사들이 끊임없이 몰려나오고 있었다.

부상병 중 한 사람의 군화에 피가 흥건하게 고여 있었다. 그는 장난꾸러기 어린아이처럼 깡충깡충 뛰어가고 있었다. 그는 꼭 신들린 사람처럼 깔깔거리며 웃고 있었다.

또 어떤 병사는 사단장의 작전 실수로 자기 팔에 총을 맞았다고 욕설을 퍼부어댔다. 또 어떤 부상자는 군악대에서 북치는 의젓한 사람처럼 제법 위엄을 부리며 행진해 갔다. 그러나 그의 얼굴에는 즐거움과 고통의 빛이 섞여 있었고, 걸으면서 떨리는 목청을 돋우어서는 익살스러운 노래의 일부를 엉터리로 부르고 있었다.

> 노래 부르자, 승전가를
> 주머니엔 탄환이 가득,
> 파이처럼 구워진
> 시체가 스물 하고도 다섯이라네.

부상병 행렬 가운데는 이 노래에 맞추어 절룩거리거나 비틀거리며 걷는 병사들이 있었다.

어떤 병사는 얼굴에 이미 사색(死色)이 감돌고 있었다. 입술은 굳어 비틀어졌고, 이는 악물린 채 흉측했다. 상처 부위를 누르고 있는 그의 손가락 사이가 피로 물들어져 있었다. 그는 이제 마지막으로 거꾸러져 쓰러질 순간만을 기다리고 있는 듯했다. 걷고 있는 그 병사는 이미 유령이 다 된 모습이었고, 단지 그의 눈만이 죽음이라는 미지의 세계를 응시하느라 강렬하게 불타고 있었다.

부상당한 것을 화풀이하지 못해 대단히 화가 난 병사가 무엇에건 대들어 시비하고 싶은 표정으로 걸어가고 있었다.

두 병사가 한 장교를 들것에 싣고 지나갔다. 장교는 마구 신경질을 냈다. "존슨, 이 바보 같은 놈아, 제발 좀 출썩거리지 마. 내 다리가 무슨 무쇠 다리인 줄 알아? 제대로 들고 갈 수 없으면 내려놓으라고. 다른 사람이 들게."

그는 들것을 운반하는 병사들의 빠른 걸음을 막고 앞에서 거치적거리는 다른 부상병의 무리를 보고 마구 고함을 질렀다.

"길을 좀 비키라고 내 말 안 들려? 어서 썩 비키라니까, 제기랄."

그들은 시무룩해져 길을 비키고는 길가로 자리를 옮겼다. 들것이 그들 앞을 지나가자 그들은 한마디씩 쏘아댔다. 장교가 화가 나 위협하는 어조로 응수하자, 병사들은 그에게 나가 죽으라고 했다.

들것을 메고 덜컹거리고 가던 병사의 어깨가 미지의 세계를 응시하며 정신이 나간 채 걷던 유령 같은 병사의 어깨와 심하게 맞부딪쳤다.

청년은 이 무리 속에 합세하여 함께 행진했다. 갈가리 찢긴 부상병들의 육체는 그들이 휘말려든 결과로 전쟁이란 기계의 무서움을 여실히 설명해 주고 있었다.

지급전령(傳令)이나 연락병들이 때때로 부상병들을 좌우로 흐트러뜨리며 말을 달렸고, 이어 부상병들의 고함소리가 뒤따랐다. 부상병들의 우울한 행진은 전령들이나, 이동하는 포대들 때문에 끊임없이 고통을 받았다. 포대를 이끄는 장교들은 길을 트라고 고함을 질렀으며, 대포들은 요란하게 몸체를 흔들며 병사들 위를 덮치려는 듯이 달려 지나갔다.

머리끝부터 발끝까지 먼지와 피와 탄약 얼룩을 뒤집어쓰고 누더기 군복을 입은 병사 하나가 청년의 곁을 말없이 터덜거리며 걸어가고 있었다. 그는 수염을 기른 어느 하사관이 전투 상황을 상세히 설명하고 있는 것을 다소곳이 듣고 있었다. 그의 여윈 얼굴에는 놀람과 감탄의 빛이 가득 차 있었다. 그는 마치 시골 상점의 설탕통들이 놓여 있는 구석에서 신기한 이야기를 들을 때 넋을 잃고 귀를 기울이는 사람처럼 하사관의 말을 열심히 경청했다. 그는 형언할 수 없는 눈길로 하사관을 쳐다보고 있었다. 그의 입은 바보처럼 헤벌려졌다.

이 꼴을 보고 있던 하사관은 그의 상세한 전쟁담을 잠시 중단시키더니 그 병사에게 조롱의 말을 던졌다.

"여보게, 조심하게. 그러다간 입안에 파리가 들어가겠어." 누더기를 걸친 병사는 움찔하더니 갑자기 얼굴을 붉혔다.

잠시 후, 그는 비틀비틀 청년 쪽으로 다가오더니 그와 사귀어 보고 싶다는 표정을 지었다. 그의 음성은 소년의 음성처럼 부드러웠고, 두 눈에는 우정을 호소하는 빛이 간절했다. 청년은 그제야 그 병사가 두 군데나 부상을 입고 있음을 보고 깜짝 놀랐다. 머리의 상처는 피 묻은 누더기로 졸라매었고, 총에 맞은 한쪽 팔은 꺾어진 나뭇가지처럼 축 늘어져 있었다.

함께 걷기 시작한 지 한참 후에야 누더기 병사는 용기를 내어 그에게 말을 걸었다.

"꽤 잘 싸운 싸움이었지?" 하고 그는 수줍은 듯이 말을 꺼냈다. 깊은 생각에 잠겼던 청년은 피투성이 험상궂은 모습이지만 양과 같은 온순한 눈을 가진 이 병사에게 "뭐라고?" 하고 되물었다.

"꽤 잘 싸운 싸움이었지?"

"그래."

청년은 간단하게 대답하고는 걸음의 속도를 빨리했다.

그러나 상대방 병사도 허우적거리며 열심히 그의 뒤를 따라왔다. 그의 태도에는 사과하려는 듯한 기색이 보였다. 그는 분명히 잠시 동안이라도 이야기를 나누어 보면 청년도 자기가 좋은 사람임을 알아주리라고 생각하는 듯했다.

"참 잘 싸운 싸움이었지." 하고 그는 기어들어 가는 목소리로 말하다가 다시 용기를 내어 말을 이었다. "사람들이 그렇게 악착스럽게 싸우는 것은 처음 보았어! 참, 잘들 싸우더군! 막상, 일을 당하면 그럴 줄은 알았지만. 아직까지 우리 부대는 싸워 볼 기회가 없었지만, 이번엔 그 실력을 완전히 발휘했어. 나는 그럴 줄 알았지. 아마 우리 부대를 이길 놈은 없을 거야. 천만에! 안 될 말이지. 멋있는 용사들이었으니까. 참 잘 싸웠어."

그는 열기가 다소 식은 감탄의 한숨을 길게 내쉬었다. 이렇게 말하는 도중에도 청년의 격려를 기대하듯이 여러 번 그를 쳐다보았다. 청년은 아무런 반응도 보이지 않았지만, 그 병사는 차츰 자기 이야기에 도취되는 것같이 보였다.

"내가 언젠가 한 번 전초선의 철망 너머로 조지아에서 온 남군 출신의 병정과 이야기를 했는데, 그놈이 말하기를 '너희 놈들은 싸움이 붙어 총을 쏘기만 하면 모두 도망칠 것이다.'라는 거야. 총소리만 들으면 모두 꽁무니를 뺄 것이라는 거야. '그럴지도 모르지만, 곧이

안 들리는데.' 내가 그렇게 말해 주었지. '어쩌면, 너희 놈들이 꽁무니를 뺄지 모르지.' 그랬더니 놈이 웃더군. 그런데 오늘 보니 우리 부대는 도망치지 않았어. 우리 병사들은 싸우고 싸우고 또 싸웠지."

잘생기지 못한 그의 얼굴에는 아름답고 강한 것은 군대라고 믿고 있는, 군대에 대한 애정의 빛이 가득했다.

얼마 후 그는 청년을 돌아보며 다정하게 물었다.

"그런데 자넨 어디를 맞았지?"

처음에 청년은 다소 얼떨떨해서 얼마나 심각한 질문인가를 깨닫지 못했지만, 다음 순간 기겁을 하고 놀랐다.

"뭐라고?"

"어디를 맞았지?" 누더기 병사는 되풀이했다.

"글쎄, 난……, 말이야, 난……, 난……, 다시 말하면, 참……, 난……." 청년은 말을 시작은 했으나 마무리 짓지는 못했다.

갑자기 청년은 외면하고, 혼잡한 군중 속으로 사라졌다. 그의 이마는 심하게 화끈거렸고, 그의 손가락은 어느 새 초조한 듯 그의 단추를 만지작거리고 있었다. 그는 고개를 숙이고 마치 그것이 큰 두통거리나 되는 것처럼 단추를 열심히 들여다보았다.

누더기 병사는 깜짝 놀라 청년의 뒤를 쫓았다.

제9장

청년은 누더기 병사가 안 보이는 곳까지 대열에서 처져 있었다. 그러고 나서야 비로소 다른 병사들과 나란히 걸었다. 그러나 그는 부상병들 틈에 끼어 걷고 있었다. 병사들의 무리가 피를 흘리고 있었다. 누더기 병사의 질문 때문에, 청년은 자기의 수치가 그대로 드러나 보인다고 느꼈다. 그는 혹시 다른 병사들에게 자기 이마에 낙인찍힌 수치의 표적이 눈에 띄지나 않을까 걱정되어 쉴 새 없이 곁눈질을 했다.

이따금 그는 부상당한 병사들이 부러워지기까지 했다. 몸이 갈기갈기 찢기고 피를 흘린 병사들은 매우 행복하리라는 생각이 들었다. 그는 자기도 부상을 입었더라면, 붉은 무공 훈장인 상처가 있다면 하고 바랐다.

유령 같은 병사는 계속 그를 꾸짖듯이 그의 곁에서 걷고 있었다. 그 병사의 눈은 여전히 죽음이라는 미지의 세계를 응시하고 있었다. 죽음이 어린 그의 무서운 표정이 다른 사람들의 이목을 끌었는지 여러 병사들이 그의 느릿느릿한 걸음걸이에 맞추어 함께 걸었다. 병사들은 그의 부상에 관해서 수군거리고, 그에게 물어보기도 하고, 도움이 될 만한 말을 해 주기도 하였다. 그러나 그는 완강히 병사들을 뿌리치고, 혼자 있게 해 달라고 손짓을 했다. 그의 얼굴에는 점점 죽음의 그림자가 짙어 갔으며, 꼭 다문 그의 입술은 한스러운 절망의 소리를 억제하고 있는 듯했다. 그는 자신의 상처에 대한 열정을 자제하려는 듯이 그의 동작에 어떤 엄격함을 나타냈다. 걸어가면서 그는 무덤 자리를 찾는 것같이 줄곧 죽을 자리를 찾고 있었다.

자기를 불쌍하게 여긴 병사들을 물러나라고 손짓하는 그 병사의 태도에 청년은 찔리는 곳이 있어, 그를 자세히 쳐다보았다. 그리고는 무엇에 물린 사람처럼 소스라쳐 놀랐다. 그는 경악의 소리를 연발했다. 그는 앞으로 달려가 유령 같은 병사의 팔에 그의 떨리는 손을 얹었다. 양초같이 핏기 없는 얼굴을 한 병사가 고개를 서서히 그에게 돌리자 청년은 소스라쳐 놀라 외쳤다.

"아니! 짐 콩클린!"

키 큰 병사는 예사로운 미소를 지으며, 말했다. "헨리, 잘 있었어?" 청년은 다리에 힘이 빠져 비틀거리면서 눈을 휘둥그렇게 떴다. 그리고는 말문이 막힌 듯 말을 더듬었다.

"오, 짐. 오, 짐. 오, 짐."

키 큰 병사는 피투성이의 손을 내밀었다. 손에는 말라붙은 검붉은 피와 그 위로 새로 흐르는 뻘건 피가 이상야릇하게 엉겨 있었다. "어디 갔었어, 헨리?" 그는 단조로운 음성으로 말을 계속했다. "난 또, 네가 죽은 줄로 알았지. 오늘 싸움은 굉장히 치열했었으니까. 내가 얼마나 걱정했다고."

청년은 아직도 놀라움에 말이 제대로 나오지 않았다. "오, 짐. 오, 짐. 오, 짐."

"그래, 알아." 키 큰 병사가 말했다. "나 오늘 저기 나가 있었어." 그는 간신히 손짓해 보였다. "아, 그런 난장판이 또 어디 있겠나? 그리고 난 얻어맞은 거야. 그래 난 얻어맞았지." 그는 어쩌다 그리되었는지 영문을 모르겠다는 듯이 이 말을 되풀이했다.

청년은 염려가 되어 그를 부축하려고 팔을 내밀었지만, 키 큰 병사는 추진기를 단 듯이 꼿꼿하게 걸어갔다. 청년이 보호자로 등장한 이후, 다른 부상병들은 별로 관심을 보이지 않게 되었다. 그들은 각기 자신들의 비극을 이끌고 후방으로 행진을 계속했다.

두 병사가 나란히 걷던 중 갑자기 키 큰 병사가 공포에 사로잡힌 표정을 지었다. 그의 얼굴이 흙빛으로 변했다. 그는 청년의 팔을 움켜잡고는 엿듣는 사람이 있는가 걱정이 되는지 사방을 둘러보았다. 그러다가 그는 떨리는 목소리로 속삭이기 시작했다.

"헨리, 내가 두려워하는 게 뭔지 알아. 내가 두려워하는 걸 말해 주지. 나는 쓰러질까 봐 두려운 거야. 그리고 포차(砲車)가……, 포차가 내 위를 뭉개고 지나갈까 봐 두렵거든. 바로 그게 난 두려워."

청년은 갑자기 미친 듯이 외쳤다. "내가 도와줄게, 짐! 내가 도와줄게. 정말, 맹세해!"

"헨리, 정말 그래 주겠지?" 키 큰 병사는 애원했다.

"그래, 그래, 도와준다니까. 짐, 내가 널 도와줄게." 청년은 소리 질러 대답했다. 그러나 목이 메어 말이 제대로 나오지 않았다.

그래도 키 큰 병사는 계속 애원하며 아이처럼 청년의 팔에 매달렸다. 그는 공포에 싸여 두리번거렸다. "헨리, 내가 너한테 잘해 주었었지, 그렇지? 나는 언제나 좋은 놈이었지, 그렇지? 내 부탁이 그렇게 어려운 것은 아니지, 그렇지? 한길 밖으로 날 좀 끌어내 주겠지? 헨리, 내가 너의 입장이라면 나도 그만한 일은 해 줄 수 있지 않을까?"

그는 초조해하며 전우의 대답을 기다렸다.

청년은 가슴이 타고 울음이 복받치는 등 괴로웠다. 그는 친구와의 약속을 이행하겠다는 말을 하려 했으나, 이상한 몸짓만 나올 뿐이었다.

그러나 키 큰 병사는 갑자기 그 모든 공포를 잊은 듯했다. 그는 다시 비참한 표정을 짓고는 유령 같은 모습으로 걸어갔다. 그는 뻣뻣하게 군은 채 앞으로 가고 있었다. 청년은 키 큰 병사가 그에게 기대기를 원했지만, 그는 여전히 머리를 흔들며 "아냐, 아냐, 내버려둬, 내버려둬." 하고 단호히 거절했다.

그의 시선은 다시 죽음이란 미지의 세계를 응시했다. 그가 무슨 목적으로 걷고 있는지 알 수 없었다. 그는 "아냐, 아냐, 내버려둬."라는 말로 청년의 모든 호의를 거절했다.

청년은 뒤따를 도리밖에 없었다.

이윽고 청년은 자기 어깨 너머로 조용히 말을 거는 소리를 들었다. 돌아다보니 누더기를 걸친 병사였다. "저 사람을 한길 밖으로 데리고 나가는 것이 좋을 거야. 저기 포차가 달려오는데 잘못하면 치일 테니까. 하긴 저 사람은 오 분이나 더 살까, 보면 알 수 있지. 길 밖으로 데리고 나가는 편이 나을 거야. 도대체 저 사람은 어디서 저런 힘이 날까?"

"이 일을 어쩐담!" 하고 외치며 청년은 어쩔 수 없다는 듯 손을 흔들었다.

그는 앞으로 달려 나가 키 큰 병사의 손을 잡았다. "짐, 짐, 나 좀 따라와, 응?" 하고 그를 꾀었다.

키 큰 병사는 기운이 없으면서도 그를 뿌리치려고 했다. "허!" 하며 그는 빈말을 했다. 그는 잠시 동안 청년의 눈을 멍하니 들여다보았다. 그러다 그는 겨우 이해한 듯이 말했다. "오! 저 밭으로 들어가자고? 오!" 그리곤 키 큰 병사는 풀숲으로 마구 들어갔다.

청년은 말을 채찍질하고 덜컹거리며 지나가는 포차의 모습을 힐끔 돌아다보았다. 이 광경을 보던 청년은 누더기 병사가 지르는 비명 소리에 놀라 눈을 돌렸다.

"어휴, 저 사람 뛰는 것 좀 봐!"

눈을 돌린 청년은 키 큰 병사가 비틀거리고 넘어지면서도 저편 작은 숲을 향하여 전속력으로 달리고 있는 것을 보았다. 이 꼴을 보고 청년은 가슴이 미어지는 듯한 괴로움을 느꼈다. 그래서 고통의 신음소리를 냈다. 그와 누더기 병사는 그를 뒤쫓았다. 기이한 경주가 벌어지고 있었다.

청년이 키 큰 병사를 겨우 따라잡았을 때, 그는 힘을 다해 애걸했다. "짐, 짐, 무얼 하는 거야? 무엇 때문에 이렇게 하는 거야? 이러면 상처가 더 심해져."

그러나 키 큰 병사의 얼굴에 나타난 표정은 변하지 않았다. 그의 눈은 여전히 자기가 가고자 하는 신비의 세계에 고정된 채 무디게 항의만 했다. "아냐, 아니……, 날 잡지 마. 내버려 둬, 제발 내버려 둬!"

청년은 놀라고 겁에 질려 떨리는 목소리로 그에게 물어보았다. "어딜 가는 거야, 짐? 무슨 생각을 하는 거야? 어딜 가는 거지? 제발 말 좀 해 봐, 짐!"

키 큰 병사는 절대로 굴복하지 않으려는 추적자를 대하듯 청년을 돌아다보았다. 그의 눈에는 애원의 빛이 역력했다. "제발, 내버려 둬. 잠시 동안만이라도 내버려 둬."

이 말에 청년은 움찔했다. "왜 그래, 짐" 하며 어이없다는 듯이 "무엇이 문제지?" 하고 물었다.

키 큰 병사는 돌아서더니 위태롭게 비틀거리며 다시 걸어갔다. 청년과 누더기 병사는 부상당한 그 병사가 다시 돌아서면 차마 얼굴을 대할 수 없다는 듯이, 매 맞는 사람들처럼 그의 뒤를 살금살금 밟았다. 머릿속에 엄숙한 의식(儀式)을 그리고 있었다. 죽어 가는 이 병사의 거동에는 어딘가 종교적인 의식을 연상케 하는 그 무엇이 있었다. 그의 행동에는 피를 빨고, 살을 비틀며, 뼈를 부수는 사교(邪敎)의 광신자나 하는 이상한 점이 있었다. 그들은 놀랍고 두려웠다. 그들은 혹시 그가 무기를 소지하고 있는 것이 아닌가 하여 처져 걸었다.

드디어 그들은 그가 걸음을 멈추고 꼼짝도 하지 않고 서 있는 것을 보았다. 발걸음을 재촉하여 가 보니, 병사의 얼굴에는 애써서 찾던 장소를 찾은 사람의 만족스러운 표정이 감돌고 있었다. 그의 야윈 몸이 곧추서 있었고, 피투성이 손은 힘없이 늘어져 있었다. 그는 대면하려고 온 그것을 위해 참을성 있게 기다리고 있었다. 그는 약속 장소에 다다랐다. 그들도 숨을 죽이고 서서 기다렸다.

침묵이 흘렀다.

드디어 병사의 가슴이 숨 가쁘게 부풀어 오르기 시작했다. 마치 그의 가슴속에 무슨 짐승이 들어 있다가 빠져나오려고 몸부림치는 것처럼 그것은 점점 더 심해졌다.

이렇게 차츰 숨이 막혀 죽어 가는 모습을 보고 있던 청년은 견디다 못 해 몸부림쳤다. 그리고는 키 큰 병사가 눈알을 굴리는 것을 보다 시선이 마주치자 청년은 울음을 터뜨리며 땅바닥에 주저앉았다. 그는 소리 높여 애끓는 소리로 친구를 불렀다.

"짐, 짐, 짐."

키 큰 병사는 입을 열어 말하며 손짓을 했다. "내버려 둬, 나를 잡지 말라니까, 내버려 두라고."

그가 기다리는 동안 또 침묵이 흘렀다.

갑자기 그의 몸이 굳어지더니 뻣뻣해졌다. 그리고는 긴 경련의 발작으로 떨렸다. 그는 허공을 응시했다. 이 광경을 주시하고 있던 두 병사에게는 그의 무서운 얼굴 윤곽이 이상하면서도 장엄하게 보였다.

그는 서서히 자기의 몸을 휘감아 들어오는 이상한 기분에 사로잡혔다. 잠시 동안 그의 다리는 흉측한 악기 소리에 맞추어 춤을 추는 것처럼 와들와들 떨렸다. 그의 팔은 광분하는 요정같이 그의 머리를 미친 듯이 난타했다.

그의 큰 몸집이 더욱 뻗쳤다. 곧이어 무엇이 찢어지는 소리가 났다. 다음에는 마치 도끼로 찍은 나무가 넘어가듯, 똑바로 선 채 흔들거리더니 앞쪽으로 쓰러졌다. 갑자기 왼쪽 어깨의 근육이 뒤틀리더니 먼저 땅에 닿았다.

쓰러진 시체는 반동으로 한 번 솟구치는 것 같았다. "앗!" 누더기 병사가 소리쳤다.

청년은 죽음과의 약속 장소에서 벌어진 이 광경을 넋을 잃고 벙벙하여 쳐다보고만 있었다. 청년의 얼굴 표정은 그의 전우가 겪었으리라고 생각되는 모든 고통으로 집약되어 일그러졌다.

청년은 벌떡 일어나 그의 곁으로 달려가, 이겨 놓은 진흙 같은 얼굴을 들여다보았다. 입은 크게 벌어져 있어, 마치 웃는 것처럼 이를 드러내고 있었다.

죽은 병사 군복의 윗도리 자락이 젖혀지며 옆구리가 드러나 보였는데, 그것은 마치 이리 떼가 뜯어 먹은 것 같은 모습을 하고 있었다.

청년은 갑자기 치미는 분노를 참지 못하고 싸움터 쪽을 노려보았다. 그는 불끈 쥔 주먹을 흔들어댔다. 그는 마치 독설로 가득 찬 연설이라도 할 것 같았다.

"빌어먹을……."

붉은 태양은 마치 분노한 웨이퍼(성찬용으로 얇게 구운 과자 - 역주)처럼 하늘에 걸려 있었다.

제10장

누더기 병사는 선 채로 생각에 잠겨 있었다.

"그런데 그 친구 담력이 아주 대단하더군." 그는 마침내 감탄한 목소리로 입을 열었다. "대단한 녀석이야." 그는 발로 치는 대로 움직이는 시체의 손을 조심스럽게 건드려보았다.

"어디서 그런 담력이 생겼지? 난 그런 친구 처음 봤어, 좀 이상한 짓이긴 하지만, 정말 대단한 친구야!"

청년은 목 놓아 울어 슬픔을 덜고 싶었다. 그러나 그와 같은 충동을 느끼면서도 혀가 입속에 달라붙어 말이 나오지 않았다. 그래서 그는 다시 땅바닥에 주저앉아 생각에 잠겼다.

누더기 병사도 선 채로 생각에 잠겼다.

잠시 후 그는, "나 좀 봐." 하고 입을 열었다. 그는 시체를 내려다보며 말했다. "죽은 사람은 아주 간 것이니까, 이젠 우리 산 사람 생각할 때네. 이제 다 끝난 거야. 이젠 아무도 이 사람을 더 괴롭히지 않을 걸세. 나도 요즈음은 몸이 좋은 편이 아니네."

누더기 병사의 심상치 않은 어조에 깜짝 놀란 청년은 누더기 병사를 쳐다보았다. 청년은 누더기 병사의 양다리가 맥없이 흔들거리고 안색도 창백함을 보았다.

"하나님 맙소사!" 청년이 외쳤다. "너마저 죽으려고 하는 것은 아니겠지."

누더기 병사는 손을 내저었다. "죽기는 왜 죽어? 완두콩 국과 폭신한 침대가 내가 원하는 전부야. 완두콩 국말이야." 그는 꿈꾸듯이 되풀이했다.

청년은 땅에서 일어서며, "나는 그가 어디서 왔는지 몰라. 나는 저기에다 그를 남겨 놓았지." 하고 한쪽을 가리켰다. "그런데 지금 여기 있는 것을 알았지. 그도 저쪽에서 오고 있지." 그는 또 다른 방향을 가리켰다. 두 병사는 마치 질문을 던지려는 듯 시체 쪽으로 몸을 돌렸다.

"그런데" 하고 누더기 병사가 입을 열었다. "여기서 시체 보고 아무리 물어봤댔자 아무 소용이 없어."

청년은 지쳐 고개를 끄덕여 동의를 표했다. 잠시 동안 두 병사는 시체를 보기 위해 몸을 돌렸다.

청년이 뭐라고 중얼거렸다. "그래, 그 친구 정말 대단하지, 그렇지?" 하며 마치 대답을 하듯 대꾸했다.

이윽고 그들은 등을 틀려 그 자리를 떠났다. 잠시 동안 그들은 발돋움을 하여 사뿐사뿐 걸었다. 시체는 여전히 웃는 낯을 하고 풀숲에 누워 있었다.

"내 상처가 더럽게 아프기 시작하는데." 하며 갑자기 누더기 병사가 침묵을 깨뜨렸다. "이거 상처가 지독히 아프기 시작하는데."

청년은 "오, 하나님." 하며 신음소리를 냈다. 그는, 그가 또다시 음울한 죽음과 대면할 사람을 보고 고통을 받아야 하는 것이 아닌가 생각되었다.

그러나 누더기 병사는 안심시키려는 듯이 손을 흔들어 보였다. "아니, 아직은 난 죽지 않을 거야! 내게 달려 있는 것이 너무 많아서 죽을 수 없네. 절대로 죽지 않아! 천만에, 죽을 수 없어! 우리 집 아이를 자네에게 보여 주고 싶어."

병사를 힐끔 쳐다본 청년은 그가 웃기까지 하는 것으로 보아 틀림없이 농담을 하고 있다고 생각했다.

터벅터벅 걸으면서 누더기 병사는 계속 지껄여댔다. "그뿐만 아니라 내가 만약 이 세상을 떠난다 해도 두고 봐, 먼저 그 친구처럼 죽지는 않을 거야. 난 그 친구처럼 죽는 꼴은 정말 처음 봤어. 나 같으면 털썩하고 쓰러지면 끝나는 거지. 나 정말 그렇게 할 거야. 두고 봐. 내 생전 그 친구같이 어렵게 죽는 꼴은 처음 본다니까."

"우리 마을에서 바로 옆집에 살던 톰 제미슨이란 친구가 있지. 참 좋은 친구라서 우리는 언제나 친하게 지냈다네. 게다가 그 친구 머리도 아주 명석하지. 그런데 오늘 오후 우리가 한참 싸우고 있는데, 그 놈이 갑자기 날 보고 소리치고 욕을 내뱉으며 고함을 지르기 시작했지. '야, 이 지옥의 악귀 같은 놈아! 너 총 맞았어.' 그는 무섭게도 욕을 하더군. 바로 날 보고 욕을 퍼부은 것이지. 그래 머리에 올렸던 손을 내려 손가락을 보니 아닌 게 아니라 총을 맞은 것이 틀림이 없었다네. 그래서 내가 기겁을 하고 소리 지르며 도망치려는데, 또 한 방이 팔에 맞아 한 바퀴 뱅그르르 돌아 쓰러졌다네. 놈들이 다시 내 등 뒤에 대고 총질을 하는 바람에 겁을 집어먹고 걸음아 날 살려라 하고 힘껏 도망쳤지만, 하여튼 당하고 말았어. 아마 톰 제미슨이 귀띔을 해 주지 않았으면 지금까지도 싸우고 있을 거야."

잠시 후 그는 또 조용히 이 같은 말을 덧붙였다. "아니, 상처라곤 이 조그마한 것 두 개밖에 없는데, 그놈들이 말썽을 피우기 시작하는 걸. 앞으로 더 이상 걸을 수 없을 것 같은데."

그들은 잠자코 천천히 걸었다. "너도 꽤 심하게 다친 것 같은데." 이윽고 누더기 병사는 입을 열었다. "아마 네가 생각하는 것보다는 나을 거야. 상처는 잘 돌보아야 해. 공연히 하찮게 생각해선 안 되지. 대부분 상처가 속으로만 파고드는 것 같은데 그런 것이 진짜 사람 죽인다구. 어디가 아프지?" 이상하게도 누더기 병사는 대답 같은 것은 기다리지도 않고 계속 지껄였다. "그런데 우리 연대가 열중쉬어 자세로 쉬고 있을 때, 그만 정통으로 머리를 맞은 놈을 보았어. 그래 연대 친구들이 하나같이 '존, 다쳤어? 많이 다쳤어?' 하고 물어봐도 그놈은 '아니.' 할 뿐이야. 그는 꽤 놀란 것 같았어. 어안이 벙벙해서 그는 계속 아무렇지 않다고 지껄였지. 그런데 웬걸! 말을 채 끝내기도 전에 죽어 버렸지 뭐야. 정말 죽었다니까. 죽어 아주 돌덩이처럼 됐지. 그러니까 너도 까불지 말고 조심해. 너도 그런 괴상한 상처를 입었는지 누가 알아. 그런데 네 상처는 어디지?"

화제가 상처 이야기로 옮겨지면서 청년은 내심 불안했다. 그래서 그는 화를 내면서 쓸데없이 삿대질을 했다. "이봐, 귀찮게 굴지 마." 하며 그는 소리를 버럭 질러 누더기 병사에게 화를 냈다. 가만두면 그를 목 졸라 죽일 것만 같았다. 그의 친구들이 모두 그를 못살게 구는 존재로 여겨졌다. 한 꼬챙이에 낄 것 같은 그놈들 모두가 꼬치꼬치 남의 일을 캐내기 좋아하는 나쁜 존재로만 생각되었다. 그는 마치 막다른 골목에 다다른 듯 누더기 병사 쪽으로 돌아섰다. "제발, 더 이상 귀찮게 굴지 마." 청년은 위협이 섞인 어조로 되풀이했다.

"잘못 생각 말게, 난 사람을 귀찮게 굴 생각은 조금도 없다네." 누더기 병사가 대답했다. 그리고는 절망적인 어조로 덧붙였다. "아니, 내 코가 석 잔데 남의 일 참견할 시간이 어디 있겠나, 당치도 않은 말!"

청년은 잠시 동안 망설이다가 누더기 병사를 증오와 멸시의 눈초리로 쳐다보며, 내키지 않는 말투로 "잘 있어."라고 말했다.

누더기 병사는 놀란 나머지 입을 막 벌린 채 그를 보았다. "아니, 아니, 이봐, 어딜 가는 거야?" 하고 그는 물었다. 청년은 그러는 누더기 병사를 바라보며 이 사람도 키 큰 병사와 마찬가지로 벙어리같이 굴고, 동물같이 행동하기 시작했다고 느꼈다. 그의 생각이 갈피를 잡지 못하는 것 같았다. "야, 이제 나 좀 봐. 너 제미슨말이다. 이제 이러면 안 돼. 그런데 어딜 가는 거야?"

청년은 무턱대고 아무 쪽이나 가리키며 "저기."라고 대답할 뿐이었다.

"저, 그런데, 아니, 나 좀 봐." 누더기 병사는 바보처럼 투덜거렸다. 그의 머리는 앞으로 숙여졌고, 말도 알아듣기가 어려워졌다. "이러면 절대로 안 돼, 톰 제미슨. 정말 안 돼. 난 너를 알아, 이 괴팍한 친구야. 넌 지금 부상을 당하고도 나다니려는 거지. 그것은 절대 안 돼. 제발 톰, 제미슨, 정말 안 돼. 쏘다니고 싶지. 부상당한 상처가 심한데도 ……. 그건 안 돼, 안 돼. 절대 안 돼. 그건 안 된단 말이야."

대답 대신 청년은 울타리를 넘어 걸어갔다. 누더기 병사의 구슬프게 울부짖는 소리가 귓전에 와 닿았다.

그는 한번 돌아서더니 화가 나서 크게 외쳤다. "뭐라고?"

"이봐요, 톰 제미슨. 사람이 그러면 못 쓴다고."

청년은 계속 걸어갔다. 멀리서 돌아다봤을 때 청년은 누더기 병사가 기진맥진한 채 들판을 돌아다니고 있음을 보았다.

그는 차라리 자기가 죽었으면 싶다고 생각했다. 들판이나 숲 속의 낙엽 사이에 제멋대로 뒹구는 시체가 부러웠다.

누더기 병사가 그에게 물어본 대수롭지 않은 질문이 그의 폐부를 칼로 도려내는 듯 아프게 했다. 그 질문은 실상 모든 것이 세상에 밝혀질 때까지 모든 비밀을 악착스럽게 캐물어 밝히려는 사회 같았다. 방금 작별하고 온 친구가 우연히 캐물은 바람에, 그는 사람이란 죄를 짓고 그 죄를 가슴속에만 간직하고 있을 수는 없다는 생각을 했다. 그는, 몰려들어 따끔하게 찌르며, 비밀을 캐내어 만천하에 드러내 놓으려는 질문의 화살을 도저히 감당할 수 없다고 자신에게 말하고 있었다. 그는 이런 것들을 막아낼 도리가 없음을 솔직히 시인했다. 각별히 조심을 한다 해도 될 일이 아니었다.

제11장

용광로가 타오르는 듯한 전쟁의 포효 소리가 점점 커져 감을 그는 깨닫기 시작했다. 거대한 갈색 구름이 그의 머리 위 공중에 높이 떠돌았다. 소음도 역시 가깝게 들려왔다. 숲 사이로 병사들이 빠져나왔고, 들판은 그 병사들로 꽉 차 버렸다.

나직한 산등성이를 돌아 나오니 소란스러운 마차와 말과 병사들로 뒤범벅이 된 길이 나타났다. 얽혀 흐르는 그 격랑 속에 격려와 명령과 욕설이 뒤섞였다. 공포가 그것을 모두 휩쓸었다. 호되게 매질을 당한 말이 미친 듯이 뛰어 달렸다. 흰 포장을 한 마차들이 달리는 모양은 살찐 양이 뒤뚱거리는 모습과도 같았다.

청년은 이 광경을 보고 어느 정도 안심이 되었다. 전면적인 후퇴인 것 같았기 때문이다.

그렇다면 그는 자기 혼자 잘못한 것은 아닐 것이다. 그는 자리 잡고 앉아서 마차의 수라장을 구경했다. 그들은 아무것도 모르는 흉측한 짐승처럼 도망쳤다. 고함지르고 채찍질하는 사람들을 볼 때 남들이 그를 비난할지 모르지만, 그들 역시 같은 공포와 위험에 사로잡혀 있음을 증명하는 것이며, 그들은 그 공포와 위험을 그의 눈에 몇 배로 확대되어 비치게 하는 구실밖에 하고 있지 않았다. 이처럼 자신의 주장을 변호하고 입증시켜 주는 것같이 보이는 광란의 후퇴 행진을 구경하고 있으니 마음이 유쾌해지기까지 했다.

이윽고 전선을 향하여 침착하게 전진하는 보병 부대 대열의 선두가 나타났다. 그 종대는 빠른 속도로 나아갔다. 전진 대열 앞의 장애물을 피하느라고 꼬불꼬불하게 전진하는 꼴이 마치 뱀이 꿈틀거리는 것 같았다. 선두대열의 병사들은 총의 개머리판으로 노새를 때리고 고함을 지르며 마부들을 억척같이 쫓아갔다. 병사들은 빽빽한 인간의 장벽을 우격다짐으로 무섭게 일고 나아갔다. 종대의 우직한 선두가 무턱대고 밀고 나갔다. 화가 난 마부들이 욕지거리를 퍼부었다.

길을 비키라는 호령은 상당히 깊이 있게 그들의 가슴에 와 닿았다. 그들은 소란이 벌어진 한복판으로 진격해 갔다. 그들은 미친 듯이 달려오는 적과 맞붙었다. 그들은 나머지 군대가 모두 수치스럽게 한길을 따라 후퇴하는데, 유독 자기네만이 전진해 간다는 자만심이 있었다. 그들의 대열이 시간 안에 전선에 닿기만 하면 겁날 것이 없다는 심정으로 마구 짐을 끄는 말을 몰아붙였다. 이 막중한 임무가 병사들의 표정을 엄숙하고 심각하게 만들었다. 장교들의 자세는 아주 꼿꼿했다.

그들을 보자 무거운 근심의 먹구름이 청년의 마음을 다시 엄습해 왔다. 그는 마치 하나님의 선택을 받은 인간의 행렬을 구경하고 있는 기분이었다. 그는 병사들이 화염 같은 무기를 들고 태양과도 같은 깃발을 앞세우고 행진하는 것처럼 느껴져 자기와 그들 사이에는 좁혀질 수 없는 간격이 있는 듯했다. 그는 결코 그들과 같이 될 수 없다고 생각하니 울고만 싶었다.

그는 사람들이 끝내 비난을 퍼부을 명확하지 않은 핑계에 대한 적당한 저주의 말을 마음속에서 찾았다. 그것이 무엇이든 간에, 거기에 책임이 있지, 자신의 잘못은 아니라고 생각했다. 바로 거기에 잘못이 있었다.

전선에 도착하려고 서둘러 전진하는 종대의 모습이 버림받은 이 청년의 눈에, 용맹스럽게 싸우는 모습보다도 더 훌륭하고 고상하게 보였다. 들끓는 기나긴 길에서는 천하 영웅들도 변명의 구실을 쉽게 찾을 수 있을 것이다. 그들은 하늘 아래 부끄럽지 않게 자존심을 살리면서도 물러설 수 있을 것이다.

뻔히 죽음의 골짜기로 가는 줄 알면서도 무엇 때문에 저렇게 갈 길을 재촉하는지, 그는 그들이 무슨 특별한 음식이라도 먹은 것이 아닌가 생각했다. 넋을 잃고 그들을 바라보고 있노라니 어찌나 그들이 부러운지 그들 대열 중의 어느 병사와 자신의 신세를 바꿨으면 좋겠다는 생각이 간절했다. 그는 탈바꿈을 해 현재의 자신을 벗어나 더 훌륭한 사람이 되도록 엄청나게 큰 힘을 써 보았으면 하는 생각도 들었다. 여전히 그 자신이기도 하면서 역시 자기가 아닌 딴사람의 모습이 눈앞에 아른거렸다. 푸른 군복을 입고, 무릎 하나를 높이 쳐들고, 한 손에는 부러진 군도를 높이 치켜들어 휘두르며, 필사적으로 돌격대를 진두지휘하는, 피와 강철의 공격에 앞장섰다가 만인이 바라보는 앞에서 침착하게 죽어 가는 자신의 그 모습. 그는 그런 자기 자신의 시체에 대해서 장엄한 비애감을 느꼈다.

그런 생각을 하니 의기충천해져서 싸우고 싶은 욕망이 용솟음쳤다. 환희에 넘치는 승리의 소리가 귓전을 울리는 것 같았다. 계속해서 감행한 돌격이 성공함으로써 맛볼 수 있는 그 열띤 묘미를 그는 알고 있었다. 힘찬 음악과 같은 병사들의 발걸음 소리, 날카로운 고함소리, 그리고 대열 속 병사들의 총이 맞부딪는 소리를 들으니, 그의 마음은 벌써 전쟁의 붉은 날개를 타고 한없이 하늘로 솟아올랐다. 잠시 동안

숭고한 회한에 젖었다.

그는 자기도 곧 전선으로 떠나는 것이라고 생각했다. 정말로 그는 먼지를 뒤집어쓰고 얼굴이 파리해져서는 헐떡이며 달려가, 꼭 알맞은 시기에 전선에 도착하여 그를 조소하는 잔악한 재앙의 마녀의 목을 꼭 졸라 죽이는 자신의 끔찍한 모습을 상상해 보았다.

그러나 그 무시무시한 일을 해낼 때 맞게 될 애로가 그의 마음을 괴롭게 했다. 그는 이럴까 저럴까 망설였다.

싸우려는 계획에 대해 그는 총도 없이 어떻게 싸울 것인가 하고 자문(自問)해 보았다. 그러나 총 하나쯤 얻기는 어려운 일이 아니었다. 사방에 내버려진 총이 산더미같이 쌓여 있으니 골라잡기는 쉬운 일이었다.

또한 그는 그가 속해 있었던 본 연대를 찾는 일이 기적 같은 일일 것이라고 반대 의견을 내놓아 보기도 했다. 그런데 꼭 자기 연대에 끼어서 싸워야 하는 것도 아니며, 아무 연대에나 끼어 싸우면 어떠냐는 답이 나왔다.

그는 천천히 전방으로 걸어가기 시작했다. 그는 한 발 한 발을 마치 폭탄이라도 밟는 기분으로 옮겨 놓았다. 이제 그의 마음은 둘로 갈라져 그 자신과 의문이 겨누고 있었다.

이런 꼴을 하고 부대에 돌아가면, 다시 말해 도망쳤던 흔적을 남기고 부대에 돌아가면, 동료들이 그를 사람 구실도 못 하는 병신 취급할 것이다. 그러나 적군의 총검이 사라지지 않는 한 사력을 다해 싸우는 전사는, 후방에서 무슨 일이 벌어지고 있는가에 대해서는 알 도리가 전혀 없다는 반론을 내세울 수도 있다. 그의 얼굴도 전쟁의 초연 속에 묻혀 머리에 고깔을 내리 쓴 사람처럼 가려서 안 보였을 것이 아닐까.

그러나 그의 운명은 기구한지라 전쟁이 잠시 잠잠해질 때 어느 병사가 나타나 그동안 연대를 이탈했던 경위를 설명하라고 들이댈 것이었다. 그는 자기는 그럴듯한 거짓말을 꾸며대느라고 쩔쩔매고, 동료들은 비밀을 캐내려고 자기를 궁지에 몰아넣는 광경을 상상해 보았다.

결국에 가서 그의 용기는 이와 같은 반론에 부딪쳐 사그라지고 말았다. 마음속의 잡다한 갈등이 그의 열기를 식힌 것이다.

이렇게 자기의 계획이 패배의 쓴 잔을 마시고 무너져도 모든 일을 면밀하게 생각해 보니 그는 별반 큰 타격을 받지 않았음을 알았다. 왜냐하면 그 계획에 반대해야 할 이유가 충분히 있었기 때문이다.

엎친 데 덮친 격으로 여러 가지 고통이 터지기 시작했다. 이 같은 상황에서 전쟁의 날개를 펴고 높이 날 것을 고집할 수 없었다. 그런 고통을 겪으면서 자신이 동시에 영웅적인 어떤 무공을 세우는 모습까지는 도저히 상상할 수 없었다. 그는 그 계획을 갑자기 철회하고 말았다.

그는 목이 무섭게 타들어 옴을 느꼈다. 그의 얼굴에는 먼지가 겹겹으로 쌓이고 말라붙어 피부가 땅겨 터질 것 같았다. 뼈 마디마디가 아프고 몸을 움직일 때마다 곧 부러질 것 같았다. 그의 발도 마치 두 개의 커다란 상처덩어리 같았다. 그런 데다가 배도 몹시 고팠다. 보통 때의 배가 고프다는 그것보다 훨씬 강했다. 위에 무슨 쇳뭉치를 달아맨 듯 둔탁한 느낌이었고, 발을 옮길 때마다 머리가 띵 하니, 비틀비틀했다. 눈도 가물거렸고, 눈앞에는 초록빛 작은 반점이 어른거리며 춤추는 듯했다.

여러 가지 벅찬 번민을 겪느라고 아픈 것도 알아차릴 여유가 없었던 것이다. 이제 그것들이 한꺼번에 밀어닥쳐 소동을 피우며, 그의 마음을 뒤흔들어 놓았다. 그러나 마침내 그가 여기에 마음을 쓰지 않을 수 있게 되자 자기 자신을 증오하는 감정이 확대되어 나타났다. 그는 절망한 나머지 자기는 다른 병사들보다 질적으로 떨어지는 인간이므로 도저히 영웅이 될 수 없는 존재라고 자인했다. 그는 겁쟁이요, 세상에 쓸모없는 못난이였다. 조금 전 꿈꾸었던 영광스러운 환상은 이루어질 수 없는 헛된 꿈으로 생각되었다. 그는 마음속 깊이 신음하며 비틀비틀 걸어갔다.

그러나 묘하게도 그의 마음에는 불을 보고 덤비는 불나비 같은 성질이 있어서, 전쟁터 근처를 떠나지 못하고 배회할 수밖에 없었다. 그는 직접 눈으로 보고 소식을 듣고 싶은 욕망이 컸다. 그는 무엇보다도 어느 쪽이 승리할 것인가를 알고 싶었다.

이렇게 전례 없는 고통을 당하면서도, 승리를 욕심내는 마음이 사라진 적은 없다고 자신에게 타일렀다. 그러면서도 이번 전투에서 아군이 혹 패배하게 되면 자기 개인으로서는 여러 가지 유리한 점이 많음을 잘 알고 있노라고 미안한 듯이 자신의 양심에 비추어 보기도 했다. 아군이 패한다면, 적의 공격이 그의 연대를 산산조각으로 파멸시킬 것이다. 이렇게 되면 용기 있는 사람들도 모조리 군기를 버리고 병아리 떼처럼 사방으로 쫓겨 흩어지고 말 것이다. 그러면 그도 그 무리의 한 사람으로 보일 것이다. 그럴 경우 그를 위시한 모든 병사들은 고통을 함께 나눈 전우가 될 것이고, 그가 다른 사람들보다 더 멀리, 또 더 빨리 도망친 것이 아니라고 쉽게 자신할 수 있을 것이다. 그래서 자신의 행동에 자신을 갖게 되면, 다른 사람들을 속이는 것은 과히 어려운 일이 아님을 그는 믿었다.

그는 마치 이런 희망에 대한 변명인 양, 전에도 아군이 패배한 적이 있었지만, 몇 달 안에 상처와 피의 흔적을 말끔히 씻어 버리고 용맹스럽고, 화려하기까지 한 새로운 군대로 등장한 일이 있다고 혼잣말을 했다. 다시 말하면 비참한 참패의 기억을 씻어 버리고, 용감하고 빛나는 새로운 군대로 등장한 일이 있다고 생각했다. 후방에 있는 국민들은 잠시 불평과 비난의 언성을 높이겠지만, 그 정도의 욕이야 어느 장군이라도 듣지 않고 그대로 지나칠 수는 없을 것이다. 물론 장군을 희생물로 삼는다는 데 대해서 그는 추호도 미안하게 생각할 이유가 없었다. 도대체 이번에 욕을 먹을 장군이 누구인지 모르니 동정해야 할 대상도 찾을 수 없었다. 국민은 모두 후방에 있으니, 긴 안목으로 볼 때 여론이 정확할 수는 없다. 여론은 십중팔구 애매한 장군을 희생의 제물로 삼을 것이고, 영문을 모르는 채 당해야만 하는 엉큼한 장군은 모호한 비난에 대한 답변을 하느라고 여생을 바치게 될 것이다. 틀림없이 불행한 일이기는 하지만, 이런 경우 청년에게는 장군 하나쯤은 문제가 아니었다.

패전의 경우에는 그의 죄가 간접적으로 변호되고 정당화될 것이다. 어느 면에서 보면 그의 놀라운 선견지명이 있었기에 청년이 미리 도망칠 수 있었다고 생각했다. 홍수가 날 것이라고 예언한 자가 누구보다도 먼저 나무에 기어오를 것이다. 그가 앞일을 내다본 것이 증명될 것이다.

청년에게는 자신에 대한 도의적인 변호가 매우 중요하게 여겨졌다. 어떤 위안 없이 평생을 두고 그 같은 불명예스러운 꼬리표를 달고 살 수는 없다고 느꼈다. 그 스스로가 자신을 끊임없이 비열한 인간이라고 생각한다면 그도 남이 비열하다고 느끼는 행동을 하지 않고는 견뎌 내지 못할 것이다.

만일 아군이 영광스럽게 진격한다면, 자신은 가망 없는 사람이 될 것이다. 저 요란한 소음이 바로 아군이 군기를 앞으로 숙이고 전진하

는 소리라면, 그는 영원히 전락하고 말 것이다. 그렇다면 그는 누구와
도 어울리지 못하고 고립된 인간으로 살아갈 수밖에 없을 것이다. 병
사들이 순조롭게 전진해 간다면, 그들의 군화는 출세의 기회를 짓밟
고 가는 것이나 다름없다.

이런 생각들이 끊임없이 마음에 떠오르자, 그는 이 생각들을 몰아
내려고 애썼다. 그는 자신을 천하의 악한이라고 비난하기도 했다. 자
기가 이 세상에 존재하는 가장 이기적인 인간이라고 뇌까리기도 했
다. 고함지르는 전쟁 귀신 같은 적군의 창 앞에서 조금도 굴하지 않
고 용감하게 몸으로 버티는 동료 병사들을 생각하고, 또 그들의 피가
낭자한 전쟁터의 시체를 상상하며, 그들을 살해한 것은 멀리 있는 다
른 사람이 아니고 자기 자신이라고 혼자 뇌었다.

차라리 깨끗하게 죽었다면 얼마나 시원하랴는 생각이 다시 들었다.
정말로 시체가 부러웠다. 전사한 병사들을 바라보며, 그들이 생명을
잃게 된 것이 마치 죄가 되는 것처럼 시체 몇 구를 보고 멸시하기도
하였다. 그들은 도망칠 기회를 놓쳤거나, 쓰라린 시련을 당하기 바로
직전 운이 좋았는지 전사하게 된 것이다. 그럼에도 불구하고 그들이
전통의 월계관을 쓰고 대접을 받게 되는 것이다. 그들이 쓴 왕관은
남의 것을 훔친 것이요, 영광스러운 추억으로 가득 찬 옷은 틀림없이
가짜라고 그는 외쳤다. 아무리 그래도 그는 여전히 그들처럼 될 수
없는 것이 안타까울 뿐이었다.

아군이 패하면 자기 일신의 멸망을 회피할 수 있는 기회가 생길 것
이라고 그는 믿었다. 그러나 지금은 그런 가능성을 생각해 보았댔자
아무 소용이 없음을 그는 깨달았다. 그가 받은 교육대로라면, 그 막강
한 푸른 군복을 입은 기계의 승리가 거의 확실할 것이다. 마치 단추
만드는 기계가 단추를 생산해 내듯 승리를 만들어 낼 것이다. 잠시

후 그는 다른 방향으로 줄달음쳐 가는 모든 헛된 생각을 버리고 말았다. 그는 다시 지극히 군인다운 신조로 되돌아갔다.

다시 아군이 패배할 수 없다는 생각이 들자, 연대로 되돌아갔을 때 병사들의 무모한 조소를 받지 않기 위해 그럴듯한 거짓말을 꾸며 내려고 안간힘을 다 써 보았다.

그러나 그와 같은 조소의 공격이 몸서리치도록 두려워지는 만큼 그 자신도 믿기 어려운 이야기를 꾸며 낸다는 일은 도무지 불가능하게만 여겨졌다. 그는 많은 거짓말을 생각해 보고 하나하나 검토해 보았지만, 모두 엉성하여 집어치웠다. 너무나 수긍하기 힘든 약점투성이였기 때문이었다.

뿐만 아니라 자기가 거짓말의 방패를 만들어 내기도 전에 조소의 화살이 그의 원기를 꺾을 것이 두려웠다.

그는 곧 전 연대가 그에 대해, "헨리 플레밍은 어디 갔지? 도망쳤군. 원, 내 참!" 하는 소리가 들리는 것 같았다. 바로 이 약점을 물고 늘어지며, 그를 못살게 굴 여러 놈들이 머릿속에 떠올랐다. 그들은 슬슬 비웃으면서 그의 행적을 캐물을 것이고, 그가 더듬거리는 꼴을 보고 계속 비웃을 것이다. 그리고 다음 전투가 벌어지면, 언제 그가 다시 도망치는가 보려고 계속해서 감시의 눈을 게을리하지 않을 것이다.

진지 안에서는 어디를 가나 오만하기 그지없는 잔인한 눈총 세례를 면키 어려울 것이다. 그가 전우들이 몰려 있는 곳을 지나는 모습을 상상만 하는데도, "저놈 좀 봐." 하는 외침이 들려오는 것 같았다.

그와 동시에 모든 병사의 머리가 일시에 움직이며 조소의 화살을 퍼부을 것이다. 누군가가 다시 나직한 음성으로 뭐라고 우스운 이야기를 하는 소리가 들리는 듯했다. 그러면 다른 병사들은 허리가 끊어

질 정도로 깔깔거리고 웃어댈 것이다. 이게 그의 이름은 비겁한 놈이
란 신조어(新造語)가 될 것이다.

제12장

길가의 장애물을 억척스럽게 헤치고 전진한 부대가 청년의 시야 밖을 벗어나고 얼마 안 있어 시커먼 병사들의 떼가 숲 속에서 뛰어나와 들판을 가로질러 후퇴하는 광경이 보였다. 그는 그들을 감싸고 있었던 강철 같던 용기가 사라졌다는 것을 한눈에 알 수 있었다. 그들은 엉킨 덩굴에서 벗어나기를 갈망하듯 윗도리며 장비품을 벗어 던졌다. 그들은 겁에 질린 들소 떼처럼 그가 있는 쪽을 향하여 미친 듯이 밀어닥쳤다.

그들 뒤에는 푸른 연기가 꼬불거리며 올라와 나무 꼭대기까지 자욱했다. 그리고 그는 덤불 사이로 멀리 이따금 붉은 화염을 볼 수 있었다. 대포의 포성은 그칠 줄 모르고 요란스럽게 들려왔다.

청년은 완전히 공포에 질렸다. 고통과 경이의 눈으로 멍하니 바라볼 뿐이었다. 그는 자기가 온 우주를 상대로 고민 중이란 사실도 잊어버렸다. 도망병의 철학이나 저주받은 병사의 행동원칙 따위 등도 팽개쳐 버렸다.

전투는 실패로 돌아갔다. 전쟁의 용들이 꿈틀거리며 걷잡을 수 없는 걸음으로 성큼성큼 다가오고 있었다. 아군은 뒤얽히고 혼잡한 숲에서 허우적거리다가 닥쳐오는 어둠으로 앞을 못 본 채 결국, 용의

먹이가 되고 말 것이다. 붉은 야수 같은 전쟁, 피로 살이 찐 전쟁은 마음껏 배를 채울 것이다.

그런데 그는 무엇인가 외치고 싶었다. 충동이라고 할까, 그는 모두 단결하여 궐기하자는 연설을 하고 전쟁을 찬양하는 군가라도 부르고 싶었으나, 겨우 그의 입에서는 "아니, 아니. 왜, 왜 이러지?" 따위의 단편적인 말밖에 나오지 않았다.

이윽고 그도 그들 틈에 끼게 되었다. 그들은 그를 가운데 두고 사방에서 뛰고 있었다. 파랗게 질린 듯한 그들의 얼굴이 어둠 속에서 희게 보였다. 그들은 대개 몸집이 좋은 사람들이었다. 청년은 말을 타고 질주해 가는 그들의 얼굴을 하나하나 자세히 보았다. 청년은 소리 없는 질문을 여러 번 해 보았다. 그러나 그 질문은 질문으로 그칠 뿐이었다. 그들은 그의 호소가 들리지 않는 양 아랑곳하지 않았다. 그들의 시야에 청년이 들어올 리가 없었다.

그들은 이따금 아주 미친 듯이 지껄였다. 몸집이 거대한 한 병사는 하늘을 쳐다보며 계속해서 "그런데 길이 어디야? 길이 어디냐고?"라고 물었다. 그는 마치 어린아이를 잃은 사람 같았다. 그는 고통과 불안에 떨며 울부짖었다.

이윽고 병사들은 갈피를 못 잡은 듯 이리저리 마구 뛰고 있었다. 사방에서 들리는 대포의 포성이 방향 감각을 온통 뒤죽박죽으로 무디게 해 놓았다. 표적이 될 만한 지형지물도 다가오는 저녁의 어둠에 휩싸여 잘 보이지 않았다. 청년은 갑자기 자기가 어마어마한 싸움의 한복판에 끼어들어 도저히 빠져나갈 구멍이 없는 것같이 느꼈다. 도망치는 병사들의 입에서는 수천의 질문이 쏟아져 나왔으나 대답해 주는 사람은 아무도 없었다.

분주하게 뛰어다니며 여기저기 물어봐야 대답도 외면한 채 도망만치는 이 보병 부대 속에서 청년은 무턱대고 한 병사의 팔을 꽉 붙잡았다. 그가 홱 돌아서는 바람에 두 사람은 얼굴을 정면으로 맞대었다.

청년은 굳은 혀로 말하려 했으나 "왜? 왜?" 하며 더듬거렸을 뿐이었다. 그 병사는 "놔! 놓으라니까!" 하며 비명을 질렀다. 그의 얼굴은 무서움에 질려 새파랬다. 그의 눈은 초점을 잃고 이리저리로 굴렀다. 그는 숨이 차서 식식거렸다. 그 병사는 아직도 총을 꽉 움켜잡고 있었는데, 아마도 총을 내던지는 것을 잊었는지도 모를 일이다. 그가 갑자기 뿌리치려고 낚아채는 바람에 청년은 몸을 앞으로 숙이고 구부린 채 몇 걸음 질질 끌려갔다.

"놔 줘! 제발, 놔!"

"왜, 왜 그……." 하며 청년은 여전히 말을 더듬었다.

"에라, 한 방 먹어라!" 병사는 화가 머리끝까지 났다. 그는 교묘하고 맹렬하게 총을 휘둘렀다. 총이 청년의 머리를 세게 쳤다. 그리고 그 병사는 도망치고 말았다.

청년은 상대방의 팔을 꽉 붙잡고 있었다. 그래서인지 손가락의 힘이 일시에 빠져 버렸다. 그는 그의 눈앞에서 환하게 타오르는 섬광의 붉은 날개를 보았다. 그 머릿속에는 귀가 먹은 듯이 멍멍한 상태의 천둥소리가 요란하게 났다.

갑자기 그의 다리가 마비된 것 같았다. 그는 몸을 비틀며 땅에 풀썩 주저앉았다. 그는 즉시 일어나려고 애써 보았다. 그러나 저려 오는 아픔을 이겨 내려는 그의 노력은 마치 눈에 보이지 않는 허공의 괴물과 담판하려는 싸움과도 같았다.

필사적인 투쟁이 잇달았다.

때로는 반쯤 몸을 일으켜 잠시 숨을 돌려 보려고 애쓰다가도 다시 맥이 빠져 쓰러져서는 난데없이 풀을 쥐어뜯었다. 그의 얼굴은 새파랗게 질려 있었다. 신음소리가 저절로 새어 나왔다.

마침내 몸을 비비꼬면서 엎드려 있다가, 한참 만에 걸음마를 처음 배우는 아기처럼 기를 쓰고 일어섰다. 그리고는 관자놀이를 힘껏 두 손으로 누르고는 풀숲에 쓰러졌다.

그는 마음대로 움직이지 않는 몸과 사투를 벌였다. 그는 무감각 상태에까지 이른 둔해진 감각보다는 기절하는 것이 나을 것 같다는 생각이 들었으나, 만일 그가 들판에 쓰러지게 되면 당할지도 모르는 위험이나 상처를 입을 가능성을 생각하며 여기에 한사코 저항했다. 그는 키 큰 병사를 본떴다. 그는, 키다리 병사가 그랬듯이 죽은 뒤에라도 시체가 더는 상하지 않을 아늑하고 호젓한 장소를 머릿속에 그려 보았다. 그런 장소를 찾기 위해 물밀 듯이 덮치는 온갖 고통과 싸웠다.

한번은, 그는 머리 위에 손을 얹어 살며시 상처를 만져 보았다. 손이 닿자마자 어찌나 쓰라리고 아픈지 이를 악문 사이로 크게 숨을 들이쉬었다. 그의 손가락은 온통 피가 묻어 있었다. 그는 그 끔찍한 손을 한참 동안 내려다보았다.

그는 주변에서 세차게 채찍질을 당하며 달리는 말에 끌려 뒤뚱거리며 전방으로 달려가는 요란한 포차의 소음을 들을 수 있었다. 한번은 땀이 비 오듯 흐르는 군마(軍馬)에 탄 젊은 장교의 말에 밟혀 죽을 뻔도 하였다. 돌아다보니 대포와 병사와 말의 한 떼가 뚫린 전선을 막으려는 듯이 거대한 굴곡을 그리며 전진하는 것이 눈에 띄었다. 장교는 목 긴 장갑을 끼고서 열띤 동작을 하고 있었다. 대포들은 마치 억지로 끌려가듯 말꽁무니를 겨우 따라갔다.

산산이 흩어진 보병 부대의 장교들은 생선 가게 아주머니들처럼 욕설을 퍼부어대며 화를 내고 있었다. 그 소란 속에서도 꾸지람하는 그들의 노한 소리가 똑똑히 들려왔다. 말할 수 없는 이런 수라장 속으로 일대의 기마병들이 말을 달려 들이닥쳤다. 황금색 금장(襟章)과 수장(袖章)의 빛이 몹시 바랜 채 그들의 용맹을 빛나게 하고 있었다. 여전히 욕지거리는 계속되었다.

포병대들은 무슨 회담이라도 하려는 듯한 곳으로 몰려들었다.

초저녁의 검푸른 어스름이 짙게 들판을 뒤덮었다. 산의 능선들은 자줏빛 그림자를 길게 드리웠다. 구름 한 점이 서쪽 하늘의 붉은 노을을 부분적으로 가리고 있었다.

청년이 그 자리를 뒤로 하자마자 대포가 갑자기 포효하는 것을 들었다. 그는 대포들이 격노하여 떠는 것 같다고 생각했다. 마치 어느 대문을 지키는 놋쇠의 악마가 아우성치는 듯했다. 부드러운 공기가 그 엄청난 꾸짖음 소리로 가득 찼다. 여기에 대항하여 적의 보병 부대의 소총 사격 소리가 부서지듯이 터져 나왔다. 고개를 돌려 보니, 저 멀리 어두운 곳을 오렌지색 섬광이 밝혀 주고 있었다. 먼 하늘에는 번개 같은 섬광이 번득였다. 때때로 병사들의 무리가 움직이는 것이 넘실거리는 파도같이 생각되었다.

그는 어스름 속을 서둘러 달려갔다. 자기의 발끝조차 잘 보이지 않을 정도로 어두웠다. 자색의 어둠 속에서 병사들은 제각기 지껄이고 있었다. 이따금 그는 병사들이 검푸른 하늘을 배경으로 몸짓을 하는 것을 볼 수 있었다. 보이는 숲과 들판에는 끔찍하게도 많은 병사들과 탄약이 깔려 있는 것 같았다.

비좁고 보잘것없는 한길에는 이제 인기척이 없었다. 햇볕에 마르고 큰 돌덩이처럼 전복된 마차들이 사방에 나뒹굴고 있었다. 조금 전까지만 해도 광분한 병사와 마차의 떼가 물밀 듯이 흐르던 한길이 지금은 말의 시체와 전쟁 도구의 부서진 파편들로 메워져 있었다.

어쩐 일인지 그의 상처는 생각보다 아프지 않았다. 그러나 혹시 잘

못하여 상처를 악화시킬 것 같아 빨리 걷지 않으려고 조심했다. 그는 되도록 머리를 움직이지 않고 무엇에 걸려 넘어지지 않도록 발끝을 조심스럽게 내디뎠다. 그는 상당히 불안한 표정을 지었고, 어둠 속에서 발을 잘못 딛기만 하면 그 결과 어떤 고통이 오리라는 것을 예상하자 얼굴이 파랗게 질려 버렸다.

걸으면서도 청년의 머릿속은 그의 상처에 관한 생각으로 가득 찼다. 상처에 무엇인가 질척하고 차가운 것이 흐르는 듯한 느낌이었다. 마치 머리카락 사이로 피가 줄줄 흐르고 있는 그런 느낌이었다. 갑자기 그의 가느다란 목으로는 지탱할 수 없을 정도로 머리가 부어 오른 것이 아닌가 생각되었다.

상처가 아프지 않은 것이 오히려 더 근심스러웠다. 분명히 조금 전엔 머리를 바늘로 찌르듯이 머리의 표피가 아팠었다. 아무렇지도 않다는 것은 확실히 위험 신호일 것이었다. 아픔은 그가 처한 위험도를 측정할 수 있는 것이었다. 아프지 않게 느껴지는 것은 무서운 마수의 손톱이 마침내 그의 머리 골수 속으로 파고든 탓이 아닌가 하고 그는 상상했다.

그런 가운데에도 과거에 있었던 여러 가지 일들과 상황들이 머리에 떠오르기 시작했다. 집에 있을 때 어머니가 정성을 기울여 만들어 주시던 음식 생각이 났으며, 특히 그가 유난히도 좋아했던 음식이 가장 뚜렷하게 자리 잡고 있었다. 잘 차려 놓은 밥상이 눈앞에 보였다. 부엌의 송판 벽은 난로의 따뜻한 불빛을 받아 따사롭게 빛나고 있었다. 그리고 학교가 끝나면 학교 개구쟁이들과 어울려 그늘진 물가를 왕래하던 것을 생각했다. 그는 물가의 풀밭 위에 아무렇게나 벗어 팽개쳐져 있는 옷을 보았다. 그리고 시원한 물이 철썩 하고 몸에 와서 닿는 듯한 느낌을 받았다. 늘어진 단풍나무의 잎이 싱그러운 초여름의 미풍에 흔들려 아름다운 음악을 연주했다.

그의 온 전신은 밀려오는 피곤에 휩싸여 헤어나지 못했다. 마치 아주 무거운 짐을 진 사람처럼 머리는 앞으로 수그러졌으며, 어깨도 역시 굽어져 있었다. 그의 발은 자연히 땅에 끌렸다.

청년은 가까운 아무 데나 누워서 잠을 잘 것인가, 아니면 어떤 안전한 곳을 찾을 때까지 쉬지 않고 걸을 것인가 하고 수없이 자문자답을 했다. 이와 같은 혼란한 생각을 물리치려 했으나, 그의 몸은 항거하고, 그의 신경은 보채는 갓난아기처럼 그에게 졸라댔다.

마침내 그의 등 뒤에서 활기에 넘치는 목소리가 말을 걸었다. "아니, 상처가 대단하지 않아?"

청년은 쳐다보지도 않고 무거운 입을 열어 "응." 하고 대꾸했다.

쾌활한 목소리의 주인공이 그의 팔을 꽉 잡았다. "됐어."라고 말하면서 껄껄 웃고는 "나도 너와 같은 방향으로 가는 길이야. 나뿐만 아니라 모두가 같은 방향으로 가는 길일 거야. 그러니 내가 거들어 주지."라고 말했다. 그들은 마치 술에 취한 사람을 부축하는 것처럼 함께 비틀거리며 걸었다.

그들이 걸어가는 동안, 병사는 청년에게 질문을 하고, 그에 대한 적절한 대답을 보충해 주고 하는 폼이 꼭 어린애를 다루는 것 같았다. 그리고는 이따금 짤막한 이야기를 들려주기도 했다. "어느 연대 소속이야? 뭐라고? 뉴욕의 삼공사 연대? 그 연대는 어느 군단 소속인가? 아, 그래? 나는 또 그 부대 병사들은 오늘 전쟁을 안 했는 줄 알았는데 난 그 부대가 중부 지방 전선에 배치되어 있는 줄 알았는데. 아, 내 말이 맞았다고? 아니 그렇다면, 오늘은 전반적으로 누구나 그 전쟁의 호된 맛을 보았구면 그래. 나는 정말 여러 번, 한두 번이 아닐세, 죽을 고비를 넘겼지. 여기서 총소리가 났나 하면 다음 순간 저기서 총소리가 나고, 여기서 고함을 치는가 하면 또 저기서 고함을 지르고 하는 바람에 주위의 어둠 속에서 내가 도대체 어느 편에 서서 싸우고 있는지 통 분간을 할 수 없었던 것일세. 어떤 순간에는 내가 오하이오 주 출신인 것이 확실한데, 또 어떤 때는 플로리다 주의 끝에서 온 것도 같고, 도대체 이렇게 방향 감각이며 모든 것이 뒤범벅이 되어 보긴 처음이지. 또 게다가 이곳 숲은 더없이 난장판이지. 뭐 정신을 차릴 수 있어야지. 만일 오늘밤 우리 연대를 찾는다면 그건 기적일세. 그러나 아마 곧 보초나 헌병들을 보게 될 걸세. 아, 저기 놈들이 장교와 함께 가고 있는 것같이 보이는데. 저렇게 늘어진 장교의 손 꼬락서니를 좀 보라니까. 그는 아마 전쟁이라면 신물이 날 거야. 다리 절단 수술을 받게 되면 명예 따위의 소리는 모두 없어지겠지. 가엾은 친구 같으니라고! 우리 형님도 수염이 저렇게 났지. 그런데 넌 도대체 어떻게 해서 이렇게 멀리 떨어진 곳까지 오게 된 거야? 너의 연대는 여기서 꽤 떨어진 곳에 있을 텐데. 그러나 우리가 곧 찾을 수 있겠지. 오늘 우리 중대에서 내가 퍽 아끼던 친구가 하나 죽었다네. 재크는 참 좋은 놈이었는데. 그 선량한 재크가 죽어 자빠져 있는 꼴을 보니 어떻게나 마음이 아팠는지 몰라. 사람들이 이리저리 뛰며 법석을 피웠지만, 우리는 점잖게 서 있었지. 마치 마술에 걸린 듯 멍하니 서 있었지. 그런데 난데없이 웬 뚱뚱보 친구가 하나 나타나서 재크의 팔꿈치를 찌르면서 큰 소리로, '강으로 나가는 길이 어디야?' 하고 물었지. 그래도 재크가 주의를 기울이지 않으니까 그 뚱보는 다시 재크의 팔꿈치를 찌르며, '어이, 강으로 가는 길이 어디야?' 하고 물었어. 그래도 재크는 계속 못 들은 체하며 앞 숲 속에서 기어 나오는 적의 병사만을 보려 했지. 오랫동안 그는 이 몸집 큰 병사에게 주의를 기울이지 않았어. 그러자 드디어 몸집 큰 병사가 돌아서더니 '이 새끼야,

지옥에나 빠져 강으로 가는 길을 찾으려무나.' 하고 외쳤지. 그런데 바로 그 순간 근처에서 포탄이 터져서 그의 머리 옆을 때렸지. 그게 그놈의 마지막 말이 될 줄이야. 제기랄, 오늘 밤 우리 연대나 제대로 찾았으면 하고 바랄 뿐이라네. 꽤 오랫동안 찾아야 할 것 같지만 꼭 찾게 될 거야."

이리하여 소속 연대를 찾아다니는데, 쾌활한 목소리의 주인공은 마치 요술지팡이라도 짚고 가듯이 미궁같이 얽힌 숲 속을 재치 있고 날렵하게 요리조리 피해 빠져나갔다. 보초나 순찰병을 만나게 되면, 그는 탐정같이 날카로운 기민성을 발휘할 뿐 아니라 부랑아처럼 용감하고 대담하게 행동했다. 이상하게도 모든 장애물이 그의 앞에선 도움을 주는 물건으로 변했다. 아직도 고개를 가슴에 파묻고 있던 청년은, 그 병사가 불리한 상황을 교묘히 헤치고 나가는 동안 무표정한 모습으로 그 옆에 서 있었다.

숲 속은 수많은 벌이 앵앵거리며 날아다니는 거대한 인간들의 벌통 같았으나, 쾌활한 사나이는 한 번의 실수도 없이 청년을 안내해 가며, 마침내 아주 만족스러운 듯 껄껄대고 웃기 시작했다. "자, 다 왔네. 저기 불이 보이지?"

청년은 멍하니 고개만 끄덕였다.

"여기에 너의 연대가 있어. 그럼, 잘 가. 늘 몸조심하고."

따뜻하고 굳센 손이 잠시 청년의 맥 빠진 손가락을 잡았다 놓았다. 그리고 그가 떠나면서, 유쾌하고 대담하게 불어대는 휘파람 소리가 청년의 귀에 들려왔다. 이처럼 그에게 그렇게도 극진하고 고맙게 대해 준 병사가 청년에게 생(生)의 밖으로 영원히 떠난다는 작별을 할 때야 비로소 그는 한 번도 그 쾌활한 목소리의 병사의 얼굴을 본 일이 없음을 깨달았다.

제13장

청년은 방금 헤어진 친구가 가르쳐 준 불 있는 쪽으로 천천히 다가 갔다. 그는 비틀거리면서, 전우들이 자기를 환영해 줄 모습을 머릿속 에 그려보았다. 그와 동시에 그의 상처투성이의 가슴속으로 병사들이 보낼 조소의 화살을 확실히 느낄 수 있었다. 그는 이제 이야기를 그 럴듯하게 꾸며댈 능력도 상실했으니 만만한 놀림감이 될 것은 자명 했다.

청년은 막연히 더 어두운 숲 속으로 숨어 들어가 볼 계획도 세워 보았으나 그 계획도 몸이 지치고 아파서 제대로 가눌 수 없자 다 수 포로 돌렸다. 그는 매우 몸이 불편하므로 어떤 희생을 치르고라도 먹 을 것과 휴식이 있는 장소를 찾아야 한다는 생각이 강하게 일고 있었 다.

그는 곧 쓰러질 것 같은 자세로 불 있는 쪽으로 비실비실 다가갔 다. 그는 타오르는 불빛 속에서 병사들의 움직이는 검은 그림자를 볼 수 있었다. 그는 더욱 가까이 가서야 비로소 그들이 땅바닥 위에서 잠자는 병사들임을 알았다.

그는 갑자기 검고 괴물같이 보이는 그림자와 정면으로 마주쳤다. 총신이 불빛을 받아 번쩍였다. "정지, 정지!" 잠시 그는 당황했으나,

이내 그 목소리의 주인공을 알아낼 수 있었다. 그는 총구 앞에서 부들부들 떨면서도 소리쳤다. "아니 윌슨 아냐! 여기 있었어?"

총을 다시 경계 태세로 내리면서 목소리가 큰 병사가 서서히 앞으로 다가왔다. 그는 청년의 얼굴을 자세히 들여다보았다. "너, 헨리냐?"

"그래, 나야."

"야, 임마." 하며 목소리 큰 병사가 말했다. "야! 꿈같구나. 너 참 반갑다! 난 네가 죽은 줄 알았지. 나는 정말 네가 죽었다고 생각했어." 그는 너무나 반가운 나머지 목소리까지도 감정에 눌러 쉬었다.

청년은 똑바로 서 있지도 못했다. 갑자기 맥이 탁 풀렸다. 이 만만치 않은 전우의 입가에 벌써 떠돌고 있는 질문의 화살에 대비하기 위하여 빨리 무슨 거짓말이라도 꾸며대야겠다고 생각했다. 그래서 목소리 큰 병사 앞에서 비틀거리면서 청년은 말하기 시작했다.

"그래, 정말 난 혼이 났었지. 온갖 곳을 다 헤매고 다녔었지. 저쪽 오른쪽 싸움터까지 갔었지. 그곳에선 굉장히 치열한 싸움이 벌어졌었어. 그렇게 혼나 보긴 생전 처음이야. 소속 연대를 잃었어. 저 오른쪽까지 간 것이야. 총을 맞았어. 머리에, 그런 치열한 전투는 다시는 못 볼 거야. 정말 혼났어. 아무리 생각해도 어떻게 소속 연대를 잃었는지 알 수 없어. 게다가 원, 총까지 맞고."

그의 동료는 황급히 앞으로 걸어 나왔다. "뭐라고? 맞았다고? 왜 진작 말하지 않았어? 녀석, 가엾어라. 아니 우리가……, 잠깐만 기다려. 아니 내가 뭘 하고 있지? 내가 심프슨을 부를게."

그때 또 다른 친구가 어둠 속에서 나타났다. 그들은 그가 상병이라는 것을 알 수 있었다. "윌슨, 누구하고 이야기하는 거지?" 하고 그가 물었다. 성난 어조였다. "대체 누구하고 이야기하는 거야. 너 같은 보초는 보다 처음이야. 왜, 아니, 헨리가 여기 있었니? 나는 네가 네 시간 전에 죽은 줄 알았는데, 맙소사. 놈들은 십 분에 하나꼴로 자꾸 나타난단 말이야! 꼭 마흔두 명이 죽었는 줄 알았는데. 이런 식으로 자꾸 나타나면 새벽이 되기 전에 온 중대가 완전히 귀환할지도 모를 일이야. 도대체 너 어디 있었니?"

"저기 오른쪽에 가 있었어. 부대를 잃어버려서……" 이번에는 상당히 유창하게 말이 나왔다.

그러나 그의 동료인 목소리 큰 병사가 재빨리 말참견을 했다. "그리고 머리를 총에 맞아서 대단한가 봐. 빨리 보살펴 줘야겠어."

그는 총을 왼쪽 겨드랑이에 끼고, 오른팔을 청년의 어깨에 얹었다. 그리고는 "이거, 몹시 아프겠는걸!" 하고 말했다.

청년은 친구의 어깨에 축 늘어져 기댔다. "정말, 아파. 대단히 아파." 이렇게 대답하는 청년의 목소리는 몹시 떨렸다.

"아!" 상병도 한마디하며 자기 팔을 청년의 말에 끼고 그를 앞으로 끌고 나아갔다. "가자, 헨리야. 내가 돌볼 테니까."

그들이 함께 걷기 시작하자, 목소리 큰 병사가 뒤에서 소리쳤다. "심프슨, 내 담요를 덮고 자게 해요. 그리고……, 잠깐만 기다려, 여기 내 수통이 있는데, 커피가 가득 들어 있으니 들고 가게. 밝은 곳으로 가서 상처가 어떤지 봐. 꽤 중상일는지도 모르니까 말이야. 잠깐 있으면 교대할 거니까 나도 가 볼게."

청년은 감각이 둔해져서 친구의 목소리가 멀리서 들려오는 것 같았고, 상병의 팔 힘도 거의 느껴지지 않았다. 그래서 상병이 안내하는 대로 몸을 내맡겼다. 고개는 여전히 가슴에 푹 파묻혀 있었고, 무릎은 어쩌나 후들후들 떨리던지 제대로 가누질 못했다. 상병은 청년을 불빛이 환히 비치는 곳으로 데리고 가서, "헨리, 어디 네 머리의 상처를 보자."라고 말했다.

청년은 순순히 앉았다. 상병은 총을 옆에 내려놓고는 숱이 많은 청년의 머리카락을 헤쳐 보았다. 그는 불빛이 정면으로 청년의 상처를 비출 수 있도록 다른 사람의 머리를 돌릴 수밖에 없었다. 그는 의사 같은 태도로 입술을 모아 뾰족이 내밀었다. 이윽고 엉겨 붙은 피와 작은 상처에 손가락이 닿자, 입술을 다시 오므리고는 놀랐다는 듯이 이 사이로 휘파람을 불어댔다.

"아, 여기로군." 그가 말했다. 그러면서 서툰 솜씨로 검사를 계속했다. 그러다가 잠시 후에 다시 입을 열었다. "내가 생각했던 대로야. 탄환이 스치고 지나갔어. 마치 누가 몽둥이로 후려갈긴 것처럼 이상하게 부어올랐어. 피는 이미 오래전에 멎었고. 대단치는 않구먼. 혹시 내일 아침에 일어나면 특대호(特大號)의 모자를 써도 맞지 않을 것 같은 느낌이 들 정도로 머리가 부어오른 것 같을 거야. 그리고 머리에 열이 나서 불에 태운 돼지고기처럼 바싹 마른 기분이 들겠지. 또 아침에 일어나면 그사이 여러 가지 합병증을 일으켜서 무척 아플지도 몰라. 함부로 뭐라고 할 수는 없지만, 그러나 내 생각으론 십중팔구 괜찮을 것 같아. 그저 머리를 심하게 얻어맞은 것이나 다름이 없으니까, 대수롭지는 않을 걸세. 내가 나가 보초 교대병을 깨우는 동안, 꼼짝하지 말고 여기 앉아 있게. 윌슨을 보내어 너를 잘 돌봐 주라고 할게."

상병은 가 버렸다. 청년은 마치 소포 꾸러미같이 꼼짝 않고 앉아 있었다. 그는 멍하니 불을 들여다보고 있었다.

잠시 후에 약간 정신이 들자, 주위의 물건들이 보이기 시작했다. 땅위 어두운 곳에는 병사들이 제멋대로의 자세로 잠들어 있었다. 좀 더 먼 곳을 다시 살펴보니, 인광으로 훤하게 빛을 받은 유령처럼 파리하고 생기 없는 얼굴들이 이따금 보였다. 누구나 심한 피로에 지쳐 멍청해진 듯한 표정을 짓고 있었다. 마치 만취된 사람들의 얼굴 같았다. 만일 이 숲 속을 배회하는 유령이 있다면, 이 모든 광경을 목격하고 놀랄 만큼 지저분한 어떤 일이 끝난 뒤와 같다고 느꼈을 것이다.

불 저편에는 똑바로 앉은 채 나무에 기대 깊이 잠든 한 장교가 눈에 띄었다. 그의 자세는 어딘지 매우 위태로워 보였다. 방구석에 앉아 주독이 오른 노인처럼 꿈틀하다가 소스라쳐 놀라는 꼴이 아무래도 무슨 악몽에 시달리고 있는 것 같았다. 장교의 얼굴은 먼지와 때로 뒤범벅이었다. 입을 벌리고 있는 폼이 아래턱에 맥이 빠져 입을 다물 힘이 없는 것처럼 보였다. 이른바 전쟁의 향연에 지친 군인의 모습이 바로 그것이었다.

분명히 그는 칼을 안고 깊이 잠들었다. 사람과 칼이 서로 포옹하고 잠들었지만, 도중에 칼이 미끄러져 나와 땅에 떨어진 것이다. 그래서 놋쇠를 입힌 칼자루가 모닥불 언저리에 닿아 있었다.

빨간색과 오렌지색의 타는 장작불빛에 보니, 코를 고는 병사, 신음 소리를 내는 병사, 또 죽은 것처럼 잠자는 병사 등 여러 모습의 얼굴들이 눈에 띄었다. 몇 쌍의 다리가 똑바로 그리고 뻣뻣한 채 아무렇게나 뻗어 있었다. 군화에는 행군의 먼지와 진흙이 잔뜩 묻어 있었고, 담요 밖으로 빠져나온 군복 바지는 약간 걷혀 있었는데, 빽빽한 가시덤불 속을 뛰어다니느라고 너덜너덜 사방에 구멍이 나고 찢어진 것이 보였다.

'화다닥 – 화다닥' 타오르는 모닥불 소리는 음악소리 같았다. 그리고 그곳에서 연기가 약간 올라왔다. 머리 위에서는 미풍에 나뭇가지가 흔들리고 있었다. 불을 향한 잎사귀들은 은색으로 빛났고, 이따금 가장자리가 붉은색을 띠기도 했다. 저 멀리 오른쪽, 숲의 창문, 하늘이 트인 곳에는 한 줌의 별들이 검은 해변가의 조약돌이 반짝이듯 빛났다.

얕게 드리운 나뭇가지로 둥글게 만들어진 방같이 느껴지는 이 숲속 야영지에서는, 이따금 병사가 하나씩 잠에서 깨어나 몸을 뒤척이고 다시 잠들었다. 아마도 잠을 자다 보니 누운 자리가 고르지 못하여 마땅치 않은 모양이었다. 또 어떤 병사는 일어나 앉아 얼마 동안 눈을 껌벅이며 불을 보고, 녹초가 된 전우들을 힐끔 쳐다보더니 안심이 되는 듯 뭐라고 중얼거리며 다시 쓰러져 잠들어 버렸다.

청년이 이렇게 쓸쓸하게 홀로 앉아 있을 때, 이윽고 목소리 큰 병사가 가느다란 끈에 수통 두 개를 묶어 들고 나타나서는 "헨리야, 이젠 됐어. 조금만 지나면 내가 돌보아 줄게." 하고 말했다.

그가 어찌나 수선스럽게 법석을 떠는지 꼭 서툰 간호사 같았다. 그는 불타는 장작을 쑤석거려 불길이 활활 타오르게 하고는 커피를 가득 채운 수통에서 커피를 따라 환자에게 마시도록 권했다. 청년은 커피를 아주 맛있게 마셨다. 그는 고개를 뒤로 젖히고는 수통을 오랫동안 입에 대고 있었다. 타는 목구멍으로 흘러내리는 커피는 시원했다. 커피를 다 마시고 난 후에 그는 매우 후련한 듯 한숨을 내쉬었다.

목소리 큰 병사는 전우의 이런 거동을 보고는 흐뭇해했다. 다음 그는 호주머니에서 커다란 손수건을 꺼냈다. 그것을 붕대 크기로 접더니 또 하나의 수통을 열어 손수건의 가운데 부분을 물에 적셨다. 이런 임시변통으로 만든 붕대를 청년의 머리에 감고 양끝은 목 뒤로 넘겨 엉성하게 매듭을 지어 잡아맸다.

그리고 나서 그는 뒤로 물러나 자기의 솜씨를 감상하며, "됐어. 꼴은 꼭 도깨비 같지만 기분은 훨씬 좋을 거야."라고 말했다.

청년은 감사의 눈으로 친구를 쳐다보았다. 아프고 부은 상처에 댄 붕대는 굉장히 부드러운 여인의 손길처럼 기분이 좋았다.

"너는 소리도 지르지 않고 아프다는 말조차 하지 않는구나." 그 병사는 칭찬하듯 말했다. "환자를 간호하는 내 솜씨가 대장장이만큼이나 서툰 것은 나도 솔직히 인정하는데, 그래도 너는 아무 소리도 안 하는구나. 놀라워, 헨리. 넌 매우 장해. 다른 사람 같으면 벌써 병원에 입원했겠지. 머리에 총알을 맞았다는 것은 보통 일이 아니잖아."

청년은 아무 대답도 하지 않고 겉저고리의 단추만을 만지작거렸다.

그의 친구는 다시 말을 계속했다. "자, 가자. 네 잠자리를 봐 줘야 네가 푹 쉬지."

청년은 조심스레 일어났고, 목소리 큰 젊은 병사는 여기저기 줄지어 자고 있는 병사를 틈을 용케 피해 가며 그를 인도해 갔다. 이윽고 그는 허리를 굽혀 그의 담요를 집어 들었다. 그는 고무로 된 담요를 우선 땅에 깔고, 털 담요를 청년의 어깨에 걸쳐 주었다.

"자, 이제 됐어." 그의 친구는 계속 지껄였다. "어서 드러누워 잠이나 푹 자게."

청년은 주인의 명령을 따르는 개처럼 혹은 기력 없는 노파가 허리를 굽히듯 조심스레 누웠다. 눕고 보니 시원하고 편안하여 탄성을 발하며 다리를 뻗었다. 땅바닥은 마치 푹신한 안락의자 같았다. 그러다 그는 갑자기 큰 소리로 물었다. "잠깐만. 넌 어디서 잘 거니."

그의 친구는 답답하다는 듯이 손을 내저으며 "바로 네 옆에서 잘 거야."라고 말했다. 그러나 청년은 다그쳐 물었다.

"가만 있어. 뭘 덮고? 내가 네 담요를……."

목소리 큰 젊은 병사는 버럭 소리를 질렀다. "잠자코 잠이나 자. 바보 같은 소리 작작하라고." 그는 꾸짖는 듯이 말했다.

그런 꾸지람을 들은 뒤 청년은 아무 말도 하지 않았다. 전신을 파고드는 노곤한 잠이 엄습해 왔다. 따뜻한 담요에 감싸인 몸이 나른해졌다. 구부러진 팔 앞으로 목이 떨어졌고, 천금 같은 눈꺼풀이 스르르 감겨 왔다. 멀리서 나는 총소리를 들으면서, 저놈들은 잠도 안 자나 하고 무관심한 표정을 지으며 남의 일처럼 생각했다. 그는 깊이 안도의 한숨을 쉬며 담요 속으로 파고 들어갔다. 얼마 안 되어 다른 전우들과 마찬가지로 그도 깊은 잠에 빠지고 말았다.

제14장

　다음 날 아침 깨어났을 때, 청년은 마치 천 년 동안이나 자다가 깨어난 것 같은 기분이 들었다. 그는 그의 앞에 낯선 세계가 펼쳐져 있음을 느꼈다. 동이 틀 무렵, 잿빛 안개가 천천히 움직이고 있었다. 동쪽 하늘에는 찬란한 아침이 펼쳐지려 하고 있었다. 차가운 이슬이 얼음처럼 얼굴에 와 닿았다. 그래서 그는 잠이 깨자, 이내 담요 속으로 깊이 파고들었다. 그는 새로운 날이 온 것을 알리는 새벽 미풍에 살랑거리는 머리 위 나뭇가지를 바라보았다.

　멀리서 깨지는 듯한 전투의 소음이 들려오고 있었다. 그 소리는 마치 본격적인 전쟁은 아직 시작되지도 않았고, 끝도 없이 지겹게 계속될 것 같은 느낌이 표현되어 있는 것 같았다.

　그의 주위에는 전날 밤에 잘 보지 못했던 전우들이 옹기종기 줄지어 누워 있었다. 그들은 끔찍한 현실로 돌아오기 전의 마지막 단잠을 즐기고 있었다. 고생에 시달려 꺼칠한 얼굴과 먼지를 뒤집어쓴 모습이 동틀 때의 신비한 햇살을 받아 똑똑하게 보였다. 그러나 새벽 햇살은 병사들의 혈색을 시체처럼 보이게 했고, 서로 얽혀 있는 그들의 팔다리를 맥박도 뛰지 않는 송장의 모습으로 보이게 했다. 이 꼼짝않는 병사들이 여기저기 즐비하게 쓰러져 창백한 얼굴을 하고 아무렇게나 누워 있는 모습을 처음 보았을 때 청년은 나직하게 비명을 지르며 놀랐다. 머리가 아직 정돈이 안 된 청년은 병사들이 은거하고 있는 이 숲 속이 시체를 안치해 두는 장소가 아닌가 생각되었다. 순간적으로 그는 자신이 사자(死者)의 집에 온 것이 아닌가 하는 착각이 들었는데, 그는 혹시 시체가 벌떡 일어나 괴성을 지르지나 않을까 하는 두려움으로 감히 움직이지도 못했다. 그러나 다행히도 이내 제정신이 들었다. 그는 자신을 저주했다. 그는 이 침울하고 음산한 광경이 현실이 아니고 미래를 예언하는 것이라 생각했다.

그때 찬바람이 불더니 타다닥 불똥이 튀며 불이 세차게 타오르는 소리가 들려 돌아보니 그의 친구가 모닥불 옆에서 무엇을 하는지 부산한 움직임을 보이고 있었다. 다른 사람들도 몇 사람 뿌연 안개 속에서 움직이는 것이 보였고, 나무 찍는 요란한 도끼 소리가 들려왔다.

갑자기 속이 텅 빈 듯한 북 소리가 들려왔다. 그리고 멀리서 나팔소리도 희미하게 들렸다. 이와 같은 소리가 더러는 강하게, 더러는 여리게 숲 속 여기저기서 들려왔다. 나팔소리가 서로 장단을 맞추는 폼이 싸움닭이 목청을 돋우는 것 같았다. 다시 가까이서 연대의 우렁찬 북 소리가 울려왔다.

숲 속의 병사들도 부스럭대며 움직이기 시작했다. 그러더니 일제히 고개를 쳐들었다. 수군거리는 소리가 아침의 고요함을 깨뜨렸다. 대개는 욕설과 불평의 소리였다. 전세를 되찾으려면 무엇보다도 일찍 일어나야 하므로 병사들은 그것이 탐탁하지 않아 욕설을 퍼붓는 것이다. 장교의 준엄한 명령이 하달되자, 굳었던 병사들의 동작이 빨라졌다. 어느덧 서로 얽혔던 팔다리가 풀어졌다. 시체 같은 빛깔을 띠고 있던 얼굴들이 눈을 비비는 큰 주먹에 가려 보이지 않았다.

청년은 일어나 똑바로 앉아 크게 하품을 했다. "제기랄." 그는 짜증을 내며 말했다. 그는 눈을 비비고 나서 머리의 붕대를 조심조심 만져 보았다. 마침내 그가 일어난 것을 안 그의 친구가 불 옆을 떠나 가까이 다가와서는, "헨리, 기분이 좀 어때?" 하고 물었다.

청년은 다시 하품을 했다. 그리고는 입가에 주름을 잡으며 입을 오므렸다. 사실 그의 머리는 커다란 참외 덩어리같이 느껴졌고, 배 속도 별로 편안치 않았다.

"글쎄, 대단히 아픈데." 청년이 말했다.

"제기랄." 상대방이 언짢은 듯 소리 질렀다. "오늘 아침이면 괜찮을 줄 알았는데! 어디 붕대 좀 보자. 조금 미끄러져 내려온 것 같구먼." 그는 청년이 소리 지를 때까지 부상당한 부위를 건드렸다.

"아야!" 그는 짜증을 부렸다. "너 같은 놈은 생전 처음이다! 아니 손에 토시를 끼고 다녀? 왜 좀 살살 다루지 못해! 아니 차라리 저만큼 떨어져서 내 머리에 총질을 하렴. 아야! 살살 하라니까. 마룻바닥에 양탄자를 깔 때 못질하듯 하지 말고."

청년은 아픈 나머지 친구를 보고 모욕적인 호령을 했으나, 친구는 시종일관 위로하는 듯한 음성으로 말했다. "그래, 응? 얼마나 아프겠어. 뭘 좀 먹으면 기분이 한결 나을 거야."

목소리 큰 병사는 모닥불 곁에서 사랑과 정성을 다하여 친구의 상처를 극진히 보살펴 주었다. 그는 작은 컵들을 한 줄로 세워 놓기에 바빴고, 검댕이 낀 자그마한 냄비에서 쇳빛이 도는 커피를 따라 부었다. 다시 날고기를 얻어다가 급하게 꼬챙이에 꿰어 구웠다. 그리고서 점잖게 곁에 앉아 게 눈 감추듯 그것을 삼켜 버리는 청년의 모습을 보고는 기뻐했다.

청년은 그 전우가 강변의 숙영지에서 머무르고 있었을 때와는 상당히 변했다고 생각했다. 그는 전과 달리 자기 개인의 용맹성에는 비중을 두지 않을 뿐 아니라 자랑도 하지 않았다. 또 자기의 허영심을 자극하는 하찮은 말에도 격분하지 않았다. 그는 이제 소리만 지르는 목소리 큰 병사가 아니었다. 어느 새 믿음직한 병사로 탈바꿈해 있었다. 뿐만 아니라 자기 행동의 목적과 능력에 대한 말없는 자신감에 넘쳐 있었다. 그리하여 이와 같은 내면적인 자신감이 그로 하여금 남들의 사소한 말장난에 전혀 무관심해질 수 있게 만들었다.

청년은 매사를 곰곰이 생각해 보았다. 그는 이 친구 병사를 경험이 부족하여 쓸데없이 대담하고, 고집이 세고, 시기심이 많을뿐더러 허세만 부리는 철없는 아이 같은 사람으로 보았었다. 자기 집 문 앞에서나 의기양양해서 으쓱대는 어린아이처럼 말이다. 그런데 그 친구가 언제 새롭게 눈을 떠서, 세상에는 그 친구에게 굴복하기를 원치 않는 사람이 존재한다는 사실을 깨달았을까. 그 병사는 이제 자기 자신을 아무 보잘것없는 미미한 존재로 객관화해서 볼 수 있는 지혜의 높은 봉우리에 도달할 것이 분명했다. 이제부터는 이 친구와 가까이 지내기가 훨씬 쉬워지리라고 청년은 생각했다.

그 전우는 까만 커피 잔을 무릎 위에 똑바로 올려놓았다. "야, 헨리야," 그가 입을 열었다. "우리가 얼마나 승산 있다고 생각하니? 우리가 놈들을 때려눕힐 것 같아?"

청년은 잠시 생각했다. 그리고 대담하게 대답했다. "아니, 그저께만 해도 너는 혼자서 적군을 온통 때려눕힐 것 같은 기세더니 도대체 어떻게 된 거야?"

그의 친구는 약간 놀란 표정이었다. "내가 그랬어?" 하고 묻더니 그는 잠시 생각에 잠겼다. "그래, 아마 내가 그랬을지도 모르지." 마침내 그는 그렇게 말하더니 부끄럽다는 듯이 불을 바라보았다.

청년은 자기의 가시 돋친 말을 그대로 받아들이는 상대방의 태도가 의외였는지 다소 당황하는 기색을 보였다. 그리고는 "아냐, 너는 그런 말을 하지 않았어." 하고 오히려 앞서 자신이 한 말을 취소하려 했다.

그러나 상대방은 그건 아무렇지도 않은 일이라는 듯이 손을 내저으며, "괜찮아 헨리. 그때는 내가 퍽 어리석었어."라고 마치 여러 해 전의 일을 이야기하듯 말했다.

잠시 말이 끊어졌다.

"장교님들이 이구동성으로 얘기하는데, 반란군들을 좁은 구석으로 몰아놓았다는 거야." 전우는 잠깐 목청을 가다듬더니 아무렇지도 않게 이렇게 말했다. "장교님들 생각으로는 우리가 원하는 곳으로 적군을 몰아넣었다고 보는 거지."

"글쎄, 난 잘 모르겠는데."라고 청년은 대답했다. "내가 저편 오른쪽에서 구경한 바로는 그 반대인 것 같던데. 아니, 내가 있던 곳에서 보니까 오히려 우리 쪽이 얻어맞고 있는 것 같았는데."

"정말 그렇게 생각해?" 친구가 다그쳤다. "내 생각엔 어제 우리가 놈들을 꽤 못살게 군 것 같은데."

"천만에." 청년이 우겼다. "그렇다면 넌 전쟁 구경을 전혀 하지 못했군. 아!" 청년은 갑자기 무슨 생각이 떠올랐다. "참! 짐 콩클린이 죽었어."

그의 친구는 깜짝 놀랐다. "뭐라고? 그거 정말이야? 짐 콩클린이 죽었다고?"

청년은 천천히 말을 이었다. "그래, 그가 죽었어. 불쌍하게도 옆구리에 총을 맞고."

"아니, 그럴 리가. 짐 콩클린이……, 불쌍한 놈!"

그들 주변에는 이곳저곳에 모닥불을 피워 놓고, 시커먼 작은 식기를 든 병사들이 둘러앉아 있었다. 그런 무리의 한 곳에서 갑자기 날카로운 음성이 터져 나왔다. 아주 발이 잽싼 두 명의 병사가 체구가 크고 수염이 난 털보 병사를 골려 주다가 털보 병사의 무릎 위에다 커피를 엎지르게 된 모양이었다. 털보 병사는 화가 머리끝까지 치밀어 마구 욕지거리를 퍼부었다. 그 욕에 화가 난 두 병사는 기다렸다는 듯이 입에 담지 못할 악담을 퍼부으며 달려들었다. 싸움이 크게 벌어질 것 같았다.

이것을 본 그의 친구는 싸움을 말리겠다고 팔을 움직이며 일어나서는 그쪽으로 갔다. "뭣들 하려고 싸우고 그래? 아니 한 시간도 못 되어 반란군과 싸우게 될 텐데 뭣 때문에 우리끼리 싸워."

그러자 발동작이 잽싼 두 병사 중 하나가 화가 치밀어 얼굴이 빨개져서 그에게 덤벼들었다. "이 새끼, 너 여기 와서 설교할 필요 없어. 찰리 모오간한테 얻어맞고 난 뒤부터는 네가 싸움을 싫어하더라. 그러나 도대체 너건 누구건 간에 우리 싸움에 왜 참견이야?"

"그런 건 아니지만" 그는 부드럽게 말했다. "그러나 싸움질하는 것을 보면……."

옥신각신 시비가 벌어졌다.

"저 새끼 말이야." 두 병사는 상대방을 향해 손가락질했다. 덩치 큰 병사는 화가 치밀어 파랗게 질려 있었다.

그는 큰 손을 맹수의 발톱처럼 내뻗어 두 병사를 가리키며, "저 새끼를 좀." 하고 소리쳤다.

그들은 서로 욕지거리를 많이 했지만, 그 같은 시비를 하는 동안에 주먹질하려는 기분은 사그라졌다. 마침내 그의 친구는 제자리로 돌아와 앉았다. 잠시 후, 맹렬하게 싸우던 세 병사가 의좋게 한 자리에 앉아 담소하는 것이 보였다.

"지미 로저스란 놈이 오늘 전투가 끝나면 나하고 한번 붙어 보자고 하더군 그래." 그의 친구는 다시 앉으며 말했다. "남의 싸움에 참견하는 꼴은 정말 못 보겠다고 하던가? 또 같은 편끼리 싸움하는 건 더더구나 못 보겠다는 거야."

청년은 깔깔대고 웃었다. "너도 많이 변했어. 전의 너하고는 아주 딴판이야. 네가 아일랜드 사람하고 맞붙었을 때의 일은 아직도 생생해." 청년은 말을 중단하고는 또 한바탕 웃었다.

"그래, 전에는 내가 좀 대단했었지." 생각에 잠기며 그가 말했다. "네 말이 맞아."

"아니, 뭐 내가 새삼스레 네 흉을 보려고 그런 말을 꼬집어……." 청년은 변명을 하기 시작했다.

그랬더니 친구는 또 한 번 괜찮다는 듯 손짓을 해 보이며, "헨리, 그런 걱정은 말아."라고 말했다.

또다시 말이 잠시 중단되었다.

"우리 연대는 어제 병력의 반가량을 잃었어." 이윽고 친구가 입을 열었다. "처음엔 다 죽은 줄 알았는데, 웬걸, 어젯밤에 하나둘씩 계속 돌아오는데, 정말 죽은 사람이라곤 몇 명 안 되는 것 같아. 모두들 숲 속에 산지사방으로 흩어져 다른 연대에 끼어 싸우기도 하고, 별 우스운 일이 다 있었나 봐. 너와 마찬가지로."

"그래서?" 청년이 물었다.

제15장

　연대가 작은 길옆에서 무장 태세를 갖춘 자세로 진군 명령을 기다리고 있을 때, 청년은 갑자기 어제 목소리 큰 병사가 처량한 말을 하며 그에게 맡긴 노란 꾸러미 생각이 났다. 청년은 놀란 나머지 친구를 향해 소리 지르며, 얼굴을 돌렸다.

　"윌슨!"

　"왜?"

　대열 속에서 청년의 곁에 서 있던 그 친구는 깊은 생각에 잠긴 듯 한길 쪽으로 눈길을 돌리고 있었다. 어쩐 일인지 그 친구의 표정은 매우 겸손하고 온화해 보였다. 그래서 곁눈으로 그를 힐끔힐끔 보고 있던 청년은 하려던 말을 바꾸려 했다.

　"아, 아무것도 아냐." 청년이 말했다.

　그의 친구는 약간 놀라 고개를 돌렸다. "아니, 무슨 말을 하려 했지?"

　"뭐, 아무것도 아니야." 청년은 말을 되풀이했다.

　그는 그 친구에게 타격을 주는 일은 하지 않기로 결심했다. 그 사실을 생각하고 속으로 즐긴 것만으로도 충분했던 것이다. 잘못 배달된 짐 꾸러미를 가지고 상대방의 머리를 때리는 것과 다름없는 타격을 구태여 줄 필요는 없었다.

    그는 하찮은 약점을 묻는다는 것이 그 사람의 감정을 얼마나 쉽사리 상하게 할 수 있는가를 잘 알고 있었기 때문에 그 친구가 퍽 두려웠다. 요즈음에 와서 딴사람이 된 그의 친구는 끈덕진 호기심으로 자기를 괴롭히지는 않겠지만, 좀 시간의 여유가 생기면 전날의 그의 모험담을 들려달라고 귀찮게 굴 것은 거의 확실하다고 생각했다.

    그러나 지금 그는 그의 전우가 그렇게 캐내려는 기색을 보이기만 하면 오히려 이쪽에서 역습하면 단번에 상대방을 꼼짝 못 하게 할 작은 무기를 지니고 있다는 생각에 마음이 든든했다. 바로 그가 주인이다. 웃으면서 조롱의 화살을 쏠 수 있는 사람은 다름 아닌 그 자신이니 말이다.

    마음이 약해진 그의 친구는 죽음을 예견하고 흐느껴 울었다. 그는 자신의 장례식에 앞서 미리 침울한 고별사를 낭독했으며, 누런 꾸러미 속에는 편지는 물론, 다른 친척들에게 보내는 유물이 들어 있음은 의심할 여지가 없다. 그러나 그는 죽지 않았으며, 그래서 죽기 전에 이미 청년에게 약점을 잡힌 것이다.

    청년은 상대편 그의 친구보다도 우월한 입장에 놓여 있음을 알고 있었지만 겸양의 미덕을 발휘하기로 했다. 그래서 친구를 대할 때 어른이 어린이를 보호하듯 명랑한 태도를 취했다.

    이제 그의 자존심도 완전히 회복되었다. 점점 커 가기만 하는 자존심의 그늘에서 그는 자신만만하게 다리를 턱 버티고 서서 그를 심판하러 오는 그 누구의 시선도 아무 거리낌 없이 받아 낼 수 있으며, 더욱이 자신의 마음속에서 일어나는 모든 의구심마저 몰아내고 씩씩하게 굴 수 있었다. 남이 아무도 보지 않는 가운데 저지른 비겁한 행동이니, 죄책감을 느끼며 떳떳하지 못하게 살 하등의 이유가 없었다.

    사실 어제 일어났던 일들을 시간의 거리를 두고 돌이켜 보니, 그가운데에는 무엇인가 훌륭한 점도 없지 않아 있었다. 약간의 거드름을 피우며, 고참병답게 행사할 권한이 자신에게 부여된 듯이 생각되었다.

그는 숨 막힐 정도로 그를 괴롭혔던 과거의 쓰라림을 쫓아내 버렸다.

지금의 그는, 저주받은 사람이나 죽을 운명에 처한 사람만이 소리 질러 환경의 탓을 할 수 있는 것이라고 마음속으로 다짐했다.

그런 사람들 외에는 아무도 그런 짓을 하는 사람이 없었다. 배부르고 남의 존경을 받는 사람이면, 우주의 섭리나, 사회의 운용 방법에 대해 잘못되었다고 생각되는 점을 꾸짖을 하등의 필요를 느끼지 않을 것이다. 재수 없는 사람들은 실컷 불평하라 하고, 다른 사람들은 구슬치기라도 하며 유유히 놀면 그만이다.

그는 앞으로 다가올 전투에 대해서는 별로 생각하지 않았다. 그것에 대해 어떤 계획을 세워 둔다는 것은 중요하지 않았다. 그는 일상생활에서의 많은 의무도 쉽사리 피할 수 있음을 배웠다. 지난날의 경험으로 보아 보복의 손길은 느리게 오고 눈이 멀어 있었다. 이런 사실에 비추어 보아도 앞으로 올 스물네 시간 안에 일어날 수 있는 온갖 일을 두고 힘을 뺄 필요는 없는 것이다. 이제 모든 것은 운에 맡기는 수밖에 없다. 그뿐만 아니라 남이 모르는 사이에 자기에 대한 자신감이 움트고 있었다. 그의 내부에 자신감의 꽃이 핀 것이다. 그는 이제 경험을 쌓은 사람이다. 그는 용 같은 전쟁의 회오리에 휩싸여 싸워 보았지만 생각했던 것보다 그렇게 무시무시한 것은 아니더라고 다짐해 보았다. 게다가 용의 공격은 정확하지 못하므로 급소를 찌를 줄 모른다. 그래서 대담한 사람은 주저하지 않고 대항하며, 대항하면서 또 도망치는 것이다.

그뿐 아니라 하늘의 선택을 받아 위대한 성공을 거두도록 운명 지어져 있는 그를 어떻게 감히 죽일 수 있겠는가?

그는 병사들의 일부가 도망치던 일들을 회상했다. 공포에 질렸던 그들의 얼굴을 생각하니 그들에 대한 멸시감이 솟아났다. 그들은 필요 이상으로 빠르고, 미친 듯이 도망쳤다. 그들은 결국 약한 놈들이었다. 그 자신도 도망쳤지만, 그는 깊은 사려와 위신을 갖추고 도망친 것이다.

그는 친구 때문에 이와 같은 꿈에서 깨어났다. 초조한 듯이 서성거리고 눈을 껌벅거리며 나무를 바라보던 그 친구는 갑자기 헛기침을 하더니 입을 열었다.

"플레밍!"

"왜, 그래?"

친구는 손으로 입을 가리고 또 헛기침을 했다. 그리고는 우물쭈물했다.

"저" 그는 드디어 입을 뗐다. "저, 그 편지를 내게 돌려주면 좋겠어." 하며 그는 부끄러운 나머지 뺨과 이마가 빨갛게 달아올랐다.

"그러지, 윌슨!" 청년이 대답했다. 그는 외투단추를 두어 개 풀더니 속주머니에 손을 넣어 그 문제의 꾸러미를 꺼냈다. 그가 꾸러미를 넘겨주려고 손을 뻗자 친구는 무안한 듯 외면했다.

청년은 그 꾸러미를 건네주며 뭐라고 따끔한 말을 하고 싶어 천천히 꺼냈다. 그러나 무슨 신통한 말이 떠오르지 않았다. 그래서 그 친구에게 아무런 상처도 주지 못하고 꾸러미를 넘겨주고 말았다. 그리고는 대단한 선심이나 쓴 것처럼 생각했다. 퍽 관대한 처사라고 굳게 믿었다.

곁에 서 있던 친구는 몹시 창피한 모양이었다. 그런데 그 모양을 본 청년의 마음은 굳세어지고 늠름해졌다. 그는 자기의 소행 때문에 친구처럼 얼굴을 붉혀야 하는 궁지에는 몰린 적이 없었다. 그만큼 그는 흠 잡을 데 없는 덕 있는 사람이었다.

청년은 친구를 상당히 불쌍히 여겼다. "안됐어! 안됐어! 불쌍하게, 얼마나 괴로울까."

이 사건이 있은 뒤, 청년은 자기가 겪었던 전투의 실황을 회고하면서 고향에 돌아가면 전쟁 이야기로 마을사람들의 가슴을 설레게 해줄 수 있다고 대단한 자부심을 가졌다. 따사로운 빛이 감도는 훈훈한 방에 앉아서 열심히 듣는 사람들을 향해 이야기를 하고 있는 자신의 모습을 상상할 수 있었다. 청년은 그의 월계관을 과시할 수 있다. 보잘것없는 것이겠지만, 월계관이 흔하지 않은 시골구석에서는 빛을 발할 것이다.

입을 딱 벌린 채 넋을 잃고 그의 이야기를 듣는 청중이 불타오르는 전투의 중심인물로 그를 간주하고 있는 모습이 눈에 선했다. 또한 그의 이야기를 한마디도 놓치지 않고 들으려고 열중하는 그의 어머니와 학교의 젊은 여인이 이따금 놀라움의 탄성을 올리는 광경도 상상해 보았다. 사랑하는 가족이 전쟁터에서 아무런 위험도 없이 용감하게 싸우고 있으리라는 그들의 여성다운 막연한 환상은 깨지고 말 것이다.

제16장

콩 볶듯 하는 소총소리는 끊임이 없었다. 얼마 뒤에는 대포소리마저 여기에 가세(加勢)했다. 안개가 자욱하게 낀 때문인지 포성은 둔중하게 들려왔다. 총성의 메아리 소리는 계속되었다. 세상에서 이 구석만이 유난스레 치열한 전투를 벌이는 듯했다.

청년의 연대는 습한 참호 속에서 오랫동안 견디고 있던 우군 부대와 교대하기 위해 행군해 갔다. 병사들은 깊은 숲의 선을 따라 커다란 밭고랑처럼 파서 위로 쌓아 올린 꾸불꾸불한 소총 방벽 뒤에 진을 쳤다. 그들의 눈앞에는 그루터기만이 드문드문 있을 뿐 평평한 벌판이 펼쳐져 있었다. 그 건너편에 있는 숲 속에서 안개를 뚫고 총질하는 척후병과 전초병들의 총성이 시끄럽게 들려왔다. 오른쪽에서는 대접전의 무서운 노성이 들려왔다.

병사들은 이 작은 방벽 뒤에 쪼그리고 앉아서, 자기들의 싸움 차례가 오기를 태연하게 기다리고 있었다. 총소리가 나는 쪽으로 등을 돌리고 앉아 있는 병사도 많았다. 청년의 친구는 양팔에 얼굴을 파묻고 엎드리더니, 이내 깊이 잠이 든 것 같았다.

청년은 갈색빛 흙 방벽에 가슴을 대고 앞에 펼쳐 있는 숲을 바라본 뒤 좌우의 전선을 훑어보았다. 장막처럼 겹겹이 들어선 나무들이 그의 시야를 가로막았다. 나직하게 줄지은 참호를 볼 수 있었지만, 먼 곳은 시야에 들어오지 않았다. 붉은 모래 언덕에는 몇 안 되는 깃발이 한가롭게 나부끼고 있었다. 그 뒤에는 병사들의 거무튀튀한 모습이 줄지어 보였고, 몇몇 병사의 머리가 다시 그 위로 삐져나와 야릇한 모습을 하고 있었다.

숲의 정면과 왼쪽에서 들려오는 척후병들의 총소리는 끊임이 없었고, 오른쪽에서 들려오는 소음은 더욱 시끄럽기만 했다. 대포의 포효는 숨 돌릴 여유도 없이 계속되었다. 마치 대포들이 각처에서 모두 몰려들어 큰 난동을 벌이고 있는 듯했다. 따라서 소리 지르는 말도 들리지 않게 되었다.

청년은 농담을 해 보고 싶었다. 신문에 났었던 구절이기도 하다. 그는 "래퍼핸녹 전선에 이상 없다."고 말하고 싶었으나 대포의 포효는 그의 농담마저도 허용치 않으려고 시끄럽게 계속되었다. 그는 그 문장조차도 남이 끝까지 알아듣게 말할 수가 없었다. 마침내 포성이 잔잔해지자 병사들 사이에 다시 풍설이 떠돌기 시작했다. 그러나 그 풍설은 땅 위를 아주 낮게 날아다니는 검은 새처럼 피곤하고 비관적인 것이며, 희망의 날개를 펴게 하는 기쁜 소식은 아니었다. 병사들의 얼굴은 이 같은 흉조를 해석하느라고 일그러지고 찌푸려졌다. 책임을 양어깨에 짊어지고 높은 지위에 앉은 양반들까지 주저하며 자신감이 없어 한다는 이야기가 병사들의 귀에 들려왔다. 참화의 비참한 풍설이 그것을 뒷받침하는 갖가지 증거와 더불어 그들의 마음속을 깊이 파고들었다. 오른쪽에서 들려오는 소총의 소음은 마치 귀신이 쇠사슬을 끊고 풀려난 것처럼 점점 크고 으스스하게 들려오며, 병사들이 처해 있는 곤경을 역력히 나타내 주고 있는 듯했다.

병사들은 낙담하여 투덜대기 시작했다. 그들은 마치 '이 이상 더 어떻게 하란 말이야?'라는 듯한 몸짓을 해 보였다. 그들은 언제나 낭설에 넋을 잃었으며 패배를 전혀 이해하지 못하는 것 같았다.

햇살이 퍼져 안개가 완전히 걷히기 전에, 연대는 대열이 뿔뿔이 흩어진 채 숲 속을 조심스럽게 헤치며 후퇴했다. 한편 앞에 보이는 작은 솔밭이나 들판에는 전열이 흩어져서 황급히 움직이는 적병의 대열이 눈에 띄었다. 그들은 날카롭고 의기양양한 함성을 지르고 있었다.

이 광경을 본 청년은 잡다한 사사로운 일을 잊어버리고 매우 화를 냈다. 그는 마침내 고성을 지르며 분통을 터뜨리고 말았다.

"제기랄, 우리 쪽 장군놈들은 모두 멍청이들이야."

"오늘 그런 말을 한 사람은 한둘이 아니었어." 누군가가 맞장구를 쳤다.

방금 잠이 깬 청년의 친구는 여전히 잠에 취해 있었다. 그는 제정신이 들 때까지 뒤쪽을 멍하니 바라보다가 한숨을 지었다. "제기랄, 싸움은 암만 봐도 진 싸움이구먼." 하며 슬프게 말했다.

청년은 다른 사람을 비방하는 것이 바람직한 일이 아니라는 생각이 들었다. 그래서 그는 남을 욕하지 않으려고 했으나, 혀끝까지 욕이 올라와 있었다. 그는 이내 아군 사령관의 욕을 장황하게 늘어놓기 시작했다.

"그의 잘못만은 아닌지 모르지. 전부는 아닐 거야. 사령관이 최선을 다했으면 됐어. 우리가 계속해서 진 것은 운수 탓일 거야." 그의 친구가 맥없는 어조로 말했다. 그는 어깨를 움츠리고 터덜터덜 걸었는데, 마치 몽둥이로 맞고 발길에 채인 사람처럼 남의 눈치만 보는 듯했다.

"아니, 그렇담 우리가 악착같이 싸우지 않았단 말이야? 우리가 어느 누구처럼 싸우지 않았다는 거야?" 청년은 목청을 돋우어 외쳤다.

청년은 이런 말이 자신도 모르게 입에서 튀어나온 데 대해 속으로 적이 놀랐다. 잠시 그의 얼굴에는 씩씩한 기색이 사라졌으며, 청년은 무슨 죄나 지은 것처럼 살폈다. 그러나 아무도 그가 한 말을 주제넘게 생각하고 따지는 사람이 없었으므로 그는 곧 용기를 되찾았다. 그래서 또다시 청년은 그날 아침 소속 진지에서 사람들이 수군대던 이야기를 되풀이했다. "여단장은 어제 우리처럼 잘 싸우는 신병 연대를 본 일이 없다고 말했다면서? 그렇다면 우리가 다른 연대보다 잘 못 싸웠다는 것은 말이 안 되잖아? 자, 그렇다면 군대의 잘못이라고 말할 수는 없겠지?"

그것에 대답하는 그의 친구의 음성은 엄숙했다. "물론이지, 우리가 악착같이 싸우지 않았다고는 어느 놈도 감히 말하지 못할 거야. 정말 아무도 감히 말할 수 없을 거야. 병사들 모두 열심히 싸웠지. 그러나 우린 역시 운이 없었어."

"그래, 우리가 악착같이 싸우는데도 이겨 보지 못한다면, 지휘하는 장군의 잘못이지 뭐야!" 하고 청년은 아주 거창하고 단호하게 말했다. "아니 싸움에 싸움을 거듭하면서도 바보 같은 장군 때문에 패배를 한다면 무슨 소용이 있느냐 말이야."

청년 곁에서 걷던 빈정대기 좋아하는 한 병사가, "클레밍, 너는 마치 어제 전투를 너 혼자 독차지해서 해치운 것처럼 떠들어대는구나!" 하고 빈정거렸다.

청년은 속으로 뜨끔했다. 대수롭지 않게 내뱉은 말이었지만, 내심으로는 자신이 비굴함을 느꼈으며, 남몰래 다리까지 떨었다. 그는 조금 전 빈정댄 친구를 두려운 눈길로 바라보았다.

"그런 것은 아냐. 어제 나 혼자 싸웠다는 얘기는 아냐." 청년은 황급하게 변명조로 말했다.

그러나 상대방은 그 이상의 깊은 뜻은 없는 것 같았다. 상대방이 그의 비밀을 알지 못하고 있는 것은 분명했다. 그가 내뱉은 말은 그의 버릇에서 나온 것에 불과했다. "아 그래." 하고는 조소 섞인 말로 대꾸할 뿐이었다.

그런데도 청년은 두려움을 느꼈다. 그는 위험한 곳에는 가지 않는 것이 상책이라 생각하고 입을 다물었다. 빈정대는 병사의 말을 들으니 자신 속에 움튼 잘난 체 떠들고 싶은 마음이 사라져 버렸다. 그는 갑자기 겸손한 사람이 되었다.

병사들은 나직한 음성으로 말을 주고받았다. 장교들은 안절부절못했고 퉁명스러웠다. 장교들의 얼굴은 불리한 전황 이야기로 찌푸려져 있었다. 숲 속을 헤치며 후퇴하는 부대의 병사들도 시무룩했다. 청년의 중대에서 누군가가 한번 큰 소리를 내어 웃었다. 그러자 그의 주변에 있던 병사들이 하나같이 불쾌한 표정으로 그 웃음의 주인공을 노려보았다.

총성이 그들 뒤를 뒤쫓았다. 이따금 좀 멀어지는 듯하다가 다시 전보다도 더 시끄럽게 다가오는 것이었다. 병사들은 욕설을 퍼부으며, 분노에 찬 눈초리로 소리가 들려오는 쪽을 노려보았다.

빈터에 다다르자 드디어 부대는 정지했다. 숲 속을 헤치며 후퇴하는 사이에 흩어진 연대와 여단은 편성을 재정비하고, 사냥개처럼 무섭게 계속해서 짖으며 쫓아오는 적의 보병 부대를 향해서 전열을 가다듬었다. 악착같은 맹견이 울부짖는 듯한 금속성의 소리처럼 뒤따라오기만 하던 총성은 차츰 더 커져서 기쁨의 환호성같이 들리기도 했다. 그러다가 이윽고 아침 해가 소리 없이 솟아올라 어둡고 침침한 숲 속에 밝은 빛을 던지게 되자, 사격의 총성은 긴 종소리처럼 울려 퍼졌다. 숲은 마치 불붙는 것처럼 따다닥 소리를 내며 타올랐다.

"와아, 이제 우린 당하는구나. 모두 싸운다. 피 흘리고 다 망한다!" 누군가가 외쳤다.

"해가 어느 정도 떠오르기만 하면 적은 틀림없이 공격해 올 걸세." 청년의 중대를 지휘하는 중위가 사납게 말했다. 그러면서 그는 얼마 나지도 않은 자신의 코밑수염을 비벼댔다. 그는 닥치는 대로 아무것 이나 긁어모아 놓고는 그 뒤에 웅크리고 있는 중대의 병사들 뒤를 위 엄 있게 왔다 갔다 했다.

포대 하나가 그들 뒤쪽에 자리를 잡고는 먼 곳을 향하여 신중히 포 를 쏘기 시작했다. 아직까지 직접 공격을 받아 본 적이 없는 그 연대 는 앞에 펼쳐 있는 숲의 그늘이 적군 사격의 화염으로 변하기를 기다 리고 있었다. 병사들은 으르렁대며 욕실을 퍼부었다.

"제기랄! 아니 우리는 왜 쥐새끼 모양으로 노상 쫓겨만 다니지! 이 젠 정말 진절머리가 난다고. 우리가 어디로 가는지, 왜 가는지 아는 놈은 하나도 없단 말이야. 그저 우리는 이 기둥에서 저 기둥으로 바 꿔 가며 쫓겨서 숨어 다니며, 여기서 얻어맞고 저기서 얻어맞고 하는 데, 도대체 뭣 때문에 그래야 하는지 아는 놈은 하나도 없거든. 말하 자면 우리 기분은 꼭 자루 속에 갇혀 있는 고양이새끼 같아. 반란군 에 대항해서 총 쏘는 연습을 시키려는 뜻이 아니라면 무엇 때문에 우 리들을 이 깊은 숲 속으로 끌고 왔냐는 말이야? 이런 곳에 들어왔기 때문에 온갖 덩굴에 다리가 긁히고 찔리고, 그런 판에 싸움이 시작되 니, 반란군은 우리를 거저먹게 된 것이 아니고 뭐야? 운수가 좋지 않 아 그렇다는 말은 아예 말게. 다 그 바보 같은 늙은 장군 탓에……" 하며 청년은 불평을 터뜨렸다.

그의 친구는 지쳐 있는 것처럼 보였지만, 침착하고 자신 있는 어조로 청년의 말을 막았다. "그래도 나중에 잘되면 돼." 하고 그는 달랬다.

"잘되긴 뭐가 잘돼! 넌 언제나 목사처럼 설교만 하지. 그만 집어치워! 나도 너만큼은 알아."

이때 자기의 울화와 불만을 부하들에게 터뜨리려던 중위가 사납게 말을 중단시켰다. "너희, 아가리 닥쳐! 이러니저러니 하고 너희가 입씨름할 필요는 없으니까. 조잘대며 떠들어대는 꼴이 꼭 늙은 암탉들 같구나. 너희는 싸움이나 잘하면 그만이야. 한 십 분만 기다리면 싫도록 싸워야 할 것이다. 그저 입 다물고 싸움이나 잘하는 것이 군인이지 너희 놈들처럼 주둥이나 놀리는 어리석은 녀석들은 처음 본다."

중위는 감히 말대꾸를 하는 놈이 있으면 사정없이 때리려는 듯 말을 멈추고 눈을 부라렸다. 아무도 대꾸하지 않자 그는 다시 아까처럼 왔다 갔다 하며 서성거리기 시작했다.

"하여간 이번 전투엔 입만 살아서 놀리고 싸움은 안 하는 놈들이 많아." 중위는 고개를 돌려 이 말이 마지막인 듯 못을 박았다.

날이 더 밝아지자, 태양은 우거진 숲을 환하게 비춰 주었다. 질풍 같은 전투가 청년의 연대 전면으로 휘몰아쳐 왔다. 그 공격을 정면으로 맞아 싸우기 위해 전열의 위치를 약간 바꾸었다. 잠시 기다리느라 시간이 흘렀다. 폭풍이 오기 직전의 심상치 않은 고요가 연대가 머무르고 있는 전 들판에 서서히 감돌았다.

연대가 머무르고 있는 앞 숲에서 한 자루의 소총이 불을 뿜었다. 눈 깜짝할 사이에 무수한 소총이 여기에 합세했다. 그리고 격돌의 소음이 일어 온통 숲 속을 휩쓸었다. 뒤에 있는 대포들도 무섭게 날아와 터지는 적탄에 잠이 깨어, 성난 듯이 무섭게 포효하는 적군의 포대와 입씨름을 시작했다. 전투의 아우성치는 소리는 천둥이 울리는 소리처럼 하나의 긴 폭발로 변했다.

연대 병사들의 태도에서는 이상하게 주저하는 면모를 살필 수 있었다. 제대로 잠도 자지 못한 그들은 지칠 대로 지쳐 있었다. 그들은 다가오는 전투의 충격을 기다리며, 눈동자만 굴리고 있었다. 무서워서 주춤하는 병사도 있었다. 모두 말뚝에 묶인 사람들처럼 멍청하게 서 있었다.

제17장

청년은 이번의 공격을 무자비한 사냥 같다고 생각했다. 그는 화가 머리끝까지 치밀었다. 그리고 그는 유령의 홍수처럼 소용돌이치며 밀어닥치는 연기 속에서 상을 찡그리고 발을 동동 굴렀다. 마치 그에게 잠시라도 휴식할 수 있는 틈이나, 조용히 앉아서 생각할 겨를조차 주지 않기로 결심한 듯한 놈들의 공격에는 사람을 미치고 마르게 하는 무엇이 있었다. 어제의 그는 싸우다가 재빨리 도망쳤었다. 여러 가지 모험을 겪었었다. 그러니 오늘 하루쯤은 조용히 앉아 휴식하며 사색할 수 있는 여유를 갖는 것이 마땅하지 않을까 하는 생각을 절실하게 가졌다. 다시 말하자면 아직 전쟁경험이 없는 사람들을 앉혀 놓고 그가 목격한 여러 가지 광경을 이야기해 주거나, 아니면 다른 경험이 있는 사람들과 더불어 전쟁의 과정을 실전을 보듯이 토론할 수도 있는 일이다. 그것보다도 더욱 중요한 일은 육체적 피로를 회복할 수 있는 시간적 여유를 가져 보는 일이다. 그는 어제의 고원전투 경험을 치른 관계로 전신이 쑤시고 뻣뻣했다. 그는 온갖 고초를 싫도록 겪었으니, 이제는 좀 쉬고 싶을 따름이었다.

그러나 적군은 좀처럼 피로의 기색을 보이지 않았다. 그들은 전과 조금도 다름없는 속도로 공격해 오고 있었다. 그는 이렇게 악착스럽게 덤벼오는 적군을 몹시 증오했다. 어제 온 우주가 자기만을 적대시한다고 생각했을 때는 크고 작은 신(神)을 거느린 자연을 증오했지만, 오늘은 똑같은 강도의 증오심으로 적군을 미워했다. 그는 마치 개구쟁이에게 마구 쫓기기만 하는 가련한 고양이새끼처럼 적병에게 쫓기고 싶은 마음은 추호도 없었다. 인간을 막다른 골목의 궁지로 몰아넣는 것은 바람직한 일이 아니다. 궁지에 몰리면 누구나 이빨과 발톱을 드러내는 법이니까 말이다.

그는 숲을 향하여 위협적인 몸짓을 하며 친구의 귀에 대고 말했다. "놈들이 이렇게 우리를 못살게 굴면 가만두지 않을 테다. 이젠 참을 만큼 참았단 말이야."

친구는 고개를 돌려 조용하게 대꾸했다. "놈들이 이런 식으로 우리를 몰아대면 우리가 모두 강물 속으로 들어가는 수밖에 없어."

이 말을 들은 청년은 사납게 고함쳤다. 작은 나무 뒤에 쭈그리고 앉은 그의 눈은 증오로 이글이글 타올랐고, 온몸이 부들부들 떨려 이를 악물었다. 그의 머리에는 아직도 어설프게 붕대가 매여 있으며, 상처 자리에는 피가 말라붙은 자국이 보였다. 그의 머리카락은 야릇하게 엉켜 있었다. 그런데 괴상하게 뭉쳐진 머리카락 중의 약간은 붕대에 붙어 이마 위로 내려와 있었다. 그의 웃옷과 셔츠는 앞가슴 쪽이 풀어 헤쳐져 있었는데 구릿빛 목이 그대로 노출되어 있었으며, 침을 삼킬 때마다 목이 경련하듯이 떨렸다.

그는 초조한 듯 총을 움켜잡고 있었다. 그는 그가 쥐고 있는 총이 적군을 순식간에 몰살시킬 수 있는 흉기이기를 바랐다. 그는 자신과 동료들이 가련하고 보잘것없는 존재들이라는 걸 절실히 느꼈으며, 조롱당하고 있는 것처럼 느꼈다. 그러나 여기에 대해 보복할 능력이 없음을 깨닫자, 검고 험상궂은 귀신처럼 분노가 솟아올라 그를 사로잡았고 잔악한 행동을 꿈꾸도록 했다. 말하자면 적군은 오만하게 그의 피를 빨아먹는 하루살이 같은 존재이다. 그는 전우들의 고생에 찌든 비참한 얼굴을 보고 복수할 수만 있다면 생명을 다 바쳐 싸우리라고 다짐했다.

전투의 거센 바람이 연대를 휩쓸었으며, 마침내 소총 하나가 정면에서 불을 뿜기 시작하자, 일제히 이에 따랐다. 잠시 후에 연대는 갑자기 용감한 반격을 개시했다. 짙은 연막이 천천히 그리고 나직하게 드리우기 시작했다. 소총에서 나오는 화염이 그 연막을 칼로 난도질하듯 찢었다.

청년에게는 전투하는 군인들이 죽기 아니면 살기의 사투를 벌이도록 어두운 구덩이 속에 던져진 한 떼의 짐승들 같다고 느껴졌다. 그와 그의 전우들은 궁지에 몰려 밀어닥치는 괴물을 물리치려고 애쓰는 듯한 느낌이었다. 그들이 쏘아대는 붉은 총알은 적군에게 맥도 추지 못하고 아무런 효과도 없어 보였다. 적군은 이쪽에서 쏘는 총탄을 비상한 기술로 요리조리 교묘하게 피하는 것 같았다.

정신없이 싸우고 있는 동안, 청년은 자기의 총이 무력한 막대기에 지나지 않는 게 아닌가 하는 생각이 들었다. 그러자 적병의 얼굴 위에 감도는 승리의 미소를 짓이겨 주고픈 생각과 증오심 외의 다른 감정은 모두 없어졌다.

포탄의 연기에 감싸인 푸른 제복의 전선은 발에 밟힌 뱀처럼 몸을 비꼬며 꿈틀거렸다. 전선의 선두는 공포와 분노의 아픔을 참지 못하는 듯 꼬리를 뒤흔드는 짓밟힌 뱀 같았다.

청년은 자기가 두 발을 딛고 똑바로 서 있다는 것을 의식하지 못했다. 그는 서 있는 땅의 방향이 어느 쪽인지 알 수 없었다. 사실 한번은 몸의 균형을 잃고 쓰러지기까지 했다. 물론 금방 벌떡 일어나기는 했었다. 그때 혹시 그가 총에 맞아서 쓰러진 것이 아닌가 하는 생각이 번개같이 그의 머리를 스쳤다. 그러나 그와 같은 의구심도 이내 사라지고 두 번 다시 그런 생각을 하지는 않았다.

그는 작은 나무 뒤에 자리 잡고, 그 자리만은 끝까지 사수하겠다고 굳게 결심했다. 그는 오늘 전투에서 아군이 이길 승산이 전혀 없다고 생각하자 오히려 힘을 내어 싸우고 싶은 생각이 들었다. 그러나 물밀듯이 밀려오는 적병의 떼가 사방에서 몰려드는 바람에, 적병이 어느 쪽에 있는가 하는 것 이외에는 방향 감각이 없어지고 말았다.

화염은 살을 물어뜯었고, 뜨거운 연기가 살갗을 익히는 듯했다. 그의 소총의 총신이 어찌나 뜨겁게 달았는지 보통 때 같으면 손도 대지 못했을 것이다. 그러나 그는 계속 탄약을 장전하고 쩔그럭대는 굽은 탄약 꽂을대로 쑤셔댔다. 그러다가도 연막 사이로 움직이는 물체만 보이면 주먹을 불끈 쥐고 안간힘을 쓰듯이, 투덜거리며 방아쇠를 당겼다.

그러다가 적군이 약간 후퇴하는 기색을 보이면 마치 적이 걸음을 늦추는 것을 알고는 악착같이 따라붙는 개처럼 그도 앞으로 바짝 쫓아갔다. 그러다가도 또 자신이 후퇴해야 할 처지에 몰리면 노기에 찬 절망을 느끼며 천천히 물러났던 것이다.

한번은 너무 화가 난 나머지 그의 가까이에 있던 전우들은 모두 사격을 중지했는데도 그만 총을 쏜 적이 있었다. 그는 너무나 사격에 열중해서 싸움이 잠잠해진 것도 몰랐던 것이다.

그의 귀에 시끄러운 웃음소리와 멸시와 놀라움을 나타내는 말이 들렸을 때에야 비로소 제정신이 들었다. "이 바보 같은 놈아, 쏠 상대가 없으면 총질 좀 작작해. 제기랄."

그 소리를 듣고서야 총을 반 사격 자세로 겨누고서 고개를 돌려 푸른 제복을 입은 전우들을 쳐다보았다. 이렇게 잠시 쉬는 동안 병사들은 모두 놀라 그를 바라다보았다. 그들은 구경꾼이 된 것이다. 전방을 다시 바라본 그는 연기가 걷힌 들판에 사람이 하나도 없음을 보았다.

그는 잠시 어리둥절했다. 그러다가 얼이 빠져 멍청한 그의 눈에 알았다는 듯한 표정이 깃들었다. "아." 하는 소리와 함께 그는 깨달았던 것이다.

그는 전우들 틈으로 돌아가 땅 위에 몸을 내던지듯이 누웠다. 그는 늘씬하게 매 맞은 사람처럼 쓰러졌다. 그의 온몸은 이상하게 불타오르고 있었고, 전쟁의 소음이 여전히 고막을 울리고 있었다. 그는 기를 쓰고 수통을 더듬어 찾았다.

중위가 큰 소리로 외치고 있었다. 그는 싸움에 취해 있는 듯했다. 그는 청년에게 마구 지껄여댔다. "정말 너같이 악착스러운 놈 만 명만 거느린다면, 일주일 이내에 이따위 전쟁은 결판을 낼 텐데." 그러면서 무척이나 자랑스러운 듯 앞가슴을 불쑥 내밀었다.

병사들 중에는 놀랐다는 듯이 청년을 보고 뭐라고 중얼거리며, 그를 바라보는 자들도 있었다. 그가 휴식도 취하지 않고 총알을 재고, 난사하며 욕설을 퍼붓는 꼴을 다른 병사들이 구경했음이 분명했다. 그들의 눈에는, 이제 청년이 전쟁의 귀신처럼 보이는 것이었다.

친구가 비틀거리며 청년에게 다가왔다. 그의 목소리에는 두려움과 놀라움이 뒤섞여 있었다. "플레밍, 너 괜찮아? 너, 아무 일 없니? 헨리야, 너 아무 일 없는 거지?"

"괜찮아." 하고 청년은 간신히 대답했다. 그러나 그의 목구멍은 가시와 혹으로 가득 차 있는 듯했다.

이 사건이 있은 뒤로 청년은 곰곰이 생각해 보았다. 그는 자신이 야만인이나 짐승 같은 행동을 했다는 생각이 들었다. 그는 마치 자신의 종교를 지키려고 싸우는 이교도처럼 싸웠던 것이다. 돌이켜 생각해 보면, 그것은 거칠지만 훌륭했고, 어느 면으로 생각해 보면 쉬운 일이기도 했다. 그는 의심할 여지없이 대단한 일을 해낸 것이다. 그는 이 엄청난 투쟁을 통하여 산더미 같은 장해물을 극복하고 살아남은 것이다. 그 태산 같은 장해물은 종이 봉우리처럼 무너졌고, 이제 그는 세상에서 말하는 영웅이 된 것이다. 그런데도 그는 그 과정을 전혀 의식하지 못했다. 잠자다 깨어나니 하룻밤 사이에 기사가 된 것이나 다를 바 없었다.

그는 누워서 이따금 그를 바라다보는 전우들의 경이의 시선을 즐겨 만끽했다. 그들의 얼굴은 탄약 연기 때문에 검게 그을려 있었다. 어떤 얼굴은 완전히 시커멓게 되어 있었다. 모두들 땀에 흠뻑 젖어 있었으며, 숨을 거칠게 쉬고 있었다. 병사들은 이렇게 더러운 얼굴들을 한 채로 청년을 바라보았다.

"잘했어! 참, 잘했어!" 중위는 정신이 나간 듯 외쳤다. 그는 안절부절못하며 왔다 갔다 서성댔다. 때때로 그의 목소리는 난폭하고 이해하기 힘든 웃음소리처럼 들려왔다.

그 뒤, 중위는 전쟁 기술에 대하여 심각히 생각할 때면 언제나 무의식적으로 청년에게 말을 걸었다.

다른 병사들도 침울해하면서도 기쁨을 감추지 못했다. "우리 연대 같이 잘 싸우는 신병 연대는 세상에 또 없을 것이다!"

"아무렴, 옳거니!"

"개와 여자와 호두나무는 매질을 할수록 좋아진다더라! 이것이 바로 우리 연대를 두고서 한 말이야."

"놈들도 꽤들 죽었지. 노파가 저 숲 속을 빗자루로 쓸면 시체가 쓰레받기로 하나 가득 나올 거다."

"그래, 그리고 한 시간쯤 뒤에 노파가 와서 다시 쓸면, 또 한 무더기가 나오겠지."

숲 속에는 아직도 소음이 요란했다. 저 멀리 나무 밑에서 소총소리가 콩 볶듯 울려 퍼졌다. 먼 숲 속에서는 마치 꼬리에 불이 달린 이상한 고슴도치가 드나드는 듯 불꽃이 번쩍였다. 마치 폐허에서 올라가는 듯한 검은 먹구름 연기가 비취처럼 푸른 하늘에 떠 있는 찬란한 태양을 향하여 치솟아 올라가고 있었다.

제18장

　헝클어진 전선은 얼마간 숨을 돌릴 시간을 가졌으나 이러는 동안에도 숲 속의 싸움은 더 치열해져서 사격소리에 나무가 떨리고, 돌진하는 병사들 때문에 대지도 온통 뒤흔들리는 것 같았다. 이렇게 계속되는 소음 속에 대포소리가 뒤섞여 들렸다. 이런 주위 환경에서는 살기 힘들 것 같았다. 병사들의 가슴은 신선한 공기에 주렸으며 갈증에 목이 타 들어가고 있었다.

　몸에 적탄을 맞은 병사가 하나 있었는데, 잠시 휴식하는 동안 그의 신음소리가 들려왔다. 아마 싸움하는 동안에도 비통한 신음소리를 냈었겠지만 아무도 그 소리를 듣지 못했었다. 그러나 지금 병사들은 땅위에서 비참한 신음소리를 내는 그에게 고개를 돌렸다.

　"누구야? 누구지?"

　"지미 로저스야. 지미 로저스."

　그들의 시선이 그와 처음 마주쳤을 때, 그들은 마치 가까이 가는 것을 꺼리듯 멈칫했다. 그 병사는 풀밭 위에서 떨리는 몸을 비틀며 몸부림치고 있었다. 그는 큰 소리로 비명을 올렸다. 순간적인 전우들의 주저는, 그로 하여금 전우들을 한없이 멸시하도록 만들었다. 그는 심한 욕지거리를 퍼부으며 병사들을 저주했다.

청년의 친구는 지형 판단을 잘못하고 근처에 시내가 있다고 생각하여 허락을 받아 물을 길러 가려는 참이었다. 그러자 자기들 수통에도 물을 떠다 달라는 주문이 쇄도했다. "내 수통에도 물 좀 채워 줘, 응? 내게도 물 좀 가져와." "나도." "나도." 하는 식으로. 그 병사는 수통을 산더미같이 지고 떠났다. 뜨겁게 달아오른 몸을 시냇물에 던져 잠그고, 물을 실컷 들이켜려는 속셈으로 청년도 그의 전우를 따라나섰다.

그들은 있을 거라고 생각했던 시냇물을 서둘러 찾아보았으나 찾지 못했다. 청년은 참다못해 입을 열었다. "이곳에는 물이 없는데." 그들은 지체하지 않고 온 길을 더듬어 되돌아가기 시작했다.

그 자리에서 싸움터를 바라다보니, 연기에 감싸였던 최전선에 있었을 때보다는 훨씬 광활한 전장(戰場)이 보였다. 그들은 산야에 검게 꾸불꾸불 굽이친 최전선과 오렌지색의 화염에 싸인 대포들이 빈터에 회색 구름을 피우며 줄지어 서 있는 것을 볼 수 있었다. 또한 나뭇잎 너머로 어느 집의 지붕을 볼 수도 있었다. 그런데 유리창 하나가 햇빛에 반사되어 빨갛게 타오르는 듯 나뭇잎 사이로 보였다. 그리고 그 집에서 큰 연기 기둥이 한옆으로 기울어지며 하늘 높이 치솟고 있었다.

그들이 소속한 부대를 바라보니, 헝클어졌던 병사들의 덩어리가 차츰 정돈된 대형을 갖추어 가고 있었다. 쇠붙이들은 햇빛을 받아 반짝반짝 빛났다. 후방에는 경사진 언덕 너머로 굽이쳐 있는 먼 길이 까마득히 보였다. 그 길은 후퇴하는 보병 부대로 들끓었다. 그 사이사이에 나 있는 숲에서는 전투의 함성과 연기가 올라왔다. 공중에는 언제나 요란한 소음으로 가득 차 있었다.

그들이 서 있는 자리 근처에는 포탄이 날아가는 소리로 시끄러웠다. 이따금 소총 탄환이 쌩쌩 날아와 나무 둥치에 박혔다. 부상병이나 다른 낙오병들이 숲 속을 헤매고 있었다.

청년과 그의 전우가 숲과 숲 사이에 트인 길을 내려다보았을 때 참 모들을 거느리고 방울을 요란스럽게 울리며 말을 달리던 한 장군이 네 발로 엉금엉금 기어가는 부상병을 짓밟고 지나갈 뻔했다. 장군은 입을 벌름거리며 거품을 머금은 말의 고삐를 힘껏 당겨 노련한 기마술로 그 병사를 피했다. 병사는 겁을 먹어 허우적거리며 빨리 나아갔다. 안전한 곳으로 피신하자, 병사는 기진맥진해졌다. 갑자기 한쪽 팔의 기운이 빠지면서 엎어져 몸을 쭉 뻗더니 숨소리가 잔잔해졌다.

잠시 후, 말발굽 소리도 요란하게 기마대가 두 병사 바로 앞에 와 섰다. 또 한 장교가 카우보이처럼 능숙한 솜씨로 말을 몰아 장군 앞에 와 섰다. 장군들의 눈에 띄지 않은 두 병사는 움직여 가는 체하면서도 그들의 이야기를 엿듣고 싶은 마음에서 그들 가까이에서 서성거렸다. 혹시 무슨 역사적인 내부의 비화라도 기대하고 있었는지 모른다.

그 장군은 병사들 사단의 사단장이었는데 방금 나타난 장교를 보고 마치 그의 복장을 탓하려는 듯 냉정하게 이야기했다. "적군은 다시 한 번 공격의 기회를 포착하려고 자세를 가다듬고 있어. 화이터사이드 부대 쪽을 칠 모양인데, 우리가 재빨리 그들을 저지하지 않으면 뚫리고 말 거야."

상대방 장교는 앞으로 움직이려 들지 않는 말을 나무라고는 목청을 가다듬었다. 그는 모자 테두리에 손을 대는 둥 마는 둥 경례하는 시늉을 하며, "그것을 막아 내자면 아군의 출혈이 대단할 것입니다."라고 짤막하게 대답했다.

"그야 그렇겠지." 장군이 응수했다. 그러고 나서 장군은 낮은 음성으로 빠르게 말하기 시작했다. 그는 이따금 손가락질을 해 가면서 이야기했다. 두 병졸은 마지막으로 장군이, "어느 부대를 돌릴 수 있나?" 하고 물을 때까지는 아무것도 들을 수 없었다.

카우보이처럼 말을 잘 타던 장교는 잠시 생각하는 듯했다. "글쎄올시다. 일이 연대가 칠육 연대를 지원하도록 했으니 사실 여유라곤 하나도 없습니다. 그러나 삼공사 연대가 있지요. 그런데 좀 꺼려지는 것은 그놈들은 실전 경험이 없어 꼭 마부를 모아 놓은 것 같습니다. 그래도 현재로는 그 부대밖에 없는 형편입니다."

청년과 그의 친구는 놀라움의 시선을 교환했다.

장군은 날카롭게 명령을 내렸다. "그럼 그 부대를 준비시키도록, 내가 여기서 사태를 관망하다가 출발 명령을 내리겠네. 오 분 이내야."

그 장교가 바쁘게 경례를 하고는 말머리를 돌려 떠나자, 장군은 그의 등 뒤에 대고 가라앉은 목소리로 말을 던졌다. "그 마부 같은 부대의 병사들이 살아 돌아올 것이라고는 생각하지 마."

상대방은 뭐라고 크게 소리치더니 미소 지어 보였다.

청년과 그의 친구는 놀란 얼굴로 자기들 부대가 있는 일선으로 급히 돌아왔다.

이와 같은 일이 일어난 것은 아주 짧은 시간이었지만, 청년은 그동안에 자기가 퍽 늙은 것 같은 느낌이 들었다. 이게 청년은 사물을 새로운 눈으로 보게 되었다. 무엇보다도 놀라운 일은 청년은 자신이 아주 보잘것없는 존재에 불과하다는 사실을 깨달은 점이었다. 장교는 그 연대를 빗자루에 비교하여 이야기했다. 이 숲 속의 어느 부분을 청소해야 할 필요가 생기면, 그는 아무 생각 없이 빗자루를 동원하는 것이다. 그 연대의 운명쯤이야 아랑곳하지 않았다. 전쟁이란 그런 것이기도 하겠지만 참으로 이상한 일이었다.

두 병사가 전선에 가까이 가자, 그들을 본 중위는 화가 머리끝까지 나있었다. "플레밍, 윌슨, 물을 뜨러 갔는데 왜 이렇게 오래 걸려? 어디 갔었어?"

그러나 굉장한 소식을 가지고 온 듯한 휘둥그레진 그들의 눈을 보자, 중위의 욕설도 쑥 들어갔다. "우리가 곧 돌격할 거래요. 우리가 돌격한대요!" 청년의 친구는 조금이라도 빨리 소식을 전하려고 떠들어 댔다.

"돌격이라고?" 중위가 물었다. "돌격이라고! 그럼 그렇지. 이제 진짜 전투를 해 보게 됐군." 꾀죄죄한 그의 얼굴에는 자랑스러운 미소가 떠올랐다. "돌격이라고? 그럼 그렇지."

한 떼의 병사들이 두 청년을 에워쌌다. "돌격이라니, 정말이야? 허, 참! 돌격을 한다고! 뭣 때문에? 어디로? 윌슨, 너 거짓말하는 거지." "거짓말이면 죽여도 좋아!" 청년은 화가 나서 언성을 높였다. "정말이야."

그의 친구도 그의 말을 두둔하며 말했다. "거짓말은 절대 아니야. 우리는 명령 내리는 것을 들었어."

말이 끝나자마자 그들은 조금 떨어진 곳에서 말을 타고 오는 두 사람을 보았다. 하나는 연대장인 대령이었고, 또 하나는 조금 전 사단장으로부터 지시를 받은 장교였다. 그들은 서로 손짓을 해 가며 얘기를 주고받고 있었다. 병사는 그들 쪽을 가리키며, 그들의 이야기 내용을 설명해 주고 있었다.

마지막으로 한 병사가 반박했다. "저 사람들이 이야기하는 것을 너희가 어떻게 들었니?" 그러나 대부분의 병사들은 그 두 병사가 진실을 말하고 있었다는 점을 인정하여 고개를 끄덕였다.

그들은 이 일을 기정사실로 받아들이고, 다시 진정된 자세로 되돌아갔다. 그들은 각기 나름대로 수백 가지 생각에 잠기게 되었다. 그런데 생각할수록 엄청난 일이었다. 많은 병사들은 조심스럽게 허리띠를 졸라매고 바지를 추켜올렸다.

잠시 후, 장교들은 병사들 사이를 분주히 왔다 갔다 하며 그들을 모아 더 견고한 덩어리로 만들어 전열을 가다듬으려고 했다. 장교들은 뒤로 처진 병사들을 대열에서 뒤지지 않게 하느라 안간힘을 썼고, 한자리에 그대로 머무르기로 작정한 듯한 뻣뻣한 병사 몇 명을 보고는 크게 화를 냈다. 그들은 마치 제멋대로 사방으로 흩어지는 양 떼와 씨름하는 목동들 같았다.

이윽고 연대는 정신을 가다듬고 심호흡을 하는 것 같았다. 어느 병사의 얼굴에도 그들의 속마음이 그대로 반영되어 있는 것 같지 않았다. 그들은 마치 출발 신호를 기다리는 단거리 선수들처럼 허리를 굽히고 대기하고 있었다. 그들의 더럽고 시커먼 얼굴에서는 눈만이 반짝거렸고, 그 눈들은 앞에 펼쳐 있는 숲의 장막을 빤히 쳐다보고 있었다. 그들은 시간과 거리를 머릿속에서 계산하고 있는 듯했다.

그들은 쌍방 군대가 서로 주고받는 논쟁의 소음에 둘러싸여 있었다. 그런데 세계는 각기 다른 일에 열중하느라 정신이 없었고, 연대는 그 나름대로의 사소한 일을 혼자 처리해야만 했다.

청년은 돌아서며 묻는 듯한 눈초리로 재빨리 친구를 쳐다보았다. 친구도 역시 똑같은 시선을 그에게 보내왔다. 비밀의 내막을 아는 사람들은 그들뿐인 듯했다. '마부 같은 녀석들 피 꽤나 흘리겠구나. 살아서 돌아올 놈이 몇 안 될 텐데.' 등등 매우 함축성 있는 비밀이었다. 그러나 서로의 얼굴에는 추호도 주저하는 기색이 없었다. 그럼에도 불구하고 옆에 있던 털보 병사가 "우리는 전멸당할 거야."라고 힘없이 말했을 때, 그들은 말없이 고개를 끄덕여 동의를 표시했다.

제19장

청년은 앞쪽 산야를 바라보았다. 그 숲 속에는 공포와 무서운 탄약의 힘이 도사리고 있는 듯했다. 청년은 어린애처럼 모자를 흔들며 곁눈으로 말을 타고 달려오는 한 장교를 보고 곧 돌격을 개시하라는 명령이 떨어질 것임을 깨달았다. 갑자기 병사들은 긴장하더니 술렁대기 시작했다. 전선은 담이 무너지듯이 서서히 앞으로 기울어지기 시작했다. 연대 병사들은 함성을 크게 지른다는 것이 어쩐 일인지 발작적으로 헐떡이는 숨 가쁜 소리만을 내면서 공격의 긴 여행을 시작했다. 잠시 동안 청년은 이리저리로 떠밀리며 어느 쪽으로 움직여야 할지 분간을 못 했으나, 갑자기 앞으로 뛰쳐나가 달리기 시작했다.

그는 마음속으로 적과 대결하는 장소라고 작정한, 저 멀리 두드러져 보이는 숲을 향하여 마치 결승점을 향해 달리는 선수처럼 뛰었다. 청년은 달리면서도 불쾌한 일은 끝장을 내는 것이 상책이라고 생각하며, 살인자에게 쫓기는 사람같이 사력(死力)을 다해 뛰었다. 그의 얼굴은 너무 기를 쓰는 바람에 딱딱하게 굳어져 있었고, 눈은 휘둥그레져 있었다. 더럽고 너절한 의복, 피가 묻은 누더기 붕대를 머리에 감은 채 시뻘겋게 상기된 그의 얼굴, 내두르는 총자루와, 허리에 두른 장비, 이 괴상한 꼴을 한 그는 마치 미친 병사 같아 보였다.

연대가 진지를 벗어나 빈터로 나아가자, 앞의 숲과 덤불이 깨어나 움직이기 시작했다. 노란 화염이 사방에서 연대를 향하여 퍼부어졌다. 삼림은 무시무시한 소리를 내며 항거하는 듯하였다.

전선은 잠시 꼿꼿이 서서 머뭇거리다가 우익이 앞질러 전진했다. 다시 제 차례를 기다렸다는 듯 이번에는 오히려 좌익이 앞섰다. 다음에는 중앙이 훨씬 앞서 쐐기형으로 전진했으나, 조금 후엔 숲과 나무와 고르지 못한 지형의 불리함에 적의 공격마저 가세되어 전열은 분산되어 여러 개의 덩어리로 나뉘어 뭉쳐졌다.

누구보다도 재빠른 걸음으로 달리던 청년은 무의식중에 선두를 달리고 있었다. 그의 날카로운 눈은 아직도 무성한 나무숲을 주목하고 있었다. 그 근처에 잠복하고 있던 적군의 단결된 고함소리가 크게 들려왔다. 소총이 그 숲 속에서 불을 뿜었고, 쌩쌩거리는 총알 소리는 하늘에 가득했으며, 나무 꼭대기에서는 대포의 포탄 소리가 으르렁댔다. 포탄 하나가 급히 움직이고 있는 병사들 한가운데 떨어져 붉은 화염을 내뿜으며 폭발했다. 바로 그곳에서 깜짝 놀라 일어나며 손을 쳐들어 눈을 가리려는 한 병사의 모습이 보였다.

총탄에 맞은 다른 병사들은 기괴한 고통의 표정을 지으며 그 자리에 쓰러졌다. 연대는 병사들의 시체를 줄지어 남기면서 전진해 갔다.

연대는 연기가 좀 걷혀 앞이 잘 보이는 곳까지 나아갔다. 눈앞에 나타난 새로운 경치를 대하니 새 경험을 하는 기분이었다. 포대에서 열심히 일하는 병사들의 모습이 확실하게 보였고, 연기가 자욱한 가운데 보이는 회색빛 장벽은 적의 보병 부대 전선이었다.

청년은 모든 것이 또렷하게 보이는 것 같았다. 푸른 풀잎 하나하나가 대담하고 명료하게 보였다. 어느새 아지랑이처럼 투명하게 움직이는 연기가 변화하는 모습이 확실하게 보인다고 청년은 생각되었다.

갈색 또는 회색의 나무껍질 표면의 거친 결이 모두 눈에 들어왔다. 그리고 연대 병사들의 놀란 눈, 땀 흘리는 얼굴, 미친 듯이 달리는 사람 또는 앞으로 넘어진 병사, 고개를 이상하게 쳐들고 죽은 시체, 이 모든 것이 또렷하게 청년의 시야에 들어왔다. 이 갖가지 광경이 기계적이기는 했지만 청년에게 깊은 인상을 주었다. 그래서 후에라도 모든 것이 확실하게 그려지고 설명될 수 있을 것이다. 다만 모를 것은 왜 하필이면 자신이 그 자리에 있어야만 했나 하는 것뿐이었다.

이 격렬한 돌격은 광적인 분위기를 자아냈다. 미친 듯이 앞으로 뛰어나간 병사들은 폭도나 야만인 같은 환호성을 올렸으며, 그 고함소리는 제아무리 감각이 둔하고 목석같다 해도 충분히 흥분시킬 만한 괴상한 외침이었다. 바위나 무쇠 앞에서도 굽힐 줄 모르는 열광적인 것으로 보였다. 절망과 죽음을 맛보고 따라오는 열광이어서 아무것도 안중에 없었다. 비록 일시적이기는 하지만 무아의 경지에 다다른 것이었다. 청년이 나중에 돌이켜보니, 왜 자기가 그곳에 있어야만 했나 하는 이유를 여기에서 찾을 수 있었다.

이윽고 긴장과 초조의 발걸음이 병사들의 기운을 빼 놓기 시작했다. 무슨 약속이나 한 듯 선두에 선 장교들이 속력을 늦추기 시작했다. 그들을 겨냥하는 일제 사격은 마치 바람이 세차게 불어오고 있는 듯했다. 연대는 씩씩거리며 그 바람을 맞았다. 그리고는 든든한 나무 뒤에서 주저하고 머뭇거리기 시작했다. 병사들은 앞을 가린 연막이 좀 걷혀서 그 속의 광경이 드러나기를 고대하며 앞을 노려보고 있었다. 이제 힘이 다 빠지고, 숨이 차자 그들은 몸을 사렸다. 그들은 정신이 다 나갔던 야만인의 상태에서 정상적인 인간으로 되돌아온 것이다.

청년은 자기가 수 마일을 달렸을 것이라는 막연한 생각을 했다. 또

한편으로는 자기가 낯설고 어색한 미지의 세계에 와 있다는 생각도 들었다.

연대가 전진을 멈춘 순간, 콩 볶듯 하던 소총소리는 점점 커져 계속되는 천둥소리로 바뀌었다. 길고 정확한 사격의 연기가 무섭게 사방으로 퍼졌다. 나직한 언덕 위에 자리 잡은 대포는 노란 화염을 수평으로 토해 내며 무서운 휘파람 소리를 냈다.

잠시 멈추어 선 병사들은 온갖 비명을 지르고 신음소리를 내며 쓰러지는 전우들의 모습을 목격할 수 있었다. 그중 일부는 그들의 바로 발밑에 쓰러져 죽은 듯이 가만히 있거나 또는 신음소리를 내고 있었다. 그러자 병사들은 잠시 동안 맥없이 총을 잡고 서서 연대가 점점 줄어드는 것을 구경했다. 그들은 멍청하고 정신이 나간 사람들같이 보였다. 이 눈앞에 벌어진 광경이 그들을 마비시키는 듯했고 넋마저 빼앗아 가는 듯했다. 그들은 이 광경을 물끄러미 바라보다가, 눈을 내리깔고는 서로 눈치만 살폈다. 그 순간에는 모든 것이 정지된 듯한 상태였고, 이상한 침묵과 고요만이 감돌았다.

그때 갑자기 다른 어떤 소리보다도 더 요란한 중위의 고함소리가 들렸다. 그는 어린애 같은 얼굴에 노기가 등등했고, 별안간 앞으로 뛰쳐나갔다.

"나가자, 이 바보 같은 새끼들아!" 그는 고함을 질렀다. "어서 나가! 이곳에 언제까지나 죽치고 있을 셈인가. 일어나야만 돼." 그는 말을 계속했지만 무슨 소리인지 알아들을 수가 없었다.

중위는 부하들 쪽으로 고개를 돌린 채 재빨리 앞으로 뛰어나갔다. "나가자!" 그는 크게 외쳤다. 병사들은 어리둥절하여 멍청한 눈으로 그를 바라다보았다. 중위는 하는 수 없이 발걸음을 멈추고 되돌아오는 수밖에 없었다. 그러자 그는 적에게 등을 돌리고 병사들의 면전에 대고 욕실을 퍼부었다. 욕을 하는 동안 그의 몸은 부들부들 떨렸다. 그런데 계속해서 끊이지 않고 욕을 해대는 그의 욕 솜씨는 쉽게 구슬을 꿰는 소녀의 솜씨 못지않게 능숙했다.

청년의 친구가 갑자기 분발했다. 그는 별안간 무릎을 꿇고 앞으로 엎드려 끈질기게 저항해 오는 전방의 숲을 향하여 성난 총 한 방을 쏘았다. 이 행동이 병사들을 꿈에서 깨어나게 했다. 이제 그들은 양떼같이 한데 모여 움츠리고만 있지 않았다. 그들은 마치 생전 처음으로 그들이 들고 있던 무기를 인식한 듯이 재빠르게 사격을 개시했다. 장교들의 끈질긴 재촉을 받아가며 병사들은 전진하기 시작했다. 연대는 마치 진흙 구덩이에 빠진 수레처럼 기울어진 채로 덜컹거리며 겨우 움직이기 시작했다. 그들은 채 몇 걸음도 가지 못하고 서서 탄약을 다시 잰 후 쏜 다음에야 다시 움직였다. 이렇게 해서 연대는 나무에서 나무를 거쳐 천천히 전진했다.

그들의 전진에 따라 전면의 불꽃 튀는 듯한 반격도 점점 커져, 마침내 전방의 통로는 날름대는 얇은 혓바닥 같은 탄환의 장벽이 쳐졌고, 저편 오른쪽에서는 불길한 시위가 희미하게 보였다. 방금 퍼진 연기가 자욱하게 드리워져 연대는 지척을 분간할 수도 없어 제자리걸음조차 제대로 하지 못했다. 소용돌이치는 연막 하나를 뚫고 나갈 때마다 청년은 저편에서 무엇이 나타날까 무척 궁금했다.

부대는 불붙는 전선과 빈 터를 사이에 두고 대치하는 장소까지 억지로 밀고 나아갔다. 병사들은 아무 나무 뒤에나 쭈그리고 앉아, 세차게 밀려오는 파도의 위협을 받고 있는 사람들처럼 결사적으로 그 자리를 지키려 했다. 그들의 눈은 광란의 빛을 띠고 있었고, 그들 자신이 저지른 이 소란을 감당하기 어려운 듯 무섭고 놀란 표정들이었다. 그들은 자신들이 어떻게 이렇게 엄청난 일을 일으킬 수 있었을까 의

아히 여기면서도 그 격동과 소란을 일으킨 그들의 힘에 의기양양해 하기도 했다. 병사들의 얼굴에도 자기들이 그 장소에 있다는 데 대한 책임을 느끼지 않는 표정이 나타났다. 마치 자기네들은 강제로 시키니까 마지못해 끌려 나와 있다는 표정들이었다. 그들은 마치 진퇴양난의 위기에 처한 나머지 여러 가지 표면상 사태의 원인을 깨닫지 못하는 짐승과 다를 바가 없었다. 하여간 대부분의 병사들은 사태가 어떻게 되어 가는지 도저히 이해하지 못했다.

병사들의 발길이 또다시 멈추어지자, 중위는 또 욕설을 퍼붓기 시작했다. 비 오듯 쏟아지는 총탄 세례도 아랑곳하지 않고 그는 사방을 뛰어다니며 달래기도 하고, 나무라기도 하고 또 욕설을 퍼붓기도 했다. 보통 때는 어린아이 입술같이 예쁘게 다물어져 있던 그의 입술이 지금은 보기 흉하게 비틀려 있었다. 그는 이 세상에 있는 신의 이름을 모두 들먹이며 욕설을 퍼부었다.

한번은 중위가 청년의 팔을 움켜잡고는 "이 바보 같은 놈아, 가자."라고 으르렁댔다. "어서 가자고 우리가 여기 있다가는 모두 몰살당해 저기 저 빈터, 저곳만 넘어가면 된다고 그러면……." 하고 외쳐대던 고함소리의 나머지 부분은 욕설 속에 파묻혀 사라지고 말았다.

청년은 팔을 뻗어 가리키며, "저쪽을 지나가요?" 하고 의심과 놀라움에 가득 차 입을 오므라뜨리며 물었다.

"물론이지. 저 빈터를 지나가기만 하면 돼. 우리가 이곳에 죽치고 있을 수는 없잖아!" 중위는 소리쳤다. 그것도 부족하여 그는 얼굴을 청년의 얼굴 가까이에 바싹 대고는 붕대 감은 손을 휘둘렀다.

"나가자!"라고 말하더니 그는 마치 레슬링 시합을 하는 것처럼 청년의 팔을 움켜잡았다. 그것은 마치 청년의 귀를 강제로 잡아당겨 공격에 합세시키고자 하는 계획인 것같이 보였다.

그 병사는 별안간 이 장교에 대하여 말할 수 없는 분노를 느꼈다. 그는 사납게 팔을 비틀어 장교를 밀쳐 냈다.

"아니, 그러면 당신도 갑시다." 병사는 목청껏 소리쳤다. 그의 음성에는 성난 도전이 섞여 있었다.

그들은 함께 연대 정면을 전속력으로 달렸다. 청년의 친구도 그들 뒤를 허겁지겁 뒤쫓았다. 연대기 앞에 선 세 사람은 소리치기 시작했다. "나가자! 나가!" 그들은 마치 고문당한 야만인들처럼 춤추면서 맴돌았다.

연대기는 그들의 호소에 수긍이 가는 듯 그 빛나는 자태를 굽혀 그들 쪽으로 달려왔다. 초라하게 느껴졌던 연대 병사들은 잠시 어찌할 바를 몰라 주저하는 듯하더니, 곧 긴 울음소리 같은 함성을 지르며 전열을 가다듬어 물밀듯이 전진을 시작했다.

황급히 달려가는 병사들의 무리는 들판을 가로질렀다. 그러나 그 무리는 적의 면전에 팽개쳐진 한 줌의 병사에 불과했다. 이 초라한 병사들을 향해 즉각적으로 노란 보복의 화염이 퍼부어졌다. 어마어마한 양의 푸른 연기가 그들 앞을 막고 드리워졌다. 이 엄청난 소리에 귀는 있으나마나 아무 소용이 없었다.

청년은 적탄에 명중되기 전에 건너편 숲에 도달하려고 미친 사람처럼 뛰었다. 그는 미식축구 선수처럼 허리를 나직이 굽힌 채 뛰었다. 급히 달리느라 그의 눈은 거의 감겨져 있었고, 눈앞에 벌어진 모든 장면이 흐리멍덩하게 보였다. 숨이 차 헐떡이는 그의 입가에는 침이 고여 있었다.

앞으로 돌진할 때 청년의 가슴속에는 그의 곁에서 함께 전진하고 있는 군기에 대한 애틋한 사랑이 움트고 있었다. 그 군기야말로 아름다움과 굳건한 의지의 창조물이었다. 그것은 그에게 의젓하게 손짓을 하며 허리를 굽히는 밝은 여신의 모습이었다. 그것은 애증을 겸비한 울긋불긋한 여인, 희망의 목소리로 그를 불러주는 여인이었다. 청년은 하등의 해가 되지 않을 것 같아 그 깃발에 힘을 부여했다. 마치 그 군기가 인명이라도 구해 줄 능력이 있는 듯이 가까이 다가가서 마음 속에서 우러나오는 구원을 호소하며 외쳤다.

미친 듯이 뒤범벅이 되어 싸우는 동안에 그는 군기를 든 병사가 갑자기 몽둥이로 얻어맞기나 한 것처럼 움츠러들고 주춤하는 모습을 보게 되었다. 그 기수는 비틀거리다가 무릎을 떨더니 더 이상 움직이지 않았다.

그는 갑자기 덥석 덤벼들더니 깃대를 잡았다. 그와 동시에 그의 친구도 맞은편에서 깃대를 잡았다. 그들은 세차게 깃대를 잡아당겨 보았으나 이미 시체로 변한 기수는 깃대를 놓으려고 하지 않았다. 잠시 동안이지만 죽은 병사와 산 병사 사이에 대결이 벌어졌다. 죽은 병사는 굽은 허리를 흔들며 깃대를 놓지 않으려고 우스꽝스럽고 무서운 자세로 고집 세게 잡아당기고 있었다.

잠시 후 대결이 끝났다. 병사들이 죽은 병사로부터 격렬하게 군기를 빼앗아 움켜잡고는 다시 덤비려 하자 시체가 된 기수는 고개를 숙이더니 앞으로 고꾸라졌다. 죽은 병사의 한 팔은 높이 허공에 뻗쳤고, 구부러진 다른 쪽 팔은 친구의 어깨에 항의하듯이 무겁게 털썩 떨어졌다.

제20장

연대기를 잡은 두 청년이 돌아다보니 연대 병력의 대부분이 무너져 나가고, 아무 소용없어 보이는, 전의를 상실한 연대의 찌꺼기 병사들만이 맥없이 돌아오고 있었다. 포탄처럼 돌진했던 병사들은 이제 전력을 모두 상실한 채 기진맥진해 있었다. 그들은 아직도 미련이 남은 듯 얼굴을 불 뿜는 숲 속으로 돌리며 열기로 달아오른 소총으로 적병의 소음이 나는 쪽을 향해 총격을 가하면서 서서히 후퇴했다. 몇 명의 장교들은 고래고래 소리 지르며 명령을 내리고 있었다.

"어딜 가는 거야?" 중위는 비꼬는 말투로 물어보았다. 그리고 붉은 수염을 한 장교는 나팔 세 개를 한꺼번에 부는 듯한 큰 목소리로 명령했다. "자, 어서 쏴! 쏘라고! 망할 놈들!" 째지는 듯한 비명 소리가 요란하게 뒤범벅이 되어 울렸다. 병사들은 도저히 이해하기 어려운 불합리한 임무를 완수하라는 명령을 받았다.

청년과 그의 친구는 군기 때문에 약간의 시비를 벌였다. "내놓으라니까!" "아니, 내가 갖고 있겠어." 두 병사는 서로 상대방이 군기를 갖는다는 데 불평이 있는 것이 아니라 자기가 군기를 잡음으로써 더 감당하기 어렵고 위험한 모험을 해 보겠다는 것이다. 이윽고 청년은 그의 친구를 세차게 밀쳤다.

연대는 그 끔찍한 입목(立木)들 뒤로 후퇴했다. 그곳에서 그들의 뒤를 밟기 시작한 적의 검은 그림자를 향해 맹렬하게 사격을 가했다. 다시 인대는 전열을 가다듬으며 나무들 사이를 구불구불 돌아 전진하기 시작했다. 그러나 병사의 숫자가 놀랍게 줄어든 연대가 빈 터에 다다랐을 때 그들은 적의 빠르고 무자비한 사격을 또다시 받았다. 그들 주위에는 폭도들이 진을 치고 있는 듯했다.

대부분의 병사들은 낙담한 채 사기가 떨어져, 아연실색한 채 제멋대로 행동했다. 그들은 고개를 떨어뜨리고 비 오듯 쏟아지는 적탄의 세례를 다소곳이 받아들였다. 큰 장벽에 대항하여 싸워 봤자 무슨 이득이 있겠느냐는 표정들이었다. 맨손으로 바위에 부딪쳐 봐야 무슨 소용이 있겠느냐는 태도였다. 정복할 수 없는 것을 정복하려고 했었음을 깨닫게 되자 병사들은 배반을 당했다는 기분이 들었다. 그들은 고개를 숙이고 눈살을 찌푸리며, 몇 명의 장교들, 그중에서도 특히 빨간 수염을 하고 나팔 셋이 합쳐진 듯한 큰 목소리의 소유자인 장교를 향해 분노의 이글거리는 눈길을 보냈다.

그러나 연대 뒤쪽에 남아 있던 극소수의 병사들은 전진해 오는 적병을 보고 짜증을 내며 미친 듯이 사격을 가했다. 다가오는 그들은 끝장을 내보겠다는 결심을 한 듯했다. 젊은 중위는 그 흩어진 무리 가운데에서도 끝까지 버텨 온 사람이었다. 그는 위험도 아랑곳하지 않은 듯이 적군에게 등을 드러내 놓고 있었다. 총에 맞은 그의 팔은 뻣뻣하게 축 늘어져 있었다. 그는 이따금 자신이 총에 맞았다는 사실도 잊어버리고 욕을 퍼부으며 팔을 휘두르곤 했다. 그러다가는 더 심해지는 고통에 입에 담지 못할 욕설을 퍼부어댔다.

청년은 미끄러지며 확실치 않은 걸음걸이로 걸었다. 이따금 뒤쪽을 바라다보며 경계를 게을리하지 않았다. 그는 분노와 굴욕감으로 상을 찌푸렸다. 그는 자기와 동료들에게 마부 같은 군인 녀석들이라고 불렀던 장교에게 멋진 복수를 해야겠다고 생각했지만, 그것도 마음대로 이루어지지 않는 것 같았다. 빈 터에서 그 말썽꾸러기 마부들이 우물쭈물 주저하다가 움츠러들기 시작했을 때, 그의 꿈은 산산이 깨진 것이다. 그리고 이제 마부들이 후퇴하는 꼴은 수치의 행군이라고 생각되었다.

시커먼 그의 얼굴의 비수 같은 눈초리는 적진을 응시하고 있었다. 그러나 그의 마음속 깊은 곳의 증오심은 그를 알지도 못하면서 마부와 같은 병사라고 부른 그 장교를 향하고 있었다.

자신이나 전우들이 그 장교로 하여금 그런 망언을 한 것을 뉘우치게 할 만한 아무런 업적도 남기지 못했음을 깨달았을 때, 청년은 난감한 입장에 처했을 때 느끼는 그런 분노에 몸을 맡겼다. 높은 자리에 올라 함부로 남을 깔보는 말을 내뱉는 장교는 차라리 죽어 마땅한 것 같았다. 그는 어찌나 분통이 터지는지 그 장교를 마음속으로나마 조소할 여유도 없었다.

그는 승리를 거둔 뒤 복수할 문구까지 생각했었다. "아니, 우리가 마부라고요?" 그러나 이제 이 설욕의 계획도 모두 허사가 되었다.

갑자기 그의 마음에는 큰 자부심이 일어나 군기를 똑바로 세웠다. 그는 자유로운 손으로 동료들의 가슴을 밀치며 연설을 하기 시작했다. 그가 평소부터 잘 알고 있는 친구들에게는 이름을 부르며 간청도 해 보았다. 병사들을 꾸짖으며 미친 듯이 화를 내는 그와 중위 사이에는 미묘한 우정과 동료의식이 싹텄다. 그들은 별의별 소리를 다 질러 가며 서로를 도왔다.

그러나 연대는 이미 낡아빠진 기계와 같았다. 청년과 중위는 맥 빠진 물건을 향하여 소리 지르고 있는 것과 다름없었다. 서서히 앞으로 나갈 마음이 있는 병사들도 다른 전우들이 재빨리 후퇴하는 모습을 보고는 마음이 동요되어 전진하려던 결심이 흔들렸다. 남들이 모두 생명을 아끼는 판국에 혼자 명예를 생각한다는 것은 쉬운 일이 아니었다. 이 전쟁의 와중에서 부상병들은 방치된 채 울부짖고 있었다.

연기와 화염은 그칠 줄 모르고 쏟아졌다. 구름과도 같은 연기가 갈라져 틈이 생겼다. 그 사이로 청년은 적군의 연대가 새까맣게 몰려 있는 것을 보았는데, 얽히고설킨 적군의 수효는 점점 더 확대되는 듯하더니 수천 명이나 되는 것같이 보였다. 무서운 색조를 띤 적군의 군기가 그의 시야를 스쳤다.

연기가 걷히는 것이 마치 사전에 계획된 것처럼, 아군의 눈에 띈 적병들은 쉰 목소리로 괴성을 지르며 후퇴하는 아군 병사들을 향해 소총 사격을 가했다. 연대도 악착같이 적병의 사격에 응사하자, 굽이치는 연막이 다시 그들 사이를 자욱하게 감싸 시야를 흐리게 했다. 청년은 총성과 고함소리의 소용돌이 속에서 먹먹해진 귀에 의존하여 방향을 판단할 수밖에 없었다.

그 길은 끝이 없는 것 같았다. 병사들은 연대가 길을 잃어 위험한 곳으로 찾아드는 것이 아닌가 하는 생각을 하며 걷잡을 수 없는 공포에 사로잡혔다. 한번은 이 험난한 진군에 앞장섰던 병사들이 돌아서서 동료들 쪽으로 밀려왔다. 그들은 아군이 있다고 생각한 방향에서 탄환이 날아온다고 비명을 질렀다. 이 비명 소리에 군대는 삽시간에 공포와 불안에 휩싸이고 말았다.

지금까지 감당하기 힘든 난관 속에서도 굴하지 않고 연대가 침착하게 전진할 수 있도록 노력을 해 온 한 병사가 갑자기 주저앉아 다가오는 멸망의 운명에 굴복이나 한 듯 머리를 양팔에 파묻었으며, 어떤 병사는 또 사령관을 저주하며 찢어질 듯한 비명 소리를 냈다. 병사들은 이리 뛰고 저리 뛰며 도망칠 구멍을 찾아 헤맸다. 그러는 동안에도 마치 시간에 맞추어 사격을 하는지 규칙적으로 탄환이 날아와 병사들을 명중시켰다.

청년은 손에 깃발을 든 채 이 오합지졸들 틈의 한복판으로 들어가 쓰러뜨리려면 얼마든지 쓰러뜨리리라는 자세로 담대하게 버티고 서 있었다. 그는 자기도 모르는 사이에 어제 전투에서 보았던 기수의 행동을 흉내 내고 있었다. 그는 떨리는 손으로 이마의 땀을 씻었다. 그는 숨도 제대로 쉬지 못했다. 그는 이 위기를 기다리는 짧은 동안에도 질식할 것만 같았다.

그의 친구가 그에게 다가왔다. "헨리야, 아마 이것이 마지막이 될 것 같아."

"닥쳐, 아니 이 바보 같은 놈!" 청년은 그를 돌아다보지도 않고 대답했다.

장교들은 병사들을 몰아 적의 위협에 대처할 수 있는 원형의 대열을 꾸미려고, 마치 선거 유세에 나선 정객들처럼 애를 썼다. 지면은 고르지 않았다. 전의를 상실한 병사들은 총알만 피할 수 있는 물체라면 무엇이든 상관하지 않고 그 뒤에 숨은 채 꼼짝하지 않으려 했다.

청년이 중위를 바라보니 가랑이를 널찍하게 벌리고 칼을 단장 삼아 말없이 서 있었다. 청년은 그 장교의 모습을 약간 놀라 바라볼 뿐이었다. 더 이상 욕설을 하지 않는 것을 보고, 청년은 혹시 그의 목청에 고장이 난 것이 아닌가 하고 의아하게 생각했다.

중위가 이렇게 무엇엔가 골똘히 생각에 잠긴 모습에는 좀 심상치 않은 데가 있었다. 그는 마치 울다가 지친 갓난아이가 눈을 들어 멀리 달려 있는 장난감을 보는 듯한 표정이었다. 그는 무슨 생각엔가 골똘히 잠겨 있었으며, 혼자서 뭐라고 중얼거리느라고 얇은 아랫입술이 떨리고 있었다.

자욱하게 드리워져 걷힐 줄 모르는 연기가 앞을 가리며 서서히 뭉게 뭉게 피어올랐다. 병사들은 날아오는 총탄을 피해 연기가 걷혀 곤경에 빠진 연대의 모습이 나타나기만을 초조하게 기다렸다.

말없이 기다리고만 있던 대열은 온 힘을 다해 고함치는 젊은 중위의 외침에 갑자기 전율을 느꼈다. "마침내, 저기 놈들이 온다! 곧장, 우리 쪽으로 온다!" 다음에 이어지는 그의 말은 병사들이 쏘아대는 악착스러운 사격 소리에 지워지고 말았다.

갑자기 정신이 들어 흥분한 중위가 가리킨 방향으로 눈을 돌린 청년은 연막이 걷힌 사이로 아슬아슬하게 다가와 있는 적군의 병사들을 볼 수 있었다. 적군은 어찌나 가까운 곳까지 다가와 있는지 그들의 얼굴까지 또렷하게 보였다. 그런데 이상하게도 그들의 얼굴이 어디에선가 본 듯했다. 더욱이 그들의 군복 색깔이 짙은 회색인 데다가 병종(兵種)을 표시하는 금장과 수장이 화려한 빛을 띠고 있어 전체적으로 더욱 밝은 배색(配色)임을 보고 놀랐다. 게다가 그들은 군복도 새것 같아 보였다.

분명히 그 적군부대는 젊은 중위가 발견하고 소리를 질러 아군 병사의 일제 사격을 받게 될 때까지 전투태세를 완벽하게 갖추고 조심스럽게 전진했던 모양이다. 얼핏 보기에는 아마 그 적군들도 짙은 색의 군복을 입은 아군이 그렇게도 가까이 있는 줄은 몰랐거나, 그렇지 않으면 방향을 잘못 잡은 것같이 보였다. 바로 다음 순간, 청년의 전우들이 맹렬히 공격하는 초연으로 그들의 자취는 가려지고 말았다. 그는 기를 쓰고 사격의 결과를 알아내려 했으나, 짙게 앞을 가린 연기 때문에 보이지 않았다.

쌍방의 병사들은 마치 권투 시합을 하는 선수들처럼 서로를 두들

겨댔다. 분노로 이글거리는 사격이 오갔다. 푸른 군복을 입은 병사들은 자기들이 처해 있는 상황에 절망하고 있었으므로 이와 같이 가까운 거리에서 복수할 수 있는 기회를 놓치지 않으려고 했다. 그들의 고함소리는 천둥같이 크고 용감하게 들려왔다. 그들의 구불구불한 대열은 불을 뿜었고, 탄약을 재는 꽂을대의 소음 역시 요란하게 사방으로 울렸다. 청년은 시종 몸을 굽혔다 폈다 하며 적을 구경하려 했으나 만족스럽지 않았다. 언뜻 보기에 적군의 수효는 상당수였던 것 같았고, 그들도 재빠르게 응사해 왔다. 그들은 푸른 제복의 연대 쪽으로 일 보 일 보 전진해 오는 것 같았다. 청년은 땅바닥에 주저앉아 양 무릎 사이에 군기를 꽂고 우울한 기분에 젖었다.

청년은 전우들이 늑대처럼 극악하게 싸우는 것을 보니, 만약 적군이 연대 전체를 포로로 삼아 삼켜 버린다 할지라도 빗자루 같은 연대 일망정 비의 살은 절대로 적의 입에 걸려 삼켜지지 않으리라고 생각되어 약간 안도의 한숨을 쉬었다.

그러자 적군의 공격이 약화되기 시작했다. 날아드는 총탄의 수효도 점차 줄어들더니, 마침내는 전세를 관망하려고 전투태세를 늦춘 병사들 앞에 검은 연기만이 피어오를 뿐이었다. 연대는 그 자리에 멈춘 채 물끄러미 바라다만 보았다. 그때 바람이 한 차례 스쳐 지나가더니, 눈앞을 가리며 귀찮게 굴던 연기는 서서히 걷히고 말았다. 병사들의 눈앞에는 적병이 물러간 텅 빈 지면이 보였다. 풀밭 위에 아무렇게나 팽개쳐진 것처럼 기괴한 형상으로 쓰러져 있는 시체만 없었더라면, 그 장소는 아무것도 없는 텅 빈 무대와 같았을 것이다.

이 광경을 구경한 푸른 제복의 군인들은 엄호물을 걷어차고 뛰쳐나와 어색하기 그지없는 기쁨의 춤을 추었다. 그들의 눈은 황홀하게 빛났고, 말라붙은 입에서는 목쉰 환호성이 터져 나왔다.

    사태의 추이를 살펴보면, 결국 그들이 무력하다는 것이 입증된 것으로밖에 이해되지 않았다. 이 보잘것없는 전투는 분명히 병사들이 싸움을 할 줄 모른다는 사실을 보이려고만 했던 듯했다. 이와 같은 견해에 굴복하려는 마지막 순간에 가서야 소규모의 전투도 큰일을 해내는 데 전혀 쓸모없지만은 않다는 것을 보여 주었다. 또 그렇게 됨으로써 그들은 자기 불신과 적군에 대해 복수를 감행한 것이다.

    그들의 사기는 충천했다. 그들은 자부심을 갖고 주위를 둘러보았으며, 항상 살벌하다고 생각하면서도 또 언제나 믿음직한 소총을 어루만졌다. 그리고 그들은 어른이 되어 있었다.

제21장

　그들은 곧 적의 위협이 사라졌음을 깨닫게 되었다. 모든 가능성이 그들 앞에 열려 있는 기분이었다. 먼지를 뿌옇게 뒤집어쓴 전우들의 푸른 대열이 멀지 않은 곳에 있었다. 멀리서는 어마어마한 소음이 요란하게 들려왔지만, 이 근처 들판에는 갑작스레 정적이 흘렀다.

　그들은 자신들이 자유의 몸이 되었음을 깨닫게 되었다. 수가 줄어든 병사의 무리는 긴 안도의 한숨을 쉬고 남은 임무를 완수하기 위해 한자리에 모였다.

　이 마지막 전쟁의 고비에서 병사들은 야릇한 감정을 보이기 시작했다. 그들은 불안한 공포심을 느끼며 발걸음을 재촉했다. 전투가 가장 치열했던 순간에도 동요하지 않고 꿋꿋했던 극소수의 병사들이 이제야 미칠 듯한 공포심을 감출 수 없는 듯 괴로워했다. 아마도 군인답게 죽을 수 있는 때를 놓쳐 뒤늦게 의미 없이 개죽음을 당할까 봐 근심한 때문인지도 모르겠다. 그렇지 않으면 안전지대의 입구에 막 들어서려는데 죽게 될까 봐 안타깝고 두려워지는지도 모르겠다. 그들은 안심이 안 되는 듯, 뒤를 돌아다보며 발걸음을 재촉했다.

　그들이 우군의 일선에 가까이 접근하자, 나무 그늘에서 쉬고 있던 깡마르고 햇볕에 검게 탄 병사들이 그들을 조롱하기 시작했다. 그들을 비웃는 질문이 쇄도했다.

"어디 갔었어?"

"무얼 하러 돌아오는 거야?"

"왜, 거기 있지 그랬어?"

"거긴 따뜻하고 지낼 만할 텐데?"

"이제, 고향으로 돌아가는 길인가?"

또 한 병사는 어린아이 음성을 흉내 내며 놀려대는 어조로 말했다. "엄마, 빨리 와서 이 병정들 좀 보아!"

상처투성이로 호되게 두들겨 맞은 연대는 아무 대답이 없었다. 단지 한 병사가 주먹 싸움으로 상대할 테니 덤비라고 도전했고, 붉은 수염의 장교가 다른 연대의 키 큰 대위 앞으로 바싹 다가가 허세를 부리며 노려보았을 뿐이다. 그러나 중위는 주먹 싸움을 원했던 병사를 간신히 진정시켰고, 붉은 수염 장교에게 도전받았던 키가 큰 대위는 멀리 있는 숲을 바라보며 딴전을 피워야 했다.

이 같은 조롱의 말은 청년의 여린 가슴에 깊은 상처를 주었다. 그는 이맛살을 찌푸리고 그에게 조소를 보낸 병사들을 증오의 눈초리로 쳐다보았다. 그러다가 그는 보복할 방안을 강구했다. 그런데 그때까지도 연대 내 대다수의 병사들은 무슨 죄수나 된 것처럼 고개를 숙이고 무거운 발걸음을 떼어 놓았다. 그들은 마치 자신들의 명예를 장송하는 관을 메고 걷듯이 맥 빠지게 걷고 있었다. 다시 제정신이 든 젊은 중위는 심한 욕설을 입속에서 중얼거리고 있었다.

먼저 있었던 곳으로 돌아왔을 때, 그들은 고개를 돌려 자신들이 돌격했던 땅을 바라보았다.

이렇게 땅을 쳐다보던 청년은 크게 놀랐다. 마음속으로는 광활한 벌판을 치달렸다고 생각했었는데, 이제 그 거리를 보니 너무 짧고, 보잘것없었기 때문이다. 수많은 전투를 벌였던 근처의 우람한 나무들도 믿을 수 없을 정도로 가까운 거리에 있었다. 지금 와서 생각해 보니, 시간도 생각보다는 짧은 시간이었음을 깨달았다. 그렇게도 많은 감정과 사건이 이처럼 협소한 공간과 짧은 시간 사이에 일어났음이 놀라웠다. 머릿속의 생각이 요정의 장난에 놀아나 모든 것이 과장되고 확대되었음에 틀림없다고 그는 뇌까렸다.

그렇다면 깡마르고 구릿빛 얼굴을 한 고참병이 조롱했던 것도 듣기 싫기는 하나 일리가 없는 것은 아니라고 생각되었다. 그는 먼지를 뒤집어쓰고 땀을 뻘뻘 흘리며 게슴츠레한 눈과 헝클어진 군복 차림의 전우가 땅바닥 여기저기 뒹굴고 있는 것을 경멸의 시선으로 쳐다보았다.

병사들은 최후의 한 방울까지 쥐어짜듯이 수통을 기울여 꿀꺽꿀꺽 물을 마시며, 땀에 흠뻑 젖은 얼굴을 소맷자락이나 손에 잡힌 풀잎을 뜯어 닦았다.

그러나 청년은 돌격을 감행하는 동안 자신이 수행했던 업적을 생각하면 상당히 흐뭇했다. 그는 이제까지 자기가 한 일을 평가할 시간적 여유가 없었으나 지금 돌이켜 생각하니 만족스럽기까지 했다. 그는 한참 난리치는 동안에도 자신도 모르게 그의 열중한 감각에 깊은 인상을 남긴 여러 가지 장면을 생각해 보았다.

이렇게 연대가 기진맥진하여 숨을 돌리고 있을 때, 그들을 보고 마부 같다고 한 장교가 말을 타고 연대 앞쪽으로 전속력으로 달려왔다. 군모를 잃어버린 그의 머리카락이 헝클어져 바람에 나부끼고 있었다. 그리고 그의 얼굴은 초조와 분노로 거무스레했다. 군마를 다루는 그의 솜씨를 보면 그의 성미를 짐작하고도 남았다. 그는 숨이 차 헐떡이는 말의 고삐를 힘껏 당겨서 연대장 앞에 세웠다. 그는 대뜸 화를 벌컥

냈으며, 그 분노의 소리는 자연히 병사들의 귀에까지 들려왔다. 병사들은 원래 장교들의 말다툼에 유별나게 관심이 많으므로 모두 정신을 차리고 귀를 기울였다.

"맥체스니 대령, 어쩌자고 이렇게 일을 망쳐 놓았소!" 그 장교는 몰아세우기 시작했다. 처음에는 물론 음성을 낮추려 했지만, 화가 몹시 난 그의 음성은 주위의 병졸들에게까지 들렸다. "보자 하니, 일을 엉망진창으로 다 망쳤군! 아니 백 피트 남겨 놓고 그만둘 게 뭐람! 백 피트만 더 나갔더라면 대성공이었을 것을! 하여간 당신 부대에는 바보, 밥벌레 같은 놈들만 우글대는구먼!"

숨을 죽이고 듣고 있던 병사들은 호기심에 찬 눈으로 대령을 쳐다보았다. 그들은 웬일인지 이 사건에 부질없는 호기심을 가졌던 것이다.

대령은 자세를 고치면서 연설이나 할 사람처럼 한쪽 손을 높이 쳐들었다. 그리고 억울한 것 같은 표정을 지었다. 그 모습은 마치 교회의 집사가 도둑의 누명이라도 쓴 듯한 표정이었다. 병사들은 몹시 재미있어 하며 흥분해서 몸을 비틀며 웃었다.

그러나 갑자기 대령의 태도는 집사의 모습에서 상냥한 프랑스 사람의 태도로 바뀌고 말았다. 그는 어깨를 으쓱하더니 "각하, 갈 수 있는 데까지 최선을 다해 갔었습니다." 하고 침착하게 이야기했다.

"갈 수 있는 데까지 갔었다고? 아니, 그걸 말이라고 하나?" 상대방이 반박했다. "좋아, 어쨌든 먼 거리는 아니었잖아?" 그는 차디찬 멸시의 눈으로 대령을 쳐다보았다. "멀리 가질 못했어. 귀관의 임무는 화이트사이드 부대를 돕기 위해 적을 견제하는 것이었는데, 성과가 어떤지는 귀관 귀로 들려오는 저 전투 소리를 직접 들어 보면 알 수 있을 것이오." 그는 화가 치밀어 말머리를 돌리고는 달려가 버렸다.

대령은 왼쪽 숲에서 들려오는 찢어질 듯한 격전의 소음을 들으며 혼자 중얼거렸다.

여태껏 이들이 주고받던 내용을 하는 수 없이 참고 듣고만 있던 한 중위가 더 이상 참을 수 없다는 듯 분통을 터뜨리며 아무 거리낌 없이 단호하게 말했다. "놈이 누구라도 상관없다. 장군이나 그 외의 누구라도 상관 않는다. 만일 우리 병사들이 잘 싸우지 않았다고 하는 놈이 있으면, 그 녀석은 바보야, 바보라니까!"

"중위!" 대령은 엄하게 나무랐다. "이 일은 나 개인의 일이니까 참견하면 가만두지 않겠어."

중위는 갑자기 순종하는 태도를 보였다. "알겠습니다, 대령님. 알았다니까요." 그는 만족스러운 표정으로 자리에 앉았다.

연대가 욕을 먹었다는 소문이 전선에 퍼졌다. 잠시 동안 병사들은 무슨 영문인지 알지 못했다. "아니, 그럴 수가 어디 있담!" 병사들은 멀어져 가는 장군의 뒷모습을 바라보며 탄식했다. 그들은 그것은 무엇인가 커다란 착오일 것이라고 생각했다.

그러나 얼마 안 가 그들은 자신들이 애쓴 노력이 대수롭지 않게 평가되었다는 사실을 알게 되었다. 청년은 이 사실이 구타당하고 저주받은 짐승들처럼 병사들의 마음을 무겁게 만들고 게다가 반항심까지 일게 하는 것을 알 수 있었다.

청년의 친구는 억울하다는 표정으로 그에게 다가왔다. "저 장군이 원하는 것이 무엇인지 모르겠어. 우리가 전쟁터에 나가 공기놀이나 하고 돌아온 줄 아는 모양이지! 난 저런 사람 처음 보는데!"

청년은 이렇게 화가 끓어오르는 사이에 차분하게 사물을 관조하는 습관을 길렀다. "괜찮아. 아마 그는 아무것도 구경하지 못하고, 우리가 자신이 바라는 대로 해내지 못하니까 우리를 겁쟁이라고 하며 화를 냈을 거야. 재수 없게 헨더슨 영감이 어제 전사했지. 그 영감은 우리가 최선을 다해 잘 싸웠다는 것을 알아주었을 텐데. 우리는 운수가 나빴을 뿐이야."

"나도 동감이야!" 그의 친구도 맞장구쳤다. 그런 부당한 대우를 받은 것에 크게 마음을 상한 것 같았다. "정말, 우리는 재수가 없어! 뭘 해도 일이 제대로 풀리지 않으니 싸움하는 데도 재미가 있어야지! 난 다음부터는 누가 돌격한다고 해도 뒤에 처질 거야. 저희끼리 돌격해서 공을 세워 보라지."

청년은 전우를 달랬다. "정말, 우리 둘 다 잘 싸웠어. 우리가 최선을 다해 싸우지 않았다고 말하는 바보가 있다면 그놈이 어떻게 생겼는지 낯짝을 보고 싶을 지경이니까."

"물론, 우리는 잘 싸웠지." 청년의 친구는 단연했다. "그런 놈이 있다면, 아무리 덩치 큰 놈이더라도 모가지를 비틀어 놓을 테니까. 그러나 우리 둘은 괜찮아! 아까 누군가가 연대 내에서 우리 둘이 제일 용감하게 싸웠다고 말하자, 사람들이 그 말을 놓고 한바탕 시비를 벌이고 야단이었어. 그런데 어떤 작자가 그것은 거짓이라고 우겨대며 자기가 똑바로 봤는데, 우리 둘은 처음부터 끝까지 한 번도 눈에 띄지 않았었다는 거야. 그러니까 다시 여러 사람이 덤벼들어 우리 둘이 잘 싸웠다는 말은 거짓이 아니라고 하며 침이 마르도록 우리 둘에 대한 칭찬을 아끼지 않았거든. 그러나 내가 참을 수 없는 것은 자리만 지키고 있던 그 고참병 놈들이 우리를 조롱해 대는 것과 장군이야. 아무리 생각해도 그 장군은 정신이 나간 것 같아!"

청년은 갑자기 분통을 터뜨렸다. "그 장군은 바보야! 생각만 해도 미치겠어. 다음 돌격이 있을 땐 같이 갔으면 좋겠어. 본때를 보여 주게."

그때 몇 명의 병사가 그들 쪽으로 급히 오는 것을 보고 청년은 말을 멈췄다. 그들은 무슨 큰 소식을 가져오는 듯한 표정이었다.

"플레밍, 네가 직접 들었어야 할 뉴스인데!" 한 병사가 열을 올려 외쳤다.

"듣다니, 뭣을?" 청년이 물었다.

"참, 네가 들었더라면 좋았을 것을!" 상대방은 되풀이해 말하며, 그 놀라운 소식을 전해 줄 태세를 갖추었다. 그러자 다른 병사들도 흥분하여 그의 주위를 빙 둘러쌌다. "다름이 아니라 우리 바로 옆에서 연대장이 너희 중대의 중위를 만났대. 난 이런 이야기는 처음 들었어. 그런데 연대장이 '에헴, 에헴' 하며 '레스부르크 중위! 그런데, 연대기를 들고 용감하게 돌격한 젊은이가 누구요?' 하지 않겠어. 그랬더니 중위가 대뜸 대답하기를, '그 친구 플레밍입니다. 대단한 싸움꾼이지요.'라고 했어. 정말 그랬다니까. '싸움꾼'이라고 확실히 그랬어. 나는 그가 말한 그대로 얘기하는 거야. 정말 그랬어. 난 들었다니까. 아니 네가 이야기를 더 잘 아는 것 같으면 네가 해 봐! 그럼 아가리 닥치고 잠자코 있어! 중위가 '싸움꾼'이라고 했지. 그러니까 대령이 '에헴, 에헴, 그 녀석 훌륭한 녀석이군, 에헴! 그 녀석이 연대기를 높이 쳐들고 앞장서서 뛰더군! 내가 봤지. 참 용감한 군인이야.'라고 했지. 그러자 중위가, '아무렴요. 그 병사와 또 하나 윌슨이라는 친구가 줄곧 선두에서 돌격하면서 인디언같이 고함을 질렀지요.'라고 대답했지. '선두에서 돌격했다.'고 말했다니까. '윌슨이라는 친구와 함께.'라고 말했어. 윌슨! 제발 이 얘기를 그대로 편지에 적어 고향에 계신 어머님께 보내게! '윌슨이라는 친구.'라는 말을 분명히 했거든. 그러니까 대령이 '정말 그랬어? 에헴! 에헴! 놀라운 일이로군!'이라고 했었지. '연대의 선두에 섰다는 말이지?'라고 되묻더군. 중위가 '그렇습니다.'라고 대답했어. 그러니까 대령이 다시 '참 놀라운 일이야! 허, 참! 놀라운 일이야! 정말 그 애송이 같은 두 녀석이 그랬다지?'라고 되묻는 것이었지.

그러자 중위가 '그렇습니다.'라고 대답했지. 그러니까 또 대령이 '저런, 저런, 그 친구들은 육군 소장이 될 자격이 있지.'라고 말하더군. '육군 소장이 될 자격이 있다.'고 말이야."

청년과 그의 친구는, "허!" "톰프슨, 거짓말 말아!" "실없는 소리!" "그런 말을 했을 리가 없어, 거짓말이야!" "거짓말이야!" "허!" 등등의 말을 연발했다. 이와 같은 말을 들은 청년과 친구는 지나친 듯한 칭찬에 쑥스러워져서 이렇게 반박했지만, 속으로는 기쁨의 감격 속에 얼굴이 벌겋게 달아올라 홍조를 띠었다. 그들은 서로 환희와 자축의 시선을 교환했다.

그들은 그 일로 과거의 아팠던 일을 잊어 가고 있는 듯했다. 이제 과거는 그들에게 하등의 실망이나 오점의 빛을 비추지 않았다. 그들은 너무 감격하여 행복해 하였고, 갑자기 대령과 젊은 중위에게 감사와 경의를 표하고 싶었다.

제22장

숲에서 다시 적병들이 시커멓게 몰려나왔을 때, 청년은 침착한 자신감이 샘솟는 것을 느꼈다. 청년은 병사들이 그들 위로 마치 거인이 손을 내젓듯이 포탄이 휘파람소리를 내며 날아 지나갈 때, 고개를 움츠리고 몸을 피하는 것을 보고는 잠시 미소 지었다. 청년은 꼿꼿이 침착하게 서서 근처 산허리를 따라 진을 치고 있는 푸른 제복의 진지에 적병이 공격을 가해 오는 것을 관망했다. 그의 주위의 전우들이 응사를 하지 않기 때문에 연기도 일지 않아 시야를 가리는 것이 없었으므로 격전의 모습을 구경할 기회가 생긴 것이다. 마침내 듣기만 했던 소음의 출처를 직접 보게 되니 좀 안심이 되었다.

약간 떨어진 곳에서 아군 이 개 연대가 적군 이 개 연대와 맞붙어 작은 전투를 벌이고 있는 것을 보았다. 그곳은 나무가 없는 빈터였다. 그들은 서로 무섭게 치고받고 있었다. 총소리는 놀라울 만큼 빠르고 치열했다. 이렇게 싸움에 열중한 연대들은 마치 무슨 큰 시합을 벌이는 것처럼 보였고, 상대방을 치기에 골몰하여 보다 큰 전쟁의 목적 따위는 까맣게 잊은 듯했다.

또 다른 방향으로 고개를 돌리니, 그곳에는 씩씩한 여단이 적을 숲에서 몰아내려 필사적으로 무섭게 진격하고 있었다. 그들이 곧 시야 밖으로 벗어나자, 그 숲 속에서 무서운 소란의 아우성이 들려왔다. 그 소란함은 말로 표현할 수 없었다. 이렇게 엄청난 소란을 피워 놓고, 아마 감당하기 어려울 만큼 엄청났던지 잠시 후에 여단은 여유 있게 숲 밖으로 후퇴했다. 그들의 대열은 질서 정연했다. 대열의 움직임에는 무슨 동요 같은 것도 엿보기 어려웠다. 여단은 아우성치는 숲 속의 적을 손가락질하며 즐거워하는 것 같았다.

왼편 언덕에는 대포가 줄을 지어 늘어서서 우왕좌왕하며 다시 단조롭고 무자비한 공격 준비를 하고 있는 적에게 맹사격을 가했다. 대포가 뿜어내는 붉은 화염은 땅에 떨어져 주홍빛이 감도는 붉은 화염과 진한 연기를 내며 폭발했다. 한편 열심히 맡은 일에 몰두하고 있는 포병들의 모습이 간간이 눈에 들어왔다. 대포의 대열 뒤에는, 하얀 집 한 채가 콩 볶듯 튀는 포탄 세례 속에 태연히 서 있었다. 긴 난간에 매어 놓은 말들은 놀라서 미친 듯이 고삐를 잡아당기며 달아나려고 안간힘을 썼다. 병사들은 어지럽게 이리저리로 뛰어다녔다.

외딴 곳에서 사 개 연대 사이에 벌어진 전투는 상당히 오래 계속되었다. 아무도 방해하는 사람이 없어 그들끼리 승부를 결판내려 하는 듯 보였다. 그들이 몇 분 동안 서로 맹렬하게 치고받고 한 뒤 엷은 색 군복을 입은 연대(남군을 뜻함)가 머뭇거리며 물러서자, 짙은 색의 군복을 입은 전열에서 기고만장한 고함소리가 울려 나왔다. 청년은 올라오는 연기 속에서 웃는 것처럼 이리저리 흔들리고 있는 두 개의 연대기를 보았다.

갑자기 심상치 않은 정적이 깃들었다. 푸른 군복의 전열은 조금씩 대열을 정비하고는 앞쪽에 보이는 조용한 숲과 벌판을 뚫어지게 쳐다보았다. 먼 곳 어디에선가 도저히 가만히 있을 수 없다는 듯 간간이 천둥 같은 소음을 내는 대포소리를 제외한다면, 사방이 교회당같이 엄숙했다. 그런데 이따금 들리는 소음은 말을 잘 듣지 않는 개구쟁이들의 소리같이 귀에 거슬렸다. 귀를 바짝 곤두세우고 무슨 소리가 나나 듣고 있던 병사들은 그 소음 때문에 새로 개시되는 전투의 소음을 듣지 못할지도 모른다고 생각했다.

갑자기 산허리에 놓인 대포의 포문이 열리더니 경고의 신호를 발했다. 숲 속에서는 콩 볶듯 하는 총소리가 시작되었던 것이다. 그 소리는 놀라운 속도로 퍼져 천지를 진동시키는 소음이 온 세상을 덮었다. 찢어지는 듯한 충돌의 소음이 전선을 따라 퍼지더니, 드디어는 끝없이 포효하는 소리로 변했다. 그 한복판에 있는 병사들에게는, 그것은 우주가 끝나는 듯한 소음으로 들려왔다. 그 소리는 거대한 기계가 윙윙거리고 쾅쾅대는 소리, 작은 벌들이 시비를 벌이며 충돌하는 소리 같았다. 청년은 귀가 아주 먹먹하여 더 이상 소리를 들을 수 없었다.

길이 굽이쳐 감돌고 있는 언덕 위에, 폭동이 일어났을 때 폭도들이 몰려다니듯이 왔다 갔다 하는 병사들의 떼가 끊일 줄 몰랐다. 그곳에서 싸우는 양쪽 군대는 일정한 장소를 내리 덮치는 거센 파도 같았다. 그들은 밀고 밀렸다. 어떤 때는 한쪽이 아우성을 지르며 결정타를 가하는 것 같지만, 다음 순간 상대편에서 아우성치며 결정타를 가하는 것 같았다. 청년은 언젠가 물결치는 푸른 군복의 대열을 향하여 사냥개처럼 덤비는 남군의 물결을 보았다. 아우성소리가 요란하더니, 이윽고 적군은 한 입 크게 베어 문 듯 포로들을 몰고 물러섰다. 다음에는 푸른 군복의 파도가 거세게 밀고 나가 회색 군복의 장해물을 강타하는 바람에 땅에서 모든 것이 쓸려 나가고, 남은 것이라곤 짓밟힌 흙바닥뿐이라는 생각도 들었다. 이렇게 무섭게 이리저리로 몰려다니는 동안, 병사들은 줄곧 미친 사람들처럼 소리를 질렀다.

울타리의 일부분이나 또는 나무들이 모여 있는 그 뒤 안전한 장소는 황금의 옥좌나 진주로 만든 침대나 되는 것처럼 서로 빼앗으려고 다투었다. 이런 장소를 점령하려고 쉴 새 없이 육박전이 벌어지는 바람에 양군의 대부분의 병사들은 장난감처럼 이쪽저쪽을 왔다 갔다 했다. 하도 여러 방향에서 주홍빛 군기가 거품처럼 나부끼는 바람에 청년은 도대체 어느 쪽이 우세한지 분간할 수 없었다.

비록 쇠약해지기는 했으나 청년의 연대도 차례가 오니 맹렬하게 전진했다. 다시 맹공격을 당하게 되자, 연대의 병사들은 분노와 고통의 비명을 올렸다. 그들은 불쑥 앞으로 튀어나온 가늠쇠 뒤에 고개를 숙여 증오에 가득 찬 겨냥을 하고 방아쇠를 당겼다. 병사들이 총신에 탄약을 재느라고 쑤셔 대는 꽂을대의 소리가 요란스럽게 울려 퍼졌다. 연대의 정면은 연막의 장벽이 드리워져, 그것을 노랗고 붉은 화염과 총탄이 꿰뚫었다.

싸움에 열중하다 보니, 그들은 삽시간에 다시 얼굴이 더러워졌다. 때와 먼지가 전의 어느 때보다도 더럽게 묻었다. 이리저리 뛰어다니는 동안에도 재잘거리며, 게다가 시커먼 얼굴을 하고 비틀거리며 이글이글 불타는 눈을 굴리는 그들의 모습은 마치 짙은 연기 속에서 둔중하게 비실거리는 무슨 기괴한 괴물과도 같았다.

의무대에서 상처에 붕대를 매고 돌아온 중위는, 이 위급한 시기에 마음속에 품고 있던 욕설을 마구 퍼부었다. 확실히 새로 고안된 욕설이었다. 병사들의 등 뒤에서 끊임없이 욕설을 퍼붓는 꼴이 아무리 욕을 한다 해도 욕의 밑천은 드러나지 않을 것 같았다.

아직도 군기를 잡고 서 있는 청년은 자신이 게으름을 피우고 있다는 것을 의식하지 못했다. 그는 구경에 몰두했던 것이다. 훌륭한 연극의 극적인 장면에 열중한 그는 몸을 앞으로 기대고, 간혹 얼굴을 찡그리며 한눈 한 번 팔지 않고 구경했다. 이따금 그는 무의식중에 외마디 소리를 질렀다. 그는 어찌나 열중했던지 자기가 숨을 쉬고 있는지, 또 머리 위에서 군기가 말없이 나부끼고 있는지조차 알지 못했다.

어마어마한 적군의 전선이 다급할 정도의 위치에까지 다가왔다. 그들은 똑똑히 볼 수 있었다. 깡마르고 키가 큰 사나이들이 상기된 얼굴로 울타리를 향해 성큼성큼 뛰어오고 있었다.

이렇게 갑자기 들이닥친 위험에 접한 병사들은 악쓰며 욕하던 것을 그치고 말았다. 총을 겨누고 적에게 일제 사격을 가하기 직전에 긴장된 침묵의 순간이 일순 감돌았다. 아무런 명령도 없었지만, 병사들은 다급한 위협이 닥치자 자동적으로 그리고 즉각적으로 적군을 향해 총을 쏜 것이다.

그러나 적군도 만만치 않아 즉시 울타리 뒤에 피신하고, 그 뒤에서 잽싸게 푸른 군복의 병사들을 공격했다.

푸른 군복의 병사들도 온 힘을 다하여 싸웠다. 이따금 시커먼 얼굴에 악문 하얀 이만이 반짝였다. 병사들이 이리저리로 뛰어다니는 모습은 파란 연기의 바다 위에 머리만 둥둥 떠다니는 것 같았다. 울타리 뒤에 숨어 있는 적병들은 고함을 지르고 외치기도 하였으나 이쪽 연대는 긴장된 침묵을 지켰다. 아마 이 새로운 공격을 당한 병사들은 조금 전 밥벌레 같다는 핀잔을 들었던 생각이 나 몇 곱절 더 화가 났는지도 모른다. 그들은 숨 돌릴 새도 없이 땅을 굳건히 지키며, 기뻐 날뛰는 적군을 용감하게 무찔렀다. 그들은 날쌔게 그리고 얼굴 표정에 나타나 있는 그대로 씩씩하게 싸웠다.

청년은 무슨 일이 있더라도 제자리를 물러나지 않기로 결심했다. 그의 마음에 깊이 못 박힌 남들의 조소가 이제는 모두 불타는 증오심으로 변했다. 자신이 시체가 되어 들판 위에서 찢기고 피 흘리며 쓰러져야만, 그에 대한 결정적이고도 절대적인 복수를 끝내는 것이라고 명백하게 생각되었다. 이것이야말로 자기네들을 '마부'라 부르고, 또 '밥벌레'라고 부른 장교에 대한 신랄한 보복이 될 것이다. 왜냐하면 정신이 없는 가운데 그토록 자신을 괴롭히고 이와 같은 소동의 소용돌이 속으로 이끌어 넣은 장본인을 찾으려고 하면 언제나 자신을 깔보고 그렇게 불러댄 사람이 그 원흉으로 머리에 떠올랐기 때문이다. 그리고 그놈이 자기의 시체를 보게 되면, 그것이 그를 크게 책망하는 길이라고 어렴풋하게나마 믿고 있었다.

연대는 많은 피를 흘렸다. 푸른 군복의 병사들은 신음소리를 내며 짚단처럼 쓰러졌다. 중대의 당직 하사는 뺨에 관통상을 입었다. 턱이 아래로 축 늘어지자, 커다란 동굴 같은 입안이 그대로 노출되었고, 벌어진 입은 흰 이와 검붉은 피가 뒤범벅이 되어 흉한 모습을 했다. 그 입을 하고서도 그는 뭐라고 악을 쓰려고 했다. 마치 한 번만이라도 크게 소리치면 상처가 아물 것이라고 생각한 것처럼, 그는 어떻게 해서든지 소리를 질러 보려고 무던히 애쓰고 있었다.

청년은 마침내 하사가 후방으로 가는 것을 보았다. 하사는 부상을 입었건만, 기운은 전과 다름이 없었다. 재빠르게 뛰면서 하사는 구원병을 찾아 사방을 두리번거렸다.

다른 부상병들은 전우들의 발치에 쓰러졌다. 부상병 중 몇몇은 기어 나와 움직이려 했지만, 대부분은 기괴하게 몸이 뒤틀린 채 제자리에 가만히 누워 있었다.

청년은 친구를 찾아보았다. 어떤 젊은이가 초연에 시커멓게 그을려 맹렬히 싸우고 있었는데, 자세히 들여다보니 친구였다. 중위도 상처를 입지 않고 병사들 뒤의 자기 위치에 그대로 있었다. 그는 여전히 욕설을 퍼붓고 있었으나 이제 그 밑천이 드러나는 것처럼 보였다.

연대의 화력은 점점 약화되어 가고 있었다. 몇 명 안 되는 병사들 사이에서 이상하게 쏟아져 나왔던 함성도 급속도로 약해져 가고 있었다.

제23장

대령이 전선 뒤로 달려왔다. 다른 장교들이 그의 뒤를 따르고 있었다. "돌격을 해야 한다!"라고 그들은 외쳤다. "돌격을 해야 돼!" 그들은 마치 이 계획에 대하여 병사들이 반항할 것을 예견이나 한 듯 성난 음성으로 외쳤다.

이 고함소리를 들은 청년은 자기와 적 사이의 거리를 어림잡아 재기 시작했다.

훌륭한 군인이 되기 위해서는 돌격해야 한다고 청년은 생각했다. 현 위치에 머무르고 있으면, 죽음밖에 자초할 일이 없을 것이며, 여러 가지 사정으로 보아 지금 후퇴한다면 좋다고 날뛸 사람이 너무 많을 것이다. 그들의 유일한 희망은, 자신들을 못살게 구는 적군을 그 울타리에서 몰아내는 일뿐이라고 그는 생각했다.

청년은 지치고 몸이 굳어 버린 전우들로 하여금 돌격을 감행케 하려면 강제로 그들을 몰아세워야 할 것이라고 생각했으나 그가 전우들 쪽으로 돌아섰을 때, 그는 병사들이 무조건 그 돌격 작전에 찬성의 빛을 나타내는 것에 크게 놀랐다. 그들이 총 끝에다 대검을 부착하며 내는 소음이 돌격전의 불길한 전주곡 같았다. 날카로운 명령의 고함소리가 떨어지자, 병사들은 열띤 걸음으로 뛰어나갔다. 연대의 움직임에는 예기치 않았던 새로운 힘이 용솟음치는 것 같았다. 연대가 기진맥진한 상태라고 알고 있던 사람에게 이 갑작스런 돌격은 마치 죽어 가는 사람이 격렬한 발작을 일으키는 것같이 생각되었다. 병사들은 체내에 왕성하게 흐르고 있는 활력소가 떨어지기 전에 단숨에 그들의 목적을 성취해 버리려는 듯이 미친 사람처럼 뛰었다. 먼지투성이의 푸른 넝마를 걸친 병사들의 무리가 청옥색 하늘 아래 푸른 잔디 넘어, 맹렬한 총성이 쏟아지고 있는 연기 속에 희미하게 윤곽만이 보이는 울타리를 향하여 목적도 없이 필사적으로 달렸다.

청년은 빛나는 연대기를 선두에 세우고 달려갔다. 그는 자유스럽게 움직일 수 있는 한쪽 팔을 미친 듯이 내흔들며 더 빨리 전진하자고 전우들에게 악을 쓰며 재촉했다. 그러나 재촉할 필요도 없었다. 왜냐하면 푸른 군복의 병사들은 또다시 열광적으로 무아의 경지에 빠져 무서운 소총의 부대를 향하여 몸을 내던지듯 전진하고 있는 것같이 보였기 때문이다. 무수한 총탄이 그들을 향해 쏟아지는 것으로 보아, 기껏해야 그들이 먼저 있었던 장소와 울타리 사이의 풀밭을 시체로 수놓는 것이 아닌가 하는 생각이 들었다. 그러나 미친 듯한 병사들은 모두 흥분한 상태에 빠져 최대의 대담성을 발휘하는 것 같았다. 이유를 따지거나, 앞뒤의 계산을 해 보거나, 계획을 짜거나 하는 따위의 일은 도저히 있을 수 없었다. 더욱이 빠져나갈 구멍은 상상조차 할 수 없었다. 성급한 그들의 소망의 날개가 불가능이란 철문에 부딪쳐 부러질 것만 같았다.

청년 자신도 광적이고 야만적인 어느 종교의 대담한 신앙심 같은 것이 마음 한구석에 일어나고 있음을 느꼈다. 그는 엄청난 자기희생을 통하여 거창한 죽음도 달게 받아들일 수 있을 것 같았다. 그는 자세하게 분석할 시간이 없었으나 적탄이야말로 그가 다다르려고 하는 목표에 이르지 못하도록 방해하는 물건 이외의 아무것도 아니라고 생각되었다. 이와 같이 생각되자 청년은 내심으로 기쁘게 생각했다.

그는 있는 힘을 다했다. 심신의 긴장 때문에 시력이 흐려지고 눈이 부셨다. 작은 불의 무수한 칼날 때문에 연기 외에는 아무것도 보이지 않았다. 그러나 청년은 연기 저편에서 이제 사라지고 없는 한 농부가 만들어 놓은 울타리를 보았고, 그 뒤에는 회색 군복을 입은 적병이 숨어 있음을 알고 있었다.

청년은 뛰면서도 적과 맞대면하게 되면 그 충격이 어떨까 하는 생각에 마음이 동요되었다. 실상 쌍방이 충돌하면 큰 충돌이 있을 것이라고 예상되었다. 이것이 그의 싸움에 대한 광기를 더욱 부채질했다. 그는 주위에서 진격하고 있는 연대의 기세를 느낄 수 있었다. 이것이 결국에 가서는 우레와 같은 세력으로 적의 무모한 공격을 분쇄하거나, 그들의 저항을 무찌르고 그 놀라움이 천지에 울려 퍼질 것을 생각해 보았다. 날듯이 진격하는 연대는 사출기에서 넓게 총을 쏘는 듯한 효과를 거둘 것이다. 이 같은 꿈을 꾸고 있던 청년은 쉰 목소리로 미친 듯이 환호성을 지르며 달려가는 병사들 틈에서도 더욱 빨리 달렸다.

그러나 얼마 있지 않아 회색빛 군복의 적은 아군의 강타를 앉은 자리에서 그대로 당하고만 있을 리 없다는 사실이 드러났다. 연기가 피어오르는 사이로 바라보니 적은 도망치면서도 뒤를 힐끔힐끔 돌아다보곤 했다. 그런데 도망치는 적군의 수효는 점점 늘어나 큰 무리를 이루었다. 개중에는 돌아서서 굽이치는 파도와 같은 아군에게 총격을 가해 오는 놈도 있었다.

그러나 전선의 한구석에는 꿈쩍도 않고 있는 침울하고 완강한 적병의 집단이 있었다. 그들은 울타리의 기둥이나 난간 뒤에 꿋꿋하게 자리 잡고 꼼짝하지 않았다. 한 폭의 군기가 병사들의 머리 위에 나부꼈으며, 총소리도 맹렬하게 울려댔다.

푸른 군복의 소용돌이는 매우 가까운 곳까지 접근해 왔는데, 당장이라도 무시무시한 난투극이 벌어질 것 같은 위기가 감돌았다. 이 작은 무리가 주제넘게 상대편을 깔보는 것 같았기 때문에 푸른 군복의 병사들의 함성은 그 의미가 달라져 지금까지의 막연한 함성이 아니라, 개인감정이 다분히 섞인 분노의 함성으로 변했다. 단순했던 쌍방의 외침은 이제 무서운 욕지거리의 교환으로 바뀌었다.

푸른 군복의 병사들은 이를 갈았고, 눈은 흰자위밖에 보이지 않았다. 그들은 자기들에게 저항하는 사람들의 멱살이라도 잡듯이 달려들었다. 쌍방 사이의 거리는 거리를 의식하지 못할 정도로 가까워졌다.

청년은 혼신의 힘을 다해 적병의 군기를 노려보았다. 적의 군기를 빼앗는다면 상당히 자랑스러울 것 같았다. 그러기 위해서는 피투성이의 혼전과 격전을 벌여야만 한다. 그렇기에 그는 그 일을 방해해서 어렵고 복잡하게 만드는 사람들을 증오했다. 적군의 군기란 여러 가지 재난과 위험 아래 걸려 있는 신화 속의 보물처럼 갖기 어려운 물건인 것이다.

청년은 그 군기를 향하여 미친 말처럼 덤벼들었다. 만일 그 군기를 모질고 대담하게 공격하여 쟁취하기만 한다면, 절대로 그것을 다시 빼앗기지는 않겠다고 결심했다. 그가 쥐고 있던 군기가 불붙듯이 나부끼며 상대방의 군기를 향해 날개를 폈다. 머지않아 독수리들이 대결하듯 부리와 발톱의 격투가 벌어질 것 같았다.

소용돌이치며 돌진하는 푸른 군복의 무리는 위험할 정도로 바싹 다가와 갑자기 멈춰 서더니, 재빨리 일제 사격을 퍼부어댔다. 회색 군복의 무리는 이 갑작스러운 일제 사격에 산산조각이 나고 만신창이가 된 적병은 끝까지 싸웠다. 푸른 군복의 병사들은 다시 함성을 지르며 적병을 덮쳤다.

청년은 뛰면서 서너 명의 군인이 엎어져 있거나, 벼락이라도 맞은 사람처럼 무릎을 꿇은 채 고개를 숙이고 몸부림치는 모습을 마치 뿌옇게 낀 안개 속에 드러나는 광경을 보듯 바라보았다. 그들 가운데서 적군의 기수가 비틀거리고 있었는데, 청년은 그 기수가 마지막 일제 사격 때 총탄에 맞는 것을 보았다. 청년은 이 기수가 악귀들에게 다리를 붙잡혀 마지막 사투를 벌이고 있음을 알았다. 이 모두는 참으로 몸서리쳐지는 전투였다. 그의 얼굴에는 죽음의 그림자가 깃들어 있었으나, 시커멓고 굵게 팬 주름살은 필사적인 투지를 나타내 주고 있었다. 그 병사는 단단한 결심으로 소중한 군기를 끌어안고는 보다 안전한 장소로 호송하려고 엎어지고 자빠지며 비틀비틀 걸어가고 있었다.

그러나 상처 때문에 그의 발걸음은 자꾸 늦어지는 것 같았고, 마치 죽어라 하고 그의 팔다리에 달라붙는 눈에 보이지 않는 악령들과 싸우는 것처럼 보였다. 푸른 군복의 무리 가운데 앞장서서 뛰던 병사들은 환호성을 지르며 울타리에 뛰어 올라갔다. 그들을 쳐다보던 그는 패전한 군인의 절망감을 맛보았다.

청년의 친구는 방해가 되는 울타리를 구르듯이 뛰어넘어 마치 먹이를 보고 무섭게 달려드는 표범처럼 적의 군기를 향해 덤볐다. 그는 깃발을 잡아당겨 억지로 빼앗아, 옆에서 적의 기수가 숨을 몰아쉬며 마지막 고통에 몸부림치며 쓰러져 온몸에 경련을 일으켜 경직된 절망에 얼굴을 박고 죽어 가는데도, 그 붉은색 군기를 높이 쳐들고는 승리의 절정에 도취되어 환호성을 올렸다. 풀밭 위에는 유혈이 낭자했다.

돌격이 성공한 그 자리에는 더욱 왁자지껄한 환호성이 터져 나왔다. 병사들은 승리감에 취해 몸짓을 하며 소리 질렀다. 그들은 이야기를 듣는 사람이 십 리 밖에나 있는 것처럼 악을 쓰며 이야기했다. 그들은 온갖 형태의 군모를 하늘 높이 집어 던지며 기뻐했다.

전선의 한구석에는 네 명의 적병이 포로로 잡혀 있었다. 몇몇 푸른 군복의 병사들이 그들 주위를 원을 그리며 호기심에 찬 눈으로 쳐다보았다. 병사들이 이상한 녀석들을 사로잡았으므로 조사를 했다. 질문이 홍수처럼 쏟아졌다.

포로 가운데 한 사람은 발에 입은 작은 상처를 돌보고 있었다. 그는 어린아이처럼 그 상처를 어루만지다가도 이따금 고개를 들고는 그를 사로잡은 사람들의 면전에 대고 거리낌 없이 지독한 욕설을 퍼부었다. 그는 그들을 지옥에나 가라고 했고, 갖가지 괴상한 신의 이름을 들먹이며 그들을 저주했다. 이와 같이 행동하는 그는 전쟁 포로로서 지켜야 할 언동에는 조금도 개의치 않는 것 같았다. 그것은 마치 꼴사나운 흙덩어리가 발등에 떨어져 마음대로 욕하는 것이 자기의 특권인 동시에 의무라고 생각하는 듯했다.

그런데 나이가 든 다른 포로는 피할 길 없는 현재의 곤경을 아주 태연자약하게 너그러운 태도로 감수하고 있었다. 그는 푸른 군복의 병사들과 대화를 나누며, 그의 맑고 날카로운 눈으로 그들의 얼굴을 유심히 쳐다보았다. 그들은 전투라든지 전쟁의 양상 등에 관해 이야기를 나누었다. 이렇게 서로의 견해를 교환하는 동안 그들의 얼굴에는 비상한 관심이 엿보였다. 지금까지 모든 일이 암담하고 억측투성이였던 것에 관한 얘기를 들으니 대단히 만족스러운 것 같았다.

세 번째 포로는 무뚝뚝한 얼굴로 앉아 있었다. 그는 태연하고 냉정한 태도를 견지했다. 그에게 말을 걸면 그는 하나같이 "나가 죽어라."라는 한 마디로 대꾸했다.

넷 가운데 마지막 포로는 시종 침묵을 지켰으며, 푸른 군복의 병사들이 보이지 않는 쪽으로 얼굴을 돌리고 있었다. 그 모습을 본 청년은 그 포로가 아주 깊은 절망에 빠져 있다고 생각했다. 살아서 포로가 되는 수모를 겪었으니 이제 다른 전우들과 당당하게 어깨를 겨루지 못할 것 같은 신세가 못내 수치스러워서 섭섭해하는 것 같았다. 그런데 이와 같은 경우에 흔히 생각할 수 있는 근심, 걱정, 감옥살이, 굶주림, 잔인한 행위 따위의 신변에 대한 걱정의 빛은 조금도 찾아볼 수 없었고, 다만 포로의 얼굴에서는 생포된 데 대한 치욕과 적과 대적하여 싸우지 못하게 된 신세에 대해 수치스럽게 생각하는 후회의 감정만이 엿보였다.

병사들은 그들의 승리를 마음껏 축하하고 난 뒤, 적병을 몰아낸 낡은 울타리의 반대편에 자리 잡고 진을 쳤다. 몇 명의 병사들은 먼 곳에 있는 목표물을 향해 총질을 하곤 했다.

풀이 상당히 우거진 곳이 있었다. 청년은 가까운 모퉁이에 있는 울타리에 군기를 기대어 놓고 풀숲에 파묻혀 쉬었다. 기뻐 어쩔 줄 모르는 그의 친구는 탈취해 온 보물을 자랑스럽게 쳐들고 그에게 다가왔다. 그들은 나란히 앉아 서로의 성공을 축하해 주었다.

제24장

숲 가장자리를 따라 펼쳐 있는 긴 전선에서 울려 나오는 신음의 포효는 차츰 중단되면서 약해졌다. 우렁차게 포효하는 대포는 아직도 먼 곳의 적과 대결하고 있지만, 소총소리는 거의 들리지 않았다. 청년과 그의 친구는 그들 생의 일부가 되다시피 한 이 소음이 약해지는 것을 듣고 어쩐지 아쉽고 가슴이 아픈 생각이 들어 갑자기 얼굴을 들어 서로를 쳐다보았다. 그들은 부대 내에서 일어나고 있는 변화를 감지할 수 있었다. 병사들은 이리저리로 움직이며 교대하는 듯하였다. 포대 하나가 한가롭게 이동하는 것이 보였다. 나직한 언덕 언저리에는 물러가는 소총의 짙은 광채가 번뜩이고 있었다.

청년이 일어서서는, "자, 이젠 어쩌려는 거지?"라고 말했다. 그의 말투로 보아 청년은 새로운 소음과 격돌이 일어날까 봐 미리 분개하는 것이었다. 그는 더러운 손을 이마 위에 얹어 빛을 가리고는 들판을 주시했다.

그의 친구도 역시 일어나서 노려보았다. "확실히 우리는 이곳을 떠나 강을 다시 건너가려는 모양이야." 그가 말했다.

"허, 참!" 청년이 탐탁하지 않은 듯 이렇게 내뱉었다.

그들은 사태를 주시하며 기다렸다. 잠시 후, 그 연대는 오던 길로 다시 돌아가라는 명령을 받았다. 병사들은 잠시나마 부드러운 풀밭에서 쉬던 것이 아쉬운 듯 투덜대며 일어났다. 그들은 뻣뻣해진 다리를 흔들며 머리 위로 팔을 뻗어 보기도 하였다. 한 병사는 눈을 비비면서 욕을 해댔다. 그들은 모두 "아휴!" 하는 소리를 냈다. 그들은 다음에 벌어지는 싸움에 대비할 적절한 지시를 받을 것이나, 우선 부대가 이동하여 변화를 겪어야 한다는 그 자체에 대하여 크게 불평하였다.

그들은 얼마 전 미친 듯이 질주해 왔던 들판 위를 천천히 걸어갔다. 연대는 다른 전우들과 합세할 때까지 행군했다. 병사들은 거기서 여단을 편성하고는 종대(縱隊)로 서서 숲을 헤치고 길을 향해 행군을 계속했다. 이윽고 그들은 먼지를 뒤집어쓴 집단을 형성하여 조금 전의 전투에서 밝혀진 적군의 전선과 평행되는 방향으로 걸어가고 있었다.

그들은 육중한 흰 집이 보이는 곳을 지나갔다. 그곳에서 가슴까지 닿는 방책 뒤에 동료 병사의 무리가 잠복하고 있는 것을 보았다. 줄지어 자리 잡은 대포들이 멀리 있는 적군을 향해 사격을 가하고 있었다. 이에 응수하여 날아오는 적군의 포탄은 먼지 구름과 함께 파편 세례를 퍼부었다. 말을 탄 병사들은 참호선을 따라 질주하고 있었다.

사단은 이 지점에 다다르자 들판을 벗어나 굽어지더니 강이 있는 방향으로 꺾어져 행군했다. 이와 같은 움직임의 참뜻이 무엇인가를 깨달은 청년은, 고개를 돌려 짓밟히고 파편으로 가득한 싸움터를 어깨 너머로 바라보았다. 그는 새삼스럽게 만족감에 도취되었다. 그는 친구의 옆구리를 찌르며, "이젠 다 끝났어."라고 말했다.

그의 친구들도 뒤를 돌아보며, "아이고, 정말이야." 하며 동의를 했다. 그들은 잠시 깊은 생각에 잠겼다.

잠깐이었으나, 청년의 생각은 혼돈되고 불확실했다. 그의 심경은 미묘한 변화를 일으키고 있었다. 싸움에 젖어 있는 사고방식을 버리고 평상시의 사고방식으로 돌아가는 데는 약간의 시간이 걸렸다. 점차로 그의 머리는 구름이 낀 혼미한 상태를 벗어나, 마침내 자기 자신과 그 사태를 더 면밀하게 이해할 수 있게 되었다.

그는 서로 총질하던 일은 이제 과거의 일이라고 여겼다. 그는 기괴하고 무시무시한 소용돌이에 말려 있다가 살아서 나온 것이다. 붉은 피와 시커먼 분노가 도사리고 있는 곳에 갔다가 벗어나 살아 나온 것이다. 그는 이 사실을 기뻐해야겠다는 생각이 제일 먼저 떠올랐다.

그 뒤에 청년은 자신의 여러 가지 행적, 실패와 성공을 생각해 보았다. 평소 사고 능력이 거의 마비 상태에 이르고, 양과 같이 물러 나온 싸움터의 광경이 아직도 기억에 생생한 그는 자기의 지난 모든 행적을 결산해 보려고 애썼다.

드디어 과거 행적이 낱낱이 그의 앞에 정돈되어 나타났다. 현재의 관점에서 객관적으로 그의 행적을 살펴보고 비판할 수 있었으며, 또 어느 정도 정확하게 판단할 수 있었다. 왜냐하면 현시점에서 보니 이미 동정의 여지가 없는 것으로 드러나기 시작했기 때문이다.

그러나 청년은 자기의 기억을 더듬으며 기뻐하고, 조금도 후회하지 않았다. 왜냐하면 사람들 앞에 나타난 그의 행적은 화려하고 위대한 것이었기 때문이다. 전우들이 목격한 그의 업적은 휘황찬란하게 빛을 받으며 행진하고 있었다. 그것들은 음악에 맞추어 유쾌하게 행진했다. 이런 일을 바라보는 것은 즐거웠다. 청년은 휘황찬란한 기억을 더듬으며 잠시 동안 다시 없이 기뻤다.

청년은 자신이 훌륭한 인간임을 깨달았다. 동료 병사들이 그의 업적에 대해 존경을 표하며 칭찬해 주던 것을 회상하고 기쁨에 전율을 느꼈다.

그러나 그것도 오래가지 않았고, 첫 번째 전투 때, 그가 도망쳤던 기억의 유령이 나타나 그의 과거를 되살리려는 듯이 춤을 추었다. 갑자기 이런 일에 대한 작은 함성이 머릿속에 울려왔다. 그는 잠시 얼굴을 붉혔고, 그의 양심의 등불이 수치심으로 깜박거렸다.

원망의 유령이 그에게 다가왔다. 그때 누더기 병사에 대한 끈질긴 기억이 그를 괴롭혔다. 관통상을 당해 피가 부족하면서도 있지도 않은 청년의 상처를 상상하고 그의 건강을 염려해 주었던 그 누더기 병사! 키 큰 병사를 위하여 누더기 병사는 자기의 마지막 힘과 두뇌를 아끼지 않고, 도우려 했었다. 피로와 고통으로 눈이 멀어 벌판에 내팽개쳐진 그 누더기 병사.

순간 청년은 자기의 행적이 탄로 날까 봐 식은땀을 흘렸다. 끈질기게 그의 눈앞을 떠나려 들지 않는 환상에 사로잡힌 청년은 짜증과 고통의 날카로운 비명을 연발했다.

그의 친구가 그를 돌아보았다. "헨리, 왜 그러지?" 하고 물었다. 청년은 대답 대신 마구 욕지거리를 해댔다.

나뭇가지가 드리워져 있는 작은 길을 따라 떠들어대는 전우들 사이에 끼어 행군하고 있을 때도 잔인한 환상이 그를 괴롭혔다. 이 환상이 그를 내내 괴롭혔고 휘황찬란한 그의 행적에 먹구름을 끼었었다. 생각을 어떤 방향으로 돌리건 간에, 들판에 내팽개치고 온 병사의 환상이 그를 따라다녔다. 그는 전우들의 눈치를 슬금슬금 살폈다. 그들이 자신이 시달리고 있는 고뇌를 알아차릴까 염려되었기 때문이다. 그러나 그들은 다 떨어진 누더기를 걸친 채, 바로 전에 있었던 전투 이야기를 열심히 떠들어대며 걷고 있을 뿐이었다.

"누가 와서 내게 묻는다면, 난 우리가 보기 좋게 쳤다고 말하겠어."

"아니, 말조심해! 우린 지지 않았어. 우리는 후퇴하는 것이 아니라 이

길로 가다가 빙 돌아서 적병이 갈 길을 차단하려는 거야."

"뭐, 후방이고 뭐고 닥쳐. 이젠 진저리가 났어. 후방으로 간다는 이야기는 집어치워."

"빌, 스미더스가 그러는데, 병원에 입원하는 것보다는 천 번이고 싸움터에 참가하는 것이 차라리 낫대. 병원이 야간에 습격을 당해 폭탄이 병원 한복판에 떨어졌다는 거야. 그런 아우성은 처음 봤대."

"헤스보루크? 그는 우리 연대에서 제일가는 장교야. 큰 인물이지."

"적군이 후방으로 갈 거라고 내가 그러지 않았나? 내가 분명히 그랬지? 우리는……."

"아가리 닥쳐!"

누더기 병사에 대한 환상은 얼마 동안 청년의 마음에서 모든 기쁨을 빼앗아 갔다. 그는 자기가 저지른 잘못을 확실하게 느꼈으며, 또한 그것이 평생을 두고 자기의 앞을 가로막지 않을까 크게 염려했다. 그는 지껄여대는 동료들 틈에도 끼지 않고 그들을 보지도 않고 그들의 존재도 느끼지 않았다. 다만 때때로 병사들이 자신의 생각을 꿰뚫어 보고, 누더기 병사와 자기와의 장면을 세세하게 조사하고 있는 것이 아닐까 하는 의심이 들 때만 동료들을 쳐다보았다.

그러나 점차로 힘을 내어 자기의 죄과를 멀리할 수 있었다. 이윽고 그는 새로운 방향으로 눈을 떴다. 그는 어렸을 때 상상했던 번쩍거리는 군복이나 거만한 허세 따위의 공명심을 회고하며, 그것들을 진실하게 볼 수 있음을 알았다. 지금 그는 그런 것을 멸시하고 있음을 알고 기뻤다.

이 같은 신념과 더불어 그는 자신이 생겼다. 또 자신이 은근하지만 강건한 피가 흐르는 침착한 어른이 되었음을 느꼈다. 지도자가 어느 쪽을 가리키든 절대로 겁내지 않을 것이다. 그는 위대한 죽음을 접해 보았고, 결국 그것은 위대한 죽음에 불과했음을 깨달았다. 그는 이제 성인이 된 것이다.

이리하여 유혈과 분노의 길을 터덜터덜 걸어 나오며, 자신이 내적으로 성장했음을 알았다. 뜨거운 쟁기날같이 무엇이든 파헤치려 했던 그의 마음은 고요한 클로버로 변하여 마치 뜨거운 쟁기날은 있었던 것 같지도 않았다. 이제 흠집은 사라지고 아름다운 꽃이 피었다.

비가 내렸다. 피곤한 병사들의 행렬은 진흙탕에 옷을 버린 채, 침울하고 낮은 하늘 아래 흙탕물 속을 헤치며 행진하기 시작했다. 그러나 청년은 미소 지었다. 세상의 많은 사람들이 이 세상이 저주와 곤장으로 만들어진 것이라고 알고 있음에도 청년은 이 세상이 그를 위해 존재하는 그의 세계임을 알고 있기 때문이다. 그는 생지옥 같은 전투에서 벗어났다. 그 숨 막히는 악몽도 과거가 되어 버렸다. 과거의 그는 전쟁의 열기와 고통 속에서 땀 흘리고 몸부림치던 짐승이었다. 그는 지금 고요한 하늘, 짙푸른 초원, 시원한 시냇물처럼 영원히 부드러운 평화를 목마르게 갈구하는 애인으로 변했다.

강 저편에서 검은 먹구름을 뚫고 찬란한 금빛 햇빛이 비쳐 왔다.*

거리의 여인 매기
(Maggie: A Girl of the Streets)

제1장

한 소년이 럼 앨리의 골목대장 자리를 차지하기 위해 자갈 더미 위에 우뚝 올라섰다. 그는 데블 거리에서 온 다른 개구쟁이들에게 욕설을 퍼부으면서 돌을 던져댔다. 녀석들도 역시 자갈 더미 주위를 활기차게 맴돌며 소년에게 욕설을 퍼부었다. 녀석들은 싸움에 열이 올라 얼굴이 상기되어 있었다. 소년도 이에 질세라 계속 욕설을 퍼부으면서 녀석들에게 대항했다. 그의 천진난만한 얼굴은 싸움에 몰려 창백하기 그지없고, 숨을 돌릴 사이도 없이 욕을 퍼붓느라 작은 체구가 한없이 꿈틀거렸다.

럼 앨리의 한 아이가 뒤로 내빼며 큰 소리로 외쳤다. "도망쳐, 지미! 도망치라니까! 잡히면 어떡하려고!" "절대로 안 돼, 이놈들 때문에 도망칠 순 없어!" 지미는 용감하게 소리치며 물러나지 않았다.

그러자 데블 거리의 아이들은 더욱더 분통을 터뜨리며 살기등등했다. 이윽고 오른쪽에 있던 거지꼴의 망나니들이 화난 듯이 자갈 더미를 맹공격했다. 그들의 얼굴에는 경련이 일고 있었고, 살기 섞인 야릇한 미소마저 감돌고 있었다. 그들은 마구 돌을 던지다가 그것도 시원하지 않은지 목청을 돋우어 욕설을 퍼부었다.

럼 앨리의 소년 하나가 다른 쪽으로 뒹굴며 거꾸로 쓰러졌다. 난투극을 벌이느라 그의 옷은 갈기갈기 찢겨 누더기가 되었고, 모자는 어디론가 사라진 지 오래되었다. 그의 몸에는 한 이십여 군데나 멍이 들어 온통 시퍼렇고, 머리가 찢어져 붉은 피가 뚝뚝 떨어지고 있었다. 그의 창백하고 파리한 모습은 마치 작디작은 미친 악마를 보는 것 같았다. 그러자 자갈더미 아래에는 적을 향해 갑자기 몰려든 데블 거리의 아이들이 장사진을 이루고 있었다. 그는 왼쪽팔로 방어 태세를 갖춘 뒤 머리를 가리고는 미친 듯이 싸웠다. 어린 소년들은 이리저리로 달리면서 돌을 피하며 던지기도 하였고 서로 지지 않으려고 야만적으로 큰 소리를 지르며 욕을 해댔다.

무슨 일이 어떻게 돌아가는지도 모르면서, 마구간 사이에 우뚝 솟은 한 아파트의 창문에 호기심이 많아 보이는 여인이 머리를 기대고 있었다. 강가 부두의 한 거룻배에서 짐을 내리고 있던 노동자들도 잠시 일손을 멈추고는 이 투석전을 바라보고 있었다. 이끄는 대로 따라 움직이는 예인선의 한 기사는 난간에 느긋하게 기댄 채 이 광경을 바라보고 있었다. 섬 저쪽에서는 노란 옷을 입은 죄수의 무리가 꿈틀거리며 회색빛의 음울한 건물에서 나타나 서서히 강둑을 따라 기어가고 있었다.

그때 돌멩이 하나가 날아와 지미의 입언저리를 명중시켰다. 입술이 터져 피가 누더기 셔츠를 물들이기 시작했다. 눈물도 흘러 때꼽재기 묻은 양 볼에 이랑을 만들고 있었다. 그의 빼빼 마른 다리는 사시나무 떨듯 무섭게 떨렸고, 기운이 다 빠져 작은 체구를 제대로 가누지 못하고 휘청거렸다. 싸움이 처음 시작되었을 때 그가 으르렁대며 퍼붓던 욕설은 이제 모욕적인 재잘거림으로 바뀌고 말았다. 구름 떼같이 몰려드는 데블 거리의 아이들의 외침에는 승리를 거둔 식인종의 노래와 같은 살기등등한 환희가 깃들어 있었다. 어린아이들의 떼는 상대편 아이의 얼굴이 온통 피투성이가 된 것을 보고도 아주 만족스럽다는 듯이 비웃고 있는 것 같았다.

신작로 아래쪽에서는 열여섯 살 된 소년이 뽐내며 걸어오고 있었는데, 그는 제법 어른 행세를 하며 입가에는 성인이 되었다는 자만의 웃음을 머금고 있었다. 그의 모자는 언제라도 도전할 태세가 되어 있다는 듯 약간 찌그러진 채 한쪽 눈을 가리고 비스듬히 얹혀 있었다. 이빨 사이에는 담배꽁초가 비뚜름히 물려 있었는데, 그의 모습은 한마디로 아무것도 개의치 않는다는 건방진 태도였다. 그는 겁 많은 사람은 움츠러들 표정으로 어깨를 이상하게 으쓱대며 걷고 있었다. 그는 데블 거리의 성난 아이들이 럼 앨리에서 온 울며 비명을 지르는 한 아이를 상대로 싸우며 떠들고 있는 공터 쪽을 물끄러미 바라보았다.

"허이, 참!" 그는 꽤 흥미가 있는 듯이 중얼거렸다. "격투가 벌어졌군, 참!" 그는 천천히 욕을 퍼부으며 소란을 피우고 있는 무리 쪽으로 걸어가서는 자신의 큰 주먹으로 승리를 자신할 수 있다는 태도로 어깨를 들먹이며 힘을 과시했다. 그는 싸움에 누구보다도 깊숙이 빠져 있는 데블 거리의 아이들 중의 한 아이의 등 뒤로 바짝 다가가 입을 열었다. "야, 도대체 뭐하는 거야." 동시에 그는 패거리 왕초의 뒷머리를 내리쳤다.

어린 소년은 땅바닥에 쓰러져 무섭게 비명을 질렀다. 그러더니 어느 결에 상대방이 엄청나게 크다는 것을 알아차리고는 발을 억지로 떼어 놓더니 비명을 지르며 어디론가 줄행랑을 치고 말았다. 그러자 데블 거리 잔당 모두가 약속이나 한 듯이 일제히 그의 뒤를 따라갔다. 그들은 자기네들을 공격한 큰 소년과 제법 거리가 있다고 생각되는 지점에 이르자 멈추어 서서 입가에 조소를 머금은 큰 소년에게 욕을 하고 놀려대며 약을 올렸다.

그는 놀려대는 악당들을 잠시 못 본 척하더니 어린 소년에게 물었다. "지미야, 이게 웬일이냐?"

지미는 그제야 옷자락으로 피를 닦으며 입을 열었다. "글쎄, 이 꼴이 되어 버렸어요. 피트, 라일리라는 놈을 혼내 주려고 했는데, 놈들 모두가 나에게 덤비지 않겠어요."

럼 앨리 아이들 중 몇 명이 그제야 앞으로 나왔다. 기세등등해진 일당은 잠시 동안 데블 거리의 소년들과 서로 잘났다고 옥신각신 다투었다. 제법 떨어진 두 진영 사이에 돌팔매가 오갔고, 동시에 도전의 말이 쌍방의 어린 용사들 사이에서 불티 나르듯 했다. 그런 다음 럼 앨리 아이들은 집 쪽의 길을 따라 천천히 돌아가고 있었다. 그들은 서로 제 나름대로 싸움의 상황에 대해 떠들어댔다. 때로는 싸움에서 물러난 이유가 과장되기도 하였다. 싸움에서 오간 타격이 무섭게 확대되어 전해지는가 하면, 던진 돌은 하나같이 정확하게 상대방 방향으로 날아간 것으로 되어 있었다. 그들의 용기는 이제 걷잡을 수 없이 확대되어 알려졌다. 어린 소년들은 신이 나서 그들이 한 일을 자랑하기 시작했다. 한 아이가 뽐내며 외쳤다. "그까짓 데블 거리놈들 같으면 우리가 거뜬히 해치울 수 있단 말이야!"

어린 지미는 터진 입술에서 한없이 흘러나오는 피를 멈추게 하려고 애를 썼다. 그러다 갑자기 상을 찡그리더니 캐묻듯 말을 내뱉었다. "내가 싸울 때 도대체 어디 있었어? 어린놈들이 공연히 날 괴롭히잖아."

상대방은 무슨 논쟁이나 하듯이 대답했다. "계속해 봐!"

지미는 아주 경멸하는 어조로 대답했다. "바보 같으니라고, 싸울 줄도 모르면서! 한 손으로도 빌리 너쯤은 때려눕힐 수 있어."

빌리는 아까 한 말을 다시 반복했다. "계속해 봐!"

"어! 이게!" 지미가 을러멨다.

"어! 이게!" 상대방도 같은 어조로 말했다.

그들은 서로 붙어 치고받으며 자갈 위를 뒹굴었다.

입가에 조소를 머금은 피트가 좋아서 어쩔 줄 모르며 외쳤다.

"지미야, 그놈을 깔아뭉개. 얼굴을 되게 갈겨야지!"

어린 투사들은 서로 치고, 차며, 상처를 내고 찢기고 하였다. 그들 둘은 울음을 터뜨려서 욕조차도 울음과 뒤범벅이 되어 나오지 못하고 있었다. 다른 아이들은 손을 움켜잡고는 흥분의 도가니 속에서 다리를 비틀고 있었다. 그들은 죽어라고 싸우는 두 아이를 보겠다고 그 주위에 몰려들어 고개를 내밀었다.

어린 구경꾼 하나가 갑자기 크게 소리쳤다.

"그만둬, 지미야. 그만두라니까. 저기 너희 아버지 오신다."

그러자 어린 소년들의 둥그런 떼가 급작스럽게 흩어지고 말았다. 그들은 뒤로 물러나 앞으로 일어날 상황에 큰 기대를 걸고 기다렸다. 한 사천여 년 전에 하던 식으로 돌싸움을 치르고 있던 두 소년은 싸움에 열중한 나머지 그만 그 경고를 듣지 못했다.

신작로 위로 무뚝뚝한 표정을 한 어느 신사가 천천히 걸어오고 있었다. 그는 도시락을 들고 사과나무로 만든 파이프로 담배를 피우고 있었다. 어린아이들이 싸우고 있는 지점에 다다르더니 그는 맥이 풀린 듯이 그들을 바라보았다. 그러다가 대뜸 욕을 해대더니 서로 붙어 뒹굴며 싸우고 있는 아이들에게로 다가오며 소리 질렀다. "너 여기 있었구나. 짐, 어서 일어나지 못해. 맞아 죽기 전에 어서. 이 못된 놈아." 그는 땅바닥에 얽혀 싸우고 있는 소년들을 마구 걸어찼다. 빌리 소년은 묵직한 장화발이 그의 머리에 닿는 것을 느낄 수 있었다. 그는 안간힘을 써서 지미에게서 빠져나오더니 어디론가 비틀거리며 사라져 버렸다.

지미는 땅바닥에서 괴로운 듯 신음하며 일어서다 그의 아버지와 마주치자 빌리를 저주하기 시작했다. 그의 아버지가 아들을 발로 걷어차며 소리쳤다. "어서 집에 가지 못해! 그 아가리 좀 작작 놀리고, 머리통이 깨지기 전에 입 닥쳐."

그들은 떠났다. 아버지는 이 사이에 사과나무로 만든 평온의 상징을 문 채 태평하게 길을 따라 내려갔다. 아들은 아버지와 한참 떨어져 따라가고 있었다. 소년은 모욕이라도 당한 것처럼 욕을 뇌까렸다. 군인다운 군인이나 남자다운 남자가 되려는 사람이 아버지에게 끌려 이 모양으로 집으로 가다니, 말할 수 없는 수치라고 느꼈기 때문이다.

제2장

　그들은 마침내 어느 어두운 지역으로 들어가게 되었다. 한쪽으로 기울어진 건물의 음산한 현관에서 많은 아이들이 거리로 쏟아져 나와 놀고 있었다. 서늘한 초가을 바람이 불더니 자갈길의 먼지를 몰아 백여 개나 되는 창문으로 휘몰아갔다. 화재 비상구에는 줄줄이 길게 널어놓은 옷들이 펄럭거렸다. 양동이, 빗자루, 누더기, 병 등이 아무 곳에나 너저분하게 널려 있었다. 길가에는 아주 어린아이들이 같이 놀거나 서로 싸우고 있었고, 아무 생각 없이, 미련스럽게도 찻길을 막고 앉아 있었다. 머리는 멋대로 헝클어지고, 구겨진 옷을 아무렇게나 입은 고약한 인상의 여인들은 건물 난간에 기대어 잡담으로 꽃을 피우고 있거나 악을 쓰며 말다툼을 하며 소리치고 있었다. 무엇엔가 굴복을 한 듯 괴이한 자세의 쭈글쭈글한 노인들이 눈에 띄지 않는 한 귀퉁이에 앉아서 파이프 담배를 피우고 있었다. 갖가지 음식물 냄새가 거리로 스며 나왔다. 건물은 안에서 쾅쾅거리고 돌아다니는 사람들의 무게에 짓눌려 진동하며 삐걱거렸다.

　누더기를 걸친 어린 소녀가 성이 나 빨개진 얼굴로 소리치며, 어린아이를 이끌고 혼잡한 길을 헤집으며 나아가고 있었다. 쭈글거리는 맨다리를 내놓은 어린아이가 그 뒤를 기를 쓰며 뒤따라가고 있었다.

소녀는 아이를 보고 외쳤다. "타미야, 어서 와. 저기 지미와 아빠가 오신다. 나를 제발 뒷걸음질하지 않게 해 다오." 소녀는 꾸물대며 걷는 아기의 팔을 참을 수 없다는 듯이 잡아당겼다. 소녀가 아기의 팔을 잡아당기자 아기는 땅바닥에 엎어져 크게 울어댔다. 소녀는 다시 한 번 아기를 잡아당겨 일으켜 세우고는 같이 걸어갔다. 아기는 고집을 피우며 끌려가는 것을 완강하게 거부했다. 그는 제 발로 걸어가겠다고 무던히도 애를 쓰더니 누나를 뿌리치고는 오렌지 껍질을 조금 먹었다. 이따금 웅얼대는 사이에도 아기는 그것을 씹곤 했다.

표정이 우울한 어른이 피투성이인 아이를 데리고 가까이 다가오자 어린 소녀는 몹시 책망하는 어조로 소리 질렀다. "지미, 또 싸웠구나."

개구쟁이는 경멸하는 어조로 뽐내며 말했다. "상관하지 마, 맥. 알았어?"

어린 소녀가 그를 나무랐다. "너는 싸우지 않을 때가 없구나, 지미야. 네가 반쯤 죽어 집에 오면 엄마가 화내시잖니. 또 우리 모두가 얻어맞은 기분이고 말이야." 소녀는 울기 시작했다. 아기도 머리를 젖히고 앞으로 벌어질 일을 생각하고 큰소리를 질렀다.

"너 닥치지 못해. 조용히 하지 않으면 주둥이를 한 대 칠 거야. 알겠어?" 지미가 윽박질렀다. 여동생이 계속 울자 지미는 갑자기 소녀를 때렸다. 어린 소녀는 휘청거리다 다시 제정신을 찾고는 또 울음을 터뜨렸다. 그리고는 떨며 그에게 욕설을 퍼부었다. 소녀가 서서히 뒤로 물러나자 지미는 동생의 손목을 잡고는 앞으로 나갔다.

아버지는 아이들이 싸우는 소리를 듣고 돌아서며 말했다. "짐, 그만해 두지 못하겠니. 내 말 들려? 동생은 길에 내버려 둬. 도대체 무슨 말을 해야 네 머릿속에 들어가겠니?"

개구쟁이 짐은 아버지의 명령을 무시하고 목청을 높여 대들었다.

아기는 제멋대로 심술을 부리며 귀청이 터지도록 큰 소리로 울었다. 누나는 바삐 서둘러 아기의 팔을 끌어당겼다.

마침내 이 말썽쟁이 대열은 음침한 문 가운데 하나로 들어갔다. 그들은 어두운 층계를 더듬더듬 올라가, 싸늘하고 침침한 복도를 따라 걸었다. 이윽고 아버지가 문 하나를 확 밀어젖히더니 불이 켜진 환한 방으로 들어갔다. 그 방에는 건장한 여인이 있었는데, 그녀는 화가 머리끝까지 올라 있었다.

어머니는 이글이글 불이 일고 있는 화덕으로부터 막 냄비가 놓여 있는 식탁 쪽으로 가던 도중에 발걸음을 멈추곤 아버지와 아이들이 일렬로 들어오고 있는 것을 바라보고 있었다. "무슨 일이야? 아니, 또 싸웠구나!" 그녀는 지미에게 덤벼들었다. 그러자 지미는 다른 사람 뒤로 잽싸게 몸을 피했고 이 난투극 속에서 아기 타미가 쓰러지고 말았다. 타미는 늘 그렇듯이 골난 표정으로 앙탈을 부리면서 책상 다리에 부딪혀 시퍼렇게 멍이 든 정강이를 내보였다.

어머니의 육중한 어깨가 화를 참지 못해 들먹거렸다. 이윽고 개구쟁이의 목과 어깨를 움켜잡더니 그 애가 숨이 가빠 씩씩거릴 때까지 마구 흔들어댔다. 그런 다음 더러운 개수대로 아들을 끌고 가서는 헝겊 조각에 물을 적셔 그것으로 온통 찢기고 엉망이 된 아들의 얼굴을 닦아 주기 시작했다. 지미는 물에 적신 헝겊 조각이 상처 부위를 스쳐 지나갈 때마다 소리소리 지르며 어떻게 해서든지 어머니의 거대한 팔에서 벗어나려고 어깨를 비틀며 안간힘을 썼다.

아기는 내내 마루에 앉아 이 광경을 주시하고 있었다. 아기의 얼굴도 비장해 보이는 여인의 얼굴처럼 뒤틀리고 찌그러져 있었다. 아이들의 아버지는 담배를 새로 잰 파이프를 입에 물고 화덕 옆의 의자에 앉았다. 지미의 비명이 그를 괴롭혔다. 참다못해 돌아앉은 그는, 부인을 보고 버럭 소리를 내질렀다. "애 좀 잠시 풀어 주지 못해, 에리? 당신은 언제나 그 녀석을 두들긴단 말이야. 집이라고 돌아오면 당신은 항상 아이나 패고 있으니 내가 어디 쉴 수가 있어야지. 그만둬요, 내 말 알겠소? 아이들 좀 때리지 말라고!" 그 말이 끝나기가 무섭게 여인은 아들을 더 모질고 난폭하게 때렸다. 마침내 그녀는 아들을 방 모퉁으로 던져 버렸다. 그곳에서 지미는 축 늘어진 채 슬피 울었다.

부인은 이제 무지하게 큰 손을 엉덩이에 얹어 놓고는 마치 추장과도 같이 의기양양한 표정으로 남편에게 다가갔다.

"흥!" 그녀는 불평과 경멸이 가득 찬 어조로 콧방귀를 뀌었다. "아니, 도대체 당신은 무얼 안다고 참견하는 거예요?"

아기는 위험을 느꼈던지 식탁 아래로 기어가서는 슬쩍 고개를 돌려 보기도 하고 아주 조심스럽게 분위기를 살피기도 하였다. 누더기를 걸친 소녀는 어느 새 그 장면에서 물러났고, 모퉁이에 던져진 개구쟁이는 조심조심 양다리를 끌어당겼다.

아버지는 잠자코 파이프 담배만 뻐끔뻐끔 피우더니 진흙투성이가 된 장화를 화덕 뒤쪽에 갖다놓았다. 그리고는 조용하게 말했다. "뒈져 버려!" 여인은 소리를 빽빽 지르며, 남편 면전에 대고 주먹을 세게 흔들었다. 누런 그녀의 목과 얼굴은 순식간에 시뻘겋게 달아올랐다. 그런 모습으로 그녀는 계속 으르렁거리기 시작했다.

얼마 동안 이 꼴을 보던 그녀의 남편은 조금도 동요되지 않은 표정으로 담배만 뻐끔거리며 피우더니, 마침내 자리에서 일어나 어느덧 어둠이 내려앉는 창밖 뒷마당을 내다보았다. "여보, 술 마셨구려. 술도 이제 작작 해야지. 끝장을 꼭 봐야 하겠소!"

"웃기지 말아요! 난 술을 한 방울도 마시지 않았어요!" 그녀가 소리쳐 대꾸했고 그들은 심한 말다툼을 벌였다.

아기는 여전히 식탁 밑에서 돌아가는 사태만 주시하고 있었다. 시시각각으로 바뀌는 사태에 아기의 얼굴은 흥분되었다. 한편 누더기를 걸친 소녀는 개구쟁이가 틀어박혀 있는 모퉁이로 누가 볼까 조심하며 살금살금 건너갔다.

"지미, 많이 다쳤어?" 소녀가 쑥스럽다는 듯이 물었다.

"꽤 많이. 안 보여?" 소년은 볼멘소리로 대답했다.

"피 좀 닦아 줄까?"

"아니, 괜찮아!"

"닦아 줄게……."

"라일리 녀석, 잡히기만 해 봐라. 한 방에 끝내야지! 그럴 만하지! 안 그래?" 개구쟁이는 마치 때를 기다리기로 단단하게 결심이나 한 듯이 벽을 향해 얼굴을 돌렸다.

부부 싸움은 여자가 이겼다. 남편은 모자를 집어 들고 곤드레만드레 술에 취해 원수를 갚기로 결심을 하고 방을 급히 빠져나갔다. 여자는 문까지 쫓아 나와, 아래층으로 쏜살같이 사라지는 남편을 향해 온갖 욕설을 퍼부었다.

그녀는 방으로 돌아와서 아이들이 사방팔방 뛰어다닐 때까지 온 방 안을 헤집어 놓았다. "어서, 다들 꺼지지 못해." 그녀는 아무렇게나 구겨진 신발을 애들 머리 위로 마구 내흔들며 쉴 새 없이 위협하였다. 그러다 그녀는 씩씩거리고 콧바람을 터뜨리며 화덕에서 훅 내뿜어진 수증기에 휩싸였다. 결국 부글부글 소리를 내는 감자가 가득한 프라이팬을 내려놓더니 그걸 흔들었다.

"자, 저녁이나 처먹어라." 그녀는 갑자기 화가 북받쳐 오르는 듯이 외쳤다. "어서들 와서 먹자니까!"

아이들은 성급하게 다투며 모여들었다. 삐걱삐걱 요란한 소리를 내며 아이들은 식탁에 앉았다. 아기는 위험해 보이는 유아용 의자에 발을 흔들며 높이 올라 앉아 작은 배가 무색할 정도로 게걸스럽게 먹었다. 지미는 게 눈 감추듯 기름투성이의 음식물 조각을 다친 입속으로 억지로 밀어 넣었다. 매기는 혹 중간에 방해를 받지 않을까 두려워 곁눈질을 하며 무엇에 쫓기는 작은 호랑이처럼 허겁지겁 먹었다.

어머니는 아이들을 바라보며 눈을 껌벅였다. 그러더니 감자를 꿀꺽 삼키고 마구 야단을 치고 누르스름한 갈색 병에 든 물을 마셨다. 얼마 후 어머니는 기분이 달라져 꼬마 타미를 다른 방으로 데려가면서 흐느꼈다. 그리고 두 주먹을 쥐고 잠든 타미를 다 낡고 빛바랜 빨갛고 파란 이불 속에다 눕혔다. 그런 다음 그녀는 화덕 가로 나와서 신세타령을 했다. "엄마도 이 모양이고 아버지라고 어디 제구실을 하나." 의자에 앉아 연방 앞뒤로 몸을 뒤흔들며 눈물을 흘렸다가 또 멈추고는 비참한 신세타령을 두 아이에게 늘어놓았다.

어린 소녀는 식탁과 설거지통이 놓여 있는 의자 사이를 부산하게 오갔다. 소녀는 산더미같이 쌓인 접시 밑에서 그 힘에 짓눌려 벅찬 듯, 작은 다리가 후들거렸다. 한편 지미는 온통 상처 부위를 달래며 만지작거리고 앉아 있었다. 그는 이따금 어머니의 동태를 살피는 듯 흘낏흘낏 어머니를 훔쳐보았다. 눈치가 빠른 지미는 어머니가 정신이 아주 나간 채 멍한 상태로 고전하다 다시 아찔했던 정신을 가다듬으며 서서히 깨어나는 것을 알아차릴 수 있었다. 그는 숨을 죽이고 앉아 있었다.

매기가 쨍그랑하고 접시를 깨뜨리고 말았다.

어머니는 가동된 프로펠러가 속력을 더해 가듯 벌떡 일어났다. "잘 -한다." 집이 떠내려 갈듯 소리를 지르더니, 갑자기 솟구친 울화통으로 번뜩이는 어머니의 눈은 아이들을 통째로 움켜잡고 오금을 펴지 못하게 하였다. 이미 열이 오를 대로 올라 빨개진 어머니의 얼굴은 이제 그 강도가 더 짙어져 푸르뎅뎅한 자줏빛을 띠고 있었다. 어린 소년은 갑자기 벌어진 사태에 깜짝 놀라, 마치 지진이 일어났을 때 그 지진권에서 빠져나오지 못하고 당황하는 수도사처럼 소리치며 소란을 피웠다. 그는 잠시 지척을 분간할 수 없는 어둠 속에서 우왕좌왕하더니 마침내 층계를 찾았다. 그는 비틀거리며 공포에 짓눌린 채 아래층으로 굴러 떨어졌다.

한 할머니가 문을 열었다. 문 사이로 갑자기 새어 나온 빛이 개구쟁이의 얼굴을 대낮같이 환하게 비추어 주었다. 할머니는 놀란 아이를 바라보며 어이가 없다는 표정으로 입을 열었다. "얘야, 이 시간에 웬 법석이냐? 네 아빠가 엄마를 팼구나, 아니 엄마가 아빠를 두들겼구나."

제3장

 지미와 할머니는 오랫동안 문밖에 서서, 안에서 벌어지는 광경에 어찌할 바를 모르고 그저 귀만 기울이고 있었다. 티격태격하는 가운데 나직하게 들려 나오는 대화, 밤에 울어대는 아기들의 음산한 울음소리, 보이지 않는 복도와 여러 방에서 새어 나오는 쿵쾅거리는 발소리, 길에서 잡다하게 들려오는 여러 가지 거친 외침, 그리고 자갈길을 굴러가는 요란한 바퀴소리, 이 모든 소리를 뒤덮고 날카롭게 울부짖는 어린아이의 울음소리와 어머니의 요란하게 으르렁거리는 소리가 크게 들려왔다. 그러더니 큰 소리는 어느 새 귀에 들릴락 말락 하는 신음소리와 숨을 죽이고 나직하게 웅얼대는 소리로 뒤바뀌고 말았다.

 할머니는 미덕을 담뿍 지닌 표정을 자유자재로 구사할 수 있는데 손마디가 굵게 툭 불거지고, 가죽같이 질긴 성격을 지닌 유별난 분이었다. 게다가 할머니는 한 가지 소리만 낼 수 있고 그 외에는 "어이쿠, 큰일이군!" 따위의 감탄사를 연발하는 자동 악기를 목청에 달고 있는 듯했다. 매일같이 할머니는 유명한 오번가의 돌 위에 자리를 잡고는 사람들이 숭배하는 우상처럼 다리를 굽혀 젖힌 흉측한 모습으로 조금도 움직이지 않고 앉아 있었다. 할머니는 매일같이 지나가는 사람들로부터 동전 몇 닢을 받았다. 그런데 동냥을 주는 사람들은 그 근처에서 사는 사람들이 아니었다. 한번은 지나가던 여자가 돈지갑을 떨어뜨렸는데, 이것을 목격한 손마디가 굵은 할머니는 그것을 살짝 움켜잡고는 아주 놀랍도록 교묘하게 자기 옷 밑으로 몰래 밀어 넣어 숨겼다. 이 행동이 지나가던 경찰에게 발각되어 잡히자 할머니는 오히려 그 여인을 심하게 저주하며 반쯤 기절상태로 자빠졌다. 그리고는 관절염을 앓아 뒤틀리고 엉성해진 사지로 경찰을 호되게 꾸짖어 어리둥절하게 만들어 놓고 못마땅하다는 듯 나무랐다. "경찰이라고, 모두 꺼져!"

"애, 지미야. 참 부끄러운 일이야." 할머니는 소년을 달래며 이야기를 계속했다. "지미는 착하기도 하지. 어서 가서 깡통 하나 사다 주려무나. 어머니가 밤새도록 소란을 피우면 너 여기서 자도 된다." 지미는 깡통과 칠 페니를 받아 들고는 어디론가 떠났다. 그는 술집 옆문으로 들어가더니 곧장 걸어 들어갔다. 그는 힘껏 발돋움을 하고 팔을 뻗쳐, 가지고 온 통과 돈을 전해 주었다. 그러자 웬 큰 손이 그것을 받아 들려고 쑥 내려왔다. 그 손은 통에 무엇인가를 채우더니 소년에게 가만히 내려주었다. 그러자 지미는 그곳을 떠났다.

음침한 문전에서 지미는 비스듬히 기대어 있는 사람을 만났다. 그는 다름 아닌 바로 그의 아버지였다. 아버지는 다리를 휘청거리며 몸을 제대로 가누지도 못했다. "그 통을 나에게 줘, 응?" 아버지는 염치 없이 아들에게 요구했다.

"이러지 마세요. 이것은 할머니 거예요. 남의 것을 훔쳐 가면 안 되잖아요?" 지미는 큰 소리로 외쳤다.

그러나 아들의 간청을 무시한 아버지는 개구쟁이로부터 통을 빼앗아 다시 빼앗기지 않게 두 손으로 꽉 움켜잡고는 어느 새 그 통을 입에 갖다 대고 고개를 숙였다. 그의 목은 꿀꺽꿀꺽 넘어가는 침으로 부풀어 올라 턱과 구별이 되지 않을 정도로 팽팽하게 되어 있었다. 게 눈 감추듯이 재빨리 마셔 버려 통 속의 것은 곧 거덜이 나고 말았다. 아버지는 할머니에게 가져 갈 맥주를 가로채어 송두리째 마셔 버린 것이다. 아버지는 숨을 돌리기 위해 잠시 마음을 가다듬고는 호탕하게 웃으며 텅 빈 통으로 아들의 머리를 때렸다.

빈 통이 거리 위를 덜그렁거리며 굴러가자, 지미는 큰 소리로 울며 아버지의 정강이를 마구 발로 찼다.

"무슨 일을 저지르셨나 생각 좀 해 보세요!" 지미는 아버지에게 마구 분을 터뜨렸다. "할머니가 또 얼마나 화를 내시겠어요." 지미는 길 한복판으로 줄행랑을 쳤다. 그러나 아버지는 아이를 뒤쫓지 않았다. 그는 문 쪽으로 비틀거리며 걸어갔다. "이놈 잡히기만 해 봐라! 혼을 낼 테니까." 그는 고래고래 소리치며 사라졌다.

저녁 내내 그는 바에 기대서서 위스키를 들이켜며 그곳에 온 모든 손님에게 터놓고 집안 내막을 떠들어댔다. "집이라고 어디 살 데가 돼야지. 꼭 지옥 같거든! 왜 이곳에 와서 위스키를 이렇게 처먹느냐고? 집에서 살기가 지겨워 그러네!"

한편 지미는 겁에 질려 길에서 한참 동안 기다리다가 건물을 통해 조심조심 위로 기어 올라갔다. 그는 뒤틀리고 낡아 빠진 할머니의 문 앞을 지날 때는 각별한 주의를 하였다. 그리고는 마침내 그의 집에 도착하자 밖에 서서 귀를 기울였다. 그는 어머니가 육중한 몸을 이끌고 가구들 사이를 오가는 소리를 들을 수 있었다. 어머니는 슬픈 목소리로 아버지를 원망하고 있었는데 그 사이사이에 화산이 분출되는 듯한 분노가 터져 나오고 있었다. 이때 지미의 머릿속에 마룻바닥이나 어느 길모퉁이에 곤드레만드레 술에 취해 쓰러져 있을 아버지의 모습이 스쳐 지나갔다.

어머니는 갑자기 노기에 찬 고함을 질렀다.

"도대체 왜 지미를 싸우지 않도록 만들지 못하는 거요? 아가리를 부셔놓을까 봐!"

그는 술 취한 사람답게 무관심하게 중얼거렸다. "뭐가 또 속상하지? 그런 일이 무슨 상관이야? 또 왜 이러는 거야?"

"아니, 그 애가 옷을 찢기고 다니니까 그러는 거지요. 참 바보 같구려, 당신은." 부인은 치밀어 오르는 화를 참지 못하고 말했다.

이 말에 남편은 좀 제정신이 든 것 같았다.

"당신이 직접 나가 그 녀석을 잡아 오지 그래." 남편은 사납게 대꾸했다. 갑자기 문에 무엇이 충돌하는 소리가 나더니 어떤 것이 산산조각이 나는 듯했다. 지미는 쏟아져 나오는 비명을 간신히 억제하고 층계 아래로 쏜살같이 내려갔다. 그는 밑에서 잠시 쉬며 또 귀를 기울이고 있었다. 그는 온갖 으르렁대는 소리, 욕지거리, 신음하는 소리, 비명 등 마치 무슨 전투라도 벌어지고 있는 듯한 괴이한 웅성거림을 들었다. 그와 함께 이번에는 또 가구가 떨어져 산산조각이 나는 소리가 들려왔다. 개구쟁이는 부모 중 한 사람에게 꼭 들켜 붙잡힐 것 감은 공포에 빠져 떨고 있었다.

이윽고 문전에는 호기심에 가득 찬 얼굴들이 나타나기 시작했다. 그들은 또 구경거리가 생겼다는 듯이 한마디씩 지껄여댔다. "존슨 부부가 또 싸움질을 하는구면."

지미는 자리를 지키며 잡음이 전부 그칠 때까지 서서 기다렸다. 구경하던 세를 든 다른 사람들도 지쳐 모두 하품을 하고는 문을 닫았다. 그 후 지미는 마치 표범 굴 속으로 몰래 들어가는 침입자같이 잔뜩 경계를 하며 사뿐사뿐 이층으로 기어 올라갔다. 깨어진 문 널빤지 사이로 고통스럽게 숨 쉬는 소리가 울려 나왔다. 그는 큰마음을 먹고 떨면서 문을 열어젖히고 들어갔다.

화덕에서 나오는 불빛이 텅 빈 마룻바닥, 금이 가고 회칠이 더럽혀진 벽, 그리고 뒤집히고 깨진 가구를 벌겋게 비치고 있었다. 마루 한가운데에는 어머니가 쓰러져 자고 있었고, 방 한 모퉁이에는 아버지의 축 늘어진 몸이 의자 위에 엎어져 있었다.

개구쟁이는 겁에 질린 채 슬금슬금 앞으로 나아갔다. 그는 행여 부모를 깨우게 되지나 않을까 조바심쳤다. 어머니의 큰 가슴은 고통스럽게 흔들리고 있었다. 지미는 잠시 발걸음을 멈추고는 잠들어 있는 어머니를 물끄러미 내려다보았다. 어머니의 얼굴은 술에 잔뜩 취해 빨갛게 달아올랐고 퉁퉁하게 부어 있었다. 그녀의 노란 이마는 파랗게 멍든 눈꺼풀을 더욱 그늘져 보이게 하였고, 한편 온갖 형태로 엉긴 채, 산발이 된 머리카락은 이상한 물결을 이루며 이마를 푹 덮고 있었다. 아마도 싸우는 동안의 모습 그대로 굳어진 입은 앙심에 가득찬 증오심을 역력히 나타내 주었다. 빨갛게 노출된 어머니의 팔은 쇠잔한 모습으로 머리 쪽으로 추켜져 있었는데, 이 모든 것은 필시 포식한 후 늘어진 악마의 모습이라고 하면 틀림이 없었다.

개구쟁이는 어머니를 굽어보고 있었다. 혹시라도 어머니가 눈을 뜰까 염려되어 소년은 떨고 있었다. 그의 마음속에서 소용돌이치고 있는 두려움은 너무나도 강하여 더 이상 바라볼 수도 없었다. 그래서 그는 그저 여인의 음산한 얼굴에 고정되어 걸려 있는 느낌이었다. 갑자기 그녀가 눈을 떴다. 개구쟁이는 그의 피를 마르게 하는 괴이한 표정을 뚫어지게 바라보고 있는 자신을 발견했다. 그는 날카롭게 소리 지르며 뒤로 물러섰다.

여인은 잠시 동안 몸부림을 치며 싸울 것처럼 머리 위로 팔을 들어올리더니 다시 코를 골기 시작했다. 지미는 다시 어두운 곳으로 기어가 잠시 기다렸다. 어머니가 깨어난 줄 알고 내지른 그의 소리에 잇달아 옆방에서 무슨 소리가 들려왔다. 그는 놀라서 어둠 속에 몸을 바짝 엎드렸다. 그의 눈은 어느 새 가운데 있는 문에 고정되어 있었다. 그는 문이 삐걱대는 소리를 들었다. 다음 순간 그를 부르는 소리가 들릴락 말락 하게 들렸다. "지미야! 지미! 거기 있니?" 속삭이는 소리는 계속되었다. 개구쟁이는 그만 놀라고 말았다. 다른 방의 문에서 그를 바라보고 있는 맥의 흰 얼굴이 보였다. 마루를 건너질러 개구쟁이를 보려고 건너온 것이다.

아버지는 여전히 움직일 생각도 않고 마치 죽은 듯이 잠을 자고 있었다. 그러나 그와는 대조적으로 어머니는 꿈자리가 사나운 듯 계속해서 몸을 뒤척거리며 불안한 잠을 이루고 있었다. 게다가 그녀의 가슴은 숨이 막히는지 이상한 소리를 내는 것이, 필경 누가 그녀의 목을 죄기 때문에 몹시 고통을 받고 있는 것 같았다. 한편 창밖에는 불그스레한 달이 어두운 지붕 위를 내려다보고 멀리 강물이 창백하게 번쩍이며 흘러가고 있었다.

누더기를 걸쳐 입은 소녀의 앙상한 체구가 마구 떨리고 있었다. 너무 울어서 그런지 그녀의 모습은 해쓱했다. 눈은 겁에 질린 채 광채를 내고 있었다. 어린 소녀는 떨리는 손으로 지미의 팔을 움켜잡았다. 남매는 이제 함께 모퉁이에 쭈그리고 앉아 있었다. 무슨 마력에 이끌린 듯 남매는 어머니의 얼굴에 끌려 그쪽만 응시하고 있었다. 어머니가 일어나기만 하면 모든 악령이 밑에서 쏟아져 나올 것같이 생각되었기 때문이다. 새벽안개의 유령이 창문에 나타나, 유리창 너머로 가까이 다가서며 엎드려 숨을 쉬고 있는 어머니를 환하게 비추어 줄 때까지 두 아이는 쭈그리고 앉아 있었다.

제4장

타미는 숨을 거두고 말았다. 누나 매기가 어떤 이탈리아 사람한테서 훔쳐다 준 꽃 한 송이를 작고 파리한 손에 쥔 채 보잘것없는 관에 넣어져 사라지고 말았다.

매기와 지미는 여전히 살아남았다.

세상 물정을 전혀 모르는 미숙한 소년은 아주 어린 나이에 세상을 보는 눈이 굳어지게 되었다. 그래서 그는 가죽처럼 질긴 청년으로 성장해 가고 있었다. 그는 아무 일도 하지 않았으므로 여러 해 동안 그의 인생은 적자였다. 바로 이 기간에 그의 냉소하는 습관은 만성화되고 말았다. 그는 시궁창 같은 환경에서 인간성을 깊이 연구했다. 무엇이건 그가 생각했던 것보다 더 나쁠 이유가 없다는 것도 터득하게 되었다. 그는 세상에 대해 무슨 존경심 같은 것을 품어 본 적이 없었다. 이미 세상이 부셔 놓은 우상을 믿고 출발하지 않았기 때문이다.

그는 성직자가 '당신들'이란 말로 늘 설교를 하는 교회에 갔었던 유쾌한 일들을 생각하며 경험의 갑옷으로 그의 영혼을 감싸고 있었다. 어느 철학자가 한번은 이 성직자에게 질문을 던졌다. 왜 그가 '당신들'이란 말 대신에 '우리'란 어휘를 사용하지 않는가 하고. "뭐라고요?" 이것이 성직자가 대답한 전부였다. 화덕 가에서 그의 설교를 들던 사람들이 불을 쬐며 몸을 녹이고 있을 때 그는 그들이 주님을 중심으로 생각할 경우 어떤 위치에 서게 되는가를 자세히 알려 주었다. 수많은 죄인들은 이미 겉으로 드러나기 시작한 그들의 타락 깊이를 두고 초조해하였다. 그러나 그들이 기다리고 있던 것은 무료식당 식권이었다. 바람 타고 오가는 악마의 말을 조금이라도 알아차린 사람이면 아마도 훈계자와 듣는 사람 사이에서 오간 대화의 일부라도 알아들었을 것이다. "당신들은 저주를 받고 있소." 설교자가 외쳤다. 그런데 헐벗고 떠는 사람들 사이에서는 이 말이 얼토당토않은 대답으로 바뀌어 "어디에 우리 먹을 것이 있지?" 하는 말이 되고 있었다. 지미와 그의 친구는 뒷좌석에 앉아서 마치 여행 온 영국관광객이나 되는 것처럼 아주 자유로운 입장에서 그들에게 아무런 관심이 없는 일에 대해 이러쿵저러쿵 큰소리만 치고 있었다. 그들이 목이 말라 자리를 떠났을 때 그들의 행동은 잠시 설교자를 혼란케 했다.

순간적이기는 했지만 지미는 이미 결론을 내릴 수 있는, 그러나 딱하기 그지없는 생각에 짓눌려 기분이 우울했다. 그때 그의 친구가 입을 열었다. 혹시 자신이 천당에 가게 된다면 백만 달러의 돈과 맥주 한 병을 요구할 것이라고 했다. 그런데 오랫동안 지미는 길모퉁이에 서서 지나가는 예쁜 여자들을 바라보고 피로 물든 꿈이나 꾸며, 세상이 스쳐 지나가는 것을 구경하는 것이 고작 그가 하는 일의 전부였다. 그는 길모퉁이에 서서 생동감을 찾았고 생에 예속되기도 하였다. 어김없이 돌아가는 세상을 그는 그곳에서 피부로 느끼기 위해 나가 서 있었던 것이다.

그는 옷을 제법 잘 입은 사람들에게는 호전적인 태도를 갖게 되었다. 그에게 있어서 좋은 의상은 예외 없이 허약함과 연결되었고, 멋진 외투는 모두 소심한 겁쟁이의 마음을 무장하고 있는 것으로 생각하였다. 어느 한도까지 그라는 존재와 그의 명령은 때 묻지 않은 옷을 입은 사람들 위에 군림하는 왕과도 같이 생각되었다. 멋진 의상을 걸치고 다니는 사람들은 조소를 당하거나 죽는 것을 이 세상에서 가장 두려워하기 때문이다. 무엇보다도 그는 노골적인 기독교인과 단춧구멍에 귀족이라는 표시로 국화꽃을 꽂고 다니는 그 의젓한 꼴들을 가장 증오했다. 그는 명실공히 자신이 이 아니꼬운 두 계층을 능가한다고 굳게 믿고 있었다. 그는 아무것도 두려운 것이 없었다.

어쩌다 주머니에 한 푼 생기면 생에 대한 애착이 샘솟았다. 이 세상에 부러울 것이 없었다. 그는 결국 일을 해야겠다고 결론을 내렸다. 어느덧 아버지가 세상을 떠났다. 그 후 어머니의 생활은 한 달을 기간으로 나뉘어졌다.

그는 마침내 트럭 운전사가 되었다. 그래서 다루기 힘든 두 필의 말과 항시 덜커덩거리는 커다란 트럭을 책임지게 되었다. 그는 번잡한 도심지의 혼란과 소란을 뚫고 들어가 교통 정리하는 경찰을 한눈으로 무시하면서 사납게 그들에게 대처하는 방법도 터득하게 되었다. 그런데 경찰들은 트럭에 올라와 그를 끌어 내리고는 실컷 두들겨 패기가 일쑤였다. 도시의 빈민가 지역에서는 흉측한 싸움에 말려드는 것이 매일의 일과처럼 되기도 하였다. 그와 그의 동료가 마차의 뒤에서 달리게 되면 그는 언제나 여유 있게 책상다리를 하고 앉아 있었다. 어쩌다 보행자들이 재갈을 물어뜯고 달리는 말의 코 밑으로 위험하게 덤벼들어 올 경우에도 소리를 버럭 지르고는 평온한 자세를 흐트러뜨리지 않았다. 그는 편안하게 담배를 뻐끔뻐끔 피우고 있었다. 그의 앞잡이 말이 순조롭게 달리고 있었기 때문이다. 그러나 그의 마차가 선두를 달리게 되어 혼란을 맞게 되면 그는 다른 마차에 앉은 운전사들과 말다툼을 벌이고 화를 냈으며, 심한 경우에는 욕을 퍼부어서 헤어 나오기 어려운 말다툼의 소용돌이에 빠지기도 하였다.

그 후, 그는 더욱더 냉소적이 되어 모든 것을 비웃음의 대상으로 보게 되었다. 신경이 너무 예민해져 아무것도 믿지 않게 되었고, 세상만사가 하찮게 생각되었다. 경찰이라는 것은 그에게 있어서 악의를 품고 충동적으로 행동하는 집단으로만 보였다. 그러나 나머지 세상은 차분하게 느껴졌다. 아무튼 십중팔구 경찰은 그를 이용하여 사리사욕을 취하려 했기 때문에 어떤 경우이든 그것과 싸워 자신을 방어해야 한다고 생각하고 경찰이야말로 인간쓰레기 중의 쓰레기가 모인 집단이라고 생각하였다. 그 자신도 바로 짓밟힌 위치에 있었던 것이다. 짓밟힌 위치라는 것을 따로 떼어 생각하니 지극히 사사로운 그러나 장엄한 느낌조차 주는 여운을 띠고 있었다.

아주 어처구니없이 악화된 백치 상태의 그 실례를 모든 차량의 플랫폼에서 찾아볼 수 있다는 생각이 들었다. 맨 처음에는 이 앞좌석을 메운 바보 천치 같은 사람들과 싸우느라고 그의 혀가 쉴 줄을 몰랐다. 그러나 시간이 흐름에 따라 그는 그들보다 한 등급 위로 올라가게 되었다. 그를 괴롭히려고 의도적으로 덤벼드는 벌레처럼 어디를 가나 그를 따라다니며 괴롭히던 차량의 행렬에 대해 어느새 그의 마음속에는 엄청난 경멸이 싹트고 있었다. 그래서 그는 긴 여행을 떠날 때면, 출발 태세를 갖추도록 말들을 돌보면서 명령했으며, 그의 눈은 멀리 있는 사물을 바라보며 그곳에 고정되고 그런 다음에는 망각의 혼수상태에 빠지곤 하는 습관을 갖게 되었다. 거리를 꽉 메운 수많은 운전사들은 그의 뒤를 따라오다 소리를 지르고 승객들은 그를 향해 온갖 욕설을 퍼붓기도 한다. 그러나 그는 화가 난 경찰이 씩씩거리며 달려와 미친 듯이 말고삐를 움켜잡고는 말썽을 일으킨 말의 콧잔등을 후려갈길 때까지 망각의 꿈에서 깨어나지 않았다.

그가 멈추어 서서 그와 그의 동료들에 대한 경찰의 태도를 곰곰이 생각해 보자 그 도시에서 정말 아무 권리도 없는 사람은 바로 경찰이라는 생각이 들었다. 마차를 끌고 다니다 보면 경찰은 거리에서 일어나는 모든 사건이 바로 그 때문인 것으로 착각하고, 그에게 책임을 물었기 때문에 그는 언제나 자신이 건장한 경찰의 밥이 되고 있다고 느꼈다. 그래서 오로지 복수하겠다는 생각에 불타 어떤 경우이건, 그보다 더 크고 건장한 친구가 그를 강제로 몰아내지 않는 한 절대로 길에서 물러나지 않겠다고 결심했다.

보행자들은 언제나 자신의 생명을 지킬 줄 모르고 운전사의 안전을 해치고 다니는 귀찮은 파리 떼와 같다. 도대체 그로서는 재빨리 길을 건너려는 보행자들의 극성을 이해하기 힘들었다. 그들의 광적인 행동을 그는 영원히 이해하지 못했다. 그는 높은 왕좌에서 내려다보며 끊임없이 보행자를 몰아쳤다. 그는 거룩한 자리에 앉아 미치광이처럼 날뛰고 뛰어들며, 질주해 멀어지고는 흩어져 헤매는 무리들을 그대로 눈 감고 용서할 수가 없었다. 보행자들이 그들 나름대로 밀쳐 들어오고, 재갈을 문 채 달리는 말의 콧잔등을 괴롭혀 말 머리를 돌려 빗나가게 하고 나중엔 왕좌에 앉은 그의 달콤함이 보장된 휴식의 특권을 빼앗아 가려 할 때면 그는 거침없이 욕설을 퍼부었다. 그와 그의 일당이 따뜻한 햇살을 받으며 신작로를 따라 제대로 질주해 갈 수 있는 전부의 권리를 그들만의 것이라고 믿고, 그것이 또 신의 섭리라고 확신하고 있었다. 비록 보행자들이 이것을 꺼린다고 해도 그들을 박차고 그대로 밀고 나갈 특권이 있음을 보여 줄 태세였다. 이미 왕으로 군림한 운전사가 왕좌에서 내려와 불같이 주먹을 휘두르며 권리만 담대하게 주장하고 나서면, 필경 그는 인상을 험악하게 쓰며 필사적으로 덤비는 사람들의 주먹세례를 피할 수 없게 될 것이다.

겨우 차축 넓이가 되는 길에서 젊은 청년이 날아드는 연락선을 보았다면 아마도 그는 그것의 접근을 비웃었을지도 모른다. 그러나 그는 소방차에 대해서는 깍듯이 예의를 갖출 줄 알았다. 소방차 한 대가 난데없이 트럭 쪽으로 덤벼들자, 그는 겁이 나는 듯 보도 쪽으로 차를 몰아서 아무것도 모르고 태평스럽게 걸어가고 있던 보행자들을 몰살시킬 듯이 위협했다. 소방차가 실수하여 길을 막고 있던 트럭의 무리와 충돌하게 되자 차량들은 충격을 받은 빙산이 부서지듯 산산조각이 나고 말았다. 지미의 마차만이 바퀴를 그대로 단 채 보도 위에 놓여 있었고, 마차에 탔던 동료도 높고 안전한 자리에서 이 소란을 굽어보고 있었다. 무섭게 질주해 덮치는 소방차는 거의 반시간 전에 경찰이 애써 풀어 놓으려고 했던 교통 체증을 말끔히 해소시킨 것 같았다. 그는 마음속으로 소방차는 마치 개와 같은 충성심을 가지고 섬기며 무서워해야 할 대상으로 생각하게 되었다. 그것은 길에서 모든 것을 전복시킬 수 있는 것으로 알려지게 되었다. 앞으로 질주하며 자갈길에서 불을 뿜어대는 마차의 뛰는 말들이 다시는 기억에서 지워질 수 없는 명물로 찬양을 받아야 한다는 생각이 들었다. 징소리는 옛날 전쟁 때의 소음이 되살아나듯이 그의 가슴을 날카롭게 꿰뚫고 스쳐 지나갔다.

지미는 어렸을 때부터 이미 체포되기 시작했다. 나이를 더해 가면서는 심심하지 않을 정도로 기록을 세우게 되었다. 그는 자기도 모르게 트럭에서 기어 내려와서는 다른 운전사와 싸우곤 하였다. 이러한 일은 세월이 흐를수록 더 심하게 되었다. 그는 갖가지 싸움에 끼어들었다. 그리고 바에서의 소동에도 약방의 감초같이 끼어들어 그의 명성은 경찰에게까지 널리 알려지게 되었다. 한때는 어떤 중국 사람을 공격하여 체포되기도 하였다. 생전 서로 본 적도 없고 각각 다른 도시에 살고 있는 두 여인이 운명적인 순간에 동시에 나타나 결혼이며, 부양 문제며, 아기 이야기를 울부짖는 바람에 지미는 큰 곤경에 빠진 적도 있다.

그럼에도 불구하고 그는 별이 빛나는 밤이면 세상사의 모든 것을 의아히 여기면서 아주 경건하게 이런 말을 하였다. "어째 달빛이 지옥 같구먼. 그렇지 않아?"

제5장

이럭저럭 세월이 흘러 매기는 진흙 웅덩이 같은 생활 속에서도 활짝 피게 되었다. 그녀는 셋집 구역의 누구보다도 출중하게, 보기 드물고 놀라운 소녀로 바뀌어 가고 있었다. 그녀는 놀랍도록 아름다웠다. 럼 앨리의 더러운 피가 그녀에게 조금도 흐르고 있는 것 같지 않았다. 위층, 아래층 할 것 없이 같은 층의 모든 사람들도 이 점을 의아하게 생각하고 수수께끼처럼 여겼다. 어렸을 적에 길에서 망나니들과 싸우며 뒹굴 때는 때 낀 더러운 얼굴 때문에 그 모든 것이 감추어졌던 것이다. 게다가 더럽고 누더기 같은 옷을 입고 있던 터라 아무도 매기가 예쁘다는 것을 실감하지 못했다.

그러나 얼마 안 가서 근처에 사는 청년들이 그녀를 새로운 눈으로 보기 시작했다. "존슨 씨네 딸, 정말 예쁘던데!" 그들은 이구동성으로 말했다. 바로 이맘때쯤 해서 지미가 매기에게 이런 말을 했었다. "맥, 할 말이 있어. 이제부터 경마장에 나가든지 다른 일자리를 구하든지 해!" 여자이기 때문에 다른 것은 자연히 불가능하므로 할 만한 일을 찾아보기로 했다. 우연히 매기는 옷깃과 소맷단을 만드는 업체에서 일자리를 구하게 되었다. 작업하는 방에는 등 없는 의자와 기계가 있었는데, 매기도 하나씩 배당받았다. 그 방에는 여러 형태의 불만을 가진 스무 명의 여자 아이들이 있었다. 그녀는 다른 종업원같이 등 없는 의자에 앉아 진종일 기계의 페달을 밟았다. 그래서 옷깃과는 아무 연관이 없는 이름으로 유명한 옷깃을 생산하는 업체에서 일익을 담당했다. 밤에는 어머니 집으로 돌아왔다.

이제 지미는 어렴풋하게나마 가장의 자리를 차지할 수 있을 정도로 성장했다. 그 일에 의무감을 느끼면서 지미는, 그의 아버지가 그랬던 것과 같이 밤늦게 이층으로 비틀거리며 올라왔다. 그는 방을 돌아다니며 식구들에게 욕을 하기도 했고, 때로는 마룻바닥에 누워 잠이 들기도 했다.

한편 그의 어머니는 너무나 이름이 나서 경찰 사법관 중 안면이 있는 사람과는 농담을 주고받을 정도였다. 법원 사람들은 그녀의 이름을 마구 부르기도 했다. 그녀가 나타났을 때 그들은 여러 날 동안 그들이 걸어온 과정을 되풀이하고 있었다. 그들은 하나같이 싱긋이 웃고는 말했다. "여보시오, 매리. 여기 또 왔구려?" 그녀는 참으로 여러 법정에서 자신의 흰 머리카락을 시위하듯 흔들곤 하였다. 그녀는 항상 유창하게 늘어놓는 핑계, 설명, 사과, 기도로 주변을 휘어잡곤 하였다. 그녀의 불그레한 얼굴과 휘둥그레진 눈은 이 섬에서는 익숙한 광경이었다. 그녀는 술을 진탕 마시고 떠드는 것으로 시간을 보냈고, 얼굴이 퉁퉁 부어서 보기 흉했으며, 머리는 언제나 산발이었다.

어느 날 지미의 친구인 피트가 뽐내며 나타났다. 피트는 어렸을 때 데블 거리 아이들의 뒤통수를 때려 지미의 적수들을 도망치게 했던 사람이다. 피트는 얼마 전 길에서 우연히 지미를 만나 윌리엄스버그에서 개최되는 권투 시합에 그를 데리고 간다고 약속을 하고는 그날 저녁 지미를 데리러 온 것이다.

매기는 오랜만에 피트를 보았다.

그는 존슨 집 식탁에 앉아 체크무늬 바지 속의 다리를 아주 매력적으로 태연하게 흔들고 있었다. 그의 곱슬곱슬한 머리카락 하나가 이마 위에 늘어져 있었다. 그의 코는 짤막하게 꼬인 억센 수염과 닿는 것을 아주 싫어하는 것같이 보였다. 검은 합사로 단을 대고 단추가 두 줄로 달려 있는 그의 푸른색 양복은 빨간 퍼프 넥타이를 맨 곳까지 단추가 잠겨 있었다. 한편 그가 신은 에나멜가죽 구두는 구두라기보다는 무기에 가까워 보였다. 그의 빈틈없는 태도로 미루어 피트는 우월감을 지닌 괜찮은 사람같이 보였다. 그의 눈에는 이미 이 집 환경을 보고 느낀 듯한, 대담하고 경멸에 찬 빛이 역력했다. 그는 종교나 철학을 하찮게 보고 세상일에만 밝은 사람처럼 손을 내저으면서 말했다. "제기랄!" 그는 확실히 볼 것은 모두 다 본 사람 같았다. 입을 오므려 말을 할 때마다 아무 상관없다고 장담했다. 매기는 속으로 그 사람은 틀림없이 '멋진' 바텐더라고 생각했다.

그는 지미에게 장황하게 이야기를 늘어놓았다. 매기는 막연한 호기심에서 반쯤 감은 눈으로 몰래 그를 훔쳐보고 있었다.

피트는 계속해서 말했다. "아니, 그런데 손님들이 종종 나를 피곤하게 하거든. 매일같이 농사짓는 친구 몇 명이 나타나 내 가게를 운영하려 드는 거야. 무슨 말인지 알겠지? 그러면 쫓겨나고 말지 뭐. 어디 와 있다는 것을 놈들이 알기도 전에 모두 길가로 쫓겨나고 말지 뭐. 알겠나?"

지미는 잘 이해한다는 듯이 고개를 끄덕였다. 그의 모습으로 보아 자신도 같은 위기에 처하게 되었더라면 피트와 같은 용맹을 떨쳤을 것이라고 말해 주고 싶어하는 것 같았으나, 말하던 사람이 계속해서 이야기를 하는 바람에 성공하지 못했다.

"땅딸막한 손님 하나가 말을 걸어왔어. '꺼져 버려! 너하고 싸우자고 찾아온 것이 아니야.' 그는 말을 이었어. '그러나 나로 말할 것 같으면 존경받을 만한 시민이니까, 술 한 잔, 그것도 빨리 한 잔 마시자는 것이야.' 알겠지? 그래서 나는 '계속해서 말하라.'고 하였지. '공연히 말썽 부리면 안 돼요.' 하고 내가 말했지. '제발 말썽 부리지 말아요.' 하고 말했더니 그 친구가 얼굴을 펴고 고분고분하더군. 여전히 술 한 잔을, 빨리 마시겠다는 것이었지. 그렇게 그 친구가 지껄였어."

"그럼 그렇지." 하고 지미가 대꾸했다.

피트는 여전히 말을 계속했다. "바에서 그 땅딸한 놈을 넘어뜨렸는데, 참 볼만했지. 그래, 참! 바로 턱을 쳤지. 굉장했어! 그랬더니 앞 창문을 통해 단단한 공을 던지지 않겠어? 나는 꼭 죽는 줄로만 알았다네. 그 뒤에 주인이 나타나 이렇게 말했지. '피트야, 잘했다! 이제 질서를 지켜야지. 괜찮다. 이왕 지난 일은 괜찮아.' 하고 말이야. 알겠어? 그가 '그만하면 괜찮다.'라고 말했지."

두 사람은 기술적인 일을 토의했다.

피트는 결론적으로 잘라 말했다. "그 땅딸막한 친구 멋쟁이였지. 그렇지만 말썽은 부리지 말았어야 했어. 내가 그들에게 하는 말이 그거라네. '여기 와서 제발 말썽은 피우지 말라고' 내가 그렇게 말했지. '말썽 피우지 않겠지?' 그렇게 말한단 말이야, 알겠나?"

지미와 그의 친구가 아주 신이 나서 그들의 용맹을 묘사하며 이야기를 교환했을 때, 매기는 어두운 곳에 기대어 있었다. 그녀는 의아한 표정으로, 그러나 동경의 눈길을 피트의 얼굴에서 떼지 않고 있었다. 갑자기 매기의 눈앞에 깨진 가구, 더러운 벽, 그리고 대체적으로 무질서하고 더러운 환경이 확대되어 나타났다. 그리고는 꽤 큰 영향을 주기 시작했다. 피트의 귀족적인 모습이 더럽혀질 것만 같았다. 매기는 그가 모든 것을 경멸조로 보고 있지나 않을까 생각하면서 그를 날카롭게 쳐다보았다. 그러나 피트는 무슨 회상에 깊이 잠겨 있는 듯했다.

"그 친구들은 절대로 나를 당황하게 할 순 없어. 세 사람만 가지고도 길을 싹 쓸어버릴 수 있다는 것을 그들은 알고 있지. 제기랄!"

'제기랄!' 그가 이렇게 말했을 때의 음성은 마치 그가 운명적으로 견딜 수밖에 없게 된 것을 멸시하고 불가피한 것을 경멸하는 압박감에 짓눌려 있는 듯했다.

매기는 바로 눈앞에 이상적인 남자가 있다고 느꼈다. 그녀는 생각 속에서 어렴풋하게나마 작은 언덕들이 아침에 서로 마주쳐 노래하는 멀고 먼 땅을 자주 그려 보았었다. 꿈속의 아름다운 정원의 나무 밑에는 항상 한 연인이 거닐고 있었다.

제6장

마침내 피트는 매기를 유심히 살펴보았다. "맥, 정말 멋있어. 멋진 몸매에 그만 반해 버렸는걸." 그는 다정하게 애정 어린 미소를 지으며 그렇게 말했다.

이제 맥이 자신의 말을 자세히 듣고 있다는 것을 알게 된 피트는, 그의 여태까지의 생애에서 잡다하게 일어났던 일을 더욱더 힘을 내어 웅변조로 말했다. 싸움에서는 그를 당할 수 있는 사람이 없을 것 같이 보였다. 그는 무적의 사나이였다. 그는 자신과 사이가 좋지 않았던 사람에 대해 말했다.

"그 친구 무섭게도 덤벼들며 싸웠지. 참, 그래. 그는 쉽게 개죽음을 당했지 뭐. 그 자신은 싸움패인 양 생각했었는데, 상황이 다르다는 것을 알아차렸다네!"

그는 작은 방 안을 이리저리 왔다 갔다 하였다. 그런데 그 방은 멋진 용사의 위엄을 보이기에는 작은 데다 적합하지도 않았다. 그가 어린아이였을 때 겁쟁이들을 그 자리에 얼어붙게 만들었던 건장한 어깨춤은, 그가 성장하고 교육을 받음에 따라 십 대 일의 비율로 커진 것 같았다. 지금에 와서 비웃는 듯한 표정과 혼합되어 이 공간에서 그를 놀라게 할 것은 아무것도 없다고 세상 사람들에게 공표하는 것이었다. 매기는 그를 보고 아주 놀라며 훌륭하다고 그를 감싸 주었다. 매기는 피트가 그녀를 내려다보는 극점의 높이를 알아내려고 애썼다.

"일전에 시내에서 멍청이 하나를 만났었지." 피트는 다시 말을 계속했다. "친구를 만나려고 하던 참이었지. 내가 막 길을 건너려고 할 때, 그 멍청이가 나에게로 달려오더니 '이 건방진 놈!' 하지 않겠어. 나는 기가 막혀 그저 '뭐, 뭐라고!' 하고 말했지. '꺼지지 못해!' 내가 그렇게 말했지. 알겠어? '어서 비키라고!' 그러니까 그 작달막한 녀석이 난폭해지데. 그는 내가 꼴불견의 불한당이거나 아님 그와 비슷한 것이라나. 그는 또 내가 영원히 파멸할 운명에 놓여 있다고 하더군. '별소릴, 참!' 내가 말했지. '참, 별소리야! 농담하는 거겠지, 농담!' 그런 다음 그놈을 주먹으로 쳤지."

피트는 지미와 함께 당당한 표정으로 존슨의 집을 떠났다. 창문에 기대어 있던 매기는 그가 길을 따라 내려갈 때 그를 정신없이 바라보고 있었다. 주먹다짐으로 가득 찬 세상을 얕잡아 보는 무서운 친구가 나타난 것이다. 옷을 화려하게 입은 세력층을 경멸하는 사람이 나타났다. 화강암같이 단단한 천하의 어떤 법이라도 주먹 하나로 거세게 대항해 싸우고 무시할 수 있는 사람이 등장했다. 그는 중세 때 무사의 훈련을 많이 받은 기사와 같이 생각되었다.

두 사람은 흐릿하게 깜박이는 가로등 밑을 지나 어둠 속으로 사라졌다. 매기는 돌아서며 바로 코앞에 우뚝 선 어둡고 침침하며 먼지가 가득 쌓인 방의 벽, 몇 개 안 되고 거칠며 보잘것없는 집의 가구를 찬찬히 뜯어보고 있었다. 다 부서져 여러 동강이가 나고 찌그러진 장방형의 상자 속에 시계가 들어 있었다. 그런데 그 시계는 갑자기 매기의 눈에 가시같이 생각되며 증오스러운 것으로 변하고 말았다. 거친 소리를 내며 똑딱이는 시계 소리가 더욱 크게 들려왔다. 양탄자에 아로새겨진 문양도 낡을 대로 낡았다. 그 가운데서도 거의 형태를 분간 못 할 정도가 된 꽃무늬가 새삼스럽게 보기 싫었다. 거무칙칙한 커튼을 새롭게 하기 위해 푸른 리본을 매어 놓았었는데, 그 가련한 노력도 허사로 돌아간 듯 이제 다시 보니 커튼의 모습은 처참하기까지 하였다.

도대체 피트는 무엇을 식사라고 먹었는지, 그녀는 의아하게 생각했다. 그녀는 옷깃과 소맷단 만드는 공장을 생각해 보았다. 갑자기 그곳도 노동 착취만 하는 살벌한 장소처럼 생각되었다. 그러나 피트의 고상하고 우아하게까지 보이는 직업은 틀림없이 재산과 예의를 갖춘 격식 높은 사람들과의 접촉을 가능하게 하지 않았던가. 틀림없이 피트는 직업의 혜택 때문에 예쁜 소녀들도 많이 알게 되었을 것이다. 게다가 돈을 많이 모아, 쓰고 싶을 때 아무 구애받지 않고 쓸 것임에 틀림이 없다.

그러나 그녀의 경우는 어떠한가? 그녀에게 있어 이 세상은 온갖 고난과 참을 수 없는 치욕으로 얼룩져 있다. 대담하게도 이 모두를 공공연하게 무시하고 사는 그 남자에게 매기는 찬사를 보내며 매료되고 말았다. 침울한 죽음의 천사가 찾아와 그의 마음을 움켜잡고 빼앗아 가려는 경우가 생겨도 아마 피트는 어깨를 한 번 으쓱 추켜올리고는 이렇게 말할 것같이 생각되었다. "뭐, 모든 것이 다 잘되게 되어 있어!"

그가 가까운 장래에 다시 찾아올 것 같은 예감이 들었다. 그래서 그녀는 수당으로 받은 돈의 일부를 집 단장하는 데 쓰기로 하였다. 크레통 사라사 천을 사다가 적당한 곳에 드리우는 장식용 천으로 사용하였다. 아주 조심조심 옷감을 다루며 부엌 화덕 위의 약간 경사진 벽난로 위를 장식했다. 그리고는 방의 여러 곳에 서서 각기 다른 각도에서 공들여 그 모양을 살펴보았다. 지미의 친구가 올지도 모를 일요일 밤에 그것이 더욱 돋보이기를 매기는 은근히 바라고 있었다. 기다리고 기다리던 일요일 밤은 다가왔으나 피트는 나타나지 않았다. 나중에 소녀는 자랑하고 싶어 정성들여 펴 놓은 물건을 창피한 듯이 흘낏 쳐다보았다. 이제 그녀는 전과 다른 눈으로 보게 되었다. 피트는 장식용 헝겊 따위로 마음을 사로잡을 수가 없고 한 단계 윗사람같이 우월하게만 생각되었다.

이렇게 몇 밤이 지났다. 피트는 아주 다른 모습으로 옷을 갈아입고 나타났다. 그녀가 그를 본 것은 두 번뿐이었지만 그녀는 그가 볼 때마다 다른 옷을 걸치고 있는 것으로 생각되었다. 그 사람 옷도 퍽이나 많구나 하고 매기는 혼자 속으로 생각해 보았다.

이윽고 피트는 매기에게 말을 걸었다. "그런데, 맥. 금요일 밤엔 제일 멋진 옷을 입도록 해. 내가 쇼에 데리고 갈게. 알겠지?" 그런 다음 그는 잠시 주저하며 자신의 옷을 자랑하는 듯하더니 벽난로 위에 펼쳐 놓은 장식용 천도 보지 않은 채 사라지고 말았다.

매기는 공장에서 밑도 끝도 없이 쏟아져 밀려오는 옷깃과 소맷단 일거리를 만지며 거의 사흘 동안을 피트와 피트가 하는 일, 그의 환경을 그려보며 상상 속에서 그를 붙잡고 보냈다. 그녀의 상상은 이제 비약하여 피트가 사랑하고 있을 대여섯 명의 여자를 눈앞에 그려 보았다. 그리고는 그녀의 생각 속에 확실하게 자리 잡지는 못했으나 틀림없이 매력이 넘쳐흐르고, 그러나 못된 성격을 지닌 어떤 여자 쪽으로 피트가 위험하게 기울어지고 있다고 단정 지어 보기도 하였다. 그는 분명히 쾌락을 좇으며 살고 있으리라고 맥은 생각했다. 그는 친구도 많지만, 그를 두려워하는 사람도 그에 못지않게 주위에 많으리라고 믿었다. 피트가 금요일 밤에 데리고 갈 그 장소의 휘황찬란한 모습을 그려 보았다. 틀림없이 오색으로 단장되고 음악이 넘쳐흐르는 곳일 거라고 상상해 보니, 그곳에서 왜소한 모습으로 기를 펴지 못한 채 웅크리고 앉아 있을 자신이 극히 염려되었다.

금요일 아침 내내 맥의 어머니는 위스키를 들이켰다. 그날 오후에는 괴상한 표정으로 머리카락을 잡아 뜯으며 상스러운 욕을 하며, 가구란 가구는 모두 부수어 버렸다. 그날 여섯 시 삼십 분쯤 매기가 집에 들어섰을 때, 어머니는 부서진 식탁과 의자 더미 사이에서 술에 취해 곤히 자고 있었다. 마룻바닥에는 각종 기구의 부서진 조각들이 여기저기 흩어져 있었다.

장식용 천도 예의가 아니라 어머니의 술주정과 분노의 희생물이 되어 방 한구석의 어지러운 쓰레기 더미 속에 구겨져 있었다.

어머니는 갑자기 일어나 앉아 콧방귀를 뀌며 말했다. "흠! 어디 갔었지? 왜 집에 일찍 못 오냐? 뭐 길가를 쏘다녔다고? 아, 너도 점점 나쁜 년이 돼 가는구나!" 피트가 도착했을 때 다 낡아 빠진 검은 드레스를 입은 매기는 온갖 부서진 물건 더미 한가운데에서 그를 기다리고 있었다. 창문의 커튼도 누가 무지막지하게 잡아당긴 듯 겨우 못 하나에 매달려 있었고, 창문 틈 사이로 바람이 휘몰아쳐 펄럭이고 있었다. 커튼을 매놓은 푸른 리본의 매듭은 꺾어진 꽃을 연상하게 했다. 물론 화덕의 불도 꺼진 지 이미 오래다. 반쯤 열려 있는 난로 뚜껑과 열린 문 사이로 불기 없는 거무스름한 잿더미가 보였다. 방구석에는 먹다 남은 음식 찌꺼기가 보기 흉하게 널려 있었다. 마룻바닥에 뻗어 있는 매기의 어머니는 매기를 모독하였고 그 이름을 짓밟고 있었다.

제7장

노란 비단 옷차림을 한 여자와 대머리 남자들로 구성된 오케스트라가 대중적인 왈츠를 연주하고 있었다. 짙푸른 빛을 띤 홀 중앙 근처는 단을 올려 쌓아서 만든 무대로 되어 있었다. 안의 조그마한 탁자 주위에는 사람들이 무리를 지어 혼잡을 이루었다. 굉장히 많은 웨이터들이 사람들 사이를 용하게도 이리저리 피하며 맥주잔을 올려놓은 쟁반을 나르고 있었고, 큰 바지 주머니에 손을 넣어 거스름돈을 챙기고 있었다. 프랑스 조리사 복장을 한 어린 소년들은 멋진 케이크를 팔며 줄지어 비상 통로를 위아래로 오르내리고 있었다. 이윽고 나지막하게 이야기하는 소리와 함께 유리잔이 조용히 부딪치는 소리가 들려왔다. 샹들리에의 광택 없는 금빛 위로 연초 연기가 구름을 이루며 올라가고 있었다.

대다수의 사람들은 방금 일을 마치고 이곳에 모여든 것 같았다. 손에 못이 박히고 생계를 유지하느라고 무던히도 고되게 일한 흔적이 여실히 보이는 그들은, 아주 만족스럽게 파이프 담배를 피우고 있었으며 오 페니, 십 페니, 심지어는 십오 페니를 맥주 마시는 데 허비하고 있었다. 다른 곳에서 사 온 여송연을 피우는 사람은 거의 없었다. 고객의 대부분은 하루 종일 막노동을 하고 온 사람임이 증명된 것이다. 말수가 별로 없는 독일 사람들은 부인과 아이들을 데리고 와서 쾌활한 표정으로 음악을 듣고 앉아 있었다. 군함에서 내려온 듯한 한 무리의 선원들은 건강한 얼굴을 자랑하며, 둥글고 작은 테이블에 앉아 초저녁을 보내고 있었다. 하찮은 생각이나 금쪽같은 것으로 생각하고 희망에 차 들어온, 술이 약간 취한 사람들은 아주 열렬하게 그러나 비밀을 나누는 기분으로 친구를 대화에 끌어들이고 있었다. 발코니와 이곳저곳에서는 차분한 여인들의 얼굴이 불빛에 번쩍이고 있었다. 바우어리 가의 인종 박람회를 이루고 있는 여러 나라에서 온 사람들이 사방에서 무대를 비춰 주고 있었다.

피트는 옆길로 당당하게 걸어가서 발코니 밑 어느 식탁에 매기와 함께 앉았다. "맥주, 둘!" 그는 몸을 비스듬히 기대더니 그들 앞에 벌어진 광경을 한층 높은 위치에서 우월한 기분으로 바라보았다. 이와 같은 그의 태도는 매기를 놀라게 하고 감동시켰다. 이런 장면을 아무렇지도 않은 듯 무관심하게 대할 수 있는 사람이면 분명히 어떠한 것에도 모두 익숙해져 있을 것이다. 아마 전에도 여러 번 피트는 이 장소를 왕래하여, 그래서 모든 것에 익숙할 것이다. 이 사실을 알게 되니 매기는 더욱 몸이 오므라들고 생소한 느낌만 들었다.

그는 놀라울 정도로 친절했고 섬세했다. 일의 순서를 잘 아는 교양 있는 신사의 자격을 모두 갖추고 신사도를 발휘하고 있었다. "무엇을 먹겠다고 말해요. 아가씨에게 큰 유리잔을 가져오고! 작은 컵은 무슨 용도요?"

"처음 오는 척하지 마세요." 웨이터는 공손하게 말을 하고 떠났다.

"모두들 잘 가세요!" 피트는 떠나는 사람들의 등에다 대고 인사를 했다. 매기는 피트가 그녀를 위해서 상류 사회에 대해 알고 있는 그의 우아한 태도나 지식을 몽땅 끌어내 놓고 있다는 것을 알게 되었다.

그의 겸손한 태도를 바라보고 그녀는 가슴이 뭉클해짐을 느꼈다.

노란 실크 옷을 입은 여인과 대머리 남자로 구성된 오케스트라가 음을 시험하며 어떤 음악을 연주할지 미리 알려 주었다. 그러자 짧은 치마에 분홍빛 드레스를 받쳐 입은 한 소녀가 무대 위로 뛰어 올라갔다. 관중이 자기를 환대해 줄 것이라고 생각한 것처럼 소녀는 연방 쌩긋쌩긋 웃으며 무대 위를 이리저리 걷기 시작했다. 그녀는 쉴 새 없이 몸짓, 손짓을 하며 대담하게 높은 음으로 신나게 노래 불렀다. 소녀가 합창단의 빠른 음악에 맞추어 흥을 돋우며 노래를 하자, 무대 가까이에 자리 잡고 있던 반쯤 취한 남자들이 흥겹게 튀는 노래의 후렴을 같이 부르기 시작했다. 이윽고 테이블들에서는 유리잔 부딪치는 소리가 들려왔다. 사람들은 소녀를 바라보느라고 몸을 앞쪽으로 내밀었고, 동시에 노래의 가사를 제대로 알아들으려고 무던히 애쓰고 있었다. 소녀가 무대에서 사라지자, 박수 소리가 홀 안을 진동시켰고, 그 여운이 길게길게 지속되었다. 조금 후 소녀는 멜로디를 듣고는 반쯤 잠잠해진 술 취한 친구들의 환호성을 다시 받으며 다시 등장했다. 이윽고 오케스트라는 무도회 곡을 연주하기 시작했다. 그러자 춤추는 사람의 옷단 레이스가 가스등 밑에서 흩날리며 나부끼고 있었다. 댄서는 춤추며 겹겹이 껴입은 치마를 모두 보여 주는 듯했다. 춤출 때 펄럭이던 치마 한 겹 한 겹은 따로 입어도 스커트의 구실을 제대로 다 할 수 있었다. 분홍색 스타킹에 정신이 팔린 한 남자가 이따금씩 앞으로 몸을 내밀었다. 매기는 아름다운 의상에 도취되고 그 광채에 놀라움을 금치 못했고, 그 사이사이에 많은 실크와 레이스의 값을 계산하느라고 정신을 잃고 있었다.

댄서의 미소가 한 십여 분 동안 관중에게 전달되었다. 마지막 판에 춤을 추던 여인은 상류층이 사는 도시 극장가 댄서들 중에 대유행인 이상한 자태를 보여 주었다. 그러니까 바우어리 가의 대중은 할인 가격으로 귀족동네 사람들이 즐기는 오락을 기분 전환 겸 즐긴 셈이 되었다.

매기는 오랜만에 침묵을 깨고 몸을 앞으로 기울이며 말했다. "피트, 정말 멋있어요!"

피트도 만족스럽다는 표정으로 대답했다. "물론이지!"

복화술(腹話術) 하는 사람이 댄서 다음으로 나타났다. 그는 무릎 위에 두 개의 놀라운 인형을 들고 있었다. 인형을 놀리면서 애환에 찬 노래를 부르게 했고, 지리나 아일랜드에 관한 우스꽝스러운 이야기를 하게 했다. "아니 저 인형들이 이야기하는 거예요?" 매기는 신기한 듯이 물었다.

"아니지, 저거야말로 속임수야." 피트는 아무렇지도 않게 대답했다.

광고에 자매로 소개된 두 소녀가 무대에 나타나 교회 주최로 개최되는 음악회에서 자주 듣게 되는 노래를 이중창으로 불렀다. 그런데 그들은 교회에서의 음악회 때와는 달리 유쾌한 춤까지 곁들여 한결 더 분위기를 명랑하게 이끌어 나갔다.

그들의 순서가 끝난 다음, 나이를 도저히 알 수 없는 여인이 나와서 흑인 영가를 불렀다. 구성진 음악과 달빛의 영향을 받았는지 모르나 합창단은 여인으로 하여금 남부의 거대한 재배 농원의 흑인 흉내를 내고, 어기적거리며 괴이한 자세로 노래를 부르도록 유도했다. 흑인 영가를 부른 여인에게 매료된 관중은 그녀를 다시 무대 위에 서게 하여, 이번에는 슬픈 민요를 부르게 했다. 민요의 가사는 주로 어머니의 사랑이나 기다리고 있는 애인의 이야기였으며, 때로는 진퇴양난의 바다에서 길을 잃고 헤매는 청년의 이야기로 엮어져 있었다. 스무 명 남짓한 관객의 얼굴에선 어느덧 자기만의 세계를 고집하던 이기심이다 사라지고 말았다. 대다수의 관객은 머리를 앞쪽으로 수그리고 있었고, 그들의 눈은 열정과 동정심으로 빛나고 있었다. 마지막 노래의 안타까운 장면이 그들의 심금을 두드리자, 관중은 하나같이 진심으로 우렁찬 박수를 보냈다.

마지막으로 가수는 대영제국의 꿈이 미국에 의해 소멸되고, 아일랜드가 속박에서 풀려나 자유를 쟁취하는 내용의 시를 노래로 불렀다. 노래 마지막 부분에 다다랐다. 두 팔을 크게 벌리고 '성조기'라고 가수가 외치며 노래 부를 때 조심스럽게 쌓아 올린 노래의 절정을 맛볼 수 있었다. 순간 이곳에 모인 많은 관중의 입에서 큰 환호성이 터져 나왔고, 목청이 떠나갈 듯이 소리를 질렀다. 이 관중의 대부분은 외국에서 태어난 사람들이었다. 이윽고 마룻바닥을 발로 쿵쿵 치는 소리가 요란하게 울렸다.

잠시 휴식을 취한 뒤 오케스트라는 시끄러운 곡을 연주하기 시작했다. 키가 작고 뚱뚱한 남자가 기다렸다는 듯이 무대 위로 뛰어 올라갔다. 그는 노래를 우렁차게 부르며 무대의 불빛 속을 왔다 갔다 하였고, 실크 모자를 힘차게 흔들어대며 흥에 차 있었다. 그가 이상야릇하게 인상을 찌푸리자, 얼굴은 마치 일본 연에 그려져 있는 악마와도 같았다. 관중은 재미있는지 즐겁게 웃었다. 그의 살찌고 작달막한 다리는 잠시도 가만히 있지 않았다. 그는 힘껏 소리를 지르고 으르렁대더니 헝클어져 엉망이 된 빨간 가발을 살짝 들어 올렸다. 그러자 관중의 흥분은 한층 더 고조되어 더욱 크게 박수가 터져 나왔다.

한편 피트는 무대에서 벌어지고 있는 일에는 별로 관심이 없었다. 그는 맥주를 마시며 매기만을 쳐다보고 있었다. 매기의 뺨은 상기되어 화끈거렸고, 흥분을 감추지 못했으며, 눈은 더없이 빛나고 있었다. 그녀도 기쁨을 만끽하듯 깊이 숨을 몰아쉬었다. 옷깃과 소맷단 공장의 분위기 같은 것은 그녀의 머리에서 떠난 지 오래였다.

　마지막으로 오케스트라의 커다란 팡파르가 울려 나오자, 그들은 사람들 사이에서 밀리며 옆길로 나왔다. 피트는 매기의 팔을 끼고는, 그녀를 위해 길을 만들어 주었다. 길에서 거치적거리는 한두 사람과 싸우는 것도 불사하고 그는 그녀를 잘 인도하였다. 매우 늦은 시간에 그들은 매기의 집에 도착하였다. 그리고는 음산한 문전에 잠시 동안 서 있었다.

　"자, 맥. 쇼를 구경시켜 줬으니 나에게 키스 좀 해 줘, 응?" 피트가 다부지게 요구했다.

　"안 돼요, 피트. 싫어요." 매기는 깔깔대고 웃었으나 약간 놀란 듯 뒷걸음질을 쳤다.

　"아니, 왜 안 돼?" 피트는 다시 고집을 부렸다. 매기는 어쩔 줄 모르며 다시 물러섰다.

　"자, 어서 하라니까!" 피트의 요구는 집요하게 계속되었다.

　매기는 재빨리 집 안으로 달려 들어가 층계로 올라갔다. 매기는 돌아서서 그에게 살짝 미소 짓고는 곧 사라졌다.

　피트는 천천히 거리를 걸어 내려갔다. 그의 모습에는 무엇에 낭패 당한 쓸쓸함이 서려 있었다. 그는 길가 가로등 아래 잠시 멈추어 서서 긴 숨을 내쉬었다. "제기랄! 아니, 마치 얼간이한테 놀림당한 것 같잖아!" 피트는 못마땅하다는 듯이 말했다.

제8장

매기의 마음에는 이제 피트에 대한 생각이 크게 자리 잡게 되었다. 그러자 그녀는 가지고 있는 옷이 모두 마음에 들지 않아 보기도 싫어졌다. "뭐가 또 탈이냐? 늘 수선을 피우고 소란스러우니 도대체 어찌 된 일이냐?" 그녀의 어머니는 종종 이렇게 그녀를 꾸짖었다. 그 후 그녀는 거리를 오가는 옷 잘 입은 여인들에게 더욱더 신경을 쓰고 관심을 갖기 시작했다. 그녀는 우아한 자태와 부드러운 여인의 손을 한없이 부러워했다. 그녀는 길에서 매일 마주치는 여인들이 치장한 장신구를 보며, 여자들에게 그것들이 동반자와도 같이 중요한 것으로 생각되었다. 길을 걸어가며 그녀는 지나가는 여인들이 자기와 시선이 마주치면 조용히 미소 짓는 것을 알았다. 이들은 마치 그들이 사랑하는 사람들에게 끊임없이 사랑을 받고, 아낌을 받고 사는 것같이 흐뭇해 보였다.

옷깃과 소맷단 공장의 분위기가 그녀의 숨통을 틀어막는 것 같았다. 그녀는 서서히 무덥고 숨 막히는 방에서 탈진되고 오므라들고 있다고 믿게 되었다. 도시의 길 위로 지나가는 기차의 끊임없는 소음으로 인해 더럽기 짝이 없는 유리창이 덜거덕거렸다. 그 장소는 온갖 잡음과 냄새로 가득 차 있었다. 그 방에서 일하고 있는 머리가 희끗

희끗한 몇 명의 여인을 보자 그녀는 문득 생각에 잠겼다. 옷 솔기를 꿰매며 일하느라 고개를 숙인 채 힘들게 일하고 있는 여인들은 기계 장치에 불과하다는 느낌마저 들었다. 상상 속에서나 혹은 실제로 느끼는 소녀 시절의 행복, 지난날의 주정꾼들 또는 집에 두고 온 갓난아기, 체불된 임금, 이 모두를 안고 있는 여인들이다. 도대체 자신의 젊음을 얼마나 오랫동안 지탱할 것인가, 그녀는 의아하게 생각했다. 그녀는 자신의 뺨에 활짝 피어오르는 청춘이 문득 소중하게 여겨졌다. 화가 나는 일이지만 먼 훗날의 자신을 상상해 보니 걱정이 끊이지 않았고 지칠 대로 지친 여인으로밖에 다르게 그릴 수가 없었다. 여자의 외모에 관한 한 피트는 대단히 까다로운 사람같이 생각되었다.

그녀는 그 업체를 소유한 뚱뚱보, 외국인의 기름때 묻은 수염을 누군가가 덤벼들어 잡아당기는 것을 보고 싶은 심정이었다. 그 주인은 정말로 야비한 꼴불견의 화신이었다. 그는 나직한 구두에 흰 양말을 신고 다녔다. 그는 하루 종일 푹신한 의자에 깊숙이 앉아 장황한 잔소리만 늘어놓았다. 그의 큰 돈지갑이 그들의 대꾸를 용납하지 않았다. "무엇 때문에 내가 일주일에 오 달러씩이나 준다고 생각하니? 놀라고? 천만의 말씀이지!" 매기는 피트에 관해 이야기를 나눌 수 있는 친구를 찾느라 고심했다. 믿을 만한 친구가 행여 나타나 준다면 피트의 놀라운 태도에 관해 서로 의견을 교환하며 속마음을 털어놓고 싶었다. 집이라고 가면 어머니는 술에 취해 미치광이처럼 소리를 지르며 날뛰는 것이 일과였다. 세상이 이 여인을 제대로 대접해 주지 못한 것이 확실했다. 그래서 손 안에 와 닿는 부분에 대고 닥치는 대로 부분적이나마 크게 복수하는 것이었다. 마치 권리를 힘들여 찾은 듯이 가구를 부수곤 하는 것이었다. 히브리 민족이 그들을 쇠사슬로 묶어 놓은 세 개의 금빛 공 그늘 밑에다 그녀는 하나씩 더 가벼운 가사 도구를 날라다 놓고는 그만 피할 수 없는 의문을 느끼게 되었다.

지미는 어찌할 수 없는 지경에 몰리게 되면 하는 수 없이 집으로 왔다. 그의 잘 훈련된 다리는 비틀거리면서도 용하게 그 기능을 발휘하였던 것이다.

의기양양하게 허풍떠는 피트는 밝게 빛나는 태양같이 매기에게 다가왔다. 그는 그녀를 입장료가 십 페니인 박물관으로 안내했는데, 그곳에는 연약해 보이는 괴물의 행렬이 즐비하게 널려 있었다. 그녀는 기형적인 그들의 모습을 놀라운 눈으로 바라보고는 선민들이 틀림없겠다고 생각했다. 피트는 재미나는 곳을 머리 짜내어 생각해 보았다. 그 소산이 바로 센트럴파크 동물원이고 미술관이다. 일요일 오후면 두 사람은 즐겨 이곳을 찾아왔다. 피트는 그가 다니며 구경하는 것에 별로 특별한 관심이 있어 보이지는 않았다. 그러나 매기는 너무나 즐거워 연방 웃음을 터뜨리며 다녔다.

한때 피트도 동물원에서 누군가가 작은 원숭이의 꼬리를 당기고는 재빨리 돌아서 버렸기 때문에, 원숭이가 도대체 누가 범인인지를 몰라 안타까워하며 우리 안에서 뒹굴며 소란을 피우는 광경을 정신없이 바라보고 서 있었던 적이 있다. 그 이후 피트는 그 원숭이를 곧 알아보고는 아는 체하며 다른 큰 원숭이와 싸우라고 은근히 충동질하기도 하였다.

"그것 참 볼만한데!" 매기는 흥분하여 소리쳤다.

"제기랄!" 피트는 대답했다. "내년 여름까지만 기다려. 피크닉에 데리고 갈 테니."

매기가 둥근 천장이 있는 방을 둘러보고 있는 동안 피트는 보물을 지키는 사람의 소름끼치는 굳은 시선에 자기도 그러한 시선을 되받아 보내며 시간 가는 줄 모르고 열중하였다. 이따금 그는 큰 소리로 외쳤다. "저 멍텅구리는 유리 눈을 가졌네." 피트는 이와 비슷한 말을 툭툭 던졌다. 이런 놀음에도 이제 싫증이 나자 그는 미라들 앞에 가서 뭐라고 중얼대며 연설을 하기 시작했다.

그는 대체로 아무 말 없이 권위를 내세우며 구경했다. 그러다 기분이 내키면 한두 마디의 말을 던졌다. "아!" 한번은 그가 말했다. "저 작은 단지 좀 봐! 한 줄에 백여 개나 되는 단지가 널려 있네! 이 상자 속에 열 줄이 있네. 아니, 천여 개의 상자들! 무엇에 사용하는 것일까?"

평일 저녁이면 그는 매기와 함께 자주 연극 구경을 갔다. 연극은 주로 눈부시게 아름다운 여자 주인공이 아름다운 마음을 가지고 있는 어떤 남자 주인공한테 구원을 받아 질투심이 강하고 악한 남자의 손아귀에서 살아 나온다는 이야기였다. 그런데 남자 주인공은 눈보라 속에서 니켈로 도금한 권총을 들고 악당으로부터 해를 당하는 낯선 노인들을 구출해 내느라 매우 바쁘다. 교회의 성가대가 「기쁘다 구주 오셨네」라는 찬송가를 부르고 있는 동안, 축복이 넘쳐흐르는 교회 창문 바로 밑에서 눈보라에 휩쓸려 기절하는 방랑자들을 보며 매기는 넘치는 동정심으로 정신없이 관람했다. 매기와 다른 관중에게는 이 장면이 심오한 사실성을 부여해 주었다. 배우들과 마찬가지로 마음속은 항상 기쁨으로 충만했으며, 따라서 그들의 외양 역시 기쁠 수밖에 없었다. 이 광경을 보고 관중은 당장 현실 속의 또는 상상 속의 그들 처지를 실감하는 듯 연민의 빛이 가득 차 서로 껴안고 환희에 잠기기도 했다. 매기는 연극 속의 인물 중 군주의 오만한 태도며 암석같이 무심한 그의 마음이 매우 잘 묘사되었다고 생각했다. 연극 속의 군주는 극도로 이기적인 인물이었다. 관람석의 사람들이 그 군주를 향해 악담을 퍼부었고 그녀도 관중과 같이 악담을 퍼부었다.

관중 중 몇몇 사람들이 드라마에 묘사된 사악한 내용에 반기를 들고 나섰다. 그 외 모든 사람들은 샘솟는 듯한 열정으로 박수를 아끼지 않았다. 악한들은 선행에 굴복하고 진실한 행동을 보였다. 관중의 고함소리로 시끄럽기 짝이 없는 장내에는 불행한 사람과 압박당하고 사는 사람들로 인산인해를 이루고 있었다. 그들은 곤경에 빠져 투쟁하고 있는 주인공을 도와주려 하였고, 악한에게는 온갖 경멸의 말을 보내고 야유했다. 때로 저 악한의 수염을 보라고 옆 사람을 찌르며 그를 비웃기도 했다. 눈보라 속에서 어느 누구라도 죽으면 관람석 손님 모두가 슬프게 애도하였다. 관객 하나하나는 가공의 비참한 상황이 나오면 그것을 자신의 상황과 같은 것으로 승화시켜 장면 장면의 처참성을 더욱 짙게 하였다.

제1막의 빈곤으로부터 시작하여 마지막 장면에서 주인공이 그를 버렸던 모든 원수를 용서하고 끝내 부자가 되어 승리를 거두는 파란 많은 주인공의 인생행로의 과정을 볼 때, 장내에 운집한 사람들은 많은 감명을 받은 듯했다. 주인공의 너그럽고 고상한 인품에 관중은 큰 갈채를 보냈고, 그의 적수가 연설할 때는 날카로운 비난의 말을 던져 극 중의 배우를 당황하게도 만들었다. 악한의 역할을 할 수밖에 없었던 배우들은 어느 모퉁이에서나 관중의 저항을 의식하지 않을 수가 없었다. 그 배우 중 어느 한 사람이라도 정의와 불의의 미묘한 차이를 나타내는 대사를 말하려고 하면, 그 배우가 사악한 의도를 가졌다고 즉시 눈치 채고는 그에 따라 그를 받아들이려고 하지 않았다. 연극의 마지막 막에서 그 주인공, 즉 가난한 사람들, 즉 관객의 대표자격인 대중은 주머니에 차용 증서가 가득 차 있고 마음은 포악한 목적으로 가득 차 있으며 고통받는 어려운 사람들을 괴롭히는 악당인 부자를 누르고 승리의 개가를 불렀다.

매기는 항상 이런 종류의 멜로드라마를 보면 기분이 고조되어 흐뭇한 마음으로 자리를 떠날 수 있었다. 그녀는 특별히 가난하고 덕이 있는 사람들이 종국에 가서는 부유하고 악한 사람들을 물리치게 되는 그 점에 큰 희열을 느꼈다. 극장에서의 경험은 확실히 그녀에게 많은 생각을 하게 만들었다. 혹시 무대 위의 여주인공이 가지고 있던 그 모든 교양과 세련미가, 셋집에서 가난하게 살고 셔츠 공장에서 일하는 소녀에 의해서도 터득될 수 있는 것인가 하고 매기는 의아하게 생각했다.

제9장

개구쟁이 일당이 식당의 옆문 근처에 몰려서서 무언가에 열심히 몰두하고 있었다. 갑자기 그들의 눈에는 올 것이 왔다는 표정이 감돌았다. 그들은 모두 흥분하여 손가락을 비틀면서 야단법석이었다. 갑자기 그들 중의 한 명이 큰 소리를 질렀다. "그 여자가 온다!" 개구쟁이 일당은 갑자기 뿔뿔이 흩어졌다. 그러나 곧 다시 모여 둥근 반원을 이루어 한곳에 진을 치고 기다리고 있었다. 마침내 식당 문이 쾅 하고 열리더니 어떤 여인의 모습이 나타났다. 그녀의 하얀 머리는 가운데가 동여매어진 채 어깨까지 늘어져 있었다. 그녀의 얼굴은 빨갛게 달아올라 있었고, 온통 땀에 젖어 있었다. 그녀는 눈을 무섭게 굴리며 소리쳤다. "앞으로 내 돈은 일 페니도 가지게 되지 못할 거야, 일 페니도! 삼 년간이나 이곳에다 내 돈을 갖다 바쳤는데 이제 와서 뭐, 더 이상 팔지 못하겠다고! 너나 실컷 먹어라, 자니 머어클! 뭐, 소란을 피웠다고? 소란 좋아하시네! 너나 어디 실컷 먹어 보라고, 자니!"

갑자기 안에서 누군가가 분격하여 문을 걷어찼다. 그러자 여인은 앞으로 기울어지며 보도로 쫓겨나고 말았다. 그러자 반원형을 이루고 있던 악당들이 요란하게 술렁이기 시작했다. 그들은 깡충깡충 춤을 추고 야유하며 돌아다녔고, 소리를 지르기도 하고 비웃으며 놀려댔다. 그들의 입가에는 장난기 섞인 웃음이 한껏 묻어 있었다.

여인은 잔뜩 화가 나서 일당의 어린 소년들 쪽으로 미친 듯이 돌진해 갔다. 그들은 깔깔대며 조금 뒤로 달아났다가는 다시 어깨 너머로 그녀를 놀리며 괴롭혔다. 여인은 길 가장자리에 간신히 멈추어 비틀거리며 아이들을 보고 큰 소리로 꾸짖었다. "이 천하에 못된 놈들 같으니!" 여인은 주먹을 마구 휘두르며 소리쳤다. 어린 소년들은 즐거워 날뛰며 야유했다. 여인이 길을 따라 올라가자 소년들도 뒤따라가며 법석을 떨었다. 때때로 여인이 돌아서서 그들에게 공격 태세를 취하기도 했으나 그들은 민첩하게 몸을 피하며 그녀를 놀려댔다.

음침한 문전에 서서 그 여인은 잠시 동안 아이들에게 욕을 퍼부었다. 머리카락까지 온통 흩어져, 그렇지 않아도 화가 나 얼굴이 상기된 여인의 모습은 더욱 험악하게 일그러졌다. 공중에 대고 주먹을 마구 흔들자 온몸이 떨리는 듯했다. 여인이 모퉁이를 돌아 사라질 때까지 개구쟁이들은 무섭게 떠들어댔다. 여인이 완전히 사라지자 아이들은 오던 길로 조용히 되돌아갔다.

그 여인은 셋집의 아래쪽 홀에서 몸부림치며 비틀비틀 계단으로 올라가고 있었다. 건물 위쪽 홀에서 갑자기 문이 열리더니 여기저기에서 머리를 내밀고 호기심에 찬 사람들이 그녀를 구경하느라 정신이 없었다. 여인은 화가 나서 씩씩거리며 당당하게 버티고 서서 구경꾼들을 노려보았다. 문이 쾅 닫히면서 열쇠가 돌아갔다.

여인은 미친 듯이 분통을 터뜨리며 잠시 동안 서 있었다. "싸우고 싶으면 혼자 나와라, 매리 머피! 멋대가리 없는 테리어(사냥용 개 – 역주), 어서 나오라니까!"

여인은 문을 차기 시작했다. 마치 우주 전체에 도전이라도 할 듯

째지는 비명 소리를 내질렀다. 여인의 욕설은 어찌나 큰지 위협을 받고 있는 문을 제외하고는 모든 문에서 사람들이 고개를 내밀었다. 여인은 눈을 휘둥글리며 사방을 흘겨보았다. 허공이 온통 여인의 주먹으로 가득 차 있는 듯했다. "자, 덤빌 테면 덤벼. 너희 모두 어디 나와 보라니까!" 여인은 구경꾼들에게 야유했다. 그러자 한두 마디 욕과 함께 야유 섞인 휘파람소리, 온갖 농담이 쏟아져 나왔고, 우스꽝스러운 충고의 말도 튀어나왔다. 왁자지껄하게 날아드는 소리가 일제히 여인의 발밑에 떨어졌다.

"아니 왜 그러시지요?" 어둠침침한 속에서 목소리가 울려 나오더니 지미가 앞으로 나왔다. 손에는 양철 도시락을 들고 있었다. 그리고 겨드랑이에는 뚤뚤 만 트럭 운전수의 갈색 앞치마를 끼고 있었다. "뭐 잘못되었나요?" 지미가 물어보았다.

"모두 나와! 나오라니까." 그의 어머니는 여전히 소리 지르며 말했다. "어서들 나오지 못해. 마룻바닥에다 얼굴들을 모두 짓밟아 버릴 거야." 그러자 참고 있던 지미는 어머니에게 소리를 질렀다.

"어서 입 닥치고 집에 가지 못해요!" 이 말을 들은 어머니는 지미에게로 다가가서 그의 면전에다 대고 손가락을 흔들며 위협했다. 그녀의 눈은 이성을 완전히 잃은 채 불꽃이 번득이고 있었다. 그녀는 참을 수 없다는 듯이 몸을 와들와들 떨고 있었다.

"아니, 이게 누구지? 나한테 딱딱대는 이게 누구지?" 여인은 아들을 보고 으르렁댔다. 그녀는 경멸에 찬 얼굴로 소리치고는 층계를 기어올라 다음 층으로 갔다.

지미는 곧 뒤를 따라갔다. 계단 꼭대기에 다다르자 지미는 어머니의 팔을 잡고 자기네 방문 쪽으로 끌어들이기 시작했다. "집에 들어오세요!" 그는 이를 북북 갈았다.

"이거, 손 떼지 못해! 손을 떼라고!" 어머니는 괴성을 질렀다. 그리고는 갑자기 팔을 높이 쳐들더니 아들의 얼굴을 향해 주먹을 마구 날렸다. 지미는 잽싸게 피했다. 그러나 그는 목 뒤를 크게 얻어맞았다. "집으로 가요!" 그는 다시 이를 갈았다. 그는 어머니의 손가락을 비틀고는 팔 중간을 붙잡았다. 어머니와 아들은 같이 맞붙어 마치 검투사 같이 싸우기 시작했다.

"와아!" 럼 앨리 셋집에서 소리가 터져 나왔다. 홀 안에는 호기심에 찬 구경꾼들로 가득 찼다. "할머니, 그것 잘했어요! 삼 대 일로 지고 있어요! 자, 어서 싸움을 그쳐요!"

존슨 집 문이 열리더니 매기가 내다보았다. 지미는 화가 치밀어 어쩔 줄 모르면서 어머니를 방 안으로 밀어 던졌다. 그리고는 재빨리 그 뒤를 따라 들어가 문을 닫았다. 럼 앨리 셋집 사람들은 실망을 한 듯 욕을 하며 모두 돌아갔다.

어머니는 서서히 기운을 차리고 마룻바닥에서 일어났다. 그녀의 눈은 무섭게 번쩍이고 있었다.

"우리는 이 꼴을 지겹도록 봐 왔어요. 제발, 앉으세요. 더 이상 시끄럽게 하지 마세요." 지미는 어머니에게 간청했다.

그는 어머니의 팔을 움켜잡아 비틀고는 삐걱거리는 의자에 강제로 앉혔다.

"손 떼지 못해!" 어머니는 여전히 고함을 질렀다.

"이 늙은이! 닥치지 못해!" 지미는 미친 듯이 화가 나서 소리쳤다. 매기는 비명을 지르며 다른 방으로 뛰어 들어갔다. 물건이 부서지고 욕지거리가 들려오는 소리를 들었기 때문이다. 마지막으로 크게 쾅 하는 소리가 들리더니 지미의 목소리가 들려왔다.

"제발 이제 가만히 계셔요!" 매기는 문을 열고 조심조심 나갔다.

"오, 지미야!"

그는 벽에 기대어 욕을 하고 있었다. 티격태격하다 멍이 든 팔의 상처 부위에 피가 흐르고 있었다. 어머니는 마룻바닥에 쓰러져 찢어지는 소리를 내고 있었으며, 주름이 깊이 잡힌 얼굴 위엔 눈물이 흐르고 있었다.

방 한가운데 서 있는 매기는 그녀의 주위를 돌아다보았다. 늘 그렇듯이 식탁과 의자가 뒤집히는 등 대소동이 있었음을 알 수 있었다. 오지그릇이 깨어져 사방에 산산조각이 나 흩어져 있었다. 난로도 다리가 온전치 못한 것이 누군가가 손을 댄 것 같았다. 그래서 한쪽으로 비스듬히 기울어져 있었다. 물통도 뒤집혀 온통 물이 사방에 엎질러져 있었다.

그때 문이 열리더니 피트가 나타났다. 그는 어깨를 으쓱거렸다. "원, 세상에!" 그가 사방을 둘러보더니 매기의 귀에 대고 속삭였다. "맥, 될 대로 되게 놔두지 그래? 자, 우린 나가서 신나게 놀자."

구석에 있던 어머니는 머리를 쳐들고는 헝클어진 머리를 흔들었다. "너희 년놈 둘 다 못 쓰겠어, 둘 다!" 어머니는 어둠침침한 곳에 서 있는 딸을 향해 으르렁댔다. 그녀의 눈은 악의에 차 번득이고 있었다. "맥 존슨, 잘됐다. 가서 뒈져라. 꺼져야 한다는 것을 잘 알지. 너 같은 아이는 집안 식구 모두를 불명예스럽게 할 거야. 지금 당장, 그놈의 사슴같이 생긴 녀석과 사라져라. 그를 따라가렴, 못된 것. 잘 떼어 버린다. 가면 얼마나 좋은가 한번 실컷 봐라."

매기는 오랫동안 어머니를 쳐다보았다.

"지금 당장 나가, 얼마나 좋겠니. 나가! 내 집에 너 같은 것은 필요 없어. 빌어먹을, 나가지 못해!"

소녀는 와들와들 떨기 시작했다.

바로 이 순간에 피트가 앞으로 나왔다. 그리고는 맥의 귀에 부드럽게 속삭였다. "제기랄, 맥? 자, 이 소동도 다 끝날 거야. 내 말 들어? 내일 아침이면 어머니도 다 괜찮게 될 거야. 나와, 어서 나가자! 나가서 우리 멋지게 지내자."

마루에 쓰러져 있던 어머니가 또 욕을 퍼부었다. 지미는 멍든 팔을 들여다보느라 정신이 없었다. 소녀는 온갖 잡다한 파편 조각으로 가득 찬 방을 둘러보았다. 그리고는 몸부림치는 어머니를 쳐다보았다.

"어서 나가자."

매기는 밖으로 나갔다.

제10장

　지미는 친구가 남의 집에 나타나 여동생의 앞날을 망치려고 하는 것은 절대로 그냥 지나칠 수 없는, 예의에 벗어난 일이라고 생각했다. 그런데 문제는 피트라는 친구가 얼마나 예의범절에 대해 알고 있느냐 하는 것이었다.

　다음 날 밤이 되었다. 지미는 늦은 저녁 시간에 직장에서 일을 하고 집으로 발걸음을 옮겼다. 홀을 지나가려고 할 때, 그는 자동 음악 상자를 가지고 있는 온통 가죽뿐인 듯한 할머니와 우연히 마주치게 되었다. 케케묵은 유리창 사이로 먼지가 새어 나오는 어둠침침한 불빛 속에서 할머니는 씩 웃고 있었다. 그러더니 검댕으로 더럽혀진 집게손가락을 내밀며 반갑게 그에게 손짓을 했다. 할머니는 더 이상 참고 가만히 있을 수 없다는 표정으로 그에게 다가와 곁눈질을 하며 이야기를 털어놓았다.

　"지미, 그런데 내가 어젯밤 무엇을 보았다고 생각하나? 그런 꼴은 내 생전 처음이야." 할머니는 이야기를 전부 털어놓고 싶어 못 견디겠다는 듯 떨면서 계속했다. "글쎄, 어젯밤 늦게, 아주 늦게 문 옆에서 있는데 자네 여동생과 그 젊은 녀석이 오더군. 근데 자네 여동생이 슬피 울고 있지 않겠어. 참 우스운 광경이었지. 어디 그런 꼴을 본 적이 있어야지. 바로 내 문 옆에서 그 남자아이 보고 자기를 정말로 사랑하느냐고 묻더군 그래. 그리고는 또 가슴이 터지려는 듯이 울어 대지 뭐야. 그런데 그가 대답하는 품으로 보아 여동생이 너무나 자주 그렇게 묻는다는 말투였어. 하여간 그가 억지로 대답하더군. '아, 그래, 그래, 참, 그렇다니까.' 하고 대꾸를 하더군."

이 이야기를 듣고 있던 지미의 얼굴에 갑자기 어두운 그림자가 덮였다. 그러나 그는 잠자코 그 노인을 떠나 이층으로 터벅터벅 걸어 올라갔다. "아, 참, 그래." 노인은 지미의 등 뒤에다 대고 젊은 청년이 매기에게 했던 것과 같은 말을 되풀이했다. 그리고 그녀는 무슨 예언을 하는 듯이 큰 소리로 웃어 젖혔다.

집에는 아무도 없었다. 그러나 자세히 살펴보니 집을 깨끗이 정돈하려고 노력한 흔적이 보였다. 전날의 소동으로 부서진 가구의 일부가 서툰 솜씨로 원상 복구가 되어 있는 것을 목격했다. 의자 한두 개와 식탁이 약간 불안하게 다리에 연결된 채 서 있었다. 마루는 누군가가 말끔하게 닦아 놓았으며 푸른 리본은 원래 있던 곳에 매어져 있었고, 크고 누런 밀짚단과 또 그와 같은 크기의 빨간 장미가 새겨져 있는 장식용 천은 이제 낡고 구겨진 상태로 벽난로 위에 걸쳐져 있었다. 그런데 문 뒤의 못에 걸려 있었던 매기의 겉저고리와 모자는 온 데간데없었다.

지미는 창가로 가서 흐린 유리창을 통해 밖을 내다보았다. 그 순간 그의 마음에는, 혹시 그가 아는 여자들 중 남동생을 가진 사람이 없을까 하는 생각이 우연히 떠올랐다.

그러나 갑자기 지미는 욕을 하며 으르렁거렸다. "아니, 그 청년은 내 친구 아닌가! 바로 내가 그를 집으로 오게 했어. 그게 바로 큰 실수였어." 그는 화가 치밀어 어쩔 줄 모르면서 방 안을 왔다 갔다 하였다. 그는 좀처럼 화가 풀리지 않았다. 그러더니 마침내 분통을 터뜨리고 말았다. "그놈을 내가 죽여 버릴 거야! 그래, 바로 그렇게 하면 되겠군! 그놈을 꼭 죽이고 말 거야!"

그는 갑자기 모자를 움켜잡더니 문 쪽으로 달려갔다. 그러나 그때 문이 열리며 어머니의 거대한 체구가 통로를 막아섰다. 어머니는 방으로 들어오며 의아하다는 듯이 크게 소리쳤다. "도대체, 무슨 일이야?"

지미는 비웃듯 욕을 하고 화를 터뜨리더니 다시 큰 소리로 웃었다. "저, 매기가 그 악당과 함께 사라졌대요! 그래서 그러지요! 아시겠어요?"

"뭐라고?" 어머니가 되물었다.

"매기가 그 악당 놈하고 사라졌다니까요. 귀가 먹었어요?" 지미는 더 이상 참을 수 없다는 듯이 외쳤다.

"오, 맙소사!" 어머니는 그제야 놀라움을 감추지 못하면서 중얼거렸다.

지미는 투덜대며 창밖을 내다보기 시작했다. 어머니는 의자에 앉더니 다음 순간 발작적으로 똑바로 일어서서는 화가 나서 온갖 욕설을 마구 내뱉었다. 어머니가 방 한가운데에서 휘청거리며 넘어질 듯 비틀거릴 때, 지미는 어머니 쪽으로 고개를 돌렸다. 어머니의 사납게 생긴 얼굴은 이미 감정에 북받쳐 경련을 일으키고 있었고, 다친 곳투성이의 팔은 저주의 말과 함께 하늘 높이 추켜져 있었다. 어머니는 저주의 말을 계속했다.

"영원히 저주받을 년! 거리에 떠돌아다니며 돌과 먼지만 먹고, 하수구에서 잠을 자고 아예 햇빛 구경을 할 수 없었으면! 아니, 청춘의……"

"이것 좀 보세요." 딸에 대한 어머니의 흉측한 저주의 말을 듣고 있던 아들이 어머니의 말을 중단시켰다. "제발 이제 그런 말은 그만두세요. 그만두시라니까요."

어머니는 비통한 눈으로 천정을 쳐다보았다. 그리고는 속삭였다. "그 애는 악마의 딸이란다, 지미야. 누가 감히 우리 집안에 그런 나쁜 여자애가 있다고 상상조차 하겠니. 내 아들, 지미야. 어디 한두 시간이냐. 내가 그 애를 붙들고 늘 말했지 뭐냐, 여자가 길을 헤매게 되면 저주받을 수밖에 없다고 말이야. 금이야, 옥이야 하고 귀하게 기르고 또 그렇게 이야기를 같이 나누었는데, 예사로 나쁜 일을 하다니 이제 도대체 웬 말이냐?"

주름살로 깊게 이랑진 얼굴로 눈물이 흘러내렸다. 그녀의 손도 마구 떨리고 있었다. "참, 우리 옆집에 살던 세이디 맥맬리스터도 그 당시 비누공장에서 일하고 있던 그런 녀석한테 걸려들었지. 내가 맥에게 만일 그 애가."

"그건 경우가 달라요." 지미가 그녀의 말을 중단시키고는 말했다. "물론 세이디는 좋은 아이이고 뭐고 했지만. 그러나 아시겠어요? 상황이 같지는 않아요. 매기는 좀 다른 애니까요. 정말 그러니까 믿어 보세요. 그 아이는 달라요." 그는 그가 무의식적으로 항상 속에 품고 있던 이론, 즉 모든 여자애들이 다 잘못된다고 해도 그의 여동생만은 예외일 수밖에 없을 것이라는 이론을 내세우려고 무던히도 애를 썼다.

그러나 그는 또다시 울화가 치밀어 올라왔다. "여동생에게 손을 댄 녀석이 있으면 그 낯짝을 부수어 버릴 테야. 아주 죽여 버릴 거야. 얼간이 같은 녀석, 싸울 수 있다고 따라오며 덤비면, 내 맛을 보고 크게 깨닫게 될 거야. 아주 길바닥을 쓸어버릴 테니까." 격정에 떨던 지미는 마침내 문밖으로 나가고 말았다.

그가 시야에서 사라지자, 어머니는 고개를 들고 양손을 뻗쳐 애원하듯이 외쳤다. "영원히 저주받을 년!"

건물의 어두운 복도에서 지미는 신나게 떠들고 서 있는 한 무리의 여인들을 보게 되었다. 그가 그들 곁을 지나가도 이야기에 열중한 나머지 여인들은 그를 본척만척했다. "그 여자애는 늘 대담한 데가 있지?" 그 여인들 중 한 명의 소리가 그의 귓전에 와 닿았다. "집으로 찾아오는 남자는 없었는데, 여자애가 그에게 반해 야단이었다네. 아니, 글쎄 우리 애니가 그러는데 부끄러움을 무릅쓰고 남자를 잡으려고 하더라는데. 아니 그 남자의 애비를 우리가 알지. 망측한 일이지."

"내가 이 년 전에 이 말을 했어야 하는데." 한 여인이 의기양양하게 떠벌렸다. "바로 이 년 전에 우리 집 양반에게 말했었지. '존슨 집 딸 못쓰겠어.' 내가 그렇게 말했더니, 그 양반이, '제기랄! 어쩌란 말이야. 괜찮아.' 하고 말했거든. '자, 내가 다 알고 말하는 것이니까 들으세요.' 내가 이렇게 말하고는 또 덧붙여 '후에 제 버릇이 다 나오는 법이랍니다. 잠자코 기다렸다 보세요.' 내가 그랬지요. '무슨 말인지 짐작이 가세요?'"

"눈이 제대로 박힌 사람이면 그 아이가 행실이 좋지 않다는 것을 눈치챘을 거예요. 난 그 아이의 행실을 늘 못마땅하게 생각했으니까요."

지미는 길에서 친구를 만났다. 그 친구는 지미가 심상치 않아 보였던지 물었다. "무슨 일이 있었나?"

"그놈이 견딜 수 없을 때까지 후려칠 작정이야." 지미가 말했다.

"잘해 봐!" 친구가 말했다. "하긴 그래 봤자 무슨 소용이 있겠나! 너도 같이 말려들려고! 모든 사람이 덤벼들 테고! 그리고 열 번쯤 쿵 하고 떨어지겠고! 제기랄!"

그러나 지미는 결심이 대단했다. "그 친구 처음에는 싸울 수 있다고 생각하고 덤비겠지만, 아마 나중에는 생각대로 잘되지 않는다는 것을 알게 될 거야."

"저런!" 친구는 크게 반대하고 나섰다. "무슨 소용이 있다고!"

제11장

길모퉁이에 서 있는 건물은 전면이 유리로 되어 있었는데, 그곳에서 나온 노란 불빛이 앞길을 환하게 밝혀 주고 있었다. 살롱은 문을 활짝 열어 둔 채 손님들을 유혹하고 있었다. 마치 그곳에 들어가기만 하면 슬픔은 다 사라지고 새로운 감흥에 젖게 될 것처럼 사람을 부르고 있었다.

그 장소의 내부는 황금빛과 구리색 가죽 모조품으로 도배가 되어 있었다. 언뜻 보아 무지하게 커 보이는 모조품 바가 내부의 측면을 길게 차지하고 있었다. 그 뒤에는 모조품 마호가니 널빤지가 천장까지 뻗쳐 있었다. 선반에는 손길이 닿은 적이 없는 것 같은 반짝이는 유리잔이 피라미드 형태로 쌓여 있었다. 널빤지 정면에 달아 놓은 거울에는 유리잔이 비쳐 실제보다 더 많아 보이는 효과를 내고 있었다. 유리잔 사이에는 레몬, 오렌지, 종이 냅킨 등이 질서 정연하게 진열되어 있었다. 나지막한 선반에는 오색영롱한 술병들이 일정한 간격을 두고 자리 잡고 있었다. 니켈 도금한 금전 출납계가 이 모든 것의 바로 가운데 놓여 있었다. 물론 모든 것이 세련되었다고는 할 수 없어도, 척 보아 풍요해 보이고 기하학적 정밀성을 유지하고 있었다.

바 건너에는 더 작은 진열대가 있었는데 그곳에 있는 접시 위에는 크래커 조각, 삶은 햄 조각, 함부로 흩어진 치즈 조각, 그 외 식초에 둥둥 떠 있는 피클들이 즐비하게 놓여 있었다. 이것저것을 더러운 손에 움켜쥐고 우적우적 씹는 사람과 함께 그 냄새가 방 안을 가득 채우고 있었다.

흰 재킷을 입은 피트는 바 뒤에 있었는데, 앞쪽의 낯선 친구 쪽으로 무엇을 기대하듯이 몸을 구부리고 있었다. 그 사람이 입을 열었다. "맥주요." 피트는 거품으로 산을 이룬 맥주잔을 끌어 바 위에 거품이 넘치도록 그대로 방치하였다.

바로 이 순간, 입구 쪽 가벼운 대나무 문이 확 열리며 벽에 부딪쳤다. 지미와 그의 친구가 들어왔다. 그들은 흔들거리며 으스대더니 싸움할 듯이 바가 있는 방향으로 걸어왔다. 그리고는 앞이 잘 안 보이는 듯 눈을 깜박이며 피트를 쳐다보았다.

"진을 주시오." 지미의 말을 뒤쫓아 그의 친구도 같은 술을 시켰다. "진."

피트는 술병과 유리잔 두 개를 바닥에 떨어뜨렸다. 그는 고개를 옆으로 돌리고는 냅킨으로 반짝이는 나무를 열심히 닦았다. 그는 무엇을 경계하는 듯이 도사리고 있었다.

지미와 그의 친구는 바 주인만을 바라보고 상대하며 경멸의 어조로 크게 서로 대화를 나누었다.

"그 녀석이 사람을 홀딱 반하게 만든다면서, 그렇지 않아?" 지미는 큰 소리로 웃었다.

"물론 그렇겠지. 어련하실라구!" 그의 친구가 비아냥거리며 맞장구를 쳤다. "그 녀석 굉장하구먼. 가서 땅딸막한 놈의 술잔을 잡아. 아마 자다 말고 또 재주넘는 것은 아닌지 모르겠네."

말수 없는 낯선 사람이 움직이더니 자신의 유리잔을 조금 멀리 밀어 놓았다. 그리고는 모든 것을 잊은 듯한 태도를 취했다.

"그놈 참 화끈한 녀석인데."

"가까이 가라니까!"

"이봐!" 지미가 명령하듯이 소리쳤다. 그러자 피트는 침울하게 아랫입술을 잘근잘근 씹으면서 천천히 접근해 왔다.

"그래 뭘 드시겠소?" 피트는 으르렁댔다.

"진." 지미의 대답에 이어 그의 친구도 똑같이 말했다. "진."

피트가 술병과 유리잔을 그들 앞에 들이대자, 두 사람은 그의 면전에서 큰 소리로 웃음을 터뜨렸다. 웃음을 거둔 지미의 친구는, 이번에는 더러운 집게손가락을 뻗쳐 피트 쪽을 가리켰다. 그리고는 지미에게 요구했다. "지미, 바 뒤에 있는 것이 무엇이지?"

"바보 같은 녀석인데." 지미의 대답에 그들은 또 한바탕 크게 웃었다. 피트는 병을 쾅 하고 내려놓더니 그들에게 험악하게 인상을 지어 보였다. 이윽고 그는 이를 갈더니 안절부절못했다.

"정말 이렇게 나를 놀리겠어? 어서 술이나 마저 마시고 나가! 까불고 말썽 피우면 없어!" 피트의 말을 듣고, 순간 그들의 얼굴에서 웃음이 사라지고 기분을 상한 표정이 역력히 보였다. 그러더니 약속이나 한 듯 일제히 외쳤다.

"아니 누가 네게 뭐라고 했는데?"

말수 적은 낯선 사람은 연방 문을 바라보고 있었다.

"아니, 그만두자, 그만둬." 피트는 두 사람에게 타일렀다. "나에게 멍청이라는 말 따위를 해서 신경 건드리지 마. 술이나 마시고, 꺼져! 말썽 피우지 말고."

"계속해 보시지!" 기세가 등등해진 지미가 말하자, 또다시 그의 친구도 그 말을 반복했다.

"계속해 보시지!"

지미가 다시 나섰다. "우린 준비가 되면 우리 발로 가네! 알겠나!"

"수작 작작 부리고, 말썽 피우지 마." 피트가 위협조로 이야기했다.

갑자기 지미가 한쪽으로 머리를 돌리고는 앞으로 기대었다. 그는 야생동물처럼 으르렁거렸다.

"말썽을 피우든 말든 네가 무슨 상관이야?"

피트의 얼굴이 벌겋게 달아올랐다. 그는 지미를 무섭게 노려보았다. 그리고 말했다.

"누가 좋은 사람인가, 어디 두고 봄세. 자네, 아니면 나?"

말수가 적은 사람이 문 쪽으로 조심성 있게 피해 갔다.

갑자기 지미는 힘이 넘쳐흐르기 시작했다. "나를 겁쟁이로 알면 큰 오산이야. 네가 나하고 붙으면 이 고장에서 제 일인자와 싸우게 되는 거야. 알겠어? 내가 싸움패인 것을 모르겠지? 빌리, 내 말이 틀려?"

"물론이지, 마이크" 그의 친구는 의심할 것 없다는 말투로 대답했다.

"꺼지라니까!" 피트는 대수롭지 않게 말을 던졌다.

두 사람은 다시 웃기 시작했다.

"아니, 그게 무슨 말이지?" 친구가 소리쳤다.

"왜 나한테 물어?" 지미는 과장되게 경멸하는 음성으로 대답했다.

피트는 화가 머리끝까지 난 태도를 보였다. "어서 지금 이곳을 나가. 말썽 피우지 말고. 내 말 알아들어? 너희, 시비하고 싶어 근질근질한 모양인데! 그렇게 계속 주둥이를 놀리면 나도 참지 못하겠어. 나는 너희 속을 빤히 알지! 알다시피 너희보다 더 나은 놈이라도 다 때려눕힐 거야. 결코 헛소리를 하는 게 아니야! 명심해. 나를 얼간이인 줄 알고 깐죽대면, 제정신을 차리기도 전에 문밖으로 걷어찰 거야. 이 바 뒤쪽에서 내가 나타나면 너희 둘 다 길가로 내쫓길 줄 알아."

"말 계속하시라고!" 두 사람은 여전히 약을 올렸다.

마침내 피트의 눈에서 표범의 눈처럼 광채가 번뜩였다. "내가 말한 것 알아들었겠지? 착오 없도록."

바 끝의 통로를 따라 그가 나왔다. 그리고는 두 사람을 덮쳤다. 그들은 잽싸게 앞으로 비키더니 그에게 바싹 달려들었다. 그들은 세 마리의 수탉처럼 신경을 곤두세우고 싸울 태세를 갖추었다. 그들은 싸움하기 좋은 방향으로 머리를 움직였고 어깨에 힘을 주었다. 입가의 근육은 조롱하는 듯한 웃음으로 인해 경련이 일고 있었다.

"어쩌자는 거야?" 지미가 이를 갈았다.

피트는 조심스럽게 뒤로 물러서며 두 사람이 그에게 너무 가까이 오지 못하도록 손을 휘저었다.

"자, 어쩌자는 거야?" 지미의 친구가 같은 질문을 반복했다. 그들은 그를 비웃으며 그에게 점점 가까이 다가갔다. 그들은 그가 먼저 그들에게 공격해 오도록 유도했다.

"뒤로 물러서. 너무 밀치지 말고!" 피트가 말했다.

그들은 다시 입을 모아 비꼬기 시작했다. "자, 어서 덤벼."

몇 명 안 되는 무리 중에서 세 사람은 마치 전투태세를 갖춘 구축함처럼 서로 상대방을 노려보며 기회만 엿보고 있었다.

"왜 빨리 우리를 내쫓지 못하는 거야?" 지미와 그의 친구는 큰 소리로 비웃으며 말했다.

불도그 같은 개의 강인성이 그들의 얼굴에 살아 있었다. 그들의 주먹은 비호처럼 빨리 움직였다. 두 사람은 말리는 바 주인의 팔꿈치를 떨쳐 버리고는 뚫어져라 그를 바라보며 그를 벽 쪽으로 밀어붙였다.

갑자기 피트가 난폭해지면서 욕을 퍼붓기 시작했다. 그의 눈에서는 결의에 찬 빛이 번득였다. 이윽고 크게 팔을 휘젓더니 번개같이 빠른 주먹을 지미의 얼굴을 향해 날렸다. 한쪽 발을 한 발자국 내놓자 그의 온 체중이 주먹 뒤로 몰렸다. 지미는 바우어리 사람답게 민첩하게 머리를 돌려 피했다. 그러자 지미와 그의 친구가 주먹으로 피트의 머리를 무섭게 내리갈겼다.

말수 없는 낯선 사람은 어느 새 사라지고 없었다.

싸움에 열중해 있는 세 사람의 팔이 도리깨처럼 허공에서 서로 부딪치곤 했다. 처음에는 충혈되어 불꽃처럼 타오르던 이들의 얼굴이 피비린내 나는 격전에 휩싸인 용사의 얼굴같이 차차 창백하게 일그러지기 시작했다. 그들은 악마와 같은 미소를 짓고 있었고, 입술이 잇몸에 달라붙어 있었다. 꽉 다문 이빨 사이로 무엇인지 알아듣기 어려운 욕지거리가 새어 나왔다. 그들의 눈은 살기가 등등한 채 번뜩이고 있었다.

세 사람의 머리카락은 함부로 헝클어져 있었고, 끊임없이 팔을 휘둘러댔다. 또한 모래투성이의 마룻바닥을 발로 마구 짓이기며 상대방을 공격했다. 서로 얻어맞아 창백한 얼굴에는 불그스레한 핏자국이 맺혔다. 처음 얼마 동안의 격렬한 난투전은 이제 그 고비를 넘기게 되었다. 그들은 점차 호흡이 거칠어지더니, 무리한 까닭에 가슴이 죄이는 듯했다. 피트는 이따금 씩씩거리며 상대방을 쓰러뜨리려고 안간힘을 썼다. 지미의 친구도 부상당한 미치광이처럼 아무 말이나 빠른 속도로 지껄였다. 지미는 희생을 각오한 성직자의 얼굴을 하고 묵묵히 싸웠다. 세 사람의 눈에는 한결같이 분노가 들끓고 있었고 주먹은 모두 피투성이가 되어 있었다.

아슬아슬한 순간에 피트의 주먹이 날아와 지미의 친구를 강타했다. 그래서 그는 마룻바닥에 쓰러지고 말았다. 넘어지는 순간 비틀거리며 겨우 일어서서는 말수 없는 친구의 맥주잔을 바에서 집어 들어 피트의 머리를 향해 던졌다.

그것은 벽 높은 곳에서 산산조각이 났고 유리 조각은 사방으로 흩어졌다. 조금 후 세 사람은 아무 물건이나 집어 들고 던지기 시작했다. 유리병과 유리잔이 요란한 소리를 내며 깨졌다. 은은하게 반짝이던 유리잔의 피라미드도 날아드는 무거운 병 세례를 받고는 깨어져 폭포처럼 쏟아졌다. 거울도 산산조각이 나 괴상한 모양을 하고 있었다.

마룻바닥에 쓰러진 세 명은 피투성이가 되어 입에 거품을 물고 서로 죽이겠다고 으르렁대었다. 공중으로 날아다녔던 물건들, 주먹질이 가라앉자, 죽음처럼 무거운 분위기가 그곳을 메우는 듯하였다.

말수 없는 낯선 사람은 보도에서 아주 기묘하게 팔다리를 쭉 편 채 누워 있었다. 보도 주위에는 많은 사람들이 이 광경을 보고 웃음을 터뜨렸다…….

사람들은 술집에서 유리잔이 깨지고 서로 치고받는 소리를 듣고 달려왔다. 그들은 허리를 굽히고 대나무 문 밑을 들여다보았다. 유리잔이 쏟아져 내리고 세 사람의 다리가 뒤엉켜 발버둥치는 것을 구경하려고 구름 떼같이 사람들이 몰려왔다. 이윽고 경찰관이 달려와 문을 박차고 술집으로 들어갔다. 구름 떼 같은 구경꾼들은 서로 앞을 다투어 그 광경을 먼저 보려고 아우성들이었다.

지미는 누구보다 먼저 경관이 들이닥친 것을 보았다. 트럭을 운전할 때 소방차에서 하듯이 지미는 경관의 발길에 채일까 비켜 주고는 소리를 고래고래 지르며 옆문으로 달아났다.

경관은 손에 곤봉을 쥔 채 무섭게 뒤쫓아 갔다. 그가 휘두르는 곤봉 때문에 지미의 친구는 바닥에 바싹 엎드렸고, 피트는 방구석으로 몰리게 되었다. 경관의 다른 한 손은 지미의 코트 자락을 잡으려고 애를 썼다. 잠시 후, 단념하고 멈춰 선 경관은 한숨을 돌리더니 말했다. "참, 꼴들 좋구나. 도대체 무슨 일들이야? 너희 두 놈 말이다."

피에 흠뻑 젖은 지미는 간신히 그 수라장을 피해 옆길로 올라갔다. 얼마 가지도 않았는데 제법 법을 준수하는 듯한 흥분한 사람들의 무리가 그를 뒤쫓고 있음을 알았다.

한참 후에 컴컴한 안전 지역에서 지미는 경관과 그의 친구, 그리고 바 주인이 술집에서 나오는 것을 볼 수 있었다. 피트는 문을 잠그고는 사람들에 둘러싸인 경관과 그가 잡은 범인 뒤를 따라 길을 걸어 올라가고 있었다.

가슴을 두근거리며 숨어 있던 지미는 친구를 결사적으로 구하려고 했으나 다음 순간 포기하고 말았다. "그래 봤자 무슨 소용이 있나?" 그는 스스로 자신에게 물어보았다.

제12장

분위기가 좋지 않은 홀에서 피트와 매기는 맥주를 마시고 있었다. 오케스트라는 안경을 쓰고 더러운 머리카락을 날리며 추한 옷을 입은 사람의 고갯짓과 지휘봉을 따라 열심히 연주하고 있었다. 불타는 듯한 주홍빛 가운을 입은 한 민요 가수가 판에 박힌 목소리로 노래를 부르고 있었다. 여가수가 사라지자 무대 앞쪽 식탁에 앉아 있던 사람들은 맥주잔으로 반짝이는 테이블을 두드리며 크게 박수를 보냈다. 그러자 그녀는 옷을 한 겹 벗고 무대로 다시 돌아와 노래를 불렀다. 다시 열광적인 앙코르를 받자, 다시 옷을 한 겹 벗고 나와 춤을 추었다. 그녀가 나가자마자 곧 고막을 터지게 하는 듯한 소리와 갈채가 쏟아져 나오며 사람들은 그녀가 네 번째로 다시 나타나 줄 것을 은근히 바라는 것 같았다. 그러나 이번에 청중의 바람은 충족되지 못했다.

갑자기 매기의 얼굴이 창백해졌다. 눈을 보니 스스로의 의지력은 사라진 지 오래인 것 같았다. 그녀는 남자 친구에게 모든 것을 의지하고 있는 듯한 표정으로 기대고 앉아 있었다. 혹시라도 옆 친구가 화를 내거나 기분 나빠 할까 봐 두려워하는 눈치였다. 그녀는 그로부터 부드러운 이해를 간청하고 있었다.

아니나 다를까 피트의 놀라운 용맹성이 되살아나 어찌할 수 없을 지경까지 확대되어 위협하고 있었다. 그러나 그는 소녀에게 놀라울 정도로 상냥했다. 이런 상황에서 겸손하게까지 보이는 그의 태도가 소녀에게는 놀랍게만 생각되었다. 보통 때의 그는 가만히 앉아 있으면서도 뽐내기 일쑤였고, 게다가 침을 뱉으며 만물 위에 군림하는 사자임을 과시했었다.

매기가 의아하여 그를 쳐다보자, 그는 더욱더 기가 살아나 웨이터를 부르면서 마구 뽐내었다. 그러나 웨이터는 그의 말에 전혀 관심을 갖지 않는다는 표정으로 서 있기만 할 따름이었다. "여기 보라고, 빨리 빨리 움직이지, 뭘 쳐다보나? 자, 맥주 둘, 알겠어?" 그는 몸을 뒤로 젖히고는 유명한 여자 발레 댄서를 흉내 내며 어설프게 무대 위에서 발꿈치를 흔들고 있는 밀짚 색 가발 쓴 소녀를 못마땅하게 바라보고 있었다.

이따금 매기는 피트에게 이제까지 힘들게 살아온 그녀의 얘기를 털어놓았다. 가족들이 경찰의 눈을 피해 도망치며 살던 이야기, 그리고 눈곱만큼의 편안함을 얻으려고 싸워야 했던 지난날의 어려움 등을 그녀는 거리낌 없이 털어놓았다. 그때마다 그는 자선을 베푸는 듯한 어조로 동정적인 대답을 했다. 그는 애인을 위로하듯 그녀의 팔을 꼈다.

"저주받을 멍청이들." 그는 그녀의 어머니와 오빠를 대 놓고 비난했다. 더러운 머리카락을 날리며 지휘봉을 흔드는 지휘자의 노력으로 이제 노랫소리는 연기가 자욱한 분위기 속에서 그녀의 귓전을 두드리게 되었다. 그녀는 몸이 나른해지며 꿈을 꾸게 되었다. 그녀는 어린 시절의 럼 앨리 거리를 생각해 보았다. 그리고는 지금 보호망 구실을 하는 피트의 주먹에 잠시 생각이 미쳤다. 옷깃과 소맷단 공장도 빼놓을 수 없었다. 공장주인의 끊임없는 잔소리도 새삼스럽게 들려왔다.

"일주일에 오 달러씩을 왜 지불하는 줄 알아? 놀려고? 천만에!" 매기는 사람을 압도하는 듯한 피트의 눈을 생각해 보았다. 그리고는 그의 옷차림으로 미루어 형편이 잘 돌아가고 있는 것이 틀림없다고 믿게 되었다. 전에 그녀가 겪었던 온갖 추한 것과는 상당한 거리를 느끼게 하는 것으로 보아 앞날이 더욱 밝게 생각되었다.

그래서 그녀는 현재에 대해서 비참하게 생각할 특별한 이유가 없다고 생각했다. 이제 그녀의 생은 피트에게 달려 있었다. 그녀는 그에게 맡겨질 자신의 인생이 보람 있을 것이라고 굳게 믿었다. 지금 피트가 그녀에게 말한 대로 그가 자기를 사랑하고 아끼는 이상 특별히 걱정할 일이 없을 것이라고 믿고 있었다. 그녀는 자신이 나쁜 여자라곤 생각되지 않았다. 그녀가 아는 한 지금보다 더 나은 적이 없었던 것 같았다.

이따금 다른 테이블에 앉은 남자들이 그녀를 힐끔힐끔 쳐다보았다. 이것을 눈치챈 피트는, 만족스러운 듯 그녀에게 고개를 끄덕이며 미소 지었다. 그는 자랑스럽기까지 했다. "맥, 넌 활짝 핀 꽃 같아." 어둠침침한 속에서 소녀의 얼굴을 뜯어보며 그가 말했다. 남자들의 눈초리가 매기를 움츠러들게 했다. 그녀는 피트의 말을 듣고는 자신이 틀림없이 눈에 넣어도 아프지 않은 피트의 여자가 된 것이라고 만족스럽게 생각하고 얼굴을 붉혔다.

자신들의 늙음을 한탄하는 듯한 백발의 할아버지들이 자욱한 연기 속에서 그녀를 뚫어지게 보고 있었다. 얼굴이 반반한 소년들도 있었는데, 그중에서 불량기가 있고 돌처럼 딱딱해 보이는 몇 녀석은 노인들처럼 그런 처참한 눈초리를 보내지는 않았으나 자욱한 연기 속에서 그녀의 눈초리와 마주치려고 꽤나 애들을 쓰고 있었다. 매기는 자신은 그들이 생각하는 그런 종류의 여자는 아니라고 혼자 생각했다.

그녀는 오직 피트와 무대만을 쳐다보고 있었다.

오케스트라가 흑인 노래를 시작하자, 재주 좋은 드럼 치는 사람이 여기저기 널려 있는 북을 때리고, 문지르며, 휘어잡고, 긁어대며 소리를 냈다.

눈을 아래로 지그시 깔고 매기를 쏘아보고 앉아 있는 사람들의 시선이 매기를 불안하게 만들었다. 저 남자들은 모두 피트보다 질이 나쁜 사람일 것이라고 생각하고, 그녀는 "어서, 우리 가요." 하고 말했다.

그들이 나갈 때 매기는 여자들이 남자들의 무리와 앉아 있는 테이블을 보았다. 그들은 짙은 화장을 하고 있었으며, 볼이 홀쭉한 것 같았다. 매기가 그들 옆을 지나가자 여자 하나가 소스라쳐 놀라는 시늉을 하며 치마를 잡아당겼다.

제13장

피트와 술집에서 싸운 뒤 지미는 여러 날 동안 집에 돌아가지 않았다. 그러나 집에 들어갈 때가 점점 다가오고 있었다.

어머니는 여전히 고래고래 소리를 지르며 울화통을 터뜨리고 있었다. 매기도 집에 돌아오지 않았다. 도대체 그녀의 딸이 어떻게 되었기에 집에 돌아오지 않는지를 어머니는 끊임없이 걱정했다. 환경이 환경이니만큼 매기가 더럽혀지지 않고 하늘에서 고스란히 럼 앨리로 떨어진 진주라고 생각한 적은 없다. 그러나 어떻게 자기 딸이 그토록 타락하여 집안에 창피를 가져오게 되었는지를 그녀로서는 도저히 짐작조차 할 수 없었다. 그녀는 노골적으로 딸의 부정한 행동을 나무랐다.

더구나 이웃 사람들이 자기 집 딸 이야기하는 것을 들으면 화가 나서 미칠 것 같았다. 동네 여자들이 찾아와 수다를 떨다가 슬며시 딸의 행방에 대해 묻는 때가 있었다. "요새 매기는 어디 갔죠?" 그럴 때마다 어머니는 사납게 머리를 흔들어대며 욕지거리를 내뱉어 그들을 혼비백산하게 만들기가 일쑤였다. 무엇이든 조금이라도 알아차린 듯한 낌새가 들면 "아니, 어떻게 기른 딸인데, 이럴 수가?" 하고 그녀는 펄쩍 뛰었다.

"아니, 내가 그 애에게 얼마나 주의를 주었는데. 꼭 명심해야 할 일들을 타이르고 했는데도, 이럴 수가? 매기를 키우듯 여자 아이들을 키우기만 하면 탈이 없는데, 매기는 어쩌자고 에미 가슴에 못을 박지?"

지미는 어머니가 이렇게 한탄할 때마다 신경이 곤두섰다. 그 역시, 어떻게 해서 어머니의 딸인 그의 여동생이 그렇게 나빠질 수 있을까 싶었기 때문이다.

어머니는 식탁 위에 놓인 병에서 물을 따라 마시고는 계속해서 푸념을 늘어놓았다. "그 애 속에 악마가 있었구나. 지미야, 맞지? 원래 행실이 나쁜 아이인 것을 우리가 모르고 있었지?"

지미는 그 말이 맞는다는 듯이 고개를 끄덕였다.

"아니, 같은 집에서 살면서, 그 애를 키우면서도 얼마나 나쁜 아이인가를 모르고 지냈구나."

지미는 또 고개를 끄덕였다.

"이런 집에서, 이런 에미를 두고 그렇게 타락하다니." 어머니는 울부짖었다.

어느 날 집에 돌아온 지미는 의자에 앉아서 뭉그적거리며 안절부절못하다가 마침내 주저주저하면서 이야기를 꺼냈다. "날 좀 보세요. 참 이상해 견딜 수 없군요! 참 이럴 수가! 아니, 저 이러는 것이 더 나을지, 만일 내가, 저, 내가 그 애를 찾아낼 수 있을 것 같으니까, 찾아내 집에 끌고 와, 그만……."

잠자코 이 말을 듣고 있던 어머니는 의자에서 벌떡 일어서며 끓어오르는 분노를 억제하지 못했다. "아니, 뭐 그 애를 데려다 에미와 같은 지붕에서 자게 한다고? 그래, 꼴좋다. 너는 물론 그럴 거야. 그렇지 않겠니! 물론이야! 지미야, 에미에게 그따위 말을 하다니 너도 부끄러운 줄 알아라! 네가 내 발 밑에서 아장아장 걸어 다니며 재롱 피우고 자랄 때는 네가 커서 에미에게 이런 소리를 할 것이라고 꿈에도 생각하지 못했다……. 네 어머니에게. 참 생각도 못했…….

울음이 복받쳐 여인은 더 이상 계속해서 꾸짖을 수도 없었다.

"뭐 그렇게 걱정하실 필요 없어요." 지미는 계속해서 말했다. "이 일은 그저 우리 식구끼리만 비밀로 하고 있으면 좋지 않을까 해서 말씀드렸을 뿐이니까요. 아시겠어요? 기분 나쁘세요?"

어머니는 온 천지가 떠나갈 듯이 웃어 젖혔다. 그 웃음은 메아리가 되어 끊임없이 사방으로 울려 퍼졌다. "오. 그래. 약속을 지키마. 암 지키고말고."

"글쎄, 저를 바보 취급해도 좋아요." 지미는 그를 비웃은 어머니한테 화를 내며 대꾸했다. "아니, 우리가 그 애를 갑자기 천사로 만들거나 뭐 그러자는 것은 아니에요. 그러나 지금 상태 같아서는 걱정이 되잖아요. 내 맘을 아시겠죠?"

"시간이 흐르면 그 생활에도 곧 싫증을 내게 될 것이고, 그렇게 되면 그 나쁜 년이 집 생각이 나서 돌아오고 싶겠지! 그때 어떻게 내가 딸을 쫓아내겠니?"

"저, 제가 말씀드리려는 것은 탕자가 집에 돌아오는 일 그런 것을 말하는 게 아녜요." 지미는 알아듣게 설명하느라고 진땀을 뺐다.

"이 바보 녀석, 방랑한 딸이 아니라고." 어머니가 다시 고쳐 말했다. "아무튼, 방탕한 아들인 것만은 사실이야."

"잘 알고 있습니다." 지미가 말했다.

얼마 동안 그들은 잠자코 앉아 있었다. 어머니는 이윽고 눈앞에 펼쳐질 장면을 상상하며 고소하다는 듯이 바라보고 있었다. 그녀의 입은 복수심에 가득 찬 미소를 띠고 있었다. "그러면 그렇지. 울지 않고 배길라구. 울면서 피트나 다른 남자가 얼마나 자기를 두들겨 팼는지 실토할 거야. 모든 게 다 제 잘못이라고 지껄이겠지. 또 절대로 행복하지도 않았다고 말이야. 행복할 까닭이 있나? 아마 집에 돌아오고 싶어 울 거야. 정말이야, 집에 오고 싶겠지, 뭐." 여인은 야릇한 표정을 지으며 울부짖는 딸의 음성을 흉내 냈다. "그러면 그년을 집에 들여놓아야지. 길바닥을 온통 쓸고 다니며 돌에 머리를 박고는 지겹도록 눈물을 흘릴걸. 안 그럴 수가 있나? 아니, 그래 육신이 멀쩡한 에미를 그따위로 대접해. 자기를 그렇게 사랑했던 에미를. 다시는 그런 짓을 하게 어디 내가 내버려둘 것 같아?"

지미는 언제나 여자는 다치기 쉽다는 생각을 막연하게 하고 있었다. 그러나 하필 자기 동생이 그런 희생자가 되어야 하는지 도저히 이해할 수 없었다. "제기랄!" 그는 열이 나서 외쳤다. 그는 또다시 그가 잘 아는 여자들 중 누군가가 남동생을 갖고 있지 않을까 생각해 보았다. 그럼에도 불구하고 그는 어느 순간에도 그들의 남동생과 그 자신 또는 자신의 여동생들과 그들을 같다고 생각하지 않았다.

어머니는 간신히 이웃 사람들을 이해시키고 나서 가끔씩 그들 사이에 끼어 이야기도 나누며 그녀의 슬픔을 털어놓기도 했다. "하나님, 내 딸을 용서하소서." 이것은 어머니로서의 간절한 바람이어서 그녀의 말을 귀담아 들어주는 사람들에게는 장광설을 늘어놓으며 자신의 괴로움을 하소연했다. "나는 딸에게 여자가 지녀야 할 온갖 몸가짐을 다 가르쳤는데, 그 애가 나에게 이렇게 보답하는구려! 아니 첫 번에 나쁜 놈한테 걸려들었어요! 제발, 하늘이여 내 딸을 용서하소서."

과음 때문에 경찰에 붙잡히게 되면 그녀는 법무관에게 딸이 타락한 이야기를 적나라하게 말하곤 했다. 이 말을 듣다 못 한 한 법무관이 이렇게 안경 너머로 여인에게 말했다. "매리, 이곳저곳의 법정 기록에 의하면 당신은 큰소리칠 것이 하나도 없소. 파멸한 마흔두 살의 어머니라고 적혀 있는 걸요. 도대체 이 법원의 기록 사상 무엇과도 비교될 수 없는 그런 기록이오. 그리고 이 법원의 의견……."

어머니의 인생행로는 커다란 슬픔의 덩어리였다. 그녀의 빨간 얼굴이 바로 이 고뇌를 여실히 증명해 주고 있다.

물론 지미는 내놓고 그의 여동생을 비난했다. 아마도 그럼으로써 자신이 사회적으로 높은 위치에 오른다고 생각했는지 모를 일이다. 그러나 끊임없이 스스로 갈등을 느끼면서도 여동생이 그 방법을 알았더라면 더 착하게 되었을 것이라고 결론을 짓기도 했다. 물론 도중에 그가 벽에 부딪친 것은 한두 번이 아니다. 그러나 그는 이런 생각은 해 봤자 아무 소용이 없다고 느끼고는 서둘러 생각을 고쳐먹었다.

제14장

들뜬 분위기로 흥청거리는 홀에는 스물여덟 개의 테이블이 놓여 있고 스물여덟 명의 여자와 계속 담배를 피워대는 남자들의 일단이 있었다. 홀 한 옆쪽에 자리한 무대에는 막 들어와 앉은 것 같은 오케스트라가 곧 요란한 소리를 터뜨렸다. 꾀죄죄해 보이는 웨이터들은 마음대로 날아다니는 때와 같이 손님들 틈을 이리저리 헤치고 뛰어다녔다. 웨이터들은 손에 유리잔이 가득 놓여 있는 쟁반을 든 채 좁은 길을 헤치고 다니다가 이따금 여자들의 치마에 걸려 넘어지기도 했다. 맥주를 제외한 모든 것은 이중가격이 매겨져 있었으며, 실내 벽에 회색으로 그려져 있는 커다란 야자수는 불빛에 부옇게 흐려 보였다. 손에 일거리를 잔뜩 가지고 있는 듯한 문지기가 손님들 사이에 끼어들며 새로 온 손님들이 수줍어하는 기색이 보이면 의자를 권하기도 하고, 빨리 움직이라고 웨이터들에게 지시를 내리기도 하며, 오케스트라와 함께 노래 부르겠다는 사람과 큰 소리로 언쟁도 벌이고 있었다.

언제나 그렇듯이 구름 같은 연기가 방 안에 자욱했다. 연기가 너무 자욱해서 사람들의 머리와 팔이 서로 얽혀 있는 것같이 보였다. 웅성거리던 이야기 소리가 어느 새 악 쓰는 소리로 바뀌고, 알 수 없는 욕이 여기저기서 푸짐하게 쏟아져 나왔다. 그 방은 술 취해 웃어대는 여자들의 째질 듯한 웃음소리로 넘쳐 있었으며, 오케스트라 음악의 가장 중요한 요소는 속도라는 듯이 연주자들은 미친 듯이 빠르게 연주하고 있었다. 무대에선 한 여인이 노래 부르며 미소를 짓고 있었지만, 아무도 그녀에게 관심이 없었다. 피아노, 코넷, 바이올린의 템포가 빨라지며 반쯤 취한 사람들에게 격정적인 기분을 느끼도록 했다. 맥주잔이 단숨에 비워지고 사람들의 대화도 빠른 잡담으로 바뀌었다. 방 안의 연기는 보이지 않는 폭포를 찾아 급하게 내려가는 강의 물줄기같이 빙빙 돌며 소용돌이쳤다. 피트와 매기는 홀로 들어와서 문가 쪽 테이블에 자리를 잡았다. 그 옆에 앉아 있던 어떤 여자가 피트의 관심을 끌려고 애쓰다가 실패하자 자리를 떴다.

매기가 집을 나온 지도 삼 주가 지났다. 스패니얼 개처럼 달라붙는 매기의 기대는 태도가 점점 뚜렷해진 것 같다. 피트가 매기를 다루는 통명스러운 솜씨나 친근감이 더욱 매기의 태도를 눈에 띄게 했다. 그녀는 눈치를 살피며 피트의 상냥한 미소를 기다리며 아양을 떨고 있었다.

꽤 요란하고 대담하게 차린 한 여인이 애송이 소년과 함께 들어와 그들 옆에 앉았다. 피트는 깜짝 놀라더니 반갑게 소리를 질렀다. "이거, 넬이 아냐!" 피트는 소리쳐 반기더니, 그 테이블로 옮겨 앉으며 여인에게 손을 내밀었다.

그녀는 "어머, 피트잖아요. 어떻게 지냈어요?"라고 말하며 마주 손을 내밀어 잡았다.

매기는 잠시 동안 그 여인을 쳐다보았다. 그녀가 입은 검은 드레스가 퍽 잘 어울리고 몸에 꼭 맞는다고 매기는 생각했다. 리넨 칼라며 소맷단도 나무랄 데가 없었다. 살색 장갑이 잘생긴 그녀의 손에 걸쳐 있었고, 검은 머리 위에는 그 당시 유행인 멋진 모자가 사뿐히 얹혀 있었다. 장신구는 찾아볼 수가 없었으며, 화장을 진하게 하지도 않았다. 그녀의 첫 인상은 눈매가 매우 깨끗했다.

"자, 앉아요. 여자 친구에게도 합석하자고 하죠." 그녀는 피트에게 말했다. 그가 부르자 매기는 건너와 피트와 애송이 사이에 앉았다.

"저는 또 아주 영 떠나신 줄 알았지요." 피트가 말문을 열었다. "언제 돌아오셨나요? 참 버펄로 일은 어떻게 되었어요?"

여인은 어깨를 으쓱하고 추슬렀다.

"글쎄, 뭐 밑천이 짧아서 금방 바닥이 났지. 그게 다야!"

"다시 온 것을 뵈니 정말 기쁘군요." 피트는 활달하게 말했다. 피트와 그 여인이 같이 지냈을 때의 회상이 길어지자 매기는 죽은 듯이 가만히 앉아, 대화에 끼어들 수 있는 그럴듯한 말을 생각하느라 애를 썼다.

피트는 잘생긴 그 낯선 여자에게 호의를 보였다. 또한 그는 그녀의 한마디 한마디에 연방 미소를 지으며 귀담아 들었다. 그 여인은 저희끼리 아는 친구들 이야기도 나누고, 게다가 피트가 받는 월급의 액수를 알 정도로 피트에 대해 훤했다. 그녀는 한두 번 매기를 힐끗 쳐다보았을 뿐, 건너 벽을 쳐다보며 이야기하는 품이 매기에겐 관심이 별로 없어 보였다.

애송이 소년은 처음에 박수를 치며 여러 사람들의 이야기를 환영했었지만 이내 시무룩해졌다. "자, 우리 마셔요! 넬, 뭘 들래요? 그리고 아가씨, 이름이 뭐라고 하셨더라? 하여간, 우리 술 마셔요. 저 당신 말씀이오." 그는 모인 사람들에게 두루 유쾌하게 얘기하고 그의 집안 자랑을 할 셈이었다. 그는 큰 소리로 잡다한 문제에 대해 열변을 토하기 시작했다. 그는 피트의 편을 드는 듯한 태도를 취했다. 매기가 워낙 말이 없으므로 그녀에겐 관심을 기울이지 않았다. 그는 아주 멋지고 관록이 있는 여인에게 돈을 퍼부은 듯한 인상을 주려고 애썼다.

"후레디, 제발 입 좀 가만 닫아 둬. 꼭 똑딱거리는 시계처럼 말이 많네!" 여인이 그에게 말했다. 그리고는 다시 피트를 돌아보며 말했다. "우리 앞으로도 또 멋지게 같이 지내. 응?"

"그럼, 마이크." 피트는 신이 나는 듯 열렬하게 환영했다.

"자 그럼, 빌리네 집으로 가서 우리 신나게 놀자!" 여인은 앞으로 몸을 굽히며 피터에게 속삭였다.

"그런데 참, 일이 이렇게 돼서. 알겠어요? 여기 여자 친구를 데리고 왔어요."

"빨리 보내지, 뭐." 여인은 싸움하듯이 쏘아댔다.

피트도 속이 상하는 모양이었다.

"그렇다면 괜찮아." 그녀는 그를 보고 고개를 끄덕이며 말했다. "그럼 됐어! 우린 다음에 만나지."

피트는 움츠렸다. 그리고는 간청하듯이 애원했다. "저, 나하고 잠깐만, 그 이유를 말해 줄 테니까."

여인은 손을 내저었다. "아, 괜찮다니까. 구구하게 설명할 필요 없다니까. 가고 싶지 않으니까 안 간다는데 뭘. 뭐, 그 얘기가 그 얘기겠지."

그녀는 피트가 화나도록 애송이 소년에게 돌아서서, 질투에 불타던 그를 다독거려 주었다. 그 애송이는 다투는 꼴을 보고 피트에게 싸움을 거는 것이 사내다운 일인가 아니면 아무 예고 없이 맥주잔으로 피트를 사납게 쳐도 괜찮은 것인가를 저울질하고 있었다. 그러나 바로 이때 여인이 자기에게 관심을 보이고 다시 미소를 지어서 그는 마음의 갈등에서 풀려나는 듯했다. 그는 여인을 향해 약간 술이 취한 듯이, 여간해서는 말할 수 없는 말을 다정하게 던지며 활짝 웃었다.

"저 얼간이를 떼어 버려요." 그는 큰 소리로 속삭였다.

"후레디, 당신은 좀 우스워." 그녀는 겸연쩍게 웃으며 대답했다.

피트는 성큼 앞으로 나서서 그 여인의 팔을 잡았다. "잠깐만 나와요. 왜 내가 같이 갈 수 없는가 설명할 테니까. 넬, 나에게 이렇게 굴 테야? 아니, 나에게 비열하게 굴 거라곤 꿈에도 생각 못 했어, 넬. 자, 어서 나와요." 그는 크게 상심한 듯이 말했다.

"아니, 왜 내가 네 설명에 흥미를 가져야 하니." 여인이 냉담하게 대구하자, 피트는 완전히 김이 샜다.

그래도 그의 눈은 그녀에게 간청하고 있었다. "잠깐만 나와 봐요. 설명할 테니까. 이제 아주 솔직하게."

그 여인은 매기를 보고 고개를 약간 숙여 보였으며 그리고 애송이에게는 그저 미안하다고만 말했다.

애송이 소년은 사랑스러운 미소를 거두고 얼굴을 찡그리며 피트를 돌아다보았다. 그의 앳된 얼굴은 달아올라서 빨갛게 물들었다. 그는 칭얼대며 여인에게 말했다. "아니, 내 말 좀 들어요, 넬. 일이 단순한 것 같지는 않은데. 나를 버리고 저 얼간이와 도망치려는 것은 아니겠지? 내 생각엔……."

"물론. 당신은 내 사랑인데. 그럴 리가 있겠어." 여인은 정을 듬뿍 담고 크게 소리쳤다. 그녀가 허리를 굽혀 그의 귀에다 속삭이니까 애송이는 다시 미소를 지으며 참고 기다리겠다고 결심한 듯이 의자에 앉았다.

테이블 가운데로 여인이 걸어가자 피트는 그녀의 어깨에다 대고 진지하게 설명하는 것 같았다. 그 여인은 무관심하게 알았다는 듯 손을 흔들었다. 그를 뒤로 문이 꽝 닫혔다. 그래서 테이블에는 매기와 애송이 소년만이 남게 되었다.

매기는 현기증이 났다. 아무래도 놀라운 일이 벌어진 것만 같았다. 도대체 여인을 달래려고 애원의 눈빛으로 여인에게 용서를 빌고 있는 피트가 수상하기 짝이 없었다. 사자같이 당당한 피트가 굴복하는 모습을 보이다니, 매기에겐 도무지 이해가 되지 않았다.

애송이 소년은 칵테일을 마시고 여송연을 피워 물고 있었다. 한 삼십 여분 동안, 그는 놀라울 정도로 담담하게 앉아 있었지만 더 참을 수가 없었던지 꿈틀거리며 말했다. "이거 참!" 그는 한숨을 쉬었다. "내 이럴 줄 알았다니까. 제멋대로 논다니까." 잠시 또 침묵이 흘렀다. 소년은 생각에 잠겨 심각했다. "그 여자가 나를 속였어. 그게 전부야." 소년은 화가 치미는 듯 말을 계속했다. "여자가 저 따위로 풀리는 것은 정말 수치야. 오늘 밤 술 사는 데도 이 달러나 썼는데, 아니 쇠 주사위로 면상을 되게 얻어맞은 것 같은 사자 꼴을 하고 달아나다니. 이 무슨 푸대접이야. 어이, 웨이터, 칵테일 한 잔 더. 세게 만들라고."

매기는 아무 대꾸도 하지 않았다. 그저 문 쪽만 바라보고 있었다.

"비겁한 일이야." 애송이 소년이 투덜댔다. 도대체 사람의 탈을 쓰고 어떻게 자신을 이처럼 대접할 수 있느냐고 그는 분개했다. "하지만 그 여자 멱살 잡고 따질 거야. 두고 봐. 어디 두고 보라고. 당신 남자를 먼저 데리고 갈 수는 없을 테니까." 그는 윙크를 하며 덧붙여 말했다. "아주 추잡한 일이라고 꼭 따지겠어. 이제부터는 절대로 '사랑하는 후레디, 여보' 따위로 통할 순 없을 테니까. 아니 내 이름이 후레디인 줄은 아는 모양인데 그것은 내 이름이 아니지. 이따위 여자들한테만 늘 이런 이름 비슷한 것을 사용했거든. 혹시 진짜 이름을 알려주면 나중에 그것을 써먹고 애를 먹일 테니까. 흥, 절대로 나를 속일 수는 없지."

매기는 문 쪽에만 열중하고 그의 말에 신경 쓰지 않았다. 애송이 소년은 다시 우울한 기분에 젖어들어, 내내 애꿎은 칵테일만 마시며 무슨 단호한 결심으로 대담하게 운명에 도전하는 듯이 보였다. 이따금 그는 길게, 마치 사슬이 연결되듯 야비한 욕지거리를 늘어놓았다.

매기는 끄떡 않고 여전히 문만 바라다보고 있었다. 얼마 후, 애송이 소년은 그만 배가 고프고 목이 말랐다. 그래서 억지로 기분을 새롭게 가다듬고는 소녀에게 샤롯 루스 푸딩과 맥주 한 잔을 먹자고 청했다.

"그들은 달아났단 말이야." 그는 그녀를 달래는 듯 말했다. "그들은 오지 않을 거라니까." 그는 연기 속으로 그녀를 쳐다보았다. "자, 이것 봐요. 우리끼리 잘 놀면 그만이잖아. 자세히 보니 인물이 괜찮은데. 글쎄, 생각한 것보다 오십 점은 더 주겠다니까. 비록 넬하고 비교할 수는 없지만. 아니, 그런 말은 할 수 없지! 에이, 괜히 말한 것 같군. 넬은 참 잘생긴 여자야! 잘생겼고말고. 그 여자 옆에 있으면 별로겠지만, 그래도 혼자 있으니까 괜찮은데. 하여간 놀긴 놀아야 하겠는데, 넬이 없으니, 참. 너만 남았구나. 뭐 생각보다 훨씬 괜찮은데."

매기는 벌떡 일어나서 쏘아붙였다. "난 집에 갈래요."

애송이 소년은 놀라고 당황해서 "뭐라고? 집!" 하고 정말 깜짝 놀라 다시 소리쳤다. "다시 말해 봐, 집이라고 했어?"

"집에 간다고요." 매기는 똑같은 말을 다시 반복했다.

"왜 그래! 왜 그러지?" 소년은 자기 스스로 깜짝 놀라 물었다. 그는 반쯤 혼수상태에 빠진 상태에서 소녀를 도심지로 가는 차에 태워, 허세를 부리며 차비를 내주고, 창문을 통해 소녀에게 정다운 곁눈질을 보내고는 승강구 계단에서 뛰어내렸다.

제15장

고독해 보이는 여인 하나가 가로등 밑을 쓸쓸히 걷고 있었다. 그 거리는 외로운 모습으로 길을 떠나는 사람들로 가득 차 있었다. 끝없는 사람들의 행렬이 역 계단으로 오르고 있었고, 그 혼잡 속에서 짐을 든 사람들과 마차들이 뒤섞여 난장판을 이루고 있었다.

고독한 그 여인의 발걸음은 매우 느렸다. 그녀는 누군가를 찾고 있음이 분명하였다. 그녀는 어느 술집 문 근처를 기웃거리면서 술집에서 나오는 남자들을 찬찬히 뜯어보았다. 배나 기차를 타려는 많은 사람들이 팔꿈치로 그녀를 마구 밀치고 지나갔다. 그들은 그녀를 아랑곳하지 않고 마음은 이미 멀리 있는 집의 저녁 밥 생각에 가득 차 있었다.

버림받은 듯한 여인은 기묘한 얼굴을 하고 있었다. 그녀의 미소는 마음속으로부터 우러나오는 미소가 아니었다. 그러나 그녀는 쉬고 있을 때면 어떤 사람이 집게손가락으로 입술에 지워지지 않게 그린 것 같은 야릇한 미소를 지은 채 침울한 표정을 하고 있었다.

그때 지미가 저쪽에서 올라오고 있었다. 여인은 그와 마주치자 괴로운 표정을 지으며 말했다. "아, 지미야. 내내 찾고 있었는데."

이 말을 들은 지미는 참을 수 없다는 손짓을 하며 더 빨리 발걸음을 재촉하며 걸어갔다. "나를 괴롭히지 마!" 지미는 생명의 위협을 받은 사람처럼 난폭하게 대답했다.

여인은 여전히 다급한 애원자의 모습을 하고는 그를 쫓아갔다. "그렇지만, 지미. 네가."

지미는 더 이상 괴로움을 당하지 않기로 결심한 듯이 그녀에게 사납게 돌아섰다. "제발 부탁인데, 해티. 날 좀 따라잡지 마. 제발 좀 가만히 내버려둘 수 없겠어? 정말 부탁이야. 잠시라도 어디 쉴 여유를 주어야지. 눈치가 그렇게도 없나? 계속 나를 따라다니면 어떻게 해! 피곤해 죽을 지경이야. 제발 가만히 놔둬. 어서 비키라니까."

그러나 여인은 더 가까이 다가와서는 그의 팔에 손을 올려놓았다. "하지만 여기 좀 봐요……."

"지옥에나 가거라!" 지미는 그렇게 으르렁대고는 얼른 눈에 띄는 술집으로 뛰어 들어갔다. 그리고는 잠시 후 어둠침침한 옆문으로 빠져나왔다. 대낮같이 환하게 불이 켜진 도로에서 지미는 그 여인이 스카우트 단원처럼 이리저리 그를 찾아다니는 것을 보았다. 그는 안도의 한숨을 쉬며 웃고는 그곳을 떠났다.

집에 돌아왔을 때 어머니는 또 한바탕 떠들어대고 있었다. 매기가 집에 돌아온 것이다. 매기는 어머니의 꾸중을 들으며 와들와들 떨며 몸 둘 곳을 몰라 했다.

"어이쿠, 이런!" 지미가 놀라 소리를 질렀다.

방 안을 왔다 갔다 하며 다시 화가 머리끝까지 오른 어머니는 집게 손가락으로 딸을 가리키며 말했다. "저 꼴을 봐라. 저 애 좀 봐라! 바로 네 동생이다. 네 동생이 왔단 말이야. 쟤 좀 봐라! 보라니까!" 어머니는 비웃으며 매기를 가리키면서 고래고래 소리를 질렀다.

매기는 방 한가운데에 서 있었다. 마치 발붙일 곳을 못 찾은 듯이 발끝으로 왔다 갔다 서성거렸다.

"하하하!" 어머니는 이렇게 웃더니 고함을 쳤다. "저기 서 있구나! 얼마나 예쁘냐! 저 애 좀 봐라! 저 짐승 같은 애, 얼마나 귀엽냐? 어서 보라니까! 하하! 어서 쳐다봐!" 어머니는 앞으로 기울어지며, 딸의 얼굴에 붉고 주름진 손을 얹어 놓았다. 몸을 구부리더니 날카롭게 딸의 눈을 들여다보았다. "전과 조금도 다르지 않구나! 이 애는 어머니의 둘도 없는 사랑스러운 아이다, 그렇지 않니? 지미야, 이 애 좀 보라니까. 어서 여기 와서 이 애를 봐. 어서."

어머니의 우렁찬 목소리에 다시 럼 앨리 셋집에 사는 주민들이 그들의 문전으로 몰려들었다. 여자들은 복도로 몰려들었고, 아이들은 이리저리 뛰어다니고 있었다.

"또 무슨 일이야? 존슨네 사람이 또 야단법석인 모양이지."

"아니야, 맥이 집에 돌아왔대!"

"나가!"

열린 문을 통해 호기심에 찬 눈들이 매기를 뚫어지게 쳐다보고 있었다. 아이들은 대담하게 방 안으로 뛰어들어, 마치 극장 앞좌석에 자리 잡고 앉은 듯이 매기를 힐끔힐끔 곁눈질로 보았다. 밖의 여인들은 서로 대단한 것이라도 발견한 것처럼 쑥덕거렸다.

모든 사람들의 호기심에 덩달아 부추겨진 한 아기가 옆걸음질을 치며 앞으로 나가더니 벌겋게 달아오른 스토브를 만져 보듯 매기의 옷을 조심스럽게 만져 보았다. 그 아기 어머니의 목소리가 경고하는 나팔 소리처럼 터져 나왔다. 그녀는 달려 나가 아기를 움켜잡고는 매기에게 분노의 눈초리를 던졌다.

매기의 어머니는 노련한 흥행사처럼 문전에 가득 찬 사람들에게 설명을 늘어놓으며 이리저리 방 안을 왔다 갔다 했다. 그녀의 음성은 건물 전체에 크게 울렸다. "저기 그 애가 서 있다우." 그녀는 갑자기 소리치며 왔다 갔다 하더니 급기야는 손가락을 내밀어 딸을 가리켰다. "저기 서 있다니까. 저 애 좀 봐요! 얼마나 멋쟁이야! 아니, 어머니를 찾아왔으니 얼마나 착한 딸이야. 착한 건 사실이야! 얼마나 미인이야! 멋쟁이는 아니고?"

빈정대는 외침은 갑자기 터져 나온 웃음으로 말미암아 그치고 말았다. 소녀는 제정신이 드는 것 같았다. "지미."

그는 무섭도록 빨리 그녀로부터 멀리 몸을 피했다. "이제 너는 사람도 아니야!" 그는 이렇게 말하고 경멸로 치를 떨며 입을 오므렸다. 그의 이마는 번들거렸고 떨리는 손은 행여 더러운 것이 오염되지나 않을까 두려워하는 것 같았다.

매기는 돌아서서 밖으로 나갔다.

문전에 몰려 있던 사람들은 아슬아슬하게 뒤로 물러섰다. 문 앞에서 아래로 떨어지던 아기는 마치 부상당한 동물이 어미에게서 떨어지듯이 비명을 질렀다. 그때 한 여인이 앞으로 뛰쳐나가 용기 있게 아기를 받아 일으켰다. 그 모습은 마치 다가오는 급행열차로부터 위기에 처한 사람을 아슬아슬하게 구조하는 것과도 같았다.

매기가 홀을 지나 걸어갈 때, 열린 문 앞에는 호기심에 가득 찬 눈초리들이 도사리고 있었다. 매기는 이 층에서 자동 음악상자를 가지고 있는 뒤틀린 늙은 여인을 만났다.

"그래, 네가 돌아왔구나, 정말이냐? 그런데 다시 쫓겨났구나. 자 어서 내 집에 들어와 오늘 밤 나하고 지내자. 나는 도덕이니 뭐니 그런 건 따지지 않는 사람이니까."

위층에선 여전히 재잘거리는 소리가 끊이지 않았다. 그 모든 소리를 압도하면서 어머니의 비웃는 웃음소리가 크게 들려왔다.

제16장

　피트는 자기가 매기를 파멸시켰다고는 추호도 생각하지 않았다. 만일 그가 매기의 영혼이 다시는 미소 지을 수 없다는 것을 생각했더라면 훌륭한 그녀의 어머니와 오빠에게 책임이 있다고 믿었을 것이다. 뿐만 아니라 그의 세계에서는 영혼 같은 것이 미소 지을 수 있다고는 생각하지 못했다. "제기랄!"

　그러나 그는 약간 엉키어 말려든 기분이었다. 그것이 그를 괴롭혔다. 폭로를 하고 싸움을 벌이면 술집 주인이 크게 분노할 것이다. 그 주인은 앞서 가는 사람의 유형을 논하며 체면, 위신을 내세우지 않았던가? "무엇 때문에 그런 일에 소동을 피우려고 하지?" 그는 매기 가족의 태도에 불만을 품고 자문해 보았다. 도대체 사람들은 왜 그들의 여동생이나 딸이 집을 나간다고 평정을 잃고 그렇게 야단인지 몰라. 무슨 필요가 있단 말인가? 그들이 그렇게 행동하는 데 대해 곰곰이 마음속으로 생각해 보고는 이런 결론에 다다랐다. '매기의 동기는 나쁠 것도 없어. 오히려 다른 두 사람이 그녀를 함정에 빠뜨리려고 하는 것이야.' 이렇게 생각하고 보니 누가 자기를 쫓아오는 것 같았다.

　그 유쾌했던 홀에서 만난 여인은 비웃기 좋아하는 성격인 것 같았다. 그녀가 이렇게 말했다. "아무 재미없는 이 창백한 남자야. 그 여자

애 눈의 표정을 보았나? 호박 파이하고 부덕, 그런 것이 서려 있거든. 왼쪽 입가가 이상하게 비틀어지데. 그렇지 않아? 어머나, 피트 어떻게 하려고 그래?"

피트는 단도직입적으로 그 소녀에게 결코 관심이 없었다고 주장했다. 그러자 여인은 웃으며 그의 말을 막고 나섰다. "이 젊은이야, 그건 나에게 조금도 중요하지 않아. 날 의식하고 그런 말할 필요는 없어. 내가 무엇 때문에 관심을 보여야 해?" 그러나 피트는 설명할 것을 고집했었다. 만일 그가 여자 보는 눈이 시원치 않다고 조롱을 받으면, 그는 단지 그 여자가 임시라느니 또는 그 여자에게 관심이 없다고 말할 수밖에 없었다.

매기가 집을 나간 바로 다음 날 아침, 피트는 술집 뒤에 서 있었다. 아주 멋진 흰 재킷을 입고 앞치마를 두르고 있었으며, 머리는 이마 위에 찰싹 붙어 있었다. 그곳에는 손님이 한 명도 없었다. 피트는 서서히 맥주잔을 냅킨 쥔 손에다 문지르며 혼자서 조용히 휘파람을 불고는 이따금 관심 어린 물건을 보며 서 있었다. 약하게 들어오는 햇빛 몇 줄기가 두꺼운 미닫이 너머로 어두운 방을 비치고 있었다.

술집 주인은 매우 멋지고 대담한 여인 생각을 자주 하며, 고개를 들어 움직이는 대나무 문 사이에 여러 형태로 나 있는 틈을 통해 밖을 내다보고 있었다. 그는 갑자기 오므렸던 입술을 폈다. 매기가 천천히 걸어 지나가는 것을 보았기 때문이다. 그는 전에 이야기한 바도 있는 그 영업소의 놀라운 위신, 평판을 생각하며 소스라치게 놀랐다.

그는 죄책감을 느끼면서 재빨리 자기 주위를 초조하게 바라보았다. 방에는 아무도 없었다. 그는 부산하게 옆문으로 달려갔다. 문을 열고 밖을 내다보니 매기가 결정을 못 내린 듯 우물쭈물하며 길모퉁이에 서 있는 것이 보였다. 그녀는 그 장소를 애써 찾고 있었다. 그녀가 그를 향해 얼굴을 돌리자 그는 성급하게 오라는 손짓을 했다. 술집 뒤 제자리로 잽싸게 돌아오고, 경영주가 늘 주장하는 점잖은 분위기로 곧 되돌아와야 하기 때문에 서둘렀던 것이다.

매기가 그에게 다가왔다. 그녀의 얼굴에는 이제 걱정하는 기색은 사라졌고 입가에는 미소까지 감돌고 있었다. "오, 피트……." 그녀는 밝은 음성으로 그의 이름을 불렀다.

바텐더는 성급하게 손짓을 하며 난폭하게 말했다. "무엇 때문에 이곳에 와서 얼쩡거리지? 너 내가 혼나는 꼴을 봐야 쓰겠어?" 그는 달갑잖게 이야기했다.

이윽고 놀라움이 매기의 몸을 휩쓸었다. "왜 그래, 피트! 아니 나보고……."

피트는 아주 괴롭고 귀찮다는 표정을 지었다. 그는 마치 체면이 땅에 떨어질 위협을 받고 있는 사람처럼 분노를 이기지 못하고 얼굴이 온통 빨갛게 달아올라 어쩔 줄 몰랐다. "넌 나를 피곤하게 해! 무엇 때문에 내 뒤를 졸졸 따라다니는 거야? 비열한 짓을 하면 노인한테 혼나! 여자가 이곳에 와 있는 것을 보면 노인이 미친 듯이 야단치고, 그러면 나는 직장을 잃게 된다고. 알겠어? 넌 눈치도 없냐? 제발 날 괴롭히지 말아다오. 네 오빠가 이곳에 와 말썽을 부렸었지. 그래서 그 노인이 모든 것을 알아버렸거든! 이제 나는 끝났어. 알겠어? 끝장이야."

그녀는 그의 얼굴을 줄곧 응시하며 말했다. "피트, 아니 기억하……."

"계속해 보라고!" 피트는 선수를 쳐서 말을 중단시켰다.

그녀는 바로 자기 자신과 크게 투쟁을 벌이고 있는 것 같았다. 분명히 그녀는 너무 당황한 듯 말문을 열지 못하고 서 있었다. 마침내 숨을 돌리고는 낮은 소리로 물었다. "그럼, 난 어디로 가야 해?"

그 질문이 그만 피트를 참을 수 없을 정도로 화나게 했다. 그러니까 이것은 필경 그와 상관없는 일인데도 그에게 책임을 지우려는 당돌한 시도임에 틀림이 없었다. 그는 분개하며 저주의 말을 쏘아댔다. "뒈져 버려라!" 그는 문을 쾅 닫고 화난 표정으로 나갔으나 곧 안도의 한숨을 쉬고는 권위를 되찾게 되었다.

매기는 그곳에서 나왔다. 그리고는 정처 없이 거리를 헤매었다. 한번은 길을 가다 멈추어 서서 커다랗게 소리쳐 외쳐 보았다. "누구지?" 이때 그녀 바로 옆을 지나던 한 남자가 이 의문이 자신에게 던져진 것이라고 익살스럽게 받아들이고는 말했다. "에! 뭐라고? 누구냐고? 아무도 아니지! 나는 아무 말도 안 했는데." 그는 농담조로 말을 던지고는 제 갈 길을 갔다.

이와 같이 아무 목적도 없이 길을 걷다가는 이상한 눈으로 그녀를 지켜보고 있는 남자들에게 걸릴 것 같다는 생각이 불현듯 소녀의 머리를 스쳐갔다. 그녀는 놀란 나머지 발걸음을 재촉하게 되었다. 자신을 보호하느라고 소녀는 어떤 목적지에 가는 듯한 의도적인 태도를 갖기 시작했다.

갑자기 소녀는 실크 모자를 쓰고 고상한 검은 코트를 입은 건장한 신사와 마주치게 되었다. 그런데 그의 코트 단추는 위에서 아래까지 단정하게 잠가 있었다. 소녀는 신의 은총이란 말을 들어 본 적이 있다. 그녀는 무턱대고 이 신사를 따라가기로 결정했다. 만면에 희색을 띠고 약간 살찐 얼굴을 한 이 사람은 그야말로 자비와 온정의 대명사 같이 생각되었다. 그의 눈에서도 친절이 넘치고 있었다.

그러나 소녀가 수줍은 듯이 그에게 다가가 말을 건네자 그는 홱 돌아서며 빠르게 옆으로 발걸음을 옮기고는 점잔을 뺐다. 그는 어떤 영

혼을 구원하기 위해 모험을 하려 들지는 않았다. 그러나 구원할 영혼
이 바로 그의 눈앞에 있다는 것을 그가 어떻게 안단 말인가?

제17장

몇 개월 후, 어느 비 오는 날 저녁이었다. 두 줄의 긴 마차 행렬이 비가 와서 질척거리는 길을 미끄러지며 힘겹게 가고 있었다. 코트를 입은 운전사가 모는 열두어 대의 자동차도 이리저리 덜커덕거리며 가고 있었다. 윙윙거리는 것 같은 전깃불이 흐릿한 빛을 발하고 있었다. 초조하게 발로 땅을 차며, 온통 그의 코와 앞에 놓인 물건이 빗방울로 반짝이고 있는 어느 꽃장수가 장미와 국화꽃이 가지런히 진열되어 있는 꽃 더미 바로 뒤에 서 있었다. 두세 군데 극장에서 나온 인파가 보도를 가득 메우고 있었다. 사람들은 눈썹까지 내려오도록 모자를 눌러썼고, 귀밑까지 옷깃을 추켜올리고 지나갔다. 따뜻한 망토를 입은 여인들은 무엇에 쫓기는 듯 초조하게 어깨를 으쓱거리고 있었으며, 폭풍 속을 헤치면서 이따금 바람에 날리는 스커트를 고쳐 잡느라고 안절부절못했다. 두 시간 동안이나 극장에서 마음대로 지껄이지 못했던 사람들은 갑자기 이야기꽃을 피웠다. 그들의 마음은 그러나 아직도 무대의 광채로 환하게 빛나고 있었다.

보도는 온통 우산 바다를 이루고 있었다. 사람들은 자동차나 택시를 잡기 위해 차도 앞까지 나와 있었다. 손을 들고 차를 부르는 형태도 여러 가지여서 어떤 사람은 최대한도로 공손하게 부르는가 하면 또 다른 사람은 무뚝뚝하게 명령조로 소리를 질러댔다. 끝도 없는 행렬이 높이 있는 정거장 쪽으로 뻗어 있었다. 긴 대열에서 움직이는 사람, 차를 부르는 사람, 그 모두가 하나같이 즐거움으로 가득 찬 훈훈한 분위기가 공중에 꽉 차 있었다. 두 시간 동안이나 만사를 잊고 극장에서 즐겁게 지낸 것이며, 옷을 잘 입은 것으로 미루어 보아 팔자가 좋은 사람들임에 틀림이 없었다.

이 근처에는 밝은 것과 어두운 것이 뒤섞인 공원이 있었다. 그곳에는 늘 소외감을 느끼고 사는 듯한 몇몇 사람이 비에 흠뻑 젖은 채 배회하고 있었다. 또 몇 사람은 여기저기 놓여 있는 벤치에 흩어져 앉아 있었다.

한 소녀가 길을 따라 걷고 있었다. 모습으로 보아 소녀는, 화장을 짙게 하고 거리를 헤매는 무리의 한 사람 같았다. 그녀는 옆을 지나가는 남자들을 돌아가며 쳐다보고는, 촌티가 나고 별로 인텔리가 아닌 것 같은 사람에게 특별한 관심을 보이며 사람을 끄는 미소 작전을 펴고 있었다. 얼굴에서 대도시 냄새를 풍기는 남자들에게는 관심이 없고 그대로 지나쳐 버리는 것 같았다. 곧게 쭉 뻗은 도로를 건너 소녀는 망각의 집에서 나오는 군중 사이로 파고들었다. 재빨리 군중 속을 헤치고 나아가는 그녀의 모습에는 멀리 있는 집을 찾아가려고 서두르는 듯한 초조함이 깃들어 있었다. 소녀는 예쁜 망토를 걸쳐 입고는 앞으로 몸을 구부린 채, 우아하게 스커트 앞자락을 들어 올리며, 행여 멋진 신발에 진흙이라도 묻을까 염려하듯 보도의 물기 없는 지점만을 올라 밟으면서 걸어갔다.

이리저리로 부딪치며 여닫히는 술집의 문을 통해 바 앞에 줄줄이 앉아 있는 생기에 찬 사람들과 분주한 바 주인들을 볼 수 있었다. 음악 회장에서는 마치 일단의 유령 음악가들이 서둘러 연주하는 것 같은 음악이 대단히 빠르게 길로 쏟아져 나오고 있었다.

키가 큰 한 젊은 청년이 엄숙하게 여송연을 입에 문 채 소녀를 따라 길을 걷고 있었다. 그는 야회복을 입고 있었으며, 가슴에는 국화가 꽂혀 있었고, 특히 콧수염이 인상적이었다. 그러나 그의 눈은 권태감에 푹 빠져 있음을 여실히 보여 주고 있었다. 마치 그와 같은 사람은 이 세상에 존재하지도 않는 것처럼 자기와 같은 젊은 청년을 그대로 지나쳐 걸어가고 있는 소녀를 보고는 새삼스럽게 관심이 솟구쳐, 뒤를 돌아다보았다. 어느새 그의 눈은 소녀에게 고정되어 있었다. 처음 얼마 동안은 멍하니 쳐다보았었는데, 자세히 보니 소녀가 새로 나타난 파리 사람도 아니고 그렇다고 유별나게 꾸민 차림새도 아니라 그는 새삼 약간 놀라며 관심을 갖게 되었다. 그는 급하게 다시 걸어가며 탐조등을 비추는 선원같이 잠시 시선을 공중으로 보냈다.

이윽고 한 건장한 신사가 자랑스럽게 거리를 활보하고 있었다. 그는 허세를 부리는 것 같으면서도 인자하게 보이는 수염을 날리고 있었다. 그의 우람한 등은 소녀를 비웃고 있는 것 같았다. 작업복을 입고 차를 잡느라 부산하게 소동을 피우던 한 남자가 느지막하게 나타나 소녀의 어깨를 밀치고는 미안한 듯 말했다. "아이고, 미안해요, 매기. 매기이구먼. 기운을 내요." 그는 넘어지지 않게 소녀의 팔을 붙잡아 바로 세우고는 길 한복판으로 달려갔다.

소녀는 식당과 술집이 즐비한 지역을 벗어나 계속해서 걸어갔다. 다시 곧게 뻗은 도로를 지나 이번에는 사람들의 왕래가 빈번했던 지역보다 더 어두운 구역으로 들어갔다.

옅은 색 외투를 입고 더비 모자를 쓴 젊은 청년이 소녀의 날카로운 시선과 마주치자 관심을 보였다. 그는 멈추어 서서 주머니에 손을 넣고는 계속 소녀를 바라보며 비웃는 듯한 어조로 말을 던졌다. "어서 와요, 아가씨. 혹시 나를 농부로 잘못 본 것은 아니겠지?"

노동자가 지나갔다. 그는 팔에 보따리를 가득 든 채 지나갔다. 소녀가 관심을 보이자 그가 말했다. "멋진 저녁이야, 그렇지 않아?"

소녀는 이번에는 외투 주머니에 손을 감추고 급히 달려가는 소년의 얼굴을 쳐다보고 미소를 지었다. 소년의 판자놀이에는 금빛 머리칼이 흩어져 어지러웠고 얼굴에는 아무 관심도 없다는 표정이 담겨 있었다. 그러나 소년은 명랑한 미소를 잊지 않았다. 그는 고개를 돌려, 다시 그녀에게 미소를 던졌고 손까지 흔들었다. "오늘 밤은 안돼……. 그럼 다른 날 밤에."

소녀가 술 취한 사람을 막아서자 그는 고래고래 소리를 질렀다. "나 돈 없다고!" 그의 고함소리는 침울하게 들렸다. 그는 비틀거리며 걸어 올라가고 있었다. 그의 우는 소리는 그치지 않았다. "돈이 없어요. 운이 나쁘지 뭐. 돈이 다 떨어졌어."

소녀는 강 근처에 있는 더 어둠침침한 곳으로 들어갔다. 그곳에는 커다란 검은 공장들이 길을 막고 우뚝 서 있었다. 이따금 술집에서 환한 빛이 바깥으로 새어 나오고 있을 뿐, 주위는 밝지 않았다. 이곳의 어느 한 앞에 온통 상처투성이의 한 남자가 서 있었다. 술집에서는 요란하게 켜대는 바이올린 소리와 함께 마룻바닥을 오가는 발자국 소리, 그 위에 커다란 웃음소리가 뒤범벅이 되어 울려 나오고 있었다.

더 깊은 어두운 곳에서 소녀는 시선을 집중하면서 충혈된 눈으로 누더기를 입은 거지를 보았는데, 그는 더러운 손을 내놓고 있었다.

마침내 그녀는 아주 캄캄한 마지막 구역에 도달했다. 높은 건물의 셔터가 모두 내려져 있었는데, 그것은 마치 굳게 다문 입처럼 여겨졌다. 그런데 놀랍게도 그 건물들은 두루 사방을 멀리까지 볼 수 있는 눈을 가지고 있는 듯했다. 저 멀리 아주 먼 곳에서 가로등 불빛이 반짝이고 있었다. 전차의 종소리가 땡그랑거리며 맑게 들려왔다.

높은 건물 바로 밑에는 죽음을 상징하듯 검게 물든 강이 흐르고 있었다. 시야에 잘 나타나지 않는 어떤 숨겨진 공장에서 노란빛이 새어 나왔는데, 그것은 목재를 스치며 찰랑이는 물결을 잠시 비춰 주었다. 멀리 있기 때문에 즐거워 보이고, 도대체 접근할 수 없기 때문에 신비해 보이는 여러 가지 인생의 소음이 끊어질 듯 약하게 들려왔다가는 다시 침묵 속으로 사라지고 말았다.

제18장

칸막이가 되어 있는 술집 모퉁이에는 남자 하나가 여섯 명의 여자와 함께 앉아 있었다. 여자들은 그의 주위를 맴돌며 유쾌하게 웃고 있었다. 그 남자는 술에 몹시 취해 있었다. 이 세상 모두를 사랑하게까지 될 정도로 그의 취기는 대단하였다. "얘들아, 난 좋은 사람이야. 나같이 선량한 사람이 어디 있겠니? 누구든지 나에게 잘하면, 나도 응분의 보답을 한다고! 알겠니?"

그의 말을 시인하듯이 여자들이 고개를 끄덕였다. "확실히, 당신은 우리 모두가 좋아하는 사람이야, 피트. 정말 멋쟁이야! 이번에는 또 뭘 살래요." 여자들은 진정에서 우러나는 찬사를 보내며 말했다.

"뭐든지 원하는 것으로!" 그는 마구 선심을 쓰며 여자들의 요청을 따랐다. 그의 얼굴은 인자한 빛으로 가득 차 있었다. 그는 마치 선교사와 같은 태도를 취했다. 잘 알지도 못하는 호텐토트 야만인까지도 따뜻하게 형제로 맞아들일 것 같았다. 그는 특별히 화려한 여자 친구들의 부드러운 환대에 압도되고 있는 것 같았다. "뭐든지 원하는 걸로!" 그는 자선을 베풀며 똑같은 말을 반복했다. 그의 그러한 태도는 무모하게까지 보였다.

"아가씨들 난 좋은 사람이야. 그리고 누구든 나에게 잘하면,

난······. 자, 여기 아가씨들에게 마실 것을 갖다 주라고!" 열린 문을 통해 그는 웨이터를 불렀다. "아가씨들, 뭘 먹을 텐가? 원하는 것이 있나?"

웨이터는 이미 술이 취한 사람에게 또 술을 권해야 할 때의 그 난처한 표정을 짓고 방 안을 들여다보았다. 그는 한 사람, 한 사람으로부터 주문을 받으며 고개를 끄덕이더니 사라졌다.

"참 멋지게 잘 놀았어. 정말 좋은 아가씨들이야. 내 마음에 쏙 들었어." 그는 입을 열어 모여 있는 아가씨들을 침이 마르도록 칭찬했다. "남자를 속이려고 하지 마. 그저 즐겁게 놀면 되지. 그렇다니까! 그렇게 해야 돼! 만일 아가씨들이 나를 꾀거나 속여 술을 사게 했더라면, 난 결코 술을 안 샀을 거야! 너희는 착한 애들이야! 너희는 남자 대접을 할 줄 알아. 그래서 너희 옆을 떠나지 않고 마지막 한 푼마저 모두 쓸 때까지 남아 있었던 거야! 그래야 돼! 나는 좋은 사람이야. 누가 나를 제대로 대접하면 나는 곧 알거든!"

웨이터가 왔다가 자리를 떠난 그사이에, 술 취한 자선가는 아가씨들에게 모든 사물에 대해 그가 느끼는 애틋한 마음을 이야기해 주었다. 이 세상 모든 사람과의 거래에 있어 그는 순수한 동기로 일을 시작한다고 역설했다. 그리고는 사랑스러운 사람들에게는 특별한 우정을 느낀다는 점도 빼놓지 않았다. 그의 눈에는 눈물이 고이기 시작했다. 아가씨들에게 이야기할 때 그의 목소리는 떨렸다.

한번은 웨이터가 빈 쟁반을 들고 나가려고 하자 주머니에서 동전 하나를 내어 그에게 내밀었다. "여기 이십오 페니 가져가." 그는 대단히 기분 좋게 말했다.

웨이터는 그대로 쟁반을 들고 있다가 말했다. "손님의 돈은 원치 않습니다."

상대방은 다시 간곡하게 애원하듯 동전을 내밀고는 외쳤다. "자, 여기 이십오 페니! 가져가요! 참 좋은 친구야, 자네는. 이것을 제발 받아주게."

"아니, 왜 이러시지요?" 웨이터는 하는 수 없이 나무라는 어조로 시무룩해져 말했다. "어서 주머니에 돈을 넣으세요! 부담을 주시는군요. 바보짓일랑 하지 마세요."

웨이터가 문밖으로 나가자, 그는 참담한 표정으로 여인들에게 돌아서며 말했다. "내가 좋은 사람이라는 것을 그가 몰라주는군."

"걱정하지 말아요, 피드." 약삭빠르고 대담한 아가씨가 그의 팔을 다정하게 잡으며 말했다. "걱정하지 말아요! 우리는 당신 곁을 떠나지 않을게요!"

"그러면 그렇지!" 그의 얼굴은 여인의 부드러운 위로의 말을 듣자 환하게 밝아졌다. 그리고는 기분이 상쾌해져 말을 이었다. "그러면 그렇지! 나는 좋은 사람이야. 누구든지 나에게 잘 대하면 나도 응분의 대접을 해 주지. 알겠어?"

"물론이죠! 그리고 우리는 절대로 배신은 안 하니까요." 여인들은 일제히 입을 모아 말했다.

그는 한 여인에게 애원하는 듯한 시선을 보냈다. 그의 행동으로 보아, 만일 그가 못된 짓을 했으면 죽을 각오도 되어 있다는 결의가 차 있는 듯했다. "말 좀 해. 내가 늘 너에게 잘 대해 주지, 넬? 나는 좋은 사람이야. 너에게 늘 잘해 주었지, 넬?"

"그럼요. 물론이지, 피트." 넬은 금방 긍정했다. 그리고는 친구들에게 말을 하기 시작했다. "물론이야. 그게 사실이야. 피트는 좋은 사람이야. 그렇다니까. 그는 절대로 친구를 배신하지 않아. 그야말로 제대로 생긴 친구야. 그래서 우리가 모두 그의 곁을 떠나지 않는 거야. 얘들아 그렇지 않니?"

"물론이야!" 그들은 다 같이 맞장구쳤다. 그들은 다시 애교를 떨며 잔을 들어 그의 건강을 위해 축배를 들기도 했다.

"아가씨들." 그는 다시 간청하듯이 그들을 불렀다. "내가 늘 잘해 주었지, 그렇지 않아? 아가씨들, 내가 확실히 좋은 사람이지?"

"그렇다니까요!" 그들은 다시 입을 모아 큰 소리로 말했다.

"자, 그렇다면 우리 또 한 잔 들세." 그러더니 그는 또 술을 권했다.

"그러지요. 우리 마셔요. 당신은 애송이 얼간이가 아니니까." 아가씨 하나가 그의 제의를 환영했다.

그는 떨리는 주먹으로 테이블을 치면서 시작했다. "그래야지." 그는 누가 자기 말에 시비를 걸고 나서기나 한 것처럼 정색을 하더니 크게 외쳤다. "나는 좋은 사람이야. 그리고 다른 사람이 나를 잘 대해 주면, 나도 잘 대접한다니까…… . 우리 또 한 잔 하지." 그는 잔으로 나무를 치기 시작했다. "이봐!" 그는 갑자기 조바심이 나는 듯 으르렁 댔다. 그래도 웨이터가 나타나지 않자, 화가 나 어쩔 줄을 모르며 다시 더 큰 소리로 고함을 쳤다. "이봐!" 웨이터가 마침내 문에 나타났다. "술 가져와!" 그는 고래고래 소리를 질렀다.

웨이터는 주문을 받고 다시 사라졌다. "저 웨이터 놈은 바보야! 누구를 모욕하는 거야! 신사 앞에서 말이야! 모욕은 참을 수 없다고! 오기만 해 봐라, 죽일 거야!" 그는 정신 나간 사람처럼 고함을 지르며 시비를 걸었다. "이러지 마세요! 이러면 안 돼요!" 여인들이 주위로 모여들며 그를 진정시키려고 했다. "그 사람 잘못한 것은 없어요! 악의라고는 없는 사람이지요. 제발 참으세요. 그 사람 좋은 사람이에요!"

"그가 나에게 모욕을 준 것이 아니란 말이야?" 그는 아주 진지하게 물었다.

"아니에요. 절대로 그러지 않았어요! 그 사람은 막돼먹은 사람이 아니에요!" 여자들이 그를 달랬다.

"정말, 나에게 모욕을 주지 않았다는 말이겠다?" 그는 미심쩍은 듯 다시 한 번 물었다.

"아니에요! 절대로 그렇지 않아요. 그는 좋은 사람이에요. 악의가 없었거든요."

"그렇다면, 오히려 내가 사과하지!" 그는 무슨 큰 결심이나 한 듯 안심하고 말했다.

이윽고 웨이터가 나타났을 때, 그는 마루 가운데로 가기 위해 몸을 일으켜 세웠다. "아가씨들이 네가 나를 모욕한 것이 아니라고 그러더군. 정말 그렇담, 용서를 비네."

"괜찮습니다." 웨이터는 아무렇지도 않은 듯이 대답했다.

그는 자리에 앉았다. 졸음이 쏟아지고 정신이 몽롱했지만, 모든 것을 깨끗하게 처리하고 사람들을 이해하고자 하는 마음이 가득했다. "넬, 내가 잘못 대한 것이 없지? 나를 좋아하지, 넬? 난 좋은 사람이라니까."

"의심할 여지가 있나요!" 넬은 아주 시원스럽게 대답했다.

"너 때문에 내가 이러지도 저러지도 못하는 것을 알겠지, 넬?"

"의심할 여지가 있나요!" 넬은 여전히 조금 전에 하던 말을 반복할 따름이었다.

술이 몹시 취한 나머지 몸이 제대로 말을 듣지 않는 것을 느끼면서도 사랑의 감정에 압도되어 그는 주머니에서 두세 장의 지폐를 꺼냈다. 그리고는 마치 신부같이 그것을 정중하게 앞 테이블 위에 놓았다. "내가 가진 것을 모두 네가 가져도 괜찮다는 걸 알고 있겠지? 글쎄, 이러지도 저러지도 못하고 너한테 꼭 잡혔으니까 이러는 거지. 너한테 단단히 걸려들게 된 거야. 넬……, 술 좀 사……. 우리 참 신나지……, 누구든지 나를 좋게만 대하면 나도……, 넬……, 우린 참으로 멋있게 지내고 있어."

얼마 안 되어 그는 퉁퉁 부은 얼굴을 하고 가슴을 바닥에 대고는 깊은 잠에 빠지고 말았다.

여자들은 술에 취해 곤드레만드레 모퉁이에 처박혀 자고 있는 사람에게는 이미 아무 관심도 보이지 않았다. 그들은 술을 마시고 웃으며 즐기고 있었다. 그는 앞으로 기울어지더니 드디어 자빠지며 신음소리와 함께 마룻바닥에 뻗고 말았다.

여자들은 기분 나쁜 듯 소리를 지르면서 치마를 잡아당겼다. "우리 어서 이곳을 빠져나가자." 아가씨 하나가 뾰루퉁해져서 소리쳤다.

약삭빠르고 대담한 여인은 그대로 남아 있었다. 그녀는 부산하게 테이블 위에 있던 돈을 챙기며 깊숙하고 볼품없는 주머니에 그것을 틀어넣었다. 비스듬히 길을 막고 누워 있는 사람의 코고는 소리가 요란했다. 그 때문에 그녀는 돌아서서 그를 내려다보았다. 그리고는 한참이나 웃었다. "바보 같으니라고!" 그녀는 이렇게 쏘아붙이고는 어디론가 사라졌다.

램프에서 나온 연기가 작은 칸막이 방을 무겁게 둘러싸 나가는 길을 분간 못 하게 하였다. 게다가 코를 찌르는 기름 냄새가 진동하여 질식할 것만 같았다. 뒤집힌 유리잔에서 쏟아진 술이 자고 있는 사람의 목 뒤 흉터에 뚝뚝 떨어지고 있었다.

제19장

한 여인이 방 안의 식탁에 앉아 그림에서 흔히 보는 살찐 수도사같이 음식을 먹고 있다.

꾀죄죄한 얼굴에 수염도 깎지 않은 청년이 문을 열고 들어왔다. "저, 맥이 죽었어요." 그가 말했다.

"뭐라고?" 입안 가득 빵을 씹고 있던 여인이 말했다.

"맥이 죽었어요." 청년이 다시 한 번 말했다.

"뭐, 그 애가 죽었다고?" 여인은 거듭 이렇게 묻더니, 계속해서 식사를 했다.

커피를 다 마신 뒤에야 비로소 그녀는 울기 시작했다. "그 애 두 다리가 네 엄지손가락보다도 작았던 때가 기억난다. 그리고 털실로 깐 신발을 신고 있을 때였지." 여인은 통곡하기 시작했다.

이웃 사람들이 다시 문전에 모여들기 시작했다. 그들은 방 안에서 마치 죽어 가는 개가 경련을 일으키듯이 몸을 가누지 못하고 몸부림치며 우는 여인을 보았다. 동네 여자들 열두어 명이 들어와 같이 애통해하며 울었다. 그들의 방은 삽시간에 분주한 손놀림 덕분으로 죽음을 맞이할 수 있게끔 깨끗이 정돈되고 질서를 찾게 되었다.

갑자기 문이 열렸다. 수녀복을 입은 여인이 앞으로 팔을 내밀며 달려 들어왔다. "아이고, 가여운 매리!" 그녀는 애통해하면서 구슬프게 울고 있는 여인을 부드럽게 얼싸안았다. "이 무슨 시련이오!" 그녀는 계속해서 말했다. 그녀의 말투는 교회에서 들을 수 있는 그런 말투였다. "아, 불쌍한 매리, 내가 이 슬픔을 같이 나누리다! 어머니 말을 듣지 않더니 기어이 화를 입었구려." 그녀의 선량하고 어머니같이 따스한 얼굴이 눈물로 얼룩져 있었다. 그녀는 억제할 수 없을 정도로 몸을 떨며 무언가 동정의 말을 하려고 애를 썼다.

딸의 죽음을 슬퍼하는 여인은 고개를 푹 숙인 채, 어깨를 크게 들먹이며 찢어질 듯한 소리로 울고 있었다. 그 울음소리는 크고 슬픔이 담겨 있어, 마치 피리에서 울려 나오는 장송곡처럼 들렸다. "글쎄, 그 애가 털실로 짠 양말을 신고 두 발이 당신 엄지손가락보다도 결코 더 크지 않았던 때를 기억하지요. 스미드 양, 털실로 짠 양말을 신었었다우." 그녀의 눈에서는 눈물이 하염없이 흘러내리고 있었다. 그녀는 이렇게 말하고는 또다시 슬피 울기 시작했다.

"아이고, 가엾은 매리. 어떻게 하나!" 검은 옷을 입은 여인은 다시 흐느끼며 울었다. 나지막이 어깨를 들먹이며 울고 있던 그녀는 죽음을 슬퍼하고 있는 여인의 의자 곁에 무릎을 꿇고 주저앉더니 그녀를 얼싸안았다. 다른 여인들은 다른 가락으로 울기 시작했다. "말썽 부리던 아이가 이제 갔구려, 매리. 우리 잘된 일이라고 스스로 위로하면서 삽시다. 이제 딸을 용서하시겠죠? 그리고 딸이 저질렀던 모든 일도, 또 어머니에 대한 배은망덕도, 타락과 그 밖의 모든 것도, 그 애는 이제 자신의 죄를 심판받을 수 있는 곳으로 간 것이라우."

수녀복을 입은 여인은 얼굴을 들더니 마음을 진정시키는 듯하였다. 햇빛은 어김없이 창문으로 쏟아져 들어와 침울하게 가라앉은 방에다 활기를 넣어 주고 밝은 분위기로 바꾸는 듯하여 오히려 끔찍한 느낌마저 들기도 했다. 이 광경을 보고 있던 두어 명의 구경꾼도 흐느껴 울었다. 특히 한 사람은 큰 소리로 울면서 슬픔을 감추지 못했다.

슬퍼하던 매기의 어머니는 비틀거리며 다른 방으로 들어갔다. 잠시 후, 그녀는 색이 다 바랜 애기 양말 한 켤레를 손에 들고 나왔다. "그 애가 이것을 신고 놀던 때를 생생하게 기억해!" 그녀는 다시 울음을 터뜨렸다. 이에 다른 여자들은 마치 칼에 찔린 것처럼 다시 슬퍼하며 울기 시작했다. 어머니는 꾀죄죄하고 면도를 하지 않은 청년에게로 돌아섰다. "지미, 내 아들아! 어서 네 동생을 데리고 오너라. 가서 빨리 데리고 와. 발에다 신발을 신기려고 그래!"

"그게 지금 어디 맞기나 하겠어요. 어머니도 바보같이!" 청년의 대답에 크게 화가 난 어머니는 싸울 듯 덤비며 소리쳤다.

"어서 데려오지 못해!"

청년은 시무룩해져 방구석으로 가더니 천천히 외투를 입기 시작했다. 그는 모자를 집어 들더니 내키지 않는 표정으로 발을 옮겨 놓았다.

수녀복을 입은 여인은 다시 앞으로 나와 슬퍼하는 매기의 어머니에게 간청했다. "용서하겠지. 아이를 용서하겠지, 매리? 나쁜 아이를 용서하겠지? 그 애의 생은 저주를 받은 것이었고 죄악투성이의 나날이었지. 그렇지만 나쁜 딸이라도 용서하겠지? 그 애는 죄를 심판받을 곳으로 간 것이야."

"그 애가 죄를 심판받을 곳으로 갔다고요!" 다른 여인들은 이 말에 놀라 모두 약속이나 한 듯이 되받아 소리쳤다.

"주님은 생명을 주시지만 또 거두어 가시기도 합니다." 수녀복을 입은 여인이 햇빛이 비치는 쪽으로 눈을 돌리며 말했다.

이에 다른 사람이 따라했다. "주님께서 주셨다가 또 데려가십니다."

"그 애를 용서하지요, 매리?" 수녀복을 입은 여인이 간청했다.

슬픔에 잠겨 있던 어머니는 말을 하려고 무던히 애썼지만 목소리가 나오지 않았다. 그녀는 슬픔을 억제하지 못해 어깨가 크게 들먹거렸다. 뜨거운 눈물이 흘러내려 얼굴이 온통 불에 덴 것 같았다. 마침내 그녀가 무겁게 입을 열었다. 그녀는 고통스러운 듯이 외치며 일어섰다. "그럼, 그 애를 용서해야지! 용서해야 하고말고!"*

난파선
(The Open Boat)

이 이야기는 실제 일어난 일을 다루고 있다. 증기 여객선 '크모도어'가 바다에 가라앉을 때 겪은 네 사람의 경험이 그 주축을 이루고 있다.

제1장

그들 중 아무도 하늘이 무슨 색을 띠고 있는지 알지 못했다. 모두의 눈길은 수평선과 끊임없이 마구 밀려들어 오는 파도에 집중되어 있었다. 거품이 부글부글 일고 있는 꼭대기 부분을 빼놓고는 온통 회색빛을 띠고 있었다. 이들 사나이치고 바다가 무슨 빛깔을 띠고 있는지 모르는 사람은 아무도 없었다. 저 멀리 보이는 수평선은 좁아졌는가 하더니 다시 넓어지고, 가라앉는가 하더니 다시 불끈 솟아올랐다. 수평선의 가장자리는 바위에 와 부딪쳐 철썩거리고, 솟아오르는 물결 때문에 톱니같이 울퉁불퉁해 보였다.

파도를 타고 오르내리는 이 보트는 아마 누구의 집에라도 있는 큰 목욕통보다 더 작을 것 같았다. 눈앞에서 쉴 새 없이 밀려오고 있는 파도는 뭔가 심상치 않았고, 산더미처럼 높이 올랐다가 갑작스레 덮치는 모습은 야만스럽게까지 보였다. 작은 보트로 항해를 하다 보면 파도 거품 하나하나까지도 문제가 되었다.

배 바닥에 납작하게 엎드려 있던 요리사는 두 눈을 멀쩡히 뜨고도 자신과 바다를 분리해 주고 있는 육 인치가량의 뱃전만 바라볼 뿐 속수무책이었다. 주섬주섬 소매를 걷어붙이고 보트 바닥에 고인 물을 퍼낼 때마다 단추가 열린 조끼 앞자락이 달랑달랑 흔들렸다.

"앗! 위험해!" 그는 이따금 혼비백산하여 외쳤다. 소리를 지르면서도, 그는 여전히 파도에서 눈을 떼지 않았다.

배에 달린 두 개의 노 중에서 하나를 붙잡고 보트를 저어 가던 급유 담당 선원은 소용돌이치며 선미를 넘어 들어오는 바닷물을 막기 위해 이따금 벌떡 일어섰다. 아주 가늘고 작은 노였다. 조금만 잘못하면 금방 부러질 것만 같았다.

또 다른 노로 보트를 젓고 있던 무선사는 굽이쳐 오르는 파도를 바라보며 왜 자신이 이런 신세가 되었는지 의아하게 생각했다.

부상당한 몸으로 뱃머리에 누워 있던 선장은 이 지경을 당해서 깊은 실의와 낙담으로 정신을 차리지 못하고 있었다. 이와 같은 실의와 낙담은 아무리 용감하고, 참을성 많은 사람에게도 어떤 순간에는 찾아오는 손님인 것이다. 번창하던 의사가 망한다든지, 부대(部隊)가 패배만을 계속한다든지, 잘 가던 배가 갑자기 가라앉는다든지 할 때 어쩔 수 없이 겪는 수난이기도 하다. 아무리 보잘것없는 배라 할지라도 선주(船主)의 마음은 배의 늑골을 이루고 있는 재목에 깊숙이 뿌리박혀 있는 법이다. 그 배를 단 하루 동안 가지고 있었건, 십 년 이상을 간수해 왔건 간에 배에 대한 애착은 마찬가지다. 저 멀리 수평선에서 먼동이 터 올 무렵, 배가 엎치락뒤치락하기도 하고 심지어는 꼭대기에 흰 공이 달린 제일 높은 돛대의 기둥이 마치 파도에 난도질당하듯 이리저리 뒤흔들리다가 낮게, 그리고 잠시 후에는 더 낮게 내려가는 것을 본 이 보트의 선장은 이때 받은 끔찍스러운 인상을 떨쳐버릴 수가 없게 되었다. 뭐라고 확실히 꼬집어서 말할 수는 없지만 이때부터 선장의 음성은 전과 같지가 않았다. 떨리기까지 하지는 않았다고 해도 슬픔으로 가득 찼고, 눈물을 흘리거나 말로는 도저히 표현할 수 없는, 아무튼 그런 것을 능가하는 어떤 특징적인 표정을 띠고 있었다.

"보트를 조금만 더 남쪽으로 움직여, 빌리." 선장이 말했다.

"조금 더 남쪽으로요, 선장님?" 보트 뒷머리에 앉아 있던 급유담당 선원이 선장의 말을 되받아 확인했다.

보트 안의 좌석은, 세상 물정을 모르고 아무나 받아 버리려고 날뛰는 브롱코 야생마와 별로 다를 바가 없었다. 말이 나왔으니 말이지만 브롱코 야생마가 이 보트보다 훨씬 작다고 말할 수도 없었다. 보트는 길길이 날뛰다가는 뒤로 물러나고, 다시 야생마처럼 돌진해 나아갔다. 파도가 밀어닥칠 때마다 갑자기 위로 치솟는 배는 마치 터무니없이 높은 담장을 뛰어넘으려는 말처럼 생각되었다. 이 거대한 파도의 벽을 뚫고 뒹구는 보트의 모습은 도무지 현실처럼 느껴지지 않았다. 게다가 더욱더 믿기 어렵고 놀라운 것은 파도 위에서 다시 산을 이루며 더 큰 파도가 몰아칠 때마다 정상에서 흰 거품과 함께 내리쏟아지며 보트를 튀어 오르게 하고, 그것도 모자라 공중에서 또다시 곡예를 하게 만드는 파도였다. 보트는 파도에 심하게 얻어맞아 미끄러지고 달려가다가는 갑자기 기울어져 물장구를 치며 떨어졌다. 그리고는 또다시 산더미같이 밀려오는 위협적인 파도의 바로 코밑에서 몸체를 가우뚱거렸다.

바다에서만 느끼게 되는 불편과 어려움을 든다면 아마도 파도 하나를 무사히 넘겼다고 안심하는 바로 그 순간에 선원들의 간담을 서늘하게 만드는 먼저 것보다도 더 거대한 다른 파도가 있다는 것이다. 도사리고 있던 파도는 작은 배를 순식간에 물속에 처넣어 버리는 재주가 있다. 십 피트 정도밖에 되지 않는 작은 보트를 타 본 사람이라면, 배를 타 보지 못한 사람은 도저히 상상조차 하기 어려운 바다의 숨겨진 계략(計略)을 알게 된다. 특히 파도의 경우, 그 놀라움은 이루

말로 할 수가 없다. 회색빛 파도의 장벽이 다가올 때마다, 작은 배에 탄 사람은 시야가 가려 지척을 분간하지 못하게 된다. 이 거대한 파도를 바다의 마지막 몸부림, 아니 흐릿하게 보이는 바닷물의 마지막 발작으로 생각하는 것도 무리는 아니다. 무섭게 굽이치는 파도의 움직임에는 짜릿한 매력도 있긴 하다. 물마루가 으르렁대는 소리를 제외한다면 파도는 조용히 밀어닥친다.

음산하고 파리한 빛 속에서 사람들의 얼굴은 모두 회색빛 일색이다. 보트 뒷머리에 눈을 고정시키고 보트를 바라다보는 사람들의 눈에서는 틀림없이 이상한 광채가 발했으리라. 발코니에라도 올라가서 이 모든 것들을 본다면 그야말로 유령이라도 나올 것같이 볼만했을 것이다. 그러나 보트를 탄 사람들은 그런 것들을 볼 여유가 없었다. 좀 한가로운 시간이 나는가 싶으면 어느 새 그들의 마음은 다른 일에 사로잡히게 되었다. 태양은 서서히 떠올랐다. 그들은 대낮이 되었다는 것을 실감하게 되었다. 어느덧 바다색깔은 회색에서 에메랄드 초록으로 변하고 있었고, 초록 바다 위엔 호박색 햇살이 길게 무늬 져 있었다. 파도 칠 때 용솟음치는 물거품은 마치 마구 흩날리는 눈과도 같았다. 그들은 서서히 밝아 오는 새벽의 모습을 전에는 본 적이 없었다. 그들은 단지 마구 밀려오는 파도 색깔의 영향에만 익숙해 있을 따름이었다.

요리사와 무선사는 앞뒤가 맞지 않는 말로 인명 구조소냐 대피소냐에 대해 논란을 벌이고 있었다.

"모스퀴트 인릿 라이트 바로 북쪽에 대피소가 있으니까 사람들이 우리를 발견하기가 쉽고 곧 우리를 구조해 줄 거야." 요리사가 말했다.

"누가 우리를 발견할 거라고?" 무선사가 반문했다.

"선원들이." 요리사가 대답했다.

"대피소에는 선원들이 없는 법이야." 무선사가 말했다. "내가 알기로 그들은 조난자들을 위해서 준비해 둔 옷가지가 쌓여 있는 곳에나 있는 법이지. 그들은 선원들을 보내지 않는다고."

"아냐, 보내." 요리사가 말했다.

"아냐, 보내지 않아." 무선사가 말했다.

"아직 그곳에 가려면 멀었는데 뭘 그러나." 배 뒷전에 있던 급유원이 끼어들었다.

"저, 아마 모스퀴트 인릿 라이트 근처에 있을 거라고 생각했던 것은 대피소가 아니라 어쩌면 인명 구조소인지도 몰라."

"우리는 아직 거기까지 가지도 못했다니까." 선미의 급유원이 다시 말을 던졌다.

제2장

　파도가 몰려올 때마다 보트가 치솟아 올라 모자도 쓰지 않은 사람들의 맨머리에 바람이 불어닥쳤고, 치솟았던 보트가 선미를 튕기며 다시 내려앉자 물보라가 그들의 얼굴을 때리고 스쳐 갔다. 파도가 칠 때마다 그 물마루는 산이 되어 덮쳐 왔고, 물마루 위에 잠시 올라앉은 사람들은 무섭게 포효하는 대양을 바라보았다. 광활한 바다는 찬란하게 빛나며 바람에 찢기고 있었다. 에메랄드빛과 흰빛, 누런빛이 뒤범벅이 되어 출렁이는 바다는 확실히 장관이었고, 바람은 아무것도 거칠 것이 없다는 듯 바다를 희롱하고 있었다.

　"다행이야. 바람이 육지 쪽으로 불고 있어. 그렇지 않다면 우리는 지금쯤 어떻게 되었을까? 징후가 좋아 뵈지 않아?"

　"그래." 무선사가 말했다.

　바빠서 어쩔 줄 모르는 급유원도 고개를 끄덕였다.

　뱃머리에 잠자코 있던 선장은 농담과 질시, 비극과 자포자기한 감정이 한데 엉겨 덩어리를 이룬 듯 야릇한 표정을 지으며 낄낄거리고 웃었다. "그래 자네들 생각으로는 우리가 무사히 살아날 것 같은가?" 선장이 물었다.

　이 물음에 세 사람은 주저하며 헛기침만 할 뿐 아무 말도 못 했다.

이런 상황에 처해 있으면서 난데없는 낙관론을 펼친다는 것이 유치하고 어리석다는 것을 그들 모두는 한결같이 느끼고 있었다. 말은 않지만 마음속으로 그들이 처해 있는 상황을 너무나 잘 알고 있었다. 혈기가 있는 젊은 사람은 이럴 경우 제 고집을 앞세워 떠들어댈 수도 있다. 그러나 어렵고 다급한 상황일수록 절망적인 기색을 조금이라도 보이는 것은 윤리적으로도 어긋난 일이었다. 그래서 그들은 입을 다물었을 뿐이었다.

"자, 염려들 말아! 틀림없이 우린 모두 무사히 뭍에 닿을 수 있을 거야." 선장은 아이를 달래듯이 선원들을 위로했다.

그러나 선장의 목소리에는 뭔가를 생각하게 하는 바가 스며 있었다. 이윽고 급유원이 말했다. "그럼요! 이 바람만 잘 탄다면, 될 거예요."

요리사도 덧붙여 말했다. "물론이죠! 큰 파도만 만나지 않는다면 말이에요."

광동 플란넬 강풍은 여기저기에서 몰아쳤다. 때때로 기세를 죽여 갈색 밭을 이루고 있는 해초 더미 근처 바다 위에 사뿐히 내려앉는 것 같았다. 그러자 바람에 밀려 해초들은 가지런히 널려 있는 양탄자같이 움직이고 있었다. 아무 일도 없는 것처럼 떼를 지어 앉아 있는 갈매기들은 작은 보트에 몸을 맡긴 사람들에게 부러움의 대상이 되었다. 천 리, 만 리 밖 내륙지방의 평원에서 노는 병아리들에게는 바다가 아무 상관이 없듯이 바다가 제아무리 포효해도 갈매기들에겐 아무런 불편도 주는 것 같지 않았고, 관심 밖이었다. 그렇기에 갈매기들은 그들 아주 가까이까지 날아와서는 검은 구슬 같은 눈으로 사람들을 내려다보았다. 새들은 퍽 운수가 사나운 모습들을 하고 있었다. 불길한 눈초리로 사람들을 뜯어보기까지 하자 참다못해 화가 난 사람들은 소리를 질러 그들을 쫓아 버렸다. 그래도 한 마리는 막무가내로 선장의 머리 꼭대기에 날아와 앉으려는 듯 떠나지 않는 것이었다. 그 갈매기는 보트와 수평으로 날 뿐 빙빙 돌지는 않았다. 그러더니 이윽고 병아리처럼 공중에서 짧게 옆으로 뛰어내렸다. 까만 눈은 선장의 머리를 탐내듯이 그곳에 고정되어 있었다. "흉측한 놈 같으니라고!" 급유원은 이 광경을 보다 못 해 갈매기를 향해 소리쳤다.

"너는 꼭 잭나이프로 만들어진 놈 같구나." 요리사와 무선사도 그 말을 받아 갈매기를 향해 무섭게 욕설을 퍼부었다. 선장은 그놈을 무거운 밧줄 끝으로 때려눕히고 싶었지만 조그만 손짓이라도 하게 되면 사람이 탄 이 보트가 뒤집혀 버릴 게 뻔하기 때문에 감히 그럴 수도 없었다. 그래서 선장은 마음을 가라앉혀 부드럽게, 그리고 조심스럽게 손을 뻗쳐 갈매기를 날려 보냈다. 더 이상 덤벼들지 못하도록 꺾어 놓은 뒤 선장은 갈매기들에 대해서는 안도의 한숨을 쉬게 되었다. 음침하고 불길하게만 생각되었던 갈매기들이 멀리 사라지자 다른 사람들도 안도의 숨을 내쉬었다.

그러는 동안에도 급유원과 무선사는 열심히 노를 저었다. 그들은 함께 똑같은 자리에 앉아서 노를 하나씩 잡고 저었다. 그러다가 급유원이 노를 둘 다 잡고는 저었다. 다음에는 무선사와 교대했다. 다음에는 급유원이, 다음에 또 무선사, 이런 식으로 그들은 교대하며 노를 저었다. 그러다가 선미에 반쯤 기울어져 있는 사람이 노를 저을 차례가 왔을 때 매우 어려운 일이 닥쳐왔다. 이런 경우 아무리 생각해도 작은 배 안에서 자리를 서로 바꾼다는 것은 엄두도 내지 못할 일이었다. 차라리 알을 품고 있는 암탉 밑에서 달걀을 훔쳐 내는 것이 더 쉬울 것 같았다. 맨 먼저, 선미에 있는 사람이 노 젓는 사람의 좌석을 따라 손을 미끄러뜨렸다. 그리고는 깨지기 쉬운 세브르 도자기를 다루듯이 조심스럽게 움직였다. 그런 다음 배 가장자리에 앉은 사람이 노 젓는 다른 사람의 좌석을 따라 손을 미끄러뜨렸다. 모든 움직임이 극도의 긴장과 조심 속에서 이루어졌다. 두 사람이 일어나서 서로를 스쳐 지나갈 때, 배에 탄 모든 사람은 다가오는 파도를 숨을 죽이고 눈여겨보았다. 그때 선장이 소리쳤다. "조심해! 지금 거기, 그 자리에서 꼼짝 말고 그대로 있어."

이따금 나타나는 갈색 해초 뭉치는 돗자리를 깔아 놓은 듯했고, 그래서 그런지 섬처럼 보였다가 육지의 일부같이도 생각되었다. 해초의 돗자리 떼는 분명히 이쪽으로 또는 저쪽으로도 움직이고 있지 않았다. 아무리 뜯어보아도 꼼짝 않고 그대로 머물러 있었다. 해초가 떠 있는 것으로 보아 보트가 육지를 향해 천천히 가고 있는 것이 확실해 보이기도 했다.

보트가 밀려오는 파도를 타고 물마루에 올라서자 선장은 뱃머리에서 조심스럽게 일어나려 하며 모스퀴트 인릿의 등대를 보았다고 했다. 곧 뒤이어 요리사도 그것을 보았다고 말했다. 무선사는 그때 노를 젓고 있었는데, 못 미더워서 그런지 그도 등대를 보고 싶어 했다. 그러나 그는 저 먼 해안을 등진 자세였고 게다가 물결까지 세어, 얼마 동안은 도저히 고개조차 돌릴 수 없었다. 그러나 이윽고 파도가 수그러져 제법 잔잔해지자 파도가 물마루를 이룰 때를 틈타 재빨리 서쪽 지평선으로 눈을 돌렸다.

"봤나?" 선장은 확인하려는 듯이 다그쳐 물었다.

"못 봤는데요. 아무것도 못 봤어요." 무선사가 천천히 말했다.

"다시 한 번 봐!" 선장은 손가락으로 가리켰다. "바로 저쪽을 말이야." 또 다른 물결을 타고 높이 올라가 그가 가리킨 곳을 쳐다보았다. 이번에 그는 요동하는 수평선 끝 쪽 저 멀리에서 작고 움직이지 않는 것 같은 뭔가를 보았다. 정확하게 말하자면 핀 끝 같기도 했다. 마침내 조바심하고 고대하던 등대를 찾게 되었다. 그런데 그 등대는 너무나도 작았다.

"선장님, 우린 무사하게 갈 수 있겠죠?"

"바람이 잔잔하고, 배에 물이 스며들지만 않는다면 딴 일이야 있으려구." 선장은 희망적으로 말했다.

작은 보트는 여전히 산더미처럼 몰아치는 파도를 타고, 무섭게 물세례를 받으며 나아갔다. 만일 해초 더미가 없었다면 보트에 탄 사람들은 그것도 몰랐을 것이다. 보트는 오대양의 손아귀에서 마음대로 이끌려 파도 위에서 곡예를 하는 보잘것없는 존재 같았다. 이따금 흰 불꽃과도 같은 바닷물은 그 폭을 넓게 잡고 밀어닥쳐 보트를 어지럽혔다.

"보트 안의 물을 퍼내, 요리사!" 선장은 침착하게 말했다. "알았습니다, 선장님." 요리사는 쾌활하게 대답했다.

제3장

아마도 바다에서 맺어진 사나이들의 미묘한 형제애 같은 감정은 설명하기 쉬운 일이 아닐 것이다. 그것이 쉬운 일이라고 말한 사람은 아무도 없었다. 그에 대해 이야기를 꺼낸 사람조차도 없었다. 그렇다고 하더라도 보트 안에서는 항상 이 형제애가 감돌았고, 이 형제애가 자신들을 훈훈하게 해 주고 있음도 잘 알고 있었다. 보트에 타고 있는 사람은 선장, 급유원, 요리사, 무선사였는데 그들은 모두 동지였다. 보통 사람들이 생각하는 것보다 훨씬 단단하게, 철석같이 결속되어 있는 그런 동지들이었다. 부상으로 뱃머리의 물통에 기대어 누워 있는 선장은 항상 나직한 음성으로 차분하게 이야기했다. 그러나 보트에 함께 타고 있는 다른 세 명보다 더 말을 잘 듣는 선원을 지휘해 본 적은 없을 것이다. 모두의 안전을 위해서 그저 최선을 다해 보는 그런 종류의 단순한 인정 따위로 그치는 것이 아니고 그들 사이에는 그 이상의 것이 작용하고 있었다. 확실히 그들 사이에는 개인적이면서도 마음에서 우러나오는 진실한 결속감이 있었다. 배의 지휘자인 선장에 대한 헌신적인 이해, 협조 이외에도 동지 사이에서 볼 수 있는 아름다운 우정이 있었다. 모든 사람을 냉소적으로 보게끔 교육받은 무선사만 하더라도 이 시기가 자신의 인생에서 가장 좋은 경험이라는 것을 확신하고 있었다. 그러나 그렇게 이야기하는 사람은 한 사람도 없었다. 아무도 그 점을 언급하지 않았다.

"이럴 때 돛이나 있으면 얼마나 좋을까?" 선장이 말했다. "노 끝에다 내 외투를 달아매 놓고 두 사람은 좀 쉬게나." 그래서 요리사와 무선사는 돛대를 잡고 선장의 외투를 넓게 펴 매달았다. 급유원이 배를 이끌고 갔다. 작은 보트는 새 장비를 달고 잘도 갔다. 때때로 급유원은 보트 속에 바닷물이 들어오지 않게 하기 위해 신경을 써 노를 저어야 했다. 그 일을 빼놓는다면 항해는 성공적이었다.

그러는 동안에, 멀리 보였던 등대는 차츰 더욱 뚜렷이 보이기 시작했다. 이제는 제법 색조까지 드러내 보이며, 하늘에 뜬 작은 회색빛 그림자같이 나타났다. 노를 젓고 있는 사람까지 그 작은 회색빛 그림자가 보고 싶어서 고개를 돌리지 않을 수 없을 정도였다.

마침내 작은 보트에 타고 흔들리던 사람들은 솟아오르는 파도 물마루에서 육지를 볼 수 있었다. 등대는 하늘 위에 수직으로 그림자져 있음에도 불구하고 이 땅은 마치 바다 위에 뜬 길고 검은 그림자로밖에 보이지 않았다. 그것은 종이보다도 더 얇아 보였다.

"뉴스머나 반대쪽에 있는 것이 틀림없을 거야." 스쿠너를 타고 자주 이 해안에 왔었던 요리사가 말했다. "참, 선장님, 그런데 그곳에 있던 인명 구조소를 일 년 전에 없애 버린 것 같던데요."

"아, 그랬었나?" 선장이 반문했다.

마침내 바람이 잔잔해지기 시작했다. 요리사와 무선사는 노를 높이 들고 있어야 하는 수고를 하지 않아도 될 것 같았다. 그러나 파도는 보트를 삼켜 버리려는 듯이 조금도 누그러지지 않고 귀찮게 덤벼들었고, 또한 이 작은 배도 더 이상 파도에 압도되지 않으려고 격렬하게 발버둥 쳤다. 급유원인가 무선사인가가 다시 노를 잡았다.

배는 생각지도 않은 사이에, 아닌 밤중에 홍두깨 격으로 불쑥 난파 당하기 일쑤다. 사람들이 난파에 대비하여 완벽에 가까운 준비를 하고 있는 상태에서 난파를 당한다면 바다에 빠지는 일도 덜하다. 그런데 배에 탄 이 네 사람 중 어느 누구도 출항 이틀 전부터 잠을 자지 못한 데다가, 이제는 난파되어 버린 이 배에 승선한다는 흥분에 들떠 식사조차 제대로 신경을 쓰지 못했었다.

이처럼 침식도 제대로 못 한 데다가 다른 잡다한 일 때문에 급유원이나 무선사 할 것 없이 이제는 누구도 노 젓는 일을 좋아하지 않았다. 아니 도대체 제정신이 바로 박힌 사람이라면 어떻게 해서 배 젓는 일을 즐겁다고 생각하는지 무선사는 마음속으로 의아하게 생각했다. 즐거운 일이라기보다는 극악한 벌이었다. 그러므로 정신 이상이 될 것 같은 천재라 할지라도 배를 젓는 일이 근육에는 무서운 존재이고, 등에 이상을 일으키는 범죄와도 같은 것에 불과하다는 사실 이외에 달리 단정 짓지는 못했을 것이다. 그는 막연하게 배를 저어 가는 즐거움이 자신에게 어떻게 느껴졌는가를 솔직히 털어놓자 지칠 대로 지쳐 있던 급유원도 동정의 빛을 보내며 미소를 지었다. 어쨌든 배가 기울어지기 전에 급유원은 기관실에서 남의 갑절이나 되는 일을 하며 수고했었다.

"자, 그쯤 해 둬." 선장은 그들을 보고 말했다. "미리 힘을 다 빼 버리면 곤란해. 혹시 파도를 만나게 될지도 모르니까, 그때 진짜 힘들을 쓰라고. 헤엄을 쳐야 할지도 모르니까 말이야. 그만들 쉬게."

천천히, 육지가 바다로부터 솟아나왔다. 시커먼 한 줄의 선으로부터 검은 줄, 흰 줄이 나타났다. 나무와 모래도. 마침내 선장은 해변가에 있는 집을 알아볼 수 있다고 말했다. "저기가 바로 대피소라니까." 요리사가 흥분하여 소리쳤다. "우리를 보게 되면 사람들이 우리를 도

우리 꼭 나올 거야."

멀리 보이던 등대가 우뚝 솟아 있었다. "등대지기가 망원경으로 본다면 틀림없이 우리를 발견할 수 있을 거고, 그러면 구조대에게 우리가 조난당했다고 연락할 거야." 선장은 자신 있게 말했다.

"아마 다른 보트들은 하나도 해안에 상륙하지 못해서 우리가 조난당했다는 사실도 알리지 못한 모양이군. 다른 보트들이 육지에 닿았다면 구조선이 이미 우리를 찾아 나섰을 텐데." 급유원은 들릴락 말락 하는 목소리로 말했다.

서서히 그리고 아름답게, 육지가 바다를 뚫고 나와 크게 보이기 시작했다. 바람이 다시 불었다. 이번에는 북동쪽에서 남동쪽으로 방향을 바꾸고 있었다. 그때 낯선 소리가 보트에 탄 사람들의 귀에 들려왔다. 해변가에서 파도가 철썩거리는 나지막한 소리임에 틀림이 없었다.

"등대에서 보면 우리가 눈에 띄겠지. 뱃머리를 약간 북쪽으로 돌리게, 빌리." 선장이 말했다.

"조금 더 북쪽으로요, 선장님?" 급유원이 말했다.

그래서 다시 한 번 작은 배는 바람 부는 쪽으로 코를 돌리게 되었다. 노 젓는 사람을 빼고는 모두가 점점 뚜렷하게 보이는 해변을 주시하고 있었다. 한없이 확대되어 보이는 이 광경을 접하자 그들의 마음에서는 의구심과 처참할 정도의 경계심 같은 것이 모두 사라지는 것 같았다. 노를 젓기에 몰두하고 있는 가운데서도 어느 새 조용히 일고 있는 즐거움을 아무도 막을 수 없었다. 아마 한 시간 정도면 육지에 닿을 것이다.

배의 균형을 유지하느라고 애를 쓰자니 등뼈는 완전히 부러질 듯 아팠다. 그럼에도 불구하고 이제 그들은 마치 야생 조랑말을 탄 곡마

단원처럼 묘기를 부리며 보트에 타고 있었다. 무선사는 온 전신이 흠뻑 물에 젖은 줄로만 알았는데, 코트 윗주머니를 만져 보니 여송연이 여덟 개나 있음을 알았다. 네 개는 바닷물에 푹 젖어 있었고 나머지 네 개는 신기하게도 말짱했다. 사방을 뒤지더니 누군가가 마른 성냥개비 세 개를 내밀었다. 이후 바다의 네 방랑아는 뻔뻔스러울 정도로 대담하게 작은 보트를 타고 갔다. 곧 다가올 구원의 손길을 확신하며 그들의 눈은 찬란하게 빛나고 있었다. 여송연을 피우며, 세상 모든 사람들을 칭찬했다 비난했다 하는 여유마저 보이게 되었다. 네 사람이 모두 물을 마셨다.

제4장

"여보게 요리사, 자네가 말하던 저 대피소에는 아무도 사는 것 같지 않은데." 선장이 불쑥 의문을 제기했다.

"정말, 그런데요. 아직도 우리를 못 보았다는 게 이상하군요." 요리사가 즉시 대답했다.

사람들의 눈앞에 나지막한 해변이 깔려 있었다. 자세히 보니 낮은 모래언덕이었는데, 그 꼭대기에는 거무스레한 식물이 나 있었다. 파도의 포효가 더 분명하게 들려왔고, 때로 해변가를 누비는 파도의 하얀 입술을 보는 것 같았다. 작은 집 한 채가 그늘에 덮여 검게 보였다. 이윽고 남쪽에서 가냘파 보이는 등대가 작은 회색빛 몸체를 드러냈다.

조수(潮水)와 바람, 파도가 작은 배를 북쪽으로 움직이게 하고 있었다.

"우리를 보지 못한다는 게 아무래도 이상해." 사나이들은 중얼거렸다. 파도의 포효는 확실히 둔해지기는 했다. 그러나 그 음조는 여전히 거대하고 요란스러웠다. 보트가 큰 파도를 둥글게 타고 돌아나가면서 사나이들은 파도 소리를 듣느라고 귀를 기울이고 있었다.

"이러다간 모두 물에 빠지고 말겠어." 이구동성으로 그들은 말했다. 어느 쪽을 둘러보아도 이십 마일 이내에는 인명구조소가 없다고 단언할 수 있는 지경인데도 사나이들은 이 사실을 모르고 있었으므로 결국 그들은 애꿎은 이 땅의 인명구조반의 시력만을 탓하며 더럽고 입에 담을 수 없는 욕설을 퍼붓고 있었다. 오만상을 찡그리고 작은 배 안에 앉아 있던 네 사람은 욕을 지어 내는 데는 타의 추종을 불허했다.

"이상한데, 우리를 못 보다니."

바로 얼마 전까지 그들을 사로잡았던 경쾌한 기분은 이제 완전히 사그라져 버렸다. 그들의 예민하고 신경질적인 마음속에는 무능하고 맹목적이며 심지어는 비겁한 온갖 형태의 모습이 비추어지고 있었다. 사람이 많이 사는 육지의 해안이 나타났으나 아무 기척도 없자 그들의 마음은 더욱 안타까웠다.

"자, 이러고 있을 게 아니라 우리 스스로의 힘으로 뭍에 오르도록 애써야겠네. 이런 상태로 오래 지체하게 되면 보트가 가라앉아 버린다 해도 아무도 헤엄쳐서 빠져나갈 기력이 없을 테니까." 마침내 선장은 단안을 내리듯이 말했다.

그래서 노 가까이 있던 급유원은 보트를 해변으로 곧바로 몰아 돌렸다. 갑자기 온 근육이 조여드는 것 같았다. 다들 무슨 생각에 빠져 있었다.

"만약, 아무도 상륙하지 못한다면, 우리 중 아무도 상륙하지 못할 경우, 글쎄, 이대로 끝장나 버린 내 소식을 누구에게 전할지 알겠지?" 선장은 비장한 각오를 한 듯 반복해서 말했다.

그런 다음 그들은 서로의 주소를 적고 주의 말들을 나눴다. 그러면서 자신들의 과거를 되돌아보게 되고, 그럴수록 그들은 지금 그들이 처한 상황은 더욱 터무니없는 것이라는 생각이 들어 화가 났다. 아마도 이런 결론에 도달한 듯했다.

'내가 만일 물에 빠져 죽을 거라면, 내가 만일 물에 빠져 죽을 거라면, 내가 만일 물에 빠져 죽을 거라면, 바다를 다스리는 일곱 명의 미친 신에게 맹세코, 어쩌자고, 이렇게 멀리까지 오게 해서 모래와 나무를 보고 생각할 수 있는 여유를 주었을까? 이제 막 귀한 생명의 성스러운 치즈 맛을 조금 보려고 하는 순간, 코를 꿰어 죽음으로 끌려가려고 이곳까지 온 것이란 말인가? 당치도 않은 말! 운명이라고 하는 얼간이 늙은 여신이 더 이상 본분을 다할 수 없다면, 여신은 인간의 운명을 다스리는 권리를 박탈당해야 된다. 도대체 얼간이 여신은 자기의 의도도 제대로 간파하지 못하는 늙은 암탉이란 말인가! 애초에 나를 물에 빠뜨려 죽일 결심을 했다면 왜 진작 죽이지 않고 이 많은 고통을 당하게 만드는 것일까? 아, 모든 일이 이렇게 우스꽝스러울까? 그러나 그럴 리가 없다. 운명의 신이 나를 물에 빠뜨려 죽일 계획은 아니었을 것이다. 나를 물에서 죽게만 해 봐라. 절대로 나를 죽일 수는 없을 거다. 아니 지금까지 고생한 것은 어떻게 하고.' 이런 생각으로 사람들은 모두 구름을 향해 주먹을 휘두르고 싶은 충동을 느꼈을지도 모르겠다. "자, 어서 이제 나를 물에 빠지게 해 봐라. 그리고 내가 뭐라고 욕하나 어디 한번 들어나 봐라!"

이때 밀려오는 파도는 더 감당하기 어렵게 덮쳤다. 파도는 항상 몰려와 물거품의 소용돌이 속에 작은 배를 몰아넣어 부서뜨리고 뒹굴게 하려는 듯이 보였다. 그들의 말 속엔 죽음에 대한 예시와 불평이 섞여 있었다. 바다를 모르고 바다에 익숙지 않은 사람조차 이 작은 배가 산더미 같은 파도를 제대로 무사히 피할 수 있을 것이라는 생각은 할 수 없었다. 해변은 아직도 멀기만 했다. 급유원은 묘수를 잘 내고 파도를 잘 타는 사람이었다. 그는 재치 있게 말했다. "자, 여러분.

이대로라면 이 배는 삼 분도 채 못 견딜 겁니다. 또 헤엄쳐서 가기에는 너무 멉니다. 다시 배를 바다로 끌고 갈까요, 선장님?"

"좋아, 그렇게 하게." 선장은 우렁차게 소릴 질렀다.

급유원은 재치 있는 빠른 동작으로 노를 무섭도록 세차게 저으며 파도 한가운데서 배를 몰아내어 다시 바다로 안전하게 나가게 했다.

보트가 이랑진 파도를 타고 더 깊은 물속으로 들어가자 모두들 죽은 듯이 잠잠했다. 어둠 속에서 누군가가 말했다. "하여간 지금쯤은 해안에서 누군가 우리를 보았을 거야."

갈매기들은 바람 위로 비스듬히 회색빛 황량한 동쪽을 향해 날아갔다. 어슴푸레한 구름이 몰려오고, 다시 불타는 건물에서 나오는 연기같이 빨간 구름이 휘몰아치더니 남동쪽에서 갑자기 돌풍이 일어났다.

"인명구조대에 대해서 어떻게 생각하오? 아니, 그들은 얼마나 훌륭하고 귀한 사람이오?"

"우리를 못 보았다는 것이 정말 믿어지지 않아."

"아마, 우리가 여기 놀러 나온 줄 아는 모양이지! 우리가 낚시라도 하는 줄 아는가 봐. 그렇지 않다면 우리가 바보인 줄 생각했거나."

그날 오후는 매우 지루했다. 조류는 그들을 남쪽으로 몰아넣으려 안간힘을 썼고, 그와 대조적으로 바람과 파도는 북쪽으로 가라고 명령하는 듯했다. 해안선이 있고 바다와 하늘이 크게 각을 지어 만나는 저 멀리에, 해안가에 위치한 도시를 방불케 하는 작은 점이 있었다.

"세인트 어거스틴일까?"

선장은 머리를 흔들었다. "아마 모스퀴트 인릿에 더 가까울 거야."

그리고 급유원이 배를 저었고, 다음에는 무선사가 저었고, 또다시 급유원이 노를 저었다. 참으로 밑도 끝도 없는 지루한 작업이었다. 인간에 대해 그 어떤 복합적인 것을 다루는 해부학 책에 기록되어 있는 것보다도 더 큰 고통과 아픔이 인간의 등에 몰려 있을 수도 있는 것 같았다. 그토록 조그마한 인간의 등이 수없는 근육통, 얽히고 죄어드는 매듭이 지는 장소가 될 수도 있었다.

"배 젓기는 좋아한 적이 있나, 빌리?" 무선사가 불었다. "천만에! 이런 제기랄!" 급유원이 말했다.

배 젓는 자리를 내주고 배 밑 자리로 옮겨 앉았을 때, 그는 신체가 이제 더 이상 말을 듣지 않고 굳어지는 것 같음을 느꼈다. 손가락을 꼼지락거리며 운동을 하려 했으나 생각뿐, 모든 것에 무력해지기 시작했다. 어느 새 보트 안에 스며들어 온 차가운 바닷물은 이리저리 쿨렁거리고 있었고, 그는 그 속에 누워 있었다. 노 젓는 사람의 좌석을 베개로 하고 누워 있던 그는 파도의 물마루에 위험하게 말려들 뻔했다. 이따금 커다란 파도가 덮쳐올 때마다 바닷물은 배 안에 밀려들어왔고, 그러면 그는 또다시 흠뻑 물을 뒤집어썼다. 그러나 이런 일은 그를 조금도 동요시키지 못했다. 만일 배가 전복이 되었더라도 그는 마치 부드러운 침대 위에 눕듯이 바다 위에 편안하게 굴러떨어져 갈 것이 확실했기 때문이다.

"저기 봐요! 해안에 사람이 있어!"

"어디?"

"저기! 자 보이지? 보여?"

"오, 그래. 확실해! 걷고 있어!"

"이제 막 멈췄어. 봐요! 그가 우리 쪽을 보고 있어!"

"손짓하고 있어!"

"오! 정말 그래!"

"이제, 우린 살았구나! 이제 우린 살았다고! 반시간 내에 우리를 구조할 배가 올 거야."

"이봐, 그가 걸어가고 있어. 아니, 이젠 뛰고 있어. 저놈은 집으로 올라가는데."

멀리 보이는 해변은 바다보다도 더 낮게 보였다. 그래서 작고 검은 모습을 식별하기 위해서는 계속해서 그쪽을 뚫어져라 살펴보는 수밖에 달리 도리가 없었다. 선장은 물에 떠가는 막대기를 보고는 그것을 향해 배를 저어 갔다. 참 이상하게도 욕실용 타월 하나가 배 안에 있었다. 선장은 이것을 막대기에 매어 흔들었다. 노 젓는 사람은 감히 고개를 돌릴 생각조차 못 했다. 그래서 그는 줄곧 물어댔다.

"그가 지금은 뭘 하죠?"

"지금은, 가만히 서 있어. 보고 있어. 아니, 이건 내 생각이야. 참 다시 걷기 시작했어. 집 쪽으로. 지금 또 멈췄어."

"그가 우리에게 손짓이라도 하나요?"

"지금은 안 그래. 조금 전에 그랬었지."

"봐요! 다른 사람이 나타났어!"

"그는 뛰고 있어."

"저 사람 가는 것 좀 봐!"

"아니, 저 사람 자전거 탔어. 지금은 다른 사람을 만나서 둘이 다 우리를 보고 손을 흔들고 있어. 봐요!"

"해변가에 무엇이 오고 있어."

"도대체 저게 무엇이지?"

"글쎄, 보트처럼 보이는데."

"그래, 정말 보트야."

"아니, 바퀴가 달렸는데."

"정말, 그렇구나. 그렇다면 구명선이 틀림없어. 마차에 그것을 싣고 해안가로 오는 거야."

"구명선이 틀림없어요."

"아니야. 맹세코. 합승 차량 같은데."

"내 말을 믿어요. 구명선이라는 걸."

"그렇지 않아! 합승 차량이야. 이제 확실하게 보이는데 호텔용 합승차량이라니까."

"그래, 정말 그렇군요. 그렇담 도대체 그것으로 뭘 하자는 것이지요? 아마 돌아다니며 구조대원들을 모집하려는 걸까."

"그 말이 그럴듯해. 보라고. 조그마한 검은 국기를 흔드는 친구도 보이지. 합승 차량의 계단에 서 있어. 다른 두 사람이 또 오고. 그들은 모두 이야기를 나누고 있어. 국기 가진 사람 좀 봐. 어쩌면 흔드는 게 아닌 것도 같고!"

"저건 국기가 아냐. 그의 코트인가 봐. 다시 보게. 그의 코트가 분명한 것 같은데."

"그렇군요. 그의 코트예요. 머리 위로 흔들어 대는군요. 그가 흔드는 것을 똑똑히 볼 수 있어요!"

"글쎄. 인명구조소가 없군. 저건 겨울 휴양지의 호텔 합승 버스인데, 호텔 투숙객을 몰고 와 우리가 물에 빠져 죽는 꼴을 보여 주려는 건가."

"그렇다면 저 코트를 들고 있는 천치 같은 녀석은 뭘 하는 것일까? 아니면 무슨 신호를 보내는 것일까?"

"그래, 혹시 북쪽으로 가라고 말하려는 것이 아닐까. 그곳에는 인명구조소가 있다든지 해서 말이야."

"아니야, 아무래도 우리가 낚시하는 줄만 아는가 봐. 그래서 반갑다는 듯이 우리에게 손짓을 한 것이거나. 저것 좀 봐, 저쪽을, 윌리!"

"도대체 저 신호가 무엇을 뜻하는지나 알고 싶어요. 그가 무엇을 알리려고 한다고 생각하세요?"

"별 뜻 없이 흔드는 모양이야, 그저 재미로 말이야."

"다시 파도를 타고 가라든가, 바다로 나가라든가 또는 기다리라고 한 후 북쪽으로, 남쪽으로 또는 지옥으로라도 가라고 해도 그 속에는 무슨 이유가 있을 것 같아요. 하지만 저 봐요! 그는 그 자리에 서서 바퀴 돌리듯 코트를 돌리고만 있잖아요! 멍텅구리 같으니라고!"

"사람들이 더 많이 오는군."

"이젠 아주 무리를 이루었군요. 저걸 보세요! 보트 같은데!"

"어디? 어디 말이야? 아, 이제 알겠어. 그런데 보트가 아니야."

"저 친구 아직도 코트를 흔들고 있어요."

"아마 우리가 그것을 좋아하는 줄 아는 모양이지? 병신같이, 아무 의미도 없는 짓을!"

"잘 모르겠지만 아무래도 우리 보고 북쪽으로 가라고 그러는 것 같아요. 그곳 어디엔가 인명구조선이 있다고 말이에요."

"아니, 아직도 지치지 않은 모양이군. 저 흔드는 것 좀 봐!"

"얼마나 오래 계속할지가 의문이야. 우리를 보았을 때 이후로 쭉 코트를 흔들고 있잖아? 그는 멍텅구리야. 왜 사람을 불러 배를 보내지 않고 그러지? 고기잡이 배라도. 소형 돛배 하나쯤은 이곳에 손쉽게 보낼 수가 있을 텐데. 왜 좀 손을 쓰지 않고 저러고만 있을까?"

"오, 이제는 문제없어요."

"지체 말고 배나 좀 내보낼 일이지. 우리를 보았으니까."

흐릿한 노란 색조의 하늘이 낮은 둔덕 너머에서 물들어 가고 있었다. 바다에 진 그림자도 시간이 갈수록 짙고 깊어만 갔다. 바람은 더욱 차가워져서 사람들은 떨기 시작했다.

"오, 거룩한 담배여!" 한 사람이 특히 불경해진 자신의 심정을 담아 짜증난 투로 외쳤다. "바보같이 이곳에서 우리가 화만 내고 있어야 한다면! 밤새도록 이곳에서 발버둥치고 있어야 한다면!"

"설마 밤새도록까지야 있을라구! 걱정 마. 우리를 보았으니까 얼마 안 있으면 우릴 구원해 주러 올 테지."

해안에는 어느덧 땅거미가 내려앉았다. 코트를 흔들고 있던 사람도 점차 어둠 속에 묻히고 말았다. 합승 버스와 그 곁에 있던 사람들까지 삼켜버렸다. 배의 옆으로 출렁이며 들어온 물은 항해자들을 움츠러들게 하고 욕설을 튀어나오게 하였다. 그들은 마치 큰 모욕을 당하고 어쩔 줄 모르는 사람들같이 보였다.

"코트를 흔들어대던 그놈을 꼭 붙잡아 물이나 실컷 먹여 주었으면 좋겠네."

"왜? 뭐 그가 잘못한 거라도 있나?"

"잘못한 거야 없지요. 그렇지만 그렇게 유쾌할 수가 있냐는 말씀이에요"

그러는 동안에도 급유원은 열심히 배를 저었다. 그다음에는 무선사가 번갈아 가며 저었다. 회색빛 얼굴을 하고 앞으로 허리를 굽힌 채서로 기계적으로 차례를 바꾸어 가며 무딘 노를 부지런히 저어 갔다. 남쪽 지평선에서는 더 이상 등대의 모습은 볼 수 없었다. 마침내 흐릿한 별이 바다에서 솟아올랐다. 서쪽 하늘에 노랗게 물들어 있는 줄무늬 광선이 캄캄한 어둠 속을 스쳐 지나갔다. 동쪽 바다도 온통 새카맣게 번들거리고 있었다. 어느덧 육지는 온데간데없고 온통 사방에서 나직하게 출렁이는 파도소리만 들려왔다.

'내가 만일 물에 빠져 죽을 거라면, 내가 만일 물에 빠져 죽을 거라면, 내가 만일 물에 빠져 죽을 거라면, 어쩌자고 바다를 다스리는 일곱 명의 미친 신에게 맹세코, 이 멀리까지 와서 모래와 나무를 보고 생각할 수 있는 여유를 주었을까? 이제 막 귀한 생명의 성스러운 치즈 맛을 조금 보려고 하는 순간, 코를 꿰어 죽음으로 끌려가려고 이곳까지 온 것이란 말인가?' 지금까지 최선을 다해 참아 왔던 선장은 드디어 물통을 바라보며 별수 없이 노 젓는 사람에게 명령한다.

"뱃머리를 똑바로 해! 뱃머리를 똑바로 해!"

"뱃머리를 똑바로 하라고요, 선장님!"

목소리는 지칠 대로 지쳐 나지막했다.

참으로 고요한 밤이다. 노 젓는 사람을 빼고는 모두가 축 늘어져서 몸을 제대로 가누지도 못한 채 배 밑바닥에 누워 있다. 그러나 그는 예외이다. 아직까지 그의 눈은 아주 불길할 정도로 조용한 침묵 속에서 앞으로 밀려오는 산더미 같은 검은 파도를 식별할 수가 있으니 말이다. 이따금 솟아오르는 물마루의 나직한 소리는 또 다른 이야기일 뿐이다.

요리사의 머리는 여전히 노 젓는 사람의 자리에 놓여 있다. 그는 모든 관심을 상실한 채 바로 코밑의 물만을 쳐다보고 있다. 아마도 그는 다른 장면을 생각하느라 몰두해 있는 것 같다. 마침내 그가 무거운 입을 열었다. "빌리야!" 그는 꿈을 꾸는 듯한 아련한 목소리로 중얼거렸다. "어떤 파이를 제일 좋아하지?"

제5장

"파이라고!" 급유원과 무선사는 마음에 동요가 이는 듯 말했다. "제발 부탁이야! 그런 말은 하지 말아 줘."

"글쎄, 방금 난 햄 샌드위치 생각을 하고 있던 참인데……." 요리사가 다시 그런 말을 했다.

난파선에서 맞는 바다의 밤은 길었다. 어둠이 제자리를 찾아 사방이 짙어졌을 때 남쪽 바다로부터 솟아오르는 한 가닥의 빛이 찬란한 황금색으로 변했다. 북쪽 수평선에서도 새로운 빛이 나타났다. 물 끝에서 반짝이는 작고 푸르스름한 광채였다. 세상에 살아 있는 것이라곤 이 두 불빛뿐인 듯했다. 그 이외에는 파도 소리만이 들릴 뿐 아무것도 보이지 않았다.

두 사람은 선미에 쭈그리고 앉아 있었다. 작은 배를 타고 망망대해를 가자니 그 거리는 곧 무한대로 이어지는 것 같았다. 노 젓는 사람은 다른 사람의 몸 밑에 발을 뻗어 밀어 넣음으로써 부분적으로나마 온기를 느낄 수 있었다. 노 젓는 자리 밑 멀리까지 그들의 발은 뻗쳐 있었다. 그래서 앞에 있는 선장의 발에까지 닿았다. 이따금 사력을 다해 애쓰는 노 젓는 사람의 노력은 수포로 돌아간 채 파도가 배 안으로 무섭게 밀려 들어왔다. 얼음같이 차가운 밤바다의 물결. 이윽고 싸늘한 물이 그들을 다시 물에 잠기게 한다. 그러면 그들은 잠시 동안 몸을 뒤틀며 신음하다가 다시 한 번 죽음 같은 잠을 자게 된다. 그사이 배 안에 들어온 물은 배가 움직일 때마다 소리를 내며 배 안을 활보한다.

급유원과 무선사는 이제 계획을 바꾼다. 한 사람이 힘이 자랄 때까지 배를 젓다가 기진맥진하면 저 바닷물의 안락의자 같은 배 밑창에서 자고 있는 사람을 깨우기로 한 것이다.

급유원은 부지런히 노를 저어 갔다. 고개가 앞으로 숙여진 채 일어날 줄 모르고, 쏟아져 내리는 졸음으로 눈이 감겨 앞을 제대로 볼 수조차 없는 지경에 이르렀다. 그래도 참고 또 노를 저어 간다. 하는 수 없이 그는 다음 순간 배 밑에 있는 친구를 깨운다. 그의 이름을 불러 본다. "잠깐, 나하고 교대할까?" 그는 양순하게 말한다. "그러지, 빌리." 무선사는 눈을 비비고 몸을 간신히 일으켜 앉는 자세를 취한다. 그들은 조심성 있게 자리바꿈을 한다. 요리사 옆, 바닷물이 고인 자리로 뒤뚱거리고 쓰러질 듯 누운 급유원은 어느 새 깊이 잠이 든 것 같다.

파도가 요란하게도 넘실거리는 것 같더니 위험한 고비는 이제 지나가고 잔잔해졌다. 조그만 파도만이 밖에서 가끔 으르렁댈 뿐이다. 노를 젓는 사람은 이제 배를 똑바로 유지시켜, 행여 배 속에서 뒹구는 사람 때문에 배가 뒤집히지 않도록 조심스럽게 움직였다. 또 하나의 의무는 물마루가 지나갈 때 배에 물이 들어오는 것을 막는 일이다. 어두운 물결은 잠잠했고 어둠 속에서는 분명하게 보이지도 않았다. 그러나 이따금 노 젓는 사람이 알아차리기도 전에 파도는 뱃전을 요란하게 두들기며 덮치려고 위협했다.

나직한 음성으로 무선사는 선장에게 말을 걸었다. 강철같이 강인한 선장은 사실 자는 법이 없었지만, 그는 그래도 선장이 깨어 있는 것을 확인하고 싶었다. "선장님, 북쪽에 불빛이 있는 방향으로 배를 몰까요?"

변함없는 음성으로 선장이 대답했다. "그래, 항구에서 이 도가량 돌려 몰도록 하게."

요리사는 줄곧 구명대를 허리에 매고 있었다. 그것은 어설프게 보이는 것이었지만, 그 속에 있는 코르크가 그를 따뜻하게 데워 줄 것 같아서였다. 노 젓는 친구는 일을 안 할 때면 끊임없이 주절거리고 있었는데, 그가 잠이 들자 천지가 고요했다. 그는 마치 스토브 불이라도 쬐고 있는 듯 따뜻한 표정이었다.

무선사는 노를 저으며 발밑에서 자고 있는 두 사람을 내려다보았다. 요리사의 팔은 급유원의 어깨를 감싸고 있었다. 찢어진 옷에 초라하고 말라빠진 얼굴을 한 그들은 참으로 바다의 미아(迷兒)들이었다. 숲에서 아무렇게나 자란 괴상한 철부지 아이들 같았다.

잠시 후 그가 일에 싫증이 나서 잠깐 한눈을 판 사이, 갑자기 물살이 으르렁거리면서 물마루가 포효하며 쏟아져 덮치더니 배 안으로 밀려 들어왔다. 구명부대를 끼고 있던 요리사가 물에 둥둥 뜨지 않는 것이 이상했다. 요리사는 그래도 세상모르고 잠만 잤다. 그러나 급유원은 눈을 껌벅거리며 새로 몰아친 추위로 벌벌 떨고 있었다.

"어, 정말 미안해, 빌리." 무선사는 자기 행동을 후회하듯이 말했다.

"괜찮아, 여보게." 급유원은 얼떨결에 대답하고 다시 누워 곤히 잠에 빠졌다.

이윽고 선장까지도 잠에 못 이겨 졸고 있는 것 같았다. 그래서 무선사는 망망대해에 홀로 떠 있는 고독감을 느끼게 되었다. 파도와 함께 밀려드는 바람 속에는 인간의 숨소리가 곁들어 있는 것 같았다.

그러나 그 소리는 죽음보다도 더 슬프게 들려왔다.

배가 큰 소리를 내며 길게 뒤로 물러났다. 그러자마자 푸른 불꽃이 출렁거리는 어두운 바다 위로 길게 꼬리를 끌며 지나갔다. 괴물 같은 칼 때문에 나타난 불꽃이라고 생각되었다.

그런 다음 다시 정적이 찾아왔다. 그동안 무선사는 입을 크게 벌리고 숨을 쉬면서 바다를 바라다보았다.

갑자기 휙 하는 소리와 함께 푸르스름한 불빛이 길게 뻗쳤다. 이번에는 배 측면을 따라 뻗치는 바람에 잘하면 노를 가지고도 잡을 것만 같았다. 무선사는 물속을 그림자같이 스쳐 지나가며 수정과도 같이 물을 뿜어댄 뒤 길고 빛나는 자국을 남기고 가는 거대한 빛의 지느러미를 보았다.

무선사는 어깨 너머로 선장을 쳐다보았다. 그러나 그의 얼굴은 보이지 않았다. 아마 자고 있는 것 같았다. 이번에는 바다의 철부지들 쪽으로 시선을 돌렸다. 그들은 두말할 것도 없이 잠에 푹 빠져 있었다. 그는 동정심마저 일어나지 않아 한쪽으로 기대며 바다를 향해 작은 소리로 욕을 퍼부었다.

그런데 얼마 전부터 배를 따라오던 정체불명의 물체가 보트 근처를 떠나지 않았다. 배 앞에서 또는 뒤에서, 이쪽인가 하면 또 저쪽에서, 이따금씩 간격을 두고 반짝이는 빛줄기가 날아다녔다. 이윽고 거무칙칙한 지느러미가 움직일 때마다 나는 소리가 확실하게 들려왔다. 그것의 속력이라든지 또는 거센 힘은 감탄을 금치 못하게 했다. 순식간에 그 물체는 바닷물을 거대하고 날카로운 발사기처럼 나누어 놓았다.

그러나 이와 같이 떠날 줄을 모르는 물체의 존재도 그를 공포에 빠뜨리지 않았다. 만일 그가 피크닉을 즐기고 있었다면 그 모습을 보고 더 두려워했을 것이다. 그러나 그는 단지 이제 아무 관심 없이 바다를 쳐다보았고, 작은 소리로 욕을 퍼부었다.

그럼에도 불구하고 그는 이 물체와 단둘이서 지금 이 순간 움직이고 있다는 사실을 꺼림칙하게 여기고 있었으며, 그것을 매우 탐탁지 않게 여기고 있었다. 그것은 확실히 부인할 수 없는 사실이었다. 우연한 기회에 친구 중 하나라도 깨어나 서로 이야기라도 나눌 수 있다면 얼마나 좋을까 하는 간절한 생각이 들었다. 그러나 선장은 물통 위에서 꼼짝도 안 했고, 한편 급유원과 요리사는 배 밑에서 깊은 잠에 빠져 헤어나지 못하고 있었다.

제6장

'내가 만일 물에 빠져 죽을 거라면, 내가 만일 물에 빠져 죽을 거라면, 내가 만일 물에 빠져 죽을 거라면, 어쩌자고 바다를 다스리는 일곱 명의 미친 신에게 맹세코, 이 멀리까지 와서 모래와 나무를 보고 생각할 수 있는 여유를 주었을까?'

이와 같이 불길하고 음침한 밤에는 아마도 그 몹쓸 일곱 명의 미친 신의 의도가 그를 물에 빠뜨려 죽이려는 것임에 틀림없다는 판단을 그 역시 어쩔 수 없이 내려야만 하는 것이다. 비록 그들을 죽이려는 시도는, 잔인무도한 불의이기는 하지만 말이다. 정말 그것은 엄청난 불의이다. 그들은 죽자 살자 너무나 열심히 일해 온 사람들이기 때문에 그것은 정말 대단한 불의이다. 그는 이것이야말로 있을 수 없는 죄악이라고 느꼈다. 오래전 노예나 죄인에게 노를 젓게 했던 갤리 선이 색깔 있는 돛을 달고 바다를 메웠던 이래로 많은 사람이 물에 빠져 죽었다. 그런데 그런 죽음은 오늘날까지도.

자연이 인간을 중요치 않게 생각한 이래로, 그리고 인간쯤은 파멸시켜도 우주의 질서에는 조금도 지장이 없을 거라고 생각한 이래로, 자연은 늘 인간에게 이런 일을 가해 왔다. 이것을 깨달은 인간은 무엇보다도 제일 먼저 신전에 돌멩이를 던지고 싶어할 것이다. 그러나 다음 순간, 돌멩이도 신전도 없다는 사실을 알고는 몹시 증오할 것이다. 그렇게 되면 어떤 형태로든지 눈에 보이는 자연을 질시와 희롱의 대상으로 삼고 한없이 저주할 것이다.

그런 다음 조롱할 만한 것이 손에 잡히지 않으면 그땐 인격화된 어떤 것을 대면하고 싶은 욕망에 사로잡히게 될 것이다. 그리고 드디어는 한쪽 무릎을 꿇고 애걸하며 이렇게 간절히 탄원하게 될 것이다. "그렇지요. 그러나 나는 나 자신을 사랑합니다."

이때 겨울 밤 하늘에 높이 떠 있는 싸늘한 별은 마치 자연이 그에게 무엇인가를 말하게 되는, 바로 그 말이 될 것이다. 그 후부터 그는 자신이 처한 상황의 비애를 알게 되리라.

작은 배에 탄 사람들은 이 문제를 놓고 서로 토론을 벌이지는 않았다. 그러나 각자는 틀림없이 그들의 마음속에서 묵묵히 그것들을 생각해 보곤 했으리라. 그들의 얼굴에선 거의 아무 표정도 찾아볼 수가 없었다. 한 가지 찾을 수 있다면 완전히 녹초가 된 상태의 지루함 같은 것일 게다. 아무 말도 없다. 단지 간혹 배에 관련된 일로 오가는 말이 있을 뿐.

무선사의 머리에는 갑자기 신비스럽게도 시가 떠오른다. 그는 이 시를 잊고 있었다는 사실조차 모르고 있었다. 그러나 갑자기 마음속에 시가 떠올랐다.

군단의 한 병사가 알제이에서 죽어 가고 있네.
여자의 간호하는 손길은 어디로 갔는지. 여자의 눈물도 찾을 길 없네.
그러나 그의 옆에 전우는 서 있었고, 그는 전우의 손을 꼭 잡았네.
그리고 그는 말했네.
"나 자신의, 나의 조국을 다시는 못 볼 것 같은 생각이 들어."

어린 시절 무선사는 군단의 병사가 알제이에서 죽어 가고 있다는 사실을 알게 되었었다. 그러나 그 사실을 중요하게 생각하지는 않았다. 그의 학교 친구들은 그에게 그 군인이 처한 형편을 알려 주었었다. 그럼에도 불구하고 시끄럽게 반복되는 이야기는 자연히 그의 완벽한 무관심 때문에 끝장이 나고 말았었다. 군단에 속한 한 병사가 알제이에서 죽어 간다는 사실이 결코 그의 일로 생각되지는 않았던 것이다. 그래서 그는 그 일을 조금도 슬퍼하지 않았었다. 그까짓 일은 그에게는 연필 끝이 부러지는 것보다도 더 중요하게는 생각되지 않았었기 때문이다.

그러나 이제 와서 그것은, 살아서 움직이는 인간적인 일로 그의 가슴에 와 닿았다. 더구나 그것은 차를 마시며 난로에서 불을 쬐고 있는 어떤 시인의 마음속에서 소용돌이치는 몇 가지 고통으로 끝나는 일도 아니다. 그것은 실제로 벌어지고 있는 상황이었다. 그렇기에 그것은 슬픈 일이며 더할 나위 없이 가혹했다.

무선사는 매우 생생하게 그 군인을 바라보았다. 그는 똑바로, 그리고 가만히 발을 뻗은 채 모래 위에 누워 있다. 그의 핏기 없는 왼쪽 손은 가슴 위에 놓인 채 생명이 다해 가는 것을 마지막으로 막아 보려고 안간힘을 쓰는 듯하다. 손가락 사이에는 온통 피가 맺혀 있다. 저 멀리 알제이에는 보잘것없는 네모꼴 도시가 막 지고 있는 태양의 약한 햇살을 받으며 하늘과 맞닿아 있다. 노를 저으면서, 그 군인의 입술이 느리게 움찔움찔 움직이는 모습을 그려 보며 무선사는 심오하고도 완전히 객관적인 입장에 도달하게 된다. 그는 알제이에서 죽어 가는 군단의 한 병사에게 야릇한 연민 같은 것을 느꼈다.

배를 계속 따라오던 그 물체는 이제 지쳤는지 싫증이 났는지 사라지고 없다. 바다를 난도질하던 소리는 온데간데없이 사라진 것이다.

그리고 길게 뻗쳐 있던 불꽃도 사라졌다. 북쪽의 불빛만은 여전히 반짝이고 있다. 그러나 그곳은 배가 있는 곳과는 너무나 멀었다. 이따금 파도의 우렁찬 소리가 통신원의 귀에 와 닿자, 그는 바다 쪽으로 배를 돌려 더 열심히 노를 저었다. 남쪽을 보니 불빛이 보였다. 틀림없이 누군가가 해변에 모닥불을 피워 놓은 것 같았다. 그것을 제대로 보기에는 지대가 너무나 낮고 거리가 너무 멀다. 그러나 그것은 그 뒤에 있는 앞 벽에 불그스레한 빛을 던져 아른아른 빛나고 있었다. 그것은 보트에서도 잘 볼 수 있었다. 바람이 더 강하게 불어 왔다. 이따금 파도는 산고양이처럼 갑자기 날카롭게 소릴 지르며 기세를 부렸다. 그러다간 하얗게 반짝이는 포말을 이루며 물마루가 부서져 내려앉았다.

뱃머리에 있던 선장은 물통을 움켜잡더니 똑바로 그 위에 앉으며 말했다. "참, 오늘 밤은 유난히 길기도 하구나." 그리곤 무선사를 쳐다본 뒤 해안 쪽으로 시선을 옮겼다. "인명 구조원들은 시간도 많이 끄는구먼."

상어 노는 걸 보았어요?"

"그럼, 보다마다. 무척 큰 놈이던데."

"자지 않았군요. 진작 알았더라면 좋았을 것을."

말을 마치고 무선사는 배 밑창을 향해 소리쳤다. "빌리!" 그는 천천히, 그리고 조금씩 굳어 쪼그라든 몸을 펴는 것 같았다. "빌리, 나와 이만 교대할까?"

"그러죠." 급유원은 선뜻 대답했다.

무선사는 배 밑창에서 차디차나 따뜻하게 느껴지는 바닷물이 몸에 닿자 요리사의 구명대 쪽으로 가까이 가 쪼그리고 누웠다. 눕자마자 그의 온몸으로 잠이 덮쳐 왔다. 그러나 그의 이는 온갖 소리를 내며 와들와들 떨고 있었다. 이번 잠은 너무나도 달콤하여 얼마 지나지도 않았는데 또다시 이름을 부르는 소리가 멀리서 들려오는 것 같았다. 그런데 그 북소리는 지칠 대로 지친 마지막 단계의 상태를 여실히 드러내고 있었다. "나와 교대할까?"

"그래, 빌리야."

북쪽의 불빛은 이상하게 사라지고 말았다. 그러나 무선사는 완전히 잠이 깬 선장의 명령대로 배를 움직이고 있었다.

그날 밤 그들은 배를 바다 멀리까지 몰고 갔다. 선장은 요리사에게 선미에서 노를 하나 잡고, 배를 돌려 바다에 면하게 하라고 지시했다. 파도의 갑작스러운 표효를 듣는 즉시 그는 소리를 지르게 되어 있었다. 이와 같은 계획으로 급유원과 무선사가 함께 휴식을 취할 수가 있었다. "저 친구들이 기력을 회복할 수 있는 기회를 주자는 거야." 선장이 말했다. 그들은 몸을 쪼그리고 처음에는 몇 마디 서로 지껄이고 떠들고 하더니, 다시 한 번 죽은 듯이 깊은 잠에 빠지고 말았다. 요리사가 또 다른 상어 또는 같은 상어 떼의 위험 속에 처해 있다는 사실을 그들 중의 어느 누구도 까맣게 생각하지 못한 채 깊은 잠 속에 빠져들고 만 것이다.

보트가 파도를 타고 흥겨울 정도로 제대로 나아갈 때 이따금 물이 높이 튀어 배의 측면을 강타했다. 그러나 아무것도 그들의 휴식을 방해할 수는 없었다. 불길하기 짝이 없는 바람과 파도의 난타는 가만히 서 있던 미라도 돌아설 정도로 그들을 크게 괴롭혔다.

"자, 이봐." 요리사는 마지막 있는 힘을 다해 가까스로 입을 열었다. "자, 배가 물에 꽤 가깝게 표류하고 있어. 너희 중에서 누가 배를 다시 바다로 몰고 가야겠어." 무선사가 잠에서 깨어 물마루가 부서지며 나는 요란한 소리를 들었다.

그가 배를 저어 가자, 선장은 그에게 위스키 한 잔을 건네주었다. 다행히도 추위가 가셨다. "어디 내가 뭍에 오른 뒤, 누구든 노의 그림자라도 보여 주기만 해 봐라."

마침내 그들 사이에 대화가 오갔다. "빌리! 우리 교대할까?"

"그래." 급유원은 시원하게 대답했다.

제7장

　무선사가 다시 잠에서 깨어났을 때 바다와 하늘은 동녘에 회색빛을 띠고 있었다. 서서히 시간이 경과하자 양홍색과 금빛이 온통 바다를 물들이고 있었다. 마침내 확실하게 아침이 찾아왔다. 티 하나 없는 푸른 하늘과 아침의 광채는 전과 다를 바가 없었다. 찬란한 햇빛은 파도 가장자리를 더욱 불타게 하였다.

　저 멀리 모래 언덕에는 작고 검은 오두막집들이 게딱지처럼 붙어 있었다. 그 위쪽으로 희고 커다란 풍차가 소리 내며 돌고 있었다. 해변에는 인기척이라곤 전혀 없었다. 개도 자전거도 보이지 않았다. 아마 저 집들이 있는 곳은 버려진 유령의 마을인지도 모를 일이다.

　항해자들은 해안을 샅샅이 살펴보았다. 보트에선 큰 회담이 열리기까지 했다. "그러면" 선장이 의미심장한 표정으로 말문을 열었다. "구조의 손길이 우리에게 뻗치지 않으면 즉시 파도를 타고 들어가는 것이 좋을 것 같아. 이런 상태로 그냥 배에서 지내게 되면 우리 모두는 극도로 쇠약해져 버려 아무 일도 못 하게 될 거야." 다른 사람들은 선장의 이와 같은 의견을 그대로 묵인하고 묵묵히 따랐다. 보트는 마침내 해변으로 머리를 돌렸다. 무선사는 혹시 시간이 일러 지금까지 풍차 꼭대기 탑에 오른 사람이 없는 것이 아닌가 생각해 보았다. 만약 그렇다면 바다 쪽을 볼 수는 없었을 것이다. 개미처럼 작게 느껴지는, 곤경에 처한 그들에게 등을 돌리고 서 있는 그 탑은 하나의 거인이었다. 무선사에게 그것은 어디까지나 개인의 필사적인 생존 투쟁을 보고도 무관심하기만 한 자연의 정적같이 느껴졌다. 바람 속의 자연, 그리고 인간을 바라보는 자연 모두가 그렇게 느껴졌다. 자연은 그 당시의 그에게 잔인하게 굴거나, 선심을 쓰는 것도 아니었고, 그렇다고 배반하거나 슬기로운 존재도 부상하지 않았었다. 한마디로 말하자면 무관심했다. 아주 완벽하게 무관심했다. 이와 같은 처지에 놓인 인간은 우주의 무관심에 너무나 큰 충격을 받고 그의 지나온 생애를 돌이켜보며 후회의 쓰라린 느낌을 갖고, 그래서 다시 그가 새로이 살아갈 수 있는 기회가 주어지기를 바라는 것인지도 모른다. 그럴 때엔 또다시 다가올지도 모르는 큰 위기 속에서도 지나온 일들의 옳고 그름의 차이가 그에게 아주 명백하게 보이는 것 같았다. 그래서 행여나 다시 살아갈 수 있게 된다면, 그의 행실이나 말을 고쳐 소개받는 장소에서나 또는 차를 마시는 곳에서도 더 선량하고 더 명랑한 사람이 될 것이라고 다짐하게 된다.

"자, 다들 들어 봐요." 선장은 모든 사람의 주의를 환기시켰다. "배는 이제 얼마 안 있어 곧 물에 잠기려 하오. 우리는 될 수 있는 대로 해안 쪽으로 배를 몰고 가서, 배가 가라앉으면 배를 버리고 해변으로 헤엄쳐 가는 수밖에 딴 도리가 없소. 모두 정신을 가다듬고 마음의 준비를 해야 하오. 그리고 배가 확실히 가라앉기 전에는 뛰어내리지 않도록 하시오."

급유원은 노를 집어 들었다. 그는 어깨 너머로 밀려오는 파도를 보았다. 그는 선장을 불렀다. "선장님, 배를 제대로 잡아 바다 쪽을 향해 정면으로 서게 한 다음, 뒤로 해서 나아가야겠습니다."

"그렇게 하지, 빌리. 뒤로 빼서 들어가라고." 선장이 그렇게 하라고 일렀다. 급유원은 보트를 움직여 선미에 앉았다. 요리사와 무선사는 잠잠하고 무관심해 보이는 해안을 바라보느라 어깨 너머로 고개를 돌린 채 생각에 잠겨 있었다.

괴물같이 몰려다니는 해안의 파도는 또다시 보트를 높이 솟구치게 했다. 그때 사람들은 흰 종잇장 같은 파도가 경사진 해안을 미끄러져 올라가는 모습을 보았다. 뒹굴며 부딪치고 움직이는 파도를 보다가 해안 쪽으로 시선을 돌리기도 했다. 그 모습을 응시하는 동안 눈에는 야릇한 표정이 감돌았다. 다른 동료들을 쳐다보고 있던 무선사는 그들에게서 조금도 두려워하는 기색을 찾아볼 수가 없었다. 하지만 그는, 그들의 시선이 가득 담긴 죽음의 의미를 읽어 내었다.

그 역시 너무나 피로하여 그들이 처한 정확한 상황을 포착할 수조차 없었다. 그는 애써 그들이 처한 상황을 정확히 생각해 보고자 노력했다. 그러나 그의 마음은 육신의 피로에 지쳐 완전히 압도되어 있었고, 육체는 어떤 자극에도 요지부동이었다. 만일 이런 지경까지 되어 물에 빠져 죽으면 참 억울하다는 생각만이 떠오를 뿐이었다.

서둘러 무슨 말인가를 해야 한다거나 얼굴이 창백해진다거나 마음이 흔들리는 것 같은 기색조차 전혀 없었다. 사람들은 단지 해안을 바라볼 뿐이었다. "이제 뛰어내릴 때는 보트를 잘 피하도록 해야 해." 선장은 조심스럽게 타일렀다.

바다 쪽에서 갑자기 파도가 출렁이며 솟아올라 물마루를 이루었다가 큰소리를 내며 내려앉았다. 이윽고 흰 물결이 요란한 소리를 내며 보트 위로 밀려오고 있었다.

"배를 움직이지 말도록." 선장은 다급하게 외쳤다. 모두 아무 말이 없었다. 그들은 해안에서 눈을 돌려 밀려오는 물결을 멍청하게 바라볼 뿐이었다. 보트는 파도의 경사진 위로 미끄러져 올라가더니 무섭게 소용돌이치는 꼭대기까지 솟구치고 나서 한바탕 요동을 부리고 난 후 물결의 잔등을 타고 스르르 미끄러져 내려왔다. 다시 배 안에는 물이 고였다. 요리사는 열심히 물을 퍼내었다.

그러나 곧이어 또다시 물마루가 덮치며 보트를 뒤흔들었다. 소란스럽게 들끓는 듯한 흰 물의 폭포가 배를 휘어잡고는 거의 수직으로 세워 빙글빙글 돌게 했다. 이번에는 물이 사방에서 배 안으로 쏟아져 들어왔다. 통신원은 뱃전을 꽉 붙들고 있었다. 물결이 다시 뱃전에 와 닿자, 그는 손을 적시기 싫다는 기색을 하고 재빨리 손을 떼었다.

작은 배는 갑자기 산같이 무너지는 물의 무게에 짓눌러 비틀거리며 바다 속으로 깊숙이 빠져들어 가기 시작했다.

"요리사, 서둘러 물을 퍼내도록! 물을 퍼내라니까!" 선장은 어쩔 줄 모르고 소리쳤다.

"알았습니다, 선장님." 요리사는 위급한 상태를 직감하고 대답했다.

"자, 모두들 보라고. 다음 놈이 또 우리 배로 들이닥칠 것만 같아." 급유원이 소리를 질렀다. "배에서 될 수 있는 한 가장 멀리 뛰어내리도록 해요. 빨리 준비들 하라고."

세 번째 파도가 이윽고 산더미 같은 모습으로 으르렁거리며 어찌할 수 없게 앞으로 다가왔다. 이윽고 파도는 너무나도 쉽사리 보트를 삼키고 말았다. 그와 동시에 배 속에 있던 사람들은 모두 바닷속으로 굴러떨어졌다. 구명부대 하나가 배 밑창에 깔려 있었다. 무선사가 배 밖으로 떨어지면서 왼손으로 이것을 잡아 가슴에 갖다 대었다.

일월의 바닷물은 얼음장같이 차가왔다. 플로리다 주 남쪽 해안의 물보다는 좀 더 차가울 것이라고 생각하긴 했지만 실제로는 그것과는 비교가 되지 않을 만큼 차게 느껴졌다. 이 느낌은 마비되다시피

한 그의 마음속에 이 순간 꼭 유의해서 기억해야만 할 일로 생각되었다. 바닷물이 이렇게도 차다니, 슬픈 일이었다. 정말 비극적이었다. 어찌된 일인지 이와 같은 엄연한 사실이 그의 처지에 대한 그 자신의 깨달음과 혼동되고 뒤범벅이 되어 금방이라도 눈물이 나올 것만 같았다. 바닷물은 정말 얼음같이 차가왔다.

그가 표면으로 떠올랐을 때 그는 시끄러운 파도 소리 외에는 아무것도 의식할 수 없었다. 잠시 후에야 그는 바다에 빠진 친구들을 보았다. 필사의 경주에서 급유원은 누구보다도 앞서 가고 있었다. 그는 힘차게 그리고 재빠르게 헤엄치고 있었다. 무선사의 왼편에서 이윽고 요리사의 크고 흰 코르크 등이 불쑥 솟아올랐다. 그리고 뒤쪽을 보니 선장은 뒤집힌 보트의 한쪽을 붙들고 매달려 있었다.

해안에는 확실히 움직이지 않고 있는 그 무엇이 있었다. 그래서 무선사는 바다의 끊임없는 혼동 속에서도 그것을 의아하게 여기게 되었다.

그것은 아주 매력적으로 보이기까지 했다. 무선사는 그러나 헤엄쳐 가야 할 길이 너무 먼 것을 깨닫고는 곧장 물을 저어 나갔다. 그의 밑에는 구명 도구가 놓여 있었다. 때로는 마치 손수레를 탄 것같이 경사진 파도를 굴러 내려갔다.

그러다가 그는 마침내 더 이상은 도저히 나아가지지 않는 바다의 어느 지점에 이르렀다. 도대체 어떤 조류가 그를 저지시키고 있는가 알아보려고도 하지 않은 채 헤엄을 계속해 갔다. 그러나 아무리 애써 봐도 그곳에선 아무런 진전이 없었다. 해안은 그의 앞에 그저 무대 위의 한 장면같이 펼쳐져 있을 뿐이었다. 그는 그것을 바라보았다. 그리고 비로소 자신의 눈으로 그 하나하나를 이해할 수 있었다.

요리사가 훨씬 더 왼쪽으로 지나가자 선장이 그를 불렀다. "등을 돌려요, 요리사! 돌아누워서 노를 사용해."

"오 참, 그렇군요, 선장님." 요리사는 돌아눕더니 노를 저으며 이제는 흡사 카누처럼 빠르게 앞서 갔다.

보트는 곧 무선사의 왼편을 지나가고 있었다. 그때까지도 선장은 한 손으로 배 끝에 매달려 있었다. 만일 보트의 놀라운 표기가 없었더라면 그는 마치 판자 장애물을 넘겨다보려고 고개를 든 사람처럼 보였을 것이다. 도대체 그때까지도 선장이 그 배를 붙들고 있다는 사실에 무선사는 너무나 놀라고 말았다.

이윽고 그들은 — 급유원, 요리사, 선장 — 해안 가까이에 다가가게 되었다. 그들을 뒤쫓아 물통이 따라갔다. 물통은 바다 위에서 세상모르게 즐거워 날뛰는 것 같았다.

무선사는 이제 새로 등장한 적 – 조수의 손아귀에 꽉 잡히고 말았다. 비탈진 흰 모래 사장, 그리고 적막한 작은 오막살이가 꼭대기에 옹기종기 모여 있는 절벽과 함께 해안은 그의 눈앞에 그림과도 같이 선명하게 펼쳐졌다. 그 당시에는 매우 가까워 보였다. 그는 화랑에서 브리타니나 알제이의 어떤 장면을 보고 있는 사람같이 크게 감명을 받았다.

'내가 빠져 죽는다고? 그게 가능한 일일까? 그게 가능한 일일까? 그게 과연 가능한 일일까?' 그는 생각에 생각을 거듭했다. 아마도 미미한 한 개인으로서 자신의 죽음을 자연의 마지막 현상으로 받아들여야 할 것이다.

그러나 잠시 후 그에게 아마도 파도가 밀려와 그를 이 치명적인 조수에서 벗어나게 해 주고, 그리하여 해안을 향해 다시 전진해 나아갈 수 있게 해 줄지도 모른다는 생각이 급작스럽게 와 닿았다. 그가 보트의 한 끝에 매달려 있던 선장을 본 지도 꽤 오랜 시간이 지났다. 그는 해안으로부터 머리를 돌려 먼 곳까지 살펴보았다. 그때 그는, 그의 이름을 부르며 소리치고 있는 선장을 다시 발견해 내었다. "배가 있는 이 곳으로 와! 어서 배로 오라니까!"

그는 선장과 보트가 있는 곳으로 재빨리 가려고 필사적으로 허우적거리면서도 문득 생각에 잠겼다. 사람이 지나치게 피로하면 물에 빠져 죽는 것이 오히려 편안한 것으로 여겨진다. 이제 그는 자신도 모르는 사이에 죽음에 대한 적개심 같은 것은 씻은 듯 사라지고 안도의 편안함이 찾아들고 있었다. 그리고 그는 그것을 기쁘게까지 생각했다. 왜냐하면 그는 지금까지 순간순간 찾아드는 죽음의 그 순간에 대한 고뇌와 커다란 공포를 느껴 왔기 때문이다. 그러나 다시 마음에 상처를 주고 싶지는 않았다.

눈앞에서 그는 해변가를 뛰어가고 있는 한 사람을 보았다. 그는 놀라운 속도로 옷을 벗고 있었다. 코트, 바지, 셔츠 등 모든 것이 삽시간에 마술처럼 그의 몸에서 벗겨졌다.

"배로 오라니까!" 선장이 외쳤다.

"그러지요, 선장님." 무선사가 물을 휘저으며 나아갈 때 그는 선장이 바다 밑으로 몸을 구부리며 보트를 떠나는 모습을 보았다. 그런 다음 무선사는 놀랍고 기적적인 힘으로 헤엄을 계속했다. 큰 파도가 다시 넘실거리며 그를 휘감더니 무서운 속도로 그리고 쉽사리 배 위쪽 저 너머까지 그를 팽개쳐 버렸다. 그 순간 일어난 이 모든 일은, 묘기 중의 묘기이고 놀라운 바다의 기적같이 생각되었다. 파도에 밀려 뒤집힌 보트는 물속에서 허우적거리는 사람에게는 노리개가 아니다.

이윽고 무선사는 바닷물이 겨우 그의 허리춤까지 오는 지점에 다다르게 되었다. 그러나 상황이 상황인 만큼 잠시도 그는 서 있을 수가 없었다. 파도가 칠 때마다 그는 넘어졌고, 설상가상으로 조류가 그를 바닷속으로 끌어들이고 있었다.

　그때 그는 그 남자를 보았던 것이다. 그는 열심히 달리고 있었고, 그리고 옷을 하나하나 벗어젖히곤 첨벙 물속에 뛰어들었었다. 그는 우선 요리사를 해변으로 끌어올렸다. 그리고는 선장을 향해 가까이 갔다. 그러나 선장은 그에게 손짓을 해 가며 무선사 쪽으로 가게 했다. 그는 벌거벗은 채였다. 물속에 떠 있는 나무같이 벌거벗고 있었다. 그러나 후광이 그의 머리 주위를 빛나게 하고 있었다. 흡사 성인처럼 광채가 나는 것이었다. 그는 무선사의 손을 세차게 끌어당기고 오랫동안이나 잡아끌며 힘들여 잡아 올렸다. 판에 박은 말투에 단련된 무선사는 이윽고 입을 열었다. "감사합니다, 노인장." 그러나 갑자기 그 말을 들은 상대방은 큰 소리로 외쳤다. "저게 뭐지?" 그는 재빠르게 손가락질했다. 무선사가 말했다.

　"가 봐요."

　얕은 물속에 얼굴을 처박은 채 급유원은 그대로 떠 있었다. 그는 출렁거리는 파도의 힘 때문에 바다에서 멀리 떨어진 갯벌까지 밀려와 이마를 바닥에 대고 엎어져 있었다.

　무선사는 후에 무슨 일이 일어났는지 알지 못하고 있었다. 그는 안전한 육지에 다다르자마자 몸이 축 늘어지며 온통 모래를 뒤집어쓰며 쓰러졌다. 그는 마치 지붕에서 떨어진 것 같은 느낌이었다. 그러나 쿵 하는 소리마저 그에게는 그지없이 고맙게 느껴졌다.

　해변은 얼마 되지 않아 담요나 옷, 병을 든 남자들과 커피 주전자와 그들 마음을 위로해 줄 수 있을 것 같은 여인들로 온통 법석거리고 있었다. 바다에서 온 사나이들에 대한 육지의 환대는 따뜻하고 푸짐했다. 그러나 이윽고 뻣뻣하고, 아직도 물이 뚝뚝 떨어지는 어떤 물체가 해변 위로 천천히 끌어올려지고 있었다. 그리고 그것을 맞는 그곳 사람들의 태도는 무덤 앞에 선 사람들이 갖게 되는, 이상하고도 불길하며 어두운 너그러움이 감돌고 있었다.

밤이 오자 흰 파도는 달빛 속에 출렁거리고 있었다. 바람이 불자 거대한 바다의 울부짖는 소리가 해안에 있는 사람의 귓전을 세차게 두드리고 있었다. 그제야 그들은 바다와 인간, 그리고 이 모든 것을 설명할 수 있다고 느끼게 되었다.*

새 벙어리장갑
(His New Mittens)

제1장

어린 호리스는 반짝이 장식이 된 새 벙어리장갑을 끼고 학교에서 집으로 가고 있었다. 여러 명의 소년들이 들판에서 기뻐 날뛰며 눈싸움을 하고 있었다. 그들이 호리스에게 소리쳤다. "이리 와, 호리스! 우린 눈싸움을 하고 있어."

호리스는 슬펐다. "안 돼. 난 눈싸움을 할 수 없어. 집에 가야 해."

그의 어머니는 정오에 이렇게 타일렀었다. "호리스야, 너 학교가 끝나면 곧장 집으로 와야 한다. 내 말 알아듣겠지? 또 새로 산 좋은 벙어리장갑을 푹 적시면 안 된다. 알겠지?" 호리스의 아주머니도 한마디 거들었었다. "에밀리, 애들이 자기 물건을 제멋대로 다 망치게 하는 걸 그냥 두는 건 좋지 않은 일이야." 아주머니도 새 벙어리장갑을 두고 하는 말이었다. 호리스는 어머니에게 예의 바르게 대답했었다. "네, 어머니." 그러나 지금 그는 새하얀 눈덩이를 던지며 매처럼 소리치고 있는 한 무리의 떠들썩한 아이들 옆에서 서성거리고 있는 것이다.

아이들 중 몇은 이 예의적인 망설임의 원인을 곧바로 눈치챘다. "아하!" 그들은 그를 놀리려고 눈싸움을 중단했다. "너 새 장갑 때문에 그러는구나?" 다른 사람의 속마음, 동기 같은 것을 제대로 알아차리지 못하는 아직 어린 소년들은 아무 상관도 없다는 듯 열을 내며 형들의 놀림에 박수를 치면서 끼어들었다. "벙어리장갑을 무서워한 대요, 벙어리장갑을 무서워한대요." 그들은 이 가사를 단조롭고, 슬프기까지 한 가락에 맞춰 노래 불렀다. 그 곡조는 미국의 어떤 어른들이든 어린 시절 한때에 불렀고, 그리고 어른이 되어서는 잊어버리는 오래된 노랫가락의 하나였다. "벙어리장갑을 무서워한대요!"

호리스는 속이 상해 찡그린 눈으로 놀이 친구들을 잠시 바라보다가는 시선을 떨어뜨렸다. 그러다가 그는 다시 길가에 줄을 지어 서 있는 키다리 단풍나무 둥치로 눈을 돌렸다. 그리고는 거칠고 튼튼한 나무껍질을 자세히 살펴보는 시늉을 했다. 그의 생각 탓인지 와일룸빌의 눈에 익은 거리들이 커다란 부끄러움 속에 파묻혀 점점 어두워져 가는 것 같았다. 이제 나무들이며 집들은 모두 자줏빛으로 변해가고 있었다.

"벙어리장갑을 무서워한대요!" 그 소름끼치는 노래는 마치 식인종들이 달밤에 전쟁할 때 쓰는, 북을 치며 부르는 노랫소리와도 같은 느낌이 들었다.

마침내 호리스는 가까스로 용기를 내어 겨우 머리를 들었다. 그리고는 퉁명스럽게 대꾸했다. "벙어리장갑 같은 것은 아무 상관도 없어. 난 꼭 집에 가야 해서 그래. 그게 전부라니까."

그러자 소년들은 제각기 그것이 마치 연필이나 되는 것처럼 왼손 집게손가락을 쳐들고 오른손 집게손가락으로 뾰족하게 깎는 시늉을 했다. 그들은 더 가까이 다가와서 잘 훈련된 합창단처럼 노래를 불렀다. "자기 벙어리장갑을 무서워한대요!"

그가 누명을 벗으려고 아무리 목청을 높여 봐도 그의 목소리는 떼거리로 몰려든 아이들의 소리 속으로 흩어지기만 했다. 그는 냉혹한 골목대장이 잡고 흔드는 유년 시절의 모든 전통과 홀로 맞서 있었다. 이 렇게 난데없는 궁지에 몰리게 되니까 이제는 조그만 아이들까지도 그를 얕잡아보았다. 한 꼬마가 묵직한 눈덩이를 들고 와 그의 뺨에다 던지고 달아난 것이었다. 이 광경을 보고 있던 큰 아이들은 큰 소리로 깔깔대며 손뼉을 쳐댔다. 호리스가 꼬마를 잡으려고 달려갔지만, 다른 쪽에서 여럿이 대들어 그를 가로막았다. 그래서 그는 기뻐 날뛰는 이 꼬마 악당들의 얼굴만 멍하니 쳐다볼 수밖에 없었다. 꼬마는 그의 당돌함을 지나칠 정도로 칭찬하는 무리의 뒤로 가서 안전하게 숨고 말았다. 호리스는 천천히 걸어서 뒤로 물러났다. 그는 계속해서 그들에게 그가 진짜 화를 내기 전에 그만두라고 위협했지만, 들려오는 소리는 여전히 그 노래뿐이었다. "자기 벙어리장갑을 무서워한대요!" 적에게 둘러싸여 결사적으로 버티느라 얼굴이 해쓱해진 소년은, 많은 사람들이 함께 겪는 것보다 더 큰 고통을 겪고 있었다.

호리스는 그 역시 어린 소년이었기 때문에 다른 소년들에 대해 잘 알고 있었던 것이다. 자연히 그는 아이들이 그가 죽을 때까지 따라오는 게 아닌가 하는 무시무시한 생각을 갖게 되었다. 그러나 이윽고 그가 들판 모퉁이에 다다르자 그들은 갑자기 모든 것을 잊어버린 것 같았다. 그들은 참으로 휠휠 날아다니는 수많은 참새 떼 같은 나쁜 심보를 갖고 있었다. 변덕스럽게도 이제 아이들의 관심은 다른 일로 훌쩍 넘어간 것이었다. 얼마 안 되어 그들은 다시 눈싸움을 하며 떠들어대면서 들판에 있었다. 아마도 골목대장쯤 되는 소년이 이렇게 얘기했을 것이다. "자, 저쪽으로 가자!"

추격이 끝나자 호리스도 도망치던 일을 그만두었다. 그는 얼마 동안 자신의 자존심을 가다듬느라 애를 쓰고는 아이들이 있는 쪽으로 살금살금 몰래 되돌아가고 있었다. 그에게도 놀라운 변화가 일어난 것이다. 살을 에는 듯한 그의 괴로움도 아마 다른 아이들의 심술 정도로밖에 지속되지 않는 모양이다. 소년들의 생활에 있어서는 공식으로는 표시하기 힘든 행동규칙에 대한 복종이 일시적인 기분에 따라 무자비하고 엄격하게 강요되었다. 그러나 사실 그들은 모두 그의 친구요, 벗이었다.

그들은 그가 다시 돌아온 것을 알지 못했다. 그들은 무슨 말다툼을 하고 있었다. 이번 싸움은 인디언과 군인들 사이에서 벌어지게 이미 계획이 짜여 있었던 것 같다. 첫 싸움에서는 키가 작고 허약한 소년들이 인디언으로 등장하기로 되어 있었으나 이제 그들은 그 역할에 싫증이 나서 다른 계급으로 바뀌었으면 하면서 그들의 간절한 소원을 한편 꺼리면서도 고집스럽게 주장하고 있었다. 몸집이 더 큰 소년들은 이미 놀랄 만한 전적을 세웠고, 모든 면에서 인디언을 무참하게 무찔러 버렸다. 그런데도 그들은 계획대로 전쟁놀이를 계속하자고 고집을 피웠다. 그들은 군인들이 항상 인디언을 무찌르는 것은 당연한 일이라고 소리 높여 설명하고 있었다. 어린 소년들 역시 이 이야기의 진실을 뒤엎어 놓을 생각은 추호도 없었다. 단지 그들은 어찌 되었던 간에 인디언이 아니라 군인이 되고 싶다는 단순한 생각을 품고 있었다. 어린 소년들은 제각기 자기네 편의 다른 사람에게는 그냥 인디언으로 남아 있으라고 타일렀지만, 자기만은 군인이어야 한다고 주장했다. 큰 아이들은 꼬마들이 인디언 역할에 시큰둥해지자 어쩔 줄 모르게 되었다. 그들은 어린 인디언들을 살살 꾀기도, 윽박지르기도 했지만 또다시 군인들의 맹공격을 받느니보다는 차라리 무슨 욕이라도 듣겠다는 표정을 짓고 있는 어린 소년들을 설득할 수는 없었다. 그들의 자존심을 가장 상하게 하는 코흘리개 별명들을 마구 불러대도 어린 소년들은 조금도 동요하지 않고 막무가내였다.

그러자 긴 바지를 입고 있는 많은 소년들을 다 두들겨 줄 수 있는 가장 그럴듯한 대장이라고 할 만한 힘 센 소년이 갑자기 뺨을 불룩하게 내밀더니 큰 소리로 외쳤다. "그럼 좋아. 자, 내가 인디언이 되겠어. 이젠 할 수 있겠지?" 어린 소년들은 약한 자기네 편에 그가 합세한다고 하자 크게 소리치며 기뻐했고, 만족한 듯이 보였다. 그러나 문제가 해결된 것은 아니었다. 힘센 그 소년을 따르던 모든 아이와 심지어는 싸움에 끼지도 않고 구경만 하던 아이들까지도 깃발을 던지고 인디언이 되겠다고 떠들어대는 것이었다. 이젠 군인이 될 사람이 없었다. 한 명의 예외도 없이 모두 인디언이 되려 했다. 대장 격인 소년은 자신의 통솔력을 발휘하려고 했지만, 그의 통솔력도 다른 깃발 아래서는 절대로 싸울 수는 없고 그의 깃발 아래서만 싸우겠다는 아이들의 결심을 흔들어 놓을 수는 없었다.

아무래도 어린 소년들을 억지로 인디언이 되게 하는 방법 외에는 달리 좋은 방법이 없었다. 그래서 대장 격인 소년이 다시 군인이 되었고, 인디언 편에서 가장 기운 없어 보이는 몇몇만 남기고 다른 모든 힘센 소년들이 대장의 편으로 신나게 모였다. 군인들은 인디언들에게도 같이 공격하라고 부추기면서 그들을 맹공격했다.

처음에 인디언들은 무조건 서둘러 항복하는 방법을 쓰기로 했었다. 그러나 그런 항복은 절대로 인정이 되지 않아 성공을 거두지 못했다. 그러자 인디언들은 우우 소리치며 도망치기 시작했다. 용맹스러운 군인들도 소리를 지르며 그들을 뒤쫓았다. 싸움은 점점 더 크게 벌어졌고, 그에 따라 재미있는 전투 양상이 생겨났다.

호리스는 몇 번이나 집으로 가려고 했지만 그만 이 싸우는 모습이 그의 혼을 빼앗아 가고 말았다. 그건 어른들은 도저히 이해할 수 없는 매력이었다. 그는 벌 받을 생각에 꺼림칙한 기분이 그의 머리를 떠나지 않았지만, 그런 것은 눈싸움의 흥분에 비하면 아무것도 아니었다.

제2장

기습 작전을 펴던 소년 중의 하나가 호리스를 발견하고는 지나가며 다시 노래를 불렀다. "자기 벙어리장갑을 무서워한대요!" 호리스는 다시 들려온 이 말을 듣고 움찔했다. 다른 소년이 잠시 멈추어 서더니, 다시 그를 놀려댔다. 호리스는 눈을 꼭꼭 뭉쳐 나중에 온 다른 아이에게 내던졌다. 그러자 처음의 그 소년이 크게 소리쳤다.

"오호! 너는 참 인디언이지? 얘들아, 여기 아직 죽지 않은 인디언이 있다!"

소년과 호리스는 눈 뭉치를 만드느라고 너무 바빠서 제대로 겨냥해서 던질 여유도 없이 눈싸움을 시작했다.

호리스가 한 번 적수의 가슴을 정통으로 맞추었다. "이봐, 넌 죽었어. 이제 더 이상 싸울 수 없어, 피트. 내가 너를 죽였어. 넌 죽은 거란 말이야." 그 소년은 얼굴이 홍당무가 되었지만 계속 미친 듯이 눈덩이를 만들었다. 그는 얼굴을 찡그리고 대꾸했다. "네가 언제 날 맞췄니! 네가 언제 날 맞췄냐 말이야! 어디야?" 그는 시비조로 덧붙였다. "어딜 맞췄니?"

"코트에! 바로 네 가슴이잖아! 너는 이제 더 이상 싸울 수 없는 거야. 너는 죽었으니까!"

"네가 언제 그랬어!"

"그랬잖아. 얘들아, 이 앤 죽지 않았니? 내가 정통으로 맞췄는데!"

"아냐, 죽지 않았어!"

그 일을 본 아이는 아무도 없었지만 몇몇 소년이 그 애와 친한 사이었기 때문에 무조건 그 애 편을 들었다. 호리스의 적수는 마구 떠벌리며 돌아다녔다. "그는 나를 맞추지 못했어! 내 옆에 오지도 않았다고! 그는 내 옆에 오지도 않았어!"

이윽고 그 힘센 대장 소년이 앞으로 나서더니 호리스에게 말을 걸었다. "너 어느 편이지? 인디언이지? 그럼 넌 죽은 거야. 그런 거야. 그가 너를 맞췄어. 내가 봤다고."

"나를?" 호리스가 날카로운 소리로 외쳤다. "너는 나와 터무니없이 떨어져 있었잖아."

바로 그 순간 그는 자기를 부르는 아주 귀에 익은, 끝 음이 날카롭고 길게 이어지는 소리를 들었다. 그가 보도 쪽을 바라보자 그곳에는 놀랍게도 과부의 상복을 입고 갈색 종이 뭉치 두 개를 든 어머니가 서 계셨다. 소년들은 모두 잠잠해졌다. 호리스는 천천히 어머니 쪽으로 다가갔다. 그러나 어머니는 그가 다가오는 것을 보고 있지 않았다. 그녀는 근엄한 표정으로 헐벗은 단풍나무 가지를 통해 짙은 푸른 하늘에 펼쳐지는 진홍빛 석양을 응시하고 있었다.

열 발자국쯤 떨어진 거리에서 호리스는 가망 없는 부탁을 했다.

"어머니, 조금만 더 놀면 안 될까요?" 그는 애처롭게 말했다.

"안 돼, 나를 따라오렴." 어머니는 단호하게 대답했다. 호리스는 어머니의 옆모습을 너무나 잘 알고 있었다. 도저히 용납되지 않을 표정이었다. 그러나 그는 계속해서 매달렸다. 지금 재미있게 노는 것이 오히려 나중에 받을 벌을 약하게 해 줄 것같이 생각되었다.

그는 같이 놀던 친구들을 돌아다볼 수가 없었다. 다른 아이들처럼 늦도록 밖에서 놀 수 없다는 사실이 이미 알려져서 창피스럽기 때문이었다. 또 그는 모두 지켜보는 가운데 어머니에게 끌려가는 자신의 모습을 그려볼 수 있었다. 그는 아주 비참한 아이가 되어 있었다.

마사 아주머니가 문을 열어 주었다. 아주머니의 줄무늬 스커트에 불빛이 비쳤다. 아주머니가 말했다. "아, 길에서 찾은 모양이군. 원, 저런! 하긴 때가 되었다고 했지!"

호리스는 부엌으로 살금살금 걸어갔다. 네 개의 쇠다리로 버티고 서 있는 스토브가 부드러운 소리를 내고 있었다. 분명히 마사 아주머니가 램프에 불을 붙였을 것이다. 그녀는 그곳으로 가더니 시험 삼아 심지를 비틀기 시작했다.

"자, 벙어리장갑 좀 보자." 어머니가 말했다. 호리스의 턱이 내려앉았다. 죄를 지은 사람이 느끼는 갈망, 즉 보복이나 처벌을 피하고 싶은 강한 욕망이 그의 마음속에서 불타고 있었다. "나, 난 장갑이 어디 있는지 모르겠어요." 그는 마침내 주머니 위를 손으로 만지작거리며 말했다.

"호리스야, 너 또 거짓말하는구나!" 어머니가 억양을 넣어 말했다.

"거짓말이 아니에요." 그는 숨을 헐떡이며 간신히 대답했다. 마치 그는 양 도둑같이 보였다.

그의 어머니는 손을 들게 하고 주머니를 뒤지기 시작했다. 그녀는 금방 물에 흠뻑 젖은 벙어리장갑을 꺼낼 수 있었다. "원, 저런!" 마사 아주머니가 외쳤다. 두 여인은 램프 가까이로 가서 벙어리장갑을 이리저리 세세하게 뒤집으며 조사하기 시작했다. 잠시 후 호리스가 고개를 들었을 때 주름지고 화장기 없는 어머니의 슬픈 얼굴이 그를 향했다. 그는 울음을 터뜨렸다.

어머니는 스토브 가로 의자를 끌어갔다. "떠나도 좋다고 할 때까지 이곳에 앉아 있어." 그는 온순하게 의자로 다가갔다. 어머니와 아주머니는 곧 저녁 식사 준비를 하느라고 부산하게 움직였다. 그가 있다는 사실조차 까맣게 잊고 있는 것 같았다. 심지어 그들은 건망증 때문에 서로 이야기도 나누지 않았다. 곧 그들은 식당 겸 거실로 들어갔다. 호리스는 접시의 덜그럭거리는 소리를 들을 수가 있었다. 마사 아주머니는 음식이 담긴 접시를 가져와 그의 근처 의자 위에 내려놓고, 말 한마디 없이 나가 버렸다.

호리스는 순간적으로 음식에 조금도 손을 대지 않으리라 마음먹었다. 그는 어머니에게 꾸지람을 듣게 되면 이 방법을 종종 썼다. 왜 이 방법이 어머니를 항복하게 만드는지는 몰랐지만 확실히 이 방법은 이따금 아주 효과가 있었다.

아주머니가 다른 방으로 들어오자 어머니가 그녀를 쳐다보며 물어보았다. "그 애가 저녁을 먹던가요?"

결혼을 하지 않은 아주머니는 이런 일에 무지한 나머지, 아이가 어떻게 하고 있나 하는 것에 관심을 갖고 묻는 어머니를 연민과 경멸이 섞인 시선으로 바라다보았다. "아니, 에밀리. 내가 그것을 어떻게 알아? 그 옆에 서서 보고 있으란 말이야? 애 때문에 그렇게 신경을 쓰니 무슨 일이 된담! 아이는 그렇게 키우는 게 아니야."

"그래도 그 앤 뭘 좀 먹어야 돼요. 끼니를 굶으면 안 된다고요." 어머니가 맥없이 대꾸했다.

마사 아주머니는 이 말 속에 담겨 있는, 아들에게 한 행동을 후회하는 듯한 어머니를 경멸하듯 한숨을 길게 내쉬었다.

제3장

부엌에 홀로 있는 호리스는 침울한 눈으로 접시에 담긴 음식을 쳐다보았다. 오랫동안 그는 양보할 기색을 보이지 않았다. 그의 기분은 좀처럼 풀리지 않았다. 빵과 식은 햄, 그리고 어머니를 이겨야겠다는 마음을 그만두지 않기로 결심했다. 그러나 그 음식은 참으로 강한 유혹임에 틀림없었다. 특히 피클은 매력적으로 그를 유혹하고 있었다. 그는 그것을 남몰래 쳐다보았다.

마침내 눈앞에 피클을 두고 더 이상 이런 상태를 지속할 수가 없어 그는 호기심에 찬 손가락을 내밀어 그것을 건드려 보았다. 그것은 놀랍게도 차디차고, 새파랗고 통통했다. 그 순간 자신이 처한 처지에 대한 크나큰 걱정이 밀려왔다. 그러자 삽시간에 그의 눈은 눈물로 가득해져 뺨을 타고 흘러내렸다. 그는 훌쩍거렸다. 그의 마음은 증오로 가득 차 아예 새까맣게 타 버렸다. 그는 마음속으로 무섭게 보복하는 장면을 그려 보았다. 자신을 변명하려는 노력을 전혀 하지 않은 채 순순히 꾸지람을 그대로 들을 아이가 절대로 아니라는 것을 그의 어머니는 알게 될 것이다. 이제 그의 꿈은 복수였고, 나중엔 어머니가 괴로움에 짓눌려 구부정한 모습으로 그의 발치로 다가오는 모습을 그려 보았다. 울면서 그녀는 아들의 용서를 구할 것이다. 어머니를 용서할 것인가? 그럴 수 없다. 한때 부드러웠던 그의 마음이 어머니의 부당한 대우 때문에 다시 돌처럼 굳어졌다. 그는 어머니를 용서할 수가 없었다. 어머니는 큰 벌을 받아야만 한다.

이 무서운 계획의 첫 단계는 음식을 먹지 않는 일이다. 이때까지의 경험으로 보아 이것은 어머니의 마음을 괴롭힐 것이다. 그래서 그는 단호한 마음가짐으로 기다렸다.

그러나 갑자기 그는 어머니의 애를 먹이려는 자신의 계획이 실패할지도 모른다는 생각이 떠올랐다. 어머니가 늘 하던 방식대로 굴복할 것 같지 않다는 생각이 그의 머리를 스쳤다. 생각해 보니 어머니가 들어와 걱정을 하고, 슬픈 듯하면서도 다정하게 어디 아픈 데가 없나 하고 물어야 할 시간이 지난 것 같았다. 그러면 아주 체념한 목소리로, 이름 모를 병에 걸린 것 같다고 넌지시 알리며, 조용히 혼자 그 고통을 겪는 게 좋겠다고 의사 표시를 하는 것이 습관처럼 되어 있었다. 그래도 어머니가 계속 걱정하면 침울하고 나지막한 목소리로 어머니에게, 어둠 속에서 음식을 먹지 않고 조용히 혼자서 고통을 감수하게 내버려둬 달라고 간청을 하곤 하였다. 그는 이와 같은 계획이 항상 쉽게 좋은 결과로 끝난다는 것을 알고 있었다.

그러나 이렇게 긴 휴지(休止)와 고요는 무엇을 뜻하는가? 늘 사용하던 값진 책략이 이제 그를 배반하려는 것일까? 그런 생각이 파고들자 그는, 인생, 세계, 그의 어머니까지도 증오하게 되었다. 분명히 어머니는 그의 이러한 공격을 물리치고 있었고, 그는 패배해 버린 어린 아이에 불과했다.

마지막 거취를 결정하기 전에 그는 잠깐 울었다. 도망칠까 보다. 그는 이 세상 저 먼 곳에서 어머니의 야만적인 행동으로 말미암아 처참한 인간이 되어 있을 것이다. 어머니는 그의 생사를 알지 못하게 될 것이다. 그는 여러 해 동안 어머니가 걱정에 걱정을 하고, 죽는 날까지 후회하게 만들 작정이었다. 마사 아주머니도 피할 길이 없을 것이다. 그리고 장차 백 년 후쯤의 어느 날 어머니가 세상을 떠났을 때, 그는 마사 아주머니에게 편지를 써서 그의 인생을 망가뜨리는 데 한몫을 담당한 그녀의 역할도 지적할 것이다. 지금 그에게 던져진 이 불행은 시간이 지나면 천 개, 아니 만 개의 불행을 만들 것이다.

그는 일어나 코트를 입고 모자를 썼다. 살금살금 문 쪽으로 가며 그는 피클을 힐끔 쳐다보았다. 그것을 먹고 싶은 유혹이 강하게 일어났지만, 접시에 손도 대지 않고 떠난다면 어머니가 더 속상할 거라는 것을 너무나 잘 알고 있었다.

우울한 눈이 내리고 있었다. 사람들은 몸을 앞으로 숙이고 활발하게 걷고 있었다. 쏟아지는 눈발에 전기등이 부르르 소리를 냈다. 부엌문을 밀고 나오자 강한 돌풍에 눈송이가 집 모퉁이 쪽으로 휘날렸다. 그는 주춤하고 몸을 움츠렸다. 난폭한 돌풍은 그의 마음에 새 방향을 제시해 주었다. 그는 지구의 저 먼 구석으로 가야 하겠다고 결심하고 있었다. 지리적으로 보아 명확히 어디라고 할 만한 계획이 서 있지 않은 것을 알았지만 망설임 없이 캘리포니아로 정했다. 이윽고 그는 캘리포니아로 가기 위해 집 대문까지는 활기 있게 걸었다. 그는 마침내 떠날 것이다. 일이 제대로 될까, 약간 겁이 났다. 그리고 갑자기 목이 메었다.

문에서 잠시 멈추어 섰다. 그는 캘리포니아로 가려면 나이아가라 거리로 가야 더 빠를지 호간 거리로 가는 것이 더 빠를지 몰랐다. 폭풍이 사납게 몰아쳐서 그는 우선 나무로 만든 헛간에 들어가 다시 생각하기로 했다. 그는 어두운 헛간에 들어가서 매일 오후 학교에서 돌아오는 길에 몇 분씩 앉아 있곤 하는 도마 모양의 오래된 널빤지 위에 앉았다. 바람은 느슨하게 튀어나와 있는 널빤지에 부딪쳐 요란한 소리를 냈다. 마루의 틈 사이로 들어온 눈이 바람이 부는 대로 이리 저리 휘날리고 있었다.

그곳에 앉자 그는, 이런 날 밤에 캘리포니아로 떠나려던 마음은 사라지고, 순교자처럼 비참하게 된 자기 자신에 대해 곰곰이 생각하게 되었다. 밤은 이 오두막에서 지내고 다음 날 아침 일찍 밝은 마음으로 캘리포니아로 떠날 생각 외에 다른 것은 생각할 수 없었다. 마룻바닥을 침대로 착각하고 발로 찼지만, 수없는 틈바구니가 얼음으로 꼭꼭 메워져 있다는 것을 알고 얼음 속에 묻혔다. 잠시 후 그는 집 안에서 일어난 흥분된 소동을 기뻐하며 보고 있었다. 램프 불빛이 빠르게 이 창에서 저 창으로 움직이고 있었다. 그리고 부엌문이 쾅 하고 세게 닫히는 소리가 나더니 목도리를 두른 어떤 사람이 대문을 향해 달려갔다. 마침내 소년은 그들에게 미친 자신의 힘을 뼈저리게 느끼게 됐던 것이다. 벌벌 떨고 있던 소년의 얼굴은 집 안에서 대경실색하고 있다는 증거를 보고 기뻐서, 나무 헛간의 어둠 속에서 환희에 차 납빛으로 빛나고 있었다. 목도리를 두른 채 달려 나간 사람은 다름 아닌 그의 아주머니 마사로, 그녀는 그가 없어진 것을 알자 놀라서 이웃 사람에게로 달려갔던 것이다.

이제 헛간은 너무 추워서 고통스럽기까지 했다. 그는 자신이 일으킨 일에 대한 공포 때문에 참아 온 것이다. 그런데 이제 그들이 그를 찾으려고 사방을 수색한다면 이 나무 헛간까지 뒤지리라는 생각이 떠올랐다. 아무리 춥다 하더라도 너무나 일찍 붙잡힌다는 것은 사내답지 않은 일로 생각되었다. 영원히 집을 떠나겠다는 생각은 서서히 사라졌지만, 하여간 붙잡히기 전에 더 큰 고통을 가하고 싶은 마음은 간절했다. 만일 그가 단순히 어머니를 화나게만 한다면 틀림없이 어머니는 그를 보자마자 때릴 것이다. 안전하기 위해서는 시간을 더 연장해야만 했다. 시간을 적당하게 끌면 비록 그가 큰 죄를 지었더라도 환영받을 것은 뻔한 일이었다.

폭풍이 점점 더 심해져 그가 헛간에서 나갔을 때는 사납고 격렬한 바람 때문에 몸이 마구 흔들렸다. 몰아치는 눈송이 때문에 숨이 헐떡거리고 정신이 얼얼해졌다. 영락없이 반쯤 장님같이 된 채 집에서 쫓겨나고 가난하고 친구도 없는 버림받은 사람의 꼴이었다. 터질 듯한 가슴으로 그는 집과 어머니를 생각해 보았다. 절망에 빠진 그의 눈에는 이 모든 것이 천당처럼 멀어만 보였다.

제4장

호리스의 감정은 죽 끓듯 바뀌어서 그는 솔개처럼 이리저리 배회하며 돌아다닐 뿐이었다. 그는 무자비한 어머니의 난폭성에 더욱더 아연실색했다. 이 거친 폭풍우 속에 그를 몰아넣은 장본인은 바로 그의 어머니였고, 그녀는 자식의 운명 같은 것에는 완전히 무관심했다. 절망에 빠진 방랑자는 더 이상 눈물도 나오지 않았다. 북받쳐 오르던 울음도 목에 탁 걸려 호흡이 가빠졌다. 이해할 수 없는, 스스로도 납득되지 않는 소년의 자세와 태도를 지배하는 어떤 원칙만 빼 놓고 그 안에 있던 모든 것이 여지없이 정복되고 말았다. 이 원칙은 좀처럼 사라지지 않았다. 그것이 그와 굴복 사이에 존재하는 유일한 장애였다. 만일 그가 굴복할 경우에도 확실하게 윤곽이 잡히지는 않았지만 엄연히 존재하는 어떤 원칙에 따라서 손을 들어야 할 것이다. 생각대로 할 것 같으면 단순히 부엌으로 가서 집 안으로 기어들어가고 싶을 따름이었다. 그러나 확실하게 알 수 없는 어떤 타당성 같은 것이 그의 발길을 돌려놓고 있었다.

어쩌다 보니, 그는 나이아가라 거리 입구에 서서 나부끼는 눈발 사이로 스티크니 푸줏간의 빨간 유리창을 들여다보고 있었다. 스티크니는 소년의 집에 단골로 출입하는 고기 장수였다. 그가 와일톰빌의 다

른 푸줏간 주인에 비해 더 훌륭해서가 아니라, 그가 바로 옆집에 살
았고 호리스 아버지와 절친한 친구였기 때문이었다. 큼직한 쇠고기
덩어리가 놓여 있는 푸줏간의 큰 테이블 뒤에는 엄청나게 많은 돼지
가 열을 지어 거꾸로 매달려 있었다. 제법 가늘게 잘라 놓은 칠면조
고깃덩이도 여기저기에 매달려 있었다. 건장한 스티크니는 웃으면서
팔 센트짜리 물건을 흥정하면서, 손에는 괴상한 바구니를 들고 망토
를 입은 여인과 입씨름을 하고 있었다. 호리스는 눈 덮인 유리창을
통해 그들을 바라보고 있었다. 여인이 나와서 그를 스쳐 지나가자, 그
는 문 쪽으로 다가갔다. 빗장에 손을 대었다가 재빨리 뒤로 물러섰다.
스티크니는 푸줏간 안에서 유쾌하게 휘파람을 불며 칼을 가지런하게
늘어놓고 있었다.

마침내 호리스는 절망스럽게 앞으로 나가 문을 열고 가게로 들어
가 고개를 떨어뜨렸다. 스티크니는 휘파람 불던 것을 멈추었다. "아
니, 애야, 무슨 일로 왔어?" 그는 큰 소리로 물었다.

호리스는 멈칫거리기만 하고 아무 말도 하지 않은 채 한쪽 다리를
내밀어 마룻바닥 위에 어질러진 톱밥을 이리저리 헤집고 있었다.

스티크니는 두툼한 두 손을 테이블 위에 크게 벌려 짚고는 주인이
고객을 맞이하듯이 그를 쳐다보았다. 스티크니는 곧 정색을 하고 소
년에게 물었다. "여기에 오다니? 무슨 걱정거리라도 있니? 뭐가 잘못
되었니?"

"아무것도 아니에요." 그는 쉰 목소리로 대답했다. 그런 다음 잠시
동안 목에 무엇이 걸린 듯 쩔쩔매다가 몇 마디 덧붙었다. "저, 저는
도망 나왔어요. 그리고……."

"도망치다니! 무엇 때문에? 누구에게서?" 스티크니가 소리쳤다.

"저, 집에서요. 더 이상 그 집에 있기가 싫어서요." 호리스는 푸줏

간 주인의 동정심을 사려고 말을 정리했다. 그는 가장 논리적 방법으로 자신이 옳다는 것을 설명하려고 만반의 준비를 했지만, 태엽이 풀어지듯이 마음이 풀어져 버렸다. "도망 나왔답니다. 저…." 스티크니는 쇠고기 진열대 너머로 큰 손을 쪽 뻗더니 호리스를 단단히 잡았다. 그런 다음 호리스 쪽으로 돌아 나왔다. 그의 얼굴에는 웃음이 가득차 있었다. 그는 포로가 된 소년을 장난 섞인 표정으로 마구 흔들었다. "자, 어서 와. 오라고, 와. 이거 무슨 헛소리야. 뭐 도망쳐? 도망간다고?" 그러자 오래 참고 괴로워하던 호리스는 그만 울어 버렸다.

"자, 이리 온. 이리 와. 아무 걱정 말고. 나를 따라오기만 하면 돼. 다 괜찮을 거야. 잘해 줄게, 걱정 마."

스티크니는 열심히 이야기했다.

한 오 분쯤 후에 스티크니는 앞치마 위에 커다란 외투를 걸치고 소년을 그의 집 쪽으로 데려가고 있었다. 바로 문턱에서 호리스는 마지막으로 자존심을 내세우며 흐느꼈다. "안 돼요, 안 돼! 가고 싶지 않아요. 그 안에 들어가고 싶지 않다고요!" 그는 계단에 버티고 서서 제법 완강하게 반항했다.

"자, 호리스." 푸줏간 주인이 소리쳤다. 그리고는 쾅 하고 문을 열어젖혔다. "여보세요, 누구 계셔요?"

거실로 통하는 어두운 부엌문이 열리고 마사 아주머니가 나타났다. "아이고! 그 애를 찾으셨군요!" 마사 아주머니가 소리쳤다.

"그저 들른 것일 뿐입니다." 푸줏간 주인이 말했다. 거실 입구에는 정적이 흐르고 있었다.

호리스는 기운이 다 빠져 축 늘어지고 죽은 사람처럼 창백한 채 고통으로 눈을 껌벅이며 긴 의자 위에 누워 있는 어머니를 보았다. 어머니는 창백한 손을 호리스에게 내밀기 전에 충격적인 듯 멈칫했다.

"내 아들아!" 그녀는 떨리는 목소리로 중얼거렸다. 그러자, 호리스는 기쁨과 슬픔이 한꺼번에 북받쳐 올라 울부짖으면서 어머니의 품속으로 뛰어들었다. "엄마! 엄마!"

어머니는 기운이 다 빠진 팔로 호리스를 감싸 안고 감격에 목이 메어 말도 할 수 없었다.

마사 아주머니는 이 광경에 눈시울이 뜨거워져, 일부러 아무렇지도 않은 척하며 푸줏간 주인에게 몸을 돌렸다. 그녀는 울고 있었다. 그녀는 울먹이는 듯하면서도 부드러운 목소리로 말했다. "스티크니 씨, 우리 집 루트 비어 한 잔 드시지 않겠습니까? 집에서 만든 것인데요."*

새색시, 옐로 스카이로 오다
(The Bride Comes to Yellow Sky)

제1장

거대한 풀만식 특등차가 위엄을 뽐내며 당당하게 들어오고 있었다. 창밖을 힐끗 내다보노라면 텍사스의 대평원이 동쪽으로 흘러가는 듯했다. 끝없이 펼쳐지는 푸른 초원, 메스키트(북미산 콩과 식물의 이름 － 역자 주)와 선인장이 뒤덮인 희미한 빛깔의 지역, 옹기종기 모여 있는 이엉으로 만든 초라한 집들, 밝고 가느다란 나무들의 숲, 이 모든 것이 동쪽으로 휩쓸리다가 낭떠러지 같은 지평선 저쪽으로 사라져 가고 있었다.

신혼 부부 한 쌍이 샌안토니오에서 이 기차를 탔다. 남자의 얼굴은 여러 날 동안 바람과 햇볕에 그을려서 불그레했으며, 벽돌색 손을 의식적으로 놀리는 품이 까만 새 양복을 입었음을 말해 주었다. 때때로 그는 자기의 이런 옷차림을 감탄하는 듯 내려다보았다. 그는 양무릎에 손을 얹고 앉아 있었는데, 마치 이발소에서 머리를 깎으려고 기다리고 있는 모습 같았다. 다른 승객들을 슬며시 쳐다보는 그의 눈초리는 수줍고 은밀했다.

신부는 예쁘지도 않고, 그다지 젊지도 않았다. 그녀는 빌로도 천의 여기저기에 쇠단추가 여럿 달린 푸른 캐시미어 드레스를 입고 있었다. 그녀는 연방 목을 돌리며 뻣뻣하고 꿋꿋하게 높이 솟은 불룩한 소매를 쳐다보고 있었는데, 그 소매 때문에 쩔쩔매는 듯했다. 그녀는 줄곧 부엌일을 해 왔으며, 앞으로도 그럴 것이 분명했다. 그녀가 기차에 올랐을 때 승객들 중 몇 사람이 민망스러울 정도로 빤히 쳐다보아 얼굴이 발개졌는데, 그런 모습을 이렇게 보잘것없는 얼굴에서 본다는 것이 이상했다. 무표정한 윤곽의 평범한 용모였다.

그들은 매우 행복해 보였다. "특등차에 타 본 적이 있소?" 남자는 기쁨에 넘쳐 웃으며 물었다.

"아뇨." 하고 신부가 대답했다. "한 번도 없었어요. 정말 굉장한데요. 그렇죠?"

"그럼. 굉장하고말고! 우리 조금 있다 앞 칸의 식당차로 가서 푸짐하게 한번 먹어 봅시다. 세상에서 제일 훌륭한 음식이라오. 일 달러나 되는."

"어머, 그래요?" 신부가 소리쳤다. "일 달러씩이나? 그거 너무 비싸요, 우리에겐. 안 그래요, 잭?"

"하지만 이번 여행은 예외요." 그는 남자답게 대답했다.

"이번만큼은 우리도 하고 싶은 대로 다 해 봅시다."

그런 다음 그는 신부에게 기차에 대해서 설명해 주었다. "글쎄, 텍사스는 끝에서 다른 끝까지 천 마일이나 된다오. 그런데 텍사스를 횡단하는 기차는 단 네 번밖에 정거하질 않는다오." 그는 기차의 주인이라도 되는 듯이 뻐겼다. 그가 신부에게 기차 안의 휘황찬란한 시설을 가리켜 보이자, 그녀의 두 눈은 차츰 휘둥그레지며 녹색의 바다 빛을 띤 무늬의 빌로도, 번쩍거리는 놋쇠, 은, 유리, 유전(油田)의 표면처럼 검게 빛나는 목제품들을 바라보는 것이었다. 한쪽 끝에는 청동상이 별실의 지주(支柱)를 견고하게 받치고 있었고, 천장에는 군데군데 올리브와 은빛으로 그린 프레스코(새로 석회를 바른 벽이 채 마르기 전에 수채로 그리는 화법 – 역자 주)가 장식되어 있었다.

두 사람의 마음에, 이 눈부신 환경이 그날 아침 샌안토니오에서 결혼한 그들에게 온갖 영광을 안겨 주는 것처럼 생각되었다. 이것이 바로 새로운 신분이 된 그들의 환경 같기도 했다. 더욱이 남자의 얼굴은 흑인 급사한테도 우스꽝스럽게 보일 만큼 만면에 의기양양한 웃음을 담고 있었다. 급사는 이따금 재미있다는 듯 우쭐대는 미소를 지으며 멀리서 그들을 훑어보고 있었다. 급사는 때로 그들이 놀림을 당하고 있다는 것을 알아차릴 수 없는 교묘한 방법으로 그들을 희롱했다. 그는 도저히 말릴 수 없는 속물 같은 행위를 아무도 눈치채지 못하게 해치웠으며, 그들을 깔고 뭉개며 은근히 골탕 먹이고 있었다. 그러나 신혼부부는 이 조롱을 전혀 눈치채지 못했고, 다른 승객들까지도 급사의 그러한 행위를 쉽게 잊어 가고 있었다. 이들 신혼부부의 처지는 옛날부터 한없이 우스꽝스러운 대상이 되어 왔던 것이다.

"세 시 사십이 분이면 옐로 스카이에 도착할 거요." 그는 부드럽게 신부의 눈을 들여다보며 말했다.

"아, 그래요?" 그녀는 마치 그 사실을 몰랐었던 듯이 말했다. 남편의 이야기에 놀라움을 표시함으로써 그녀의 다정한 부인다운 일면을 보여 주었다. 그녀는 주머니에서 작은 은시계를 꺼냈다. 그녀가 시계를 들고 미간을 찡그리며 자세히 들여다보자 신랑의 얼굴은 기쁨으로 빛났다.

"그 시계는 샌안토니오의 친구한테서 산 거요." 그는 기쁨에 넘쳐 부인에게 자랑했다.

"지금 열두 시 십칠 분이에요." 부인은 조금 부끄러운 듯 어색한 애교를 부리며 남편을 쳐다보며 말했다. 이 사랑의 장난을 보고 있던, 지나칠 정도로 냉소적이던 한 승객이 여러 개의 거울 중에서 한 거울을 통해 윙크를 했다.

마침내 그들은 고대하던 식당차로 갔다. 눈부시도록 흰 제복을 입은 흑인 웨이터들이 두 줄로 늘어서서 식당으로 들어오는 그들을 흥미진진하게 지켜보고 있었다. 이들 신혼부부는 그들이 식사하는 동안 즐거운 마음으로 기꺼이 시중을 들겠다는 한 웨이터를 만나게 되었다. 그 웨이터는 얼굴에 인자스러운 빛을 띠고 어버이 같은 안내자나 되는 듯이 두 사람을 시중했다. 그는 급사들에게서 흔히 볼 수 있는 경의와 친절을 베풀었지만 생색을 내려는 태도가 역력했다. 신혼부부는 그들의 자리로 돌아왔을 때에야 비로소 안도의 한숨을 돌렸다.

왼쪽으로, 기다란 자줏빛 비탈 수마일 아래쪽에 슬픈 듯, 리본같이 흘러가는 리오그란데 강이 있었다. 기차는 알맞은 각도로 강을 향해 다가가고 있었으며, 그 정점이 옐로 스카이였다. 옐로 스카이와의 거리가 점점 가까워짐에 따라 남자는 더욱 초조해지는 것이었다. 그의 붉은 벽돌 빛의 손이 더욱 자주 눈에 띄었다. 때때로 신부가 몸을 앞으로 기울여 그에게 말을 걸어도, 그는 오히려 얼빠져 있는 듯했고, 마음은 저 멀리 떠나 있는 것 같았다.

사실상 잭 포터는 그를 납덩이처럼 짓누르고 있는 그림자를 떠올리기 시작한 것이다. 옐로 스카이의 치안관이며, 그 지방에서는 사람들이 무서워하기도 하고 좋아하기도 하는 인물이던 그는, 그가 사랑한다고 믿었던 소녀를 만나러 샌안토니오로 갔던 것이다. 그리고는 그곳에서 옐로 스카이의 누구와도 그의 처지를 의논하지 않은 채 그가 바라던 대로 그 소녀를 설득해서 결혼을 한 것이었다. 지금 그는 아무것도 모르는 순진한 그 고장 사람들 앞으로 신부를 데려오고 있는 것이다.

물론 옐로 스카이 사람들은 일반적인 습관에 따라 좋아하는 사람과 결혼했다. 그러나 포터는 친구에 대한 의무라든가 그의 의무에 대한 친구들의 생각, 그리고 이런 문제에 사람들이 얽매어 있지는 않지만 엄연히 존재하는 형식을 생각했기 때문에 그 자신이 더욱 흉악하다고 느껴졌다. 그는 터무니없는 죄를 저지른 것이다. 샌안토니오에서 이 소녀와 마주치자, 자신의 강한 충동에 사로잡혀 그는 사회의 모든 제약을 무시하고 곧 달려들었던 것이다. 샌안토니오에서 그는 어둠 속에 묻혀 있는 사람과도 같았다. 그 멀리 떨어진 도시에서는 우정의 형태로나 혹은 그 밖의 어떤 형태로든 지켜지는 의무를 칼로 자르듯 손쉽게 잘라 버릴 수 있었다. 그러나 옐로 스카이의 시간 – 대낮의 시간이 점점 다가오고 있었다.

그는 자신의 결혼이 이 도시에서 매우 중요한 일임을 잘 알고 있었다. 아마 새로 지은 호텔에 불이 났다는 소식만이 그것을 능가할 수 있을 것이었다. 친구들은 그를 용서하지 않으리라. 이따금 그는 전보로라도 그 소식을 친구들에게 알리는 것이 도리가 아닐까 생각했으나 용기가 없었던 것이다. 그는 그렇게 하기가 두려웠다. 그런데 이제 기차는 놀라움과 환희와 비난의 경지로 그를 몰아넣고 있었다. 그는 기차 쪽으로 서서히 몰려오는 안개의 선을 창밖으로 힐끔 내다보았다.

옐로 스카이에는 주민들에게나 겨우 들려줄 정도의 연주가 가능한 일종의 브라스 밴드가 있었다. 그것을 생각하자 그는 웃음이 저절로 나왔다. 만일 이 고장 사람들이 내가 신부를 맞이해 온다는 사실을 알았다면, 역에 밴드를 늘어서게 한 뒤 환호성을 올리고 축하한다고 하면서 그의 어도비(벽돌로 만든 집 – 역주)로 데려다 줄 것이었다.

그는 역에서 집까지 가는 사이는 될수록 눈에 띄지 않고 빠른 속도로 갈 수 있게 온갖 지혜를 짜내고 있었다. 일단 그의 안전한 성곽에

도달하면, 얼마든지 이 소식을 말로써 알릴 수 있을 것이다. 마을 사람들의 열광이 조금 수그러들 때까지는 그들 틈에 끼어들지 않을 것이다.

신부는 걱정스러운 표정으로 남편을 쳐다보았다. "무슨 걱정이 생겼나요, 잭?"

"걱정 같은 것은 하나도 없소. 그저 옐로 스카이를 생각할 따름이오." 남편은 다시 웃으며 대답했다.

신부도 짐작했었다는 듯 얼굴을 붉혔다.

이윽고 그들의 마음속에는 공통된 죄책감으로 더욱 부드러운 애정이 솟아났다. 신랑 신부는 애정이 가득 찬 뜨거운 시선으로 서로를 바라보았다. 그러나 신랑은 전과 다름없는 초조한 웃음을 자주 지었다. 신부의 얼굴에 감도는 홍조는 좀처럼 사라지지 않았다.

옐로 스카이 사람들의 감정을 거슬린 남자는 속력을 내고 달리는 차창 밖의 풍경을 내다보았으나 경치를 제대로 즐길 수 없었다. "이제 다 왔군." 남편이 말했다.

곧이어 급사가 와서는 포터의 집이 가까워 옴을 알려 주었다. 급사는 손에 옷솔을 들고서 허세와 우월감을 씻어내 버린 채 이리저리 돌리는 포터의 새 옷을 털어 주었다. 포터는 동전 하나를 찾아내 다른 사람들이 하는 것처럼 그것을 급사에게 주었다. 그 일은 말에게 처음으로 편자를 박아 주는 사람처럼 힘이 드는 그런 일이었다.

급사는 가방을 들었다. 기차가 천천히 속력을 늦추자, 그들은 덮개가 달린 객차의 승강구 쪽으로 나아갔다. 이윽고 두 대의 기관차와 객차의 긴 열이 옐로 스카이 역 구내로 천천히 들어서고 있었다.

"여기서 기차에 물을 실어야 합니다." 포터는 무슨 죽음이라도 알리는 듯한 슬픈 어조로 겨우 말했다. 기차가 멈추기도 전에 그의 눈은 플랫폼의 구석구석을 샅샅이 훑어보았다. 그곳에는 역장을 제외하고는 아무도 없어서 그는 은근히 기쁘기도 하고 놀랍기도 했다. 역장은 약간 분주하고 걱정스러운 모습으로 종종걸음을 하고 있었다.

"자, 어서 내려요." 하고 포터는 쉰 듯한 목소리로 말했다. 그의 도움을 받아 신부가 기차에서 내려오는 것을 도와주며 두 사람은 어색한 웃음을 지었다. 흑인한테서 짐을 받아 든 포터는 신부에게 팔짱을 끼도록 했다. 그들은 사람들의 시선을 피하여 빠른 걸음으로 걸어갔다. 그 순간, 그가 야비한 눈초리로 흘낏 보니 역원이 트렁크 두 개를 내리고 있었으며, 앞쪽 화차 가까이에 있던 역장이 돌아서더니 손짓을 하며 그가 있는 방향으로 달려오고 있었다. 자기의 결혼을 반겨준 옐로 스카이의 첫 축복을 목격했을 때 그는 웃으면서도 괴로웠다. 그는 신부의 팔을 옆구리에 꼭 끼고서는 옆으로 끌어당겨 도망치다시피 달렸다. 그들 뒤에 있던 급사는 얼빠진 사람처럼 껄껄대고 웃고 있었다.

제2장

  '남부 철도 회사'의 캘리포니아행 급행열차는 이십일 분 뒤에 옐로 스카이에 도착하게 되어 있다. '위어리 젠틀맨' 살롱의 바에는 여섯 명의 사내가 있었다. 한 사람은 수다스럽고 말이 빠른 순회 판매원, 세 사람은 말하기를 귀찮아하는 텍사스 사람들, 언제나 그렇듯 '위어리 젠틀맨' 살롱에만 들어오면 입을 열지 않는 나머지 두 사람은 멕시코 양의 사육자들이었다. 문 앞을 가로지른 널빤지엔 술집 주인의 개가 누워 있었다. 대가리를 앞다리에 얹은 개는 졸린 눈이었지만 발길에 채인 개처럼 완전한 경계태세로 여기저기를 훑어보고 있었다. 모랫길 건너에는 초록빛 싱그러운 풀밭이 있는데, 태양 아래 뜨겁게 작열하는 모래벌판과 비교되어 마음을 설레게 하는 굉장한 광경이었다. 그 풀밭은 마치 무대 위에서 잔디밭을 나타내기 위해 사용하는 멍석과 너무나 비슷했다. 그늘이 져 서늘한 정거장 모퉁이에는 웃옷을 걸치지 않은 사람이 기울어진 의자에 앉아 파이프 담배를 피우고 있었다. 리오그란데 강의 둑이 도시 근처까지 뻗어 있었고, 저 멀리 강 너머로 메스키트의 짙은 자줏빛 대평원이 바라다보였다.

  술집에 앉아 있는 말 많은 순회 판매원과 그 일행들을 빼놓고 옐로 스카이는 온통 졸고만 있었다. 이 새로 나타난 사람만이 제법 근사하게 카운터에 기대어 서서 새로운 세계를 접한 시인처럼 자신감에 넘쳐 수다를 떨고 있었다.

"……그리고 영감태기가 책상을 들고서 아래층으로 떨어졌던 그 순간에 할망구는 석탄 통 두 개를 들고 위층으로 올라오고 있었던 거야. 그러니까, 물론……."

판매원의 이야기는 갑자기 문을 열고 나타난 한 청년 때문에 중단되고 말았다. 청년이 소리쳤다.

"스크래치 윌슨이 만취가 되어 권총을 쏘아버렸대요. 두 손을 풀어버렸어요." 그 말이 떨어지자마자 두 멕시코 인은 유리컵을 얼른 내려놓고 술집 뒷문으로 쏜살같이 달려 사라졌다.

영문도 모른 채 익살스러운 판매원이 대답했다. "괜찮아. 그가 설령 그랬다 해도. 아무튼 들어와서 한잔하게." 그러나 그 소식은 술집에 있던 모든 사람들의 머리가 두 쪽이 났다고 생각될 만큼 분명히 놀라운 사건이었으므로 판매원도 심각해지지 않을 수가 없었다. 모든 사람들이 금방 엄숙해졌다.

"이봐." 그는 어리둥절해진 채 말했다.

"대관절 무슨 일이야?" 그의 친구 셋이 웅변조의 연설을 막 시작하려고 몸짓을 했으나 입구에 버티어 있던 청년이 그들을 앞질러 말했다.

"여러분, 그건 말이오." 하고 술집 안으로 들어서며 청년이 말했다. "지금부터 두 시간 동안은 이 고장이 휴양지가 될 수 없을 거란 말입니다."

술집 주인은 문 쪽으로 가서 자물쇠를 채우고 빗장을 질렀다. 창밖으로 손을 뻗어 육중한 나무 덧문을 잡아당기고 빗장을 또 질렀다. 실내 분위기가 금방 예배 시간처럼 바뀌었다. 판매원들은 사람들의 얼굴을 번갈아가며 쳐다보았다.

"그런데, 도대체 이제 어떻게 된 일이오? 뭐, 그렇다고 총싸움이 벌어지는 건 아니겠죠?" 그는 여전히 영문을 모르는 성화를 부렸다.

"총질이 있을지 없을지 누가 아나요?" 사내는 침울하게 말했다. "하지만, 총질이 있을 것 같구면. 꽤 근사하게."

그들에게 경고했던 청년이 손을 내저었다. "누구든 원하기만 하면 곧 싸움이 시작될 거요. 누구든 길에서 싸움을 할 수 있으니까요. 싸움이 도처에서 기다리고 있거든요."

판매원은 외국인에 대한 호기심과 개인적인 위기감 사이에서 동요하고 있는 듯했다.

"그의 이름이 뭐라고 했지?" 그가 물었다.

"스크래치 윌슨." 그들이 일제히 대답했다.

"그런데 그가 누굴 죽였단 말이오? 당신들은 어떻게 할 거요? 이런 일이 자주 일어나나요? 일주일에 한 번씩은 이 같은 행패가 일어나오? 저 문을 부수고 들어가 볼 수는 있나요?"

"아니, 그는 저 문을 부술 수 없습니다." 술집 주인이 대답했다. 지금까지 세 번이나 부수려고 했었죠. 그러나 그놈이 들어오면 바닥에 납작하게 엎드리는 게 좋을 거요. 그자는 틀림없이 문에 대고 총을 쏠 테니. 그러면 총알이 뚫고 들어올지도 모르니까 말이오."

그때부터 판매원은 문에다 시선을 고정시키고 있었다. 그가 마룻바닥에 납작 엎드릴 시기는 아직 도래하지 않았으나, 그는 미리 조심하기 위해 벽 쪽으로 슬그머니 옆걸음질 쳐 갔다.

"그는 아무나 죽이나요?" 그가 다시 물었다.

사나이가 그 물음에 경멸하는 듯 나직이 비웃었다.

"그잔 총을 쏘기 위해 나오고 소란을 일으키려고 나오는 것이야.

그러니 그자하고 싸워 봤자 아무 소용이 없어.”

“그렇다면 이런 경우 어떻게 하는 거요? 어떻게 하느냐고요?”

“그러나.” 다른 사내들이 일제히 그의 말을 중단시켰다.

“잭 포터는 샌안토니오에 있는데.”

“도대체, 그 사람이 누구요? 그가 이 일과 무슨 관계가 있소?”

“그 사람이요? 이 고장의 치안관이죠. 스크래치가 이 같은 소동을 일으키면 언제나 그가 나가서 스크래치와 싸우죠.”

“와아.” 판매원이 이마의 땀을 닦으며 말했다. “근사한 직업인데.”

사람들의 목소리는 점점 작아져 속삭이는 듯했다. 판매원은 점점 더해 가는 불안과 당황함으로 여러 가지를 묻고 싶었다. 그러나 그가 질문하려는 눈치만 보이면, 사내들은 초조한 듯 그를 쳐다보며 잠자코 있으라고 했다. 기다림으로 긴장되어 그들은 조용해졌다. 거리로부터 들려오는 소리에 귀를 기울이느라 그들의 눈만이 방 안의 어둠 속에서 반짝이고 있었다. 한 사내가 술집 주인에게 세 번이나 손짓을 했다. 그러자 주인은 유령같이 몸을 움직이더니 그에게 술잔과 술병을 건네주었다. 그는 위스키를 유리잔 가득 따르더니 소리 나지 않도록 병을 내려놓았다. 그는 단번에 위스키를 꿀꺽 들이켜고는 다시 꼼짝 않는 침묵 속에 감싸여 문 쪽을 향했다. 판매원은 술집 주인이 아무 소리도 내지 않고 카운터 밑에서 윈체스터 총을 꺼내는 것을 보았다. 얼마 후 그는 자기에게 손짓을 하는 것을 보고, 발끝으로 방을 건너갔다.

“당신은 나와 함께 카운터 뒤로 가는 것이 나을 거요.”

“아니, 괜찮소.” 판매원은 진땀을 흘리며 말했다. “나는 오히려 뒷문으로 도망가는 것이 더 좋겠어요.”

그 말을 듣자 술병을 든 사나이는 친절하면서도 단호한 태도로 손짓을 했다. 판매원은 순순히 그의 말을 따라 머리를 카운터보다 낮게 수그리고 상자 위에 앉았다. 장갑판(裝甲板)에 흡사한 아연과 구리로 만든 여러 가지 비품들을 보자 마음이 한결 가라앉았다. 술집 주인은 가까이 있는 상자 위에 편안하게 자리를 잡았다.

"알겠어요." 술집 주인은 속삭이듯이 말하였다. "이곳 스크래치 윌슨은 총의 명수란 말이오. 희대의 명수죠. 그가 싸우겠다고 나서면, 우리는 숨을 곳을 찾아야 하죠. 당연한 일이오. 그자는 이곳 강가를 누비던 옛 패거리들 중 마지막 남은 작자죠. 그가 술에 취하면, 아주 무서워요. 술에 취하지 않았을 때는 괜찮아요. 단순한 편이지요. 파리 한 마리도 해치지 않는, 이 고장에서 가장 선량한 놈이죠. 하지만 술에 취하면, 아이고!"

다시 침묵이 흘렀다. "잭 포터가 샌안토니오에서 돌아왔으면 좋겠어요." 하고 술집 주인이 말했다. "언젠가 한번 그가 윌슨을 쏘았어요, 다리를요. 그리고는 앞으로 걸어 나가 놈의 그 괴팍한 성질을 꺾어 버렸지요." 이윽고 그들은 멀리서 들려오는 총소리와 함께 잇달아 거센 울부짖음을 세 번이나 들었다. 이것은 순식간에 어두운 술집에 있던 사나이들 사이의 유대감을 단절시켰다. 다리를 질질 끄는 소리가 났다. 그들은 서로 쳐다보기만 했다. "드디어 오는구나." 하고 그들은 말했다.

제3장

　적갈색 플란넬 셔츠를 입은 한 사나이가 — 그 셔츠는 구로 뉴욕의 이스트사이드에 사는 유태계 여인들이 만든 것인데 장식용으로 구입한 것이다. — 길모퉁이를 돌아 옐로 스카이의 큰길 한가운데로 걸어오고 있었다. 양손에는 길고 묵직하고 검푸른 연발 권총을 들고 있었다. 이따금 그는 고래고래 소리를 질러댔다. 그러면 이 소리는 인적이 없는 것 같은 마을을 통해, 울려 퍼졌으며, 보통 사람의 소리라고는 생각할 수 없을 정도의 성량으로 높고 날카롭게 지붕 위로 날아갔다. 마치 주위의 정적이 아치처럼 이 사나이 위를 둘러싸고 있는 듯했다. 이 같은 맹렬한 도전의 외침이 침묵의 벽에 부딪쳐 크게 울렸다. 그가 신은 장화에는 뉴잉글랜드 산허리에서 겨울에 썰매를 즐기는 어린애들이 좋아할 금박을 입히고 각인(刻印)이 있는 빨간 상피(上皮)가 달려 있었다.

　그 사나이의 얼굴은 위스키의 기운으로 분노에 불타고 있었다. 눈을 부라리며, 그러나 복병을 감시하는 듯한 그의 두 눈은 조용한 문과 창문을 찾아냈다. 그는 한밤중의 고양이처럼 살금살금 기어가듯이 걸었다. 그리고 생각난 듯 가끔 위협적인 소리를 지르며, 자신의 소재를 알렸다. 쥐고 있는 큰 권총은 마치 지푸라기처럼 가볍게 흔들렸다. 그것은 전기처럼 재빠르게 움직였다. 총을 쥐고 있는 작은 손가락들을 이따금 연주자가 연주하듯 부드럽게 움직였다. 셔츠의 낮은 칼라에서 드러난 그의 성대가 격정의 정도에 따라 치솟았다가는 가라앉곤 했다. 들리는 소리라고는 싸움 상대를 찾는 그의 외침뿐이다. 고요하기만 한 벽돌집들은 길 한가운데로 이 조그만 사내가 지나갈 때에는 조용히 있을 뿐이었다.

아무도 싸움을 걸지 않았다. 싸움을 걸어오는 사람이 없었다. 사나이는 하늘에 대고 외쳤다. 흥미를 끄는 것은 아무것도 없었다. 그는 고래고래 소리를 질렀으며, 약이 잔뜩 올라 사방에 대고 권총을 휘둘렀다.

위어리 젠틀맨 술집 주인의 개는 닥쳐올 사건에는 개의치 않았다. 여전히 주인 집 문전에서 졸며 누워 있었다. 사나이가 개를 보고는 걸음을 멈추어 장난삼아 권총을 추켜올렸다. 개는 사나이를 보자 벌떡 일어나더니 곧 고개를 숙이고는 으르렁대며 비실비실 도망쳐 달아났다. 사나이가 고함을 지르자, 개는 더욱 빠르게 뛰었다. 개가 막 골목으로 들어서려고 할 때, 윙 하고 크게 소리가 나더니 무엇인가가 개 바로 앞에 내리꽂혔다. 개는 비명을 질렀으며, 공포에 사로잡혀 맴돌더니 곧장 다른 방향으로 달아나 버렸다. 또다시 윙 하는 소리가 나더니, 앞의 모래가 무섭게 튀어 올랐다. 겁에 질린 개는 몸을 돌려 우리에 갇힌 동물처럼 허둥지둥 댔다. 허리에 무기를 찬 그 사나이는 웃으며 서 있었다.

이윽고 그 사나이는 위어리 젠틀맨 술집의 닫힌 문에 관심을 가졌다. 그는 술집으로 걸어가더니 권총으로 문을 두드리며 술을 청했다.

문이 열리지 않자, 그는 길에서 종잇조각을 주워 그것을 문틀에다 대고 칼로 못질했다. 그리고는 그 문으로부터 등을 돌리고 길 반대쪽으로 걸어가다가 발뒤꿈치를 아주 재빠르고 유연하게 돌리더니 그

종잇조각을 겨누어 총을 쏘았다. 탄환은 반 인치가량 빗나갔다. 그는 자신에게 욕을 퍼부으며 사라졌다. 나중에 그는 가장 친한 친구 집 창문에 대고 거리낌 없이 총을 쏘아댔다. 사나이는 이 마을과 장난을 치고 있었다. 그에게 있어 이 마을은 하나의 장난감이었다.

그러나 여전히 싸움을 걸어오는 사람은 없었다. 예부터 자기의 적인 잭 포터라는 이름이 그의 머리에 떠올랐다. 그래서 그는 포터의 집으로 가서 총을 쏘아 그를 나오게 꼬여낸 뒤 싸우면 재미있을 거라고 결론을 내렸다. 그는 아파치족이 전리품으로 얻은 적의 머리 가죽을 벗길 때 부르는 노래를 부르며 걸어갔다.

그가 그곳에 도착했을 때, 포터의 집은 다른 아도비 벽돌집들처럼 고요한 정면의 모습을 나타냈다. 전략상의 위치를 정한 다음 사나이는 도발적인 소리를 질러댔다. 그러나 이 집은 거대한 돌로 된 신(神)처럼 그를 쳐다보고 있었다. 아무런 기척도 없었다. 잠시 조용히 기다려 본 후 사나이는 도저히 참을 수 없는 모욕적인 소리를 섞어 시비를 걸었다.

곧이어, 그 집 안에서 꿈쩍도 하지 않자 극도로 화가 치민 사나이는 마구 행패를 부리기 시작했다. 마치 거센 겨울바람이 북부 대평원의 오두막을 엄습해 오듯이 그도 그 집에 대해 으르렁거렸다. 이백여 명의 멕시코 인이 싸우며 소동을 피우는 것 같은 소리가 멀리까지 울렸음이 틀림없었다. 그는 숨을 돌리고 권총에 다시 탄환을 재기도 했다.

제4장

포터와 그의 신부는 당황한 듯한 표정으로 속력을 내어 걸었다. 그들은 이따금 부끄러운 듯이 함께 나직이 웃기도 하였다.

"여보, 다음 모퉁이야." 이윽고 그가 말했다.

그들은 세찬 바람에 대항해 머리를 숙이고 힘을 다해 걸어 나갔다. 모퉁이를 돌아서서 포터가 그들의 새 보금자리를 가리키려고 막 손가락을 쳐들었을 때, 그들은 적갈색 셔츠를 입고 열을 내며 커다란 권총에 탄환을 재고 있던 사나이와 정면으로 마주쳤다. 바로 그 순간, 사나이는 반사적으로 권총을 땅에 떨어뜨리고는 권총집에서 다른 권총을 번개같이 꺼내었다. 두 번째 총은 신랑의 가슴을 겨누고 있었다.

침묵이 흘렀다. 포터의 입은 마치 그의 혀를 담고 있는 무덤같이 보였다. 그는 본능적으로 잡고 있던 여자로부터 팔을 빼내며 가방을 모랫바닥에 던져 버렸다. 신부의 얼굴이 오래 찌든 천조각처럼 샛노랗게 변했다. 신부는 이 유령 같은 사나이를 빤히 쳐다보면서 끔찍한 주문에 걸린 것처럼 꼼짝 못 하고 서 있었다.

두 사람은 세 걸음쯤 떨어진 곳에서 서로를 노려보았다. 권총을 든 사나이는 새삼스럽게 잔인함을 드러내며 조용히 미소 지었다.

"나를 속이려고 했지!" 그가 말했다. "나를 속이려 했군!" 그의 눈은 점점 더 불길한 빛을 띠었다. 포터가 조금 움직이자, 사나이는 악의에 찬 듯이 권총을 앞으로 내밀었다.

"안 돼, 꼼짝하지 마, 잭 포터. 손가락 하나라도 총에 가까이해서는 안 돼. 눈썹 하나 움직이지 마. 너와 대결할 때가 왔구나. 그러나 나는 내 멋대로 할 거야. 방해하려고 나다니지 마라. 총 맛을 보고 싶지 않으면 내 말을 조심해서 듣도록 해." 포터는 그의 적수를 바라보았다.

"나는 총이 없어, 스크래치." 그가 말했다. "정말 총이 없다니까." 그는 몸이 굳어져서 움직이지 않았으나 그의 마음 한구석에서는 풀만 특급열차의 영상이 떠올랐다. 그와 함께 청록빛 무늬가 새겨진 벨벳, 빛나는 놋쇠, 은, 유리, 그리고 어둡게 빛나는 목제품의 광택 – 결혼이 주는 영광, 새로운 보금자리의 환경.

"내가 싸워야 할 때는 잘 알지, 스크래치 윌슨! 그러나 나는 총을 갖고 있지 않아. 자네 혼자서 총질을 해야 하네."

사나이의 얼굴이 검푸르게 변했다. 그는 앞으로 발걸음을 내디딘 뒤, 포터의 앞가슴에 대고 권총을 빙글빙글 돌렸다.

"총이 없다는 따위의 말은 집어치워, 이 새끼야. 그따위 거짓말은 하지 말란 말이야. 네 놈이 총 없이 다니는 것을 본 작자는 텍사스에서 한 놈도 없어. 날 놀리지 말란 말이야." 그의 눈에서는 불꽃이 튀었고, 그의 목구멍은 펌프처럼 움직였다.

"나는 너를 놀리는 게 아냐." 포터가 대답했다. 그의 발뒤꿈치는 조금도 뒤로 움직이지 않았다. "나는 너를 아주 바보로 생각하네. 나는 총이 없다고 말했네, 총이 없다고. 자, 나를 쏘려면 지금이 좋지. 어서 시작해 봐. 다시 또 이런 기회는 없을 거네."

이같이 여러 가지로 구슬리는 말이 윌슨의 격분을 달래는 데 효과가 있었다. 그는 좀 조용해졌다.

"총이 없다니, 왜 총을 갖고 다니지 않지?" 그가 비웃었다. "주일 학교에 갔었구면."

"총이 없는 이유는 간단해. 나는 신부를 데리고 샌안토니오에서 오는 길일세. 난 결혼했다네." 포터가 말했다. "신부를 데리고 고향에 올 때 너 같은 악당이 서성거리고 있을 것을 알았더라면, 총을 가지고 왔겠지. 그 점을 잊지 말게."

"결혼했다고!" 스크래치는 도무지 이해할 수 없다는 듯 말했다. "그래, 결혼했어. 결혼했다니까." 포터는 분명하게 말했다.

"결혼했다고?" 스크래치는 다시 물었다. 그제야 그는 처음으로 고개를 숙이고 쓰러질 듯이 상대편을 보았다.

"그럴 수가!" 그가 말했다. 그는 다른 세계를 보도록 허용된 사람 같았다. 그는 한 발자국 뒤로 물러나더니, 권총을 든 손을 옆으로 내렸다.

"그럼, 이분이 신부인가?" 그가 물었다.

"그래, 바로 내 아내야."

다시 한동안 침묵이 흘렀다.

"그렇다면……. 그렇다면 이제 모든 일은 끝났군." 윌슨은 마침내 천천히 말을 꺼냈다.

"스크래치, 자네가 그렇게 말한다면 이제 다 끝난 거야. 내가 시끄럽게 하는 거 좋아하지 않는 거 자네도 잘 알지?" 포터는 가방을 집어 들었다.

윌슨이 말했다. "그래, 끝난 것으로 하자, 잭." 그는 땅바닥을 내려다보았다.

"결혼했다고!" 그는 결코 기사도를 겸비한 사람은 아니었다. 다만 이 낯선 상황에 부딪치자, 그는 옛날 어느 초원의 천진한 아이가 되어 버린 것이다. 그는 오른쪽을 향해 있는 권총을 집어 들고 두 개의 권총을 집어넣은 뒤 떠나갔다. 그가 지나간 묵직한 모래 속에는 깔때기 모양의 발자국이 남아 있었다.

푸른 호텔
(The Blue Hotel)

제1장

포트 롬퍼에 있는 팰리스 호텔은 연한 푸른색으로 단장되어 있었다. 햇빛이 비치면 호텔의 그림자가 길게 늘어져 마치 왜가리 다리와 같았고, 주위에 널려 있는 배경에 대항하여 자신의 권위를 주장하려는 듯한 모습을 드러내었다. 그런데 그 호텔은 잡음이 많고 시끄러워서 현란한 네브래스카의 겨울 풍경을 잿빛 늪으로 변화시키고 있었다. 호텔은 광활한 초원 위에 홀로 서 있었으며, 눈이 내리면 이백 야드 밖 마을은 시야에 들어오지 않았다.

그러나 여행자가 기차역에 내리면, 포트 롬퍼를 이루고 있는 나지막한 가옥들의 일단을 대면하기 전에 팰리스 호텔을 지나가야만 했으며, 어떤 여행자라도 팰리스 호텔을 쳐다보지 않고 지나갈 수 있다고는 생각조차 할 수 없었다. 사장인 팻 스쿨리는 페인트를 선택하는 데 있어서 상당한 식견을 가지고 있었다. 날씨가 맑은 날, 기다란 풀만 객차를 단 거대한 대륙 횡단 급행열차가 포트 롬퍼를 통과해 지나갈 때면, 승객들은 이 광경에 압도되는 것이 사실이었으며, 동부의 진초록 계통과 적갈색에 익숙한 사람들은 열광하듯 웃으면서 수치심이나 동경이나 공포의 빛을 나타냈다. 그러나 이 대초원의 마을 사람들과 자연히 그곳에 머무르게 되는 사람들에게 팻 스쿨리는 묘기를 마음껏 과시해 왔다. 그러나 매일같이 철도 여행으로 이처럼 풍요롭고 화려한 롬퍼를 스쳐가는 여러 계층의 사람들은 신조라든가, 자기들의 생각이 다르므로 그들이 공통으로 좋아하는 색깔을 찾기란 쉬운 일이 아니었다.

이렇듯이 푸른 호텔이 과시하는 즐거움이 마음에 들 정도로 사람을 매혹하기엔 충분하지 않다고 여겨지면, 스쿨리는 아침저녁으로 포트 롬퍼에 정거하는 완행용 손가방을 든 사람들에게 무조건 접근하여 호텔로 유인하는 것이 그의 일상이었다.

어느 날 아침, 눈으로 뒤덮인 기관차가 여러 대의 화물차와 객차 하나를 달고 정거장에 간신히 도착했을 때, 스쿨리는 놀랍게도 세 사람이나 붙잡았다. 한 사람은 재빠른 눈짓이 어째 불안정해 보이는 스웨덴 사람이었다. 두 번째 사람은 다코타 주 근처 목장으로 가다가 들른 키가 크고, 얼굴빛이 청동색인 카우보이였고, 또 한 사람은 그가 동부에서 왔다는 것을 밝히려 들지 않고, 또 그렇게 보이지도 않는 키 작은 조용한 사내였다. 스쿨리는 실제적으로 그들을 포로로 만들었다. 그는 너무 민첩하고 유쾌하며 친절해서 그들 각자는 그로부터 피한다는 것은 잔인하기 짝이 없는 일이라고 생각하는 것 같았다. 그들은 정열이 넘치는 작달막한 아일랜드 인의 뒤를 따라 삐걱거리는 판자 길 위를 터벅터벅 걸었다. 그는 털이 달린 챙이 있는 무거운 모자를 머리에 짓눌러 썼다. 마치 양철로 만들어진 듯한 빨간 두 귀가 뻣뻣하게 튀어나와 있었다.

마침내 스쿨리는 극진하게 대접하면서 정성스럽게 손님들을 푸른 호텔의 현관으로 안내했다. 그들이 들어선 방은 조그마했다. 그 방은 커다란 스토브가 놓이기에 적합한 신전 같았으며, 방 한가운데 놓인 스토브는 그 신전을 주관하는 신처럼 난폭하게 소리를 냈다. 스토브 표면 여기저기엔 쇠가 열을 반짝이며 받아 노랗게 빛났다. 스토브 옆에는 스쿨리의 아들 조니가 잿빛 수염과 적황색 머리털의 늙은 농부와 하이파이브 놀이를 하고 있었다. 그들은 말다툼을 했다. 이따금 늙은 농부는 스토브 뒤에 있는 담배에서 나온 진 때문에 갈색으로 변한 톱밥 상자 쪽으로 얼굴을 돌리곤 하였다. 노인은 초조한 기색으로 심하게 짜증을 내며 상자에다 침을 뱉었다. 스쿨리는 큰 소리를 쳐 카드놀이를 과장시키고는 아들을 쫓아내고 새로 온 손님의 짐 가운데 일부를 이 층으로 올리려고 서둘러댔다. 그는 손님들을 세상에서 가장 차가운 물이 가득한 세 개의 대야로 안내했다. 카우보이와 동부인은 이 물로 얼굴이 벌겋게 되도록 닦아 마침내 그들의 얼굴은 금속처럼 반짝였다. 그러나 스웨덴 인은 손가락만 조심스럽게 꼼지락거리며 물에 적셨다. 이 같은 일련의 절차들을 밟은 세 사람의 여행자들은 스쿨리가 매우 인정 많은 사람이라고 느끼는 것 같았다. 그는 그들에게 호의를 베풀고 있었다.

그는 여행자들에게 차례로 자선 사업을 베푸는 듯한 기분으로 수건을 건네주었다.

얼마 후 그들은 처음에 들렀던 방으로 가서 스토브 주위에 앉아 있었는데, 점심 식사를 준비하고 있는 딸들을 참견하는 주인의 꾸중소리를 들었다. 그들은 새로운 사람들 사이에선 언행을 조심해야 한다는 경험자가 지키는 침묵 속에 잠겨 있었다. 그러나 스토브에서 제일 따뜻한 쪽 가까이에 있는 의자에 누구도 당해 낼 수 없는 모습으로 꼼짝 않고 앉아 있던 늙은 농부는 이따금 톱밥 상자로부터 얼굴을 돌려 낯선 사람들에게 뻔한 이야기를 늘어놓곤 했다. 보통 카우보이나 동부인은 적절한 문장을 구사할 때 외에는 짧게 대답했다. 스웨덴 인은 아무 말도 하지 않았다. 그는 방 안에 있는 사람 하나하나를 몰래 평가하는 데 전념하고 있는 것 같았다. 어떤 사람은 그가 의심을 하고 있다고 생각을 했을지도 모른다. 그는 몹시 놀란 표정을 짓고 있었다.

얼마 뒤, 식사 때에도 그는 별로 말을 하지 않았는데 스쿨리에게만은 그의 이야기를 모두 했다. 그는 자진해서 뉴욕에 왔는데, 그곳에서 십 년 동안 재단사로 일했었다고 했다. 이 사실들은 스쿨리를 아주 매료시키는 듯했으며, 후에 그는 롬퍼에도 십사 년 동안이나 살았었다고 스스로 이야기했다. 스웨덴 인은 곡물과 노동 임금에 대해 물었다. 그러나 그는 스쿨리의 장황한 대답에는 귀를 기울이지 않는 듯했다. 그의 시선은 계속 한 사람 한 사람에게로 옮겨지고 있었다.

마침내 그는 웃음을 띠고 윙크하면서 이 같은 서부 지역의 어떤 사회는 매우 위험하다고 말한 다음, 테이블 밑으로 다리를 뻗치고 고개를 갸우뚱하더니 다시 크게 웃어댔다. 그의 이런 시위는 다른 사람들에게 아무 의미도 전달하지 못하는 게 분명했다. 사람들은 모두 묵묵히 놀라운 눈으로 그를 쳐다보았다.

제2장

　사람들은 앞쪽에 있는 방으로 우르르 몰려갔다. 두 개의 작은 창문을 통해 눈 내리는 바다의 일렁이는 풍경이 내다보였다. 바람의 거대한 팔은―힘차게 원을 그리며 무모하게―곧장 내려오는 눈꽃송이를 잡으려고 안간힘을 쓰고 있었다. 문기둥 하나가 마치 미친 듯한 분노에 차서 창백한 얼굴이 된 사람처럼 어안이 벙벙해 서 있었다. 스쿨리는 기운찬 목소리로 눈보라가 닥쳐옴을 알렸다. 푸른 호텔의 투숙객들은 느긋하게 파이프 담배를 피워 물며 만족한다는 듯 툴툴거리면서도 이에 동의했다. 바다의 어떤 섬도 윙윙대는 스토브가 있는 이 작은 방처럼 자유로운 곳은 없을 듯싶었다. 스쿨리의 아들 조니는 카드놀이 선수로서의 경력이 있다면서 자신만만한 투로 희끄무레한 연갈색 수염의 늙은 농부에게 하이파이브 게임을 제의하였다. 농부는 가소롭다는 듯 웃음을 띠며 도전을 받아들였다. 그들은 큰 널빤지 밑에 무릎을 바로 모으고 스토브 곁에 앉았다. 카우보이와 동부인은 흥미진진하게 게임을 구경했다. 스웨덴 인은 창문에서 멀리 있었는데, 그의 얼굴에는 설명하기 어려운 흥분된 기색이 엿보였다. 조니와 잿빛 수염의 노인과의 시합은 또 다른 언쟁 때문에 갑자기 끝나버렸다. 노인은 그의 적수를 비난의 눈초리로 쏘아보며 일어섰다. 그는 천천히 겉저고리의 단추를 잠그고선 한껏 위엄을 보이며 방에서 나가 버렸다. 방에 있는 다른 패, 스웨덴 인이 웃음을 터뜨렸다. 그의 웃음소리는 다소 어린아이의 웃음소리처럼 들렸다. 그러자 사람들은 마치 그에게 어디가 아픈가 묻고 싶은 듯, 그를 곁눈질로 힐끔 쏘아 보았다.

다시 화기애애하게 게임이 시작되었다. 카우보이가 자진하여 조니의 패가 되고 나자 그들은 한통속이 되어, 스웨덴 인에게 키 작은 동부인과 한패가 되라고 요청했다. 그는 게임에 관하여 몇 가지 물어보고 나서, 같은 게임이 여러 명칭으로 불린다는 것을 알게 되었으며, 더욱이 그것이 다른 명칭으로 불리고 있을 때 해 본 적이 있으므로 그는 이 제의를 받아들였다. 그는 마치 공격을 받기라도 한 듯 안절부절못하며 사람들 쪽으로 걸어 나갔다. 마침내 그는 자리에 앉아 사람들의 얼굴을 똑바로 쳐다보면서 날카로운 소리로 웃었다. 이 웃음이 하도 기이하여 동부인은 고개를 들어 그를 쳐다보았고, 카우보이는 입을 멍하니 벌린 채 잠시 가만히 있었다.

그런 다음 잠깐 침묵이 흘렀다. 그때 조니가 외쳤다. "자, 한판 붙어 봅시다. 지금 당장!" 그들은 판자 아래로 무릎이 서로 닿을 정도로 의자를 앞으로 끌어당겼다. 그들은 다시 게임을 시작했는데, 누구나 게임에 대한 열의가 대단하여 다른 사람들은 스웨덴 인의 태도 따위는 잊게 되었다.

카우보이는 도박판의 사기꾼이었다. 그는 좋은 카드를 잡게 될 때마다 카드를 한 장 한 장 힘껏 빼서는 임시로 만들어 놓은 테이블 위에 찰싹 때리며 내려놓았다. 그리고는 자만심에 가득 찬 훌륭한 솜씨로 재주를 부렸으며, 상대방의 마음속에 분노의 전율을 일으키게 했다. 사기꾼이 끼어 있는 게임은 열기를 띠게 마련이다. 동부의 사나이와 스웨덴 인의 얼굴은 카우보이가 에이스와 킹의 카드를 내놓을 때마다 비참하게 일그러졌으며, 반면 조니는 기뻐서 깔깔거리며 웃어댔다.

모두들 게임에 몰두해 있었기 때문에 스웨덴 인의 태도가 기이하다고 생각하는 사람은 아무도 없었다. 그들은 진지하게 게임에 정신을 쏟고 있었다. 새로 카드를 돌리느라고 생긴 조용한 틈을 타 스웨덴 인이 갑자기 조니에게 말을 걸었다. "이 방에서 살해된 사람이 상당할 거라고 생각되는데……." 이 말을 들은 다른 사람들은 놀란 표정으로 그를 쳐다보았다.

"도대체 무슨 말이오?" 조니가 물었다.

스웨덴 인은 늘 그러듯이 큰 소리로 웃어댔는데, 그 웃음에는 용기 있는 척하며 모든 것을 무시하는 태도가 숨겨져 있었다.

"내가 말한 뜻을 잘 알 텐데." 그가 대답했다.

"그렇다면, 당신은 거짓말쟁이지요!" 조니는 대들었다. 카드는 중단되었고, 사람들은 스웨덴 인을 응시했다. 조니는 호텔 사장의 아들로서 직접 물어보아야겠다고 분명히 느낀 모양이었다.

"손님, 도대체 무슨 속셈이시죠?" 조니의 물음에 스웨덴 인은 그에게 눈을 찡긋거렸다. 그것은 교활함이 가득한 윙크였다. 그의 손가락들이 게임 판 모서리에서 흔들렸다.

"그런데 당신은 아마 내가 아무 곳에도 갔다 온 적이 없는 줄로 아는군. 아니 나를 풋내기로 생각하는 거야?"

"당신에 관해서는 아무것도 알지 못합니다." 조니가 대답했다. "당신이 어디를 갔다 왔건 나는 조금도 개의치 않아요. 단지 내가 말하고자 하는 것은 당신이 의도하고 있는 것이 무엇인지 모르겠다는 것이오. 이 방에서 살해된 사람은 아무도 없단 말이오."

그때, 스웨덴 인을 뚫어지게 쳐다보고 있던 카우보이가 입을 열었다. "선생님, 뭐 잘못되신 것 아닌가요?"

분명히 스웨덴 인은 자신이 무시무시한 위협을 당하고 있다고 생각하는 것 같았다. 그는 와들와들 떨었으며, 양쪽 입 근처가 창백하게 변했다. 그는 동부의 작은 사나이 쪽으로 호소하는 눈빛을 보냈다. 이 순간에도 그는 더 대담해진 용기를 과시하려는 것을 잊지 않았다. "사람들은 내가 의도하는 것이 무엇인지 모른다고 말할 거요." 그는 동부의 사나이에게 조롱하듯이 말했다.

동부의 사나이는 한참 동안 신중하게 생각해 본 뒤 대답했다. "나도 당신을 이해 못 하겠소." 그는 냉정하게 말했다.

스웨덴 인은 도움은 아니더라도 동정을 기대하고 있던 유일한 곳에서 배반을 당했다고 생각하고, 그의 느낌을 알리기 위해 동작을 개시했다. "그래, 여러분들이 내게 등을 돌린 것을 안다고. 안단 말일세."

카우보이는 굉장히 어리둥절한 상태로 서 있었다. "말해 봐." 그는 카드 판 위에다 트럼프를 세차게 내동댕이치며 소리쳤다. "자, 글쎄 뭘 어쩌자는 거야?"

스웨덴 인은 마룻바닥 위로 기어가는 뱀을 피하는 사람같이 재빠르게 벌떡 일어났다. "난 싸우고 싶지 않아!" 그는 크게 외쳤다. "난 싸우고 싶지 않단 말이야!"

카우보이는 긴 다리를 고의적으로 천천히 뻗었다. 손은 주머니 속에 넣은 채였다. 그는 톱밥 상자 속에다 침을 뱉었다. "그런데 당신과 싸우겠다고 한 자가 누구요?" 그는 따지듯이 물었다.

스웨덴 인은 방구석으로 재빠르게 뒷걸음질 쳤다. 그의 손은 가슴을 보호하려는 듯이 앞에 놓여 있었으나 갑작스러운 공포를 제지하기 위해 어떤 갈등을 일으키고 있었다.

"여러분." 그는 와들와들 떨며 말했다. "나는 이 집을 떠나기도 전에 살해될 것 같단 말이오!" 그의 눈은 죽어 가는 백조의 모습을 하고 있었다. 땅거미가 내려앉은 땅 위에 눈이 푸른빛으로 변하는 것을 창문을 통해 볼 수 있었다. 바람은 집을 박살낼 듯 세차게 불었으며, 어떤 늘어진 물건이, 마치 유령이 나타나 창문을 때리듯이 벽에 붙어 있는 판자를 규칙적으로 때리고 있었다.

문이 열리더니, 스쿨리가 들어왔다. 그는 스웨덴 인의 비참한 몰골을 보고는 아연실색하여 멈춰 섰다. "아니, 무슨 일이죠?"

스웨덴 인은 강하면서도 빠르게 대답했다. "이 사람들이 나를 죽이려고 해요."

"당신을 죽인다구요!" 스쿨리는 어이가 없어 소리쳤다. "죽이겠다니! 도대체 무슨 말이오?"

스웨덴 인이 순교자와 같은 몸짓을 해 보였다.

스쿨리는 당황해서 아들을 다그쳤다. "이게 무슨 말이야, 조니?"

조니는 시무룩해져서 대답했다. "제기랄, 제가 어떻게 알아요? 저는 통 종잡을 수가 없어요." 그는 다시 카드를 섞어서 치기 시작했는데, 몹시 화가 나서 찰싹거리는 소리를 내며 카드를 불규칙하게 쳤다.

"상당한 수효의 사람들이 이 방에서 살해되었거나 아니면 그와 유사한 일이 있었대요. 자기도 역시 이곳에서 살해될 것이 분명하다고 했어요. 도대체 어디가 아픈지 모르겠어요. 그는 돌았어요. 의심할 여지가 없다고요."

그러자 스쿨리는 카우보이에게 설명을 요구했지만, 그는 어깨만 으쓱거릴 뿐이었다.

"당신을 죽인다고요?" 스쿨리가 다시 스웨덴 인에게 말했다. "아니 죽인다구요? 여보쇼, 당신 제정신이 아니로군."

"잘 알아요." 스웨덴 인이 다시 입을 열었다. "나는 무슨 일이 일어날지를 잘 알아요. 네, 나는 미쳤어요. 그래도 한 가지는 알아요." 그의 얼굴에 비참한 그림자가 스치더니 공포의 땀방울이 맺혔다. "난 이곳에서 살아 나갈 수 없다는 것을 잘 알아요."

카우보이는 자신의 마음이 마치 무너지는 마지막 단계로 돌입하고 있듯이 깊이 숨을 들이쉬었다. "제기랄!" 그가 중얼거렸다.

스쿨리는 갑자기 돌아서서 아들을 정면으로 쳐다보았다. "네가 이 분을 괴롭혔구나!"

조니의 목소리는 불만에 가득 차서 커졌다. "아니, 뭐라고요? 나는 그에게 아무 짓도 하지 않았어요."

스웨덴 인이 끼어들었다. "여러분, 더 소란 피우지 마세요. 제가 이 집을 떠나지요. 제가 멀리 떠나렵니다. 왜냐하면" 그의 눈초리는 비장한 빛을 띠며 그들을 비난하는 듯했다. "왜냐하면 죽고 싶지 않아서요."

스쿨리는 아들에게 몹시 화를 냈다. "이 악마 같은 놈아, 도대체 어찌된 영문인지 말해 봐? 어떻게 된 거야? 어서 말해!"

"빌어먹을!" 조니는 절망에 빠져 말했다. "전 모른다고 말씀드렸지 않아요? 그는 덮어 놓고 우리가 그를 살해할 것이라고 말했어요. 이것이 내가 아는 전부예요. 그 사람 무슨 걱정이 있는지 모르겠어요."

스웨덴 인은 계속 같은 말을 반복했다. "염려 마세요, 스쿨리 씨. 걱정 마시라니까요. 제가 이 집을 떠나겠어요. 난 멀리 떠나겠어요. 왜냐하면 죽고 싶지 않거든요. 네, 물론, 저는 미쳤지요. 네. 그러나 한 가지는 알아요! 멀리 가겠어요. 난 이 집을 떠나겠어요. 염려 마세요, 스쿨리 씨. 걱정 마시라고요. 저는 멀리 갈 테니까요."

"절대로 못 떠나요." 스쿨리 씨가 말했다. "이 같은 일의 이유를 내가 알 때까지는 가지 못해요. 누구든 당신을 괴롭히는 사람이 있으면,

그를 가만두지 않을 거요. 여기는 내 집이오. 당신은 내 지붕 밑에 있으며, 평화롭게 지내던 사람이 이곳에서 곤란을 겪을 수는 없소." 스쿨리는 무서운 눈으로 조니와 카우보이 그리고 동부의 사나이를 노려보았다.

"걱정 마세요, 스쿨리 씨. 걱정 마시라고요. 난 멀리 가겠소. 여기서 죽고 싶지는 않단 말이오." 스웨덴 인은 충계로 연결된 문 쪽으로 나갔다. 그는 분명히 짐을 가지러 가려는 것이었다.

"안 돼, 안 돼요." 스쿨리는 아주 단호하게 외쳤다. 그러나 얼굴이 창백해진 스웨덴 인이 그의 옆으로 살짝 미끄러지면서 사라져 버렸다. "아니" 스쿨리는 심각하게 말했다. "이게 어떻게 된 일이오?"

조니와 카우보이는 함께 외쳤다. "왜냐고요? 우리는 그에게 아무 짓도 하지 않았어요!"

스쿨리의 눈은 날카로웠다. "아니라고!" 그가 말했다. "네가 했지?"

조니는 욕지거리를 한바탕 퍼부었다. "참, 그 작자는 내가 본 사람 중에서 가장 멍청이예요. 우리는 전혀 아무 짓도 하지 않았어요. 여기 앉아서 카드놀이만 조용히 했는데, 그 사람이……."

스쿨리는 갑자기 동부 사람에게 말을 걸었다. "블랭크 씨." 그가 물었다. "이들이 무엇을 하고 있었나요?"

동부의 사나이는 다시 생각을 했다. "나는 전혀 잘못된 것을 보지 못했어요." 마침내 그가 천천히 말했다.

스쿨리는 고함치기 시작했다. "그러나 무슨 이유가 있겠지?" 그는 아들을 사나운 눈초리로 쳐다보았다. "너, 이놈 이번 일로 매 좀 맞아야겠어." 조니는 미칠 듯이 흥분했다. "도대체 제가 무슨 일을 저질렀단 말이에요?" 그는 이렇게 말하며 아버지에게 덤벼들었다.

제3장

"말문이 막혔겠지." 스쿨리는 마지막으로 아들과 카우보이, 그리고 동부의 사나이에게 말했다. 그리고는 이 비난의 소리를 끝으로 그 방을 떠났다.

위층에선 스웨덴 인이 거대한 여행용 가방의 줄을 급하게 매고 있었다. 한번은 그의 등이 문 쪽으로 반쯤 돌려져 있어 아래에서 들려오는 소리를 듣게 되자 그는 몸을 돌려 벌떡 일어나서는 큰 소리를 질렀다. 스쿨리의 주름진 얼굴이, 자기가 갖고 다니는 작은 램프 불빛에 음산하게 비쳤다. 위로 출렁대는 이 노란 광채는, 예를 들면 신비한 어둠 속에서 빛나는 왼쪽 눈과 두드러진 얼굴의 특징과 같은 색이었다. 그는 살인자와 비슷했다.

"여보시오! 여보시오!" 그가 외쳤다. "당신 미친 것 아니오?"

"아뇨! 천만에요!" 상대가 항변을 했다. "이 세상에 당신만큼 분별 있는 사람은 얼마든지 있습니다. 알겠소?"

얼마 동안 그들은 서로를 쳐다보고 서 있었다. 스웨덴 인의 몹시 창백한 뺨에는 끝이 뾰족한 점이 두 개 찍혀 있었는데, 그 점들은 마치 조심스럽게 찍어 넣은 그림 같았다. 스쿨리는 테이블 위에 불을 내려놓고는 침대 끝에 앉았다. 그는 생각에 잠긴 듯이 말했다. "도대체, 내 생전에 이런 말을 들어본 적은 없소. 이거 뭐가 정말 잘못 됐군. 내 영혼을 위해서, 아니 어떻게 그런 생각을 머리에 담고 있었는지 알 수가 없소." 그는 눈을 치켜뜨면서 물었다. "그런데 그들이 정말 당신을 죽일 것이라고 생각했소?" 스웨덴 인은 스쿨리의 마음을 알고 싶은 듯 그를 뜯어보았다.

"그렇게 믿었죠." 마침내 그는 대답했다. 그는 이 대답이 혹시 싸움을 유발시키는 것이 아닌가 하고 의심했다. 그가 양쪽 팔로 가방의 줄을 끌어당겼을 때 팔이 흔들렸으며, 팔꿈치는 종이처럼 가볍게 흔들거렸다.

스쿨리는 침대의 발판을 손으로 세게 쳤다. "내년 봄이면 이 고장에 전차선이 가설될 거요. 알겠소?"

"전차선?" 스웨덴 인은 바보처럼 되풀이했다.

"그리고" 스쿨리가 말했다. "브로큰 암으로부터 이곳에 이르는 철로가 세 개나 세워질 예정이오. 네 개나 되는 교회며, 벽돌로 지은 거대하고 멋진 학교는 말할 것도 없고, 그리고 또 큰 공장도 선다고 해요. 글쎄, 이 년 만에 비로소 롬퍼는 큰 도심지가 될 것 같단 말이오."

짐 꾸리는 작업을 다 마친 스웨덴 사람은 허리를 폈다. "스쿨리 씨." 그가 굳어진 표정으로 물었다. "얼마나 드리면 됩니까?"

"내게 진 빚은 없습니다." 스쿨리가 화를 내며 말했다.

"갚을 돈이 있어요." 스웨덴 인이 응수했다. 그는 주머니에서 칠십오 센트를 꺼내 스쿨리에게 내밀었다. 그러나 스쿨리는 경멸하는 투로 손가락을 탁 튕기며 거절했다. 그러나 이상하게도 그들 두 사람은 스웨덴 인의 펼쳐진 손바닥 위에 놓여 있는 이상한 모양의 은전 세 개를 보며 서 있었다.

"당신 돈은 안 받겠소." 드디어 스쿨리가 선언했다. "여기서 일어난 일을 생각하니, 어디 받겠소?" 그때 그는 문득 어떤 계획이 떠오른 듯했다. "이리 와요." 그는 램프를 집어 들고 문 쪽으로 가며 외쳤다. "자, 잠깐 나하고 갑시다."

"싫어요." 스웨덴 인은 놀라서 크게 소리쳤다.

"갑시다." 노인이 고집을 부렸다. "어서 와요! 어서 와요. 사진을 보여 줄게요. 저 홀 건너 내 방에서."

스웨덴 인은 틀림없이 그때가 찾아왔다고 생각했을 것이다. 그는 어이가 없어 입을 크게 벌렸다. 하얀 이가 죽은 사람의 것처럼 밖으로 드러났다. 결국 그는 스쿨리를 따라 복도로 건너갔으나 한쪽 발은 마치 사슬에 묶여 있는 듯했다.

스쿨리는 침실의 벽 위로 불을 높이 쳐들어 작은 소녀의 우스꽝스러운 사진을 비추었다. 소녀는 화려하게 꾸며진 난간에 기대 서 있었고, 앞머리가 흘러내린 모습이 인상적이었다. 썰매 꼬챙이처럼 똑바로 서 있는 소녀의 모습은 우아해 보였지만 얼굴은 납빛을 띠고 있었다. "보시오." 스쿨리는 부드럽게 말했다. "죽은 내 어린 딸의 사진이오. 이름이 캐리였소. 아마 저렇게 예쁜 머리의 소녀는 처음 보겠죠! 나는 그 애를 무척 좋아했소. 그 애는……."

스쿨리가 돌아섰을 때, 그는 스웨덴 인이 딸의 사진을 보고 있지 않고 대신 방 뒤쪽의 어둠을 쳐다보며 경계하고 있음을 알았다.

"아니, 여보쇼! 보라니까." 스쿨리는 진정으로 말했다. "저것이 내 죽은 어린 딸의 사진이오. 이름이 캐리였지. 여기 또 내 큰아들 마이클의 사진이 있어요. 변호사로서 링컨 시에서 잘살고 있다오. 그 애한테 무던히도 정성을 쏟았었지. 지금 생각해 보니 기쁘오. 참 좋은 아이라오. 자, 어서 보라니까. 링컨 시에서 존경받는 신사로서 얼마나 당당해 보이나! 명예와 존경을 받는 신사란 말일세." 스쿨리는 장황한 이야기를 끝맺었다. 그렇게 말하고 나서 그는 스웨덴 인의 등을 유쾌하게 두드렸다.

스웨덴 인은 힘없이 웃었다.

"자" 노인이 말했다. "딱 한 가지가 더 남았소." 갑자기 그는 마룻바닥에 주저앉더니 고개를 침대 밑으로 쑤셔 넣었다. 스웨덴 인은 그의 숨 막히는 듯한 목소리를 들을 수 있었다. "조니란 놈이 없었더라면 베개 밑에다 감추어도 되는 것을. 할망구가 있는데……, 어디 있더라? 두 번째는 다른 장소에 감추니까. 자, 어서 나와라!"

그는 거북하게 침대 밑에서 나와서는 봇짐 속에 뭉쳐 있는 낡은 겉저고리를 끌어냈다. "자, 내가 그놈을 잡았네." 그가 중얼거렸다. 그는 마루에 무릎을 꿇은 채 겉저고리를 펴더니 옷 속에서 황갈색의 커다란 위스키 병을 꺼냈다.

그는 처음에 병을 불빛에 높이 쳐들어 보려고 생각했었다. 그러나 아무도 그 병에 손을 대지 않은 것이 분명했기 때문에 안심하고 그는 병을 스웨덴 인 쪽으로 당당하게 내밀었다.

무릎에 힘이 없는 스웨덴 인은 기운을 차리려고 애썼다. 그는 갑자기 손을 내젓더니 스쿨리를 바라보던 공포에 찬 눈길을 돌렸다.

"자, 마셔요." 노인이 다정하게 말했다. 그는 일어나 스웨덴 인 앞으로 가서 섰다. 침묵이 흘렀다. 그때 다시 스쿨리가 말했다. "마셔!"

스웨덴 인은 급작스럽게 웃음을 터뜨렸다. 그는 병을 움켜쥐고 입에 갖다 대었다. 그러나 병 주둥이 가까이에 입술을 대자 입술은 오므라들었고 목구멍이 꿈틀댔다. 그는 노인의 얼굴을 분노에 가득 찬 눈길로 쳐다보았다.

제4장

스쿨리가 떠난 후 세 사람은 무릎 위에 게임 판을 놓은 채 얼이 빠져 오랫동안 침묵을 지키고 있었다. 그때 조니가 침묵을 깼다. "그런 고집 센 스웨덴 인은 처음 봐요."

"그가 무슨 스웨덴 인이야!" 카우보이는 경멸하는 투로 말했다.

"그렇다면 어떤 나라 사람인가요?" 조니가 물었다. "어느 나라 사람이란 말인가요?"

"내 생각인데." 카우보이는 신중하게 대답했다. "네덜란드 인 같은 데가 있어." 머리색이 엷은 사람이면 모두 스웨덴 인이라고 단정하는 이 나라의 풍습은 당연한 것이다. 따라서 카우보이의 생각이 무모한 것만은 아니었다. "정말 그래요." 그가 다시 되풀이해 말했다. "내 개인 생각인데, 그 친구 아무래도 네덜란드 사람 같아요."

"글쎄, 당사자는 자기가 스웨덴 인이라고 했잖아요. 어쨌든 상관없지만." 조니는 시무룩해져서 중얼거렸다. 그는 동부인 쪽으로 고개를 돌렸다. "블랭 씨, 당신은 어떻게 생각해요?"

"오, 난 모르겠어요." 동부 출신 사나이가 대답했다.

"그렇다면, 당신은 왜 그가 그 같은 식으로 행동했다고 생각해요?" 카우보이가 물었다.

"왜냐고요? 그는 놀랐을 뿐이지요." 동부 출신의 사나이는 파이프로 스토브 가장자리를 쳤다.

"무엇 때문에?" 조니와 카우보이는 함께 외쳤다. 동부인은 어떻게 대답할까 생각에 잠긴 듯했다.

"무엇 때문예요?" 다른 사람들이 또다시 외쳤다.

"뭐, 난 모르겠소. 그런데 그 작자는 싸구려 소설을 읽었던 듯해요. 그 소설에 빠져 착각하고 있는 듯해요. 총 쏘고, 칼로 찌르고 등등."

"하지만" 카우보이는 상당히 화가 나서 말했다. "여기가 와이오밍 주도 아니고, 그곳 도시도 아닌데. 이곳은 네브래스카요."

"그래요." 조니가 덧붙였다. "왜 서부에 갈 때까지 좀 기다리지 못하고 그러죠?"

여행을 많이 해 본 동부의 사나이는 웃었다. "그곳에 가도 다를 것 없어요. 요즈음에야 다를 리가 없지요. 그러나 그 친구는 지옥의 한가운데 있다고 생각하는 것이지요."

조니와 카우보이는 한참 동안 생각에 잠겼다.

"참, 괴상해요." 마침내 조니가 말문을 열었다.

"그래요." 카우보이가 맞장구를 쳤다. "참 이상한 일이에요. 눈이 쌓여 이곳에 갇히지 않았으면 좋겠어요. 그렇게 된다면 그 꼴불견의 사나이들 옆에서 보며 참고 지내야 하니까요. 그거 별로 좋은 일이 아니지요."

"아버지한테 쫓겨났으면 해요." 조니가 말했다.

그들은 곧 계단에서 나는 큰 발자국 소리를 들었는데, 스쿨리 노인의 농담과 스웨덴 인의 웃음소리가 뒤범벅이 되어 함께 들려왔다. 스토브 주위에 앉아 있던 사람들은 서로를 물끄러미 바라보았다.

"어!" 카우보이가 크게 외쳤다. 문이 활짝 열리자 얼굴이 불그레하고 말 많은 늙은 스쿨리가 방 안으로 들어왔다. 그는 마음 놓고 웃으며 그의 뒤를 따라오는 스웨덴 인에게 지껄이고 있었다. 연회석장으로 두 명의 시끄러운 술꾼이 입장하는 것 같았다.

"자, 어서." 스쿨리는 앉아 있는 세 사람을 향해 날카롭게 쏘아댔다. "자리 좀 비키고 우리에게도 스토브 옆에 앉을 기회를 주게." 카우보이와 동부의 사나이는 말이 떨어지기가 무섭게 의자를 옆으로 비켜 새로 온 사람에게 자리를 내주었다. 그러나 조니는 더욱 건방진 태도를 취하며 꼼짝 않고 앉아 있었다.

"자! 어서 저쪽으로가!" 스쿨리가 말했다.

"스토브, 다른 쪽에도 자리가 많아요." 조니가 귀찮다는 듯 말했다.

"너는 우리가 바람맞이 쪽에 앉기를 바란다고 생각하느냐?" 아버지가 으르렁댔다.

그러나 스웨덴 인이 자신만만하게 위세를 부리며 끼어들었다.

"괜찮아요, 괜찮아. 그 애가 좋아하는 곳에 앉도록 내버려두세요." 그는 조니의 아버지에게 위압적인 어조로 말했다.

"그래, 그래." 스쿨리는 공손하게 말했다. 카우보이와 동부의 사나이는 놀라운 듯 시선을 주고받았다.

스토브의 한쪽에는 초승달 모양의 의자 다섯 개가 놓여 있었다. 스웨덴 인이 말하기 시작했다. 그는 화를 내면서 건방진 투로 상스럽게 말했다. 조니와 카우보이 그리고 동부의 사나이는 씨무룩하게 침묵을 지키고 있었다. 반면 스쿨리 노인은 동정적인 감탄을 계속 터뜨리며 그의 말을 열심히 들으며 이해하고 있는 듯했다.

마침내 스웨덴 인은 갈증이 난다고 얘기했다. 그는 의자에서 일어나더니 물을 먹으러 가겠다고 말했다.

"내가 갖다 주지." 스쿨리가 말했다.

"필요 없어요." 스웨덴 인이 퉁명스럽게 말했다. "내가 직접 가서 마실 테예요." 그는 벌떡 일어나 호텔의 사무실 쪽으로 거드름을 피우며 천천히 걸어갔다.

스웨덴 인이 말을 알아듣지 못할 거리에 있다고 생각되자 스쿨리는 벌떡 자리에서 일어나, 나머지 사람들에게 재빠르게 속삭였다. "위층에서 그는 내가 자기를 독살하려는 줄로 안 모양이야."

"그래요." 조니가 말했다. "이 모든 것이 나를 괴롭혀요. 왜 그를 눈보라 속으로 쫓아내지 않았어요?"

"그는 이제 괜찮아." 스쿨리가 사람들에게 말했다. "동부 출신이란 것뿐이야. 그는 여기를 무서운 곳으로 생각하는 거야. 그것이 전부야. 그는 이제 괜찮아."

카우보이는 동부의 사나이를 감탄의 눈길로 쳐다봤다.

"당신, 정신이 들었지?" 그가 물었다. "저 네덜란드 인을 알고 있지요?"

"맞아요." 조니가 아버지에게 말했다. "지금은 그가 괜찮아 보이나 믿을 수가 없어요. 어떤 때는 겁에 질려 있으니까요. 그러나 그는 너무 물정을 모르는 풋내기예요."

스쿨리의 말은 아일랜드의 사투리와 관용어, 서부의 콧소리와 관용어를 함께 섞어서 사용했으며, 소설이나 신문에서 따온 이상할 만큼 공식적인 화법을 즐겨 사용했다. 그는 이 이상하고 복잡하기 짝이 없는 말들을 아들에게 던졌다. "내가 뭘 가지고 있지? 내가 뭘 가지고 있지? 내가 뭘 가지고 있어?" 그는 천둥소리처럼 커다란 소리로 물었다. 그는 보라는 듯이 무릎을 찰싹 때리며, 스스로에게 답하면서 모두 주의하라고 경고했다. "나는 호텔을 가지고 있어." 그는 크게 소리쳤다. "알겠소? 호텔, 알겠소? 내 집에 와 있는 손님은 다 성스러운 특권을 갖게 됩니다. 아무도 손님을 위협할 수 없어요. 손님이 떠나게끔 편파적인 말은 한마디도 듣도록 해서는 안 돼요. 내게도 그런 특권은 없습니다. 여기 머물기가 두렵다고 해서 손님을 데려가겠다고 말할 수 있는 그런 곳이 이 고장에는 없어요. 그는 이곳에 머물기를 두려워하지만." 그는 갑자기 카우보이와 동부의 사나이 쪽으로 몸을 돌렸다. "내 말이 옳지요?"

"네, 지당한 말씀이에요, 스쿨리 씨." 카우보이가 동의했다.

"그래요, 저도 동감입니다, 스쿨리 씨." 동부의 사나이도 말했다.

제5장

오후 여섯 시 저녁 식사 때, 스웨덴 인은 불바퀴처럼 씩씩거리며 식사를 했다. 이따금씩 그는 시끄러운 노래를 부르는 것 같았다. 이렇듯 난동을 부리는데도 스쿨리 노인은 그를 두둔해 주었다. 동부의 사나이는 잠자코 있었다. 카우보이는 식사하는 것조차 잊고 놀란 나머지 입을 벌린 채 앉아 있었다. 한편, 조니는 몹시 화를 내며 커다란 접시에 담긴 음식을 모두 짓이겨 놓았다. 그 집의 딸들은, 식빵을 더 갖다 줄 때에만 인디언처럼 조심스럽게 빵을 식탁에 올려놓고는 두려운 표정으로 도망쳤다. 스웨덴 인은 혼자서 만찬을 독차지한 듯 기세를 부렸다. 그는 잔인하기 그지없는 술주정꾼의 모습을 유감없이 드러냈다. 어쩐 일인지 갑자기 귀가 더 커 보였다. 그는 잔인할 정도로 경멸의 빛을 띤 눈초리로 모든 사람의 얼굴을 쳐다보았다. 그의 목소리는 쩌렁쩌렁하게 온통 방을 울렸다. 한번은 그가 작살을 가지고 장난으로 삼지창처럼 식빵을 찔렀을 때, 그 무기는 동부 사나이의 손을 거의 꿰뚫을 뻔했는데, 그 사나이도 같은 식빵을 집기 위해 손을 조용히 내밀었기 때문이다.

저녁 식사 후, 사람들이 다른 방으로 옮겨 가려고 할 때 스웨덴 인은 무자비하게 스쿨리의 어깨를 내리쳤다. "노인장, 그것 참 좋은 음식이었소." 조니는 아무 이상이 없기를 바라며 아버지를 쳐다보았다. 조니는 아버지의 어깨가 예전에 넘어졌었기 때문에 다치기 쉬운 곳임을 알고 있었다. 처음에 스쿨리는 그 일로 해서 굉장히 화를 낼 것 같이 보였으나 결국에는 어색한 미소를 지으며 아무 말도 하지 않았다. 다른 사람들은, 그가 스웨덴 인의 새로운 태도에 대한 자신의 책임을 인정하고 있다고 이해했다.

그러나 조니는 혼잣말처럼 아버지에게 말했다. "아버지는 왜 낯선 사람이 아래층으로 걷어차려고 했는데도 그냥 내버려두십니까?" 그러자 스쿨리는 대답 대신 상을 찡그렸다.

그들이 스토브 주위에 모여들었을 때, 스웨덴 인은 또 다른 하이파이브 게임을 하자고 고집을 부렸다. 처음에 스쿨리는 점잖게 그 계획을 반대했다. 그러자 스웨덴 인이 늑대 같은 눈초리로 그에게 덤벼들었다. 노인은 누그러졌는데, 스웨덴 인은 다른 사람에게도 게임을 하자고 권유했다. 그의 어조에는 항상 굉장한 위협이 담겨 있었다. 카우보이와 동부의 사나이는 게임을 하겠다고 시큰둥하게 대꾸를 했다. 스쿨리는 여섯 시 오십팔 분 기차의 손님을 맞으러 가야만 한다고 말했다. 그러자 스웨덴 인은 위협적인 몸짓으로 조니 쪽으로 몸을 돌렸다. 잠시 동안 그들은 서로를 노려보았다. 그러고 나서 조니는 미소를 지으며 말했다. "그래, 카드놀이를 하지요."

그들은 무릎 위에 작은 놀이판을 놓고 네모나게 둘러앉았다. 동부의 사나이와 스웨덴 인이 다시 한패가 되었다. 게임이 진행되고 있을 때, 카우보이가 늘 그러던 것처럼 카드를 놀이판에 내려치지 않는 것이 눈에 띄었다. 그러는 동안에 램프 근처에 있던 스쿨리는 안경을 쓰고서 늙은 수도승 같은 모습으로 신문을 읽고 있었다. 시간이 되자 그는 여섯 시 오십팔 분 기차를 기다리려고 나갔다. 조심을 했는데도 그가 문을 열자 세차게 불어오는 북풍이 방 안으로 들이쳤다. 카드가 사방으로 흩어졌다. 게임을 하던 사람들은 뼛속까지 추위를 느꼈다. 스웨덴 인이 제일 심하게 욕을 했다. 스쿨리가 돌아왔을 때, 그의 등장으로 부드럽고 안락한 분위기가 깨어지고 말았다. 스웨덴 친구가 또다시 욕설을 퍼부었다. 하지만 그들은 곧 게임에 다시 열중하게 되었다. 모두 고개를 앞으로 숙인 채 손을 재빨리 놀리고 있었다. 스웨덴 인은 다시 놀이판을 카드로 내리치는 것을 즐겼다.

스쿨리는 신문을 집어 들고서 오랫동안 그의 세계와는 동떨어진 일들에 파묻힌 기사를 읽고 있었다. 램프가 제대로 타오르지 않자, 심지를 조절하기 위해 신문을 내려놓았다. 한 장, 한 장 신문을 넘길 때 부스럭거리는 소리가 그렇게 거슬리지는 않았다. 그는 세 마디의 무서운 말을 들었다. "너는 속이고 있어!"

때때로 이 같은 장면은 분위기에 극적인 의미가 부족한 듯이 보인다. 어떤 방이든지 비극적인 분위기를 나타낼 수 있으며, 또한 희극적인 효과를 낼 수도 있다. 이 작은 방은 이제 고문실처럼 무시무시했다. 사람들의 새로운 얼굴 표정이 순식간에 방을 아주 다른 곳으로 바꿔 놓았다. 스웨덴 인은 조니의 얼굴 바로 앞에다 큰 주먹을 들이댔다. 조니가 주먹 너머로 그를 비난하는 사람들의 불타오르는 눈을 바라보았다. 동부의 사나이는 이미 얼굴이 창백해졌으며, 카우보이의 턱은 놀란 소의 그것처럼 늘어뜨려져 있었는데, 이것은 그의 습관이 되다시피 한 버릇 중의 하나이기도 하다. 세 마디의 말이 있은 후, 그 방에서의 첫 번째 소리는 스쿨리가 읽고 있던 신문이 그의 발쪽으로 미끄러지며 낸 소리였다. 또한 코에 걸친 안경도 떨어지려고 했으나 그는 떨어지기 전에 안경을 움켜잡았다. 안경을 잡은 그의 손이 어깨 근처에서 거북스럽게 그대로 멈추어 있었다. 그는 카드놀이를 하는 사람들을 쳐다보았다.

　아마도 한순간 침묵이 흘렀던 듯했다. 그때 만일, 마룻바닥이 갑자기 아래로부터 그들을 끌어당겼다면, 그들은 더 빨리 움직일 수 없었을 것이다. 그들은 같은 지점을 향해 덤벼들었다. 스웨덴 인에게 덤벼들려고 일어서던 조니는 카드와 놀이판을 보호하려는 본능적인 충동으로 살짝 옆으로 비켜섰다. 이 잠깐 동안의 주저로 스쿨리가 덤벼들 시간을 가졌고, 또한 카우보이가 스웨덴 인을 밀어젖힐 기회를 얻게 된 것이다. 스웨덴 사람은 뒤로 떠밀려서 비틀거리며 물러났다. 그들 모두가 말할 수 있게 되자, 분노와 호소의 거센 고함과 목구멍으로부터 올라온 공포의 소리가 터져 나왔다. 카우보이는 스웨덴 인을 거칠게 떠밀어 젖혔으며, 동부의 사나이와 스쿨리는 조니를 붙들고 늘어졌다. 자욱한 연기 속을 헤치고 평화를 몰아내려는 사람들의 소동을 억누르는 듯이 두 용사들은 활활 타오르는 강인한 도전의 눈초리로 서로를 노려보고 있었다.

　물론 게임 판은 엉망이 되어 버렸으며, 카드놀이를 하던 사람들은 모두 마루로 흩어졌다. 그들은 카드에 그려져 있는 뚱뚱한 왕과 여왕을 구둣발로 마구 짓밟았다. 왕과 여왕은 그들 위에서 벌어지고 있는 이 갑작스러운 난투극을 멍하니 바라보고만 있는 듯했다.

　스쿨리의 고함이 그 어느 소리보다도 컸다, "당장 멈춰! 당장 멈추라니까! 그만!"

　스쿨리와 동부의 사나이 사이를 빠져나가려던 조니는 그만 울음을 터뜨렸다.

　"아니, 내가 속였다고 했지! 내가 속였다고 했어! 내가 속였다고 한 사람은 누구든 가만두지 않을 거야! 만일 또 저놈이 속였다는 말을 하면, 저놈을!"

카우보이가 스웨덴 인에게 사정하고 있었다. "제발, 그만둬! 그만 두라니까, 내 말 들려?"

스웨덴 인의 날카로운 고함은 좀처럼 그치지 않았다. "그가 속였 어! 내 눈으로 봤는걸! 내가 보았다니까!"

동부의 사나이는 치근거리며 아무렇게나 지껄여대고 있었다. "좀 참어. 아니 그렇게 못 하겠나? 정말 참으라고. 카드 게임 때문에 싸워 서 이익 될 게 뭐야? 참으라니까!"

이 난장판 속에서는 아무 말도 분명하게 알아들을 수가 없었다. "속였다." "그만둬." "그가 말하는데." 이 같은 간단한 말들만 이 소동 속에서 날카롭게 울려 나왔다. 틀림없이 스쿨리가 가장 크게 소릴 질렀 을 텐데도 다른 사람의 외침보다도 작게 들렸다.

갑작스럽게 싸움이 그쳤다. 그것은 마치 모든 사람들이 숨을 돌리 려고 멈춘 것 같았다. 비록 그 방 전체가 사람들의 분노로 활활 타고 있는 듯했으나 불길이 곧 퍼져 갈 위험은 없어 보였다. 그의 독특한 방식대로 어깨를 앞으로 내밀고 나온 조니는 스웨덴 인과 맞붙는 데 성공했다. "내가 무엇을 속였다는 거요? 내가 무엇을 속였단 말이오? 나는 속이지 않았어요. 내가 속였다고 말하는 사람은 누구건 가만두 지 않겠소."

스웨덴 인이 말했다. "나는 보았소. 난 보았단 말이오."

"정 이럴 거요?" 조니가 소리쳤다. "내가 속였다고 말하는 사람은 누구든지 붙겠소!"

"아니, 안 돼요." 카우보이가 말했다. "안 돼!"

"제발, 가만히들 있지 못해?" 스쿨리가 그들 사이로 뛰어들며 말했 다. 조금 조용해지더니 동부인의 목소리가 들렸다. 그는 같은 말을 되 풀이하고 있었다. "제발 참으라니까요. 참을 수 없어요? 아니 카드놀이 때문에 싸워 무슨 이득을 보자는 거요? 참으라고요!"

조니는 아버지의 어깨 너머로 붉게 상기된 얼굴을 내밀며 스웨덴 인에게 다시 대들었다. "내가 속였다고 말했죠?"

스웨덴 인은 이빨을 드러냈다. "그래."

"그렇다면" 조니가 말했다. "우리는 싸울 수밖에 없소."

"그래, 붙어 봅시다." 스웨덴 인이 으르렁거렸다. 그는 꼭 악마 같았다. "어서 덤벼 보시지! 내가 어떤 사람인지를 똑똑히 보여 주지! 네가 싸우기를 바라는 자가 누구인지 몰라도 내가 보여 주지. 내가 싸울 줄 모른다고 생각하겠지. 내가 모를 거라고 생각하겠지! 이놈의 사기꾼아, 내가 본때를 보여 주마. 이 야바위꾼아, 그래 너는 속였다! 너는 속였어! 네가 속였다고!"

"그럼, 우리 시작해 볼까." 조니가 냉담하게 응수했다.

카우보이가 어떤 종류의 공격이든 막으려고 애를 썼지만, 그의 이마에는 구슬처럼 땀방울이 맺혔다. 그는 절망적인 빛을 보이며 스쿨리를 향해 돌아섰다. "이제 어떻게 하시겠어요?"

켈트족의 후예인 노인의 얼굴에는 변화가 일고 있었다. 그도 이제 진짜로 달아오른 모양이었다. 그의 눈도 광채를 발하고 있었다.

"자, 싸우게 내버려둡시다." 노인은 단호하게 대답했다. "나도 참을 수가 없네. 난 병이 날 정도로 이 몹쓸 스웨덴 놈의 행패를 참아 왔네. 자, 싸우게 놔두지."

제6장

사람들은 밖으로 나갈 준비를 했다. 동부의 사나이는 너무 긴장해서 새 가죽 코트의 소맷자락에 팔을 끼우는 데 몹시 애를 먹었다. 카우보이가 털모자를 귀 위로 내려쓸 때에 그의 손이 떨렸다. 사실상 조니와 스쿨리 노인만이 동요하지 않고 태연한 자세를 보였을 뿐이었다. 이와 같이 싸움하기 전의 예비 절차가 말없이 진행되었다.

스쿨리가 갑자기 문을 홱 열어젖히고 외쳤다. "자, 나오라니까." 그 즉시 무섭게 몰아쳐 들어온 바람으로 인하여 불꽃이 가물가물 죽어갔고, 굴뚝 꼭대기에서는 검은 연기가 뭉게뭉게 쏟아져 나왔다. 스토브도 심한 기류에 휘말려서 폭풍우의 포효와 버금가는 큰 소리를 내며 타고 있었다. 짓밟혀서 찢어지고 더럽혀진 카드 몇 장을 주워서 더 먼 쪽 벽으로 맥없이 던졌다. 사람들은 모두 고개를 숙이고 바다로 뛰어들 듯 폭풍우 속으로 뛰어들었다.

눈은 오지 않았으나 굉장한 회오리바람과 눈송이를 동반한 구름이 미친 듯이 불어대는 바람 때문에 지면의 모든 것이 쓸려 총알처럼 빠르게 남쪽으로 흘러가고 있었다. 눈으로 뒤덮인 산야는 신비한 비단결 같은 광택을 내며 푸르게 빛나고 있을 뿐, 다른 색은 볼 수가 없었다. 믿을 수 없을 정도로 까마득하게 멀리 보이는 야트막한 검은 기차역에서 불빛이 조그만 보석처럼 반짝이고 있었다. 사람들이 허벅지까지 오는 깊은 눈 더미 속에 빠져 버둥거리고 있을 때, 스웨덴 인이 뭐라고 외치는 듯한 소리가 들려왔다. 스쿨리는 그에게로 달려가 그의 어깨 위에 손을 얹고는 귀를 바싹 갖다 댔다. "뭐라고 했지?" 스쿨리가 소리쳤다.

"내 말은" 스웨덴 인이 다시 외쳤다. "이 패거리들의 공격에 참을 수가 없단 말이오. 나에게 모두 덤벼들 것이라는 것을 잘 알고 있소"

스쿨리는 꾸짖는 듯한 몸짓으로 팔로 그를 세게 쳤다. "아니, 왜 이러는 거요!" 그는 놀라 외쳤다. 바람은 스쿨리의 입에서 말을 낚아채 멀리로 날려 버렸다.

"너희들은 모두가 한패들……." 스웨덴 인은 다시 큰소리를 쳤으나 폭풍이 또다시 그의 말의 마지막 구절을 가로채 가 버렸다.

재빨리 바람에 등을 돌렸을 때, 사람들은 바람막이가 되어 있는 호텔의 구석으로 걸어갔다. 이 작은 집은, 수북하게 외피가 덮여 있는 불규칙한 V자 모양의 풀을 눈이 내려 황폐해진 이곳에서 살아가도록 하는 기능을 맡고 있다. 그런데 그 풀들이 발밑에서 탁탁 소리를 내며 타고 있었다. 바람에 몰린 큰 눈 더미가 바람이 불어오는 반대쪽에 쌓일 것이라고 상상할 수 있었다. 일행이 비교적 평온한 지점에 도착했을 때, 스웨덴 인은 여전히 고래고래 고함을 치고 있었다.

"그래, 나는 이제 무슨 수작인지 다 알고 있어! 너희 모두가 나와 대결하겠다는 것도 알고 있어. 내가 너희 모두를 쳐부술 수는 없어!"

스쿨리는 표범 같은 몸짓으로 그에게로 돌아섰다.

"암. 너는 우리 모두에게 덤벼들 수는 없겠지. 그러니까 내 아들 조니와 싸우도록 해. 그리고 싸울 때 너를 괴롭히는 사람은 내가 맡아 처리하지."

이렇게 모든 준비가 재빠르게 진행되었다. 이윽고 두 사람은 스쿨리가 거칠게 내뱉은 말에 따라 마주 보고 섰다. 이상하게 번쩍거리는 어둠 속에서 스쿨리의 얼굴에는 로마시대 군인의 얼굴에서나 볼 수 있는 것 같은 엄숙하고 비인간적인 분위기가 감돌고 있었다. 동부에서 온 사나이는 와들와들 떨며 깡충깡충 뛰다가 기계로 만들어진 장난감같이 쓰러졌다. 카우보이는 돌처럼 서 있었다.

싸움할 사람들은 옷을 벗지 않았다. 두 사람은 평상복 차림을 하고 있었다. 이윽고 그들은 주먹을 치켜들었고, 사자 같은 잔인성을 갖고 있지만 겉으로는 잔잔해 보이는 눈으로 서로를 노려보았다.

이렇게 잠시 쉬는 동안, 동부의 사나이는 영화의 장면을 찍듯이 세 사람의 인상을 지워지지 않도록 마음속에 아로새겨 놓았다. 쇠같이 강인하고 담대한 주인, 창백하고 꼼짝 않는 무서운 스웨덴 인, 그리고 차분하다가도 미친 듯이 난폭해지는 호걸다운 조니, 이와 같은 모든 전주곡은 실제로 비참함을 겪는 것보다도 더 처참한 분위기를 자아내고 있었다. 눈보라가 울부짖으며 떨어져 내리는 눈송이를 남쪽의 어두운 심연 속으로 몰아넣으며 질주했고, 길고 부드럽게까지 들리는 그 소리는 이 비극적인 양상을 더욱 부채질했다.

"이봐!" 스쿨리가 소리쳤다.

두 명의 투사는 앞으로 달려 나와 소가 싸우듯이 마구 엉켰다. 서로 치고받고 하는 둔탁한 소리가 들렸으며, 이를 악문 투사의 입에서는 욕이 쏟아져 나왔다.

구경꾼으로서 지켜보고 있던 동부의 사나이는 전초전 때부터 몹시 긴장하고 있었는데, 짓눌려 있던 숨통을 터뜨리며 안도의 한숨을 쉬었다. 그는 팽팽하게 쌓인 긴장이 폭발하여 잠시 해방감을 느끼고 있었다. 카우보이는 울부짖으며 공중으로 뛰어올랐다. 스쿨리는 그 자신이 허용했고 마련해 주기까지 한 광란의 격투를 보고, 두려움과 놀라움에 휩싸여 꼼짝 않고 있었다.

한동안 어둠 속에서 벌어진 이 대결은, 팔이 복잡하게 엇갈리며 난무했으므로 그 광경은 빠르게 돌아가는 바퀴를 볼 수 없는 것과 마찬가지로 자세히 보이지는 않았다. 이따금 불빛을 받아 환히 드러난 얼굴은 소름끼치도록 번쩍거렸으며, 붉은 반점으로 얼룩져 있었다. 잠시 후, 사람들은 하나의 그림자인 듯했다. 저도 모르게 터져 나오는 욕설이 없었더라면 더 그랬을 것이다.

갑자기 싸우고 싶은 욕망에 사로잡힌 카우보이가 누구든 죽이고 말겠다는 기세로 야생마처럼 빠른 속도로 앞으로 달려갔다. "잘한다, 조니! 기운 내라! 죽여 버려! 죽여!"

스쿨리는 카우보이 앞에 나섰다.

"물러서지 못해!" 그가 말했다. 그의 눈초리만 보고도 카우보이는 그가 조니의 아버지임을 알 수 있었다.

쉬지 않고 계속되는 싸움의 단조로움이 동부의 사나이에게는 지겹기만 했다. 뒤범벅이 된 혼돈의 세계는 끝이 없을 것같이 느껴지자, 어느 새 이 격투가 끝나기를 고대하고 있었다. 한번은 싸우는 사람들이 그가 서 있는 곳 가까이 비틀거리며 다가왔다. 그가 기겁을 하고 서둘러 뒤로 물러났을 때, 그는 고민하는 사람처럼 한숨을 내쉬는 그들의 소리를 들었다.

"그놈을 죽여라, 조니! 죽여! 아주 죽여 버려! 죽여 버리라고." 카우보이의 얼굴은 마치 박물관 같은 곳에 있는 고통스러운 표정의 조각처럼 일그러져 있었다.

"가만히 있어." 스쿨리가 냉담하게 말했다.

그때 갑작스럽게 투덜거리는 큰 소리가 나더니 끝이 나고 말았다.

조니의 몸뚱이가 스웨덴 사람으로부터 떨어지더니 신음소리를 내며 잔디 위에 쓰러졌다. 카우보이는 미친 듯이 사나운 스웨덴 인이 그가 편들고 있는 사람을 덮치지 못하도록 막지 못했던 것이다. "아니, 자네 그래서는 안 되네." 카우보이가 팔을 잡으며 말했다. "잠깐만 기다리게."

스쿨리는 아들 곁에 가 있었다. "조니! 내 아들 조니야!" 그의 음성은 우울하면서도 부드러웠다. "조니! 그래 가지고 계속할 수 있겠어?" 그는 걱정스러운 얼굴로 피투성이가 되어 흐느적거리는 아들의 얼굴을 내려다보았다.

잠시 침묵이 흘렀다. 잠시 후 조니는 아무렇지도 않은 목소리로 대답했다. "네, 제가 그것을……네."

아버지의 부축을 받으며 그는 일어나려고 안간힘을 썼다. "기운이 날 때까지 조금만 기다려." 노인이 간청했다.

몇 발자국 떨어져서 카우보이가 스웨덴 인에게 외치고 있었다. "안 돼, 그러면 안 돼! 잠깐만 기다리라니까!"

동부의 사나이는 스쿨리의 소맷자락을 끌어당기고 있었다. "이만하면 됐어요!" 그가 반박했다. "이만하면 됐어요. 이제 제발 싸움을 말리세요. 이만하면 충분하다고요! 더 이상 싸움은 필요 없어요!" 그는 스쿨리에게 간청했다.

"빌" 스쿨리가 말했다. "저리로 비켜." 카우보이가 한 옆으로 비켜섰다. "자." 투사들은 다시 또 전진해 나가면서 새롭게 경계 태세를 취하였다. 그들은 서로 눈만 쏘아보고 있었다. 그러자 스웨덴 인이 있는 힘을 다해 번개같이 주먹을 날렸다. 녹초가 된 조니는 멍하니 서 있다가 요행히도 그의 펀치를 살짝 피했다. 그 바람에 균형을 잃은 스웨덴 인은 그대로 팔다리를 쪽 뻗은 채 허우적거렸다.

이것을 지켜보던 카우보이, 스쿨리, 그리고 동부의 사나이는 승리를 거둔 군인들이 환호성을 지르는 것처럼 환호성을 터뜨렸으나 그들의 환호성이 사라지기도 전에 스웨덴 인이 재빠르게 일어나더니, 또다시 팔을 휘두르며 미치광이처럼 덤벼들어 난리를 폈다. 조니의 몸뚱이가 또 한 번 지붕에서 떨어지는 보따리처럼 퍽 하고 쓰러졌다. 곧이어 스웨덴 인도 비틀거리며 바람에 흔들리는 작은 나무로 가서 기대더니 기관차 소리처럼 거칠게 숨을 몰아쉬고 있었다. 사람들이 조니에게로 달려가 그를 살펴보고 있을 때, 스웨덴 인은 사람들의 얼굴을 샅샅이 뜯어보고 있었다. 땅 위에 뻗어 있는 조니에게서 눈을 뗀 동부의 사나이는 그를 둘러싸고 있는 고립된 기분을 느꼈다. 그는 신비스러울 정도로 고독한 모습을 하고 기다리고 있는 사람을 보았다.

"그래도 괜찮은가, 조니?" 스쿨리는 안타까운 목소리로 물었다.

아들은 숨을 몰아쉬며 천천히 눈을 떴다. 잠시 후 그가 대답했다. "안 돼. 안 돼요. 아니에요, 더 이상은." 그러고 나서 그는 부끄럽기도 하고 아프기도 해서 울기 시작했는데, 피로 얼룩진 그의 얼굴에는 눈물이 흘러내리고 있었다. "그는 제겐 너무 벅찬 상대였어요."

스쿨리는 허리를 펴더니 기다리고 있던 스웨덴 인에게 말을 던졌다. "어이, 낯선 친구." 그는 침착하게 말했다. "우리 쪽은 다 끝났소." 그의 목소리는 생동감이 있으면서도 거친 소리로 바뀌었다. 중대한 발표를 아주 간단하게 발표할 때 흔히 들을 수 있는 그런 목소리였다. "조니가 졌어."

승자는 아무 대답 없이 호텔 정문으로 이어지는 길로 걸어 나갔다.

카우보이는 알아들을 수 없는 새로운 욕설을 내뱉고 있었다. 동부의 사나이는 그들이 북극 빙원의 그늘에서 불어온 듯한 바람을 맞은 사실을 깨닫고는 크게 놀랐다. 그는 또다시 남극에 있는 무덤을 향해 몰려가는 눈보라의 요란한 소리를 들었다. 그제야 그는 추위가 아주 깊숙이 그의 몸속으로 파고들고 있다는 사실을 실감했다. 그리고 자신이 죽지 않았다는 것이 이상하게 여겨졌다. 그는 싸움에 진 것에 대해서는 무관심하게 되었다.

"조니, 걸을 수 있겠니?" 스쿨리가 물었다.

"제가 상처를, 그에게 상처를 입혔나요?" 아들이 물었다.

"너 걸을 수 있어? 걸을 수 있느냐고?"

조니의 목소리가 갑자기 커졌다. 더 이상 참을 수가 없는 듯 소리를 질렀다. "그에게 상처를 입혔는지 물었잖아요."

"그래, 물론이지." 난데없이 카우보이가 대답했다. "조니야, 녀석은 상당히 고전했고 상처투성이였어."

그들은 그를 일으켜 세웠다. 그는 간신히 일어서서 비틀거리며 걸음을 옮겼고, 그를 도우려는 사람들을 뿌리쳤다. 그들이 길모퉁이를 돌아섰을 때, 몰아치는 눈보라 때문에 거의 눈을 뜰 수 없었다. 눈 세례를 받은 그의 얼굴은 불처럼 새빨갰다. 카우보이는 질풍을 뚫고 조니를 호텔 문까지 데리고 갔다. 그들이 들어섰을 때, 다시 마룻바닥에 있던 카드가 날리며 벽에 세차게 부딪쳤다.

동부의 사나이가 스토브 쪽으로 달려갔다. 그는 너무 오한이 나서 빨갛게 달아오른 쇠를 끌어안으려고까지 했다. 스웨덴 인은 방에 없었다. 조니는 무릎 위에 팔을 포개 놓고 의자에 깊숙이 앉더니, 무릎에 얼굴을 파묻었다. 스토브 가장자리에서 발을 바꾸어 가며 녹이고 있던 스쿨리는 켈트족의 서러움에 북받쳐 중얼거리고 있었다. 카우보이는 털모자를 벗고는 몹시 당황하고 서글픈 표정을 지으며 한 손으로 헝클어진 머리를 만지작거리고 있었다. 스웨덴 인이 자기 방에서 쿵쿵거리며 왔다 갔다 하자 그들의 머리 위에서 널빤지가 삐걱거리는 소리가 났다.

부엌으로 향한 문이 갑자기 열리는 바람에 슬픔에 잠긴 고요가 깨져 버렸다. 그러자 이내 여자들이 달려 들어왔다. 그녀들은 비통한 소리를 지르면서 조니에게 덤벼들었다. 그녀들은 조니를 데리고 가기 전에 여성 특유의 동정과 비난이 섞인 수다를 늘어놓으며 그의 상처를 닦아 주었다. 어머니는 허리를 펴고서 스쿨리를 호되게 꾸짖으려는 표정으로 바라보고 있었다.

"아니, 창피한 줄 아세요, 팻 스쿨리!" 그녀가 소리쳤다. "당신 아들도 역시 마찬가지고! 창피한 줄 좀 알아요!"

"이봐요! 좀 조용히 하라고!" 노인은 힘없는 목소리로 말했다.

"창피한 줄 아세요, 패트릭 스쿨리!" 여자들은 이 같은 말을 표어처럼 외치며, 떨고 있는 공모자들인 카우보이와 동부의 사나이를 경멸의 눈초리로 쳐다보며 콧방귀를 뀌었다. 그러더니 그녀들은 곧장 조니를 데리고 사라졌으며, 우울한 사색에 잠겨 있던 세 사람도 떠나갔다.

제7장

"여기서 네덜란드 인과 제가 한판 붙고 싶어요." 카우보이가 한참 동안의 침묵을 깨뜨리며 말했다.

스쿨리는 슬픈 표정으로 고개를 내저었다. "절대로 안 될 말이야. 그렇게 할 수 없네. 그렇게 할 수는 없어."

"아니, 왜 할 수 없죠?" 카우보이가 대들었다. "전 손해 볼 게 없어요."

"안 돼." 스쿨리가 우울한 목소리로 단호하게 내뱉었다. "옳지 않은 일일세. 조니의 싸움이었네, 안 그래. 이제 와서 그가 조니를 때려눕혔다는 이유로, 그 사람을 때려눕혀서는 안 되네."

"네, 그것은 지당한 말씀이죠." 카우보이가 말했다. "하지만 그 녀석이 제게 또 주제넘게 굴면, 더 이상 참을 수는 없어요."

"그에게 한마디도 하지 말게." 스쿨리가 그에게 명령했다. 바로 그 때 층계를 내려오는 스웨덴 인의 발자국소리가 들려왔다. 그의 출현은 연극 같았다. 그는 쾅 하고 문을 닫고는 뽐내며 방 한가운데로 걸어왔다. 그를 쳐다보는 사람은 아무도 없었다. "자." 그는 스쿨리에게 거만하게 소리쳤다. "내가 당신에게 얼마만큼을 줘야 할지 말할 수 있겠죠?"

"아무것도 빚진 게 없소." 노인은 얼이 빠진 채로 대꾸했다.

"흥!" 스웨덴 인이 말했다. "흥! 아무것도 빚진 게 없다고요?"

카우보이가 스웨덴 인에게 말을 걸었다. "낯선 양반, 왜 이 판국에 당신이 그렇게 즐거워하는지 모르겠군."

이때 스쿨리가 큰일이 나리라 직감한 듯 주의를 주었다. "그만둬!" 그는 허공에다 팔을 휘두르며 외쳤다. "빌, 입 닥쳐!"

카우보이는 톱밥 상자 속에다 아무렇게나 침을 내뱉으며 말했다. "나는 한마디도 안 했어요. 그렇잖아요?"

"스쿨리 씨" 스웨덴 인이 물었다. "얼마 내면 됩니까?" 그는 손에 여행용 가방까지 들고 떠날 차비를 마친 것처럼 보였다.

"내게 아무것도 빚진 게 없어요." 스쿨리는 여전히 차분한 목소리로 되풀이 말했다.

"아, 참!" 스웨덴 인이 말했다. "당신이 옳다고 생각해요. 빚진 게 있다고 하면, 오히려 당신 쪽이라고 생각되는군요. 나도 그렇게 생각하고 있어요." 그는 카우보이 쪽으로 돌아섰다. "그를 죽여! 죽이라고!"

스웨덴 인은 카우보이가 했던 말을 흉내 내며 승리를 거둔 듯이 껄껄대고 웃었다. "죽여라!" 그는 야유조의 우스갯소리를 해대며 몸을 흔들었다.

그러나 그는 죽은 사람을 비웃고 있었는지도 모른다. 세 사람은 멍한 눈으로 스토브만 바라보며 꼼짝 않고 말없이 앉아 있었다.

스웨덴 인은 문을 열더니 가만히 앉아 있는 사람들에게 조롱에 찬 시선을 던지고는 폭풍 속으로 뛰어나갔다.

문이 닫히자마자, 스쿨리와 카우보이가 자리에서 벌떡 일어나 그를 저주하기 시작했다. 그들은 팔을 내저으며, 공중에다 주먹질을 해대면서 이리저리 발을 굴리며 왔다 갔다 했다.

"그것 참 못 참겠네." 스쿨리는 소리 내어 울었다. "참기 어려웠어! 거기 서서 얕잡아보면서 비웃는 꼴이라니! 그때 그놈의 코를 쥐어박은 사람이 있었더라면 사십 불을 주었을 텐데! 빌, 자네는 어떻게 참았나?" 스쿨리가 울부짖듯 물었다.

"어떻게 참았냐고요?" 카우보이가 떨리는 목소리로 외쳤다. "아니, 어떻게 참다니요? 허!"

노인은 갑자기 이상한 사투리를 늘어놓았다. "스웨덴 놈을 잡아다가 돌바닥에 꼼짝 못 하게 해 놓고 막대기가 흐물흐물해지도록 때리고 싶은 심정이야!" 노인은 크게 소릴 질렀다.

카우보이가 동정 어린 표정으로 한마디 거들었다. "그놈의 목을 낚아채서 때려눕히고 싶어요." 그는 코로 피스톨이 발사할 때의 소리를 내며 의자에 손을 내려놓았다가 다시 말을 계속했다. "그 고약한 네덜란드 놈을 죽은 코요테 동물과 전혀 구별이 안 될 때까지 두들겨 패겠어요!"

"그놈이 바로."

"그에게 무엇인가를 보여 주었어야……."

그리고 나서 두 사람은 함께 그들이 바라는 바를 미친 듯이 외쳐댔다.

"아∽ 아! 우리가 할 수만 있다면."

"그래요!"

"그렇다!"

"그렇다면 제가……."

"아∽ 아."

제8장

　여행용 가방을 단단히 움켜 든 스웨덴 인은 돛을 단 배처럼 폭풍을 이리저리 피하면서 나아갔다. 그는 그의 갈 길을 지시해 주는 것 같은 작고 앙상한 나무들의 대열을 따라서 걸었다. 조니의 주먹에 얼굴을 얻어맞은 지 얼마 되지 않는 그는 세찬 바람과 몰아치는 눈보라 속에서 고통보다는 기쁨을 더 느꼈다. 이윽고 수많은 사각형 모양의 건물들이 그의 앞에 흐릿하게 나타났는데, 그는 그것들이 마을의 한복판에 위치한 집이라는 것을 알게 되었다. 그는 길을 발견하고 길을 따라 여행했다. 모퉁이에서 소용돌이치는 돌풍에 휩싸일 때마다 바람을 이겨 내려고 몸을 기울여 보기도 했다.

　아마도 그는 인기척이 없는 마을에 와 있는 것인지도 모른다. 우리는 흔히 이 세상이 원기가 왕성하고 용기가 넘치는 인간으로 가득 차 있다고 묘사한다. 그러나 폭풍우의 세찬 소리만 울려 퍼지는 이곳에서는 인간으로 붐비는 지구를 상상한다는 것은 어려운 일이다. 사람들은 인간의 존재를 놀라운 것으로 생각하며 혼란에 시달리고, 불세례를 받고, 눈 더미에 갇히며, 질병에 시달리고, 공간을 잃은 지구에 매달리게 되는 이 같은, 기생충 같은 행위를 놀라운 매력으로 간주한다. 이 폭풍을 보아도 인간의 자만이 삶의 원동력임을 알 수 있다. 사람은 결코 폭풍 때문에 죽지 않는다. 마침내 스웨덴 인은 술집을 발견했다.

술집 앞에서는 계속 빨간 불길이 피어오르고 있었으며, 램프의 불빛이 미치는 허공에 흩날리는 눈송이는 핏빛처럼 물들어 있었다. 스웨덴 인은 술집 문을 불쑥 열고 안으로 들어갔다. 모래투성이의 공간이 그들 앞에 펼쳐졌고, 넓은 실내의 끝 쪽에서 네 명의 사나이가 테이블에 둘러앉아 술을 마시고 있었다. 그 방의 다른 한쪽에는 휘황찬란한 바가 있었다. 바의 지배인은 테이블에 둘러앉은 사람들의 이야기에 귀를 기울이면서 팔꿈치를 구부리고 앉아 있었다. 스웨덴 인은 여행용 가방을 바닥에 내려놓고 바 주인에게 다정하게 웃으며 말했다. "위스키 좀 주시오." 주인은 테이블 위에다 술병과 위스키 잔 그리고 얼음이 가득 담긴 잔을 갖다 놓았다. 스웨덴 인은 잔에다 위스키를 가득 따르더니 세 모금에 그것을 모두 들이켰다. "날씨가 고약하죠?" 주인이 지나가는 말로 한마디 했다. 그는 이런 유의 장사를 하는 사람이 던질 수 있는 예사로운 말을 했던 것이다. 그러나 그것은 그가 스웨덴 인의 얼굴에 묻어 있는 반쯤 지워진 핏자국을 슬그머니 주시하고 있는 것으로 보일 수도 있었다. "날씨가 참 고약하죠?" 그가 다시 말했다.

"이 정도라면 내게는 괜찮아요." 위스키를 더 따르며 스웨덴 인이 뻔뻔스럽게 대답했다. 바 주인은 그의 동전을 받아 오 전짜리가 가득 들어 있는 현금출납기에 가까스로 집어넣었다. 종이 울리더니 이십 전이라고 적힌 계산서가 나왔다.

"아뇨, 사실 날씨가 나쁘지는 않아요. 내겐 안성맞춤이니까요."

"그래요?" 바 주인은 맥없이 중얼거렸다.

스웨덴 인은 술을 너무 많이 마셔서 눈동자의 초점이 맞지 않았으며, 약간 힘들게 숨을 들이쉬곤 했다. "그럼요, 이런 날씨 좋아합니다. 좋아한다니까. 내 마음에 쏙 들어요." 그는 분명히 의도적으로 이 말에 깊은 의미를 부여하려는 것 같았다.

"정말이세요?" 주인은 다시 물었다. 그는 뒤쪽 거울 위에 비누로 그려진 둥근 글씨 모습 같기도 하고, 다시 보면 그저 글씨 같기도 한 야릇한 형체를 꿈꾸듯 바라보기 시작했다.

"그럼, 나는 또 한 잔 들겠소." 이내 스웨덴 인이 말했다. "당신도 뭘 좀 드시겠소?"

"감사하지만 안 하겠습니다. 술을 안 하니까요." 하고 주인이 사양했다. 한참 후에 그가 물었다. "어떻게 하다 얼굴을 다치셨습니까?"

스웨덴 인은 그 말이 떨어지기가 무섭게 자기 자랑을 늘어놓기 시작했다. "뭐, 누구와 좀 싸웠죠. 스쿨리네 호텔에서 한 놈을 흠씬 패주고 왔지요."

테이블에 있던 네 사람은 마침내 그의 이야기에 흥미를 보이기 시작했다.

"누구였지요?" 한 사람이 물었다.

"조니 스쿨리." 스웨덴 인이 어깨를 으쓱해 보이며 말했다. "그 호텔 경영주의 아들이란 놈이오. 아마 몇 주 동안은 죽은 것이나 다름없을 거요. 내가 장담하겠소. 그놈에게 잘했지, 아주 잘했어. 녀석은 일어날 수도 없으니까. 사람들이 놈을 집 안으로 떠메고 갔죠. 술 마시겠소?"

그 말을 듣자마자 사람들은 몇 가지 교묘한 방법으로 그 권유를 곰곰이 따지는 듯했다. "마시지 않겠소이다." 한 사람이 딱 잘라서 거절했다. 그 패들의 모두는 재미있는 사람들이었다. 두 명은 그 고장에서 유명한 사업가로, 한 사람은 '괴짜'로 알려진 일종의 직업적인 도박꾼이었다. 그러나 그들의 모습만 보고서는 도박꾼과 더 고상한 직업을 가진 사람을 도저히 구별해 낼 수 없었다. 사실상 그는 그럴듯한 사람들 사이에선 점잖은 태도를 보였고, 골탕 먹일 사람을 선별하는 데 있어서도 분별력이 뛰어난 인물로, 그 고장의 남자들 세계에선 상당한 신임과 존경까지 받아 왔던 것이다. 사람들은 그를 훌륭한 가문의 출신이라고 생각했다. 단지 그가 하는 일이 공포와 경멸의 대상이었기 때문에 아마도 모자 장수나, 당구 점수를 계산하는 사람이나 또는 식료품점 점원처럼, 직업적으로 조용한 입장보다는 더 뚜렷하게 눈에 띄게 되었는지도 모른다. 이따금 기차를 타고 나타나는 경솔한 여행객이나 잘된 곡식을 싣고서 멍청할 정도로 대단한 자신감에 가득 차서 마을로 들어오는 무모하고도 나이 많은 농부들을 이 도박꾼은 도박의 미끼로 삼는 것이다. 이처럼 털려 버린 농부의 이야기를 듣고서 롬퍼의 유지들은 항상 희생된 사람들의 허황된 자신감을 비웃었다. 그들은 일단 이 고약한 도박꾼을 생각하면, 농부들이 감히 그의 지혜와 배짱에 도전할 수가 없으리란 걸 알고 있으므로 그에 대해서 자랑하고 싶어하기까지 했다. 뿐만 아니라 이 도박꾼에게는 교외의 아담한 집에서 살고 있는 진짜 부인과 두 자녀가 있으며, 그곳에서 도박꾼은 모범적인 생활을 하고 있다는 것으로 평판이 좋았다. 누구든지 이 사람의 이율배반적인 면을 지적할 때 사람들은 이 도박꾼의 건전한 가정을 들먹거리며 감싸 주는 얘기를 떠벌려댔다. 그러면 모범적인 가정생활을 하는 사람, 그렇지 못한 사람 할 것 없이 더 이상 말할 것은 아무것도 없다고 한꺼번에 잠잠해졌다.

반면 그에게 제재가 가해질 때가 있었다. 예를 들어 새로 결정된 폴리워그 클럽의 회원 일동은 그가 참관인으로 그 클럽 회의실에 나타나는 일조차 반대한 적이 있었다. 이와 같이 제약이 가해지면 그는 솔직하고 점잖게 그 결정에 따랐기 때문에 그를 미워하는 사람은 없었으며, 그의 친구들은 더욱 기를 쓰고 그를 옹호하게 되었다. 그는 항상 그 자신과 롬퍼의 훌륭한 신사들을 너무 솔직하고 재빠르게 구별하여 처신했으므로, 그의 태도는 끊임없이 퍼져 나가는 찬사의 밑거름이 되었다.

그리고 사람들은 롬퍼에서 그가 차지하고 있는 전반적인 그 지위의 적나라한 사실을 알고 지나가야 한다. 그가 하는 일 외에 겪는 모든 일에서 또한 인간과 인간 사이에서 쉬지 않고 그리고 일반적으로 일어나는 모든 사건에 있어서 이 도벽이 심한 카드 노름꾼은 너무나 관대하고, 너무나 공정하며 도덕적이기까지 하여 아마 내기가 벌어진다면 롬퍼 시민은 열 사람 중 아홉 명은 그의 도덕심에 졌을지도 모른다.

아무튼 그는 두 명의 이름난 그 고장 상인과 지방 검사와 함께 이 술집에 앉아 있게 되었다.

스웨덴 인은 계속해서 물 타지 않은 위스키를 마셨는데, 그러는 동안 그는 바 주인에게 주절대며 어떻게 해서든지 그를 이 좌석에 끼어들게 하려고 애썼다. "자, 어서 와요. 한잔합시다. 어서요. 뭐라고요? 못 마신다구요? 그러면 작은 걸로 한잔해요. 오늘밤에 어떤 놈을 하나 때려눕혔기 때문에, 그 자축연을 하고 싶소. 그것도 아주 늘씬하게 때려눕혔단 말이오. 신사 여러분." 스웨덴 인은 테이블에 앉은 사람들을 향해 외쳤다. "한잔하겠어요?"

"쉿!" 바 주인이 시끄럽다는 듯 말했다.

테이블에 앉아 있던 사람들은 은근히 귀를 기울이면서, 이야기에 지대한 관심이 있는 척하고 있었다. 그런데 이때 한 명이 스웨덴 인 쪽으로 눈을 돌리며 짤막하게 말했다. "고맙지만, 우리는 더는 마시지 않겠소.” 이 대답에 스웨덴 인은 수탉처럼 가슴을 털어 내었다. “제기랄.” 그는 화를 벌컥 냈다. “이 고장에선 술 한잔 같이 마실 사람도 찾기 힘든 것 같은데, 그렇죠? 그렇지 않느냐 말이오? 제기랄!”

“쉿!” 바 주인이 조용하라는 투로 다시 말했다.

“자, 봐요.” 스웨덴 인이 고함을 버럭 질렀다. “공연히 내 입만 막으려고 들지 마쇼. 그런다고 내가 가만히 있을 것 같소? 나는 신사라고요. 나와 술 마실 사람을 바란단 말이오. 바로 지금. 내 말 알아듣겠소?” 스웨덴 인은 주먹으로 탁자를 내리쳤다.

이런 일에 경험이 많은 주인은 그에게 별로 신경을 쓰지 않았다. 그는 시무룩해졌을 뿐이었다. “알겠소.” 그가 말했다.

“좋아요.” 하고 스웨덴 인이 소리쳤다. “그러면 가만히 보기나 하시오. 저곳에 앉아 있는 사람 보이죠? 아마, 그들은 나와 술을 마실 테니 두고 봐요. 그 점을 잊어서는 안 돼요. 자 이제 보라고요.”

바 주인이 큰 소리로 외쳤다. “여보시오! 그것은 안 될 말이오!”

“아니, 왜 안 된단 말이오?” 하고 스웨덴 인은 항의를 하더니 테이블 쪽으로 서서히 걸어갔다. 그러다가 우연히 도박꾼의 어깨에다 손을 얹어놓는 것이었다. “양반이면 어떨까?” 그는 희롱하는 듯이 그에게 청했다. “나와 술 한잔하자고 부탁하는 거요.”

도박꾼은 그저 고개만 돌려 어깨 너머로 말했다. “친구 양반, 나는 댁을 모르겠는데요.”

“빌어먹을! 어서 술이나 한 잔 나누자고.” 스웨덴 인은 고집을 부리며 재촉했다.

“손님, 이제 어서 내 어깨에서 손 좀 떼고 가서 당신 일이나 보시지.” 도박꾼은 친절하게 충고해 주었다. 그는 체구가 작고 가냘픈 사람이었는데, 건장한 스웨덴 인에게 호걸답게 그를 무시하려는 어투로 말하는 것을 들으니, 아무래도 심상치 않은 듯했다. 테이블에 앉아 있던 다른 사람들은 아무 말도 하지 않았다.

"뭐라고! 나하고 술을 못 마시겠다고, 이 꼬마가? 그렇다면 마시도록 해 주지! 마시도록 해 주겠어!" 스웨덴 인은 눈 깜짝할 사이에 도박꾼의 목을 움켜잡고는 의자에서 끌어 내리고 있었다. 다른 사람들도 놀라 일어섰다. 바 주인은 잽싸게 바 모퉁이로 달아났다. 순식간에 실내는 난장판이 되어 버렸는데, 도박꾼의 손 안에서 시퍼런 칼날이 보였다. 칼이 앞으로 내밀어지는가 하더니 온갖 미덕과 지혜, 힘의 영장인 한 인간의 몸뚱이를 멜론과도 같이 아주 쉽게 찔러 버린 것이다. 스웨덴 인은 깜짝 놀라 비명을 지르며 쓰러졌다.

그 고장의 이름난 상인들과 지방 검사는 뒷걸음질 치며 그 장소를 재빠르게 빠져나갔음에 틀림없다. 바 주인은 자기 자신이 기운이 다 빠져 의자의 팔걸이에 매달려 있다는 것과 살인자의 눈만 응시하고 있음을 알았다.

"헨리." 하고 살인자는 바 난간 밑에 걸려 있는 수건에 칼을 닦으며 그의 이름을 불렀다. "그들에게 내가 가는 장소를 알려 주게. 집으로 가서 기다리고 있겠네." 그러고 나서 그는 사라졌다. 바 주인은 도와 달라고 외치며 폭풍을 무릅쓰고 밖에 나가 있었는데, 함께 있어 줄 사람을 찾고 있었다.

술집 안에 홀로 버려진 스웨덴 인의 시체는 현금출납기 꼭대기에 박혀 있는 소름끼치는 끝에 눈이 고정되어 있었다. '이것은 당신이 구매한 양만큼을 기록합니다.'

제9장

그리고 여러 달이 지났다. 카우보이는 다코타 철길 근처에 있는 작은 목장 스토브 위에 돼지고기를 튀기고 있었다. 그때 밖에서 쾅 하는 빠른 말굽 소리가 나더니, 곧이어 동부에서 온 사나이가 편지와 신문을 들고 들어섰다.

"그런데" 동부의 사나이는 방에 들어서자마자 얘기를 꺼냈다. "스웨덴 인을 죽인 친구가 겨우 삼 년 형을 받았어요. 많지 않죠. 그렇죠?"

"그래? 삼 년이라고?" 카우보이는 돼지고기 그릇을 바로 놓고 그 사실에 대해 한동안 생각에 잠겼다. "삼 년이라, 그거 많지 않은데."

"물론이지. 가벼운 언도였어. 룸퍼에서는 그 친구를 상당히 동정한 것 같아." 동부의 사나이는 박차를 풀며 대답했다.

"바 주인이 좀 신경을 썼더라면." 카우보이는 신중하게 의견을 펴 나갔다. "처음에 그 스웨덴 인이 병으로라도 그의 머리를 내려쳤다면 이런 끔찍스러운 살인극은 방지할 수가 있었을 텐데."

"그래. 하긴 수천 가지 일들이 일어났을지도 모르지." 하고 동부의 사나이는 신랄하게 말했다.

카우보이는 돼지고기가 담긴 그릇을 들고 불 쪽으로 다시 돌아왔다. 그러나 그의 철학이 담긴 듯한 말은 계속되었다. "참, 우습지, 그렇죠? 조니가 속였다는 말만 하지 않았더라면 이 순간에도 그는 살아 있었을 텐데. 그는 지독한 녀석이었어. 그저 재미로 게임을 한 것인데. 돈을 걸지도 않고 말이야. 아무리 생각해도 정신이 돈 친구 같아."

"도박꾼에게 미안한 생각이 들어." 동부의 사나이가 말했다.

"그래, 나도 동감이야. 죽었다고 모든 책임을 져야 하니 말이야." 카우보이가 말했다. "모든 것이 제대로 진행되었다면 스웨덴 인은 살해당하지 않았을지도 몰라."

"살해당하지 않았을지도 모른다고?" 카우보이가 크게 소릴 질렀다. "모든 것이 제대로였다면? 아니, 조니가 속였다고 말했을 때 그처럼 바보같이 굴었지? 그런 다음에도 술집에서 마구 덤벼든 것은 어떻고?" 이처럼 논쟁을 벌이면서 카우보이는 동부의 사나이를 위협했으며, 그를 화나게 했다.

"너도 바보로구나!" 동부의 사나이는 악의에 차서 외쳤다. "네놈은 지금 보니 스웨덴 인보다도 백만 배나 더한 바보구나. 자, 한 가지 밝혀 둘 게 있어. 말할 게 있다니까. 잘 들어! 조니가 정말 속였던 거야!"

"조니가?" 카우보이는 얼떨떨해하며 물었다. 잠시 침묵이 흘렀다. 그는 다시 정신을 가다듬더니 자신 있게 말했다. "그럴 리가 없어. 게임은 더더구나 재미로 했을 뿐인데."

"재미로 했건 그렇지 않았건" 하고 동부의 사나이는 말을 계속 이었다. "조니가 속였어. 난 보았어. 나는 알고 있지. 내가 봤다니까. 그런데 내가 당당하게 나서서 사나이답게 굴지 않았을 뿐이야. 스웨덴 인 혼자서. 그 일을 해결하라고 내버려뒀을 뿐이야. 그리고 너, 너는 어땠지? 그 장소를 왔다 갔다 하며 싸우고 싶어했지. 그리고 늙은 스쿨리 자신도. 우리 모두가 이 일에 간여했던 것이야! 그 가엾은 도박꾼은 이 일에 주역도 아니었지. 그는 일종의 조역이었어. 이 같은 모든 죄는 공모한 결과일 뿐이야. 우리 중 다섯 명 모두가 스웨덴 인을 죽이는 일에 공모한 셈이지. 보통 열두 명에서 사십 명에 이르는 여인이 모든 살인 사건에 관련되기도 하지만, 이번 사건만은 우리 다섯 명의 남자만이 관련된 것이라고. 자네와 나, 조니, 스쿨리 노인 그리고 인간의 행동의 한계를 넘어서서 마지막을 장식하러 뛰어들고는 모든 벌을 혼자서 받은, 운이 나쁜 도박꾼이 있지."

이 말에 깜짝 놀란 카우보이는 가슴속에서 꿈틀거리는 반발심으로 안갯속에다 대고 알쏭달쏭한 그의 주장을 외쳐댔다.

"그렇지만, 나는 아무 짓도 하지 않았어. 그렇지요?"*

스티븐 크레인 연보

1871: 11월 1일 뉴저지(New Jersey) 주의 뉴어크 시에서 감리교 목사인 조나
단 크레인과, 신문사 교회 담당기자이며 작가였던 메리 헬렌 사이의
넷째아들로 출생. 그는 교회의 관례에 의해 이삼 년마다 목회지를 옮
기는 아버지를 따라 주로 뉴저지와 뉴욕의 여러 목사관에서 성장했
으며, 그는 그 당시의 경험을 기억 속에 간직하고 다녔다. 그의 가문
은 본래 영국 출신으로 1635년에 미국으로 이주, 매사추세츠 주에 정
착했다고 하며, 미국 독립 전쟁 당시 커다란 공헌을 했다고 알려지고
있다. 또한 어머니 쪽은 거의 모두가 성직자였다고 한다.

1878: 가족이 뉴저지 패터슨에서 포트서비스로 이사. 크레인의 이야기인
<윌롬빌 *Wilomville*>의 무대가 이곳이다.

1880: 아버지 조나단 크레인 사망. 남편을 잃은 크레인 부인은 가족을 이끌
고 뉴어크로 돌아와 얼마 동안 지낸 후 다시 애스베리파크로 이주. 그
곳은 당시 미국 감리 교회의 새로운 본거지로 그녀는 거기서 여성 금주
위원회 회장으로 선출되었고 여러 도시를 방문, 연설을 하여 생계를 꾸
려 나갔다. 또한 ≪뉴욕 트리뷴 *New York Tribune*≫, 라델피아의 신문
기자도 했다.

1885: 애스베리파크를 떠나 그의 아버지가 10년간이나 거주했던 뉴저지의
페닝톤 신학교에 입학, 그러나 4년의 전 과정을 마치지는 않았다. 첫
이야기인 <제이크 아저씨와 벨 핸들 *Uncle Jake and the Bell Handle*>
을 완성했다. 14세의 소년으로 단편 여럿을 썼다.

1891: 뉴욕 주의 클라베락에 있는 허드슨리버 학원(1880~1890)과 라파예트
대학(1890)에 다니다가 봄 학기에 시라큐라스 대학으로 옮기다. 그 대

학 신문에 <왕의 친절 *The King's Favor*>이란 단편을 발표하여 <거리의 여인 매기 *Maggie: A Girl of Streets*>의 기초를 잡기 시작하다. 그러나 그의 대학 교육은 1년 정도밖에 계속되지 않았다. 두 대학이 모두 종교와 고전 연구를 강조하였으나 스티븐은 이 분야에 관심이 없었다. 그는 인문학을 좋아했고, 정규적인 교육에 대해서는 적대심까지 품고 있었다. 이해에 어머니가 사망했다.

1892: 어머니가 돌아가신 후 세 형이 아버지의 대리역을 했다. 특히 방랑적 기질이 많고 당시 여러 신문사의 기자로 활약했던 조나단 타운러 형의 영향이 컸으며, 형을 도와 신문 보도에 참여하였다. ≪뉴욕 트리뷴≫지에 5편의 글, ≪코스모폴리탄 *Cosmopolitan*≫지에 단편을 발표하였다. 애스베리파크의 노동자 행진에 대한 풍자적 기사가 말썽이 되어 ≪뉴욕 트리뷴≫에서 해고되었다.

1893: <거리의 여인 매기>를 완성한 후 존스턴 스미스라는 가명으로 이 작품을 자비 출판하였다. 이 작품은 많이 팔리지는 않았지만 햄린 가랜드와 윌리엄 딘 하우얼즈로부터 대단한 평가를 받았다. 차츰 자신감과 경험, 야심을 갖게 된 그는 미국 남북 전쟁의 상상적인 재구성이라고 볼 수 있는 <붉은 무공 훈장 *The Red Badge of Courage*>을 썼다. 처음에는 신문에 소리 없이 연재되었으나 점차 독자의 호응을 얻었다.

1895: 특별 기고가의 자격으로 미국 서부와 멕시코를 여행했다. 여류 작가 윌라 캐서를 만났으며, 주로 1894년에 써 모은 시를 <검은 기수와 다른 시들 *The Black Riders and other Lines*>이란 이름으로 출판했다. 뉴욕의 하트퍼드에서 <세 번째 바이올렛 *The Third Violet*>을 쓰기 시작하였다. ≪붉은 무공 훈장≫이 간행되었으며, 이 작품은 미국에서만도 10판이 나올 정도로 인기가 있었다.

1896: 스페인 통치에 반항하는 쿠바의 폭동을 취재하러 가다 배가 조난을 당해 다시 돌아왔다. 취재하러 떠나기 전에 만난 어느 작은 호텔의 주인 코라 호워드와 결혼, 구제받지 못할 여인과 그의 결혼은 그 당시 청교도적인 미국 사회에서 자신을 매장시키는 결과를 초래했고, 또한

그가 알코올 중독자니 마약 상습자니 하는 풍문을 부채질했다. ≪붉은 무공 훈장≫의 명성에 힘입어 <거리의 여인 매기>가 약간 수정되어 그의 본명으로 간행되었다. 또한 빈민가의 이야기를 다룬 <조오지의 어머니 *George's Mother*>와 전쟁을 소재로 한 ≪작은 연대 *The Little Regiment*≫가 간행되었다.

1897: ≪뉴욕 저널 *New York Journal*≫의 통신원으로 아내 코라와 함께 그리스와 터키 전쟁을 취재하며 ≪붉은 무공 훈장≫ 속의 전쟁 이야기가 실전과 별로 다름이 없음을 확인하였다. <죽음과 어린아이 *Death and Child*>라는 단편과 ≪능동적인 복무 *Active Service*≫라는 소설은 그리스와 터키의 전쟁을 취재하며 얻은 경험으로 쓰인 것이다. 조셉 콘래드와 사귀었다.

1898: 도시의 빈곤과 모험 이야기가 실려 있는 ≪난파선과 다른 모험 이야기 *The Open Boat and other Tales of Adventure*≫가 간행되었다. ≪뉴욕 월드 *New York World*≫와 ≪뉴욕 저널≫을 위해 푸에르토리코와 쿠바에서 스페인과 미국 전쟁 통신원으로 일하였다. 이때 우수한 기사를 송고했다. ≪새색시, 옐로 스카이로 오다 *The Bride Comes to Yellow Sky*≫, ≪죽음과 어린아이≫, ≪푸른 호텔 *The Blue Hotel*≫이 간행되었다. 이때 결핵의 증상을 보였으며 심신의 고통을 받았다.

1899: 영국의 서식스 지방에 머무르며 글을 썼다. 이때 쿠바 전쟁에 대한 11개의 가공적이며 자서전적인 이야기를 썼는데, 이 작품들은 그가 죽은 뒤 1900년에 ≪빗속의 부상 *Wounds in the Rain*≫이라는 제목으로 간행되었다. <괴물과 다른 이야기 *The Monster and other Stories*>와 미국의 독립 전쟁을 소재로 한 소설인 <오러디 *The O'Ruddy*>가 소재되었다.

1900: 6월 5일, 폐병으로 독일의 바덴 마일러의 어느 요양소에서 사망하였다. ≪빗속의 부상≫이 사후에 간행되었다.

1901: ≪세계의 큰 전투들 *Great Battles of the World*≫이 간행되었다.

1902: ≪마지막 말들 *Last Words*≫이라는 초기와 후기 작품이 코라에 의해

편집되었다.

1903: 대강의 줄거리를 잡아놓고 25장을 써 놓은 채 미완성된 작품 ≪오러디≫가 그의 친구이자 작가인 로버트 버마에 의해 간행되었다.

1967: 토머스 클라슨이 편집한 ≪스티븐 크레인의 전집≫이 더블데이 출판사에서 간행되었다.

최은경

▌약력

서울에서 태어나 이화여자대학교 영문과 동 대학원을 졸업하고 미국 컬럼비아대학교와 하와이대학교에서 석사학위를 받았으며 이어 한국외국어대학교에서 문학박사학위를 받았다.

그 후 영국의 런던대학교에서 초빙교수로 강의하였으며, 현대영국작가 케임브리지 세미나, 애버딘대학교 영어영문학 세미나, 옥스퍼드대학교 세인트힐다대학 문학연구회에 참가하였고, 현재는 덕성여자대학교 영문과 명예교수로 재직하고 있다.

▌주요 저서

『영어로 펴보는 한국』
『영어회화로 엮은 한국과 한국의 전통』
『영어숙어의 길잡이』
『영어이야기 · 언어이야기』
『영어 구동사의 벗』
『English Dialogue on Things Korean』
『영국적 특성과 영국 · 영어이야기』

▌역서

스티븐 크레인의 『붉은 무공훈장』
M. 스캇펙의 『길을 묻는 그대에게』

▌수필집

『진실의 순간』
『창문을 두드리는 천사』
『망각의 축복』
외 다수

현대
미국작가들의
선구자

초판인쇄 | 2010년 8월 9일
초판발행 | 2010년 8월 9일

지은이 | 스티븐 크레인
옮긴이 | 최은경
펴낸이 | 채종준
펴낸곳 | 한국학술정보㈜
주　소 | 경기도 파주시 교하읍 문발리 파주출판문화정보산업단지 513-5
전　화 | 031) 908-3181(대표)
팩　스 | 031) 908-3189
홈페이지 | http://ebook.kstudy.com
E-mail | 출판사업부　publish@kstudy.com
등　록 | 제일산-115호(2000. 6. 19)

ISBN　978-89-268-1237-2　03840 (Paper Book)
　　　　978-89-268-1238-9　08840 (e-Book)

이담 _{Books} 는 한국학술정보(주)의 지식실용서 브랜드입니다.